W0001491

BASTEI
LÜBBE

Von Richard Dübell
sind als Bastei Lübbe Taschenbücher erhältlich:

12935 Der Tuchhändler
14393 Der Jahrtausendkaiser
14757 Eine Messe für die Medici

Über den Autor:

Richard Dübell, geboren 1962, arbeitet als Einkaufsleiter in einem Tochterunternehmen eines großen Elektronikkonzerns. Er lebt mit seiner Frau und seinem Sohn bei Landshut und verbringt seine freie Zeit neben dem Schreiben mit Malerei, Fotografie und Reisen.
»Ein aufsehenerregendes Romandebüt« schrieb die Presse über *Der Tuchhändler* (1996) – einen sensationellen Erfolg, den er mit den folgenden Romanen *Der Jahrtausendkaiser* (1998) und *Eine Messe für die Medici* (2000) noch weit übertraf.

RICHARD DÜBELL

DIE SCHWARZEN WASSER VON SAN MARCO

ROMAN

BASTEI LÜBBE TASCHENBUCH
Band 15 102

1. Auflage: März 2004

Vollständige Taschenbuchausgabe
der im Gustav Lübbe Verlag erschienenen Hardcoverausgabe

Bastei Lübbe Taschenbücher und Gustav Lübbe Verlag
sind Imprints der Verlagsgruppe Lübbe

Textredaktion: Claudia Alt
Umschlaggestaltung: Guido Klütsch, Köln
Titelbilder: AKG, Berlin
Satz: Kremerdruck GmbH, Lindlar
Druck und Verarbeitung: GGP Media, Pößneck
Printed in Germany
ISBN 3-404-15102-x

Für Sarah und Mario

Cui bono?
Marcus Tullius Cicero

Wer die Leiter hält, ist so schuldig wie der Dieb.
Deutsches Sprichwort

DRAMATIS PERSONAE

Peter Bernward
Der Kaufmann lässt sich nicht nach Hause schicken

Paolo Calendar
Der Polizist muss sich zwischen Pflichterfüllung und Gewissen entscheiden

Jana Dlugosz
Peters Gefährtin geht einen Weg für zwei ganz allein

Leonardo Falier
Der Zehnerrat kennt jedes Rädchen in der Mechanik der Macht

Barberro
Der Sklavenhändler versucht einer geschäftlichen Vereinbarung nachzukommen

Fiuzetta
Die junge Kurtisane sieht keine Zukunft für sich

Enrico Dandolo
Ein bankrotter Kaufmann sucht nach seinem Schutzbefohlenen

Andrea Dandolo

Der junge Novize
steht vor dem Wiedereintritt in die Welt

Michael und Clara Manfridus

Herbergswirte

Moro

Manfridus' Haussklave

Caterina, Fratellino, Maladente, Ventrecuoio

Gassenratten

Doge Giovanni Mocenigo

(historisch)

Rara de Jadra

(historisch)

Heinrich Chaldenbergen

(historisch)

Er wusste nicht, wie lange er schon am Ufer stand.

Es war nicht von Bedeutung. Nur eines zählte: das Unglück, das er über seine Familie gebracht hatte.

Das Wasser, das mit trägen Bewegungen gegen das Schilf schlug, war beinahe klar; nur der Sand, den die Wellen vom Grund hoben und der zwischen den Klingen der Schilfhalme schwebte, trübte es leicht. Es roch nach Salz, sterbenden Pflanzen und totem Getier, kaum anders, als wenn man in der Abenddämmerung am Arsenal entlangging und eine von San Michele her wehende Brise den Geruch nach heißem Pech, geschnittenem Holz und fauligem Brackwasser in die Gassen der Stadt verdrängte. Doch das Arsenal war weit entfernt, südwärts, durch das Kanalgewirr von Murano°– zwei oder drei Stunden für den geschickten Ruderer einer gondola *und weitaus länger für jemanden mit einem schwerfälligen* sàndolo.

Was ihn betraf, hätte das Arsenal am anderen Ende der Welt sein können und die Stadt mit ihm.

Halb im Schilf versteckt, unter den tief hängenden Ästen einer Weide, lag der sàndolo, *mit dem er hergekommen war. Libellen tanzten darüber und schossen mit pfeilschnellen Bewegungen über den lang gezogenen Rumpf, landeten und starteten auf den gekreuzten Rudergriffen. Durch den Spalt im Boden des Boots drang langsam Wasser ein. Noch lag es nicht viel tiefer, aber die Axt, mit der er das Leck in das Boot geschlagen hatte, war bereits versunken.*

Er starrte in die Bucht hinaus und dachte an seine Schwäche, daran, dass das alles nicht passiert wäre, wenn er nur einmal versucht hätte, seine Gefühle zu beherrschen.

Das Wasser erwartete ihn.

ERSTER TAG

1

Der schwarze Sklave, das Faktotum in Michael Manfridus' Herberge, eilte herein und flüsterte seinem Herrn etwas ins Ohr. Manfridus erbleichte und warf Enrico Dandolo einen betroffenen Blick zu, und ich ahnte, dass alle Ratschläge, die ich ihnen hätte geben können, vergeblich gewesen wären.

Die Ratschläge, wie Enrico Dandolo seinen seit zwei Tagen verschwundenen Neffen Pegno wiederfinden könnte.

Moro, der schwarze Sklave, richtete sich auf und stürzte wieder hinaus, von Enrico Dandolo beunruhigt beobachtet. Dandolos Nervosität war ihm bereits anzumerken gewesen, als wir einander vorgestellt worden waren, und das Erscheinen von Manfridus' Haussklaven hatte sie eher noch verstärkt. Michael Manfridus räusperte sich. Er sah mich verlegen an und wandte sich dann zögernd an Dandolo. Er hatte keine guten Neuigkeiten erfahren.

Als er schließlich in dem für mich nur schwer verständlichen venezianischen Dialekt, den er so gut beherrschte wie die Einwohner der Lagunenstadt, zu sprechen begann, weiteten sich Dandolos Augen, und er sank in sich zusammen. Manfridus verzog das Gesicht voller Mitleid.

»Was ist passiert?«, fragte ich.

Manfridus schob die Oberlippe vor. »Im Arsenal wurde vor etwa einer Stunde eine Leiche geborgen; Wachen haben sie im See San Daniele gefunden. Es handelt sich um einen Jungen.«

»Pegno«, sagte ich grimmig.

Manfridus zuckte unglücklich mit den Schultern. Dandolo starrte mit leerem Blick vor sich hin, doch dann raffte er sich auf. Er erhob sich von der Bank, sagte etwas zu Manfridus und wandte sich dann mir zu. Manfridus stand ebenfalls auf.

»Messèr Dandolo will sofort zum Arsenal und nachsehen, ob der Tote wirklich sein Neffe ist. Er fragt, ob Sie mitkommen.«

»Was kann ich schon tun? Ich weiß nicht mal, wie der Junge aussieht.«

»Messèr Dandolo hält große Stücke auf Sie. Ich komme ebenfalls mit und werde übersetzen.«

Dandolo hielt nur deshalb große Stücke auf mich, weil Manfridus ihm meine Person in den glühendsten Farben geschildert hatte. Der Mann hatte mich nie zuvor im Leben gesehen, Manfridus hingegen hatte jedes noch so entstellte Detail von Janas und meiner Verwicklung in den Aufstand gegen Lorenzo de' Medici in Florenz mit Begeisterung aufgenommen und Dandolo eine entsprechende Beschreibung von mir gegeben: Peter Bernward, der Aufklärer auch der verwickeltsten Fälle, der Mann, der Lorenzos Rachedurst die Stirn geboten hatte; überflüssig zu erwähnen, dass kaum etwas von dem, was in der deutschen Kolonie Venedigs über Jana und mich erzählt wurde, auch nur annähernd der Wahrheit entsprach. Doch nun war nicht der richtige Zeitpunkt, Manfridus und Dandolo darüber in Kenntnis zu setzen. Ich seufzte und stand ebenfalls auf.

Dandolo brachte ein dankbares Lächeln zustande, das die dunklen Ringe unter seinen Augen und die Fahlheit seines Gesichts noch betonte.

»Sono lo zio«, sagte er langsam und faltete die Hände. *»Sono com' un altro papa. Sono responsabile. Sono disperato.«*

»Er sagt, er ist…«, begann Manfridus.

»Ich habe ihn schon verstanden.«

Dandolo nahm seinen gestreiften Stoffhut, dessen Farben mit seinem Gewand und der gefältelten Tunika harmonierten, und drückte ihn an seine Brust. Er war entweder rettungslos eitel, oder er hatte sich für das Treffen mit mir besonders zurechtgemacht; er war eine elegante, vor Geschmeide funkelnde Erscheinung, schwarz und rosafarben. Ich konnte beides nicht leiden. An seiner Hüfte blitzte das Gehänge eines Schmuckdolchs mit den Ringen an seinen Fingern und der Kette um seinen Hals um die Wette. Er atmete tief ein und schritt dann zur Tür von Manfridus' Schankstube. Manfridus rief nach jemandem von seinem Gesinde.

»Sollte Jana erwachen, lassen Sie ihr bitte ausrichten, wo ich bin«, bat ich ihn. »Ich möchte nicht, dass sie sich Sorgen macht.«

Manfridus nickte und machte gleichzeitig ein schuldbewusstes Gesicht. »Das ist mir peinlich. Neben dem ganzen Unglück der Dandolos habe ich gar nicht mehr an Ihre Gefährtin gedacht. Wie geht es ihr jetzt? Meine Frau kümmert sich um sie, als wäre sie ihre Schwester, das kann ich Ihnen versichern.«

»Ich weiß es zu schätzen.«

»Machen Sie sich keine Sorgen, wahrscheinlich hat die Reise sie erschöpft.«

»Natürlich.« Ich fragte mich, ob meine Erwiderung ebenso platt klang wie Manfridus' beruhigende Worte. Natürlich war ich besorgt. Wahrscheinlich hatten sich Manfridus' Gedanken bereits wieder dem näher liegenden Unglück zugewandt, denn sein Gesicht wirkte verschlossen. Er war jemand, der irgendetwas tun musste, wenn ihn eine Situation beunruhigte. Ich kenne Männer, die Holz zu hacken beginnen, andere gehen in den Stall und striegeln ihr Pferd. Der untersetzte Manfridus gehörte zu denjenigen, die ihren Mund in Tätigkeit versetzen: Er fischte eine Nuss vom letzten Jahr aus einer Tasche, knackte sie umständlich und begann dann, hastig darauf herumzukauen.

»Armer Junge«, seufzte er. »Ich hoffe bloß, dass nicht er es ist, den sie im Arsenal gefunden haben.«

Ich wies auf Dandolo, der draußen in das nachmittägliche Sonnenlicht blinzelte und den Hut auf den Kopf stülpte. »Er jedenfalls glaubt es schon.«

Enrico Dandolo eilte uns voran; die Schritte seiner schmalen, spitzen Schnabelschuhe klapperten auf dem Kopfsteinpflaster und trugen ihren Teil bei zu dem Lärm, der in der Stadt widerhallte. Venedigs Gassen waren zu jeder Tageszeit voller Menschen. Das Fehlen der Ochsenkarren und der Fuhrwerke, hoch beladen mit Heu, Holz oder Lebensmitteln, war wohltuend°– die Venezianer lieferten einen großen Teil ihrer Vorräte über die schiffbaren Kanäle an, deren Netzwerk beinahe vor jedes Haus führte. Die Stadt wirkte deshalb jedoch nicht weniger bevölkert. Die Gassen waren so eng, als wären sie lediglich ein Vorwand für die städtebauliche Notwendigkeit gewesen, festen Boden aufzuschütten, um die ersten Häuser zu errichten. Diese wandten demnach auch ihre Prachtseiten dem Wasser zu und kehrten ihre abweisenden rückwärtigen Mauern gegen das Volk, das durch die Gassen lief.

Michael Manfridus' Herberge°– nicht die einzige der Stadt, deren Besitzer aus dem Deutschen Reich stammte, aber sicher eine der besten°– lag im Stadtsechstel von Cannareggio, ein paar Schritte von einem kleinen Platz mit einer altertümlichen Kirche entfernt, die den heiligen Aposteln gewidmet war, abseits vom Hauptstrom der Passanten. Von seinem Haus war es nicht mehr weit zu der mächtigen hölzernen Zugbrücke, die als einzige über den Canàl Grande führte. Der große Kanal wand sich als flussbreiter Wasserweg durch das Herz der Stadt, ein elegant geschwungener Schnitt mit zwei engen Kehren, in denen die *sestieri* San Polo und San Marco lagen, das beliebteste Wohnviertel und das politische Machtzentrum der Venezianer. San Polo schmiegte sich in die Westkehre des Kanals und wandte sich dem Festland zu, während San Marco in der engeren Ostkehre lag und damit auf die Lagune und das offene Meer führte. Selbst mir, der Venedig vor diesem Besuch nur einmal gesehen hatte, war die Symbolik klar.

Über tiefer gehende Kenntnisse der Stadt und ihrer Geografie verfügte ich nicht; ich wusste lediglich, dass Cannareggio nördlich von San Polo und San Marco lag und im Vergleich zu diesen beiden *sestieri* zu den eher stillen und bescheideneren Gegenden zählte. Mein – unser – erster Besuch in der Lagune hatte vor nur wenigen Wochen stattgefunden. Nun war es kurz nach Pfingsten. Unser erster Aufenthalt hätte der Abschluss von Janas fast dreijähriger Reise durch das Heilige Römische Reich sein sollen, wenn sie nicht die Botschaft vom Tod ihres Vaters überrascht hätte. Der Tod von Karol Dlugosz machte Jana zur Erbin des reichen Handelshauses Dlugosz, und ihre Vettern legten ihr in ihrer unverschämten Botschaft nahe, zurückzukehren und die Verantwortung in die Hände eines männlichen Verwandten zu legen. Selbstverständlich war Jana einer anderen Strategie gefolgt und hatte sofort einen Geschäftsabschluss geplant, der den Reichtum ihres Hauses für die nächsten Generationen hätte sichern sollen – wenn uns nicht der Aufstand der Familie Pazzi in Florenz dazwischengekommen wäre und ich nicht all meine Anstrengungen darauf hätte konzentrieren müssen, Janas Verurteilung wegen einer Beteiligung an dieser Verschwörung zu verhindern und den Schuldigen zu finden, der sie als Sündenbock vorgeschoben hatte.

Nun waren wir ein zweites Mal hier – ungeplant, von Janas plötzlicher Erkrankung zu einem Aufenthalt gezwungen, der weder ihr noch mir sonderlich gelegen kam. Vor zwei Tagen waren wir abends in Manfridus' Herberge eingetroffen, und der Herbergswirt, bei dem wir während unseres ersten Aufenthalts in Venedig darauf gewartet hatten, dass sich für uns die Teilnahme an einer Reisegruppe ermöglichte, in deren Schutz wir nach Florenz hatten gelangen können, hatte uns überschwänglich willkommen geheißen. Er erkannte uns wieder, doch nicht nur das, er hatte die gewaltig aufgeblähten Schilderungen von der Verschwörung gegen Lorenzo de' Medici und Janas und meiner Rolle darin gehört und wähnte sich nun in Gegenwart einer bedeutenden Persönlichkeit, als er mir begeistert die Hand schüttelte.

Ich betrachtete ihn, während wir uns mit Enrico Dandolo durch das Gedränge schoben. Manfridus war ein Mann von gedrungener Statur, mit gewelltem Haar°– dessen Ergrauen er mit den kosmetischen Färbetricks der Frauen eher erfolglos bekämpfte°–, mit einem offenen Gesicht, unruhigen Händen und einem leicht hinkenden Gang durch eine lang verheilte Verletzung, und ich fragte mich einen Moment, ob wir nicht besser daran getan hätten, im Fondaco dei Tedeschi um Logis zu bitten.

Ich war undankbar. Clara Manfridus, die aus Mailand stammende Frau des Herbergswirts, hatte sich Janas sofort in einer rührenden Art und Weise angenommen und ließ sie kaum einen Moment aus den Augen. Julia, Janas Zofe, war am Vortag unaufhörlich mit geröteten Wangen und aufgelöstem Haar zwischen der Küche und dem leer stehenden Speicherraum unter dem Dach hin und her gelaufen, in dem Manfridus Jana, Julia und mich untergebracht hatte. Julia hatte Besorgungen erledigt, die Clara Manfridus ihr zum Wohle Janas aufgetragen hatte, Tränke und Suppen nach ihren Rezepten zubereitet und kaum Zeit gefunden, auch nur für wenige Augenblicke auszuruhen. Im Fondaco wäre uns keine auch nur annähernd so beflissene Hilfe zuteil geworden.

Dandolo stieß mit einer Dienstmagd zusammen, die mit einem Korb weißer Laken um eine der abrupt auftauchenden Ecken trat und einer Gruppe sich angeregt unterhaltender Patrizier in dieselbe Richtung auswich wie Dandolo. Ich hörte, wie er sich wortreich entschuldigte und sich scheinbar anschickte, die verstreuten Laken aufheben zu helfen, bevor er weitereilte. Wir umrundeten die Frau, die mit wütendem Gefuchtel die anderen Passanten davon abzuhalten versuchte, in der engen Gasse über die Tücher zu laufen. Die meisten bemühten sich, rücksichtsvoll an ihr vorbeizugehen, doch es gab Fehltritte, und die aufgebrachte Dienstmagd kommentierte jeden von ihnen mit wütendem Schimpfen. In Sekundenschnelle entstand ein Auflauf, der den schmalen Durchlass vollends verstopfte. Dandolo drängelte sich weiter vorn mit neuerlichen Entschuldigungen durch ein Häuflein Männer, die stehen geblieben waren, um den Vorfall zu beobachten, und warf uns einen ungeduldigen Blick zu. Ich sah die Spitze des Campanile, der sich gegenüber dem Palazzo Ducale auf dem Markusplatz erhob, vor uns über die Dächer ragen.

»Wir gehen doch zum Markusplatz. Warum nehmen wir nicht eine der Hauptgassen?«, fragte ich Manfridus. »Wir kämen zweimal so schnell voran.«

»Das ist die Salizzada San Lio, die Hauptverbindung von der Rialto-Brücke zum Markusplatz.«

Wir wandten uns scharf nach Osten, bevor wir den großen Platz erreichten, in ein weiteres Gewirr von Gassen, Gässchen und kleinen Brücken, in dem die Betriebsamkeit etwas nachließ. Dandolo führte uns durch Seitengassen, die so eng waren, dass man die Hauswände mit ausgestreckten Armen hätte berühren können – zuweilen sogar mit ausgestreckten Ellbogen. Sie waren kühl und so dunkel, dass einzig die Wasserlachen, die den Himmel hinter den hoch aufragenden Hauswänden widerspiegelten, sie ein wenig erhellten. Wir kamen auf einem der kleineren Plätze heraus, die man hier *campo* nannte, auf dem sich ein vollkommen eingerüsteter Bau erhob. Jemand ließ ein bereits vorhandenes Gebäude erneuern. Das Holz des Gerüsts war grau und silbern von der Seeluft geworden; der Bau zog sich offenbar schon über viele Jahre hin. Ein kleines Grüppchen von Nonnen schritt davor auf und ab und schien den nicht feststellbaren Baufortschritt zu inspizieren.

Dandolo führte uns um eine Ecke und dann um eine weitere – Abbiegungen, die man erst bemerkte, wenn der Vordermann abrupt um sie herum verschwand. Bis zu diesem Moment wirkte es, als liefe man in eine Sackgasse hinein, deren Wände, kaltrote Ziegel oder schmutzig grauer Stein, scheinbar zusammenrückten. Plötzlich standen wir auf der breiten gemauerten Uferpromenade, die beim Markusplatz begann und am Kanal von San Marco entlang nach Osten führte. Wir hatten den belebten Markusplatz umgangen, vor dem ein wahrer

Wald von Schiffsmasten auf der Mündung des Canàl Grande in den Kanal von San Marco tanzte.

Nach der Kühle und dem dumpf-feuchten Geruch in den Gassen waren das Sonnenlicht und die leichte salzige Brise eine Wohltat. Die Nachmittagssonne glitzerte auf dem Kanal und wob Lichtreflexe um die Insel von San Giorgio Maggiore, deren prachtvolles Benediktinerkloster sich eine Viertelmeile entfernt gegenüber dem Markusplatz aus dem Wasser erhob. Dazwischen ankerten oder fuhren Wasserfahrzeuge in allen Größen und Arten: schreiend bunte *gondole*, mächtige Koggen sowie prachtvolle venezianische Galeeren, die mit ihren Ruderreihen über den Kanal glitten wie riesenhafte Insekten auf tausend Beinen. Eine Reihe in einheitlichen Farben gestrichener *gondole* schwamm als plumpes Verkehrshindernis in all diesem Gewirr, ihre sonstige Eleganz verschenkt an die von ihnen gebildete Kette, über der ein quer über alle Boote hinweg gespanntes Tuch ein Familienwappen zur Schau stellte. Das Wappen war in den gleichen Farben wie die Gondeln gehalten, und wer die Prozession nicht wegen ihrer trägen Auffälligkeit im wimmelnden Schiffsverkehr beachtete, der wurde durch die gleichmäßigen, von den Bootsführern geschlagenen Trommeltakte auf sie aufmerksam gemacht.

Dandolo widmete dem Anblick keine Sekunde. Er wischte sich über die Stirn und trocknete sich die Hand gedankenlos an seiner Tunika ab, bevor er uns zunickte und gleichzeitig ostwärts wies. Der Kai beschrieb eine lang gezogene Kurve; Ladekräne und Speichertürme ragten in einiger Entfernung hinter den Häusern empor, Schiffe drängten sich im Wasser in ähnlicher Zahl wie vor dem Markusplatz, und über die Köpfe der Flanierenden hinweg sah ich, wie sich eine hölzerne Zugbrücke erhob.

»Das ist das Arsenal«, sagte Manfridus. »Nur, wie sollen wir hineinkommen?«

»Ist es denn nicht zugänglich?«

»Wo denken Sie hin? Das ist unmöglich. Das Arsenal ist

das Herz der venezianischen Seemacht. Niemand kommt dort hinein, der nicht das Vertrauen des Senats oder wenigstens der *patroni dell'Arsenale* genießt.«

»Offenbar hat es ein kleiner Junge geschafft.«

»Und mit dem Leben bezahlt.«

Wir kamen gerade rechtzeitig. Die Zugbrücke führte über einen breiten Kanal, der in gerader Linie bis zu einem vergatterten Tor verlief. Das Tor selbst war eine mächtige Holzkonstruktion zwischen zwei gedrungenen Türmen, auf denen ich einige Wachen entdeckte, und versperrte den Kanal in seiner ganzen Breite. Am Ostufer des Kanals folgte ein gepflasterter Weg seinem Verlauf bis zu dem Tor. Die Türme stellten lediglich die Endpunkte einer langen Mauer dar, die sich sowohl nach Westen wie nach Osten fortsetzte. Kurz vor dem Tor führte ein hoher Steg vom Uferweg wieder hinüber auf die andere Seite und zu einem kleinen Platz. Hier befand sich, bewacht von seinem schmucklosen Torbau, der Fußgängereingang zum Arsenal. Nachdem wir uns durch die widerwillig beiseite rückende Menge bis dorthin geschoben hatten, begann Enrico Dandolo mit dem halben Dutzend Männer zu diskutieren, die mit Schwertern und Spießen bewaffnet waren und dafür sorgten, dass keiner dem Tor zu nahe kam. Sie schüttelten ungerührt die Köpfe.

Dann jedoch traten drei weitere Männer aus dem Inneren des Arsenals, die etwas mit einem Leintuch Verhülltes auf einem Brett zwischen sich trugen. Die Wächter machten den Weg frei; auch Dandolo wich zurück. Der Anführer der drei Männer sah sich um, als beunruhige ihn der Auflauf vor dem Tor. Er war groß und schlank, hatte ein schmales, fein geschnittenes Gesicht und hielt sich auffallend gerade. Sein Haar begann zu ergrauen; es musste einmal von jenem Schwarz gewesen sein, das früh zum Erbleichen neigt. Ich schätzte ihn um zehn Jahre jünger als mich. Er war barhäuptig und trug schlichte, dunkle Kleidung, an der wenige Farben und gar kein Schmuck auffielen. Er bewegte sich mit unterdrückter Energie, schien konzentriert und wütend zugleich zu sein.

Dandolo fasste sich ein Herz und trat vor, wobei er sich bemühte, nicht zu dem Brett hinunterzusehen, das die beiden anderen Männer – ihrer Kleidung nach Wächter des Arsenals wie die Burschen vor dem Tor – auf den Boden gelegt hatten. Was darauf lag, sah aus wie ein mit einem Tuch verhüllter Mensch. Es war ein Mensch. Es war die Leiche eines Jungen, der wahrscheinlich Pegno Dandolo hieß und von dem sein Onkel gehofft hatte, ihn durch meine klugen Ratschläge lebend wiederzufinden.

Der Mann mit den grau melierten Haaren wechselte ein paar Worte mit Dandolo, dann kniete er neben dem Leichnam nieder und forderte Dandolo auf, es ihm nachzutun. Der Kaufmann zögerte sichtlich. Ich erwartete fast, ihn einen Rat suchenden Blick in unsere Richtung werfen zu sehen, aber er schien Manfridus und mich vergessen zu haben. Schließlich sank er in die Knie wie ein Verurteilter, der den Schwertstreich des Scharfrichters erwartet.

Ein Teil des Tuches wurde zurückgeschlagen. Die Männer rings um uns stellten sich auf die Zehenspitzen, um etwas zu sehen. Ich selbst verzichtete auf den Anblick eines Gesichts, das zu einem Körper gehörte, der mindestens zwei Tage im Wasser gelegen hatte. Dandolo blickte auf das Brett hinunter, und seine Züge erstarrten.

2

Während wir alle um den Leichnam herumstanden, spürte ich plötzlich das wohl bekannte sachte Zupfen an der Börse, beinahe zu sanft, um wahrgenommen zu werden. Ich griff nach hinten, bekam ein dünnes Handgelenk zu fassen und zerrte den dazugehörigen Menschen hinter meinem Rücken hervor. Mein Fang quiekte erschrocken. Ich hatte einen Jungen erwischt; als ich die Hand hob, mit der ich sein Gelenk umfasst hielt, lösten sich seine Beine vom Boden, und er baumelte vor mir in der Luft. Er war höchstens halb so groß wie ich und wog weniger als ein Vogel. Er starrte mich aus weit aufgerissenen Augen an.

»Lass den Unfug«, brummte ich, doch er begann schon zu zappeln und zu schreien: *»Perdona, messère, perdoname, perdoname!«*

Manfridus drehte sich überrascht um, und auch die anderen Umstehenden wandten sich uns zu. Ich stand da mit meiner kläglichen Beute, deren Füße noch immer nicht den Boden berührten. Die ersten grimmigen Mienen waren zu erkennen. Ein Beutelschneider, ein Dieb, und sein potenzielles Opfer hatte ihn gefangen. Das neue Ereignis löste das alte ab, und Neugier verwandelte sich in Lust an der Gewalt. Ich hatte nicht nur einmal gesehen, was die wütende Menge mit einem ertappten Dieb anstellte, bevor die Stadtknechte Gelegenheit bekamen, ihn abzuführen.

Der Junge starrte vor Schmutz. Er trug ein vielfach durchlöchertes Hemd, das ihm kaum über die Knie reichte, und darüber ein Wams, das ehemals aus Samt gewesen und nun so zerschlissen war, dass seine bloße Oberfläche nur da und dort ein Fleckchen Samtstoff aufwies und eher an das Fell eines räudigen Hundes erinnerte. Mit Ausnahme von Hemd und Wams war er nackt. Seine Füße waren ohne Schuhe und so schwarz, als sei er damit durch ein Kohlenlager gelaufen. Ähnlich schmutzig waren seine Arme, die nur bis zu den Ellbogen von seinem Hemd bedeckt wurden. Seine Fingernägel waren lang und abgesplittert, mit Rändern wie die Grabeschaufeln eines Maulwurfs. In seinem Gesicht lagen verschiedene Schichten von Schweiß, Essensresten, Straßenschmutz und Tränen, vielfach übereinander gelagert und wie eingebrannt in die Haut, umrahmt von Haaren, die ihm steif vom Kopf abstanden. Er war höchstens zehn Jahre alt, viel zu klein für sein Alter, und sein Antlitz war das eines alten Mannes. Er roch säuerlich nach ungewaschenem Körper und durchdringend nach Angst. Ich stellte ihn auf den Boden zurück.

Der grauhaarige Mann wandte sich von Enrico Dandolo ab und schritt eilig herüber. Er musterte mich von oben bis unten. Der Junge drehte sich vorsichtig zu ihm um und zuckte zusammen, als sei er ihm bekannt. Der Mann betrachtete ihn mit steinernem Blick. Das Handgelenk des Jungen in meinem Griff fühlte sich so zerbrechlich an wie Glas. Ich ließ ihn los und trat beiseite.

»Verschwinde«, sagte ich, »mach schnell. *Sparisci, si?*«

Der Mann packte den Jungen am Genick, bevor dieser eine Bewegung machen konnte. Dann heftete er seinen Blick auf mich. Seine Augen waren dunkelbraun und tief vor Zorn.

»Nicht so schnell«, sagte er zu meiner Überraschung nahezu akzentfrei. Michael Manfridus schob sich mit sorgenvoller Miene näher heran.

»Was wollen Sie von dem Kleinen?«, fragte ich.

»Das frage ich Sie.«

»Er hat versucht, mich um meine Börse zu erleichtern.«

»Keine große Überraschung.« Er schüttelte den Jungen, der erstarrt in seinem Griff hing wie ein Hase in der Pranke des Schlächters, und zischte ihm ein paar Brocken auf Venezianisch zu. Der Junge machte ein ängstliches Geräusch.

»Ich lege keinen Wert darauf, ihn verhaften zu lassen. Mir ist nichts abhanden gekommen.«

»Ich glaube nicht«, erwiderte der Mann mit kalter Förmlichkeit, »dass es in Ihrem Ermessen liegt, ob der Junge für seine Tat büßt oder nicht. Hier gelten die Gesetze der Serenissima, nicht die des Fondaco dei Tedeschi.«

»Herr Bernward ist nur auf der Durchreise«, kam Manfridus zu Hilfe und vergaß in seiner Aufregung, dass er mit dem Mann auch in seiner Muttersprache reden konnte. »Er gehört nicht zum Fondaco.«

»Was ändert das?«

Der Junge versuchte die Hand abzuschütteln, was ihm beinahe gelang, doch der Grauhaarige fasste rasch nach. Sein Griff war nicht so fest gewesen, wie es den Anschein hatte. Er packte den Burschen an den knochigen Schultern und drehte ihn zu sich herum; dann ging er in die Hocke, bis ihre Augen auf gleicher Höhe waren. Der Junge fixierte ihn und wurde unter dem Schmutz in seinem Gesicht sichtbar bleicher. Der Mann brachte seinen Mund nahe an das Ohr seines Gefangenen. Von der Ferne sah es aus, als würde ein Vater seinem Sohn eine gut gemeinte Lektion erteilen. Doch das Lächeln des Mannes war ohne Wärme. Der Junge wagte nicht, sich zu rühren.

»Der *tedesco* hat dich gerettet«, sagte der Mann so deutlich, dass selbst ich es verstand. »Für heute. Bedank dich bei ihm.«

Er richtete sich auf und ließ den Jungen los. Die Umstehenden, die unsere Auseinandersetzung verfolgt hatten, atmeten enttäuscht ein. Der Junge starrte von ihm zu mir. Ich trat beiseite, und er schoss an mir vorbei und rannte über den Platz, so schnell ihn seine dürren Beine trugen. Ich rieb meine Handflächen aneinander. Wo sie ihn berührt hatten, spürte ich eine feuchte, schweißige Schmutzschicht.

»Sie waren nicht halb so grob, wie Sie getan haben«, sagte ich.

Der Mann zuckte mit den Schultern und sah mich ohne Freundlichkeit an. »Morgen versucht er es bei einem anderen, übermorgen wird er erwischt und so verprügelt, dass er nicht mehr gehen kann; in einer Woche ist er entweder erschlagen, erstochen oder ertränkt worden.«

Er wandte sich ab und spähte zu Enrico Dandolo hinüber, der mit der Hand vor dem Mund und grünlichem Gesicht auf dem Boden kauerte. Mein Gegenüber straffte sich und kehrte zu ihm zurück, ohne mir noch einen Blick zu gönnen.

»Wer war das?«, fragte ich Manfridus.

»Einer von den Polizisten des Senats. Ich kenne seinen Namen nicht. Man muss die Sache ganz schön hoch hängen, wenn sich einer dieser Kerle einmischt. Im Allgemeinen ermitteln sie nur bei Hochverrat oder bei Dingen, die wichtige auswärtige Beziehungen betreffen. Das hier ist außergewöhnlich. Vielleicht liegt es daran, dass noch nie zuvor jemand ins Arsenal eingedrungen ist, selbst wenn er dafür sein Leben gelassen hat.«

»Die Polizisten sind nicht beliebt?«

Manfridus schüttelte den Kopf. »Der Volksmund nennt sie *inquisitori*. So benehmen sie sich auch; als hätten sie ihre Anweisungen direkt vom Papst und alle anderen seien Ketzer. In den letzten Jahren hat man ihre Befugnisse ziemlich ausgeweitet.«

Dandolo richtete sich auf und taumelte zur Seite. Einer der Arsenalwächter fing ihn auf. Dandolos Brust hob und senkte sich, Tränen schimmerten in seinen Augen. Der Polizist sah ihn abwartend an.

»Si«, hörte ich Dandolo erstickt sagen. *»É mio nipote.«*

Der Polizist warf ihm ein paar Worte hin, die Dandolo zurückzucken ließen.

»Macht er ihm jetzt Vorwürfe, dass sein Neffe im geheimsten Bereich Venedigs ertrunken ist?«, fragte ich verärgert.

Manfridus schüttelte den Kopf. »Nein, er wollte von ihm wissen, woran er seinen Neffen erkannt hat. Die Leiche hat wohl kein Gesicht mehr°– die Krebse und die Fische, Sie verstehen.« Er verstummte und kramte in seiner Tasche nach einer neuen Nuss. Er sah nicht weniger grün aus als kurz zuvor Dandolo.

Dieser stotterte empört; der Polizist schnitt ihm das Wort ab.

»Er will einen weiteren Zeugen haben, der den Toten identifiziert.«

Der Kaufmann breitete die Arme aus und schüttelte den Kopf. Er machte den Eindruck eines Mannes, dem Unrecht widerfahren ist und dem man es mit noch größerem Unrecht vergilt. Er warf einen Blick zu uns herüber und deutete auf mich. Der Polizist folgte seinem Fingerzeig und verzog das Gesicht, bevor er uns zu sich heranwinkte. Die Zuschauer bildeten eine Gasse, und Manfridus und ich stapften hinüber. Mit gewisser Erleichterung sah ich, wie sich einer der Wächter des Arsenals bückte und das zerstörte Gesicht der Leiche wieder verhüllte.

»Messèr Dandolo hat den Toten als seinen Neffen erkannt«, erklärte der Polizist ohne Einleitung. »Er sagt, er wollte Sie damit beauftragen, nach ihm zu suchen.«

»Das ist übertrieben. Er wollte mich um Rat fragen, wie er seinen Neffen wiederfinden könnte. Wir hatten gerade begonnen, darüber zu reden, als die Nachricht vom Fund der Leiche eintraf.«

»Weshalb hat er sich an Sie gewandt?«

»Das fragen Sie am besten ihn selbst. Ich bin ihm wohl empfohlen worden.« Ich deutete auf Manfridus, der verlegen zusammenzuckte. »Das ist Michael Manfridus, der Herbergswirt, bei dem wir Logis genommen haben.«

»Ich kenne den Mann«, sagte er, ohne Manfridus eines Blickes zu würdigen. Der Herbergswirt schien sich zu fragen, ob er sich über seinen Bekanntheitsgrad freuen oder vielmehr beunruhigt sein sollte, dass ein ihm unbekannter Polizist wusste, wer er war. Die Schalen einer dritten Nuss fielen zu Boden. »Wen meinen Sie mit ›wir‹?«

»Meine Gefährtin und mich.«

»Gefährtin?«

Ich verdrehte die Augen. »Vielleicht hatte Pegno ein Muttermal oder etwas Ähnliches, an dem Dandolo ihn erkannt hat«, erklärte ich.

»Ihr Name lautet... Bernward?« Der Mann stolperte ein wenig über den unvenezianischen Namen.

»Das ist richtig. Herr Manfridus kann für mich zeugen.« Manfridus nickte würdevoll. »Und mit wem habe ich das Vergnügen?«

Er sah durch mich hindurch, ohne mir zu antworten. Nicht ich war es, dem hier die Rolle des Fragestellers zukam.

»Ich wusste nicht, dass die Namen der Inquisitoren so geheim sind, dass sie sie selbst schon vergessen haben.«

Michael Manfridus holte überrascht Luft. Beinahe hätte er mir auf die Zehen getreten. In den Augen des Polizisten regte sich etwas.

»Ich bin kein Inquisitor.«

Ich wandte seine eigene Taktik an und starrte durch ihn hindurch, ohne auf ihn einzugehen.

»Ich bin *milite* Paolo Calendar«, sagte er schließlich widerwillig. »Ich ermittle in diesem Todesfall.«

»Es wird wohl nicht viel zu ermitteln geben. Messèr Dandolo hat erklärt, der Tote sei Pegno.«

»Er kann sich an kein Muttermal erinnern, das seine Aussage untermauern würde.«

»Dann sollten Sie wirklich einen zweiten Zeugen holen.«

»Was ist mit den anderen Verwandten? Den Eltern des Jungen? Haben die Sie nicht um Rat gefragt?«

»Vielleicht wurde Enrico Dandolo zum Sprecher der Familie ernannt.«

»Hat man Ihnen das so mitgeteilt?«

»Hören Sie, ich kenne den Mann noch nicht viel länger als Sie.«

»Ich kenne ihn gut genug.« Calendar wandte sich zu Dandolo um und erteilte ihm eine Anweisung. Dandolo hob zum Protest an, aber Calendar ließ sich auf keine Diskussion ein. Einer der Arsenalwächter trabte eilig davon.

»Sie holen jemanden aus Pegnos Elternhaus«, sagte Michael Manfridus.

»Dieser Kerl hat ein Herz aus Stein. Soll Pegnos Mutter hier vor allen Leuten versuchen, ihr Kind zu identifizieren, dem die Fische das Gesicht weggefressen haben?«

»Monna Laudomia wird niemals hierher kommen. Sie ist die Frau eines Patriziers; sie zeigt sich nicht in der Öffentlichkeit, wenn es nicht gerade um einen Kirchenbesuch geht.«

»Wer soll dann kommen? Ich dachte, Pegnos Vater sei mit dem Schiff unterwegs?«

»Pegnos jüngerer Bruder, Andrea. Er ist zwölf. Er ist Novize bei den Benediktinern auf San Giorgio Maggiore, aber seit Messèr Fabio verreist ist, hält er sich zu Hause auf. Ich denke, der Wächter hat den Auftrag, ihn zu holen.«

»Das ist doch keine Sache, die man einem Kind zumutet.«

Manfridus zuckte mit den Schultern. Mein Ärger auf Calendar wuchs zunehmend. Es gereichte der Serenissima und ihren Beamten zur Ehre, wenn sie bei der Untersuchung eines Unglücksfalles alle Register zogen, doch für meinen Geschmack übertrieb der Polizist. Zumindest hätte er dafür sorgen können, dass die unselige Geschichte mit der Identifizierung des Leichnams in der Abgeschlossenheit des Arsenals geschah und nicht hier vor aller Augen.

In die Menge geriet Bewegung, als ein Wächter von der Gasse her, die in westlicher Richtung von dem kleinen Platz wegführte, um die Ecke bog.

In seiner Begleitung befanden sich zwei Jungen, die ebenso zerlumpt waren wie der, der mir die Börse hatte stehlen wollen. Der Wächter rief Calendar etwas zu. Die Jungen stolzierten mit so deutlich zur Schau getragener Gelassenheit neben ihm her, dass man ihre Furcht und Aufregung in jeder Geste erkennen konnte.

»Das ist ja verrückt«, staunte Manfridus. »Die beiden haben sich als Zeugen gemeldet.«

Tatsächlich hätten sie die Brüder des Jungen sein können, der mich zu bestehlen versucht hatte. In ihrem Elend und Schmutz glichen sie ihm beinahe bis aufs Haar. Das Einzige, was sie unterschied, war, dass einer der beiden statt eines Hemdes einen ledernen Brustpanzer trug, der an seinem dürren Körper nicht anders hing als an der Kleiderstange des Söldnerhauptmanns, dem er vor hundert Jahren gehört haben mochte. Calendar sah ihnen mit finsterer Miene entgegen.

»Ich glaube nicht, dass es hier für mich noch viel zu tun gibt«, meinte ich zu Manfridus. »Ich möchte zur Herberge zurückkehren.«

»Finden Sie den Weg allein?«

»Also, Herr Manfridus, bei allem Respekt! Sie haben mich hierher geschleppt, da bringen Sie mich bitte auch wieder zurück. Ich finde in diesem Labyrinth keine hundert Schritte weit, ohne mich zu verlaufen.«

»Ich muss Ihnen einmal erklären, wie man sich hier zurechtfindet«, erklärte er seufzend. »Wenn man's weiß, ist nichts dabei.«

»Sollte ich lange genug hier sein, dass es sich lohnt, sage ich Bescheid.«

Er lächelte und wandte sich von der Befragung der beiden kleinen Zeugen ab, deutlich enttäuscht, seine Neugier nicht befriedigen zu können. Wir drängelten uns durch die Menge hinaus, und die von uns hinterlassene Lücke schloss sich sofort. Ich drehte mich ein letztes Mal um und sah, dass Calendar uns nachblickte, während der Junge mit dem Lederpanzer seine Geschichte hervorsprudelte. Der Polizist sah aus, als sei er an unserem Abgang wesentlich mehr interessiert als an der Aussage des Gassenjungen.

Erst jetzt fielen mir auf dem Rückweg zwischen all den Patriziern in ihren teuren Gewändern, zwischen den Seeleuten, Bewaffneten und Dienstboten, den Mönchen und Priestern sowie den wenigen Frauen°– fast ausnahmslos in der Kleidung von Bediensteten°– die Gassenjungen auf. Sie waren überall, wo sich ein größerer *campo* auftat, zumeist zu zweit oder zu dritt, zerlumpte, zierliche Gestalten, die sich an den Hauswänden herumdrückten wie ihre eigenen Schatten und allen Blicken auswichen. Sie erinnerten mich an die Ratten, die man in unbelebten Gassen in der Abenddämmerung sieht: scheu und zugleich jederzeit bereit zuzufassen, wenn sie Beute wittern. Die meisten Sklaven, die von den reichen Patriziern für teures Geld direkt von den Galeeren weg gekauft wurden, führten ein behüteteres Dasein als sie, deren Eltern vermutlich bereits ein ähnliches Leben geführt hatten.

Schweigsam stapfte ich an Manfridus' Seite dahin und spürte noch immer das knochige Gelenk des Gassenjungen in meiner Hand. Als hätte ich versucht, einen kleinen Vogel festzuhalten.

3

In der Trinkstube der Herberge saß der Arzt, den ich über Michael Manfridus herbeordert hatte, vor einem Becher Wein. Er war ein korpulentes Männchen mit einem zerknautschten Gesicht und einer knolligen Nase, ganz in Schwarz gekleidet und sich seiner Bedeutung absolut sicher. Als er uns hereinkommen sah, blickte er auf, als hätten wir ihn in einer tiefsinnigen Betrachtung gestört. Dann erinnerte er sich offenbar daran, dass ich es gewesen war, von dem er das Geld für seinen Besuch erhalten hatte, und begann auf mich einzureden. Manfridus machte ein peinlich berührtes Gesicht und schien nichts mehr zu fürchten, als mir womöglich die Diagnose eines Frauenleidens übersetzen zu müssen. Er eilte um Hilfe in die Küche der Herberge, wo seine Frau lautstark rumorte.

Clara Manfridus übertrug mir die Worte des Arztes mit säuerlicher Miene: »Er sagt, Ihre Gefährtin leidet an den Nachwirkungen der Reise. Anders als bei einem Mann sind die inneren Organe der Frau nicht fest an ihrem Platz, deshalb können sie bei harten Stößen durcheinander geraten und Unwohlsein verursachen. Er meint, Frauen sollten aus diesem Grund nicht reisen, sondern zu Hause bleiben. Er sagt, wenn Ihre Gefährtin ein paar Tage ruhig liegt, dann gleiten die Organe von allein wieder an ihren richtigen Platz, und alles ist in Ordnung.«

Der Arzt schob die Lippen vor und nickte gönnerhaft, als sei ihm eine Diagnose aus seinem eigenen Mund in jeder Sprache verständlich und zeuge außerdem von tiefer Einsicht in die Anatomie des Menschen.

»Er empfiehlt einen Aderlass. Er hat damit nur auf Sie gewartet, weil es nicht schicklich wäre, den Aderlass in Abwesenheit des Ehemannes auszuführen. Ich habe darauf verzichtet, ihm Ihre besonderen Familienverhältnisse zu erläutern.«

»Einen Aderlass? Nach einem Schwächeanfall?«

»Der Kerl würde selbst einen Bluter zur Ader lassen, wenn ihm nichts anderes einfällt. Sie haben Ihr Geld zum Fenster hinausgeworfen.«

»Ihr Mann hat mir den Arzt empfohlen.«

»Ihn trifft keine Schuld. Er hätte Ihnen jeden beliebigen Arzt empfehlen können. Jeder hätte eine andere fantastische Erklärung gehabt, die alle gleich weit von der Wahrheit entfernt gelegen hätten.« Sie wandte sich zu dem Arzt um und redete mit honigsüßem Lächeln auf ihn ein. Er riss die Augen auf, machte eine indignierte Miene, schüttelte den Kopf und verneigte sich schließlich zum Abschied knapp vor mir. Beim Hinausgehen trank er noch schnell den letzten Schluck Wein aus seinem Becher.

»Ich habe ihm gesagt, dass bei Ihnen zu Hause andere Sitten herrschen und Sie sich erst noch bedenken müssen. Das schafft ihn uns vom Hals.«

»Und jetzt? Was geschieht weiter?«

»Ich werde mich selbst darum kümmern. Ihr Männer habt keine Ahnung, was eine Frau braucht.«

Sie schritt brüsk an ihrem Mann vorbei, eine schlanke Frau mit herben, doch ansprechenden Gesichtszügen, die gewohnt war, ihre eigenen Entscheidungen zu treffen. Vermutlich machte sie das zur Außenseiterin unter ihren Geschlechtsgenossinnen; es sei denn, man erkannte ihre Herkunft aus dem als exotisch geltenden Herzogtum Mailand als mildernde Umstände an. Ich fragte mich, ob ihre deutlich zur Schau getragene Verärgerung mit dem Arzt oder mit mir oder mit der Welt im Allgemeinen zu tun hatte. Manfridus stand in der großen Bogenöffnung zur Küche und warf mir ein entschuldigendes Lächeln zu, während er auf einer seiner hilfreichen Nüsse herumkaute. Ich stieg die enge Treppe zum Dachgeschoss hinauf, um endlich das zu tun, wonach es mir am meisten verlangte: nachzusehen, wie es meiner Gefährtin ging.

Jana saß halb aufgerichtet auf dem Lager, das Clara Manfridus und Julia ihr bereitet hatten. Sie war blass, aber bei unserer Ankunft in Venedig hatte sie noch schlechter ausgesehen. Die Schatten unter ihren Augen waren nicht mehr ganz so tief, und sie hatte sich schon wieder weit genug erholt, um sich von Julia kämmen zu lassen. Sie genoss die Bewegungen sichtlich, mit denen Julia den Kamm durch ihr honigfarbenes Haar gleiten ließ. Als ich mit dem üblichen Gepolter zur Tür hereinkam, blickte sie auf. Die venezianischen Architekten hatten ihre Türdurchlässe für deutlich schmalere Schultern als die meinen konstruiert, und es gab kaum eine Tür, in der ich in meiner aufwändigen florentinischen Kleidung nicht zuerst hängen blieb, bevor ich mich hindurchwinden konnte.

Ich sah Jana an, und eine Woge der Liebe für sie überkam mich gleichzeitig mit der Sorge, die seit dem Tod meiner Frau Maria vor neun Jahren meine stete Begleiterin geworden war. Auf dem Weg von Florenz nach Venedig hatte sich Janas Gesundheitszustand rapide verschlechtert, und kurz vor der Lagunenstadt hatte ich sie ohnmächtig in der Tragesänfte gefunden, die seit einigen Tagen ihr Pferd ersetzt hatte. Ich wusste nicht einmal, wie lange sie schon so in der Sänfte gelegen hatte, von den Schritten der beiden Maultiere grob herumgestoßen. Ich schüttelte sie so lange und schrie auf sie ein, bis sie wieder zu sich kam, wobei mein eigener Herzschlag in meinen Ohren mir kaum weniger laut als mein Gebrüll erschien.

Ich schrieb ihre schlechte Verfassung der Aufregung in Florenz zu. Jana stellte diesbezüglich keinerlei Vermutungen an. Sie war der Meinung, es würde sich von allein herausstellen, woran sie litt, und bis dahin bräuchte sie nur Ruhe. Ich war überzeugt, dass sie etwas vor mir verbarg, und dies diente nicht gerade dazu, meine Sorge zu schmälern.

Jana öffnete die Augen und lächelte mich an.

»Wie geht es dir?«, fragte ich.

»Jeden Tag besser. Ich habe sogar Hunger. Wie ein Bär, wenn du es genau wissen willst.«

»Clara Manfridus hält den Arzt für inkompetent.«

Jana lachte. »Ich verzeihe dir, dass du ihn auf mich losgelassen hast. Aber Clara hat Recht.«

»Hat er dich überhaupt untersucht?«

»Er wollte warten, bis mein Ehegatte oder wenigstens ein männlicher Verwandter im Raum wären. Als Clara ihm erklärte, dass du mit ihrem Mann geschäftlich unterwegs seist und deine Rückkehr lange dauern könnte, erklärte er sich schließlich bereit, mir den Puls zu fühlen.« Sie riss einen Wollfaden ab, der von ihrem Handgelenk herabhing. »Er band mir diesen Faden um und versuchte, meinen Herzschlag darüber zu spüren. Er war peinlichst bemüht, mich nicht zu berühren.«

»Glaubt er, du hast etwas Ansteckendes?«

»Aber nein. Clara hat mir erläutert, dass man es hier mit der Schicklichkeit sehr genau nimmt. Es hat schon mehr als ein Arzt seine Zeit im Gefängnis verbracht, weil man ihn beschuldigte, sich einer Patientin zu sehr genähert zu haben.«

»Indem er ihr den Puls fühlte!«

Sie zuckte mit den Schultern und lächelte gleichzeitig. »Darf ich dich daran erinnern, dass man bei euch mit dem Nachthemd badet vor lauter Schamgefühl?«

»Das hast du mir gründlich ausgetrieben.«

»Keinen Tag zu früh. Nachdem ich ihm dann den Gefallen getan hatte, ihn einen Blick auf meinen Urin werfen zu lassen, verließ er mich und ging nach unten, um auf den Herrn der Schöpfung zu warten.«

»Ich°– nun, besser gesagt, Clara°– hat ihn von weiteren Pflichten entbunden.«

»Das sieht ihr ähnlich.« Sie wandte sich an Julia und rieb sich den Bauch. »Ich habe jetzt genug von der Suppe. Sei so gut und kümmere dich darum, dass ich heute noch etwas Anständiges in den Magen bekomme. Wenn du etwas auf dem Markt kaufen musst, frag Clara um Rat, und lass dir Geld geben. Sie soll es auf unsere Rechnung setzen.«

Julia nickte und drückte sich an mir vorbei zur Tür hinaus. Ich setzte mich zu Jana auf das Lager und nahm eine ihrer Hände in die meinen. Ich versuchte, nicht allzu sorgenvoll zu klingen; ich wusste, wie sie es hasste, wenn ich meinen schwarzen Gedanken zu sehr nachgab.

»Jana …«

»Also, was wollte Manfridus so Wichtiges von dir? Ich hoffe, du hast ihm gesagt, dass seine Frau mich besser pflegt als meine eigene Mutter.«

Ich seufzte. »Ich habe ihn und seine Familie in den Himmel gehoben. Manfridus hat geschäftliche Kontakte zu einer Patrizierfamilie namens Dandolo; alter Adel, sie stammen von dem Dogen Enrico Dandolo ab, der vor fast dreihundert Jahren Konstantinopel besiegt und den Reichtum Venedigs begründet hat.«

»Das ist ein Kontakt, den man pflegen sollte.«

»Manfridus pflegt ihn auch ganz beträchtlich. Er hat der Familie sogar schon den weisen Rat des unvergleichlichen Schurkenfängers Peter Bernward angeboten.«

»Was meinst du damit?«

»Heute besteht die Familie Dandolo im Wesentlichen aus zwei Brüdern: Fabio und Enrico. Beide sind Kaufleute; Fabio ist mehr, Enrico weniger erfolgreich. Fabio hat seinen ältesten Sohn Pegno ins Haus seines Onkels Enrico gegeben, angeblich, um dort das Handwerk zu lernen. Enrico hat nur Töchter, und ich nehme an, nach Enricos Tod sollen die Häuser so zu einem zusammengeführt werden.«

»Und in der Zwischenzeit erhält Pegno Einblick in alle geschäftlichen Transaktionen, sodass Fabio das Geschäft seines Bruders steuert, noch bevor dieser weiß, wie ihm geschieht.«

»Ich kann mir schon vorstellen, dass du hinter jedem familiären Schachzug gleich eine Intrige siehst.«

Sie winkte ab. »Wo liegt nun das Problem, das du lösen sollst?«

»Das Problem ist, dass Pegno vor zwei Tagen spurlos verschwunden ist.«

Janas Augen weiteten sich. »Der Erbe der beiden Häuser? Fürchten die Familien jetzt, dass er sein künftiges Vermögen mit schlechten Frauen und Saufbrüdern durchbringt?«

»Das ist noch nicht alles«, sagte ich grimmig. »Vor wenigen Stunden hat man eine Leiche aus dem See im Arsenal geborgen. Enrico ist überzeugt, dass es sich um Pegno handelt.«

»Du meine Güte! Ist der junge Mann von seinen Saufkumpanen erschlagen worden?«

»Jana, Pegno war ein Kind, gerade mal vierzehn Jahre alt.«

Sie verzog das Gesicht in echtem Mitgefühl. »O Peter, das tut mir Leid.«

Ich zuckte mit den Schultern, aber die Sache ließ sich nicht so leicht abstreifen, wie ich glauben machen wollte. Ich beschloss, wieder zu meinem ursprünglichen Thema zurückzukehren.

»Jana, geht es dir wirklich besser?«

»Natürlich!« Sie strich mir über die Wange. Ich hielt ihre Hand fest. Sie lächelte. »Weißt du übrigens, wen sie zum Dogen gewählt haben, während wir in Florenz waren?«

»Nein, woher sollte ich?«

»Giovanni Mocenigo.«

Ich lachte laut auf, und Jana spitzte schmollend die Lippen. »Wenn er erfährt, dass ich hier bin, lässt er uns aus der Stadt prügeln.«

»Jede schlechte Tat rächt sich. Du hättest bei unserem ersten Besuch hier, als er noch Kaufmann war, vielleicht doch nicht die Gewürzhändler in der Lagune bestechen und ihm das Geschäft vermasseln sollen.«

»Dass mich diese kleine Finte mein Lebtag verfolgt, habe ich nicht geahnt«, stöhnte sie halb zum Spaß. »Jedenfalls ist es mit der Geschäftemacherei hier vorbei. Sobald mein Name irgendwo laut wird, wird er Mittel und Wege finden, den Handel zu hintertreiben. Denn verziehen hat er mir sicher noch nicht.«

»Was willst du tun? Dich im Bett verstecken, solange wir hier sind?«

»Nie im Leben! Ich habe die Nase voll vom Herumliegen.« Sie gönnte mir einen Augenaufschlag. »Du hast auch nichts getan, um mir die Zeit hier zu verkürzen.«

»Jana«, rief ich halb entrüstet, »du warst krank. Du hast die meiste Zeit geschlafen.«

»Nun bin ich wach.«

Ich beugte mich vor, um sie zu küssen. Die Tür sprang auf, und Julia kam herein. Sie räusperte sich. »Es gibt Fisch und eingelegtes Gemüse«, meldete sie. »Aber nur, wenn Sie zuvor die Buchweizensuppe essen, sagt Monna Clara.«

Jana ächzte und sah mich an wie eine leidende Märtyrerin. »Dann werde ich wohl meine Toilette machen, damit ich nach unten gehen kann.«

Ich stand auf und küsste sie zum Abschied auf die Stirn. Julia machte sich bereits an einer von Janas neuen Reisetruhen zu schaffen. Unsere alten Besitztümer waren dem Aufstand in Florenz zum Opfer gefallen, aber Lorenzo de' Medici hatte es sich nicht nehmen lassen, uns den Verlust zu ersetzen. Das Ergebnis war, dass wir alle – Julia eingeschlossen – schöner und kostspieliger gekleidet waren als je zuvor. Beim Hinausgehen wurde mir bewusst, dass auch mein zweiter Versuch, Jana eine ehrliche Aussage zu ihrem Gesundheitszustand zu entlocken, von ihr erfolgreich durchkreuzt worden war.

Auf halbem Weg kam mir Clara Manfridus entgegen. Sie führte eine ältere, füllige Matrone in schlichten Gewändern und eine junge, blassgesichtige Frau mit einer kugeligen Kopfbedeckung die Stufen hinauf. Die beiden Frauen senkten den Blick, als ich mich an ihnen vorbeischob. Clara Manfridus nickte mir kurz zu und setzte den Weg mit ihren Begleiterinnen fort.

Eine von ihnen hinterließ den schweren Duft eines Blumenparfüms, der in der muffigen Luft des engen Treppenhauses hängen blieb. Es bedurfte keiner Erklärung, um zu begreifen, dass die drei zu Jana unterwegs waren. Clara Manfridus hatte die Sache in die Hand genommen und den Arzt gegen eine Kräuterkundige ausgetauscht. Aus unerfindlichem Grund fühlte ich mich plötzlich als Außenseiter in einer Sache, die nur die Frauen etwas anzugehen schien, und zu meiner Sorge gesellte sich ein eifersüchtiger, kleinlicher Ärger.

ZWEITER TAG

1

Am nächsten Morgen führte uns der dreizehnjährige Marco Manfridus zum Campo San Polo, um mit uns den Auftritt einer Schauspieltruppe zu besuchen. Er war gestern in die Schankstube geplatzt, während wir aßen, und hatte seinen Vater atemlos um die Erlaubnis gebeten, mit seinen Freunden die Aufführung sehen zu dürfen. Manfridus hatte vehement abgelehnt, und das Gesicht des jungen Burschen war so lang geworden, dass Jana sich einmischte und anbot, dass wir ebenfalls das Stück ansehen und auf Marco Acht geben würden. Es handelte sich laut Marcos Aussage um die Lebensgeschichte des heiligen Markus, und da sei es nur zu verständlich, dass der junge Mann sich für das Stück interessiere. Ich wusste nicht, ob Michael Manfridus' Weigerung der Befürchtung entsprang, sein Sohn würde Unfug anstellen, oder ob er vom gestrigen Fund des Leichnams noch zu sehr erschüttert war; jedenfalls hatte er nach Janas Angebot kein überzeugendes Argument mehr parat und gab nach. Außerdem zeigte uns sein unterdrücktes Grinsen, als Marco Manfridus freudestrahlend in die Küche hinausschoss, dass er es seinem Sohn in Wahrheit von Herzen gönnte.

Der Campo San Polo lag westlich von der Rialto-Brücke, erreichbar durch eine gepflasterte Hauptgasse ähnlich der, die uns gestern zum Markusplatz geführt hatte°– ein Pfad, der sich nach jeder Ecke zu unterschiedlicher Weite öffnete oder verengte und ebenso viele Abbiegungen und seitlichen Versatz hatte wie Pflastersteine auf seinem Boden. Ich versuchte vergeblich, mir die vielen Kreuzungen zu merken, durch die uns Marco führte; am Ende blieb nur die Erinnerung an die Kirche mit der großen Uhr und dem weit ausgreifenden Portikus gleich nach der Brücke, in dessen Schatten die Geldwechsler und Bankiers saßen, sowie eine kleine Brücke mit der Bezeichnung *ponte delle tette*, deren Namen Marco unbefangen mit der Häufung von Freudenhäusern in ihrer unmittelbaren Umgebung erklärte. Der *campo* war gepflastert, ein weiter, unregelmäßig geformter Platz, der sich überraschend öffnete, nachdem man halb gebückt unter finsteren Arkaden hindurchgekrochen war, die sich *sottoporteghe* nannten, weit verbreitete Ergänzungen des Gassennetzes darstellten und manchmal weniger als schulterhoch direkt durch die Häuser hindurchzuführen schienen. Der Campo San Polo stand an Größe dem Markusplatz nur wenig nach. An ein paar Stellen wucherte Gras aus weiten Spalten zwischen dem Pflaster, und die Behörden hatten angeordnet, eine kleine Hand voll Bäume stehen zu lassen, die ihre frühmorgendlich langen Schatten über den Boden warfen.

An der Westseite des Platzes, halb vor einer scheinbar neu gebauten Kirche und einem weiteren Stadtpalast, erhob sich die Bühne der Schauspieler. Diese war fast mannshoch, sodass es auch dem Hintersten eines großen Publikums möglich sein würde, die Vorführungen mitzuverfolgen. Es musste sich um eine bekannte Truppe handeln, denn ihre Bühnenausrüstung beschränkte sich nicht auf die üblichen naiv bemalten Säcke, die Wände, Säulen oder Wälder darstellten sollten – zu ihrer Bühne gehörte ein wenigstens drei Mannshöhen großer Aufbau, der weit auf den Platz hinaus mit einem Gerüst abgestützt war, eine himmelblaue protzige Bemalung zeigte und an seiner der Bühne zugewandten Seite aus Holz ausgesägte weiße Wolken an verschieden langen Stangen trug, sodass dieser Himmel tatsächlich eine Tiefenwirkung besaß und an Echtheit kaum zu überbieten war. Um die Bühne herum waren Bahnen aus Sackleinen angebracht, die bis auf den Boden reichten, und der Raum unter der Bühne diente den Männern und Frauen als Aufenthalts- wie als Schlafraum. Die meisten Stoffe waren hochgeschlagen, um das Licht des frühen Vormittags in den finsteren Verschlag zu lassen. Eine der heruntergelassenen Leinwände war mit einem Wappentuch zusammengeheftet, als legte der Besitzer des Wappens großen Wert darauf, es jedem Besucher des Schauspiels zu zeigen, und ich verbrachte einige ergebnislose Minuten damit, nachzudenken, wo ich es schon einmal gesehen hatte.

Obwohl wir zu früh dran waren, befand sich schon eine Menge Volk auf dem Campo San Polo. Marco Manfridus drängte sich unbekümmert hindurch und interessierte sich für alles, was auch nur entfernt mit dem Treiben der Schauspieler in Verbindung zu stehen schien. Ich warf Jana einen Seitenblick zu, doch die Hast des Jungen schien ihr nichts auszumachen; sie lächelte mit erhitzten Wangen und raffte ihr Kleid, wenn der unebene Boden sie stolpern ließ.

Die Menschenmenge hatte auch die üblichen Bettler angezogen, die sich langsamer als wir durch das Gedränge schoben und um Almosen baten. Die Krüppel hatten sich dicht vor der Bühne versammelt, von wo man sie ohne Zweifel beim Beginn der Aufführung vertreiben würde; doch noch humpelten oder krochen sie oder wälzten sich herum, um ihre Gebrechen zu zeigen. Eine Frau hatte sich das schmutzige Kleid bis fast zum Schoß hochgeschlagen und die Ärmel aufgekrempelt. Die Haut an ihren Beinen und Armen war wund, von Pusteln und Geschwüren übersät, sie heulte in einem monotonen Klagelied, und selbst die anderen Krüppel machten einen Bogen um sie. Die Bürger warfen von ferne Münzen vor die Füße der Jammergestalten und bemühten sich ansonsten, sie zu ignorieren. Auch die Gassenjungen waren allgegenwärtig; ich rückte meine Börse nach vorn, hielt die Hand darauf und bat Jana, ebenfalls Acht zu geben. Ich wusste nicht, ob der Bursche darunter war, der mich zu bestehlen versucht hatte, aber ich sah eine magere Gestalt mit einem ledernen Wams und erkannte einen der eifrigen Zeugen von gestern wieder.

Eine Konstruktion nicht unähnlich der eines Galgens stand

an einer Seite der Bühne und ragte mit dem Arm über den Wolkenhimmel hinaus. Durch zwei wuchtige Eisenringe am Ende des Arms führte je ein dick eingefettetes Seil, an dem eine Art lederner Harnisch hing. Über ein Rad am Fuß der Bühne ließen sich die Seile auf- oder abwickeln. Eine zweite Maschine mitten unter der Bühne bestand aus einer kleinen Plattform und einer komplizierten Mechanik, deren Seilzüge und Steingewichte dazu dienten, jemanden durch eine Falltür auf der Bühne so schnell wie möglich nach oben zu befördern. Die dritte Apparatur war einfach: Zwischen den Wolken hing eine Schale, die über ein Seil, das durch den Bühnenhintergrund nach unten auf den Boden führte, ausgekippt werden konnte.

Ein halbes Dutzend junger Burschen im Alter zwischen etwa zehn und sechzehn Jahren kümmerte sich um die Belange der Schauspieler oder schleppte Kulissen heran.

Wegen des erbaulichen Charakters des Stücks hatten einige Bürger ihre Frauen und Töchter mitgebracht, und vor allem Letztere machten den Jungen verstohlen schöne Augen. Marco Manfridus versuchte ergebnislos, die Blicke einer zarten blonden Schönheit auf sich zu lenken, und machte ein eifersüchtiges Gesicht. Einer der Jungen, ein schmaler, dunkler Kerl von höchstens vierzehn Jahren mit einem wilden Haarschopf und strahlend blauen Augen, wurde von einem älteren Mann angesprochen, und was dieser zu sagen hatte, hörte sich offenbar so interessant an, dass der Junge das tönerne Gefäß in seiner Hand vergaß und zuhörte. Der Mann machte einen Scherz, und der Junge lachte.

Ich hatte den Mann zuerst für einen Söldnerhauptmann gehalten: Er trug einen festen ledernen Harnisch mit beweglichen Schulterstücken, enge Hosen und hohe Stiefel, doch er hatte zu große bronzene Manschetten an den Handgelenken und zu viele Ringe an den Fingern, um wirklich einer zu sein. Sein Kopf war kahl geschoren und sein Gesicht im Seitenlicht der noch tief stehenden Sonne ein Abbild der Ausschweifung.

Vielleicht stellte er einen der Folterknechte dar, die dem heiligen Markus zu seinem würdigen Abgang verhalfen.

»Hast du die Apparaturen gesehen?«, fragte Jana. »Wozu sind sie gut?«

»Mit dem Galgen kann man die Himmelfahrt von Heiligen oder den Abstieg von Engeln aus den himmlischen Gefilden simulieren.«

»Und die Plattform?«, erkundigte sich Marco.

Ich spähte unter die Bühne. Die zwei Muskelpakete, die die bewegliche Plattform bedienten, kurbelten sie hinauf und hinunter und ließen die Falltür klappern, misstrauisch beobachtet von einem bärtigen jungen Mann mit langem Haar. »Ich habe keine Ahnung. Du bist doch hier zu Hause.«

»Ich sehe so etwas zum ersten Mal.« Er grinste Jana dankbar an. »Dank Ihnen.«

Der alte Mann, der für die Bedienung des Galgens ausersehen war, nahm davon Abstand, dessen Funktion zu überprüfen. Er saß auf dem Boden, mit dem Rücken an sein Gerät gelehnt, und ließ das Keifen eines alten Weibes über sich ergehen, ohne auch nur mit der Wimper zu zucken. Schließlich wandte sich die Alte ab, nicht ohne vorher auf den Boden gespuckt zu haben. Als Kommentar darauf gab der Mann ein markerschütterndes Rülpsen von sich.

»Der ist ja stockbesoffen«, staunte Jana. Marco Manfridus kicherte. Als ich mir ansah, welche Aufgabe dem betrunkenen Alten an dem Galgen zugedacht war, ließ sich eine unheilvolle Ahnung nicht ganz verdrängen.

Ich achtete zunächst nicht weiter darauf, als sich etwas abseits heftige Stimmen erhoben; die Atmosphäre unter den Schauspielern, so kurz vor der Aufführung, schien für Streitereien wie geschaffen zu sein. Doch dann sah ich aus dem Augenwinkel, wie jemand zu Boden gestoßen wurde. Einige andere bemerkten es ebenfalls, und sofort bildete sich ein Kreis von Neugierigen.

Ein beleibter Mann mit den bunten Kleidern der Schauspieler, aber ohne die grelle Schminke im Gesicht, stand neben dem Jungen mit dem Tongefäß. Der Kerl mit dem Lederharnisch rappelte sich soeben vom Boden auf. Der Schauspieler trat einen Schritt zwischen den Jungen und ihn und hob drohend eine Faust. Der zu Boden Gestoßene bewegte sich bedächtig, aber seine Langsamkeit zeugte nicht von körperlicher Schwäche. Der dicke Schauspieler beging einen fatalen Fehler, wenn er meinte, er könnte seinen Gegner ein zweites Mal bezwingen. Der Mann im Lederharnisch wischte sich Staub vom Hosenboden; seine Hände wirkten steif vor mühsam unterdrückter Wut. Um ihn herum waren Münzen verstreut, und eine offene Börse lag zu seinen Füßen. Er bückte sich, um sie aufzuheben, und ich erwartete, dass er dem Dicken den Kopf in den Leib stoßen würde, doch er richtete sich wieder auf und sah sich scheinbar suchend um. Ich spürte, wie Jana ihre Hand auf meinen Arm legte.

»Er hat ein Messer im Stiefel«, flüsterte sie. »Als er sich aufrichtete, habe ich es gesehen. Der Dicke hat sich übernommen.«

Plötzlich erstarrte der Mann mit dem Lederharnisch. Ich folgte seinem Blick. Zwischen den Neugierigen stand eine dunkle, schlanke Gestalt und betrachtete den Zwischenfall mit ausdrucksloser Miene: Paolo Calendar. Es schien, als würde dem Lederträger die Luft abgelassen. Er maß sich mit Calendars Blick, verlor und sah zu Boden, als würde er überlegen, ob er die zerstreuten Münzen aufheben wolle. Dann warf er die leere Börse weg und stapfte schwerfällig davon. Als ihm ein paar Zuschauer nicht rechtzeitig auswichen, stieß er sie durch einen Ruck mit der Schulter unsanft beiseite.

Calendar missachtete die neugierigen Blicke der Leute. Die Menge begann sich zu zerstreuen, und er schlenderte zu uns herüber. Er nickte Marco zu, ignorierte Jana und wandte sich an mich. »Was tun Sie hier?«

»Ich habe vor, mich am Martyrium des heiligen Markus zu ergötzen. Was bedeutete dieser Auftritt eben?«

Die Aufmerksamkeit der Umstehenden hatte sich inzwischen auf uns verlagert, doch Calendar tat weiterhin, als würde er es nicht bemerken. »Sie sind immer dort, wo Sie nicht hingehören.«

»Der Kerl mit dem Lederharnisch schien Sie zu kennen. Warum haben Sie ihm nicht geholfen? Der Dicke hat doch mit dem Streit begonnen.«

»Der ›Kerl‹ ist Barberro, der Sklavenhändler«, erwiderte Calendar und vermied dabei jede Betonung.

Ich sah zu dem Jungen hinüber, der zerknirscht dastand, während der dicke Mann ihm eine Standpauke hielt. Ganz offensichtlich handelte es sich bei dem Dicken um den Anführer der Schauspieler. Die Münzen aus der Börse, die die Nächststehenden mittlerweile eingesteckt hatten, waren offensichtlich ein Kaufangebot des Sklavenhändlers gewesen. Jana machte ein verächtliches Geräusch.

»Hat es sich geklärt, ob der Tote aus dem Arsenal Pegno Dandolo war?«, fragte ich.

»Ich dachte, Sie haben mit der Sache nichts zu tun.«

»Der Junge tut mir Leid.«

»Passen Sie auf Ihre Börse auf«, sagte Calendar und schob sich durch die Zuschauer. Ich sah ihm hinterher; er ging in dieselbe Richtung wie Barberro.

Als die Zuschauer beiseite traten, sah ich zwei Gassenjungen, die Calendar scheinbar im Weg standen. Einer davon war der Zeuge von gestern in seinem Lederwams, das wie eine armselige Karikatur von Barberros Kleidung wirkte. Sie wichen hastig zurück, traten den hinter ihnen Stehenden dabei auf die Füße, was ihnen zahlreiche Knüffe einbrachte. Sie senkten die Köpfe, bis Calendar an ihnen vorüber war, dann verfolgten sie seinen Weg mit einem vorsichtigen Augenaufschlag bis zu mir zurück. Erst als der eine der beiden mir zunickte und mir sein zahnlückiges Grinsen schenkte, erkannte ich ihn. Es war der Junge, den ich beim Taschendiebstahl ertappt und laufen gelassen hatte. Ich wollte ihm eine Münze zuwerfen, doch er stand zu weit entfernt, und so nickte ich lediglich zurück. Erst dann fiel mir auf, dass sich kein einziger der jungen Schnapphähne in unsere Nähe gewagt hatte. Der Junge hatte wahrscheinlich seine Kameraden gewarnt, die Finger von mir zu lassen. Für heute war ich verbotenes Terrain. Verlorener kleiner Dreckspatz, der er war, zahlte er doch seine Schuld zurück. Ich hob die Hand, um ihm zuzuwinken, aber die Menge hatte ihn und seinen Kameraden bereits verschluckt.

»Wer war der Kerl mit dem grauen Haar?«, erkundigte sich Jana.

»Ein Polizist, den ich gestern kennen gelernt habe: *milite* Calendar.«

»Ein düsterer Mann …«

»Manfridus hat mir erzählt, dass die Polizei hier nicht sehr beliebt ist. Kein Wunder; zumindest dieser Calendar benimmt sich übler als ein Zwingvogt.«

»Das finde ich nicht. Er wirkt abweisend, aber nicht böse.«

»Tatsächlich? Was veranlasst dich zu dieser Meinung?«

»Erfahrung«, sagte sie nur halb spöttisch. »Du warst ebenso, als ich dir zum ersten Mal begegnete.«

»Da gibt es schon wieder eine Schwierigkeit«, rief Marco Manfridus begeistert und deutete zur Bühne.

Ein zierliches Mädchen, das eine Strohperücke auf dem Kopf trug, redete mit Händen und Füßen auf einen mageren jungen Mann in schäbigen Kleidern ein. Das Mädchen trug ein langes leinenes Hemd, und es dauerte eine Weile, bis mir klar wurde, dass es nicht das Opfer einer Hinrichtung darstellen sollte, sondern einen blond gelockten Engel. Der junge Mann trug einen Sack auf dem Rücken, und wer immer er auch war, er gehörte keinesfalls zu den Schauspielern. Ich wusste nicht, was der strohhaarige Engel dem jungen Mann zu erklären versucht hatte, doch es bewegte ihn dazu, dem Mädchen unter die Bühne zu folgen. Meine allzeit auf die Schlechtigkeit der Menschen trainierten Sinne erwarteten, dass sogleich ein paar Bahnen Leinwand herabgezogen würden, um dem Engel und dem jungen Mann ein paar Augenblicke ungestörten irdischen Genusses zu verschaffen, aber er wurde lediglich dem Anführer der Schauspieler vorgestellt.

Marco Manfridus erklärte: »Es gibt zwei Erzengel in dem Spiel. Sie kommen zu San Marco in den Kerker und verkünden ihm die Ankunft unseres Herrn Jesus. Einer der Engel ist das Mädchen mit der Strohperücke; der andere liegt da drüben unter der Decke. Er schläft nicht, er ist krank.« Marco Manfridus zuckte mit den Schultern. »Der Obstverkäufer hat sich überreden lassen, seine Rolle zu übernehmen.«

Ich blickte unwillkürlich zu dem betrunkenen Alten bei der Galgenkonstruktion hinüber, in dessen Händen der sichere Abstieg der Engel aus den Wolken lag. Aus seiner Richtung ertönte seliges Schnarchen. Noch während ich mich fragte, wie lange der Obstverkäufer über sein Einverständnis nachgedacht hatte, begann eine Trompete zu plärren, und die Menge auf dem *campo* applaudierte.

Der Anführer der Schauspieler ließ sie eine ganze Weile klatschen, dann kletterte er auf die Bühne und lieferte einen langen, gestenreichen Monolog, den uns Marco Manfridus hastig als die Lebensgeschichte des heiligen Markus bis zu jenem Tag schilderte, an dem er nach Alexandria zurückkehrte und das Martyrium erleiden durfte. Der Monolog erntete einige Zwischenrufe, sich zu beeilen, und mageren Beifall.

Sankt Markus trat danach mit pompöser Gebärde und einem Pilgerstab auf, umarmte seine kleine Schar von Gläubigen und einen hölzernen Pilaster, der seine Kirche darstellen sollte, um alsbald von zwei fantasievoll gekleideten heidnischen Priestern heimgesucht und mit Schimpfworten belegt zu werden. Nach einer Weile riss dem Heiligen der Geduldsfaden, und er zerbrach seinen Pilgerstab auf dem Kopf eines der Heiden, was zu einem Beifallssturm des Publikums und auf der Bühne zu San Marcos unverzüglicher Verhaftung führte. Unter dem Johlen der als Alexandriner verkleideten Schauspieler und den empörten Protesten des Publikums warf man ein

Seil um seinen Hals und schleppte ihn hinter eine hölzerne Stellwand. Als man wieder hervorkam, hatte der Schauspieler seinen Platz mit einer Puppe getauscht, die wild auf der Bühne umhergeschleudert wurde und Mengen roter Flüssigkeit von sich gab, getreu der Legende, nach der Sankt Markus durch die Stadt geschleift wurde, bis »sein Fleisch auf der Erde hängen blieb«. Die heidnischen Priester und ihr Gefolge sangen dazu, das Publikum reckte die Fäuste und bedrohte die Folterknechte, und ich beobachtete, wie der Alte an dem Galgen von einem kleinen Jungen geweckt wurde und sich schwankend aufrichtete, um sein Gerät zu bedienen.

Zuerst kurbelte er den Arm des Galgens in die falsche Richtung, über das Publikum hinweg, was niemandem auffiel, da die Engel noch nicht daran hingen und die Hohepriester sich soeben anschickten, Sankt Markus mit viel Brimborium in den Kerker zu werfen. Selbst das herzhafte Rülpsen des Alten ging im allgemeinen Tumult unter. Dann schaffte er es doch, den Galgen über den Bühnenaufbau hinweg zu manövrieren und die Seile abzurollen. Offensichtlich warteten die Himmelsboten im Hintergrund auf ihren akrobatischen Einsatz. Die Hohepriester hatten es endlich vollbracht, die Puppe in hohem Bogen hinter eine weitere Stellwand zu werfen, das Publikum buhte sie aus; der erste Akt war zu Ende. Das Publikum unterhielt sich aufgeregt über das Gesehene, die Schauspieler schoben ein paar Stellwände hin und her, und ich sah dem Alten zu, der die Seile abgerollt hatte und im Stehen einschlief.

Der zweite Akt begann mit dem mittlerweile in das blutige Hemd der Puppe gekleideten Heiligen, der sich die Hände an einem Kohlebecken wärmte und laut sein Schicksal pries, unter all den Qualen für die Sache des Herrn zu sterben. Am Ende seines Lamentos blickte er erwartungsvoll nach oben. Doch nichts geschah. Selbst meine mit der Sprache nicht vertrauten Ohren hörten, dass er nach einer kleinen Pause mit deutlich gesteigerter Leidenschaft und einem besorgten Gesichtsausdruck wieder von vorn begann. Kurz darauf schoss der kleine Junge unter der Bühne hervor und rüttelte den Alten ein zweites Mal wach. Der begann sofort zu kurbeln, und wenige Augenblicke später tauchten die beiden Engel am oberen Rand des Bühnenhimmels auf. Beide trugen jetzt das lange Hemd sowie die Strohperücke und hatten sich kleine Flügel auf den Rücken geschnallt. Der Obstverkäuferengel klammerte sich außerdem an ein mächtiges Holzschwert; seine Rolle war offensichtlich die des Erzengels Michael. Das Mädchen hatte keine weiteren Attribute seiner Identität aufzuweisen; dafür drehte es sich mit einiger Geschwindigkeit um sich selbst und brachte den gesamten Galgen zum Schwanken, und der ebenso schwankende Alte am Fuß der Konstruktion versuchte so angestrengt wie erfolglos, seinen Fehler zu berichtigen und die Flugbahn des Engels zu stabilisieren. Sankt Markus unterbrach sein Leiden kurz, um nach oben zu schauen; seine Augen weiteten sich, er trat einen Schritt zurück und begann hastig weiter zu lamentieren. Sein Nacken versteifte sich sichtbar. Nicht nur ich schien den baldigen unsanften Aufprall eines Engels auf dem Kerkerboden zu erwarten.

Der Erzengel Michael beendete seinen Abstieg zur Erde ohne Komplikationen. Der junge Obstverkäufer war offensichtlich steif vor Angst und nicht schwerer abzuseilen als ein Stück Holz. Er stand ungelenk da, ließ sein Schwert fallen, bückte sich hastig danach, was das straffe Seil nicht zuließ, verlor den Boden unter den Füßen und schwebte schreckensbleich in Hüfthöhe durch den Kerker.

Der Alte, der derweil noch immer versuchte, auch den zweiten Engel durch die Wolken bis auf den Boden zu bringen, bemerkte nichts von Michaels Not und gab kein Stückchen Seil nach. Falls der Erzengel einen Text hatte, hatte er ihn vergessen. Er trudelte langsam durch den Kerker und wirkte, als müsse er sich jeden Moment übergeben. Sankt Markus beendete den zweiten Durchgang seines Lamentos und schien zu überlegen, ob eine dritte Version angebracht sei. Endlich fand der Obstverkäufer sein Gleichgewicht wieder und stellte die Beine auf den Boden, sein Schwert unerreichbar vor seinen Füßen.

Dann landete der erste Teil des anderen Engels auf dem Boden: die Strohperücke. Sankt Markus sah überrascht nach oben; selbst Michaels Blicke wurden von seinem Schwert abgelenkt, und den Augen der beiden Schauspieler folgte das gesamte Publikum.

Das lange Hemd des zweiten Engels hatte sich am oberen Rand einer Wolke verfangen. Der Alte, zu sehr damit beschäftigt, sich aufrecht zu halten, hatte nichts davon mitbekommen und weitergekurbelt. Die Wolke war groß genug, um das Mädchen dahinter zu verbergen, und so war über dem Wolkenrand nur der Hemdzipfel zu sehen sowie zwei Engelshände, die sich verzweifelt an einer anderen Wolke festklammerten, um nicht weiter nach unten gesenkt und dadurch vollends ausgezogen zu werden. Unterhalb der Wolke baumelten in einem Federngestöber aus sich auflösenden Engelsflügeln zwei bloße Füße.

Sankt Markus schlug die Hände vors Gesicht und fiel dann vor dem Erzengel auf die Knie, sichtlich im Bestreben, das Spiel fortzuführen und das Publikum von der Katastrophe abzulenken, die sich in den Wolken ereignete. Michael reagierte nicht auf die Demutsgeste und gaffte stattdessen mit weit offenem Mund nach oben. Nicht schwer zu erraten, welcher Anblick ihm geboten wurde, denn unter seinem Hemd regte es sich ganz unengelhaft, und ein zweites Schwert schien dem Erzengel zu erwachsen als Ersatz für das, welches ihm bei der Landung abhanden gekommen war. Sankt Markus blieb der Anblick eines Erzengels, der aus den Wolken zu ihm in den Kerker herabstieg und dort eine Erektion bekam, erspart; er hielt den Kopf gesenkt und hoffte darauf, dass der Obstverkäufer sich wieder auf seinen Text besann.

Als das nicht geschah, zupfte er ihn an seinem Hemd und zischte ihm etwas zu. Die Blicke des Erzengels wurden zu Boden geleitet, und mit dem Anblick des kauernden Märtyrers erwachte schlagartig die Erinnerung an seine Pflicht. Er riss den Mund auf und kreischte: *»Ecco, il REDENTORE!«*

Dann geschah alles zugleich: Das Hemd des in den Wolken feststeckenden Engels riss mit einem lauten Ratsch; der Alte sah nach oben und rülpste erschüttert; die Wolke, an der sich das Mädchen festklammerte, begann sich zu neigen; und der Mann hinter der Bühne gehorchte seinem Stichwort und leerte die Schale, deren Inhalt regiegemäß in das Kohlebecken fiel und dort zu einer Stichflamme wurde, die eine gewaltige weiße Rauchwolke entfachte.

Allein der auf diese Weise angekündigte Erlöser kam nicht.

Die Rauchwolke verzog sich. Der Erzengel hatte offensichtlich zu nahe am Kohlebecken gestanden und hatte versengtes Strohhaar und ein rußgeschwärztes Gesicht. Seine Erektion war mittlerweile vollends abgeklungen. Er sah sich verwirrt um, begegnete dem wütenden Blick des heiligen Markus, erschauerte und quiekte pflichtbewusst ein zweites Mal: *»Ecco, il REDENTORE!«*

Die Wolke gab ein bedrohliches Knarren von sich, gefolgt von einem verzweifelten Aufschrei des sich an sie um sein Leben klammernden Engels. Der Alte erkannte endlich, was zu tun war, und begann das Seil wieder aufzurollen. Er erwischte das falsche und holte den Erzengel Michael mit einem Ruck von den Füßen, der einem startenden Falken alle Ehre gemacht hätte.

Hinterher ließ sich nur noch vage nachvollziehen, was geschehen war. Der Obstverkäufer war auf der Falltür gelandet, durch die der HERR, verdeckt in der Rauchwolke, auf der Bühne erscheinen sollte. Die beiden Muskelmänner unter der Bühne, die davon nichts ahnten, mühten sich nach Kräften, den Erlöser nach oben zu kurbeln. Als der Erzengel in einem Wirbel aus Federn und mit einem entsetzten Quietschen emporschwang, gab die Falltür nach, und die Plattform schnellte nach oben. Den Zuschauern wurde das seltene Erlebnis zuteil, dass der HERR Jesus Christus wie ein Schachtelteufel aus dem

Bühnenboden sprang und mit weit aufgerissenen Augen über das Kohlebecken und in die erste Reihe der Zuschauer flog, wo er lauthals und unmenschlich zu fluchen begann. Der Alte ließ das Seil, an dem der Erzengel hing, fahren und widmete sich der Rettung des Mädchens, wodurch Michael, ebenso schnell wie er abgehoben war, wieder in Richtung Boden fiel, durch die Falltür stürzte und diese hinter sich zuschlug. Der Knall setzte den Schlusspunkt, und es wurde still. Selbst der Erlöser stellte sein Fluchen ein. In die Stille flatterte das zerrissene Hemd des zweiten Engels herab und legte sich tröstend auf den vor Scham erstarrten Märtyrer.

2

Etwas flog durch die Luft und zerplatzte auf der Bühne: faules Obst. Dicht gefolgt von einem faustgroßen Stein, der dumpf polternd auf die Bretter schlug. Der heilige Markus lugte erschrocken unter dem Leinenfetzen hervor; auch das hätte amüsant gewirkt, aber ich musste lediglich in die Gesichter um uns herum blicken, um zu wissen, dass die Zeit für Komik vorbei war. Die Menge fühlte sich auf den Arm genommen. Nach den ersten beiden Würfen geschah für einige Augenblicke nichts°– die Meute wartete auf einen, der den Leithammel spielen wollte. Der beleibte Anführer der Schauspieler begann auf allen vieren die Treppe hochzuklettern, doch er war so langsam wie eine Kröte.

Zwei unaufdringlich elegant gekleidete Männer schwangen sich scheinbar mühelos auf die Bühne und stellten sich vor den Heiligendarsteller, der erschrocken auf dem Boden kauern geblieben war. Gleichzeitig sprang ein weiterer, noch prächtiger gekleideter Mann die Treppe hoch, stieß den Anführer der Gaukler beiseite und stellte sich zwischen die beiden ersten Männer. Er war ein gutes Stück kleiner als die beiden und wirkte dennoch am beeindruckendsten. Die Menge zögerte noch ein paar Augenblicke länger; der Mann hob beide Arme wie ein Priester am Beginn der Wandlung,

»Das ist Leonardo Falier!«, stieß Marco Manfridus hervor, und zur Verblüffung aller begann der Mann auf der Bühne herzhaft zu lachen.

Die Menge erkannte, dass sich nun einer unverhofft der Rolle des Leithammels angenommen hatte, und er schien nicht vorzuhaben, die Schauspieler zu bestrafen. Sie lachte mit. Falier klatschte in die Hände; Applaus für die Schauspieler erhob sich. Der Anführer der Gaukler stand ungläubig auf der Treppe und machte ein Gesicht, als habe sich soeben wirklich ein Engel aus den Wolken herabgeschwungen. Einer der beiden Begleiter Faliers, die nur seine Leibwächter sein konnten, bückte sich auf einen Wink seines Herrn und zog den Darsteller des heiligen Markus in die Höhe. Falier schüttelte ihm die Hand, der Applaus brandete noch stärker auf, und als er sich gar dazu verstieg, seine kurze, über eine Schulter gehängte Schaube abzunehmen und sie mit elegantem Schwung über das Büßergewand des Heiligendarstellers zu werfen, als wolle er dessen Blöße bedecken, stieg Jubel aus der Menge auf. Die Schaube war mit dem gleichen Familienwappen wie das Sacktuch des Bühnenvorhangs verziert und kam vermutlich nicht ganz zufällig so auf den Schultern des Schauspielers zu liegen, dass es deutlich zu erkennen war. Ich wusste jetzt wieder, wo ich es°– ähnlich aufdringlich zur Schau gestellt°– schon gesehen hatte: gestern auf dem Canale di San Marco, quer über eine Reihe von Gondeln gespannt und von Trommelschlägen begleitet.

»Wer ist Leonardo Falier?«, fragte ich den jungen Manfridus, der begeistert mitklatschte.

»Ein Mitglied des Zehnerrats.«

Ich zuckte mit den Schultern.

»Der Erhabene Consiglio di Dieci ist für Hochverrat, Korruption und Sodomie zuständig«, erklärte Marco Manfridus mit lauter Stimme, um sich gegen den Lärm um uns herum durchzusetzen, und ich staunte für einen Moment, dass ihm das Wort Sodomie ohne Stocken über die Lippen gekommen war. Er war ein aufgeweckter Kerl, aber es gab Dinge, die ihm noch ein Geheimnis hätten sein sollen. »Man hat ihn vor langer Zeit gegründet, als Baiamonte Tiepolo im Kirchenmonat über die Brücke ging.«

»Galt es einmal als Verbrechen, eine Brücke zu überqueren?«

Marco lachte. »Das ist aus einem Kinderreim. Tiepolo war

ein Verschwörer; die *Dieci* wurden gegründet, um seine Anhänger zu verurteilen, aber dann hat man sie nie wieder aufgelöst. Ich habe gehört, *consigliere* Falier hat diese Aufführung auf seine Kosten organisiert.«

Leonardo Falier hatte die Menge auf dem *campo* mittlerweile vollkommen im Griff. Er ließ einen Schauspieler nach dem anderen heraufkommen und steuerte jedes Mal den Applaus der Zuschauer. Als das Mädchen auf die Bühne kletterte, das den verunglückten Engel dargestellt hatte, nun wieder züchtig bekleidet, ertönten die ersten *Bravo!*-Rufe, und selbst als man den noch halb betäubten Obstverkäufer unter der Bühne hervorzog, brach das Publikum in Hochrufe aus. Falier stand voller Bescheidenheit zwischen seinen Leibwächtern und klatschte den Gauklern ebenso heftig zu wie die Zuschauer, während seine beiden Begleiter jedem der Schauspieler einen kleinen Beutel überreichten.

Der Zehnerrat war ein schlanker Mann mit blasser Gesichtsfarbe, langen Gliedern und ausdrucksstarken Gesten. Er trug sein fast schwarzes Haar halblang, sodass die leichte Brise es zerzausen konnte. Sein Lächeln war breit und grub tiefe Falten in sein schmales Gesicht. Er hatte ein auffälliges Mal auf einer Wange, das er sich nicht zu überdecken bemühte, eine lange Nase und tief liegende Augen. Die Leibwächter, die um einen Kopf größer waren als er und muskulöser und breitschultriger, wirkten neben ihm wie bloße Randfiguren, und die Schauspieler, sosehr der Zehnerrat und die Zuschauer ihnen auch applaudierten, schienen unbedeutender Pöbel in seiner Gegenwart. Ich schüttelte den Kopf, als mir die beklemmende Präsenz des Mannes zu Bewusstsein kam.

»Warum spreizt er sich so wie ein Pfau?«

»Man hört, er möchte gern zum Vorsitzenden des Rats gewählt werden.«

»Wann sind die Wahlen?«

»Irgendwann in den nächsten Tagen, was weiß ich«, erklärte Marco mit jugendlichem Desinteresse.

»Falier betreibt also Wahlkampf. Weshalb hat er es nicht gleich auf die Dogenkappe abgesehen?«

Marco machte ein verständnisloses Gesicht. »Weil er die Zügel in der Hand halten will, statt gelenkt zu werden.«

Jana packte meinen Arm, und ich wandte mich ihr zu, um ihr Marcos Worte weiterzugeben. Ich sah erschrocken, wie bleich sie war. Die Schatten unter ihren Augen hatten sich wieder vertieft.

»Ich habe mich wohl überschätzt«, ächzte sie und lehnte sich an mich.

»Sind die Schmerzen wieder da?«

»Im ganzen Unterleib.« Sie biss sich auf die Lippe.

Ich legte ihr den Arm um die Schultern. Ihr Körper war verkrampft und zitterte unter einer zweiten Schmerzwelle.

»Wie lange schon?«

»Hat eben angefangen. Ach, Peter ...«

Ich riss Marco Manfridus grober herum, als nötig gewesen wäre. Der Junge starrte mich erschreckt an, dann fiel sein Blick auf Jana, und er verstand.

»Wir müssen schnell hier raus«, rief ich.

Marco wandte den Kopf hilflos hin und her. Die Zuschauermenge begann sich aufzulösen, aber bei weitem nicht schnell genug.

»Das dauert, bis wir hier herauskommen«, sagte er unglücklich. »Und dann ist es ein weiter Fußmarsch bis zur Herberge.«

Ich sah Jana in die Augen; unnötig ihr Kopfschütteln, um mir klar zu machen, dass sie den Rückweg nicht schaffen würde. In ihren Augen standen Tränen. Ich stieß einen Mann zurück, der ihr zu nahe kam, und er fuhr herum, um sich mit mir anzulegen. Er sah von mir zu Jana und zu mir zurück und hob die Hände, als wollte er sein Bedauern anzeigen.

»Wir nehmen ein Boot.«

Wir standen im Westen des *campo*; Marco deutete zu einer engen Gasse, die in den Hof eines Palastes hineinzuführen schien. »Dort geht es zum Rio di San Polo. Ich kenne die Stelle; die Transportboote für die Ca' Cornèr landen dort an. Wir finden bestimmt irgendjemanden, der uns mitnimmt.«

Ich nickte ihm zu, und der Junge begann mit vielen Entschuldigungen, Platz für uns zu schaffen. Jana stützte sich auf mich, bis ich sie halb trug. Die Menschen wichen nur widerwillig beiseite. Schließlich griff ich mit der anderen Hand zu und hob Jana vollends auf meine Arme. Der Anblick erschreckte einige der Nächststehenden, Finger deuteten auf uns, und nun wurde uns Platz gemacht. In einer Stadt, die vom Seehandel lebt, ist die Angst vor ansteckenden Krankheiten nur allzu präsent. Marco bahnte uns den Weg aus der Menge heraus und führte uns in die Gasse.

Sie war eng und ungepflastert, und wenn das fehlende Dach nicht gewesen wäre, hätte man sich in einem Kellergewölbe wähnen können. Jana legte den Kopf an meine Schulter; über den schwachen Duft ihres Apfelparfüms roch ich schales Seewasser und faulende Fische – der Geruch jeder venezianischen Seitengasse. Vor uns lag eine der üblichen scharfen Abbiegungen, die einen bis zuletzt glauben ließen, man liefe in eine Sackgasse. Eine Hand voll Leute bog darum und kam uns mit verkniffenen Gesichtern entgegen, darunter zwei Frauen in der Kleidung von Bediensteten. Eine hielt sich die Hand vor den Mund und würgte; die andere stützte sie. Sie warfen uns einen hastigen Blick zu, bevor sie sich an uns vorbeidrängten. Ein Mann rief Marco etwas zu. Der Junge sah ihm erstaunt nach.

»Was ist los?«

»Sie sagen, sie holen die Polizei.«

Jana regte sich. »Es geht wieder«, sagte sie schwach. »Stell mich auf den Boden.«

Ich packte sie fester. »Ich habe in letzter Zeit nicht oft die Gelegenheit, dich im Arm zu halten«, erklärte ich und versuchte zu lächeln. Sie lächelte zurück.

Nachdem wir der Gasse scharf nach links gefolgt waren,

wurde sie ein wenig breiter und heller und wies ein Pflaster aus brüchigen Terrakottaziegeln in einem Fischgrätmuster auf. Das Gebäude zu unserer Rechten ragte zwei Stockwerke in die Höhe und zeigte uns einige wenige schmale Fenster, die mehr der Frischluftzufuhr dienten, als um Helligkeit in das Innere des Hauses zu lassen. Links der Gasse führte eine Mauer entlang. Vor uns umrahmte ein niedriger Torbogen den Glanz der Vormittagssonne und das Glitzern des Lichts auf dem Wasser eines Kanals; die Wasseroberfläche spiegelte Reflexe in die Gasse. Beim Torbogen drängte sich ein weiteres halbes Dutzend Menschen und deutete erregt ins Wasser. Marco blieb ratlos stehen. »Ich glaube, es ist jemand ins Wasser gefallen«, sagte er.

Zwei der Männer vorn bückten sich und nahmen etwas aus den Händen einer oder mehrerer Personen, die sich draußen auf dem Kanal befinden mussten, in Empfang. Die anderen wichen zurück. Die beiden Männer schleiften eine reglose Gestalt über ein paar flache marmorne Stufen, die zum Wasser führten, und legten sie mit dem Gesicht nach unten auf den Boden, wo ihr das Wasser aus den Haaren und dem Hemd triefte; ich bemerkte erst nach einem Augenblick, dass es rot gefärbt war. Marco Manfridus riss die Augen auf. Ich stellte Jana auf den Boden und trat ohne lange nachzudenken nach vorn. Die Männer machten mir Platz.

Jenseits des Torbogens verlief der Rio di San Polo. Die Gasse endete mit der für Venedig üblichen Plötzlichkeit; dass wenigstens Stufen zum Wasser hinunterführten, war ausschließlich den Anforderungen eines reibungslosen Entladens der Transportboote zu verdanken. Zur Linken schoben sich die hölzernen Stangen mit den an ihren Enden befestigten Wappenschildchen ins Blickfeld, die den Landungssteg eines Patrizierhauses anzeigten, und weit dahinter die Brücke, die sich bei der Kirche San Polo über den *rio* spannte. Rechterhand lief der kleine Kanal um eine Kurve und verschwand zwischen den Gebäuden. Schräg gegenüber sah ich einen kleinen Platz wie eine Mole, an deren Rand sich ebenfalls Menschen eingefunden hatten und neugierig herüberspähten.

Die ansonsten stille Oberfläche des kleinen Kanals war aufgerührt und schwappte gegen die Stufen; das Wasser lief in obszönen roten Streifen daran herab. In einem erschreckend weiten Umkreis um die Stufen war das Wasser ebenfalls verfärbt. Ein flaches Boot, von einem angestrengt paddelnden Bootsführer auf der Stelle gehalten, schwankte gefährlich, als sich der zweite Mann im Boot herauslehnte und mit beiden Händen die Wasseroberfläche zerteilte. Der zweite Mann war bis zum Gürtel triefend nass. Das gerötete Wasser tropfte ihm aus den Haaren über das Gesicht. Er bekam etwas zu fassen und lehnte sich ächzend zurück, und ich sah zweierlei: Der Mann war Paolo Calendar, und er holte einen zweiten Körper an die Oberfläche.

Die Zuschauer seufzten; die beiden, die schon zuvor geholfen hatten, streckten erneut die Hände aus. Der Bootsführer brachte das Boot mit einem Schlag längsseits zum Torbogen. Calendars Halsmuskeln traten hervor, als er versuchte, den Körper aus dem Wasser zu heben. Er schien schwerer zu sein als der erste. Die selbst ernannten Helfer hatten keine Lust, sich mehr als nötig mit dem blutigen Wasser zu beflecken. Ich sah die dunkel glänzende Oberfläche eines ledernen Wamses zwischen Calendars Händen. Sein Blick fiel auf mich und blieb auf mir ruhen.

Ich trat die wenigen Stufen hinab, glitt beinahe auf dem rutschigen Marmor aus und bückte mich; Calendar wuchtete seine Last in meine Hände, und ich zog, stolperte zurück und fühlte, wie andere mich unter den Achseln packten und mir halfen, während ich den Leichnam des Gassenjungen mit dem Lederwams fest umklammert hielt.

Das Wasser plätscherte unten aus dem Wams heraus und gab dem abgemagerten Körper sein wirkliches Gewicht zurück. Ich hob ihn hoch und fühlte, wie sich mir plötzlich die

Kehle zuschnürte. Jemand nahm mir die Leiche ab und legte sie auf die oberste Stufe, wo sich alle darum versammelten. In der Enge der Gasse traten wir uns gegenseitig auf die Füße, doch niemand beschwerte sich.

Das Wasser hatte den Schmutz aus dem Gesicht des Jungen gespült wie das Leben aus seinem Körper. Er sah mit halb geöffneten Augen an uns vorbei, seine Züge beklemmend jung und leer. Seine Lippen waren blau und die Äderchen in seinen Augen geplatzt; als ein rötlich gefärbter Wassertropfen aus einem Augenwinkel rann, sah es aus, als weine er eine blutige Träne. Jemand trat neben mich, dem die anderen bereitwillig Platz machten. Ich hob den Kopf, sah hinter den Umstehenden Janas blasses Gesicht und Marco Manfridus' fragende Miene und wandte mich von ihnen ab, um Paolo Calendar in die Augen zu sehen.

»Dieses Mal war *er* da, wo er nicht hingehörte«, sagte ich heiser und deutete auf den Leichnam. Calendar blinzelte und schüttelte kurz den Kopf. Dann ging er neben dem toten Gassenjungen in die Hocke und bewegte sein Kinn sanft hin und her.

»Jemand packt ihn am Genick und hält ihn unter Wasser«, sagte er in meiner Sprache. Er wies auf blau gefärbte Druckstellen am Hals des Jungen. »Der Junge kämpft. Er will nicht ertrinken. Er macht jede Menge Lärm.« Calendar stand wieder auf und sagte mit gesenktem Kopf und geschlossenen Augen: »Niemand hört ihn, weil alle den Gauklern zujubeln. Niemand – bis auf einen.«

Als hätten die Umstehenden seine Worte verstanden, machten sie den Blick auf den zweiten Körper frei. Seine Beine waren nackt, und sein nach oben geschobenes Hemd gab den Blick auf die weißen Schenkel frei. Eine tiefrot gefärbte Wasserlache hatte sich unter ihm gesammelt. Calendar stieg die Stufen hinauf, als habe er Gewichte an den Füßen. Sein Gesicht war starr. Ich folgte ihm, ohne dass er mich daran zu hindern versuchte.

Als er den zweiten Toten herumdrehte, wusste ich bereits, dass er der Gassenjunge war, den ich auf dem Campo San Polo in Begleitung des Jungen mit dem Lederwams gesehen hatte; der kleine Kerl, der mich gestern zu bestehlen versucht und heute aus Dankbarkeit seine Kameraden angewiesen hatte, mich in Ruhe zu lassen. In seiner Kehle war ein tiefer Schnitt zu erkennen, der ihm beinahe den Kopf abgetrennt hätte. Die Bewegung ließ einen wässrigen Schwall Blut hervortreten.

»Dieser hier versucht seinem Freund zu helfen«, sagte ich, »aber der Täter hat ein scharfes Messer und sein erstes Opfer bereits erledigt. Danach lässt er beide ins Wasser gleiten und flieht ungesehen.«

»Es war ein Diebstahl zu viel«, seufzte Calendar und schloss erneut die Augen. »Und er hat ihn nicht einmal selbst begangen.«

Eine Hand des Toten war durch die Drehung seines Körpers auf seine Brust gefallen. Ich sah die langen, schmutzigen Fingernägel und spürte das knochige Gelenk wieder in meinem Griff.

Jemand würgte. Jana stützte sich auf Marco Manfridus, der sie mit entsetztem Gesicht zu halten versuchte, und übergab sich. Sie sank langsam auf die Knie. Aus der Richtung des *campo* näherten sich die Schritte von Stiefeln und das Rasseln von Harnischen und Schwertscheiden.

»Der Sohn des Herbergswirts kann den Bootsführer zu einer passenden Anlegestelle dirigieren«, sagte Calendar tonlos und wies auf das Boot, mit dessen Hilfe er die Leichen geborgen hatte. »Bringen Sie sie von hier weg und verschwinden Sie.«

Ich trug Jana zu dem Boot, während Calendar mit den eintreffenden Stadtbütteln sprach. Die Zuschauer starrten uns an und konnten sich nicht entscheiden, ob wir oder die beiden ermordeten Gassenjungen die größere Sensation waren. Jana stöhnte und hielt sich den Leib. Marco stolperte neben mir her; er sah aus, als hätte er sich am liebsten mit übergeben. Er vermied es, auf die beiden Leichen zu blicken.

Ich drückte Jana an mich und fragte mich, ob Calendar gemeint hatte, wir sollten lediglich von diesem Ort oder gleich aus der Stadt verschwinden.

Jana lag mit geschlossenen Augen in meinem Schoß und versuchte, ruhig einzuatmen. Marco war offensichtlich froh, von hier wegzukommen. Der Bootsführer stand im Heck und bewegte das Ruder in einem ruhigen Takt, ohne das Fahrzeug zum Schwanken zu bringen. In seinem Gesicht war Gleichmut zu lesen; der Tod von zwei Gassenjungen berührte ihn nicht weiter. Jana richtete sich plötzlich ruckartig auf und klammerte sich an die Bordwand. Sie würgte trocken und versuchte, sich nochmals zu übergeben. Schließlich sank sie zurück. Ich berührte ihre Stirn, die sich kalt und nass anfühlte vor Schweiß. Jana sah zu mir auf und lächelte schwach.

»Das hat gut getan«, flüsterte sie.

»Dass du den Fischen geopfert hast?«

»Ich glaube nicht, dass hier noch viele Fische schwimmen.«

Ich drehte mich um, als das Boot in den Canàl Grande einbog. Marco gestikulierte in eine Richtung, und der Bootsführer nickte. Hinter der Fassade eines prächtigen Hauses verschwand der düstere Rio di San Polo. Wir fuhren in nordöstlicher Richtung den Kanal hinauf, wo der Verkehr mindestens ebenso dicht war wie derjenige der Fußgänger in den Gassen. Jana folgte meinem Blick und versuchte sich aufzurichten. Ich legte ihr die Hände auf die Schultern.

»Es waren Gassenjungen, stimmt's?«

Ich nickte.

»Und der Polizist vom Campo San Polo war auch wieder dort?«

»Ja.«

»Du sagst das, als hätte er dir ins Gesicht gespuckt.«

»Er hielt es für einen Diebstahl zu viel.«

»Einer der Jungen versucht die Börse eines Mannes zu schnappen, wird dabei ertappt und umgebracht, und der zweite, der seinem Freund zu helfen versucht, gleich mit.«

»So ungefähr.«

Sie sah mich an. In ihre bleichen Wangen kehrte allmählich etwas Farbe zurück. Sie blinzelte schläfrig. »Weißt du was?«

»Nein.«

Sie hob den Kopf, ich beugte mich zu ihr herab, damit sie mir ins Ohr flüstern konnte. »Ich hasse es zu kotzen. Ich könnte danach stundenlang schlafen.«

»Das macht dich ungeeignet für die Tische der Reichen. Dort übergibt man sich, damit man nachher weiteressen kann.«

Sie ließ sich zurücksinken.

»Im Schlaf kannst du mir nicht beistehen. Warum kümmerst du dich nicht darum?«

»Was meinst du?«

»Nachforschungen anstellen. Wie kommt es, dass zwei Gassenjungen ausgerechnet in der finstersten Ecke Venedigs auf ein Opfer lauern? Und warum macht sich ihr Mörder die Mühe, die Leichen im Wasser verschwinden zu lassen, wenn es doch scheinbar keinen Venezianer zu rühren scheint, ob diese unglücklichen kleinen Würmer leben oder sterben?« Sie wies mit dem Kinn auf den Bootsführer, der sich langsam in einer Kolonne mit anderen Booten treiben ließ und mit der freien Hand das Geld zählte, das Marco und offensichtlich Paolo Calendar ihm für seine Dienste gegeben hatten.

Ich dachte an die neugierigen Gesichter der Zuschauer an der vom blutigen Wasser besudelten Treppe und das Zögern der zwei Männer, Calendar mit dem zweiten Toten zu helfen, die Sorge um die Sauberkeit ihrer Stiefel deutlich auf die Stirn geschrieben.

»Ich liebe dich«, sagte Jana.

»Auch, wenn ich dich wegen zweier ›unglücklicher Würmer‹ allein zur Herberge weiterfahren lasse?«

Gestern hatten zwei Zeugen ausgesagt, Pegno Dandolo habe sich schon die ganze Zeit beim Arsenal herumgetrieben und sei, vermutlich beim Versuch, heimlich hineinzugelangen, ertrunken. Heute war einer der Zeugen unter merkwürdigen Umständen ums Leben gekommen. Es konnte auch ein Zufall sein.

Jana fasste mich um den Nacken und zog mich zu sich herab. Sie drückte mir einen Kuss auf die Wange.

»Ich liebe dich gerade deswegen.«

Marco ließ den Bootsführer an einem breiten gemauerten Kai anhalten, damit ich aussteigen konnte.

»Gehen Sie einfach hier die Calle del Storione hinauf, bei der Kreuzung zur Ruga Vecchia links bis zur Calle Meloni, dann nach rechts bis zum Ponte dei Cavalli, und schon sind Sie wieder auf dem Campo San Polo. Oder noch besser, folgen Sie der Calle Meloni, bis sie zur Calle Madonetta wird …«

Ich warf Jana und dem Bootsführer einen zweifelnden Blick zu, bevor ich mich in die enge Gasse schlug, die Marco mir gewiesen hatte. Bei der ersten Kreuzung wandte ich mich weisungsgemäß nach links, doch dann erreichte ich einen kleinen *campo*, von dem Marco nichts gesagt hatte, und wurde unsicher. Ich verließ ihn nach rechts, in der Hoffnung, so zum Ponte dei Cavalli zu gelangen, und überquerte auch glücklich einen engen *rio*, doch dahinter öffnete sich nicht der Campo San Polo, obwohl ich der Gasse eine ganze Weile folgte. Ich hatte schon geargwöhnt, falsch abgebogen zu sein, denn die Gegend erinnerte mich an nichts, was ich heute Morgen auf dem Weg zum Schauspiel gesehen hatte. Ich schloss, dass ich zu früh nach rechts gegangen war, und kehrte um, damit ich mich auf dem kleinen *campo* neu orientieren konnte. Ich überquerte wieder den *rio*, hielt mich halb links und dann wieder links und blieb noch einige weitere Richtungsänderungen später vor einer mir völlig unbekannten kleinen Brücke frustriert stehen. Offensichtlich hatte ich mich ein wenig verirrt. Die Leute wimmelten ungerührt an mir vorbei oder stießen gegen mich, sodass ich mich schließlich an eine Hauswand drückte. Auf der gegenüberliegenden Seite der Gasse stellte ein Lastträger sein Joch auf den Boden und rieb sich die Schultern. Er sah zu mir herüber, und ich versuchte mich an Marcos Anweisungen zu erinnern und rief: »Calle Meloni? Ponte dei Cavalli?«

Er nahm sein Joch wieder auf und deutete in die Richtung, aus der ich gekommen war. *»Sempre dritto«*, erwiderte er.

Seinen Rat verschmähend, wartete ich höflich ab, bis der Lastträger verschwunden war, und ging danach über die Brücke. Seine Antwort hatte ohnehin nur bedeutet: *Geh, wohin du willst!* Außerdem wusste ich, dass ich dort, wo ich gewesen war, keinen Campo San Polo finden würde.

Etwa eine Viertelstunde später war ich vollkommen verloren in einem Dickicht aus Gassen, in denen Bäckereien, Metzgereien, die Läden von Barbieren und Herbergen lagen, aus denen fröhlicher Lärm ertönte. Es herrschte eine verwirrende Geruchsmischung aus brackigem Meerwasser, verwestem Fisch, gebratenen Zwiebeln, süßem Backwerk und geronnenem Blut, und mein Magen erinnerte sich am einen Ende einer Gasse ungnädig daran, dass er seit dem Morgenmahl kaum etwas zu sich genommen hatte, während er am anderen Ende darüber erleichtert war. Dann fingen alle Glocken an zu läuten, als ich auf einen *campo* hinaustrat. Auch ohne dies hätte ich gewusst, dass es gegen Mittag ging: Die Hitze, die mich auf der freien Fläche empfing, war überwältigend. In den engen Gässchen war die Luft angenehm kühl, doch sobald man sie verließ, fiel die Sonne über einen her.

Der Platz lag zur Abwechslung nicht bei einer Kirche; an seiner Nordecke befand sich der schlichte Stadtpalast eines noch nicht übermäßig reich gewordenen Patriziers, der wiederum an seiner nordöstlichen und nordwestlichen Flanke von zwei der engen Kanäle, die Marco Manfridus als *rio* bezeichnet hatte, eingefasst wurde. Auf der Ostseite des *campo* führte eine kleine Brücke mit vielen Stufen über einen der Kanäle. Auf den Stufen saßen drei nachlässig gekleidete Männer und unterhielten sich halblaut; ein vierter, jüngerer Mann, fast noch ein Knabe, hockte abseits an die Brüstung der Brücke gelehnt und starrte ins Leere. Ich blieb stehen und wischte mir den Schweiß von der Stirn. Die drei älteren Männer beäugten mich misstrauisch; ich nickte ihnen zu, und einer von ihnen grüßte zurück. Ich entschloss mich zu einem zweiten Versuch, einen Venezianer nach der richtigen Richtung zu fragen, und marschierte auf sie zu.

In diesem Moment öffnete sich eine Seitentür des kleinen Palastes, und ein muskulös gebauter, mittelältlicher Mann trat heraus; sichtlich ein Dienstbote, der mit brummigem Gesicht in die Sonne blinzelte, sich in den Schritt griff, um zu sortieren, was dort hing, und dann mürrisch davonstapfte, seinen Botengang zu erledigen. Er kam nicht weit.

3

Die drei Männer sprangen plötzlich auf und stürmten an mir vorbei. An ihren entschlossenen Bewegungen erkannte ich, was mir schon auf den ersten Blick hätte auffallen sollen: Sie waren keine drei Tagediebe, die sich zufällig auf der Brücke getroffen hatten. Der Dienstbote hörte ihre Schritte, drehte sich um und glotzte ihnen verblüfft entgegen. Dann sah er an ihnen vorbei, und die Farbe wich aus seinem Gesicht. Er warf sich herum und begann in die Richtung zu laufen, aus der ich gekommen war. Ich folgte seinem Blick. Der Jüngling, der an der Brüstung gelehnt hatte, war aufgesprungen und stand mit ausgestrecktem Arm auf der Brücke, den Mund aufgerissen, ohne dass ein Schrei zu hören gewesen wäre.

Die drei Männer holten den Dienstboten ein, noch bevor er den Eingang der nächsten Gasse erreichen konnte. Er schrie schrill auf, als sie ihn packten. Sie zwangen ihn zu Boden. Er schrie abermals. Einer der Männer holte mit dem Fuß aus und trat ihm in die Seite, woraufhin der Dienstbote stöhnte und dann verstummte. Sie rissen ihn wieder in die Höhe, nahmen ihn zwischen sich und schleppten ihn zur Brücke, direkt an mir vorbei, als wäre ich nicht vorhanden. Einer hatte die Faust in die Haare des Opfers gekrallt und drückte seinen Kopf nach unten. Ich hörte den gepressten Atem des Dienstboten, der entsetzt versuchte, auf den Beinen zu bleiben. Sie zerrten ihn bis vor den Jüngling, der an die Brüstung zurückwich, als würde ihm eine giftige Schlange präsentiert. Ein Tritt in die Kniekehlen zwang den Dienstboten auf den Boden, und die Faust in seinem Haar riss seinen Kopf so weit nach oben, wie es ging. Ich hörte ihn vor

Schmerz keuchen. Er blickte sich verzweifelt nach Hilfe um, aber ich war die einzige Menschenseele auf dem Platz, und ich wusste nicht, was ich tun sollte.

Der Jüngling starrte den Dienstboten an, der vor ihm auf den Knien lag. Sein Gesicht verzerrte sich. Er drehte sich um und übergab sich mit krampfhaftem Husten über die Brüstung, einmal, zweimal, bis nichts mehr kam und er sich wieder umwandte. Sein Gesicht war aschfahl, und er schwankte. Einer der drei Männer ließ von dem Dienstboten ab und fasste den jungen Mann am Arm. Der Dienstbote begann mit überschnappender Stimme zu reden, bis ihm ein Handrücken ins Gesicht schlug. Er hörte auf zu plappern und gab stattdessen ein ersticktes Schluchzen von sich. Der Jüngling stützte sich auf den älteren Mann und nickte. Er fixierte erneut den Dienstboten und nickte dann wieder, immer heftiger, und ich sah von weitem, dass gleich etwas in ihm reißen würde.

Plötzlich stürzte sich der Junge auf den Dienstboten und drosch mit wild wirbelnden Armen auf ihn ein, trat ihn, spuckte und schrie und tobte, und es dauerte ein paar Augenblicke, bis man ihn von dem am Boden Kauernden trennen konnte. Der junge Mann war tränenüberströmt, taumelte beiseite und rollte sich an der Brüstung der Brücke zusammen. Ich konnte sein raues Weinen hören. Derjenige, der ihn gestützt hatte, hockte sich neben ihn und legte ihm die Hand auf die Schulter, die anderen beiden rissen den Dienstboten in die Höhe und schleiften ihn davon. Der Unglückliche begann erneut in schrillem Diskant zu plappern, aber sie ignorierten ihn. Der Wutausbruch des Jungen hatte ihn kaum verletzt; statt Blutergüssen und Kratzern stand nur eine Höllenangst in seinem Gesicht. Sie verschwanden mit ihm in nördlicher Richtung.

Der Jüngling und der ältere Mann folgten ihnen langsam. Als sie an mir vorüberkamen, warf der Mann mir einen langen Blick zu, fasste dann in sein Hemd und holte ein Siegel an einer Kette hervor. Er hielt es in die Höhe.

»Milizia«, sagte er.

Ich nickte. Er wies hinter seinen Kollegen her und knurrte ein paar Worte, von denen ich nur eines verstand: *»Sodomia.«*

Ich nickte nochmals. Als er mit dem Jüngling ebenfalls um die Ecke verschwunden war, stakte ich steifbeinig zur Brücke und ließ mich auf die Treppenstufen niederfallen. *Sodomia.* Der Dienstbote hatte den Jüngling zu seinem Geliebten gemacht, und es war ganz offensichtlich gegen dessen Willen geschehen. Der Dienstbote war stark gebaut, der Jüngling beinahe so zart wie ein Mädchen.

Ich fragte mich, wann der Dienstbote im Haus seiner Herrschaft vermisst würde. Ich atmete tief ein und hatte das Gefühl, dass der abgestandene Geruch aus dem *rio* hinter mir noch ein wenig schaler geworden war.

Mehr als eine Stunde später setzte mich ein grinsender Bootsführer am jenseitigen Ufer des Canàl Grande am Fuß der Rialto-Brücke ab, und ich legte nass geschwitzt und wütend die letzten Schritte bis zu Michael Manfridus' Herberge zurück. Als ich den Campo San Polo endlich gefunden hatte, waren Paolo Calendar und die toten Gassenjungen längst verschwunden gewesen, und nur das Häuflein Neugieriger, das auf das mittlerweile beinahe sauber gewordene Wasser zeigte, zeugte von den Geschehnissen kurz zuvor.

Neben dem Eingang zur Herberge lehnte Moro, pickte in seinen Zähnen und schenkte mir ein breites Lächeln und das für ihn übliche »*Buondì!*«, das er einem entgegenrief, sooft man ihn traf°– und sei es fünfmal pro Stunde.

»Er muss sich schon anstrengen, um noch gut zu werden«, knurrte ich und schob mich an ihm vorbei. Er antwortete, ohne dass das Lächeln aus seinem Gesicht verschwunden wäre, und ich kam bis in die Schankstube, bis mir aufging, dass ich jedes seiner Worte verstanden hatte: »Sie sehen aus, als hätten Sie sich mächtig verirrt.«

Ich machte auf dem Absatz kehrt und trat wieder nach

draußen, wo er an der Hausmauer lehnte wie zuvor. Er war ein baumlanger Kerl mit einem verwegenen, ebenmäßigen Gesicht, kurz geschorenen Haaren und Augen, die ebenso blitzten wie seine Zähne. Er sah auf mich herab, als wäre nichts Außergewöhnliches geschehen.

»Du alter Fuchs«, sagte ich. »Du beherrschst unsere Sprache wie nur irgendeiner.«

Moro riss die Augen auf und deutete in einer vollkommenen »Wer, ich?!«-Geste auf sich. Dann wurde sein Grinsen noch breiter. »Ich bin schon im Besitz von Messèr Manfridus, seit Meister Marco so groß war. Genug Zeit, ihm aufs Maul zu schauen.« Er sprach sogar mit einem Anflug des Dialektes, der nur dann aus Manfridus' Worten hervorschimmerte, wenn er außer Fassung geriet.

»Du sprichst vollkommen fehlerlos. Das lernt man nicht in ein paar Jahren.«

»Meine Zunge ist klug«, erklärte er ohne den geringsten Anflug von Spott. Dann fuhr er in für meine Ohren ebenso fehlerlosem Latein fort: »Ich muss eine fremde Sprache nicht lange hören, um sie zu beherrschen. Gott hat auch im geringsten Sklaven einen Edelstein verborgen.«

Ich schüttelte überrascht den Kopf.

»Was wollen Sie noch hören? Byzantinisch? Persisch? Ich kann Aristoteles im griechischen Original zitieren.«

Aus einem plötzlichen Impuls heraus sagte ich: »Komm mit mir in die Schankstube, ich lade dich auf einen Becher Wein ein.«

Moro rollte mit den Augen und leckte sich über die Lippen und tat wie der hohlköpfige Sklave, als den ich ihn bis eben eingeschätzt hatte. Dann sagte er ruhig: »Lassen Sie mich das Fass aussuchen, dann können Sie sicher sein, dass es ein guter Wein ist.«

Der Wein war tatsächlich zu gut für die tönernen Becher, er hätte auch einem Glas aus Kristall alle Ehre gemacht. Moro nickte zufrieden, ließ sich den ersten Schluck auf der Zunge zergehen und warf dann dem Krug einen Blick zu, als wollte er sich vergewissern, dass er noch ausreichend gefüllt war. »Kommt aus den Bergen oberhalb Veronas«, erklärte er. »Die ganze Gegend gehört Venedig.« Er hatte einen kleinen, nachlässig gebundenen Kodex mitgebracht, in dem er jetzt eine Seite aufschlug und mit einem zugespitzten Kohlegriffel etwas notierte. Ich beobachtete ihn dabei.

»Ich schreibe den Wein auf Ihren Namen«, sagte er ruhig. »Die Einladung gilt doch noch?«

»Du kannst auch schreiben?«

»Nicht so gut wie sprechen«, erwiderte er und klappte das Büchlein zu. »Aber es reicht, um die Schulden der Gäste aufzuschreiben.« Er zwinkerte mir zu und trank.

»Marco hat mir erzählt, demnächst würde der Vorsitzende des Zehnerrats neu gewählt werden. Was bedeutet das für die Stadt?«

»Keine große Änderung zu vorher. Die Regeln, nach denen der Rat arbeitet, sind schon sehr alt. Sollte sich an ihrem Inhalt oder ihrer Auslegung etwas ändern, würde das so schleppend geschehen, dass es nicht von einem Vorsitzenden auf den nächsten spürbar würde.«

»Dann sollte ich wohl besser fragen: Was bedeutet das für den Mann, der zum Vorsitzenden gewählt wird?«

Moro grinste. »Ja, das wäre die passendere Frage.«

»Ein Mann namens Leonardo Falier kandidiert offenbar für den Posten.«

»Falier möchte hoch hinaus. Warum interessieren Sie sich dafür?«

»Vielleicht, weil ich mir auf Schritt und Tritt die Nase an seinem Familienwappen platt drücke.«

»Für manchen Geschmack übertreibt er ein wenig«, lachte Moro. »Die Wahl findet auch nicht durch das Volk statt, sondern durch verschiedene einander ablösende Gremien von Wahlmännern, um Korruption so weit wie möglich auszuschalten. Natürlich beeinflusst es die Wahlmänner, wenn der künftige Vorsitzende die Herzen des Volkes in der Hand hält; umso leichter tut sich der Rat bei seiner Arbeit.«

»Ist der Posten des Vorsitzenden lukrativ?«

»Ungefähr so wie der des Dogen. Wenn man es hinter sich hat, ist man pleite.«

»Was verspricht ein Mann wie Falier sich dann davon?«

»Manche Menschen sind dazu geboren, die anderen zu führen, und sie verfolgen ihre Bestimmung mit aller Macht.«

»Und manche sind dazu geboren, alles über alle zu wissen«, lächelte ich.

»Ja«, sagte Moro und nickte leicht, »die gibt es auch.«

»Wie kommt ein Mann wie du als Sklave in die Herberge Michael Manfridus' nach Venedig?«

»Wie kommt ein Mann überhaupt in die Sklaverei?«

Ich räusperte mich. War seine Zurechtweisung auch sanft gewesen, so hatte ich sie dennoch verstanden.

»Wo haben Sie sich denn heute so gemein verirrt, dass Ihnen nach einer Bootsfahrt noch immer der Schweiß auf der Stirn stand?«

»In San Polo.«

»Da haben Sie sich aber gleich eines der schwierigsten Viertel ausgesucht. Wo dort genau?«

»Ich habe keine Ahnung. Wenn ich nicht ständig mitten im Gedränge gewesen wäre, hätte ich gesagt, ich war, wo noch nie eines Menschen Fuß vor mir gewesen ist. Jedenfalls fühlte ich mich so.«

»Was war mit Monna Jana, wenn ich fragen darf? Ein Rückfall?«

Ich sah ihn mit hochgezogenen Augenbrauen an. Er erklärte in aller Ruhe: »Sie sind zusammen mit Meister Marco aufgebrochen. Zurückgekommen sind er und Monna Jana ohne Sie. Ich kenne Marco, seit er im kurzen Hemd herumlief. Er hat ein starkes Verantwortungsgefühl. Er hätte sich nicht ohne Grund von Ihnen getrennt.«

»Jana wurde übel. Ich habe die beiden zurückgeschickt.«

»Warum sind Sie zurückgeblieben? Wegen Pegno?«

»Wie kommst du denn darauf?«, fragte ich verblüfft.

»Messèr Dandolo wollte Sie doch um Ihren Rat fragen. Das Haus von Pegnos Familie liegt in San Polo, am Canàl Grande.«

»Pegno war schon tot, als ich seinem Onkel zu sagen versuchte, dass ich ihm nicht helfen könne.«

Moro machte ein mitleidiges Gesicht. Ich konnte nicht entscheiden, ob es dem Toten oder seinem Onkel galt.

»Was weißt du über Pegno und seine Familie?«

»Wie kommen Sie darauf, dass ich mehr über die Dandolos wissen könnte?«

»Komm schon, Moro«, sagte ich und lächelte. »Du weißt mehr über alles hier Bescheid als sonst jemand, habe ich nicht Recht?«

»Vielleicht wollte Pegno zurück ins Arsenal, um mit seinem Vater wieder ins Reine zu kommen.«

»Waren sie denn zerstritten?«

»Andererseits hätte er wissen müssen, dass Fabio Dandolo schon vor drei Tagen abgesegelt ist. Nicht mal Pegno hätte das entgehen können, nehme ich an.« Er seufzte und sah mich an. »Fabio Dandolo ist nicht nur auf Kauffahrt gegangen; die Serenissima hat ihm zugleich ein paar diplomatische Aufträge erteilt. Messèr Fabio ist ein geschickter Mann, dem man die eine oder andere Mission schon einmal anvertrauen kann. Haben Sie gewusst, dass viele der aufsehenerregendsten Taten in der Geschichte dieser Stadt von Kaufleuten begangen wurden, angefangen von der Eroberung der Reliquie des heiligen Markus?«

Ich schüttelte den Kopf.

»Nun, jedenfalls hat man Messèr Fabio sogar ein größeres Schiff überlassen, was für eine simple Kauffahrt nicht gerade üblich ist. Währenddessen wird seines im Arsenal überholt. Kein schlechtes Geschäft für Messèr Fabio.«

»Dafür, dass das Arsenal ein so streng bewachter Ort ist, bist du ziemlich gut über die Geschehnisse dort informiert.«

»Im Arsenal arbeiten nur ausgesuchte Männer, auf deren starke Arme und verschlossene Münder Venedig sich seit zweihundert Jahren verlässt: Zimmerleute, Kalfaterer, Rudermacher, Schmiede, Segelmacher, Sägeleute°– aber der eine oder andere Sklave läuft dort auch herum und leistet Hilfsdienste. Die Arbeiter reden nicht mit ihren Kollegen von außerhalb des Arsenals. Die Sklaven schon.«

»Was hast du von ihnen erfahren?«

Moro schüttelte den Kopf, als würde er sich noch im Nachhinein über eine besondere Dummheit wundern. »Messèr Fabio hat seinem Sohn angeboten, ihn auf diese Fahrt mitzunehmen. ›Angeboten‹ ist vielleicht nicht das richtige Wort. Messèr Enrico sollte für die Zeit der Abwesenheit Pegnos einen Schreiber aus Messèr Fabios Kontor zur Verfügung gestellt bekommen, der Pegnos Aufgaben wahrnahm. Pegno leistete dem Befehl seines Vaters natürlich Folge; er fand sich zwei Tage vor Abfahrt auf dem Schiff ein, das vor dem Arsenal vor Anker lag. Er sollte sich schon ein wenig an das Leben an Deck gewöhnen.«

»Vor fünf Tagen also. Was ist daran so unüblich, dass es deinen Freunden im Arsenal auffiel?«

Moro stieß ein bitteres Lachen hervor. »Am ersten Tag wurde Pegno krank; er opferte seine Morgenmahlzeit den Fischen, dann alles, was er sonst noch im Magen hatte°– und was er im Darm hatte auch, wenn Sie verstehen. In der Nacht bekam er Fieber und weinte; am Morgen des zweiten Tages ließ ihn sein Vater an Land schaffen, und wie ich erfahren habe, hat er ihn nur deshalb nicht in hohem Bogen über Bord geworfen, weil der Junge so schwach war, dass er sogar in einer Pfütze ertrunken wäre.«

»Fieber?«

Moro schüttelte den Kopf. »Seekrankheit, nichts weiter. Nur, dass Pegno schon im Hafen krank wurde. Es sind nicht alle Menschen gleich robust.«

»Eine herbe Enttäuschung für den Vater.«

»Messèr Fabio war außer sich. Ich denke, er war noch immer wütend, als er abreiste. Man kann nur hoffen, dass Pegno nicht so ganz bei Bewusstsein war, als er an Land gebracht wurde°– was sein Vater ihm hinterherbrüllte, ließ sogar die Ruderer erröten.«

Ich schnaubte. Moro schüttelte abermals den Kopf. »Ich dachte, Messèr Enrico hätte es Ihnen erzählt und dass Sie ihn deshalb nochmals aufsuchen wollten, als Sie sich verirrten.« Er dachte einen Augenblick nach. »Warum haben Sie eigentlich niemanden nach dem Weg gefragt?«

»Was glaubst du, was ich getan habe? Der Kerl schickte mich in alle Richtungen zugleich.«

Moro begann plötzlich lauthals zu lachen. »Sie müssen zwei Dinge beherzigen: die Art und Weise, wie diese Stadt entstanden ist°– und den Umstand, dass sich hier jeder schon mal verirrt hat.«

»Das eine soll mir einen Schlüssel an die Hand geben, mich zurechtzufinden°– und das andere mich trösten, falls ich trotzdem noch mal den Weg verlieren sollte.«

Moro legte die Hände vor sich auf den Tisch. »Venedig«, sagte er freundlich und hob seine Arme langsam in die Höhe, als würde unter seinen langen, schlanken Fingern aus dem Nichts eine Stadt entstehen, »ist aus dem Wasser und in den Himmel gewachsen. Was heute wie eine einzige Stadt aussieht, ist in Wahrheit eine Vielzahl von Inseln, die durch enge Kanäle voneinander getrennt sind. Als die ersten Menschen hierher kamen, ruderten sie durch die Kanäle, erklommen die Inseln und errichteten darauf die Punkte, um die sich ihr Leben gründete: ihre Kirche und ihre Häuser.«

Ich nickte. »So viele Inseln°– so viele Gemeinden.«

»So ist es. Betrachten Sie Venedig als eine Unmenge kleinster Dorfgemeinschaften, die durch die Umstände zu einem einzigen großen Ganzen zusammengefügt wurden. Die Menschen bauten ihre Kirche, gruppierten ihre Häuser darum herum, benannten den freien Platz in ihrer Mitte nach dem

Heiligen, dem die Kirche geweiht war, gruben im Zentrum des Platzes eine Zisterne und füllten das Ganze mit Glauben, Leben und Handel.«

»Das zu wissen hilft mir, mich in der Stadt zu orientieren?«

»Es ist die kleinste Einheit Venedigs, das Mosaiksteinchen, aus dem sich das komplette Bild zusammensetzt: Der *campo*, der Platz, mit seinem Brunnen, dem *pozzo*, die Kirche, die den *campo* überblickt, und die Häuser, die sie hier *ca'* nennen, mit ihren Wohnungen im ersten und den *botteghe* im Erdgeschoss. Umschlossen ist diese Einheit von einem Wasserweg, einem engen *rio* oder einem der drei weiten *canali*, der gleichzeitig die Gemeindegrenze darstellt. Venedig hat über hundert solche *campi*, fast jeder ist nach einem Heiligen benannt, und alle sind gleichmäßig über die Stadt verstreut.«

»So ist es der *campo*, der zählt, und nicht die Gasse, die dorthin führt.«

»Wer etwas auf sich hält, bewegt sich per Boot auf den *canali* oder den *rii*. Ihnen ist bestimmt schon aufgefallen, dass die Häuser der Adligen und der Reichen ihren Eingang alle am Wasser haben. Für die Händler, Träger und die anderen Niederstehenden wurden die Verbindungen gemacht, die man zu Fuß benutzen kann: die *calli*, die die *campi* auf dem Landweg miteinander verbinden. Das sind keine Gassen, wie man sie aus anderen Städten kennt; das sind Notlösungen, und ihre Logik reicht nur vom Ausgangs- bis zum Endpunkt. Sie fügen sich nicht in ein Verkehrsnetz ein – das Verkehrsnetz hier ist das Wasser.«

»Und deshalb …«

»Und deshalb kann Ihnen, wenn Sie sich an den *calli* orientieren, Folgendes passieren: Sie landen vor einer Mauer, sie landen vor einem geschlossenen Tor, sie landen am Wasser, ohne dass eine Brücke darüber führt. Wenn Sie Glück haben, landen Sie auf dem nächsten *campo*, aber darauf würde ich mich nicht verlassen. Abgesehen davon ändern sich die Namen der *calli* alle paar hundert Schritte, und die meisten Einwohner kennen sie ohnehin nicht.«

»Welchen Rat gibst du mir nun?«

»Ganz einfach. Bewegen Sie sich nicht auf den *calli*, sondern zwischen den *campi*. Versuchen Sie sich einzuprägen, welche *campi* zwischen Ihrem Ausgangs- und Ihrem Zielpunkt liegen, und marschieren Sie einen nach dem anderen ab.«

»Und woher soll ich die Namen der verfluchten *campi* wissen, die ich überqueren muss, um ans Ziel zu gelangen?«

Moro breitete die Arme aus. »Fragen Sie mich. Und fragen Sie in Teufels Namen niemanden nach der Richtung! Man wird Sie nur immer geradeaus schicken; sollte jemand dies aber nicht tun, ist er mit Sicherheit kein Venezianer, was seinen Rat noch unglaubwürdiger macht.«

Ich grinste. »Was soll ich tun, wenn ich mich – was du mir ja prophezeit hast – trotzdem noch verlaufe?«

Moro grinste zurück. »Dann sehen Sie nach, ob sich dort, wo Sie herausgekommen sind, eine *osteria* befindet, setzen Sie sich hinein, trinken Sie einen Becher Wein und überdenken Sie die Situation.«

Er schenkte mir und sich aus dem Krug nach und lächelte mich danach so zufrieden an wie eine Katze, die die größte Maus auf dem Dachboden gefangen hat. Ich prostete ihm zu.

»Du solltest eigentlich einem Diplomaten oder einem Admiral zur Seite stehen und nicht einem Gastwirt.«

Moro zögerte ein paar Augenblicke. Ich war erstaunt, dass er plötzlich um Worte verlegen schien.

»Was ist passiert?«

»Nichts. Das Leben ist mir passiert, wenn Sie so wollen.«

»Warum versuchst du nicht wieder nach Hause zu kommen? Manfridus ist doch kein Unmensch; er würde dich vielleicht freilassen.«

»Mein Zuhause war eine verdreckte, nach Schweiß und Pisse stinkende ehemalige Pferdedecke im Stall einer Garnison in Konstantinopel, die ich mit einer Messerklinge gegen die anderen armen Schweine verteidigt habe, die noch weniger hatten. Wozu sollte ich zurückwollen?«

»Wie bist du dorthin gekommen?«

Er hob die Schultern. »Unwichtig«, brummte er.

»Und was hast du dort in jener Garnison in Konstantinopel getan?«

»Steine geschleppt, für die Festungsmauern. Sultan Mehmet hatte stets ein militärisches Projekt, für das er Arbeitskräfte brauchte.«

»Wie lange hast du das gemacht?«

»Zwei, drei Jahre; wer weiß?«

»Und wie alt warst du?«

»Ich muss elf oder zwölf gewesen sein, als ich entkam. Ich habe keine Ahnung, wann ich geboren bin.«

»Aber dann bist du mit neun Jahren nach Konstantinopel gekommen. Welches Zuhause hattest du vorher?«

»Keines«, sagte er. Es klang trotzig.

»Das verstehe ich nicht.«

»Meine Eltern haben mich an den portugiesischen Sklavenhändler verkauft, der regelmäßig durch unser Dorf kam. Ich war der jüngste Sohn; ich habe wohl zu laut gelacht und zu viel gegessen.« Er senkte den Kopf und starrte die Tischplatte böse an. »Ich habe kein anderes Zuhause als die stinkende Decke in Konstantinopel. Was vorher war, war nur eine Illusion.«

Ich empfand Verlegenheit. Moro drehte den leeren Becher in seiner Hand. Ich verfluchte meine Indiskretion.

»Wie bist du nach Venedig gekommen?«, fragte ich schließlich.

4

Moro sah mich eine Weile durchdringend an, bevor er meine Frage beantwortete. »Man hat mich beim Stehlen erwischt. Zwanzig Peitschenhiebe sofort und die Aussicht auf den Verlust eines Ohrs in ein paar Tagen.«

»Du hast beide Ohren noch.«

»Das Gefängnis, in dem ich und weiterer solcher menschlicher Abfall wie ich lag, war schlecht bewacht. Ein paar von uns wanden sich durch die Kanalisation und entkamen.«

Als ich den Krug nahm und ihm einschenkte, sah er mich überrascht an. Ich zuckte mit den Schultern. Er nahm den Becher und hob ihn in die Höhe.

»Ich überzeugte den Kommandanten eines Kriegsschiffes, dass ich bereits sechzehn sei und kräftig genug. Im Grunde war es ihm egal. Er musste sich seinem Verband anschließen und war um Ruderer verlegen. So bewegte ich über ein Jahr lang das Ruder einer Galeere und sah während dieser Zeit die Hälfte der Ruderer sterben. Ich habe den Kommandanten nur ein einziges Mal deswegen betroffen gesehen: Wir lagen mitten im Schwarzen Meer, und es konnte tagelang kein Ersatz für einen gerade Verstorbenen beschafft werden. Irgendwann wurde das Schiff in ein Gefecht mit Sarazenen verwickelt. Die Piraten ließen die verletzten und schwachen Überlebenden ertrinken, retteten die, die ihnen von Wert erschienen und verkauften sie auf der Riva degli Schiavoni. Ich hatte das Glück, von Monna Manfridus gekauft zu werden, deren Mann gerade die Herberge eröffnet hatte.« Er lächelte plötzlich mit echter Wärme. »Das ist zehn Jahre her. Ich weiß noch jedes Wort, das sie zu dem Händler sagte, als sie mich kaufte.«

»Moro ist nicht dein wahrer Name. Wie heißt du?«

»Moro ist der wahrste Name, den ich je gehabt habe.«

»Aber es ist gar kein Name. Wahrscheinlich wird jeder Dienstbote mit deiner Hautfarbe hier in Venedig so genannt. Es ist nur die Bezeichnung für einen Sklaven.«

»Was ist ein Name anderes als eine Bezeichnung für etwas, das mit dem Menschen, der diesen Namen trägt, nicht das Geringste gemein haben muss? Er spiegelt die Wünsche des Namensgebers wider, nicht die des Empfängers.«

»Ich verstehe nicht, dass du nicht versuchst, die Freiheit zu erlangen. Du hättest das Zeug dazu, ein erfolgreicher und angesehener Freigelassener zu werden.«

Moro lehnte sich auf der Bank zurück und verschränkte die Hände hinter dem Kopf. Er grinste, aber seine gute Laune von vorhin war verflogen. Ich hatte ihm mit meinen Fragen den Blick in seinen persönlichen Abgrund geöffnet, und dieser war sogar für seine Frohnatur zu tief und dunkel.

»Ich ziehe es vor, der unbedeutende Sklave Moro zu sein. Ich habe keine Lust, dem Schicksal aufs Neue durch zu viel Glück aufzufallen.«

»Du solltest nicht die Verbitterung aus dir sprechen lassen.«

»Aus mir spricht ein neunjähriger Junge, der sich selbst dann noch zu verstehen weigerte, als der Portugiese seinem Vater das Geld in die Hand zählte.« Er stand auf und nahm den Krug. »Ich muss arbeiten. Ich fülle Ihren Wein in eine kleinere Amphore, dann können Sie ihn am Abend trinken. Ich danke für Ihre Freundlichkeit.«

»Es tut mir Leid, wenn ich mit meiner Fragerei an einen verborgenen Schmerz gerührt habe.«

»Sie haben nicht zu tief gebohrt. Der Schmerz ist alles, was ich bin.«

Ich stapfte die Treppe zu Janas Kammer hinauf, um nachzusehen, ob sich ihr Befinden weiter gebessert hatte. Auf dem Absatz im ersten Geschoss stieß ich auf Michael Manfridus und seine Frau. Sie sahen mich an, als hätte ich sie gestört. Clara stand mit geballten Fäusten vor ihrem Mann, ihre Wangen waren gerötet, und ihre Augen blitzten vor Ärger. Ich nickte ihnen höflich zu und wollte mich an ihnen vorbeidrücken.

»Auch Andrea hat seinen Bruder identifiziert«, sagte Michael Manfridus in die Stille.

»Wie bitte?«

»Andrea Dandolo. Er hat ebenfalls bestätigt, dass die Leiche aus dem Arsenal sein Bruder Pegno war.«

»Es gab ja wohl auch keinen Zweifel mehr.«

Michael Manfridus schien froh zu sein, der Auseinandersetzung mit seiner Frau zu entkommen, und er trat näher an mich heran. Clara Manfridus blieb stehen, wo sie war, und hörte uns mit missmutig gerunzelter Stirn zu.

»Pegno muss versucht haben, sich über den See San Daniele ins Arsenal zu schleichen. Die Wachen haben ihn jedenfalls nicht bemerkt. Der Dienst habende *patron* hat sie für ihre Nachlässigkeit bestraft.«

»Weiß man denn, wie er dorthin kam?«

»Andrea ist ratlos. Pegnos Mutter hat keine Aussage gemacht. Wer weiß, was im Kopf eines Halbwüchsigen vorgeht.«

»Sie müssten es eigentlich wissen«, sagte ich mit gutmütigem Spott. »Sie haben ja selbst so einen Halbwüchsigen zu Hause.«

»Das bedeutet gar nichts.«

»Na, euer Marco ist so uneben nicht geraten.«

Er strahlte. »Ja, nicht wahr? Ein guter Junge.«

»Wissen Sie, ob Fabio Dandolo das auch über seinen ältesten Sohn dachte?«

»Was?«, meinte Manfridus, plötzlich betroffen. »Nein, ich habe keine Ahnung. Wie kommen Sie denn darauf?«

»Nur so ein Gedanke. Ich habe mich gefragt, was Pegno zum Arsenal getrieben haben könnte, da doch sein Vater bereits abgesegelt war. Das Schiff der Dandolos liegt dort auf Dock°– wollte er dorthin?«

»Ich fürchte, es ist müßig, das jetzt noch herausfinden zu wollen.«

»Wie geht es Pegnos Onkel, Enrico?«

»Ich weiß es nicht, so gut kenne ich ihn nun auch wieder nicht. Ich nehme an, er macht sich Vorwürfe, weil er Pegnos Vormund war. Aber Andrea unterstützt ihn.«

»Pegnos Bruder? Wie das?«

»Andrea hat sich vom Kloster dispensieren lassen, bis Messèr Fabio von seiner Reise zurückkehrt. Er hat bis auf weiteres Pegnos Stelle bei Enrico eingenommen. Im Moment arbeitet er sich gerade in Enricos laufende Geschäfte ein.«

»Woher wissen Sie denn das alles?«

Manfridus warf seiner Frau einen Blick zu, den diese trotzig erwiderte. »Wenn die Männer schweigen, reden die Frauen«, sagte er.

»Wenn die Männer wüssten, wann sie zu schweigen und wann sie zu reden haben, müssten wir Frauen das nicht übernehmen«, schnappte Clara zurück. Ich zog den Kopf ein und machte mich daran, ins Dachgeschoss hinaufzuklettern.

»Ihre Gefährtin ist nicht da«, erklärte Clara Manfridus ungehalten.

»Was? Wo ist sie denn?«

»Ich konnte sie nicht überzeugen, im Bett zu bleiben und nach der alten Frau zu schicken, die ich ihr besorgt habe. Also habe ich ihr eine Dienstmagd mitgegeben, die ihr den Weg dorthin zeigt.«

»Dann geht es ihr schon wieder so gut, dass sie außer Haus gehen kann? Heute Vormittag …«

»So etwas kommt und geht. Und Ihre Gefährtin hat zudem einen ganz besonderen Dickkopf.«

»Clara, du redest von einem Gast«, rief Manfridus empört. Clara stieß ein verächtliches Geräusch hervor, raffte ihren Rock und polterte die Treppe hinunter. Manfridus, durch ihren barschen Ton sichtlich in Verlegenheit gebracht, folgte ihr nur zögernd.

Nun hatte sich wenigstens eine Frage geklärt: Nicht ich war es, auf den Clara Manfridus ärgerlich war, sondern Jana. Was zwischen den beiden vorgefallen war, entzog sich jeder Vermutung; ganz besonders, wenn man in Betracht zog, dass Claras Ärger eher dem Zorn einer besorgten Freundin ähnelte als dem einer beleidigten Gastgeberin.

»Wo lebt die alte Frau?«, rief ich Manfridus nach. Ich dachte an Moro und berichtigte mich: »Bei welchem *campo*?«

Der Campiello Incurábili lag im Südosten des Stadtsechstels Dorsoduro. Ich hatte mir die Wegbeschreibung Manfridus' mehr schlecht als recht eingeprägt und protestierte, als der Bootsführer der *gondola*, die ich gemietet hatte, Anstalten machte, um die Spitze der Insel herumzurudern. Er hätte mich schon lange vorher absetzen sollen. Der Mann war taub gegen meine Flüche und schien entweder seinem eigenen Willen oder geheimen Anweisungen der Bootsführergilde zu gehorchen. Er bewegte sein zerbrechliches Gefährt mit unablässigem Gesang vorwärts, glitt in das Becken von San Marco hinaus und mit einer scharfen Südwestwendung in den Canale della Giudecca hinein, und als ich mich eben zu fragen begann, ob ich meine Forderungen ebenfalls singend vortragen sollte, legte er bei einem wuchtigen klosterähnlichen Gebäude an und machte eine einladende Handbewegung zum Land hin. Der Klosterbau beherbergte das Hospital der Unheilbaren.

Ich marschierte durch eine düstere Gasse, zu deren rechter Seite die Flanke des *Ospedale degli Incurábili* aufragte wie eine Festungsmauer aus brüchigem Backstein und sich der ebenfalls backsteinernen Hausmauer gegenüber zuneigte; am Ende der Gasse lag der Campiello Incurábili, und ich war dem Bootsführer dankbar, dass er mir durch seinen Umweg das Labyrinth der *calli*, *callette* und *calleselle* erspart hatte, das ich hätte durchschreiten müssen, wenn er mich dort abgesetzt hätte, wo ich es wollte°– nämlich auf dem gegenüberliegenden Ufer der lang gezogenen Insel.

Die alte Frau, deren Dienste Clara Manfridus in Anspruch genommen hatte, wohnte direkt beim Klosterhospital. Weder die Nähe zu diesem Ort noch die Umgebung dienten dazu, meine Sorge um Jana zu beschwichtigen. Im Hospital siechten die unheilbar Kranken dahin, und wie mir Michael Manfridus erklärt hatte, wurde es allgemein als Zeichen großer Bußfertigkeit angesehen, wenn jemand sich bereit erklärte, die Unglücklichen dort zu pflegen. Die Häuser um den *campiello* herum, der nicht mehr war als ein großzügiger Anlegeplatz für die Boote, die sich in das Rinnsal von *rio* an seiner Westseite wagten, waren zwei bis drei Stockwerke hoch, schmucklos und lehnten sich zueinander über kaum schulterbreite Durchlässe hinweg. Die Fassaden entbehrten jeder architektonischen Feinheit, die Fenster schienen nicht mehr als mit verwitterten Läden verrammelte Ausgucke, und die Eingänge waren dunkle Löcher, aus denen die Gerüche des eben verzehrten Mittagsmahls drifteten. Die Düfte waren nicht gerade dazu angetan, meinen Appetit zu heben. Über den *rio* hinweg, weniger als einen Steinwurf entfernt, ertönte aus einer Ansammlung niedriger Schuppen das Hämmern eines Handwerkers. Ich sah die glänzenden Schnäbel mehrerer Gondeln über die Einfassung des Ufers ragen. Die Hausfassaden ließen genügend Platz für ein Stück blauen Himmel frei, aber dieses musste gegen die auf den Hausdächern zum Trocknen an langen Stangen aufgehängten Wäschestücke ankämpfen und verlor.

Vor dem Eingang eines Hauses, das mit seiner Westflanke den *rio* einfasste, standen Jana, ihre Zofe Julia und das Dienstmädchen der Manfridus'. Jana redete auf eine junge Frau ein, und nach ein paar weiteren Schritten erkannte ich in ihr die Begleiterin der alten Heilkundigen. Als die Frauen mich kommen hörten, drehten sie sich um. Über Janas Gesicht huschte ein Schatten.

Ich hatte die junge Frau, die sich am Tag zuvor auf der Treppe der Herberge an mir vorbeigedrückt hatte, kaum beachtet. Sie trug ihr Haupt diesmal unbedeckt, und als sie sich jetzt aus dem Hauseingang bewegte, erhellte der Glanz ihres Haars die Gasse, als sei ein Sonnenstrahl hineingedrungen. Es war durchgehend von einem goldschimmernden Blond, sogar Janas honigfarbenes Haar wirkte dunkel gegen ihres. Sie trug ein schmuckloses, pragmatisch geschnittenes Gewand aus hellem Leinen, das mehr wie ein Arbeitskittel wirkte als ein Kleid. Sie war kleiner als Jana und viel zierlicher, und obwohl auch Jana schlanker war als die meisten, wirkte die junge Frau neben ihr wie ein Mädchen. Ihr Gesicht war schmal, mit einer geraden, feinen Nase; sie war von überraschender Schönheit, wie eine der ätherischen Gestalten auf manchen Altarbildern, ein zart und geschlechtslos wirkender Engel, der auf dem dunklen Hintergrund eines Tryptichons aufschimmert. Sie nickte Jana zu und zog sich zurück, bevor ich näher gekommen war. Der schwersüße Duft des blumigen Parfüms, das ich schon im Treppenhaus der Herberge an ihr wahrgenommen hatte, lag noch in der Luft.

Als ich mich Jana zuwandte, hatte sie ein fröhliches Lächeln aufgesetzt. Ich dachte an den kurzen Augenblick zuvor, als sich ihre Miene verdüstert hatte, und versuchte meine Verärgerung darüber zu verdrängen.

»Clara Manfridus ist ganz schön verstimmt«, sagte ich. »Was hast du ihr denn getan?«

»Getan? Nichts, von dem ich wüsste.«

»Was suchst du hier, wenn es dir doch nicht gut geht? Warum hast du die Alte nicht zur Herberge kommen lassen?«

»Heute Morgen ging es mir nicht gut. Jetzt fühle ich mich viel besser.«

Sie strahlte mich an und hakte sich bei mir ein. Ich folgte ihr; beinahe kam es mir so vor, als wollte sie mich möglichst schnell aus der Umgebung der alten Frau fortschaffen. Wir traten in eine der nach Norden führenden Gassen, gefolgt von

Julia und dem Dienstmädchen der Manfridus'. Letztere traf keine Anstalten, uns führen zu wollen. Ich machte nicht zum ersten Mal die Entdeckung, dass Jana sich schneller in einer fremden Umgebung zurechtfand als ich. Andererseits war dies auch keine besondere Kunst; Bischof Peter hatte während der Jahre in Augsburg immer behauptet, ich würde mich beim ersten Besuch eines Hauses sogar auf dem Abtritt verlaufen. Der Gedanke an den päpstlichen Legaten und unsere Freundschaft, die durch mein Verschulden für immer zerbrochen war, hob meine Laune nicht unbedingt.

»Und wie geht es jetzt weiter? Ich hoffe, sie hat dir eine Medizin verschrieben. Oder wollte sie auch bloß deinen Urin sehen?«

Jana holte ein Säckchen aus ihrer Börse und hielt es in die Höhe. Ich roch daran; es verströmte einen würzigen Kräutergeruch, durchsetzt mit einem fischigen Aroma.

»Kamille, Frauenmantel und gemahlene Sepia«, sagte sie. »Das soll ich mir aufkochen und trinken. Dafür lass ich jeden edlen Wein stehen.« Sie verzog das Gesicht.

»Und wogegen soll das helfen? Das hört sich an wie ein Mittel gegen Wanzen, Läuse und läufige Hunde zugleich.«

»Die Alte wird schon wissen, was sie tut°– jedenfalls eher als dieser lächerliche *medicus*. Hast du das junge Mädchen gesehen?«

»Es hat die alte Frau schon in der Herberge begleitet. Wenn es die Enkeltochter ist, muss die junge Frau nach der männlichen Linie der Familie schlagen.«

»Nein, die beiden sind nicht verwandt. Das Mädchen heißt Fiuzetta. Sie verdingt sich bei der alten Frau als Gehilfin.«

»Was ist mit ihren Eltern? Sie ist doch nicht älter als vierzehn oder fünfzehn.«

»Sie ist neunzehn«, sagte Jana zu meinem Erstaunen. »Willst du mich nicht fragen, warum sie diese Arbeit tut?«

Mir lag auf der Zunge, *Nein, da es mich nicht interessiert!* zu sagen, aber ich hielt mich zurück. »Nun, ich nehme an, sie will einmal in die Fußstapfen der Alten treten und ihre gut gehenden Geschäfte übernehmen.«

Jana musterte mich, wie sie es immer tat, wenn es mir nicht gelang, den Sarkasmus aus meiner Stimme zu verbannen.

»Sie ist eine Hure«, erklärte sie schließlich.

»Wie bitte?«

»Nicht so eine, die in einem Badehaus oder in einer Winkelwirtschaft lebt. Sie hat immer nur einen Freier, so lange dieser gewillt ist zu zahlen.«

»Eine Kurtisane«, sagte ich und erinnerte mich daran, dass ich gehört hatte, die venezianischen Schönen hätten diesen Beruf zur Meisterschaft erhoben. Ich schüttelte den Kopf. »Mich würde eher interessieren, was nun mit dir …«

»Sie kann dieser Arbeit im Moment aber nicht nachgehen.«

»Wenn sie sich eine Krankheit zugezogen hat, dann halt dich fern von ihr, besonders wenn es dir selbst nicht gut …«

»Sie ist schwanger«, unterbrach mich Jana ungeduldig.

»Das kommt schon mal vor bei dieser Art von Tätigkeit«, sagte ich genauso unwirsch. »Einem Holzknecht fällt auch ab und zu ein Ast auf den Kopf.«

»Sie ist schwanger, der Mann, der sie ausgehalten hat, hat sie auf die Straße gesetzt, sie versucht, nicht zusammen mit dem Kind in ihrem Leib zu verhungern, und alles, was dir dazu einfällt, ist ein blöder Vergleich!«

»Entschuldige, wenn ich für jemanden, den ich zweimal im Leben für jeweils eine Sekunde gesehen habe, nicht das gleiche Interesse aufbringen kann wie für dein Wohlergehen.«

»Du sollst mich nicht immer fragen, wie es mir geht. Da fühle ich mich sogar krank, wenn ich gesund bin.«

»Ich habe das Gefühl, du verheimlichst mir etwas«, platzte ich heraus.

Sie machte eine lange Pause. »Peter, ich …«

»Als ich dich ohnmächtig in der Sänfte fand, dachte ich im ersten Augenblick, mein Herz bleibt stehen. Wenn du das Gefühl hast, du bist ernsthaft erkrankt, dann sag es mir. Manfridus kann uns helfen, die besten Ärzte zu finden, und notfalls buche ich eine Schiffspassage, wenn dir der Landweg zu anstrengend ist, und bringe dich von hier weg. Du weißt doch, dass ich wie von Sinnen bin vor Sorge, dass dir etwas zustoßen könnte.«

»Ich bin nur erschöpft, weiter nichts. Vielleicht habe ich mir auch im Gefängnis in Florenz etwas geholt, das wäre ja kein Wunder.« Sie legte mir die Hand auf die Wange und lächelte. Einen Augenblick lang dachte ich, sie hätte mir etwas mitteilen wollen, aber etwas, das ich gesagt hatte, hatte sie wieder davon abgebracht. Ich versuchte in ihren dunklen Augen zu lesen. Alles, was ich wie stets darin sah, war der Himmel, der sich in ihnen widerspiegelte. »Tatsache ist, dass du dir keine Sorgen zu machen brauchst. Was hast du heute Vormittag herausgefunden?«

»Ich habe eine Lektion in venezianischer Orientierung erhalten«, brummte ich. »Sonst nichts.«

»Die toten Kinder ...?«

»Enrico Dandolo, der Onkel Pegnos, ist beinahe bankrott. Sein Bruder Fabio, Pegnos Vater, ist so reich und bekannt, dass ihn die Serenissima auf seiner momentanen Kauffahrt sogar mit einer diplomatischen Mission betraut, vor deren Anbruch er – außer sich vor Zorn°– Pegno von seinem Schiff weist, weil der Junge seekrank wird. Andrea Dandolo, Pegnos Bruder, hat sich vom Kloster dispensieren lassen und arbeitet sich mit solch einem Eifer in die Geschäftswelt der Familie ein, dass sogar die Leute darüber klatschen. Pegno Dandolo ist ertrunken, und jeder nimmt an, es geschah beim Versuch, heimlich ins Arsenal zu gelangen. Zwei Gassenjungen haben gestern geholfen, die Leiche von Pegno Dandolo zu identifizieren. Heute ist einer davon so tot wie Pegno selbst. Habe ich noch was vergessen? Bei den beiden Todesfällen taucht jedes Mal ein Polizist namens Paolo Calendar auf wie ein düsterer Engel, der vor unterdrückter Wut zu platzen scheint.«

»Wenn du meinst, dass es bei Pegnos Tod nicht mit rechten Dingen zugegangen ist, warum wendest du dich nicht an die Behörden?«

Ich sah sie an, ohne zu antworten. Vor uns öffnete sich ein *campo*, der direkt am Canàl Grande lag und uns einen fantastischen Blick auf das Herz von Venedig eröffnete, das sich am jenseitigen Ufer erhob. Manfridus' Dienstmagd eilte an uns vorbei und winkte einem Bootsführer, der ihr verwegen zugrinste und auf uns zuzusteuern begann, um uns aufzunehmen. Die Sonne lag auf dem kleinen Platz und briet die Pflastersteine. Vor dem Kai, der bei San Marco begann, streckten sich die Masten von Dutzenden von Schiffen in den Himmel. Das von dort kommende Stimmengewirr wehte bis zu uns herüber.

Ich hatte vergessen, Jana zu sagen, dass ich noch immer das zerbrechliche Handgelenk des Gassenjungen in meiner Pranke fühlte und auf seinem toten Gesicht das Lächeln gesehen hatte, mit dem er mir quer über die Menge hinweg zu verstehen gegeben hatte, dass ich unter seinem Schutz stand.

»Peter?«

Der Bootsführer legte an und begann, den anwesenden Frauen Komplimente zu machen. Er bediente sich dabei einer ganzen Reihe von Sprachen, von denen er die Wörter beliebig zusammenstellte, bis Manfridus' Dienstmädchen ihn auszuschimpfen begann. Er hatte seinen abenteuerlichen Strohhut abgenommen, den er nun in der einen Hand hielt, während er die andere ausstreckte, um uns in sein zerbrechliches Gefährt zu helfen.

»Nein«, sagte ich. »Die zwei Gassenjungen hätten sich im Leben nicht freiwillig als Zeugen zur Verfügung gestellt, und wenn sie zugesehen hätten, wie jemand dem Dogen das Herz mit einem Löffel herausschneidet. Einer der beiden Zeugen ist nicht mehr am Leben. Der andere ist der Schlüssel zu dieser Geschichte. Und wenn ich mich nicht beeile, ihn zu finden, ist er so tot wie sein Freund.«

Der Bootsführer vollführte eine elegant geschlungene Kurvenstrecke durch den starken Bootsverkehr quer über den Kanal und ruderte uns schräg gegenüber in einen stillen *rio* hinein. Ich hatte mich radebrechend mit dem Dienstmädchen verständigt, das ihn daraufhin gebeten hatte, mich bei der erstbesten Möglichkeit abzusetzen, sodass ich zum Arsenal gelangen konnte. Ich versuchte mir die *campi* zu merken, die mir das Dienstmädchen beschrieb und die ich bis zum Markusplatz würde passieren müssen: San Maurizio, Santa Maria dei Giglio, San Moisè. Ich küsste Jana zum Abschied und versprach ihr, vorsichtig zu sein; aber ebenso wie mein Kuss schien auch ihre Sorge nur halbherzig. Ihre Gedanken waren bereits bei etwas anderem, und ich kämpfte auf meinem Weg abwechselnd mit meinem Missmut über ihr Verhalten und mit der Angst, dass die alte Vettel am Campo dello Incurábili ihr etwas so Schwerwiegendes über die Natur ihrer Krankheit mitgeteilt hatte, dass Jana es mir nicht erzählen wollte.

Auf dem Campo San Moisè sah ich durch eine lange, gerade *calle* das Wasser des Canàl Grande schimmern und änderte meine Marschrichtung, bis ich auf einen der breiten Uferwege gelangte, die am Canale di San Marco entlang zum Arsenal führten. Es waren weniger Fußgänger als üblich zu sehen. Die Hitze um die Mittagszeit vertrieb alle, die vernünftiger waren als ich und nichts zu arbeiten hatten, in ihre Paläste. Ein paar gut gekleidete Kinder rannten johlend an mir vorüber, bunte Papierfähnchen schwenkend und ihren weit ausladenden Armbewegungen nach zu schließen venezianische Kriegsgaleeren in voller Fahrt darstellend. Die Fähnchen waren mit Wappenfarben bemalt, die mir nur allzu bekannt vorkamen: Jemand verwendete offensichtlich sein Geld bei allen nur erdenklichen Gelegenheiten, um auf sich aufmerksam zu machen. Nicht weit von mir legte ein flaches Boot mit einem Ruderer und zwei Passagieren ab und wurde mit kräftigen Ruderschlägen ins Becken von San Marco hinausgetrieben. Einer der Passagiere kauerte im

Heck, eine Gestalt mit einem langen Mantel und einer Kapuze auf dem Kopf. Ich betrachtete ihn und fragte mich, wie um alles in der Welt er es in diesem Aufzug in dieser Hitze aushielt. Dann wandte die Gestalt den Kopf zur Seite, und ich sah eine lange Schnauze aus der Kapuze ragen wie den Rüssel eines Untiers. Es war ein Arzt, der sich eine mit Kräutern gefüllte Atemmaske aufgesetzt und in einen Schutzmantel gehüllt hatte. Vermutlich lag weiter draußen im Kanal ein Schiff, das einen der Wimpel gehisst hatte, die eine ansteckende Krankheit anzeigten, und der Arzt war unterwegs dorthin, um festzustellen, ob eine Quarantäne genügte oder ob man das Schiff notfalls mit Waffengewalt aus der Lagune vertreiben müsste. Aus einer verhüllten Lampe zu Füßen des zweiten Passagiers stieg ein dichter weißer Rauchfaden. Ich versuchte vergeblich das Bild aus meinem Kopf zu verscheuchen, wie sich der lange lederne Rüssel zum fiebrigen Gesicht meiner Gefährtin hinunterbeugte, während der Helfer des Arztes, ein bleicher Junge, ängstlich mit der Weihrauchpfanne wedelte und Stoßgebete flüsterte, um sich nicht anzustecken.

Wenn ich gedacht hatte, in den Gassen rund um das Arsenal genug Vernachlässigung und Schmutz anzutreffen, um dort die meisten Gassenkinder zu finden, hatte ich mich getäuscht. Das Viertel mochte von den Arbeitern und Handwerkern des Arsenals bestimmt sein, und es mochte eine deutlich sichtbare Grenzlinie zwischen den prächtigen Hausfassaden an der westlichen Hälfte der Riva degli Schiavoni und den einfachen, schmucklosen Zweckbauten in ihrer Fortsetzung unterhalb des Arsenals geben – aber von Schmutz und Verkommenheit war nichts zu sehen. Die vieltausendköpfige Arbeiterschar des Arsenals schien über einen Stolz zu verfügen, der demjenigen der Patrizier in nichts nachstand. Sie wussten, dass nur ihre harte Arbeit das luxuriöse Leben der anderen und den Glanz ihrer Heimatstadt ermöglichten; und wahrscheinlich wussten sie auch, dass nur die

Hingabe und der bedingungslose Patriotismus der Patrizier zu Venedig ihnen eine Arbeit ermöglichte, auf die sie stolz sein konnten.

Wo die Riva degli Schiavoni über den *rio* führte, der direkt nach Norden zum Eingang des Arsenals verlief, erhoben sich mehrere massige Bauten. Staubige Säcke stapelten sich vor den Türen und wurden von ebenso weiß bestaubten Trägern hineingeschafft. Es roch nach Getreide. Kurz zuvor hatte mich bereits der betörende Duft frisch gebackenen Brots aus einigen *calli* innehalten und auf die Suche nach Bäckereien gehen lassen. Dass ich keine fand, bei denen man in einen Laden hätte gehen und einkaufen können, sagte mir°– ebenso wie die Getreidelager°–, dass sie ausschließlich für den Bedarf des Arsenals existierten. Nun wusste ich nicht nur, dass die Venezianer für ihre Schiffsbesatzungen und ihre Kolonien in Übersee massenhaft harten Zwieback zur Verfügung stellten, sondern auch, wo er hergestellt wurde.

Der Kai der Sieben Märtyrer, der sich an die Riva degli Schiavoni anschloss, war noch breiter als diese, aber auch deutlich weniger belebt. Weit voraus lag die Öffnung zum Lido, die der nach Osten sich krümmende Fischschwanz, zu dessen Form das *sestiere* Castello auslief, freigab. Eine lange Kriegsgaleere, die Ruderreihen funkelnd im Wasser, schob sich in die Einfahrt des Lido; das gewaltige Lateinersegel wurde eben gerefft. Kleinere Galeeren eilten ihr entgegen, als an ihrem Mastbaum ein kompliziertes Muster an Wimpeln in die Höhe schoss und eine für mich geheime Botschaft sendete. Nach einem letzten hölzernen Steg führte der Weg vom Wasser weg zwischen niedrige, schmucklose Bauten hinein, zur Linken von einer mannshohen Mauer begrenzt. Der Boden bestand nun aus gestampftem Erdreich, in das sich tief die Räder der Lastkarren eingegraben hatten. Zwischen den Bauten zur Rechten taten sich freie Flächen auf, mit struppigem, hohem Gras oder knorrigen Bäumen bestanden, *campi* in ihrer ursprünglichsten Form, die keinem Heiligen geweiht waren. Einige der Bauwerke erinnerten an Lagerschuppen, die von weniger erfolgreichen Kaufleuten unterhalten wurden. Da und dort wölbte sich der sonnengebleichte Bauch eines Boots aus dem Gras, das das Wasser der Kanäle nie mehr berühren würde. Erst ein Stück abseits des Weges war wieder eine regelmäßigere Bebauung zu erkennen: kleine, bunte Holzhäuser, von denen die Farbe abblätterte und deren Dächer zum Großteil eingefallen waren; Hütten aus silbrig schimmerndem Schilfrohr. Die Häuser waren aus Holz, das unter der sich abschälenden Farbe hervorkam wie Knochen, die von verfallendem Fleisch bloßgelegt werden. Das einzige aus Stein errichtete Gebäude war die Kirche, die sich mitten unter ihnen erhob wie ein räudiger Hund inmitten seiner nicht minder räudigen Schafherde, geduckt und simpel, mit einem Kirchturm, der die Bezeichnung nicht verdiente – ein Überbleibsel aus Zeiten, in denen eine Kirche nicht nur dazu diente, Gott zu preisen, sondern auch, um sich vor den Scharen der wandernden Barbaren hineinzuflüchten und zu hoffen, dass diese zivilisiert genug waren, das Asyl zu achten. Meistens taten sie es nicht. Die dunkelroten Steine waren schwarz fleckig von altem Brand. Auch hier hatten Flüchtlinge vergebens gehofft.

Es bedurfte des alten Baus nicht, um zu verdeutlichen, dass das Elendsviertel etwas war, dass alle Zeiten, alle Modernisierungen und vor allem alle Pracht der Stadt gleich daneben unberührt überdauert hatte. Ich war in die Ursprünge der Lagunenstadt geraten. Manche der Fischerhütten mochten schon gestanden haben, als die ersten Flüchtlinge vom Festland hierher übersetzten, verwirrt und angsterfüllt, Bauern und römische Beamte, Militärgouverneure und Priester, dicht gedrängt in kleinen Booten, während hinter ihnen ihre Dörfer, Städte und Paläste in Flammen aufgingen und die Rauchsäulen über der unendlich weiten Ebene standen, in die die Barbaren aus dem Norden über die Berge herabgestürmt waren und in der die letzten Reste der Zivilisation zu Asche zerfielen, die der

Untergang des Imperium Romanum übrig gelassen hatte. Sie hatten die Verzweiflung mitgebracht; und hier hatten sie sie auch zurückgelassen, während sich die neuen Bewohner über die Dutzend Inseln in der Lagune ausgebreitet und über die Jahrhunderte hinweg ein Staatengebilde geschaffen hatten, das die restliche Welt in Bewunderung und Furcht versetzte. Aber Verzweiflung ist nicht auszurotten und sucht sich ihre Nahrung selbst. Was von der prosperierenden Stadt ausgespien wurde, kroch hierher, um sich ihr zu ergeben. Dies war der Schatten, den die hell bestrahlte Seite warf, dies war der Dreck, aus dem das Gold schimmert, und die Schlacke, die sich zu den Füßen derer sammelt, die das Metall aus dem Berg waschen. Dies war das dunkle alte Herz der Stadt, und es pochte im trägen Rhythmus der Hoffnungslosigkeit, wo das neue Herz, das Arsenal, in hektischer Bewegung bebte. Es gab nur eines, das nicht so alt war, dass es dem Werk von Salz, Sonne und Wind bereits nachgegeben hatte: große, gemauerte Vierecke, über denen die Möwen kreisten wie ein Schwarm gierig kreischender Harpyien. Hinter all dem Verfall schimmerte das Wasser der Lagune glasig in der Mittagshitze.

Das Gelände hier am äußersten Ende des Fischschwanzes schien eine Art Niemandsland darzustellen, und wer dort Obdach gefunden hatte, war wirklich durch das Netz der venezianischen Gesellschaftsordnung gefallen. Es bedurfte des lauten Geschreis aus Erwachsenen- und Kinderkehlen nicht, um mir zu zeigen, dass ich nur hier eine Chance hatte, auf die Gassenkinder zu stoßen.

Auf dem freien Gelände zwischen einer vollkommen zerfallenen Schilfhütte, einem der gemauerten Vierecke und einer Ansammlung von zahnlückigen Häusern hatte sich ein Ring von Menschen versammelt, in der Hauptsache Kinder, doch es waren auch über ein Dutzend Erwachsene dazwischen. Auf den ersten Blick waren fast alle gleichermaßen zerlumpt, zu meinem Erstaunen entdeckte ich jedoch unter den Erwachsenen die erlesenen Kleidungsstücke ein paar vermögender Patrizier, zwei Männer in den leichten Rüstungen von Seesoldaten sowie die muskulösen Oberkörper von Galeerenruderern. Letztere waren schwer betrunken und hielten sich aneinander fest. Sie bildeten mit all den anderen einen Ring, in dessen Mitte sie wüst hineinbrüllten und mit den Fäusten fuchtelten. Eine Konstruktion wie von einem niedrigen Galgen ragte über ihre Köpfe, ein Strick, der an seinem Ende angebracht war, drehte sich wie verrückt, und aus dem Inneren des Kreises ertönte zorniges Gekreisch.

5

Ich hatte mir keinerlei Gedanken gemacht, wie ich die Gassenjungen dazu überreden konnte, mich zu dem zweiten Zeugen von gestern zu bringen; noch viel weniger darüber, wie ich mich mit ihnen verständigen sollte. Ich hoffte, dass wenigstens einige von ihnen ein paar Worte meiner Sprache beherrschten; die Präsenz des Fondaco dei Tedeschi und damit die Anforderung, einen reichen Kaufmann in seiner Muttersprache anbetteln zu können, legte zumindest nahe, dass ich mit dieser Hoffnung nicht vollkommen falsch liegen konnte. Allerdings hatte ich nicht mit einer Situation wie dieser gerechnet. Es war nicht zu erkennen, was dort im Inneren des Kreises vor sich ging; von einem Hahnenkampf bis zu einer Rauferei auf Leben und Tod konnte es alles sein, und zumindest die Geräuschkulisse legte eher die letztere Vermutung nahe. Ich blieb weit außerhalb des Kreises stehen und versuchte mich zu entscheiden, was ich tun sollte.

Ein paar Männer schrien plötzlich empört auf. Jetzt konnte ich erkennen, dass die Fäuste, die sie schüttelten, voller Münzen waren. Ein Junge sprang an ihnen hoch und nahm die Münzen entgegen, die er im Laufschritt an einen der zerlumpten Erwachsenen ablieferte. Die Männer, denen das Geld gehört hatte, zogen verdrießliche Gesichter. Der Kreis öffnete sich, und ein weiterer Knabe taumelte heraus, von diversen Fußtritten in meine Richtung befördert. Er zerrte an einer Augenbinde, und Blut lief ihm in Strömen an einer Wange herunter. Ein Ohr war völlig zerfetzt und fast entzweigerissen. Er umklammerte die Augenbinde mit einer Hand und presste die andere auf sein verletztes Ohr, während er, vor Schmerz und

Wut schluchzend, an mir vorbeilief. Die Erwachsenen warfen mir misstrauische Blicke zu; das Toben im Inneren des Kreises verstummte für einen Moment. Ich war geistesgegenwärtig genug, entschlossen zu ihnen hinüberzustapfen und dabei eine Hand voll Münzen auf der ausgestreckten Handfläche zu präsentieren. Die zerlumpten Männer warfen sich fragende Blicke zu, dann zuckten einige von ihnen mit den Schultern. Man ließ mich in den Kreis eintreten.

Die Männer hatten tatsächlich auf den Ausgang eines Kampfes gewettet, und dieser war noch nicht vorüber. Die Kontrahenten waren zwei Knaben mit verbundenen Augen und zerkratzten Gesichtern sowie eine Katze. Das Tier war kopfunter an dem halbhohen Galgen aufgehängt, den Jungen hatte man die Hände auf dem Rücken zusammengebunden. Jemand stieß einen Befehl hervor, und der Kampf begann von neuem.

Die Regeln waren einfach: Jeder der Jungen, die vorher zu dritt gewesen waren, irrte mit verbundenen Augen im Kreis herum, dirigiert vom Gebrüll der Fraktion, die Geld auf ihn gesetzt hatte, und abgelenkt von den Anweisungen der anderen Fraktion, die für seinen Mitspieler galten. Wenn einer von ihnen nahe genug an die Katze herankam, wurde das Geschrei frenetisch, und er sprang nach oben und versuchte, der Katze einen Kopfstoß zu versetzen. Wenn er traf, wurde das Tier wie ein Sack an einem langen Strick umhergeschleudert. Letztlich ging es darum, wer der Katze zuerst einen tödlichen Stoß versetzen konnte. Die Katze, ein magerer, grau getigerter Streuner, kämpfte mittlerweile stumm und schlitzte die Wangen ihrer Peiniger mit ihren Krallen auf, sobald sie von einem Stoß getroffen wurde. Als sie das Ohr des dritten Jungen aufgerissen hatte, hatte er aufgegeben. Ich wünschte, ich wäre ihm gefolgt, anstatt diesem Schauspiel beizuwohnen. Nicht, dass ich dieses Spiel nicht schon auf Dorffesten von betrunkenen Knechten hatte spielen sehen und auch bei diesen Gelegenheiten heftiges Mitgefühl mit der Katze empfunden hatte. Vielleicht lag mein heutiger Abscheu darin begründet, dass dabei um Geld gewettet wurde.

Ich drängelte mich rücklings aus dem Gewühl heraus, bis mich einer der zerlumpten Männer stoppte und mir wortlos die offene Hand unter die Nase hielt. Wer einmal zu spielen angefangen hatte, musste sein Geld auch setzen. Ich drückte ihm die paar Münzen hinein und stolperte davon. Er steckte den Betrag mit regungsloser Miene ein. Seine Stirn und seine Wangen waren mit Narben übersät, er sah aus wie ein zerfurchter alter Mann und war doch höchstens zwanzig Jahre alt: ein Veteran des Katzenspiels. In wenigen Jahren würden die beiden Knaben, die dort im Inneren des Kreises umhertaumelten und sich für Geld die Gesichter zerfetzen ließen, ebenfalls andere Kinder für sich kämpfen lassen. Ich setzte mich abseits auf einen Bretterstapel und wartete.

Als der Kampf vorüber war, zerstreuten sich diejenigen schnell, die nicht zu den Bewohnern dieses Niemandslandes gehörten. Die Patrizier hatten einen Gewinn gemacht und grinsten, die Seesoldaten zählten ihre Münzen und schienen nicht genau zu wissen, ob sie unterm Strich draufgezahlt hatten oder nicht, und die Galeerenruderer waren zu betrunken, um das eine vom anderen unterscheiden zu können. Jemand band den Leichnam der Katze los und warf ihn über den Rand des gemauerten Vierecks, was die Möwen wütend emporstieben ließ. Ich stand auf und näherte mich den beiden Spielern, die keuchend auf den Boden gesunken waren und von ihren Kameraden schmutzige nasse Tücher gereicht bekamen. Ihre Gesichter waren blutige Masken. Einer von ihnen weinte, der andere starrte stumm in den Himmel, während er die nassen Lumpen auf seine Wangen presste. Einer der zerlumpten Männer war stehen geblieben und musterte mich aus der Tiefe einer viel zu großen Lederhaube heraus, die sein Gesicht wie eine Kapuze einhüllte, doch niemand hielt mich auf. Ich kauerte mich neben ihnen ins Gras und kramte eine weitere Hand voll Münzen aus meiner Börse. Einer der unverletzten Jungen griff danach. Ich schloss die Faust.

»*Tedesco?*«, fragte ich.

Einer sagte zögernd: »Ja.« Er wies mit dem Daumen auf die davonschreitenden Gestalten der Patrizier, und ich fühlte eine plötzliche Wut in mir aufsteigen, als ich erkannte, was er damit meinte. Die Hauptgewinner des Kampfspiels waren meine Landsleute.

»Kannst du mich verstehen?«, stieß ich hervor.

»*Si*, ein wenig.«

»Wie heißt du?«

Er zuckte mit den Schultern und machte ein verständnisloses Gesicht. Diese Frage hatte ihm noch niemand in meiner Sprache gestellt.

»*Il nome?*«

Seine Zügen hellten sich auf, und er grinste und entblößte ein beinahe schwarzes, lückenhaftes Gebiss. »Maladente.«

»Ich bin Peter.« Ich streckte ihm eine Hand hin, die er nicht ergriff. »Ich suche einen Jungen, einen von euch.«

Er zuckte wieder mit den Schultern. Ich öffnete die Hand mit dem Geld, und er warf einen begehrlichen Blick hinein. Hatte er mich nicht verstanden, oder antwortete er mir aus Misstrauen nicht? Aus dem Augenwinkel sah ich, dass der Mann mit der Lederhaube näher getreten war. Wie lange mochte es dauern, bis er sich dazu entschloss, meine Fragerei als Affront anzusehen und seine Freunde zu holen, damit sie mich verprügelten und in den nächsten *rio* warfen?

»Hör zu, Maladente«, sagte ich drängend. »Es ist wichtig. Ich will euch helfen.«

»Helfen?« Hätte ich gesagt, ich sei direkt aus einer Wolke herabgestiegen, um ihn und seine Kameraden und die tote Katze dazu in Gold zu verwandeln, er hätte es eher geglaubt.

»Ich suche den Jungen, der gestern als Zeuge ausgesagt hat. Als der tote Patriziersohn gefunden wurde. Hast du mich verstanden?«

Maladentes Augen funkelten mich an. Er stürzte plötzlich nach vorn, um sich das Geld in meiner Hand zu schnappen, aber ich war schneller. Seine Finger waren in meiner Faust gefangen. Er versuchte, sie wegzuziehen, aber ich hielt ihn fest. Er knurrte ängstlich. Seine Freunde beobachteten uns. Selbst die verletzten Kämpfer interessierten sich mittlerweile mehr für uns als für ihre Wunden.

»Hast du mich verstanden?«, wiederholte ich und versuchte seinen Blick festzuhalten.

Aus den Augenwinkeln bemerkte ich einen gestiefelten Fuß neben mir, und ich wusste, es war der Mann mit der Lederhaube. Ich wandte mich von Maladente ab und blinzelte zu ihm empor. Seine Hände ruhten an seiner Seite, dennoch spannte ich alarmiert meine Muskeln an.

»*Risponda!*«, sagte der Mann zu meiner Überraschung in scharfem Ton. Maladente fuhr hoch, und ich ließ seine Hand los.

Maladente rappelte sich auf und warf einen Blick von mir zu dem Mann. Ich stand ebenfalls mühsam auf.

»*Va all'inferno!*«, zischte Maladente, spuckte auf den Boden, wirbelte herum und rannte mit wild pumpenden Beinen davon. Seine Kameraden flohen mit ihm. Ich machte Anstalten, ihnen nachzusetzen, aber der Mann hielt mich fest.

»Lassen Sie sie in Ruhe«, sagte er.

»*Milite* Calendar«, stieß ich hervor. »Laufen Sie mir nach, oder treffen wir uns nur rein zufällig immer wieder?«

Calendar nahm die Lederhaube ab. Sein grau meliertes Haar war schweißnass und zerdrückt. Ich hätte ihn eher erkennen sollen; trotz der Lumpenverkleidung, die er gewählt hatte, wirkte er so elegant wie eh und je.

»Ich dachte, ich hätte Ihnen geraten, zu verschwinden.«

»Von hier noch nicht. Bisher haben Sie mich nur von zwei anderen Orten weggewünscht.«

Er neigte den Kopf zur Seite. »Vielleicht habe ich ganz Venedig gemeint.«

»Wie konnte ich das nur missverstehen?«

Calendar musterte mich in seiner gelassen-überlegenen Art. Als ein Schweißtropfen in seinen Augenwinkel lief, zwinkerte er ihn weg, ohne sich die Mühe zu machen, ihn abzuwischen. Die Wut, die ich bereits seit dem Kampf verspürt hatte, wallte erneut in mir auf.

»Wenn mir der Junge geantwortet hätte, wäre es Ihnen ganz recht gewesen!«, rief ich. »Oder warum haben Sie ihn dazu aufgefordert, es zu tun?«

Calendars Miene verlor ein wenig von ihrer aufgesetzten Gelassenheit. Er blinzelte.

»Haben Sie sich verkleidet, damit Sie in Ruhe ein paar *piccoli* auf denjenigen setzen können, der der Katze zuerst das Rückgrat bricht?«

»Was glauben Sie?«

»Natürlich nicht. Sie haben es getan, damit Sie sich in Ruhe unter den Pechvögeln hier umhören können. Hätte man Sie als Polizist erkannt, hätte man Sie wahrscheinlich anstelle der Katze dort an den Galgen gehängt!«

Calendar verzog den Mund zu einem kalten Lächeln. Er hob die Augenbrauen und sagte: »Statt Kopfstößen hätte ich allerdings Knüppel, Steine und Messer zu spüren bekommen.«

Seine Antwort ernüchterte mich ein wenig. Ich zweifelte nicht daran, dass er es ernst meinte.

»Wonach suchen Sie?«, fragte ich ihn.

»Dieses Spiel«, sagte er und blickte zu der Galgenkonstruktion hinüber, »begann mit einem Sack, der unten nur locker zugebunden war. Es waren Holzkugeln darin; ein paar davon waren gelb angemalt, so wie es die goldenen Kugeln bei der Dogenwahl gibt. Jeder konnte sich die Augen verbinden lassen und versuchen, eine Kugel mit Kopfstößen aus dem Sack zu schütteln. War es eine gelbe, erhielt man einen Teil des Einsatzes, den die Zuschauer setzten; war es eine andere, erhielt man nichts außer Beulen. Blut floss dabei keines.«

»Ich kenne das Katzenspiel aus meiner Heimat.«

»Die Sitten verrohen unterschiedlich schnell, aber sie verrohen auf jeden Fall.«

»Ich kenne es allerdings ohne das Wetten.«

Calendar neigte den Kopf. »Alles wird in Venedig verfeinert.«

»Wenn Sie den zweiten Zeugen von gestern suchen, glauben Sie so wenig wie ich an einen Zufall, dass der erste der beiden heute Morgen sterben musste.«

»Ich könnte Sie jederzeit verhaften lassen, wissen Sie das? Unser Gefängnis ist nicht so schlimm wie sein Ruf, aber schön ist es dort durchaus nicht.«

»Sie würden mir wohl kaum diesen Trost zukommen lassen, wenn Sie mich wirklich verhaften wollten.«

Er lächelte und drehte die Hände mit den Handflächen nach oben, ohne mir zu antworten. Als seine Blicke über meine Schulter hinwegglitten, dachte ich zunächst daran, dass er mich ablenken wollte, um mich umso leichter packen zu können, verwarf den Gedanken aber sofort als unsinnig. Ich drehte mich um und folgte seinem Blick. Wo der von der Mauer eingefasste Weg in das Elendsviertel führte, standen zwei Gestalten und winkten zu uns herüber; ich sah Helme und Spieße in der Sonne glänzen. Ich hörte einen schwachen Ruf und sah, wie einer der beiden Bewaffneten auf den Kanal hinausdeutete. Die große Kriegsgaleere glitt mit ihrem Gefolge aus kleineren Schiffen vorbei, das Segel mittlerweile eingeholt, die Wimpelgirlande flatternd. Die Ruderreihen hoben und senkten sich in gleichmäßigem Takt. Vor dem Hintergrund der Bauten auf der kleinen Insel mitten im Canale di San Marco wirkte es, als schwebte sie mit erstaunlicher Schnelligkeit über einem Meer aus unbewegtem Silber. Calendars Augen zogen sich zusammen. Er schien die Sprache der Wimpel zu studieren. Schließlich nickte er langsam.

»Was gibt es?«, fragte ich.

»Ein Adler hat ein paar Geier gefangen.«

»Wie soll ich das verstehen?«

»Sie müssen es nicht verstehen.« Er nickte mir zu, trat an mir vorbei und schritt in Richtung auf die winkenden Gestalten zu, ohne sich noch einmal umzudrehen.

6

Bei einer der Bäckereien beim Arsenal fand ich die zerlumpte Menge wieder. Ich nahm nicht an, dass hier ein erneutes Wettspiel aufgeführt würde; die Hastigkeit, mit der der Kampf durchgeführt worden war, und die Tatsache, dass Paolo Calendar sich verkleidet hatte, um ihn ungefährdet beobachten zu können, erklärten mehr als deutlich, dass er verboten war und nur in aller Heimlichkeit gespielt werden konnte. Calendar hatte ausgesagt, man hätte ihn umzubringen versucht, hätte man gewusst, dass er ein Polizist war. Ich hatte es ihm schon vorher geglaubt°– dass er zwei Bewaffnete als Verstärkung in der Nähe postiert hatte, unterstrich seine Bemerkung. Ich fragte mich, ob ich über seine Vorsicht enttäuscht war; bevor ich die Verstärkung entdeckt hatte, hatte ich angenommen, er sei tollkühn genug, sich nur auf seine Verkleidung zu verlassen. Ich erinnerte mich daran, dass Bischof Peter mir nach Aufnahme meiner Tätigkeit als sein Untersuchungsbeamter stets zwei abenteuerlich aussehende Burschen mitgegeben hatte, wenn ich in einem der üblen Viertel Augsburgs oder spätabends zu tun hatte. Ich hatte sie meistens nicht für nötig gehalten und den Bischof doch gewähren lassen. Es war professionelle Vorsicht, und es war ebenso professionell, sich danach zu richten.

Der Menschenauflauf vor mir bestand diesmal auch aus kleinen Kindern, Frauen und Alten. Es waren nicht wenige Krüppel darunter, die über den Boden krochen oder an behelfsmäßigen Krücken humpelten. Als ich stehen blieb, wandten sich mir einige Gesichter zu. Eine vor mir auf dem Boden kauernde Frau mit einem lumpenverhüllten Gesicht begann zu jammern und streckte mir eine Klauenhand entgegen, doch die Aufmerksamkeit der anderen wandte sich nach vorn. Bei einem der Gebäude, in denen der Zwieback hergestellt wurde, drängte sich das Volk am dichtesten. Ich ließ ein paar kleine Münzen in die Hand der Frau fallen und bemerkte erleichtert, dass sie mich daraufhin in Ruhe ließ.

Die Fenster im ersten Geschoss links und rechts neben dem verrammelten Eingangstor öffneten sich. Knechte begannen mit Schaufeln und beiden Händen Zwieback herauszuschleudern, und unten begann eine hektische Balgerei um die Stücke. Die in meiner Nähe, am Ende der Menge, Befindlichen warfen sich ins Gewühl, ohne etwas zu bekommen außer Knüffen. Ein paar konnten sich durchwinden; andere rollten mir, von Fausthieben und Fußtritten beschleunigt, wieder vor die Füße. Die Solidarität unter den Ärmsten der Stadt ging nicht weiter als bis zu ihren Mägen. Ein Glücklicher hatte es vermocht, einen Zwieback zu erhaschen, und schob ihn hastig in den Mund, bevor ein anderer ihm die Beute entreißen konnte. Sie waren wie Krähen, die um das Gekröse in der Gosse vor einer Fleischbank raufen.

Der Zwieback war grün vor Schimmel. Die Barmherzigkeit des Bäckers diente der Bereinigung seiner Lagerbestände. Ich zweifelte nicht daran, dass er der gutmeinenden Verwaltung des Arsenals frische Ware berechnen würde.

Ich war nur ein paar Schritte gegangen, als ich das Geräusch bloßer, sich hastig nähernder Füße auf dem Steinboden hörte. Beunruhigt drehte ich mich um. Maladente blieb abrupt stehen, außer Reichweite meiner Hände und musterte mich. Er hatte den Blick eines streunenden Hundes, der Prügel erwartet und einen Knochen erhofft. Ich deutete auf das Gerangel. Er zuckte mit den Schultern und erklärte etwas auf Venezianisch. Ich konnte es nicht übersetzen, aber ich verstand auch so, dass einer wie er keine Chance hatte, hier etwas zu ergattern°– oder das, was er erhaschte, zu behalten.

»Das Geld wartet noch auf dich«, sagte ich.

Er schlich vorsichtig näher und strich sich mit den Handflächen über das Hemd, als wollte er sie sauber wischen. Seine Gliedmaßen zuckten.

»Il milite?«, fragte er. Ich sah ihn überrascht an. Darum hatte er Calendar in die Hölle gewünscht; er hatte an seinem Auftreten erkannt, dass er ein Polizist war. Ebenso hatte er erkannt, dass ich keiner war.

»Fort«, sagte ich. »Weggeschickt.«

Er wischte erneut über sein Hemd. Wir standen vielleicht fünf Schritte auseinander. Näher würde er nicht mehr an mich herankommen, nachdem ich ihn vorhin gepackt und festgehalten hatte. Er schlenkerte mit den Armen und tänzelte mit ungelenken nervösen Bewegungen auf und ab. Ich warf eine Münze zu ihm hinüber; er schnappte sie aus der Luft. Er kämpfte mit sich.

»Er heißt Fratellino«, stieß er hervor.

»Und wo steckt dein Freund Fratellino?« Ich warf ihm eine neue Münze zu und versuchte nicht darüber nachzudenken, dass keiner der Jungen, die ich bis jetzt kennen gelernt hatte, einen richtigen Namen besaß.

»Helfen?«, fragte er. »Du? Helfen?«

»Ja, Maladente, ich will deinem Freund helfen.«

»Bene.« Er schien nachzudenken, wie er mich und Fratellino zusammenbringen könnte. Die Solidarität unter den Gassenkindern mochte größer sein als unter den erwachsenen Armen, aber ein hungriger Magen und die Aussicht auf etwas Geld lösten auch verschworene Zungen. Ich verdrängte den unangenehmen Gedanken, dass ich mich eigentlich nicht besser verhielt als die Kaufleute, die Geld auf die kleinen Kerle setzten, damit diese sich das Gesicht in Fetzen reißen ließen.

Maladente hatte sich eine weitere Frage zurechtgelegt: »Wie?«

Ich stutzte. »Wie meinst du das?«

»Wie?« Maladente fuchtelte mit den Armen. »Mit Geld? Wegbringen?«

Er hatte begriffen, worum es ging. Es interessierte ihn weniger, *warum* ich Fratellino helfen wollte; die wesentliche Frage war vielmehr, *wie*. Daran würde er mich messen. Maladente hatte Hunger, und ich bot ihm Geld, und dies hatte ihn dazu verleitet, mich nochmals anzusprechen und den Namen des zweiten Zeugen preiszugeben. Allerdings war er nicht bereit, seinen Freund einem ungewissen Schicksal auszuliefern. Ich starrte den kleinen Schmutzfink an und suchte nach der Antwort zu einer Frage, die ich mir selbst noch nicht gestellt hatte. Maladente machte ein langes Gesicht, als er meine Ratlosigkeit erkannte. Ganz leise stieg eine Erinnerung an meine eigenen Kinder in mir auf. Wie war es damals gewesen? In der Zeit vor tausend Jahren, bevor Marias Tod mich in den Abgrund der Trauer hatte fallen lassen und ich nichts dagegen tat, dass der Rest meiner Familie zerbrach? Wie hatte ich mich verhalten, wenn mein Sohn Daniel mit fragendem Gesicht vor mir gestanden hatte und ich keine Antwort wusste?

– Das offene, arglose Gesicht eines Kindes, in das hinein eine Lüge zu erzählen eine der größten Sünden der Erwachsenen ist.

»Ich weiß es nicht«, sagte ich.

Maladente schüttelte den Kopf und wandte sich ab.

»Aber wenn ich nicht mit ihm sprechen kann, wird man ihn umbringen«, rief ich hastig.

»Si«, stieß Maladente hervor. Er schien, als wollte er noch hinzufügen: *Und wenn du mit ihm sprichst, auch.*

Ich breitete die Arme aus. »Ich weiß nicht, wie ich ihm helfen kann, doch ich bin der Einzige, der es wenigstens versucht.«

Maladente legte die Stirn in Falten und kämpfte einen inneren Kampf, der sich vor allem in hektischen Bewegungen seiner Arme und Beine zeigte. Schließlich seufzte er.

»Schwester. Fratellinos Schwester, *si*?«

»Er hat eine Schwester.«

»*Ca' di Rara*. Schwester … Rara.«

»Die Schwester heißt Rara.«

»*No, maledetto*«, fluchte er ungeduldig. Er sah sich suchend um und deutete schließlich auf ein Haus. »Ca' di Rara, si?«

»Ich verstehe. Das Haus von Rara.«

Maladente nickte heftig.

»Fratellinos Schwester wohnt im Haus von Rara? Wo ist das?«

»Santa Croce.«

»Wer ist Rara? Ist sie die Mutter von Fratellino und seiner Schwester? *La mamma*?«

Maladente verzog das Gesicht und lachte höhnisch. Rara war nicht die Mutter.

»Wie heißt Fratellinos Schwester?«

Er zuckte die Achseln und machte eine wegwerfende Geste. Niemand kümmerte sich um den Namen eines Mädchens.

»Warum wohnt sie bei Rara?«

»*Ca'* ist sehr groß. Viele Matratzen wohnen bei Rara.«

»Viele was? Du meinst Mädchen?«

Er kämpfte mit dem Wort und ersetzte es schließlich durch das, was ihm leichter über die Lippen kam. »Viele Matratzen!«

Mir dämmerte ein Verdacht. »Maladente«, sagte ich erstickt, »welche Worte kannst du wirklich auf Deutsch? Sag sie mir.«

Er stellte sich in Positur. »Matratze. Nutte. Wie viel fürs Ficken? Bring sie heute Nacht. Aber muss sauber sein. Du Schwein. Zeig mir deine …«

Ich unterbrach ihn. »Maladente, wer sagt so was zu dir?«

»*Tedeschi.*« Er zeigte den Kanal hinauf in die Richtung, in der das Fondaco lag. Ich spürte, wie mir übel wurde.

»Wie heißt Fratellinos Schwester?«

Maladente brummelte etwas. Er sah auf den Boden und fuhr mit einem schmutzigen Zeh die Maserung des Steins nach. Sein Verhalten hatte sich plötzlich geändert, und ich ahnte, woran es lag: Er hatte sich daran erinnert, dass auch ich einer von den *Tedeschi* war, und seine bisherigen Erfahrungen mit ihnen waren ganz offensichtlich nicht die besten. Ich biss die Zähne zusammen.

»Maladente, ich brauche den Namen.« Ich winkte ihm mit einer weiteren Münze.

»Caterina«, murmelte er wie jemand, der weiß, dass er das Falsche tut. Auf einmal warf er sich herum und rannte davon, wieder in die Gasse hinein, in der die Ausgabe des verschimmelten Trockenbrots allem Anschein nach beendet war. Er wartete nicht einmal ab, bis ich ihm die letzte Münze zuwerfen konnte.

Moro überraschte mich mit seiner Antwort, als ich ihn nach Rara fragte.

»Rara de Jadra, die Dalmatinerin? Man sagt, das ist eine Frau, die nur Gutes bewirkt. Sie führt wohl ein Waisenhaus für junge Mädchen drüben in Santa Croce, beim Campo San Simeòn Propheta. Wie kommen Sie darauf?«

»Ist das weit von hier?«

Er lächelte. »Etliche *campi*.«

Ich gab sein Lächeln zurück. »Was ist so Besonderes an ihrem Waisenhaus? Ich dachte, deren gibt es viele°– kirchliche sowie Stiftungen der reichen Kaufleute?«

Moro hielt beide Hände hoch und wackelte mit den Fingern. »Die hier reichen nicht aus, um sie zu zählen. Aber die privaten Stiftungen haben nur eine begrenzte Aufnahmekapazität«, er krümmte ein paar Finger ein, »und die kirchlichen Waisenhäuser nehmen nur die Kinder auf, die ihnen vor die Tür gelegt werden.« Moro krümmte weitere Finger, bis nur noch sein rechter Zeigefinger aufrecht stand. »Rara de Jadra wandert angeblich durch die Straßen und holt die Kinder aus der Gosse; sie geht auf den Sklavenmarkt und kauft sie den Sklavenhändlern ab.«

»Ich bin beeindruckt.«

»Es gibt natürlich noch andere barmherzige Einrichtungen für die Kinder«, erklärte Moro. »Von der Serenissima, von den

Schulen der Handwerker; aber dort bleiben die Kinder nur so lange, bis sie halbwegs erwachsen sind, dann stehen sie wieder auf der Straße. Soviel ich gehört habe, kümmert sich Rara auch darum, was aus den Mädchen wird, wenn sie volljährig sind.«

»Und was geschieht dann mit ihnen?«

Moro breitete die Hände aus. »Woher soll ich das wissen? Dienstmädchen, Zofen, Wäscherinnen ... alles besser, als sich mit zwanzig Jahren im Winter in einer zugigen Hütte hinter dem Arsenal zu Tode zu husten, oder nicht?«

»Nimmt sie auch Jungen an?«

»Nein, ich glaube, nur Mädchen. Es heißt, sie hat nur ein kleines Haus; wie sollte sie die Kinder da voneinander trennen? Sie ist sehr gottesfürchtig und äußerst darauf bedacht, nichts falsch zu machen.«

»Ich frage mich, warum nicht alle eltern- und heimatlosen Mädchen der Stadt zu ihr gehen und um Aufnahme bitten.«

»Wer weiß, vielleicht tun sie das?«

»Warum laufen dann so viele davon in den Gassen herum?«

»Die Not ist stets größer als die Güte.«

»Moro«, sagte ich und fragte mich selbst, weshalb ich so misstrauisch war, »bei unserem letzten Gespräch hast du mich mit deinem Wissen gehörig beeindruckt. Diesmal habe ich nichts anderes von dir gehört als: ich glaube, ich habe gehört, man sagt ...«

Moro stutzte und dachte nach. Dann grinste er noch breiter als zuvor und hob die Hände zum Himmel. »Schöpfer, ich danke dir, dass du mir jemanden gesandt hast, der mich auf meine Unvollkommenheit hinweist. Ich fürchtete schon, ich sei allwissend.«

»Jeder andere als ich würde dich jetzt auffordern, nicht so frech zu werden.«

Moro ließ die Hände sinken und lächelte auf mich herunter. »Bei jedem anderen hätte ich auch kein Wort gesagt außer: ›Ja, Herr‹ und ›Nichts verstehn, Herr‹.«

Ich nickte. Ich war ohnehin nicht verärgert gewesen.

»Wenn Sie dort gleich noch hinwollen, sollten Sie sich beeilen. Die Brücke wird demnächst aufgemacht, um die *Aquila* durchzulassen. Es dauert dann immer eine Weile, bis man sie wieder schließt, weil die Gelegenheit für die Durchfahrt weiterer großer Schiffe genutzt wird.«

»Was ist die *Aquila*?«

»Eine Kriegsgaleere der Serenissima. Sie ist heute Vormittag eingetroffen. Die *Aquila* und die *Venator* haben in den letzten Wochen Jagd auf Piraten in der Ägäis gemacht. Die *Aquila* hat reiche Beute eingeholt, das andere Schiff wurde beschädigt und musste in Ragusa zur Überholung bleiben.«

Ich ließ mir den Weg beschreiben und machte mich auf, ohne mich mit Jana abzusprechen oder mir die Zeit zum Essen zu nehmen. Ich nahm an, dass Jana in ihrer Kammer lag und schlief. Mit knurrendem Magen eilte ich zur Brücke. Nun wusste ich, was Paolo Calendar in den Wimpeln der Galeere gelesen hatte, die mit so großem Pomp in den Kanal hineingeleitet worden war. Die Frage war nur, weshalb es für ihn so wichtig war.

An beiden Enden der hölzernen Konstruktion, die die Rialto-Brücke darstellte, drängten sich die Schaulustigen dicht an dicht. Selbst einige der Bürgersfrauen hatten sich ins Getümmel gewagt und blinzelten unter breitkrempigen Strohhüten hervor in das sonnenglitzernde Wasser des Kanals. Die meisten der Hüte bestanden nur aus der Krempe, damit das Sonnenlicht ungehindert auf das Haupthaar fallen und es bleichen konnte, ohne dass die blasse Gesichtshaut verbrannt worden wäre. Hier wie in Florenz hatten die Frauen bezüglich ihrer Haarfarbe nur einen Wunsch: Sie möge blond sein. Aus keinem anderen Grund verirrten sich meine Gedanken zu Fiuzetta, der schwangeren Kurtisane, die sich in den Dienst von Janas Kräuterfrau gestellt hatte°– vermutlich war sie ihres natürlichen blonden Schopfes wegen sehr begehrt gewesen.

Einige unternehmerische Seelen schleppten kleine Fässer mit Wasser, frisches Obst in Körben und Backwaren mit sich herum und boten ihre Waren feil. Dem Sonnenstand nach mochte es um die dritte Stunde nach Mittag sein. Das Wasser und das Obst fanden rasch Abnehmer; so weit ich sehen konnte, war ich jedoch der Einzige, der ein paar schmalztriefende gebackene Klümpchen kaufte, die mir in ein großes welkes Blatt eingerollt übergeben wurden und die sich zu meinem anfänglichen Missvergnügen als mit Teig überbackenes Meeresungeziefer entpuppten. Als ich das erste davon hinuntergewürgt hatte, aß ich die restlichen mit Heißhunger und bedauerte danach, dass der Verkäufer bereits weitergegangen war.

Die Galeere war weit und breit nicht zu sehen. Vermutlich hatte der Kommandant beim Dogenpalast angelegt, um Meldung zu machen. Bewaffnete hatten bereits am Fuß der Brücke Posten bezogen, um sie abzuriegeln, aber noch lief der Verkehr ungehindert°– sah man von den Schaulustigen ab, die sich in der Mitte, auf dem beweglichen Teil der Brücke drängten, wo die hohen, mit weit ausgreifenden Dächern versehenen Seitenwände fehlten und der Blick in den Kanal hinein nach beiden Richtungen frei war. Ein paar Vorwitzige waren sogar auf die Galgen geklettert, die den Mittelteil der Brücke nach Art einer Zugbrücke auf beiden Seiten hochzogen und für die hohen Masten großer Schiffe freigaben. Die Brücke war zur Mitte hin steil nach oben gebaut und fiel ebenso steil auf der anderen Seite ab. Zwischen den hohen Seitenwänden fing sich die Hitze, es roch nach dem Holz der Brückenkonstruktion und den drängelnden Leibern vieler Menschen. Ich hielt meine Börse fest und war froh, als ich endlich drüben war.

Es war kaum zu früh. Als ich mich am jenseitigen Ufer umdrehte, um einen Blick zurückzuwerfen, rannte ein Soldat zu den beiden Wachen und bellte ihnen etwas zu, worauf sie begannen, die Menschen am Betreten der Brücke zu hindern.

Alle hielten bereitwillig an oder verteilten sich am Ufer, um einen guten Platz zu erwischen. Diejenigen, die noch auf der Brücke waren und eine bessere Sicht hatten, begannen laut zu rufen und in Richtung des Dogenpalastes zu zeigen, bevor sie die Konstruktion verließen. Die ersten Blumen fielen von der Brücke ins Wasser, gefolgt von weiteren, die von den Zuschauern an beiden Ufern gestreut wurden. Zwischen den Blüten taumelten unzählige Fähnchen mit einem mir inzwischen zum Überdruss bekannten Wappen darauf in den Kanal. Die *Aquila* würde sich ihren Weg durch einen schwimmenden Teppich aus Blüten und dem Familienwappen Leonardo Faliers bahnen, während sie stolz durch den Kanal glitt und die Freude der Bevölkerung über den geglückten Kriegszug entgegennahm. Besser konnte der Zehnerrat nun wirklich nicht dafür sorgen, dass sich sein Name unauslöschlich in die Gedächtnisse aller einprägte.

Ich hatte mich weit zurückdrängen lassen von den Leuten, die die Brücke herabkamen, aber das anwachsende Gebrüll und der Applaus, der langsam näher kam, ließen mich den Weg der Galeere mühelos verfolgen. Dann kam der Hauptmast des Schiffs in Sicht, der beinahe filigran vor dem Hintergrund aus wuchtigen Kaminen, Trockenstangen, Ladegalgen und Gerüsten wirkte, den die Hausdächer des gegenüberliegenden Ufers boten. Das Krähennest an seiner Spitze glitt vorüber, der Applaus begann jetzt auch um mich herum, und ich sah mit dem üblichen Schwindelgefühl, das mich bei einem solchen Anblick stets ergriff, dass rings um das Krähennest Leichen hingen°– Piraten, die sicherlich im Moment des Ablegens von der Piazzetta gehängt worden waren, damit den Venezianern der Triumph über die Freibeuter auch deutlich genug vor Augen geführt wurde. Ich wusste, dass die zumeist türkischen Piraten mit den Gefangenen, die sie für nicht gewinnbringend erachteten, nicht weniger unsanft umgingen; und dass die Venezianer noch immer nach Rache für den letzten venezianischen Konsul von Negroponte dürsteten, den die türkischen

Eroberer bei lebendigem Leib hatten zersägen lassen. Die Unseligen, deren Körper jetzt im Triumphzug durch den Kanal gefahren wurden, dauerten mich dennoch.

Der Campo San Simeòn Propheta war klein, kaum mehr als der Vorplatz zu seiner niedrigen Kirche, deren Fassade seine Ostseite beschloss. Man stieg auf ihn von einer Brücke herab, die sich über einen langen, auf beiden Seiten von einer schmalen *fondamenta* begrenzten *rio* spannte und auf der Seite des *campo* um eine Hausecke winden musste, um den Boden zu erreichen. Nördlich und südlich reihten sich schmucklose, namenlose Hausfassaden aneinander; der *campanile* der Kirche stand von ihr getrennt und ragte hinter den Häusern hervor, aus denen er herauszuwachsen schien wie ein Spross Unkraut.

Ich fragte einen älteren Mann, der aus der Kirche kam, nach Raras Haus, und erwartete fast, ihn sagen zu hören: »*Sempre dritto!*«, aber er sandte mich stattdessen mit weit ausholenden Armbewegungen in ein winziges Gässchen, das zwischen der Nordecke der Kirche und den Wohnhäusern hindurchführte und wirkte, als sei man in die Überreste eines alten Kreuzgangs geraten°– komplett mit einer kurzen Reihe Arkaden mit niedrigem Dach, zwischen deren Säulen und zwei am anderen Ende des Platzes stehenden Bäumen hinaus sich der Ausblick auf den großen Kanal öffnete. Etwas wie eine breitere *calle* lief hier schnurgerade auf den Canàl Grande zu, und ich verstand, dass auch das noch der Campo des Propheten Simon war oder vielmehr sein kleiner Bruder, der *campiello*. Im Zentrum stand der unvermeidliche Brunnen.

Die Kirche, die Häuser, der *pozzo*: der Campiello San Simeòn Propheta war ein von den moderneren, großzügigeren Bauten der reichen Prominenz verschont gebliebener Überrest der venezianischen Anfänge. Neben einer freien Fläche, auf der das Gras wild in die Höhe wuchs, schloss ein schlichter Stadtpalast den *campiello* ab; seine Nordseite stand bereits im

Kanal. Es war ein heruntergekommener, zweistöckiger Bau, bis in die Höhe der Eingangstür aus unverputzten Ziegeln bestehend und darüber mit einem terrakottafarbenen Putz versehen. Von den Ecken der Fenster zogen sich lange schmutzige Verwitterungsstreifen herab, die weißen Fenstereinfassungen waren grauscheckig und die Fensterläden bis auf wenige Ausnahmen geschlossen. Es sah wie das alte Stadthaus eines zu Geld gekommenen Patriziers aus, der sich in besserer Lage einen neuen Palast erbaut hat und sein bisheriges Domizil billig verpachtet, um damit ein gutes Werk zu tun. Wenn man davon ausging, dass Rara de Jadra und ihre Schützlinge großen Raumbedarf und wenig Geld hatten, musste ich vor dem Waisenhaus der Dalmatinerin stehen. Die Tür war zu, aber nicht verschlossen; ich drückte sie auf und betrat den Innenhof.

Er war eng, finster und in noch kläglicherem Zustand als die Außenfassade. Ein schmales Rechteck, das sich von der Eingangstür weg in die Länge zog, wurde er an der rechten Seite noch durch eine Art Vorbau beschnitten, in den eine mit einem starken Schloss versehene, plumpe Tür hinein- und vermutlich in den Vorratskeller führte. Auf der linken Seite lief eine breite Treppe mit spitzbogigen Arkaden um zwei Seiten des Innenhofes herum und hinauf in die Helligkeit einer Loggia, die sich zur Rückseite des Hauses hin öffnen musste. Das einzige Licht, das aus dem Obergeschoss in den Innenhof fiel, beschien eine runde Brunnenöffnung. Wo die Farbe noch nicht von den Wänden abgeplatzt war und das Licht auf sie fiel, leuchtete sie in einem warmen Rot; wo sie im Schatten lag, wirkte der Putz wie geronnenes Blut. Der Boden war mit braunen Ziegeln in Fischgrätmuster belegt und peinlich sauber. Aus dem Obergeschoss drangen Stimmen. Ich räusperte mich und rief einen Gruß, während ich die Treppe emporstieg.

Oben angekommen, stieß ich auf eine doppelflüglige Tür, von der ich annahm, dass sie in den großen Saal führte. Als ich sie öffnen wollte, wurde sie von innen aufgerissen, und ein Mann mit bunter Kleidung rannte in mich hinein. Er wich erschrocken zurück und sagte: »Ich bitte um Verzeihung.«

»Keine Ursache«, erwiderte ich. Er nickte und ordnete seine Kleidung und riss dann die Augen auf.

»Oh, Sie sind auch aus dem Reich. Da bitte ich doppelt um Verzeihung.«

Er war breitschultrig, was noch durch mächtig aufgepuffte Schulterstücke an seinem Wams betont wurde; er war mindestens eineinhalb Köpfe kleiner als ich, und sein Oberkörper wirkte breiter als meiner. Die tiefen Röhrenfalten, die zur engen Taille des Wamses führten, betonten seine Figur und ließen ihn wie die Karikatur eines antiken Athleten in Kleidern aussehen°– ein kleiner Mann, der seine geringen Maße auf eine andere Weise auszugleichen sucht und nicht merkt, dass er die Schwelle zur Peinlichkeit bereits überschritten hat. Er lächelte mich an. Seine Hautfarbe wirkte unnatürlich; aus der Nähe besehen wurde klar, dass er sich sorgfältig geschminkt hatte. Vielleicht war er viel in Frankreich herumgekommen, wo die Geckenhaftigkeit hoch im Kurs stand.

Er streckte mir seine Hand entgegen. »Ich habe Sie im Fondaco noch gar nicht gesehen. Sind Sie eben erst angekommen?« Sein Händedruck kam mir übertrieben fest vor.

»Ich wohne nicht im Fondaco. Ich bin nicht in Geschäften hier.«

Er nickte und fragte nicht weiter, was ihm sichtbar schwer fiel. Ich half ihm über die Pause hinweg, indem ich mich vorstellte.

»Mein Name ist Heinrich Chaldenbergen«, erwiderte er und deutete eine kleine Verbeugung an. Er sprach mit einem Dialekt, den ich nicht gleich zuordnen konnte und den zu verstehen mir Mühe bereitete. »Aus Lübeck. Ich glaube, ich habe Ihren Namen schon einmal gehört. Kann das sein?«

»Sie sind weit von zu Hause weg.«

»Geschäfte, Geschäfte. Man muss sich das Leben eben richten, so wie es am besten geht. Aber ich kehre in wenigen Tagen heim°– wenn mein letzter Handel so verläuft, wie ich es mir vorstelle.« Er deutete über die Schulter zu der Tür, die er wieder hinter sich geschlossen hatte. »Wie haben Sie denn hierher gefunden?«

Ich beschloss zu lügen. »Das Haus wurde mir empfohlen. Ich habe ein Gelübde abgelegt und möchte Geld für die Waisenkinder spenden.«

»Da tun Sie ein gutes Werk, das sich tausendfach für Sie auszahlen wird.« Er zwinkerte mir zu. »Vom Lohn im Himmelreich einmal abgesehen.«

»Wir alle arbeiten für den Erhalt unserer Seelen.«

»Natürlich. Ich muss wieder los. Glück und gute Geschäfte.«

Er stieg die Treppe hinunter. Wie ich erwartet hatte, blieb er an ihrem Fuß stehen und spähte noch einmal nach oben. Ich winkte ihm zu. Er grinste und winkte zurück, dann stülpte er sich seine Kappe auf den Kopf und schritt schnell hinaus. Ich hörte seine Stiefel auf dem Fischgrätmuster knallen. Als ich mich umdrehte, stand eine schlanke, dunkle Frau in der geöffneten Tür und musterte mich argwöhnisch. Hinter ihr drängten sich ein paar junge Mädchen und versuchten, über ihre Schulter zu spähen.

»Ich bin Rara de Jadra«, sagte sie mit hartem Akzent. »Was führt Sie zu mir?«

7

Die Mädchen in Raras Haus – zumindest die neun, die sich in einer Ecke des Saales bei Näharbeiten zusammendrängten und versuchten, unbemerkt zu mir herüberzuschielen – waren etwa zwischen zehn und sechzehn Jahren alt. Ich hatte es kaum anders erwartet; jüngere Mädchen wurden vermutlich selten auf dem Sklavenmarkt verkauft, und ältere würden von Rara längst ins Leben zurückgeführt sein. Die meisten schienen aus den östlichen Kolonien Venedigs zu stammen: dunkel getönte Haut, dichtes schwarzes oder braunes Haar, schwarze Augen und kräftige Arme. Zwei zartere Figuren waren darunter; vielleicht die Töchter von Bauern der Umgebung, die in finanzielle Notlage geraten waren, oder ehemalige Straßenkinder. Sie alle waren ausnahmslos hübsch. Sicher fiel es Rara leichter, ein ansehnliches Mädchen in eine Dienstbotenstellung zu vermitteln als ein weniger hübsches, aber ich fragte mich im Stillen, was Rara tun würde, wenn sie Geld genug für zwei Käufe auf dem Sklavenmarkt hätte und von zwei angebotenen Kindern nur eines ihrem Schönheitsideal entspräche. Sie war davon abhängig, ihre Schützlinge in vernünftige Stellungen vermitteln zu können, und sie benötigte das Geld, das finanzkräftige Gönner ihr spendeten, und Schönheit ließ die Börse lockerer sitzen als Hässlichkeit. Dass ich ihre Beweggründe nachvollziehen konnte, machte mir meine Gedanken nicht sympathischer.

»Ich kann dieses Haus nur mit Gottes Hilfe und der Freizügigkeit der Menschen hier erhalten«, erklärte Rara. »Jeden Tag bete ich zum heiligen Simon und zum heiligen Christophorus, dass sie mir die Kraft geben, weiterzuarbeiten, und den Menschen die Güte, mich dabei zu unterstützen. Ich bin dem Herrn und seinen Heiligen in Demut dankbar, dass sie sich meiner bisher immer angenommen haben.«

»Wenn man das Haus so ansieht…«

»Ja, es ist bedauerlich. Ich schäme mich, aber für den Erhalt ist nicht genügend Geld vorhanden. Wenn es mir der Rat Falier nicht zur Verfügung gestellt hätte, gäbe es für meine armen Täubchen und mich gar kein Dach über dem Kopf; ich wünschte mir, ich könnte mich seiner Güte würdig erweisen und das eine oder andere reparieren, doch wie gesagt, es fehlen die Mittel.«

»Das Haus hier hat Leonardo Falier gehört?«

»Kennen Sie ihn?«

»Ich bin ihm heute Morgen begegnet. Er stand auf einem Podium und ich in der Menge. Zu behaupten, ich kenne ihn, wäre da wohl übertrieben.«

»Er hat das Haus gekauft, schon vor vielen Jahren. Es stand eine Weile leer, bevor er es in meine Hände gab.«

»Was haben Sie getan, bevor Sie es erhielten und sich um die Mädchen kümmerten?«

Sie lächelte mich an, ohne etwas zu sagen, und ich erkannte, dass ich verbotenes Terrain betreten hatte. Rara de Jadra hatte strenge Gesichtszüge und dichte Augenbrauen, die ihre Stirn im Vergleich zu den meist völlig haarlosen Gesichtern der venezianischen Frauen finster wirken ließen. Die Augen, die darunter hervorblitzten, waren von einem tiefen Schwarz; ihr Haar war straff zurückgekämmt, am Hinterkopf aufgesteckt und endete in einem langen Zopf, der über ihren Rücken fiel. Ihre Schützlinge übertrafen sie an Schönheit bei weitem, doch wenn sie lächelte und zwei Reihen gut gepflegter Zähne sehen ließ, bekam ihr Gesicht etwas Freundliches und Anziehendes.

»Was ist mit Herrn Chaldenbergen? Ich hoffe, er hat sich ebenfalls als großzügig erwiesen?«

»Ihr Landsmann? Oh, ich wusste seinen Namen gar nicht.

Ja, ein sehr gottesfürchtiger Mann. Er kehrt bald nach Hause zurück und hat das Bedürfnis, noch eine edle Tat zu vollbringen. Wir haben über seine Absichten gesprochen, und er wollte noch einmal darüber nachdenken.« Es hörte sich an, als wäre Chaldenbergen ins Fondaco geeilt, um seine Barschaft zu zählen und zu überprüfen, ob ihre Höhe mit seinem Bedürfnis zu zahlen übereinstimmte°– und als ob Rara sein Verhalten durchaus angemessen fand.

»Ich brauche Ihre Hilfe«, sagte ich.

Rara blickte mich erstaunt an. »In der Regel bin ich auf die Hilfe anderer angewiesen«, erwiderte sie dann.

»Ich muss mit einem ihrer Mädchen sprechen. Sie hat einen Bruder, der zu den Unglücklichen gehört, die in den Gassen leben.«

Rara spitzte die Lippen und machte ein bedauerndes Geräusch. »Unselige kleine Burschen«, seufzte sie. »Sie müssen wie die Ratten leben, weil man ihnen die Möglichkeit verweigert, Menschen zu sein. Sie tun mir Leid.«

»Sie sprechen die Gedanken aus, die auch ich hege.«

»Jeder Mensch, der in der Gnade des Herrn ist, muss so denken. Warum wollen Sie mit dem Mädchen sprechen?«

Ich sah sie an und entschloss mich zu der zweiten Lüge unter ihrem Dach. Ich hatte Chaldenbergen angelogen, weil mir sein Auftreten zu gekünstelt erschienen war, als dass ich auch nur ein Fünkchen Vertrauen zu ihm gehabt hätte. Warum ich Rara nicht die Wahrheit sagte, wusste ich nicht genau. Womöglich war es mir peinlich, meine vagen Verdachtsmomente vor ihr darzulegen. Ich sah schnell zu den Mädchen in der Ecke hinüber; die jüngeren von ihnen zogen die Nadeln nervös und ungeschickt durch die Stickarbeiten und sahen kaum auf, die älteren betrachteten mich mit kalten, taxierenden Blicken, bevor sie die Augen niederschlugen. »Ihr Bruder ist in Schwierigkeiten. Er hat mich bestohlen und versteckt sich. Ich will ihm mitteilen lassen, dass ich keine Bestrafung wünsche. Ich betrachte den Diebstahl als eine Spende, die ich selbst hätte tun müssen, wenn mein Herz nicht verhärtet gewesen wäre. Vielmehr möchte ich ihn finden und ihm helfen.«

»Das ist sehr edel, sich wegen eines Gassenjungen solche Umstände zu machen.«

»Das Mädchen heißt Caterina.«

»Ich weiß, wen Sie meinen. Wie lautet der Name des Bruders?«

»Seine Kameraden nennen ihn Fratellino. Das ist zwar kein Name ...«

»Die Kinder geben sich die Namen selbst: Mastello, Pellirossa, Testagrande, Maladente ...« Rara sah mich nachdenklich an. Schließlich erhob sie sich. Die Mädchen blickten zu ihr auf, und sie machte eine Kopfbewegung. Schweigend marschierten sie zu einer Tür hinaus, ohne mich nochmals anzusehen. »Ich hole sie. Sprechen Sie Venezianisch?«

»Nein.«

»Ich werde übersetzen.«

»Vielen Dank. Ich habe Ihnen noch nicht gratuliert. Sie beherrschen meine Sprache sehr gut.«

»Die Kaufleute aus dem Fondaco dei Tedeschi spenden viel und reichlich.«

»Wie alt ist das Mädchen?«

»Wozu wollen Sie das wissen?«

»Ihr Bruder erschien mir so klein ... so jung ...«

»Caterina ist fünfzehn. Sie wird mich bald verlassen und ein Leben in Freiheit führen können.«

Rara verschwand durch dieselbe Tür wie die Mädchen. Ich hatte den Eindruck, dass sie zu einer Flucht von Zimmern führte, in denen die Kinder untergebracht waren. Zu meinem Erstaunen ließ sie mich allein in dem geräumigen Saal sitzen; keine Zofe, kein Dienstbote, niemand, der sich zu mir gesellte und verhinderte, dass ich etwas an mich nahm oder zerstörte. Andererseits war außer abgeschabten Truhen und einem stockfleckigen Teppich an der jenseitigen Stirnwand des Saales nichts vorhanden, was sich hätte davontragen lassen.

Der Boden bestand aus glänzenden, durchgetretenen Holzbohlen, und die Fresken an der Decke waren so alt, dass die Hautfarben der Engel, Heiligen und Allegorien verblasst waren und ihnen das Aussehen Dahinsiechender verliehen. Wo die Mädchen gesessen hatten, waren ein paar Truhen zusammengeschoben. Auf einer war etwas liegen geblieben: ein Paar dunkler Männerhandschuhe. Sie waren aus feinem Stoff und sicher mehr ein Accessoire zu feiner Kleidung, als dass man sie wirklich getragen hätte. Ich tippte darauf, dass Chaldenbergen sie vergessen hatte, doch die dunkle Farbe passte eigentlich nicht zu seinem Geschmack. Ich legte sie wieder zurück.

Die Fenster des Saals führten auf den lang gezogenen Teil des *campiello* hinaus und waren, wenn ich mich recht an den Anblick von draußen erinnerte, die einzigen, deren Fensterläden nicht geschlossen waren. Ich wanderte zu den Fenstern hinüber und spähte hinaus. Einen Augenblick lang hatte ich idiotischerweise erwartet, Heinrich Chaldenbergen dort unten stehen zu sehen, aber der kleine, ausgepolsterte Mann war verschwunden. Ich wandte mich von den Fenstern ab und erkannte, dass ich es drinnen nicht weniger ungemütlich fand als draußen. Der ärmlich ausgestattete Saal machte mich unruhig, nicht zuletzt deshalb, weil ich das Gefühl hatte, irgendwo in einem anderen Zimmer säße jemand und lauschte auf jeden meiner Schritte. Ein leiser Schauer lief mir über den Rücken. Ich schalt mich im Stillen und zwang mich dazu, mich wieder zu setzen.

Das Erste, was mir an Fratellinos Schwester auffiel, war ihre Zartheit. Sie zeugte von schlechter Ernährung in Kleinkindertagen, und einmal mehr erinnerte ich mich der leichten Last, als ich den kleinen Beutelschneider vor dem Arsenal geschnappt hatte. Caterina sah nicht aus wie eine Fünfzehnjährige; ich hätte sie auf höchstens zwölf geschätzt, fast noch ein Kind. Dies und das helle, schmucklose Gewand erinnerten mich an Fiuzetta. Wohin auch immer Rara de Jadra ihren ehemaligen Schützling Fiuzetta vermittelt hatte, ein Leben in Freiheit war daraus nicht geworden, und wenn sie ihr außer dem Gewand noch einige Ratschläge mit auf den Weg gegeben hatte, dann schien die junge Frau nicht darauf gehört zu haben.

Das Gespräch mit Caterina war schwierig. Nicht, weil es nur mithilfe Raras ging, die hin und her übersetzen musste; nicht, weil es mir schwer fiel, eine hinreichend plausible Geschichte zu ersinnen, die mit Fratellinos angeblichem Diebstahl und meiner großmütigen Gnade zu tun hatte; nicht, weil ich nicht wusste, wie ich Caterina die Dringlichkeit meines Anliegens darlegen sollte, ohne mich in Widersprüche zu verstricken. Schwierig war das Gespräch deshalb, weil das Mädchen vor Angst nicht wusste, wohin es blicken sollte.

Als ich geendet hatte und mich zurücklehnte, war ich mir nahezu sicher, dass nichts von dem angekommen war, was ich hatte mitteilen wollen. Caterina verabschiedete sich mit einem Flüstern und folgte Rara wieder hinaus, der Schatten eines Menschen in einem weißen Gewand. Ich sah zu den leichenfarbenen Gestalten hinauf, die sich über die Decke zogen, aber auch sie hielten keinen Rat für mich bereit.

Rara kehrte zurück und blieb in der Mitte des Saals stehen. Ihre Miene war verschlossen und wirkte düster. Zu meiner Überraschung sah ich, dass ihre Augen in Tränen schwammen.

»Sie ist starr vor Trauer, dass sie dieses Haus bald verlassen muss«, seufzte Rara. »Aber ich kann die Mädchen nicht länger behalten.«

»Ist es denn so furchtbar dort, wohin Sie sie senden werden?«

Rara schüttelte den Kopf; der Schatten eines Lächelns huschte plötzlich über ihre Züge und hellte sie auf.

»Aber nein«, sagte sie und wischte sich mit der Handfläche über die Wangen, »aber nein. Wenn ich Glück habe…« Sie ließ den Satz unvollendet. Dann breitete sie die Arme aus. »Ich danke Ihnen, dass Sie sich die Mühe gemacht haben, hierher zu kommen.«

»Es war wohl vergeblich. Caterina konnte mir weder sagen, wie ich ihren Bruder finden könnte, noch machte sie den Eindruck, als habe sie meine Botschaft, er solle sich an mich wenden, verstanden.«

»Sie braucht nur ein wenig Zeit, bis Ihre Worte zu ihr durchdringen. Im Augenblick hat in ihrem Herzen nichts Platz außer ihrem Leid.«

»Wenn Sie Einfluss auf sie haben, drängen Sie sie. Ich bin nicht mehr allzu lange hier, und meine Seele wird keine Ruhe finden, bevor ich diese Angelegenheit bereinigt habe.«

»Ich tue, was ich kann ...«

Ich nickte und stand auf.

»... wenn Sie etwas für mich tun.«

Ich begann sofort nachzurechnen, wie viel Geld ich einstecken hatte und wie viel davon ich ihr geben sollte; doch Rara schüttelte den Kopf und lächelte erneut.

»Ich verlange kein Geld von Ihnen. Eine Gabe wirkt nur Gutes, wenn sie freiwillig getan ist.«

»Ich hatte nur meine Gedanken woanders ... verzeihen Sie ... selbstverständlich ...«

»Begleiten Sie mich auf den Sklavenmarkt.«

Ich hielt verblüfft in meinem verlegenen Kramen in meiner Börse inne. »Wie bitte?«

»Nicht einmal ich kann als Frau allein auf den Sklavenmarkt gehen. In der Regel miete ich einen Dienstboten, oder ich lasse mich von einem Mönch oder einer Nonne begleiten. Wenn Sie mir die Ehre erweisen, für den heutigen Tag mein Begleiter zu sein, kann ich mir diese Geldausgabe sparen.«

»Ist denn jeden Tag Sklavenmarkt?«, brachte ich hervor.

»Natürlich nicht. Aber die Serenissima hat ein paar Piratenschiffe aufgebracht, und es ist manchmal der eine oder andere dabei, der noch nicht zu verdorben ist, um irgendwo arbeiten zu können, und der seinen früheren Taten abschwört, wenn er den Galgen im Nacken spürt.«

»Ich dachte, Sie nehmen nur Mädchen auf.«

»Sie haben mich nicht zu Ende reden lassen«, erklärte sie leise. »Meistens haben die Piraten selbst eine menschliche Fracht – Gefangene von überfallenen Schiffen, Entführte, Geiseln, die sie tributpflichtigen Küstenstädten abgepresst haben.«

»Diese Unglücklichen werden hier auf dem Sklavenmarkt verkauft?«

»Wenn sie nicht selbst für sich sprechen können oder einen Gönner finden ...«

Ich schüttelte verdrossen den Kopf.

»Es gefällt mir auch nicht. Aber für ein junges Mädchen ist das Schicksal, in Venedig das Dienstmädchen eines angesehenen Patriziers zu werden, dem Leben in der Gewalt eines reichen Freibeuters vorzuziehen. Und die Kunde vom Sieg über die Piraten verbreitet sich in aller Welt. Sehr oft melden sich die Eltern, Frauen, Männer oder Brüder von Entführten und kaufen sie wieder frei°– und für einen günstigeren Preis, als die Piraten ihn verlangt hätten, das dürfen Sie mir glauben.«

»Ich muss diese Vorgehensweise trotzdem nicht billigen«, sagte ich.

Sie lächelte wehmütig. »Begleiten Sie mich. Ich habe vor kurzem eine Spende erhalten. Vielleicht kann ich ein unglückliches junges Ding aus ihrer Gefangenschaft befreien, dann sehen Sie, dass aus dieser Vorgehensweise auch Gutes erwächst.«

8

Streng bewacht von Seesoldaten und belagert von einer neugierigen Menge, lag zwischen den beiden Säulen auf der Piazzetta die Kriegsbeute aus dem Feldzug gegen die Piraten. Die Besitzer der Bäckereien und Metzgerbuden, die sich°– Bretterverschlag an Bretterverschlag°– entlang des Kais drängten, freuten sich über die gesteigerten Umsätze; der heilige Theodor und der Markuslöwe auf den beiden wuchtigen Säulen hingegen starrten teilnahmslos auf den Kanal hinaus. Zwischen den geöffneten Truhen, aus denen Schmuck und Münzen blinkten, den gestapelten Fässern und den Bergen an Schwertern, Lanzen und Spießen, die den materiellen Teil der Beute darstellten, und der Anlegestelle am Kai hatte man hastig ein Zelt errichtet, das ebenfalls bewacht wurde. Die Wachen ließen einen tröpfelnden Strom von teuer gekleideten Männern aus und ein, manche von ihnen mit Leibwächtern im Gefolge, die gefährlicher aussahen als die beiden Soldaten, die links und rechts neben dem Zelteingang standen. Ich war an einen cäsarischen Triumphzug erinnert, nur dass der Triumphator stillstand und die Stadt sich um ihn herum bewegte. Rara erklärte, dass die meisten von ihnen Räte oder Vertreter der Stadtsechstel seien, die dem Kommandanten der *Aquila* ihre Aufwartung machen wollten. Vermutlich war *consigliere* Leonardo Falier unter den Ersten gewesen, die dem siegreichen Helden gratulierten und ihn sich mit einem teuren Geschenk gefällig machten.

Rara schritt ohne Verzug über den Platz und steuerte den Dogenpalast an. In den Arkaden der Westfassade wimmelte es von weiteren Müßiggängern, Neugierigen und Verkäufern, deren Lärm zwischen den Bögen widerhallte. Am Ende der Westfassade, wo sich der Markusdom erhob wie ein verwirrendes Ensemble aus Kuppeln, Spitzen, Bögen und Galerien und eher nach einem heidnischen Tempel in Byzanz als nach einem christlichen Gotteshaus aussah, bog Rara ab. Die Fassade des Dogenpalastes war hier zurückversetzt und führte zu einem aus bunten Ziegeln gemauerten Tor, das seinerseits wie die überladene Fassade einer Kirche wirkte und mit wuchernden Formen in Blau und Gold protzte. Ein Mann aus Stein mit der gehörnten Kappe des Dogen kniete auf einem Sims über dem Eingang vor dem geflügelten Markuslöwen; an der linken Ecke des Vorbaus umfassten sich vier Figuren aus rotem Porphyr, als wären sie aufgeschreckte Diebe, die man auf frischer Tat ertappt hatte. Das Tor stand offen, und ich folgte Rara in den Innenhof des Dogenpalastes.

Die reich verzierten, von Arkaden und tiefen Fenstern gesäumten Gebäudeflügel erhoben sich über einem üppigen Gemüsegarten; auf den Wegen, die den Garten durchzogen, huschten Nonnen umher und gossen, zupften, rissen Unkraut aus oder ernteten. Zwischen ihnen wandelten Männer in strengen, teuren Habits, sichtlich Beamte und Regierungsmitglieder, aber auch farbenprächtig gekleidete Patrizier sowie Handwerker mit Schürzen vor den Bäuchen und die überall gegenwärtigen Matrosen.

Rara führte mich zu einer Freitreppe, blieb jedoch stehen, als aus dem Eingangsportal an ihrem oberen Ende streitende Stimmen vernehmbar wurden. Sie sah mich erstaunt an. Ich hörte ein paar Flüche, die nicht zu dem vornehmen Ort passen wollten, und kurz darauf drängte ein Mann in Lederkleidung zwei Handwerker unsanft beiseite, die gerade den Gebäudeflügel betreten wollten, und polterte die Treppe herunter. Ich musste seinen pompösen Lederharnisch und sein zerfurchtes Gesicht nicht näher sehen, um zu wissen, dass es sich bei dem Mann um den Sklavenhändler Barberro handelte. Sein Benehmen kam mir nur allzu bekannt vor. Die Handwerker schüttelten die Fäuste hinter ihm her. Barberro warf uns einen Blick zu, wandte sich dann ab und stiefelte in Richtung Ausgang davon. Er war nahe genug, dass ich den Alkohol riechen konnte, den er aus jeder Pore ausschied, und die Schweißtropfen sehen konnte, die seinen kahl geschorenen Schädel bedeckten. Ich wusste nicht, ob sein Gesicht stets diese teigige, ungesunde Farbe hatte; wenn nicht, hätte ich gesagt, Barberro hatte einige schlaflose Nächte hinter sich und zerbrach sich über ein Problem mächtig den Kopf. Rara zuckte lediglich mit den Schultern. Ich nahm an, Barberro war von dort gekommen, wo wir hinwollten°– dem Ort, an dem die zum Verkauf stehenden Gefangenen der Piraten zu finden waren.

»Was immer Barberro sucht, hier hat er es auch nicht gefunden«, murmelte ich.

Rara drehte sich überrascht um. »Kennen Sie den Kerl?«

»Ich bin nicht traurig darüber, dass er nicht zu meinen Bekannten zählt. Aber ich weiß, wer er ist. Er hatte heute Morgen bereits einen ähnlich unerfreulichen Auftritt auf dem Campo San Polo.«

»Was hat er dort getan?«

»Er hat einem der jungen Helfer der Schauspieler Geld angeboten. Der Anführer der Truppe kam ihm dazwischen. Ich habe das Gefühl, Barberro braucht einen Jungen. Ich möchte nur wissen, wozu und warum es ihm damit so dringend ist. Hat er jemandem eine Lieferung versprochen?«

»Kommen Sie«, sagte Rara und stieg die Treppe hoch. »Wir müssen uns beeilen.«

Im ersten Geschoss des Ostflügels, in den die Treppe hineinführte, befanden sich Schreibstuben; ein weiteres enges Treppenhaus brachte uns in den zweiten Stock. Der Abstieg in das Erdgeschoss jedoch wurde durch Bewaffnete versperrt. Ich deutete fragend nach unten.

»Die *pozzi*«, erklärte Rara. »So nennt man hier die Gefängniszellen: Brunnen. Sie sollen sehr feucht sein.«

Das zweite Geschoss bestand im Wesentlichen aus mehreren gewaltigen Sälen mit hohen Holzverkleidungen an den Wänden, prächtig geschnitzten Balkendecken, zwei schweren truhenartigen Tischen auf der einen Längs- und einem erhöhten Podium auf der gegenüberliegenden Seite. Einer der beiden Tische war mit blutrotem Samt überzogen, das Podium und die Stufen, die hinaufführten, waren hingegen grün. An den Wänden über den Holzverkleidungen befanden sich die allgegenwärtigen Allegorien und Fresken der Gottesmutter, Heiligen und Engel. Wir marschierten an den großen, offen stehenden Türen vorbei, die den Blick in die Säle freigaben; in einem stand eine kleine Gruppe einheitlich schwarz gekleideter Männer und diskutierte leise, die anderen Säle waren menschenleer. Sie alle waren gleich gebaut und unterschieden sich lediglich durch die Fresken an den Wänden. Es handelte sich um Gerichtssäle. Rara ging zielstrebig auf die letzte offen stehende Tür am Ende des Ganges zu, von wo uns lautes Stimmengewirr entgegenschallte.

Es war ein Gerichtssaal wie alle anderen, außer dass hier dichter Trubel herrschte. An den Wänden entlang saß eine Reihe von ebenso schwarz gekleideten Männern wie in dem Raum zuvor; von den Männern auf dem Podium trugen drei rote Gewänder. Ein paar Frauen und kleine Kinder standen dicht gedrängt vor einem der wuchtigen Tische. Rara tippte einem Wachsoldaten, der uns den Rücken zukehrte und den Zugang versperrte, auf die Schulter. Er ließ uns passieren. Die Zuschauer drängelten sich alle auf der Stirnseite des Raumes hinter der Eingangstür, am weiteren Vordringen in die Tiefe des Saales durch weitere Wachsoldaten gehindert, die breitbeinig und mit ausgestellten Spießen eine gebieterische Kette bildeten. Über die scheinbar endlose Distanz bis zur anderen Stirnseite des Gerichtssaales hinweg fiel das Licht durch zwei hohe, bleigefasste Fenster.

Ich betrachtete das Häuflein der Frauen und Kinder, die den hin- und hergehenden Reden lauschten. Die meisten von ihnen hatten fremdländische Gesichter und sahen nicht so aus, als würden sie die venezianische Sprache verstehen. Rara horchte und reckte sich dann, um mir ins Ohr zu flüstern: »Wir sind gerade noch rechtzeitig gekommen. Die Richter werden gleich abstimmen.«

»Worum geht es?«, fragte ich, obwohl ich es bereits ahnte.

»Die Frauen und die drei Kinder dort sind von den Piraten als Gefangene mitgeführt worden. Die Kinder wurden von irgendwelchen ionischen Küstendörfern entführt und wissen weder, woher sie gekommen sind, noch, wo sie sich hier befinden. Die zwei jungen verschleierten Frauen waren wohl die Bediensteten eines libanesischen Kaufmanns, der mit seinem Schiff von den Piraten aufgebracht wurde, und die zwei Mädchen waren bereits Sklavinnen, bevor sie den Piraten in die Hände fielen. Es wird entschieden, ob der Kommandant der *Aquila* sie alle als sein Eigentum ansehen und nach Gutdünken auf dem Markt verkaufen darf.«

»Eine geringe menschliche Beute. Handelte es sich denn nur um ein einziges Piratenschiff?«

»Nein, es waren fünf, zwei große und drei kleinere. Die *Aquila* und die *Venator* haben ihnen eine regelrechte Schlacht geliefert. Einige der Gefangenen konnten sich als freie Männer und Frauen legitimieren und sind bereits auf Kosten der Stadt untergebracht worden, bis sie Kontakt zu ihren Angehörigen aufnehmen können.«

»Ich verstehe.«

»Die meisten der Menschen, die den Piraten in die Hände gefallen sind, sind selbstverständlich ums Leben gekommen.«

»Während des Kampfes?«

»Sicher auch.«

»Sie meinen, sie wurden schon vorher …«

»Ich meine«, sagte sie betont gelassen, »dass die schönsten Frauen und die reich gekleideten Männer von den Piraten als gewinnbringende Fracht untergebracht wurden; die weniger schönen Frauen gebrauchte die Besatzung so lange, bis sie tot waren, und der Rest°– einschließlich irgendwelcher Alter und der schwächlich wirkenden Kinder – wurde sofort über Bord geworfen.«

Es ist immer ein Unterschied, ob man von bestimmten Dingen lediglich durch Hörensagen erfährt, oder ob sie einem mit größter Ernsthaftigkeit von Angesicht zu Angesicht bestätigt werden. Ich starrte Rara an und erinnerte mich meines Bedauerns angesichts der vom Krähennest der *Aquila* baumelnden Freibeuter. Mich überkam das vage Gefühl, dass mein Mitleid fehl am Platz gewesen war.

Die drei rot gewandeten Richter schienen zu einem Entschluss kommen zu wollen. Auf eine Handbewegung hin eilte ein Gerichtsdiener die lange Reihe des Richterkollegiums entlang und ließ sich von jedem etwas in eine Urne werfen. Die gefüllte Urne stellte er auf das Podium, und auf einen neuerlichen Wink eilte ein anderer Gerichtsdiener hinzu und begann den Inhalt der Urne in zwei große flache Schüsseln zu zählen. Es waren weiße und rote Kugeln; wenige weiße und viele rote.

»Ich bin erstaunt, wie schnell hier eine Verhandlung abgeschlossen wird. Anderswo dauert es Monate, bis ein Rechtsanwalt überhaupt angehört wird, um über die Eröffnung eines Verfahrens zu beschließen.«

»Hier ist es für gewöhnlich nicht anders«, erwiderte Rara trocken. »Aber der Kommandant der *Aquila* gilt als Held, und man will ihn nicht warten lassen – schon deshalb, weil er demnächst wieder in See stechen wird. Außerdem geht es um nichts Wichtiges.«

Einer der Zuschauer drehte sich mit verärgerter Miene zu uns um und zischte uns etwas zu. Rara machte eine entschuldigende Geste und übersetzte mir flüsternd, was vorn auf dem Podium verkündet wurde. Das Übergewicht der roten Kugeln fällte ein Urteil, das ich nicht anders erwartet hatte. Der Kommandant der Galeere bekam das Besitzrecht an den sieben Menschen zugesprochen, die die Zeit in der Gewalt der Piraten und die Seeschlacht überlebt hatten. Ein Dolmetscher übersetzte es in die unterschiedlichen Sprachen der nunmehrigen Sklaven, die das Urteil teilnahmslos entgegennahmen. Die Richter erhoben sich und schritten durch eine Tür zwischen den beiden Tischen hinaus. Rara berührte mich leise am Arm.

»Ich habe wahrscheinlich genügend Geld, um eines der beiden jungen Mädchen loszukaufen«, wisperte sie hastig. »Ich eile sofort hinaus in das Zelt des Kommandanten auf der Piazzetta, damit mir niemand zuvorkommt. In dem Trubel hier wird es nicht auffallen, dass ich ohne Begleitung bin. Entschuldigen Sie mich.«

Sie war unter den Ersten, die nach dem Abgang der Richter hinaushuschten, und ich folgte ihr langsam. Soeben war ich Zeuge eines beeindruckenden Beispiels für die venezianische Effizienz in Justizangelegenheiten geworden. Allerdings hatte es sich ja um nichts Wichtiges gehandelt; nur um sieben Menschen, die in die Sklaverei verkauft worden waren.

Als ich die Herberge von Michael Manfridus wieder betrat, waren die Schatten lang. Als ich wenig später erfuhr, welcher Art Janas Krankheit wirklich war, hatte ich das Gefühl, dass sie über mir zusammenschlügen.

9

Zehn Jahre zuvor hatte ich in der Stube meines kleinen Handelshauses in Landshut gesessen und meine Bilanzen bearbeitet; im Schlafzimmer war währenddessen meine Frau Maria bei dem Versuch gestorben, unserem vierten Kind das Leben zu schenken. Man kann auf vielerlei Art schuldig werden: Meine Schuld bestand darin, den Geburtsvorgang als etwas Selbstverständliches betrachtet zu haben, anstatt ihn als das prekäre, gefährliche Wunder anzuerkennen, das er war. Meine Schuld bestand darin, mich meinen Geschäften gewidmet zu haben, während meine Frau starb. Bis ich in das Schlafzimmer gerufen wurde, war es zu spät. Die Hebammen hatten alles Menschenmögliche versucht, Maria zu retten, und eine von ihnen war sogar zu Fuß in die Stadt gelaufen, um einen Arzt herbeizuholen.

Doch Maria hatte zu viel Blut verloren. Nun, zehn Jahre später, konnte ich meine Erinnerung daran wachrufen, ohne sofort in tiefe Verzweiflung zu verfallen; wenn ich »sofort« sage, meine ich damit, dass die tiefe Verzweiflung immer erst ein paar Stunden später kam°– im Bett, in der Stunde des Wolfs, wenn man sich schlaflos umherwälzt und die Rufe des Nachtwächters zählt. Das Kind war nicht geboren worden, es war auf einem Sturzbach aus Blut förmlich aus Maria herausgeschwemmt worden°– ein lebloser Körper, der irgendwann zwischen dem letzten Mal, als ich das Strampeln eines Beinchens durch Marias straff gespannte Haut gespürt hatte, und dem Tag, an dem das Leben hätte beginnen sollen, still seine Seele aufgegeben hatte. Maria war ohne Besinnung, als ich in das Schlafzimmer stürzte

– das Blut, das viele Blut,

und sie kam auch nicht wieder zu sich. Irgendwann traf der Arzt ein und löste den toten Körper meiner Frau aus meinen Armen; irgendwann stand mein Freund Hanns Altdorfer neben mir und versuchte, mich zu trösten; irgendwann kam auch der Priester und begann, seine Phrasen zu murmeln. Jemand legte mir den eingewickelten Leichnam unseres Kindes in den Arm, damit ich von ihm Abschied nehmen könne, und ich verstand, dass ich nun auch von Maria würde Abschied nehmen müssen. Ich starb ebenfalls, als ich es tat.

Sieben Jahre war ich ein wandelnder Leichnam, der Schatten eines Mannes, der öfter mit den Gespenstern redete als mit den Lebenden und der den Versuchen seiner Kinder, mit ihm zusammen das Geschehene zu verarbeiten, mit teilnahmsloser Verzweiflung zusah. Nach einer Weile wurden auch sie mir gegenüber teilnahmslos. Männer kamen, schenkten meinen beiden Töchtern Sabina und Maria mehr Liebe, als ich aufbringen konnte, und nahmen sie mir weg in Hochzeitsfeiern, an die ich mich kaum erinnern kann. Eine neue große Liebe trat auch in das Leben meines Sohnes Daniel, als er sich entschloss, den Beruf des Steinmetz zu erlernen: der Martinsdom in Landshut, dessen kühner Bau aus dem Herzen der Stadt emporwuchs wie ein inbrünstiges Gebet an den Herrn. Ich ließ sie alle gehen. Meine Traurigkeit darüber erstickte mich, aber in der allgemeinen Trauer, in der ich gefangen hing, war sie nicht mehr als ein Schatten, der in den bodenlosen Brunnen fiel, der sich in meinem Herzen befand; aus diesem Brunnen heraus beobachtete ich das Fortgehen meiner Kinder, und wenn sie erwartet hatten, dass sich meine Erstarrung spätestens dann löste, hatte ich sie enttäuscht.

Die Zeit ist ein Heiler. Ganz allmählich heilte sie auch mich. Es kam der Augenblick, da meine Düsternis nicht mehr unmittelbar von Marias Tod herrührte, sondern vielmehr ein Gewand war, aus dem ich mich nicht mehr lösen konnte, denn ich hatte es zu lange getragen. Erst Jana gab mir die Fähigkeit, mich aus diesem Umhang zu schälen; sie verwandelte Marias Schatten, der mich aus jeder Ecke schmerzvoll anstarrte, in eine Erinnerung der Liebe, die ich in meinem Herzen bewahren konnte. Jana war meine fehlende Hälfte: spontan, direkt, stets das Herz auf der Zunge tragend und meist von einem neuen Projekt beseelt, während sie noch dabei war, das vorherige abzuschließen.

In Florenz hatte ich geglaubt, meine Liebe zu ihr verloren zu haben. Dann hatte ich befürchtet, sie selbst zu verlieren. Ein gütiges Schicksal hatte dafür gesorgt, dass sich beide Befürchtungen nicht bewahrheiteten. Wenn ich in Ruhe darüber nachdachte, wusste ich, dass meine Liebe zu Jana womöglich noch größer war als zuvor.

Als ich zur Herberge von Michael Manfridus zurückkehrte, eröffnete mir Jana, dass sie schwanger sei.

Julia stahl sich leise aus unserer Kammer hinaus; ob aus Taktgefühl oder weil sie wusste, wie ich auf Janas Worte reagieren würde, vermochte ich nicht zu sagen. Jana saß auf einer Truhe am Fenster, in einem der von Lorenzo de' Medici überreichten Gewänder strahlender denn je, und lächelte mich an. Ich ließ mich auf das Bett sinken und versuchte, nicht in den Wogen nackter Angst zu ertrinken, die über mich hinwegspülten.

»Wie lange weißt du es schon?«, fragte ich schließlich, und selbst in meinen Ohren hörte es sich an, als hätte ich gesagt: Warum hast du mich betrogen?

»Die alte Frau, die Clara mir geschickt hat, ist eine Hebamme.«

»So hast du es Clara eher gesagt als mir …«

»Nein, ich glaube, Clara hat mich angesehen und es gewusst. Mir selbst war es gar nicht klar. Ich habe die Monatskrankheit schon zweimal nicht bekommen, aber du weißt ja, wie unregelmäßig das bei mir immer der Fall ist, und ich dachte, der Aufenthalt im Gefängnis und alles das seien daran schuld. Ich dachte gar nicht darüber nach, noch nicht mal, als ich die Bauchschmerzen bekam. Aber Clara hat den Arzt weggesandt und nach der Hebamme geschickt, und deshalb muss sie es mir wohl an der Nasenspitze angesehen haben … und nachdem die alte Frau weg war, konnte sie ihren Verdacht nicht länger verheimlichen. Sie war verärgert über mich, als ich ihr erklärte, ich müsste noch über einen Weg nachdenken, wie ich es dir sagen wollte, und sie müsse bis dahin schweigen …«

Die Worte sprudelten aus ihr heraus, als würden sie sich in ihrem Geist überschlagen. Ihre Wangen glühten. Ich fühlte, wie die Panik über mir zusammenbrach und ich in diesen schwarzen Wellen unterging. Darunter fand ich die mir selbst nie eingestandene Gewissheit, dass eine neue Geburt einen neuen Tod bedeuten würde. Ich versank noch tiefer und glaubte schier zu ersticken.

»Oh, wie habe ich seit gestern mit mir gekämpft. Ich wusste nicht, wie ich es dir sagen sollte. Heute Mittag hätte ich beinahe … aber dann sagtest du, wie sehr du dich immer um mich sorgst, und ich wurde ärgerlich und ängstlich zugleich und brachte es nicht übers Herz.«

Ich wollte mich dieser Angst nicht aussetzen. Ich wollte nicht monatelang mit der würgenden Gewissheit leben, dass ich am Ende wieder vor zwei Leichen stehen würde und dabei die ganze Zeit den pathetischen Hoffnungsfunken nähren müssen, dass jene Gewissheit von nichts anderem begründet wäre als von meiner pessimistischen Überzeugung, das Leben halte immer wieder Rückschläge für mich bereit und man bezahle für jede Sekunde des Glücks mit einer Stunde Trauer°– und dass es vielleicht, unter Umständen, wenn Gott der Herr, von dem ich mich abgewandt hatte, doch geneigt war, Gnade walten zu lassen, dass es vielleicht … gut ausging?

»Aber ich verstehe das nicht. Ich habe doch vorher … wir haben doch stets rechtzeitig …«

»Peter, auch die Bauern üben den *coitus interruptus* und

werden doch immer wieder schwanger. Es ist eben so. Das Leben setzt sich früher oder später durch.«

Das Leben, wollte ich rufen, das Leben! Es ist eine Abfolge von Schicksalsschlägen, und was wir Glück nennen, ist lediglich ein zufälliger Sonnenstrahl zwischen den Wolken. Ich kann den Gedanken nicht ertragen, dass ich dich verlieren könnte!

– Wie konntest du das zulassen?

Ich sah Janas Gesicht und erkannte, dass ich zumindest das Letzte doch laut gesagt hatte.

»Um ein Kind zu zeugen, braucht es immer zwei«, sagte sie verletzt.

Ich hielt es nicht mehr auf dem Bett aus. Ich sprang auf und begann in der Kammer auf und ab zu gehen. Jana fasste nach meiner Hand, aber ich entriss sie ihr und trat ans Fenster. Die Dächer der Stadt waren mit einem roten Hauch überzogen, und der Kirchturm von Santi Apostoli erglühte im Abendlicht.

»Ich ahnte schon, dass es nicht leicht würde«, seufzte Jana. »Dabei sollten wir uns freuen. Es gibt andere, deren Situation viel dramatischer ist. Denk an Fiuzetta, die jetzt der Hebamme helfen muss …«

Ich fuhr herum. »Bewunderst du die kleine Schlampe auch noch? Die es als Kurtisane eigentlich besser wissen müsste und sich im Bett noch dämlicher anstellt als wir?«

»Hör auf. Ich will nicht, dass du so gemein wirst!«

»Ich war heute bei einer Frau, die Sklavenmärkte in der Stadt besucht, um junge Mädchen freizukaufen. Sie lebt dabei von den Brotkrumen, die ihr die Reichen hinschmeißen, damit die Mädchen ein vernünftiges Leben führen können. Weißt du was? Deine tapfere Fiuzetta hat auch mal dazugehört; und alles, was sie mit dieser zweiten Chance angefangen hat, war, sich hinzulegen und für Geld die Beine breit zu machen! Das hätte sie als Sklavin eines geilen alten Gockels genauso haben können!«

Meine Worte klangen auch in meinen Ohren falsch, aber ich war bereits zu sehr in Rage geraten, zu tief schon war ich in der schwarzen See versunken. Auf ihrem Grund fand ich eine unbeherrschbare, blindwütige Panik, und ich spürte das, was mir in solchen Fällen stets geschieht: Ich verwandelte mich in einen Rasenden, der zornig schrie, um nicht vor Angst zu wimmern.

»Du brauchst nicht über sie herzufallen, wenn du ärgerlich auf mich bist«, erklärte Jana ruhig.

»Ärgerlich?«, brüllte ich. »Was heißt hier ärgerlich? Ich habe wegen zweier toter Kinder die Freundschaft zu Bischof Peter von Schaumberg zerstört! Ich habe wegen eines weiteren toten Kindes meine Familie auseinander brechen lassen! Mein Sohn Daniel liebt jeden verdammten Backstein an seiner Kirche mehr als mich, meine Tochter Sabina schreibt in einem Monat mehr Briefe an ihre Geschwister als in einem Jahr an mich, und wenn ich meiner Tochter Maria gegenübertrete, wird sie mich hassen. Hast du eine Ahnung, wie nötig ich es habe, mir nochmals über ein Kind Gedanken zu machen?«

»Vielleicht habe ich es nötig, mir über ein Kind Gedanken zu machen.«

»Ja? Aber vielleicht gestehst du mir zu, dass ich da auch ein Wörtchen mitzureden habe?«

»Ich habe dich doch nicht hintergangen. Denkst du denn, ich hätte das geplant? Ich wusste nicht einmal, wie sehr ich mir ein Kind wünsche, bis mir die Hebamme eröffnete, dass ich eines in mir trage.«

»Zum Teufel, aber ich wünsche es mir nicht!«

»Nein«, schrie sie plötzlich, »du wünschst es dir nicht. Du rennst lieber in Venedig herum und versuchst das Schicksal zweier Gassenjungen aufzuklären, deren einziger Liebesbeweis dir gegenüber der Versuch war, dich zu bestehlen! *Kurwa mac!*«

Janas Augen blitzten, und ihre Wangen waren noch roter

als zuvor. Ich hatte sie kaum jemals auf Polnisch fluchen hören; und niemals so böse. Nicht einmal in Florenz, wo es um ihr Leben gegangen war. Ich wusste, was ich jetzt zu tun hatte. Ich musste ihre zu Fäusten geballten Hände packen und sagen: Jana, es ist doch nur, weil ich so schreckliche Angst habe, dass dir etwas passieren könnte. Und weil ich dich mehr liebe als alles andere.

Ich zeigte mit ausgestrecktem Finger auf sie und rief: »Die Kerle da draußen sind ganz allein auf der Welt. Niemand hilft ihnen, niemand setzt sich für sie ein. Und dabei halten sie noch ihren eigenen Ehrenkodex aufrecht!«

»Während ich nicht allein bin«, sagte Jana tonlos. »Denn ich habe ja dich und meine Vettern in Krakau, die mir mein Geschäft wegnehmen wollen. Und ich habe auch keinen Ehrenkodex, weil ich es gewagt habe, von Herrn Peter Bernward schwanger zu werden, den es, wie ich mich erinnern kann, nicht gereut hat, mit mir unter die Decke zu schlüpfen und das Kind zu zeugen.«

»Du hast doch genauso gestöhnt wie ich!«, tobte ich. »Hab ich dir vielleicht Gewalt angetan?«

»Damals nicht. Heute schon.« Die Tränen liefen ihr über das Gesicht. Plötzlich fand ich meine Besinnung wieder und die Kraft, mich bei ihr zu entschuldigen. Meine Wut verpuffte so schlagartig, wie sie entstanden war, und ließ mich mit meinen zwiespältigen Gefühlen zurück: Wie sehr ich sie doch liebte, und wie sehr ich Angst davor hatte, sie zu verlieren. Aber es war zu spät. Sie stand auf und legte sich ohne sich zu entkleiden auf das Bett, rollte sich zusammen und zog sich das Kissen über den Kopf. Ich hatte sie noch nie so gesehen. Ich hatte mich noch nie so gesehen. Ich hatte etwas Wunderbares zum Geschenk erhalten und es aus Mutwillen zwischen meinen Händen zerdrückt, und jetzt sah ich in das tödlich verletzte Gesicht des Menschen, der es mir geschenkt hatte. Ich wusste, wie Judas sich gefühlt hatte, als er zu jenem einsamen Baum geflohen war. Mein Magen revoltierte, und ich stolperte hinaus, um von ihr, um von dem heranreifenden Kind in ihrem Leib, vor allem aber um von mir selbst und allem, was ich gesagt hatte, wegzukommen.

Am liebsten hätte ich mich in einem tiefen Wald versteckt oder auf der Spitze eines hohen Berges. Doch ich war in Venedig. Die Gassen wimmelten von Leben, die Luft war kühl genug, um nach der Tageshitze eine Erleichterung zu sein und dennoch so warm, dass es draußen angenehmer war als innerhalb jedes Gebäudes. Der salzige, fischige Moosgeruch, der aus den *rii* aufstieg, passte zur Abendstunde und war plötzlich nicht mehr unangenehm, sondern ein willkommener Hinweis auf die Nähe des Meeres. Es sah nicht danach aus, als würde bald die nächtliche Ausgangssperre beginnen; womöglich gab es das in dieser Stadt nicht einmal, deren Einwohner Tag und Nacht damit beschäftigt waren, Glanz und Reichtum des Steinernen Schiffs zu mehren. Als ich unschlüssig zwischen der Menge an der Rialto-Brücke stand und mich fragte, aus welchem Grund ich hierher gekommen war, glitt eine Gondel heran. Ihr Steuermann rief mir etwas zu und hielt das Ende eines Seils in einer Hand. Ich zuckte verdrossen mit den Schultern.

Er schien sein Anliegen in mehreren verschiedenen Sprachen zu wiederholen, bis ich ihn verstand: »Wollen Sie zur Piazza San Marco? Sie fahren mit mir?« Er erkannte, dass sein Angebot angekommen war, und grinste. »Keine Boote mehr beim Fondaco, eh? Alle weg?«

»Ich will nicht mitfahren«, sagte ich.

»Keine *fuochi d'artificio*? Äh°– Feuer? Licht?« Er warf die Arme in die Luft und machte laute Explosionsgeräusche, dann starrte er mit übertriebener Geste in den dunkler werdenden Himmel und rief: *»Aaaah, bellissima!«* Dass er dabei nicht aus seinem schmalen Gefährt fiel, schien wie ein Wunder; die Gondel schwankte nicht einmal unter seinen heftigen Gesten.

»Auf der Piazza San Marco gibt es ein Feuerwerk.«

»*Si, si*, und eines auf San Giorgio Maggiore. Ist für … ist für …«

»Ist für die Helden der *Aquila*«, half ich aus.

Er hielt noch immer sein Seilende in der Hand und vollführte mit der freien Hand winzige Ruderbewegungen, um sein Gefährt auf der Stelle zu halten. »*Si, certo!*«, strahlte er. »Fahren Sie mit mir?«

Ich drehte mich um. Eigentlich hätte ich in der Nähe Janas bleiben und versuchen sollen, mein idiotisches Verhalten wieder gutzumachen. Jana trug mein Kind; ich wurde Vater. Ich war zu alt für die Angst, die damit verbunden war. Ich war zu alt für die Welt.

»Also gut«, sagte ich. »Ich bin in der Hölle, da passt ein bisschen Feuer, das vom Himmel regnet, ganz gut.«

Der Bootsführer warf sein Seilende einem der Müßiggänger zu, die die Anlegestelle bevölkerten, und dieser zog die Gondel näher heran. Ich kletterte ungeschickt hinein und rechnete jeden Moment damit, auf der anderen Seite hinauszufallen. Der Bootsführer zwinkerte dem Mann zu und grinste dankbar, bevor dieser ihm das Seil zurückwarf. Ein Ruderschlag, und wir befanden uns inmitten des dichten Bootsverkehrs, der ausnahmslos in Richtung der Piazza San Marco unterwegs war. Die bunten Gondeln hatten an Bug und Heck Laternen aufgehängt, deren Lichter sich im dunklen Wasser des Kanals spiegelten und den Sternenhimmel vorwegzunehmen schienen. Ein paar Gondeln trugen zierlich gebogene Dächer, unter denen die Passagiere ungesehen saßen. Auch dort flackerten kleine goldene Lichter und zeichneten die Silhouetten eng nebeneinander sitzender Menschen durch das schwarze Tuch. Mein Bootsführer begann zu singen, ein volltönender, schmetternder Tenor, in den sofort weitere Stimmen aus den anderen Gondeln einfielen. Die Boote glitten über das Wasser wie über ihr eigenes Firmament, die Stimmen der Bootsführer ein unabgestimmter Chor aus allen Richtungen. Es war schön. Wir überholten eine Gondel mit Verdeck, aus dem fröhliches Gelächter erklang. Ich wünschte, ich wäre nicht eingestiegen.

An der Piazzetta standen die Menschen dicht an dicht. Die Matrosen hatten das große Lateinersegel der *Aquila* gerefft und kletterten jetzt mit Eimern auf dem Quermast herum, um es mit Wasser zu tränken. Auf der Mole direkt vor der Längsseite der Galeere befand sich ein komplizierter Aufbau: das Feuerwerk. Offenbar war geplant, das Schiff in eine kurzzeitige Gloriole einzuhüllen, und wenn diese Huldigung dem Kommandanten auch gefiel, so hatte er doch dafür gesorgt, dass sein Schiff dabei nicht aus Versehen in Brand geriet. Auch an Deck waren Matrosen damit beschäftigt, Wasser auszuschütten und das Holz so nass wie möglich zu machen. Wir mussten warten, bis die Passagiere aus dem Boot vor uns ausgestiegen waren; hinter uns reihten sich die Wasserfahrzeuge ebenfalls in die Schlange ein, um nun darauf zu warten, dass ich ausstieg. Ich zahlte einen meiner Ansicht nach anständigen Preis und griff nach den Armen, die sich mir von der Mole aus entgegenreckten und mich mehr aus dem Boot hoben, als dass ich selbst herausgeklettert wäre. Es wollten noch viele Gondeln anlegen, und man konnte nicht warten, bis eine ungeschickte Landratte von selbst das rettende Ufer erklommen hatte.

Anders als in den Menschenansammlungen, die ich bisher gesehen hatte, waren diesmal viele Frauen anwesend. Sie hatten sich zurechtgemacht, ihre haarlosen Gesichter mit grellen Farben geschminkt (mancher Mann stand ihnen darin kaum nach) und ihre Frisuren mithilfe von Tüchern, Geschmeiden und falschen Haarteilen zu fantastischen Formen getürmt. Während die Frauen der einfacheren Schichten in der Nähe ihrer Männer standen, von ihrem Nachwuchs umgeben oder Kleinkinder auf den Armen haltend, befanden sich die Frauen der reichen Patrizier in einem eigenen kleinen Menschenauflauf aus Zofen, Dienerinnen und Ammen, dessen Zentrum sie bildeten. Die Dienstboten trugen Körbe mit Esswaren und Getränken, zupften an den langen Gewändern ihrer Herrinnen oder besorgten kleine Imbisse von den Bäcker- und Metzgerbuden. Deren Besitzer machten seit heute Mittag das Geschäft ihres Lebens; ob auch sie unter denjenigen gewesen waren, die dem Kommandanten der Galeere ihre Glückwünsche in seinem Zelt überbracht hatten? Sie hätten am dankbarsten ausfallen müssen.

Der Platz summte in Erwartung des Feuerwerks. Kinder kreischten und lachten, Erwachsene riefen sich über die Köpfe der Menge hinweg Scherze zu. Ich sah mich nach den Gassenjungen um, für die diese Veranstaltung sicherlich reiche Beute verhieß, aber ich konnte keinen von ihnen entdecken. Entweder waren sie so geschickt, bis zum Beginn des Feuerwerks zu warten, oder man hatte ihnen den Zugang zur Piazzetta verweigert. Andere Kinder waren dafür zuhauf anwesend. Wo ihre Eltern einfacher gekleidet waren, saßen sie auf den Schultern der Väter oder, wenn sie noch kleiner waren, standen mit wackligen Beinen darauf und hielten sich an den emporgereckten Händen fest. Ihre kleinen Gesichter glühten vor Stolz. Die Mädchen standen in derselben Manier auf den Schultern der Mütter. Selbst Großväter und Großmütter ließen es sich nicht nehmen, einen bettelnden kleinen Kerl hochzuheben und ihn sich auf den krummen Rücken zu setzen.

In den Familien der Patrizier hingegen übernahmen Sklaven und Dienstboten diese Aufgabe. Ich bemerkte einen kleinen, ernst blickenden Jungen in einem prächtigen Samtgewand auf den Schultern eines schwarzhäutigen Mannes. Er rief etwas zu dem Jungen hinauf und sprang einige Male auf und ab, und das Kind lachte plötzlich vergnügt und patschte dem Sklaven liebevoll auf die Wange. Ein Mann, der sich im Gespräch mit einem weiteren edel gekleideten Patrizier befand, drehte sich um und schüttelte missbilligend den Kopf. Der Sklave duckte sich, und sein kleiner Reiter wurde wieder ernst. Inmitten einer anderen Familie setzte sich eine junge Frau in Dienstbotentracht seufzend auf einen umgedrehten

Korb, nestelte an ihrem Dekolleté und ließ sich einen Säugling an die Brust legen, der in eine schimmernde Decke eingewickelt war. Das Kind der Amme lag in ein Tuch eingerollt dicht an ihrem Rücken und schlief. Die Mutter des Säuglings, den die Amme hielt, streichelte gedankenverloren die Köpfchen der beiden Kinder, bevor sie sich wieder abwandte und nach vorn zum Wasser blickte.

Vor dem Gerüst, von dem aus die Feuerwerkskörper gestartet werden würden, hatte man ein von hell lodernden Fackeln erleuchtetes Podium errichtet. Als die Menge zu klatschen begann, stellte ich mich auf die Zehenspitzen und spähte über die Köpfe der vor mir Stehenden hinweg. Ein Mann mit finsteren Gesichtszügen erklomm das Podium mit einer weiteren Fackel in der Hand und erstickte mit einem feuchten Tuch die Flammen, die zur Menge hin brannten und den Blick auf die erhöhte Plattform erschwerten. Ich kannte sein Gesicht; er war einer der Leibwächter von Leonardo Falier. Wie es aussah, wollte der Zehnerrat eine Rede halten; und offensichtlich hatte er nicht nur das Schauspiel auf dem Campo San Polo, sondern auch diese Veranstaltung finanziert. Ich fühlte plötzlich eine heftige Abneigung dagegen, den Mann sprechen zu hören°– ebenso wie gegen den Umstand, dass ich mich inmitten dieser fröhlichen Menge befand. Es braucht kein Feuer, das vom Himmel regnet, um einen Mann in der Hölle schmoren zu lassen, und so drängelte ich mich in Richtung des in Dunkelheit liegenden Arsenals davon.

Ein vielleicht zehnjähriger Junge deutete auf mich und rief seiner Familie etwas zu, und eine mehrköpfige Gruppe setzte sich in Bewegung, um meinen bisherigen Platz in der Menge einzunehmen. Die Kinder waren von verschiedenem Alter, der Junge der Älteste, und er war der natürliche Anführer, dem die anderen hinterdreinliefen. Der Vater schien ein nicht ganz erfolgloses Gewerbe zu besitzen, ohne den Reichtum der alteingesessenen Familien zu erreichen: Er und die Kinder waren elegant, aber nicht pompös gekleidet. Er hatte ein langes, blasses Gesicht mit tiefen Schatten unter den Augen und ließ sich von einem kleinen Mädchen beinahe teilnahmslos an der Hand mitführen. Den Abschluss bildete eine rundliche ältere Frau, die einen eingewickelten Säugling auf dem Arm wiegte und dem Kind mehr Aufmerksamkeit schenkte als dem Geschehen um sich herum. Ein paar von den Umstehenden schienen ihn zu kennen, denn ihre Gesichter nahmen einen mitleidigen Ausdruck an, und sie machten ihm Platz. Zwei oder drei Männer schlugen ihm auf die Schulter und schüttelten ihm die freie Hand; er ließ es nickend über sich ergehen, ohne den Eindruck zu erwecken, dass ihm wirklich bewusst war, wer zu ihm sprach. In der aufgekratzten Menge hinterließ er eine Spur aus düsterer Verzweiflung und teilnahmsvollen Blicken und Getuschel.

Ich hatte in den Jahren nach Marias Tod mein eigenes Gesicht zu oft betrachtet, um nicht lesen zu können, was in seinem geschrieben stand. Der Säugling, den die Amme in ihren Armen trug, war vielleicht sechs Wochen alt; seine Mutter war nicht ganz so lange unter der Erde. Von acht Kindern erreichten mit viel Glück drei das Erwachsenenalter; von drei Müttern, die die Kinder auf die Welt brachten, bezahlte es mindestens eine mit dem Leben. Es war der Lauf der Dinge und von Gott so vorgezeichnet. Ich hatte Glück gehabt, was das Überleben meiner Kinder betraf, ich hatte sie nur aus den Augen verloren statt an den Tod; ich fühlte deshalb keine Dankbarkeit gegen Gott.

Der Witwer ließ sich von seiner kleinen Tochter an einen freien Platz führen; sie streckte die Arme aus, und er hob sie auf seine Schultern, ohne ein Lächeln zu verlieren oder das Gesicht zu verziehen, als sie sich einen unsicheren Moment lang an seinen Haaren festhielt. Sein Schmerz saß tiefer, als dass ihn ein Zerren an seinen Haaren daraus aufgeweckt hätte°– oder das um Aufmerksamkeit bittende Gesicht eines seiner Kinder. Er war etwa so groß wie ich und ähnlich gebaut, ein breitschultriger Mann, der bei weniger Bewegung zum Dickwerden neigte. Er hätte ich sein können. Er war ich vor zehn Jahren. Mich überfiel die albtraumhafte Vision, dass auch ich in sieben Monaten wieder so sein würde. Mir wurde übel vor Angst. Ich kämpfte mich aus der Menge heraus und schritt in die Dunkelheit hinein, in der sich die Riva degli Schiavoni befand, und ich brauchte meine ganze Kraft, um nicht einfach kopflos davonzurennen.

10

Die Schiffe, die entlang des Sklavenkais vertäut lagen, waren dunkle, wuchtig aufragende Schatten gegen den noch immer leicht erhellten Nachthimmel; auf San Giorgio Maggiore, der kleinen Insel gegenüber im Kanal, blinkten Fackeln und ließen die Gebäude wie auf einem goldenen Feuerschein schweben. Auf den Schiffen befanden sich Wachen, deren Aufmerksamkeit sich aber auf die Piazzetta konzentrierte; die Hühnerleitern, die zu ihnen auf das Deck führten, waren eingezogen. Wenn das Feuerwerk losging, würden die Wachhabenden dem Kai die Rücken zuwenden und das Schauspiel auf San Giorgio Maggiore betrachten; die hohen Wände der dickbauchigen Handelsschiffe würden dennoch ohne die Leitern so uneinnehmbar sein wie Festungsmauern. Ich nahm an, dass auf den Kriegsgaleeren, die näher beim Arsenal lagen, eine andere Zucht herrschte.

Lediglich eines der Schiffe, eine alte hochbordige Kogge, die aussah, als sei sie vor kurzem den ganzen Weg von den Hansestädten bis hierher gesegelt, ohne irgendwo anzuhalten°– und als sei sie schon bei der Abfahrt überholungsbedürftig gewesen°–, schien stärker bewacht zu werden. Zwei Männer beugten sich über die Reling und leuchteten mit Fackeln zum Pflaster hinunter, zu einem dritten Mann, der bewegungslos im Schein der Flammen stand. Offensichtlich jemand, der versucht hatte, an Bord zu kommen, und den die Wachen nicht gewähren ließen, bevor sie die Erlaubnis des Kommandanten eingeholt hatten. Diese ließ auf sich warten, vielleicht war der Kommandant der Kogge nicht an Bord, und der Mann würde bis nach dem Feuerwerk warten müssen. Aber wie ich wusste, hatte er die nötige Geduld dazu. Es war Paolo Calendar.

Ich blieb auf den dem Schiff abgewandten Stufen einer Brücke über einen *rio* stehen und spähte über die erhöhte Trittfläche hinweg. Calendar tat, als würde er die Wachen zwei Mannshöhen über ihm nicht sehen; sie wiederum bemühten sich nach Kräften, ihm begreiflich zu machen, dass sie jede seiner Bewegungen genau beobachteten. Calendar hatte der Bordwand den Rücken zugedreht und schien in die dunklen Gassen des Arsenalsviertels zu starren. Von der Piazzetta ertönten neuerlicher Beifall und Hochrufe, die nach einer kurzen Zeit abrupt endeten. Ich hörte keine Knaller, und auch auf der Insel im Kanal tat sich nichts. Die leichte Brise wehte die Fetzen einer erhobenen Stimme herüber, und ich wusste, der Jubel hatte Leonardo Falier gegolten, der sich erneut als Redner auf einem Podium versuchte.

Als ich sich mir nähernde Schritte hörte, stützte ich mich auf die Brüstung der Brücke und versuchte den Eindruck zu erwecken, als hätte ich mir diesen Platz ausgesucht, um das Feuerwerk zu betrachten. Die drei Männer, die an mir vorbeistapften, beachteten mich nicht, obwohl sie so nahe an mir vorbeikamen, dass ich sie riechen konnte: Schweiß und Alkohol. Starres Leder knarrte bei jedem Schritt. Barberro und seine beiden Begleiter liefen mit raschen Schritten die Stufen auf der anderen Seite der Brücke hinab und schlugen den Weg zur Kogge ein. Ich erkannte überrascht, dass es sich um das Schiff des Sklavenhändlers handelte.

Ich war zu weit weg, als dass ich hätte hören können, welche Worte Calendar und Barberro wechselten. Sie gaben sich nicht die Hand, schrien sich aber auch nicht an. Sie wirkten wie zwei Geschäftspartner, die sich nicht unbedingt sympathisch sind, aber zum Segen eines Geschäftes zusammenarbeiten. Barberro bellte etwas zu seinen Wachen hinauf, und eine Hühnerleiter schob sich schwankend über die Reling, tastete wie suchend in der Luft hin und her und knallte schließlich auf das Pflaster. Calendar wartete, bis Barberro und seine Spießgesellen den Laufsteg betraten, dann schloss er sich ihnen an.

Die Wachen zogen die Leiter wieder ein und wandten ihre Aufmerksamkeit vom Kai ab, um zur Piazzetta hinüberzuspähen. Ich huschte über die Brücke und zum Heck der Kogge, wo der bauchige Rumpf und die Heckaufbauten mich vor unliebsamen Blicken verbargen. Ich kam zur rechten Zeit. Das unruhige Licht von Fackeln erleuchtete eine Flucht von kleinen Fensteröffnungen am Heck der Kogge, knapp über der Decklinie, und wurde nach wenigen Augenblicken von der ruhigeren Beleuchtung einer Laterne abgelöst. Das Wasser gluckste zwischen der Bordwand und dem gemauerten Kai. Die Kogge lag mit ihrer Längsseite an der Riva degli Schiavoni vertäut; in Abständen hingen als Puffer prall gefüllte Säcke von der Reling herab, die an den Unterseiten feucht geworden waren und durchdringend nach faulendem Stroh rochen. Es schien, dass Barberros Schiff schon vor einer ganzen Weile hier angelegt hatte. Weitere Säcke lagen unter einer gepichten Plane bereit, ihre verfaulten Kameraden zu ersetzen. Die Plane war beinahe so hart wie ein Brett. Ich kletterte vorsichtig hinauf und hatte das Ohr nun fast auf gleicher Höhe mit den Fenstern. Wenn ich mich ein wenig hinauslehnte und das Tau ergriff, das vom Heck zu einem der massigen Poller auf dem Kai führte, würde ich das Gespräch in Barberros Kajüte fast so gut hören können, als befände ich mich selbst darin.

Es war eine spontane Entscheidung gewesen, zur Kogge zu schleichen und zu versuchen, das Gespräch zu belauschen; und es dauerte einige Augenblicke, während derer ich schwankend auf dem Säckestapel stand und die Bewegungen des Schiffskörpers mein Haltetau einmal strafften, einmal lockerten, bis mir allmählich dämmerte, wie idiotisch ich mich benahm. Calendar war ein Polizist, Barberro ein Sklavenhändler; beide hatten mit meiner Absicht, die merkwürdigen Umstände von Pegno Dandolos Tod aufzuklären, nichts zu tun; nicht einmal, wenn sich herausstellte, dass sie insgeheim zusammenarbeiteten. Für Calendar war der Fall Dandolo geklärt; der Fall der zwei Gassenjungen war wahrscheinlich bereits abgeschlossen gewesen, als er die Leichen aus dem Wasser gefischt hatte. Barberro suchte nach einem Jungen, um mit ihm ein Geschäft zu machen; Pegno konnte wohl kaum der Junge gewesen sein. Was immer sie besprachen, ihnen zu lauschen konnte nur Zeitverschwendung sein, und statt auf den am Kai gelagerten Prallsäcken eines Sklavenschiffes zu balancieren, hätte ich lieber zu Jana zurückkehren und versuchen sollen, einige meiner Worte ungesagt zu machen.

Dass ich meinen Lauschposten dennoch beibehielt, lag nicht an der Erkenntnis, dass Calendar über die Tode der beiden Gassenjungen mindestens so betroffen gewirkt hatte wie ich selbst°– oder dass er etwas suchte, was ihn immer wieder an Orte führte, an denen ich mich ebenfalls befand. Vielmehr lag es daran, dass ich jedes Wort, das Barberros raue Stimme hervorstieß, mitbekam, und ebenso alles, was Calendar zu ihm sagte. Die beiden Männer sprachen Flandrisch, eine Sprache, die ich einigermaßen verstand, wenn ich sie auch nicht selbst verwenden konnte. Calendar schien es ähnlich zu ergehen, er setzte seine Worte vorsichtig und manchmal falsch. Barberro hingegen benutzte sie wie seine Muttersprache.

»Verdammt leichtsinnig von dir, hier einfach reinzumarschieren«, grollte Barberro. »Könnte gut sein, dass dir was zustößt.«

»Barberro«, erwiderte Calendar gelassen, »nicht einmal du bist so dumm, einem Polizisten etwas anzutun.«

»Du bist nur wieder Polizist, weil deine Alte sich nicht zu schön war, vor *consigliere* Falier zu Kreuze zu kriechen.«

Calendar schwieg eine Weile, während der ich mir die unerwartete neue Information durch den Kopf gehen ließ. Ich vermutete, dass auch Calendar einige Zeit brauchte, seine zur Schau gestellte Gelassenheit wiederzufinden.

»Ich bedaure, wenn ich dich davon abhalte, das Feuerwerk zu betrachten«, erklärte Calendar schließlich, ohne dass seiner Stimme die geringste Regung anzuhören gewesen wäre.

»Das Feuerwerk interessiert mich einen Scheißdreck.«

»Es ist zu Ehren der tapferen Besatzung der *Aquila.*«

Barberro schwieg, offensichtlich nicht gerade davon besessen, die Details über den Hintergrund der Feierlichkeiten zu erfahren. Calendar fuhr mit leichtem Ton fort.

»Die *Aquila* und die *Venator* haben eine Seeschlacht gewonnen.«

»Meinetwegen haben die *provveditori* der verdammten Galeeren den kürzesten Seeweg nach Indien entdeckt.«

»Es ging gegen die Piraten, die seit letzten Sommer die Ägäis unsicher machten.«

Barberro brummte etwas Unverständliches. Ich stellte mir vor, dass die beiden Männer dicht an dicht voreinander standen, Barberro mit hochgerecktem Kinn und vielleicht einem Becher Wein in der Hand, von dem er Calendar nichts angeboten hatte. Der Polizist würde seine ruhige Miene beibehalten haben und mit keinem Blinzeln verraten, ob Barberros höhnische Worte ihn getroffen hatten. Das Schiff trieb leicht vom Kai weg, das Haltetau straffte sich, und ich suchte einen neuen Stand, um nicht hinunterzufallen.

»Wo ist der Junge?«, fragte Calendar.

Barberro lachte grob. »Welcher Junge denn, verdammt noch mal?«

»Du weißt genau, wen ich meine.«

»Was ist los, Calendar, haben sich deine Vorlieben plötzlich geändert? Musste sich deine Alte von Falier vögeln lassen, damit sie dich wieder aus dem Sumpf holten, und mag sie jetzt nichts mehr von dir wissen?«

Es blieb eine Sekunde lang still, dann hörte ich ein Rumpeln und Scharren wie von einer heftigen Bewegung; ein

Scheppern verriet mir, dass ich mit dem Weinbecher richtig gelegen hatte. Plötzlich erschien Barberros kahl rasierter Hinterkopf an einem der Fenster, und die Art und Weise, wie er nach hinten gedrückt wurde, verriet mir, dass eine erbarmungslose Faust seine Kehle umfasst hielt.

»Hör auf«, keuchte Barberro erstickt, »lass mich los.«

Calendar drückte seinen Kopf noch etwas weiter nach hinten. «Du brichst mir das Genick!«, winselte Barberro.

Calendars Gesicht tauchte am Fenster auf. Ich duckte mich ein wenig in den Schatten des Hecks, aber er richtete keinen Blick auf den Kai unter ihm. Er brachte seinen Mund dicht an Barberros Ohr und sagte halblaut: »Die meisten der Piraten sind beim Gefecht umgekommen. Die *Aquila* hat ein paar aufgefischt und in Ketten gelegt; zur Feier des Tages hat der Kommandant davon wieder ein paar an das Krähennest gehängt, damit Venedig sieht, welcher Abschaum sich zuweilen auf dem Meer herumtreibt. Diejenigen, die auch das überlebt haben, haben sich dem Rat der Zehn für Fragen zur Verfügung gestellt.«

Barberro keuchte und versuchte, sich freizustrampeln. Calendar drückte ein wenig stärker zu. Barberro schrie leise auf.

»Ich brauche nur um Hilfe zu rufen, und du bist tot«, brachte er heraus.

»Du wirst es aber nicht mehr erleben, wie mich deine Leute umbringen.« Barberro schrie nochmals auf, und ich wusste, dass Calendar ihm bewiesen hatte, dass sein Genick nur noch einer kleinen Dehnung bedurfte, um zu brechen.

»Verbrannte Füße, ausgerenkte Schultern, zerquetschte Daumen°– bei den meisten brauchte es nicht einmal so viel, damit sie verstanden, dass die Fragen des Rates wichtig waren.«

»Folterknechte«, krächzte Barberro.

»Was glaubst du«, sagte Calendar freundlich und noch immer mit dem Mund an Barberros Ohr, »was die Kerle alles gebeichtet haben. Nicht mal du hättest dir die Strafe ausdenken können, die sie für ihre Taten verdient haben. Wenn ich richtig darüber nachdenke°– nein, dir wäre doch etwas Passendes eingefallen.«

Abrupt verschwand Calendars Gesicht aus dem Fensterrahmen; er hatte Barberro losgelassen. Der Sklavenhändler wälzte sich herum und streckte den Kopf nach draußen. Er hustete und würgte und rang pfeifend nach Luft. Sein Gesicht war wutverzerrt. Ich duckte mich so weit in den Schatten des Schiffsrumpfes, wie das Tau und mein wackliges Podest es erlaubten. Eine der Wachen schien etwas gehört zu haben und rief nach unten; Barberro bellte aufgebracht zurück, und der Mann wandte seine Aufmerksamkeit wieder etwas anderem zu. Barberro räusperte sich und spuckte einen zornigen Batzen Schleim ins Wasser, während er sich dabei das Genick massierte. Offenbar schien er keine Lust darauf zu haben, sich wieder ins Innere der Kajüte zu wenden, solange Calendar hinter ihm stand.

»Einer der Piraten wusste ein interessantes Detail. Es handelte von einem Vergnügungsschiff, einem bestimmten Jungen darauf, einem Überfall, einer Entführung und einem lukrativen Geschäft.«

»Hol mich der Teufel, wenn ich weiß, wovon du sprichst.«

»Der Teufel wetzt schon sein Messer für dich. Es hieß, der Geschäftspartner bei diesem Handel seist du gewesen.«

»Lächerlich.«

Barberro stieß sich vom Rahmen des Fensters ab und drehte sich um, um Calendar wieder Auge in Auge gegenüberzustehen. Ich hörte das dumpfe Geräusch eines Schlages, und Barberros Gesicht erschien abermals im Fenster. Seine Hand schoss nach oben und presste sich auf seine Nase.

»Ah, verdammt!«, rief Barberro dumpf. »Bist du verrückt?«

Calendar riss ihn an den Schultern herum und packte ihn erneut an der Kehle. »Nein, hör auf«, würgte Barberro hervor. »Ist ja schon gut, ich sag dir, was du wissen willst.«

Calendar machte keine Anstalten, seinen Griff zu lockern.

Während aus Barberros Nase ein dünnes Rinnsal Blut rann und über die Wange in seinen Nacken lief, brachte Calendar sein Gesicht ganz dicht an das Barberros heran.

»Ich höre«, sagte er im gleichen Tonfall wie ein Kaufmann, dessen Gegenüber ihm einen wenig interessanten Handel vorgeschlagen hat.

»Also gut, ich habe mit den Piraten ein Geschäft gemacht. Sie sandten einen Boten zu mir, in einem Fischerboot, sodass die Idioten in der Festung sie unbemerkt durch den Lido ließen. Sie hatten ein paar Dummköpfe geschnappt und dachten, es wäre was für mich dabei. Ich habe Fulvio mitgeschickt, und er hat ihnen den kleinen Scheißer abgekauft. Die anderen waren nur Kroppzeug.«

»Das Kroppzeug ist heute Nachmittag verkauft worden, soviel ich gehört habe.«

»Einen Dreck ist es. Die beiden Moslemweiber haben sie einem Sarazenenkaufmann übergeben, weil keiner sie haben wollte, und die Hosenscheißer haben die Betbrüder von Madonna dell'Orto übernommen, damit sie jemanden haben, der ihnen den Dreck aus der Latrine schaufelt. Die zwei jungen Rehlein wären interessant gewesen, aber von denen hat Fulvio nichts gesehen, und außerdem hat der ehrenwerte Kommandant der *Aquila* sie nicht verkauft, sondern für sich behalten. Hoffentlich hat das Schiff, das hinter dem Lido vor Anker liegt, ein vernünftiges Angebot, sonst bin ich bald aus dem Geschäft.«

»Sie haben die Pest auf diesem Schiff. Du *bist* aus dem Geschäft.«

Barberro fluchte.

»Was ist mit dem Jungen?«, fragte Calendar.

»Was soll schon sein? Ich habe ihn wieder verkauft, solange er noch frisch war.«

»Hier in Venedig?«

»Hör auf, hör auf, du brichst mir den Hals. Nein, in Rom.«

»Willst du mir erzählen, du warst in Rom?«

»Nein, zum Teufel. Fulvio fuhr mit dem Fischerboot zurück, eine verdammte kleine Nussschale, die mehr Löcher im Segel hatte als sein früherer Besitzer Warzen am Arsch. Ich hoffe, die Piraten haben ihn ertränkt, als sie ihm das Ding abnahmen. Fulvio musste mehrmals anlegen. In Ancona befand sich die Kongregation eines rotschwänzigen Kardinals, der auf der Suche nach Kinderarbeitern für die engen Stollen in seinem Bergwerk war. Fulvio hat sofort wieder verkauft, zum doppelten Preis!«

Calendar lockerte seinen Griff. Barberro versuchte, sich ein wenig aufzurichten. Er bekam eine Hand frei und wischte sich vorsichtig über die blutige Nase.

»Fulvio kann deine Geschichte sicher bestätigen.«

»Ich kann ihn rufen.«

»Nein, ist nicht nötig.« Der Polizist ließ Barberros Hals los. Seine Hand war voll Blut aus Barberros Nase. »Wenn du gelogen hast, komme ich wieder«, sagte er, während er sich die Hand an Barberros Wange abwischte.

»Pass nur auf, dass du nicht irgendwann zum falschen Zeitpunkt kommst«, knurrte der Sklavenhändler und richtete sich vorsichtig auf. Er schniefte durch die Nase, um das Blut hochzuziehen.

»Du begleitest mich vors Schiff«, befahl Calendar. »Ich habe keine Lust, einen Bolzen in den Rücken zu bekommen.«

Barberro fügte sich; er schien nichts anderes erwartet zu haben. Die beiden Männer verschwanden daraufhin vom Fenster, und ich machte, dass ich von meinem Ausguck hinunterkam. Zur Brücke, die mir einige Sichtdeckung gegeben hätte, war es zu weit; mir blieb nichts anderes übrig, als zu versuchen, die mit Steinen beschwerte Plane auf der vom Schiff abgewandten Seite hochzuziehen und mich darunter zu kauern. Ich hörte bereits die Stimmen der Männer oben an Deck und das Scharren des Laufstegs, als ich endlich auf die andere Seite huschte. Die Plane war dort nur nachlässig über die Säcke gebreitet; jemand hatte vor nicht allzu langer Zeit ein paar der Puffer ausgetauscht und die Plane nicht wieder ordentlich befestigt. Ich schlüpfte darunter, und ein Geruch empfing mich, der mich beinahe zum Husten brachte: eine ekelhafte Mischung aus altem Leinen, Stroh, Urin sowie den Ausscheidungen von Ratten, Katzen und Hunden.

Als mein Herzschlag sich etwas beruhigt hatte, wagte ich die Plane ein paar Zoll anzuheben. Ich konnte die Beine der Männer sehen, die gerade von der Hühnerleiter herabkamen. Weit hinten, auf der Piazzetta, erscholl schwach erneuter Beifall. Entweder beanspruchte Leonardo Falier das Rednerpult noch immer für sich, oder jemand anderer hatte es für richtig gehalten, einige Worte zum Sieg über die Piraten an die Menge zu richten. Vielleicht warteten die Organisatoren des Feuerwerks aber auch ganz einfach darauf, dass der Himmel vollständig dunkel wurde.

Zwei Beinpaare entfernten sich wie in einem gemütlichen Schlendern vom Schiff, ich erkannte Barberros hohe Stiefel. Er ging hinter Calendar her, sodass ein Bolzenschuss von seinem Schiff ihn zuerst getroffen hätte. Ich fragte mich, ob der Sklavenhändler wirklich so eingeschüchtert war, dass er Calendars Befehlen widerstandslos gehorchte. Dann hörte ich ein metallisches Klingen, als habe jemand ein Messer achtlos zu Boden fallen lassen und dann mit dem Fuß davongestoßen, gefolgt von einem wüsten Fluchen. Calendar hatte also vorgesorgt: Bereits im Schiff hatte er Barberros Dolch an sich genommen und ihn vermutlich die ganze Zeit in irgendeine Stelle an Barberros Körper gedrückt, an der der Flame keine Verletzung riskieren wollte. Als er außerhalb der Reichweite eines Armbrustbolzens war, gab er die Waffe frei.

Barberros Füße kehrten zum Schiff zurück. Eine der Wachen richtete eine harmlose Frage an den Sklavenhändler, und dies war der Tropfen, der das Fass zum Überlaufen brachte. Die Füße begannen mit einem Veitstanz, und ihr Besitzer ließ eine laut gebrüllte Orgie an Flüchen und Beschimpfungen hören, dass vermutlich sogar die Ratten in der Umgebung in Deckung gingen. Barberro war so außer sich, dass er während des Fluchens ins Stottern geriet und ihm schließlich die Gemeinheiten ausgingen. Ich sah zu meinem Schrecken, wie er plötzlich zu meinem Versteck herübersprang, um die unter der Plane verborgenen Säcke mit Fußtritten zu bearbeiten. Er geiferte wie ein tollwütiger Hund. Unter der Plane wirbelte der Staub von den strohgefüllten Säcken auf und kratzte in meiner Kehle. Ich wusste, dass ich um mein Leben nicht husten durfte; der Sklavenhändler hätte mich dankbar in kleine Fetzen zerrissen, hätte er mich entdeckt. Barberros Fußtritte hagelten auf die Säcke nieder, keine zwei Schritte von mir entfernt, und wenn er nur einmal das Ziel seiner Attacke ein wenig weiter seitwärts verlegt hätte, wäre statt der Säcke mein Kopf getroffen worden. Schließlich erlahmte seine Kraft. Er stolperte zum Laufsteg hinüber, und ich atmete erleichtert auf.

Endlich schweigend stapfte der Sklavenhändler hinauf zu seinem Schiff, und der Laufsteg wurde eingezogen. Die Wachen wagten nicht, das Wort an ihren Herrn zu richten. Wenn sie ahnten, dass der Besuch Calendars keine freundschaftliche Visite gewesen war, hielten sie sich mit diesbezüglichen Kommentaren zurück, und Barberro hatte augenscheinlich keine Lust, sie aufzuklären. Wahrscheinlich vertrat er die Meinung, dass es nicht schadete, wenn die Schiffsbesatzung ihn für einen gemeingefährlichen Rasenden hielt, dessen Wut sich jederzeit Bahn brechen konnte.

Was die Überraschungen betraf, waren sie für Barberro für diesen Abend noch nicht zu Ende. Ich hörte ihn auf Deck herumrumoren und seinen Ärger an seinen Leuten auslassen und dachte darüber nach, wann ich mein unbequemes Versteck endlich würde verlassen können, als ich eine befehlsgewohnte Stimme seinen Namen rufen hörte. Erstaunt hob ich die Plane wieder an, die ich seit Barberros Anfall nicht mehr bewegt hatte. Drei Männer standen vor dem Schiff und sahen hinauf. Sie waren schlicht und teuer gekleidet; dass sie ebenso wenig wie Calendar Fackeln bei sich trugen, schien darauf hinzudeuten, dass ihre Absichten so lichtscheu waren wie die des Polizisten.

Auf Deck entstand eine kleine Pause. Ich stellte mir vor, wie Barberro beim Klang seines Namens erstarrte und seine Augen sich in einem neuerlichen Wutanfall weiteten. Die drei Männer erweckten jedoch in keiner Weise den Eindruck, als fürchteten sie Barberros Zorn.

»*Che cosa c'è!?*«, brüllte der Sklavenhändler aus Leibeskräften.

Die Männer bedeuteten ihm, er möge herunterkommen. Barberro erwiderte nichts; zwischenzeitlich schien er seine neuen Besucher genauer in Augenschein genommen zu haben. Ich lüpfte die Plane noch ein wenig weiter und war dankbar für den Hauch frischer Luft, der dabei hereinwirbelte. Mein Rücken schmerzte von der verkrampften Seitenlage, die Pflastersteine drückten in meine Lenden und meine Schulter, und der Schweiß tropfte mir aus den Haaren. Es stank nicht nur unter der Plane, es war auch heiß, und die Notwendigkeit, den Hustenreiz unterdrücken zu müssen, tat ein Übriges. Ich erinnerte mich, dass ich mich selbst in den Diensten von Bischof Peter niemals in einer derart kindischen Situation befunden hatte.

Barberros Haltung wirkte unterwürfig, als er vor den Männern auf dem Kai stand. Ihre Stimmen waren zu leise, um sie zu hören. Außerdem hätte ich sie wahrscheinlich sowieso nicht verstanden. Ich erkannte lediglich einen Namen und auch den nur, weil Barberro laut wurde: Ser Genovese. Barberros Krakeelen fehlte jedoch die Wut, vielmehr schien er sich zu entschuldigen. Sie ließen ihn ein paar hastige Sätze lang gewähren, dann holte einer der Männer aus und versetzte ihm eine schallende Ohrfeige.

Calendars Faustschlag war sicherlich schmerzhaft gewesen, aber niemand aus Barberros Besatzung hatte ihn mitbekommen. Der Polizist hatte den Sklavenhändler eingeschüchtert, doch nicht gedemütigt. Die Ohrfeige indes traf Barberro mitten ins Herz. Zumindest die beiden Wachen hatten den Schlag mitbekommen, und ihnen war auch nicht entgangen, dass Barberro sich diese Behandlung gefallen ließ, ohne auch nur aufzufahren. Es war klar, dass die Demütigung mit voller Absicht geschah. Nach einem langen Augenblick entschuldigte sich Barberro erneut.

Vielleicht war er ihnen Geld schuldig; vielleicht hatten sie ihn wegen eines Verbrechens in der Hand; vielleicht waren sie Geschäftspartner. Sie verließen Barberro ohne ein weiteres Wort. Barberro hatte sicherlich verstanden. Dass nun etwas von ihm erwartet wurde, war offensichtlich, wenn es mir auch unmöglich war festzustellen, um was es dabei ging. Barberro trottete still den Laufsteg wieder hinauf. Ich hörte seine schweren Schritte, wie sie an Deck herumpolterten. Eine Tür schlug zu. Die Wachen an Deck waren ebenfalls still, wenn man von den scharrenden und kratzenden Geräuschen absah, mit denen der Laufsteg zum dritten Mal eingeholt wurde.

Ich wartete sicherheitshalber nochmals ein paar Minuten ab. Schließlich wurde mir die Luft unter der Plane unerträglich, und ich kroch vorsichtig darunter hervor. Der Schatten des Schiffsrumpfs fiel auf den Kai und machte die Nacht in seinem Umkreis noch dunkler. Vor dem noch immer leicht erhellten Nachthimmel hoben sich der Mast, die Takelung und die Reling der Kogge ab; ich sah keine Köpfe über ihren Rand spähen. Ich kroch auf allen vieren in den Schatten des Schiffs und richtete mich vorsichtig auf. Ich war bis zur Mitte des Rumpfes geschlichen, als ich Schritte an Deck hörte, die sich mir näherten. Ich erstarrte. Eine Gestalt lehnte sich an die Reling und schien es sich dort bequem machen zu wollen. Ich sah, dass der Mann zur Piazzetta hinüberspähte. Er hob ein Trinkgefäß an die Lippen und trank. Ich hörte ihn rülpsen.

»*Eh, Fulvio?*«, rief eine der Wachen.

Fulvio grunzte zustimmend. Er begann mit einem Messer in seiner anderen Hand müßig im Holz der Reling herumzupicken, während er den Trinkbecher drehte und unschlüssig schien, ob er sich Nachschub holen sollte. Etwas in seiner Nase erregte seine Aufmerksamkeit, und er spickte das Messer in die Reling und widmete dem Inneren seiner Nasenlöcher eine längere Untersuchung. Ich stand zwei Mannslängen unter ihm und wagte nicht, die verkrampfte Haltung aufzugeben, in der ich erstarrt war. Der Schweiß lief mir erneut in die Augen.

Fulvio wischte sich die Finger unter der Achsel seines Hemdes ab und setzte dann sein nervöses Klopfen fort. Gerade begann er, halblaut mit den Wachen zu sprechen. Der Zeitpunkt schien gekommen zu sein, trotz seiner Gegenwart weiterzuschleichen. Er war abgelenkt und beobachtete den Kai nicht. Bis zur Brücke waren es nur wenige Schritte. Ich konnte es schaffen.

Doch ich zögerte zu lange. Mit einem durchdringenden Heulen schoss auf der Piazzetta ein Feuerwerkskörper in die Luft, ein weiß glühender Feuerschwanz wie ein Meteor, der die Erde verlässt, anstatt auf sie herniederzustürzen. Das Signal für die Männer auf San Giorgio Maggiore, ihr Feuerwerk ebenfalls abzubrennen. Der Feuerwerkskörper war so gleißend hell, dass er die ganze Umgebung taghell erleuchtete und meine Gestalt einen langen Schlagschatten warf. Er war sogar so hell, dass ich jede Runzel in Fulvios hagerem Gesicht sehen konnte und die Überraschung in seinen Zügen, als er direkt auf mich herabsah.

Ich begann zu rennen.

11

Ich kam bis zur Brücke, als der erste Feuerwerkskörper erlosch. In die Sekunde der Stille vernahm ich Fulvios barsche Kommandos, der sich schnell von seiner Überraschung erholt hatte. Der Laufsteg knallte erneut auf den Kai. Es war plötzlich so dunkel, dass ich die Stufen der kleinen Brücke mehr hinauffiel, als dass ich rannte. Dann begannen von San Giorgio Maggiore und von der Piazzetta die anderen Feuerwerkskörper zu starten, und das einsetzende Blitzen, Zucken und Flackern in allen Farben machte meine Flucht über das unebene Pflaster noch schwieriger. Das Knattern und Knallen der Explosionen übertönte jedes Geräusch, das von Barberros Schiff kommen mochte. Ich keuchte die Stufen der Brücke auf der anderen Seite hinunter und wandte mich um: Zu meinem Entsetzen war mir Fulvio dicht auf den Fersen und steuerte bereits auf die andere Seite der Brücke zu. Er musste die zwei Mannshöhen vom Deck des Schiffs hinabgesprungen sein, statt auf den Laufsteg zu warten. Offensichtlich konnte Barberro auf seinen Leutnant zählen, auch wenn mir Fulvios Zuverlässigkeit in diesen Momenten alles andere als wünschenswert erschien. Fulvios Mund war weit aufgerissen, und zweifellos schrie er mir eine Menge Verwünschungen hinterher, doch der Lärm des Feuerwerks erstickte alle Geräusche. Hinter ihm, von der Kogge, rannten soeben die ersten von ihm alarmierten Männer den Laufsteg hinunter.

Die Riva degli Schiavoni erstreckte sich breit und lang vor mir, bis zur Piazzetta war es noch weit. Sobald eine Salve Feuerwerkskörper von San Giorgio Maggiore startete, warfen die Schiffe, die entlang des Kais vertäut lagen, flackernde Schattenrisse in den roten, gelben und weißen Widerschein der Explosionen auf das Pflaster°– wie die Straßen Roms, als Nero seine Stadt in Brand steckte. In den Schatten herrschte tiefste Finsternis. Wenn Fulvio mich hier erwischte, würden es die Wachen auf den Schiffen nicht einmal bemerken, wenn sie direkt auf den Kai heruntergesehen hätten. Aber auch wenn Fulvio mich in einem der erleuchteten Abschnitte einholte, hätte mir die Gegenwart der Schiffswachen nichts genutzt: Sie alle spähten in den Himmel oder zu San Giorgio Maggiore hinüber. Hannibals Armee hätte auf der Riva degli Schiavoni aufmarschieren können, ohne dass sie es zur Kenntnis genommen hätten.

Es war alles eine Sache von wenigen Augenblicken. Mein Atem ging bereits schneller und mein Herz begann wild zu pumpen. Fulvio stolperte auf der Trittfläche der Brücke und musste nach unten sehen, um nicht zu stürzen. Ich schlug einen Haken und rannte in den schwarzen Rachen einer *calle* hinein, die neben einer kleinen Kirche direkt in das Herz des Gasssengewirrs westlich des Arsenals führte.

Das verschaffte mir ein paar Schritte Vorsprung. Ich drehte mich mit fliegendem Atem um, ohne langsamer zu werden. Fulvio schien verblüfft stehen geblieben zu sein und nach mir Ausschau zu halten. Dann sah ich seine hagere Gestalt am Eingang der Gasse auftauchen, schwarz gegen den feuerflackernden Himmel. Er zögerte keine Sekunde, hineinzulaufen, obwohl er mich nicht gesehen haben konnte. Meine Augen hatten sich so weit an die Dunkelheit gewöhnt, dass ich es wagte, wieder schneller zu laufen. Wenn ich stürzte, war ich verloren; aber so und so war es nur eine Frage der Zeit, bis Fulvio mich einholte. Er war deutlich jünger und besser in Form als ich.

Bei der Kreuzung japste ich bereits heftig nach Luft, und der Leutnant hatte weiter aufgeholt. Ich zweifelte nicht daran, dass seine Männer nicht mehr weit vom Eingang der Gasse entfernt waren. Ich warf mich nach links herum und hatte eine Schrecksekunde, als die *calle* scheinbar an einer Mauer endete; aber die Gasse führte im scharfen Knick nach rechts weiter. Weit voraus sah ich die Lichtpunkte von Fackeln; dort schien ein *campo* zu liegen. Nicht, dass es mir etwas genützt hätte. Ich erwartete nicht, hier in den Gassen eine Menschenseele anzutreffen. Alles, was Beine und Augen hatte, sah sich das Feuerwerk an. Ich rannte trotzdem weiter. Fulvio kam nur wenige Dutzend Schritte hinter mir um die Ecke. Bis ich vorn auf dem *campo* war, würde er mich beinahe eingeholt haben. Der Gedanke schoss mir durch den Kopf, mich ihm jetzt zu stellen, solange ich noch über genügend Kraft verfügte. Eine besonders aufwändige Kreation aus Explosionen schüttete zuckendes buntes Licht bis auf den Grund der unbeleuchteten Gasse und zeigte die Öffnung einer schmalen *calle*, die nach rechts führte. Rechts lag der *rio*, über den die Brücke führte, die ich überquert hatte. Moros Worte fielen mir mit einem Mal wieder ein: So manche *calle* endete vor einer Mauer oder am Wasser.

Ich schlug einen neuerlichen Haken nach rechts in die stockdunkle Seitengasse hinein. Sie war leicht gekrümmt, aber ich brauchte nicht lange zu laufen, um das Wasser des kleinen Kanals schimmern zu sehen wie flüssiges Gold. Ich rannte bis zur Kante und blieb stehen. Fulvio war mir näher, als ich dachte. Er sprintete auf mich zu und stieß einen keuchenden Triumphschrei aus; im Laufen zog er sein Messer aus dem Gürtel.

Hätte er sein Messer geworfen oder einen Spieß zur Hand gehabt, wäre ich verloren gewesen. Aber so musste er an mich herankommen. Seine Beine pumpten, und seine Arme reckten sich bereits nach mir. Ich kauerte mich auf dem Boden zusammen, und er konnte nicht mehr bremsen. Ich spürte seinen Aufprall und sprang so schnell ich konnte in die Höhe.

Der Zusammenstoß trieb mir die Luft aus den Lungen. Ein hartes Knie traf mich in die Rippen. Dann aber trugen sein Schwung und die Hebelwirkung meines plötzlichen Aufspringens Fulvio über mich hinweg. Ich hörte ihn überrascht keuchen und das Klatschen, mit dem er im Wasser landete. Ich taumelte ihm hinterher, vom Schwung mitgetragen, konnte mich aber noch rechtzeitig abfangen. Fulvios Messer kam auf dem Pflaster schlitternd zum Halten, ein gemeines Ding mit einer gesägten Klinge und einem Griff, der aussah, als wäre er aus einem Teil eines menschlichen Knochens gefertigt. Das Wasser des *rio* brodelte, dann tauchte Fulvio prustend und mit den Armen um sich schlagend wieder auf. Ich wartete nicht ab, ob er schwimmen konnte; ich kickte das Messer ins Wasser, warf mich herum und flüchtete zurück zur Hauptgasse.

Fulvios Männer schienen an der Kreuzung falsch abgebogen zu sein. Ich sah sie nicht, aber als die Explosionen am Himmel für einen Moment aussetzten, konnte ich ihr Geschrei hören. Ich setzte meine Flucht Richtung *campo* fort, den ich kurz zuvor gesehen hatte. Vielleicht konnte ich sie in den Gassen abhängen, oder es gelang mir, mich bis zur Piazzetta durchzuschlagen. Auch wenn ich nicht erwartete, dass mir jemand zu Hilfe eilen würde, so hoffte ich doch, sie würden den Mut verlieren angesichts so vieler Zeugen. Meine Rippen stachen an der Stelle, an der mich Fulvios Knie getroffen hatte, und auch mein Rücken schien einen Schlag abbekommen zu haben, den ich zuerst nicht gespürt hatte. Schnaufend rannte ich auf den *campo* hinaus.

Im ersten Moment dachte ich mich getäuscht zu haben: Sie waren bereits auf dem *campo*. Drei Männer mit Spießen und einer Laterne, die herumfuhren, als ich auf den Platz hinaustaumelte. Doch dann sah ich die Helme blinken und wusste, dass ich eine Nachtpatrouille vor mir hatte.

Kaum zu erwarten, dass einer von ihnen meine Sprache verstand oder ihnen erklären zu können, dass ich verfolgt wurde. Es gab nur eine Möglichkeit. Ich rannte einfach in sie hinein, ehe sie ihre Spieße gegen mich senken konnten, rempelte einen von ihnen um und stürzte mit ihm zu Boden. Dann rollte ich mich zusammen, um mich vor den Tritten zu schützen, die sie mir unweigerlich verpassen würden°– bevor sie mich festnahmen und damit in Sicherheit brachten.

Die Tritte blieben aus; die Festnahme nicht. Sie zerrten mich fluchend und schimpfend in die Höhe, aber als ich mich nicht wehrte und ihnen sogar bereitwillig die Hände entgegenstreckte, damit sie mich fesseln konnten, ließ ihre Grobheit nach. Der Mann, den ich umgerannt hatte, funkelte mich wütend an und rieb sich die Kehrseite. Der Wachführer band einen Lederriemen von seinem Gürtel los und schnürte mir die Hände zusammen. Dann spürte ich den ermunternden Schlag mit dem Eisenschuh eines Spießes in den verlängerten Rücken und setzte mich in Bewegung.

Mein Atem ging immer noch heftig. Die Wache führte mich auf demselben Weg, auf dem ich gekommen war, zurück zur Riva degli Schiavoni. In der Gasse, die mich zu dem *campo* geführt hatte, kam uns ein Häuflein Männer entgegengerannt; einer davon war triefend nass. Fulvios Männer hatten ihren Anführer aus dem *rio* gezogen und die Verfolgung erneut aufgenommen. Als sie mich mit meiner unfreiwilligen Eskorte entdeckten, blieben sie abrupt stehen. Die Wachen packten ihre Spieße fester und schienen einen Hinterhalt zu argwöhnen, doch Fulvio und seine Männer wichen ihnen aus. Einen einsamen Spion zu hetzen war etwas anderes, als sich mit der Staatsmacht anzulegen. Fulvio bedachte mich mit mörderischen Blicken, als ich an ihm vorbeigeführt wurde. Ich lächelte ihm zu und blinzelte verschwörerisch. Fulvio spuckte aus und schluckte zähneknirschend ein paar Flüche hinunter. Er blieb mit seinen Männern stehen und ließ den Wachen und mir einen großen Vorsprung, bevor sie sich zu ihrem Schiff zurück in Bewegung setzten. Ich spürte ihre Blicke im Rücken. Sicherlich wäre es alles andere als ratsam, nochmals bei Nacht oder allein in die Nähe von Barberros Schiff zu kommen.

Dem Anführer der Wache war der Blickwechsel nicht entgangen. Er fiel neben mir in den Schritt und betrachtete mich nachdenklich. Vielleicht ahnte er, was der Grund meines plötzlichen Erscheinens in der Mitte seines Fähnleins gewesen war. Ich sah sein nachdenkliches Gesicht im Flackern des Feuerwerks, das gerade seinem Höhepunkt entgegenstrebte und mit unablässigem Knallen, Knattern und Pfeifen taghelle Feuerzauber in den Himmel warf.

Der Wachführer brummte etwas, das ich nicht verstand. Ich sah nach oben und freute mich über die fantastischen Formen und Farben des Feuerspektakels und kostete meine Erleichterung wie einen edlen Wein. Ich hatte sie ausgetrickst; ich war davongekommen. Mein Herzschlag beruhigte sich allmählich, und ich lächelte still in mich hinein. Am liebsten hätte ich den Wachführer umarmt und Fulvio und seinen Totschlägern, die in großem Abstand hinter uns hertrabten, ein paar ausgesuchte Schmähungen zugerufen, hätte ich nur welche auf Venezianisch gewusst. Der Wachführer wiederholte seine Frage. Ich wandte mich ihm zu und sagte die Zauberformel, von der ich hoffte, dass sie mir eine kurze Nacht im Gefängnis und die Klärung des Vorfalls bescheren würde: *»Prendi Paolo Calendar, per favore.«*

Die Gefängniszelle war mit dicken Holzbohlen ausgeschlagen, ein enger, lang gezogener Raum mit einer Bogenwölbung, der wirkte wie der Sarg eines Riesen. Eine Holzpritsche auf vier roh behauenen steinernen Füßen bot die einzige Schlaf- und Sitzmöglichkeit; sie war bereits belegt von einem Mann mit blutig geschlagener Stirn und zerrissenen Gewändern, der nach Wein stank und markerschütternd schnarchte. Abgesehen von den Alkoholausdünstungen meines Zellengenossen, die förmlich in der Luft zu kleben schienen, roch es nach feuchtem, altem Holz und der Muffigkeit eines abgeschlossenen Raums, der nur selten Frischluft erhält. Calendar hatte mir angedroht, mich verhaften zu lassen – nun war ich ihm zuvorgekommen. Der Gefängniswächter, dem ich übergeben worden war, gab mir einen leichten Schlag auf die Schulter, und ich trat folgsam über die Schwelle. Er musterte mich kurz, dann schien er es für gefahrlos zu halten, meine Fesseln aufzuschnüren. Ich rieb mir die Handgelenke und dankte ihm; er zuckte mit den Schultern und machte Anstalten, die Tür zu schließen. Die Fackel nahm er mit. Ich sagte ihm meinen Namen vor und erinnerte ihn an Paolo Calendar. Er grunzte etwas und schlug die Tür zu.

Die Dunkelheit war vollkommen. Ich tastete mich bis zu einer der Wände, lehnte mich mit dem Rücken daran und ließ mich an ihr hinunterrutschen. Nun saß ich auf dem durch das Holz erstaunlich trockenen, warmen Boden, an die Wand in meinem Rücken gelehnt, lauschte dem Sägen meines Zellengenossen, der nicht einmal gezuckt hatte, und wartete darauf, dass mich ein Mann aus meinem Elend erlöste, mit dem ich bisher nur Streit gehabt hatte.

Ich war bislang erst einmal im Gefängnis gewesen – jenseits der Schwelle, meine ich. In Florenz hatte ich mich selbst den Behörden gestellt, weil ich es für die einzige Möglichkeit gehalten hatte, Jana zu retten. Die Stunden meines Aufenthalts waren im Wesentlichen von der Angst um meine Gefährtin bestimmt gewesen sowie von dem Gedanken, dass es vielleicht falsch gewesen war, meine Freiheit aufzugeben. Hier in Venedig, so dachte ich, hatte ich die Sache im Griff. Meine Verhaftung hatte mir vermutlich das Leben gerettet, mich zumindest aber vor einigen unangenehmen Augenblicken in der Gegenwart Fulvios und Barberros bewahrt. Ich konnte zufrieden mit mir sein.

Stattdessen sank die Dunkelheit auf mich herab, und mit ihr das gleiche Gefühl wie in Florenz: dass ich einen schwerwiegenden Fehler begangen hatte.

Nach einer Weile hörte der Betrunkene in meiner Zelle auf zu schnarchen. Er drehte sich geräuschvoll auf eine Seite und atmete danach so flach, dass er ebenso gut hätte tot sein können. Mit seinem Geschnarche war auch meine einzige Möglichkeit verschwunden, die Zeit zu messen: ersticktes Einatmen°– eine Sekunde°– Pause°– eine weitere Sekunde°– stöhnendes Ausatmen°– eine weitere Sekunde. Zwanzig mal: eine Minute. Man konnte sich daran gewöhnen. Die Stille umgab mich wie die Dunkelheit, und wahrscheinlich dauerte es nicht einmal eine Stunde, bis ich das Gefühl hatte, bereits seit Tagen hier zu kauern. Mir fiel ein, dass Rara gesagt hatte, die Gefängnisse hießen im Volksmund *pozzi*°– Brunnen. Sie hatte angenommen, es sei wegen der Feuchtigkeit. Die Zelle war hingegen nicht feucht, aber in ihr herrschte eine so vollkommene Stille, wie man sie sich am Grund eines Brunnens vorstellt; eines Brunnens, der so tief ist, dass das Licht von seiner Öffnung nicht mehr bis auf den Boden gelangt. An diese Stille konnte man sich nicht gewöhnen.

Ich wusste nicht, wie stark die anderen Zellen belegt waren, aber ich nahm nicht an, dass man mir gegenüber besonderes Zartgefühl hatte walten lassen. Man hatte mich einfach in die nächstbeste Gefängniszelle gelegt. Irgendwann bildete ich mir ein, ganz dumpf die Geräusche meiner Leidensgenossen zu hören. Etwas Rhythmisches hörte sich an wie ein verzweifeltes Schluchzen, das sich nicht stillen ließ; ein paar hohe Töne ließen mich womöglich Zeuge eines Albtraums werden. Die Schreie wurden schnell erstickt: Die Zellengenossen des Schläfers hatten ihm einen Fußtritt verpasst, damit er mit dem Lärm aufhörte. Die steinerne Bogendecke war wahrscheinlich um ein gutes Stück höher als die Holzverkleidung, und in dem dazwischen befindlichen Hohlraum raschelte es ab und zu: Ratten und Mäuse, auf ihren ganz eigenen Pfaden unterwegs zu ihren ganz eigenen Besorgungen.

Ich hielt meine Hände vor die Augen und versuchte sie zu erspähen, aber es war zu dunkel. Ich tastete mir mit den Fingern ins Gesicht, und es war ein seltsames Gefühl, als seien sowohl sie als auch mein Gesicht jeweils von einem anderen Menschen. Die Wände rückten in der Dunkelheit näher heran, bis ich überzeugt war, ich bräuchte nur die Beine auszustrecken, um die gegenüberliegende Zellenwand berühren zu können. Ich zog sie stattdessen näher an mich heran. Wenn es so war, wollte ich es nicht wissen.

Dann wurde mir klar, dass Calendar nicht kommen würde. Wenn man ihn überhaupt benachrichtigt hatte, würde er sich lediglich im Bett umdrehen und erleichtert feststellen, dass ich ihm nun wirklich nicht mehr in die Quere kommen konnte. Vielleicht waren Fulvios Leute noch vor der Wache bei ihm gewesen und hatten ihn alarmiert; nach allem, was ich bisher wusste, konnten der Sklavenhändler und der Polizist auch zusammenarbeiten. Ich hatte meine Entscheidung einmal mehr aufgrund eines Gefühls getroffen, und einmal mehr war ich mir sicher, begründete Zweifel an der Richtigkeit meines Gefühls haben zu dürfen. Ich lernte es nie; ich würde noch als schlohweißer Greis auf eine plötzliche Eingebung hören anstatt auf das Ergebnis eines rationalen Gedankengangs, und die Chancen standen gut, dass ich hier in dieser Gefängniszelle auf mein Alter würde warten müssen. Vielleicht wäre ich Fulvio und seinen Männern entkommen, wenn ich mich in die Gassen geschlagen hätte; offenbar stammten auch sie nicht samt und sonders aus Venedig, sonst hätten sie mich nicht kurzfristig aus den Augen verloren. Vielleicht hätte ich mich aus der Situation herausreden können°– oder herauszahlen. Was hatte Fulvio schon gesehen, außer dass ich an der Kogge Barberros vorbeimarschiert war? Und was bewies das schon?

Allerdings, was brauchte ein Mann, der die unglücklichen Gefangenen der Piraten »Kroppzeug« nannte, weil er für sie keine Absatzmöglichkeit sah, für Beweise, wenn ihn die Faust oder der Dolch juckten? Das entfernte Schluchzen aus der anderen Gefängniszelle hatte ebenso aufgehört wie das Schreien, und ich haderte mit mir und meinen brillanten Einfällen und war ganz allein auf der Welt.

Die Tür zu meiner Gefängniszelle öffnete sich. Obwohl ich in das Licht seiner Fackel blinzeln musste und den Mann nur als Schattengestalt wahrnehmen konnte, wusste ich, dass er es war. Paolo Calendar blieb auf der Schwelle stehen und hielt die Fackel in die Zelle hinein. Seine Haltung war die eines Mannes, dem man erzählt hat, in einem bestimmten Zimmer eines Hauses befände sich eine vierköpfige Ziege, und er überprüft die Aussage und findet sie zu seiner Überraschung bestätigt, und nun gibt er sich alle Mühe, sich sein Erstaunen nicht anmerken zu lassen.

Schließlich trat er ein und schlug die Tür hinter sich zu. Ich hörte, wie sie von draußen verriegelt wurde. Mit einem scharfen Knall flog eine kleine Klappe in Augenhöhe auf, die ich bisher nicht gesehen hatte. Irgendwie musste man den Insassen der Zelle ihre Mahlzeiten hereinreichen, und irgendwie musste man als Kerkerwache aufpassen, wenn ein Polizist zu einem Verhafteten in die Zelle trat. Calendar leuchtete dem schlafenden Betrunkenen ins Gesicht, tat ihn mit einem Achselzucken als nebensächlich ab und kam zu mir herüber. Ich blieb auf dem Boden sitzen. Wenn er sein Erstaunen nicht sehen ließ, mich tatsächlich hier anzutreffen, dann konnte ich auch meine Erleichterung verbergen, dass er gekommen war.

Calendar ging vor mir in die Hocke und zwängte den angespitzten Fuß seiner Fackel in eine Bodenritze, bis die Fackel von allein stand. Der Betrunkene stöhnte und rülpste im Schlaf, dann warf er sich auf der harten Pritsche herum und wandte sein Gesicht vom Lichtschein ab. Die Bewegung befreite irgendetwas in seinem Inneren, und er ließ einen lang ausrollenden Furz hören. Ich versuchte vergeblich, ein Grinsen zu unterdrücken. Calendars Mundwinkel zuckten kaum sichtbar.

»Wenn man Sie erst abgeurteilt hat, erhalten Sie eine Einzelzelle«, sagte er. »Dies ist nur der Trakt für die gerade Festgenommenen und diejenigen, die auf ihren Prozess warten.«

»Wollen Sie hören, warum ich verhaftet wurde?«

»Ich will lieber hören, warum ich mitten in der Nacht aus meinem Bett gerissen worden bin.«

»In Augsburg habe ich für Bischof Peter von Schaumberg gearbeitet. Der Bischof war zugleich päpstlicher Legat. Neben den Bürgerfamilien Fugger, Welser und Hochstetter stellte er die adlige Handelsmacht der Stadt dar. Seine Interessen galten neben den kirchlichen Belangen auch dem wirtschaftlichen Wohlergehen seiner Kurie. Ich habe viele Jahre in seiner Schreibstube zugebracht und mit seinen Handelspartnern im ganzen Reich konferiert.«

»Es ist nicht nötig, mir Ihre Lebensgeschichte zu beichten.«

»Der Bischof hatte gute Handelsbeziehungen in die niederländischen Staaten. Es blieb nicht aus, dass man zum Beispiel ein wenig Flandrisch lernte, wenn man mit der Korrespondenz befasst war.«

Calendars Gesicht wurde lediglich ein wenig starrer, wenn man das im dämmrigen Fackellicht überhaupt feststellen konnte.

»Wie lautet eigentlich Barberros richtiger Name?«, fragte ich.

»Wen interessiert der Name eines Schweins, das man schlachten will?«, fragte er zurück. Er schloss die Augen für einen Moment, als müsste er nachdenken. Als er sie wieder öffnete, lächelte er, doch sein Blick blieb kalt. Der Feuerschein ließ sein vorzeitig ergrautes Haar golden schimmern, und er sah aus wie wahrscheinlich mit zwanzig Jahren. Jana hätte gesagt, wenn der Teufel jemals auf den Gedanken verfallen wäre, in einer Gestalt wie der Calendars zu den Menschen zu kommen, würden in den Kirchen der Christenheit Bocksfüße statt dem Kreuz über dem Altar hängen. Calendar erhob sich mit beneidenswerter Leichtigkeit und sah auf mich herab.

»Die Fackel lasse ich Ihnen hier«, erklärte er. »Sie hält Ihnen die Dunkelheit noch für ein paar Augenblicke vom Leib.«

12

Calendar trat zur Tür und murmelte etwas in die kleine Öffnung der Klappe. Ich hörte den Riegel arbeiten. Er sah über die Schulter zu mir herüber, während er langsam zurücktrat, damit der Wächter draußen die Tür öffnen konnte.

»Ich bin ein zu alter Hase, um mich ins Bockshorn jagen zu lassen«, brummte ich, »und zumindest das sollten Sie von meiner Lebensgeschichte noch erfahren.«

Calendar legte den Kopf schief und dachte ein weiteres Mal nach. Der Wächter sah ihn erwartungsvoll an. Calendar machte eine kreisende Bewegung mit dem erhobenen Zeigefinger und deutete dann auf den Betrunkenen. Der Wächter seufzte, trat herein und zerrte den Schlafenden in die Höhe, der daraufhin im Halbschlaf zu protestieren begann. Calendar sah zu, wie der Wächter den Betrunkenen unter den Achseln fasste, seinen Oberkörper zu sich heranzog und ihn dann von der Pritsche hob. Die Fersen schlugen hart auf den Boden auf. Der Wächter schleifte den Betrunkenen hinaus und ließ ihn draußen achtlos zu Boden fallen. Er warf Calendar einen Blick zu und schloss die Tür wieder. Calendar klopfte mit dem Fingerknöchel gegen die nach außen geöffnete Klappe, und sie fiel mit einem kleinen Knall herab. Dann lehnte er sich an die geschlossene Tür. Ich hörte von draußen einen Pfiff. Der Wächter alarmierte einen Kameraden, der ihm helfen sollte, den Betrunkenen in eine andere Zelle zu schaffen.

»Nach Ihnen erhielt Barberro weiteren Besuch«, sagte ich. »Drei Männer, schlicht und teuer gekleidet; massiv gebaute Burschen mit großspurigem Auftreten. Leibwächter eines vermögenden Patriziers, wenn ich mich nicht irre.«

»Dafür, dass Sie erst kurz in Venedig sind, glauben Sie die Menschen nach ihrer äußeren Erscheinung schnell durchschauen zu können.«

»Bezahlte Schläger sehen überall gleich aus.«

»Was wollten die Männer von Barberro?«

»Was wollten Sie von ihm?«

Calendar antwortete nicht.

»Die Männer wollten ihn einschüchtern«, brummte ich. »Sie wollten ihm eine Abreibung verpassen, und zwar so, dass es möglichst ein paar Leute von seiner Besatzung mitbekamen. Sie wollten ihm zeigen, wer der Herr ist.«

Calendar rieb sich unbewusst die Knöchel seiner rechten Hand. Ich betrachtete die Bewegung und lächelte. Als es ihm bewusst wurde, ließ er es sein.

»Haben die Männer einen Namen genannt?«

»Sie meinen außer: Barberro, du Laus, komm runter, damit wir dir eins verpassen können?«

Calendar schwieg wieder und sah mich an.

»Nein«, log ich. Der Polizist verzog den Mund.

»Warum hat man Sie verhaftet?«, fragte er schließlich.

»Einer von Barberros Männern heißt Fulvio. Er ist sein Leutnant, nehme ich an.«

Calendar nickte. »Fulvio Sicarius. Ein Mann, den man besser von Ferne sieht, besonders bei Nacht.«

»Schade, dass ich das nicht eher gewusst habe.«

Calendar forderte mich mit einem leichten Kopfnicken zum Weitersprechen auf. Bis jetzt hatte er seine Stellung an der Tür kaum geändert; er hatte nur die verschränkten Arme heruntergenommen und stützte sich jetzt mit den hinter dem Rücken gekreuzten Händen an der Tür ab.

»Fulvio entdeckte mich, als ich mich davonschleichen wollte. Er und ein paar von den Männern auf dem Schiff verfolgten mich. Ich erspähte die Nachtwache und entschied, dass ich besser damit fahren würde, mich verhaften zu lassen, als wenn ich den Kerlen in die Hände fiele.«

»Sie haben einen der Wächter angegriffen.«

»Ich habe ihn umgerannt.« Ich massierte ein paar schmerzende Stellen an meinem Oberkörper. »Es tut mir sicherlich nicht weniger Leid als ihm.«

Er nickte; es war nicht weiter von Belang. Die Streife hatte ihm die Umstände meiner Verhaftung bereits geschildert. Der Wachführer schien dabei erstaunlich wohlwollend gewesen zu sein.

»Wozu sollte ich Sie jetzt hier herausholen?«

»Wozu sollten Sie mich eingesperrt lassen? Ich habe niemandem etwas getan.«

»Seit gestern gab es drei Tote hier in der Stadt. Ich meine, außer denen, die im Wirtshaus erstochen wurden, in den Kanal gefallen oder einer Krankheit erlegen sind. Bei jedem dieser Toten waren Sie nicht weit entfernt. Sie sind ein Hauptverdächtiger.«

Ich schnaubte verächtlich. »Kommen Sie, Calendar, Sie waren jedes Mal eher bei den Leichen als ich.«

»Was haben Sie von dem Gespräch zwischen mir und Barberro mitbekommen?«

Ich entschloss mich zu einer weiteren Lüge. »Nur die Worte, die Sie wechselten, während Sie damit beschäftigt waren, ihm den Hals umzudrehen.« Es mochte von Vorteil sein, wenn er nicht wusste, dass ich von seiner merkwürdigen Verbindung zu *consigliere* Falier gehört hatte. Mehr noch als dieser Gedanke veranlasste mich jedoch ein plötzliches Gefühl, ihm nicht zu verraten, dass ich Barberros höhnische Worte über Calendars Frau gehört hatte. Vielleicht hatte es etwas mit Anstand zu tun.

»Vor ein paar Wochen wurde das ausgebrannte Wrack eines Vergnügungsbootes in der Nähe von Sinope im Schwarzen Meer an die Küste getrieben. Es gehörte einer reichen Familie, deren ältester Sohn mit diesem Schiff einen Ausflug unternommen hatte. Es war ein teures Gefährt, stabil gebaut, und obwohl man seine Aufbauten in Brand gesteckt hatte, blieb der Schiffskörper unversehrt und hielt es über Wasser. Im Rumpf fanden sich ein paar Leichen. So wie sie zugerichtet waren, blieb nur der Schluss, dass die Besatzung von Piraten überfallen worden war. Der Sohn war nicht unter den Toten. Die Piraten haben ihn entführt, und da keine Lösegeldforderung einging, nimmt die Familie an, dass er als Sklave verkauft werden soll. Nun sind die Eltern des Jungen in Venedig. Zufällig handelt es sich bei seinem Vater um den künftigen Tyrannen von Sinope; der Junge ist der Enkel des jetzigen Machthabers.«

»Die Eltern haben die Serenissima um Hilfe bei der Suche nach ihrem Sohn gebeten.«

»Es bestehen vortreffliche Handelsbeziehungen zwischen Venedig und Sinope. Die Stadt liegt an der Hauptschifffahrtslinie unserer Galeeren in die Romania.«

»Woher wussten sie so schnell, dass gerade die Piraten gefangen wurden, die ihren Sohn in der Gewalt hatten?«

»Sie wussten es nicht. Sie sind schon seit einigen Tagen hier. Die Serenissima beherrscht die Meere. Da liegt es nahe, sich an Venedig um Hilfe zu wenden.«

»Sie sind vom Rat damit beauftragt, den Fall aufzuklären und den Jungen zu finden. Schön für Sie, dass die *Aquila* Ihnen die Piraten in die Hände gespielt hat°– die Geier, wie Sie bei unserer letzten freundlichen Zusammenkunft zu sagen beliebten.«

Calendar stieß sich von der Tür ab und schlenderte zu der Pritsche, auf der der Betrunkene geschlafen hatte. Er musterte sie, als könne er die Läuse sehen, die den Schläfer dort zu Dutzenden verlassen hatten, um sich auf die Suche nach einem ergiebigeren Wirt zu machen. Er setzte sich vorsichtig hin und stützte die Ellbogen auf die Knie.

Nachdem er ein paar Momente ins Leere gesehen hatte, blinzelte er, nickte kaum merklich und verschränkte die Finger ineinander.

»Ich habe die letzten zwölf Monate in den Sümpfen von

Burano und Torcello zugebracht«, sagte er tonlos. »Ich habe meine Familie und mich mit dem Fischen ernährt. Ich bin kein besonders guter Fischer.«

Mir lag eine spöttische Bemerkung auf der Zunge, dass es nicht nötig sei, vor mir die Beichte abzulegen, aber ich schluckte sie hinunter. Ich wäre ein Idiot gewesen, Calendar jetzt zurückzuweisen.

»Im letzten Sommer wurden Gerüchte laut, dass jemand versuche, die Auswahl der Wahlmänner für die Dogenwahl zu beeinflussen. Die Wahl des Dogen ist sehr kompliziert und durchläuft mehrere Gänge mit unterschiedlichen Gremien, um auszuschließen, dass dabei Bestechung im Spiel ist. Wenn man versucht, die Wahl trotzdem zu beeinflussen, muss man viel Geld in noch mehr Hände legen, wissend, dass das meiste davon in den Wind geworfen ist, weil der Großteil der Empfänger gar nicht als Wahlmann aufgestellt wird. Wer immer es versuchte, musste also so wohlhabend sein, dass er sich diesen Aufwand leisten konnte.«

Ich nickte. Er schüttelte den Kopf.

»Falsch gefolgert. Wie Sie dachten alle Mitglieder des Consiglio di Dieci und machten der Polizei entsprechende Vorgaben. Doch niemand hat so viel Geld, um die erforderlichen Hände zu schmieren, und wenn doch, dann ist es schlecht angelegt, weil mehr als die Hälfte der Bestechungssummen umsonst ausgegeben ist. Venedig besteht aus Kaufleuten. Ein Kaufmann kann Sinn oder Unsinn einer Investition abschätzen. Um die Wahlmänner in die Hand zu bekommen, muss man die Leute am Haken haben, die den Kreis festlegen, aus dem die Wahlmänner schließlich bestimmt werden.«

»Und diese Leute …«

»… gehören zum Teil dem Consiglio di Dieci, dem Collegio und der Quarantia an. Diese Leute sind jedoch so wohlhabend, dass das Angebot, mit dem man sie zu bestechen versuchte, von solchem Reiz sein müsste, dass zwei reiche Kaufleute daran Bankrott gehen würden.«

»Wer immer Einfluss auf die Wahl des Dogen nehmen will, muss also andere Mittel anwenden.«

»Und innerhalb der ehrenwerten Regierungsgremien Männer finden, die sich Taten schuldig gemacht haben, mit denen sich Druck auf sie ausüben lässt.«

»Ich sehe schon, wohin das führt.«

Calendar nickte und ballte die verschränkten Finger zu einer Faust.

»Es hieß, es sei ehrenrührig, auch nur zu denken, dass es etwas im Lebenswandel eines Regierungsmitglieds gäbe, das einem Außenstehenden Macht über ihn verliehe. Es hieß, diese Ansicht sei eigentlich Hochverrat. Es hieß, es würde der Keim des Zerfalls unter das Volk gepflanzt, wenn solche Verdächtigungen ruchbar würden. Die Polizisten, die diese Spur verfolgt hatten, wurden des Hochverrats beschuldigt, vom Dienst suspendiert und eingesperrt.«

»*Die* Polizisten?«

Calendar seufzte und kräuselte die Lippen. »Also gut, *ein* Polizist. Ein kompletter Idiot, der die Wahrheit suchte und dabei die Realität nicht sah.«

»Wenn man Sie des Hochverrats beschuldigt hat, müsste eigentlich Ihr Kopf auf das Pflaster der Piazzetta gerollt sein.«

»Enthauptung steht nur den großen Männern zu. Als man Baiamonte Tiepolo zu den Säulen führte, hingen seine weniger bedeutenden Helfer bereits an ihren Hälsen aus den Fenstern des Dogenpalastes.«

»Was hat Sie gerettet?«

»Leonardo Falier. Er überzeugte seine Kollegen vom Consiglio di Dieci, dass es mir nur um die Klärung des Falls zu tun gewesen sei und dass ich in meinem Eifer lediglich über das Ziel hinausgeschossen sei. Am Ende kam ich mit der Entlassung aus der Polizei davon.«

»Und um Ihre Familie zu ernähren, arbeiteten Sie als Fischer.«

»Meine Frau stammt aus Torcello. Ihre Brüder ließen mich

aushelfen. Wahrscheinlich habe ich sie eine Menge Fische gekostet, bis ich das Handwerk einigermaßen erlernt hatte. Man kann eine Menge Schaden anrichten, und ich habe …«, er schüttelte den Kopf und schloss kurz die Augen. »Es ist kalt im Spätherbst. Wenn man den ganzen Tag im kalten Wasser herumfischt, werden die Finger steif und lassen die Netze fahren.« Er atmete tief ein und aus. Ich hatte den Eindruck, er hatte etwas ganz anderes sagen wollen und es sich im letzten Augenblick überlegt. Es war nicht so, dass er mir sein Herz ausschüttete; er gab mir lediglich ein paar Informationen, die mich besser verstehen lassen sollten.

»Und weshalb sind Sie jetzt wieder hier?«

»Nochmals Leonardo Falier. Die Geschäftsbeziehungen zu jener kleinen Stadt am Schwarzen Meer sind hauptsächlich durch ihn geknüpft worden. Er hat erreicht, dass ich wieder in den Polizeidienst aufgenommen wurde. Als einfacher Polizist, versteht sich. Er hat mir den Fall übertragen lassen.«

Calendar stand auf und streckte seine verkrampften Finger. Er schlenderte zur Tür hinüber und schlug dagegen. Nach wenigen Augenblicken öffnete der Wächter die Tür und trat beiseite, um den Polizisten hinauszulassen. Als ich am Boden sitzen blieb, winkte Calendar mir zu.

»Nun kommen Sie schon, Sie sind frei.«

Ich folgte ihm durch die Tür hinaus. Der Wächter nahm die zwischen den Bodenbrettern steckende Fackel an sich, verriegelte die Tür und stapfte uns voraus. Der Gang, in dem die Zellen lagen, war kühler und feuchter als diese selbst.

»Wenn ich diesen Fall nicht zur Zufriedenheit aller löse, bin ich erledigt«, sagte Calendar mit überraschender Deutlichkeit. »Ich überstehe keine weiteren zwölf Monate als Fischer mehr, geschweige denn ein ganzes Leben. Ich habe keine andere Möglichkeit. Mir fehlen die Beziehungen, und mir fehlt vor allem das Talent zu allem anderen als dem Aufspüren von Verbrechern.«

»Das kommt mir bekannt vor«, murmelte ich. Calendar hörte nicht auf mich. Er blieb plötzlich stehen und drehte sich zu mir um.

»Wenn Sie mir nochmals in den Weg geraten, werde ich Sie nicht nur nicht wieder aus dem Kerker holen, ich werde sogar alle Anstrengungen unternehmen, Sie dorthin zu bringen. Ich lasse es nicht zu, dass irgendein Neugieriger, der einen Zusammenhang zu sehen meint, weil drei Knaben tot aus dem Wasser geborgen wurden, mich behindert oder meine Ermittlungen zu Fall bringt. Ich habe die außergewöhnliche Chance erhalten, mich zu rehabilitieren, und ich lasse sie mir nicht kaputtmachen.«

Ich suchte nach einer Antwort, die Verständnis ausdrücken sollte und ihm zugleich klar machte, dass ich mich nicht von ihm einschüchtern ließ. Er wartete nicht darauf, sondern wandte sich ab und folgte dem Kerkerwächter. Notgedrungen lief ich hinterdrein.

Wir hatten die Treppe, die hinauf zum Obergeschoss führte, fast erreicht, als Lärm von oben herunterdrang: das Gekeife und Weinen von Frauen, die heisere Stimme eines Mannes, der darauf antwortete, und dazwischen die barschen Stimmen der Wachen. Unser Führer blieb stehen und spähte überrascht hinauf, als der Lärm sich uns näherte.

Es waren zwei Frauen und ein Mann. Eine der beiden Frauen wurde von der anderen gestützt, zwei Wachen stapften links und rechts von ihnen über die Stufen. Der Mann wurde ebenfalls von zwei Wachen begleitet, aber diese drehten ihm die Arme auf den Rücken und schleiften ihn mehr herab, als dass er ging. Der Mann sah übel aus. Aus einer Platzwunde über einer Braue lief ihm Blut über das Gesicht, seine Wangen waren zerkratzt und seine Lippen geschwollen. Er brüllte mit seiner rauen Stimme zurück, wann immer sich die eine der beiden Frauen umwandte und ihn über die Schulter hinweg beschimpfte. Wir traten beiseite. Calendar stellte eine leise Frage, und eine der Wachen, die die Frauen flankierten, antwortete mit einer schnell hervorgeratterten Tirade, deren Länge die Entstehung der Welt hätte beschreiben können.

Mein Blick blieb an der Frau hängen, die von ihrer Leidensgenossin gestützt wurde. Sie war bleich, ihre Kopfbedeckung war verschwunden und ihr Haar zerzaust. Die verriebene Schminke und die verwischte Lippenfarbe ließen ihr Gesicht zur Fratze werden; ihre Tränen ließen die schwarze Farbe um ihre Augen über die Wangen laufen wie Schmutz. Ihr Kleid hatte ein gewagtes, jetzt zerrissenes Dekolleté, und es brauchte die roten Bänder nicht, die in jeden Saum eingenäht waren, damit ich erkannte, dass es sich um eine Dirne handelte. Ihre Freundin gehörte derselben Zunft an. Bis auf ihr erhitztes Gesicht, in dem die Schminke ebenfalls zerlaufen war, war sie unversehrt; dort prangte ein sich bereits verfärbendes blaues Auge. Sie hatte der anderen Prostituierten einen Arm um die Schulter gelegt und stützte sie mit der freien Hand unter der Achsel. Es schien, als sei das Mädchen mit den aufgelösten Haaren und dem zerrissenen Kleid entweder so schwach oder so verletzt, dass es kaum allein gehen konnte. Am Ende der Treppe stolperte die junge Frau und musste sich setzen. Das Mädchen mit dem blauen Auge ließ sich ebenfalls auf die Treppenstufe sinken und nahm sie in die Arme. Die Wachen, die den fluchenden Mann hinabführten, nutzten die Gelegenheit, ihrem Gefangenen in die Kniekehlen zu treten. Er schrie auf und sank nach vorn; wenn sie ihn nicht gehalten hätten, wäre er die Stufen hinuntergestürzt. Calendar sah ihnen ausdruckslos zu.

Die Dirne mit dem zerrissenen Kleid schluchzte und presste eine Hand auf ihren Bauch. Die andere flüsterte ihr ins Ohr. Es schien, als seien weder Calendar und ich noch die Wachen für die beiden präsent. Ich war erstaunt, dass man sie nicht mit Schlägen weitertrieb; mit dem Mann sprangen die Wachen bedeutend grober um. Schließlich versuchte die junge Frau wieder aufzustehen. Ihre Freundin zog sie mühsam in die Höhe. Calendar bedachte einen der Wachmänner mit einem durchdringenden Blick, woraufhin dieser hastig seinen Spieß gegen die Wand lehnte und mithalf, das Mädchen auf die Beine zu zerren. Die Prozession wankte an uns vorüber. Aus der Nähe sah ich, dass auch die Gesichter der Wachmänner, die den blutig geschlagenen Mann abführten, zerkratzt und zerschunden waren.

Calendar ließ sie passieren und setzte denn einen Fuß auf die erste Treppenstufe.

»Was ist denn hier passiert?«, hörte ich mich fragen.

Calendar drehte sich nicht um.

»Eine junge Dirne wird schwanger. Die Schwangerschaft ist nicht ganz ohne Komplikationen. Die Frau kann nicht mehr arbeiten. Der Wirt, in dessen Haus sie tätig ist, befiehlt ihr, sich von einer Engelmacherin behandeln lassen. Sie will sich nicht fügen und flüchtet zu jemandem, den sie kennt. Als sie doch wieder zu ihrem Wirt zurückkehrt, weil sie essen und trinken muss, beschließt dieser, die Sache in die eigenen Fäuste zu nehmen. Er versucht, das Kind mit Schlägen und Tritten abzutreiben. Eine der anderen Frauen in der Winkelwirtschaft kommt dazu und versucht ihre Freundin zu schützen. Der Lärm alarmiert ein paar Freier in dem Haus, diese alarmieren die Wache, und die Wache überwältigt den Mann und nimmt alle drei fest. Ende der Geschichte.« Er begann wieder die Treppe hinaufzusteigen, seine Hände zu Fäusten geballt.

Ich drehte mich um und sah den Wachen mit ihren Gefangenen nach. Ich wusste nicht, ob die werdende Mutter vor Schreck oder vor Schmerzen weinte und ob der Wirt Erfolg gehabt hatte oder nicht. Vielleicht würde es sich erst in ein paar Tagen herausstellen, wenn ein unsägliches Etwas ans Tageslicht kam, das totgeschlagen worden war, bevor es richtig mit dem Leben hatte beginnen können. Vielleicht würde es sich gar nicht herausstellen, und die werdende Mutter sowie das, was die Schläge und Tritte von der Frucht in ihrem Bauch übrig gelassen hatten, würden nach derselben Zeitspanne in einem grob gezimmerten Sarg liegen. Die andere Dirne und das Eingreifen der Wachen hatten sie aus der unmittelbaren Gefahr geborgen. Gerettet war sie noch nicht. Eine Dirne, die ihren Lebensunterhalt damit bestritt, sich für Geld auf den Rücken zu legen und dabei so kalt zu sein wie Marmor°– und gleichzeitig für das Kind eines unbekannten Vaters in ihrem Leib sich eher totschlagen ließ. Ich starrte auf den Rücken des Wirtes und wünschte mir, die Wachen hätten ihn noch ein wenig stärker bearbeitet.

– Ich hatte vor wenigen Stunden dasselbe getan wie er.

Böse Worte können wuchtiger sein als Schläge. Ich hatte sehr böse Worte zu Jana gesagt. Sie war Mitte dreißig und aus dem besten Alter für eine Schwangerschaft zehn Jahre heraus. Es war mein Kind, das in ihr heranreifte, und sie wusste, dass es sie umbringen konnte, das Kind zur Welt zu bringen. Sie hatte es nicht in voller Absicht gezeugt, aber als ihr die Hebamme die Schwangerschaft verkündet hatte, hatte sie das neue Leben angenommen.

Alles, was ich dazu zu sagen gehabt hatte, war, dass sie zu dämlich sei, auf eine Weise mit mir ins Bett zu gehen, bei der kein Kind herauskam.

Die Angst um Jana, die mich zu meinen groben Worten hingerissen hatte, war noch immer so stark wie zuvor, aber der Zorn gegen sie war verflogen. Die Dirne würde womöglich in ein paar Tagen tot sein, innerlich verblutet oder vergiftet von dem kleinen Leichnam in ihrem Körper; Jana würde womöglich in ein paar Monaten bei der Geburt des Kindes sterben, das ich mir nicht gewünscht hatte. Ich spürte, wie mir übel wurde. Ich drängte die Übelkeit zurück.

Gehen Sie von einem *campo* zum anderen, hatte Moro gesagt. Immer der Reihe nach, dann kommen Sie ans Ziel.

Jemand tippte mir auf die Schulter. Ich sah mich um. Der Kerkerwächter deutete ungeduldig nach oben. Calendar war bereits am oberen Ende der Treppe.

Ich verspürte plötzlich eine Liebe für Jana, die mir beinahe die Tränen in die Augen trieb. Ihr würde nichts geschehen. Sie würde unser Kind austragen und auf die Welt bringen, einen strammen Sohn, der meine massige Gestalt, oder ein hübsches Mädchen, das ihre schwarzen Augen erben würde. Der Blitz schlägt niemals an derselben Stelle zweimal ein, und ich hatte meine Rechnung bereits mehr als bezahlt. Ich hatte meine Frau verloren, meine Familie, sieben Jahre meines Lebens. Diesmal würde es gut gehen. Und wenn ich es während der Geburt draußen vor der Tür nicht mehr aushielt, dann würde ich zu Jana in das Schlafzimmer gehen und ihre Hand halten, und wenn die Hebammen kreischten und mich einen perversen Wüstling schimpften, dann zum Teufel mit ihnen.

»Wollen Sie nun hier heraus oder nicht?«, rief Calendar zu mir herab. Ich atmete tief ein und erklomm die Treppe. Ich musste noch in der nächsten Stunde ein schwieriges Gespräch mit der Frau führen, die mir eine zweite Chance bot, für eine Familie da zu sein.

Der Kerkerwächter blieb am Ende der Treppe stehen. Calendar führte mich durch den nun stillen Gang im Obergeschoss des Palastes und zu der breiten Treppe, die hinunter in den Hof führte. Er hatte sich wieder entspannt, aber er schien in Gedanken versunken, sein Gesicht wirkte verschlossen. Zu meiner Überraschung färbte sich der Himmel von Osten bereits wieder hell. Im Westen blinkten noch ein paar Sterne, aber dort, wo in Kürze die Sonne aufgehen würde, hatte ein helles Türkis die dunkelblaue Nacht abgelöst; tief violette Wolkenbänder standen bewegungslos vor dem leuchtenden Hintergrund. Die ersten Strahlen der Sonne würden sie auflösen.

»Sie haben mir noch etwas verschwiegen«, sagte ich, als wir auf den Pflastersteinen des Innenhofs angelangt waren.

Er blieb stehen. »Und was wäre das?«

»Wen Sie damals in Verdacht hatten, der Schuldige hinter der versuchten Wahlmanipulation zu sein.«

Calendar machte eine unwillige Handbewegung und stapfte wieder los. Von der geschmeidigen Eleganz seiner sonstigen

Bewegungen war nichts zu sehen; er trat auf, als wollte er jedes meiner Worte auf dem Steinboden zerreiben. Wir schritten durch den Hof des Dogenpalastes hinaus auf die Piazzetta. Drei Wachsoldaten standen bereit, mich nach Hause zu geleiten. Wir kannten uns bereits. Ich nickte dem Wachführer zu. Er erwiderte den Gruß und nahm vor Calendar Haltung an.

»Sie können während der nächtlichen Ausgangssperre nicht allein durch die Gassen laufen«, erklärte Calendar und teilte mir damit nichts Neues mit. Ich streckte ihm die Hand hin, aber er ignorierte sie.

»Kommen Sie mir bloß nicht noch mal in die Quere«, sagte er grob und marschierte davon.

Die Wachsoldaten warteten darauf, dass ich mich in Bewegung setzte. Ich zögerte. Ich brannte darauf, endlich zu Jana zurückzukehren, aber es gab noch etwas zu sagen.

»He, Calendar«, rief ich ihm über die Piazzetta hinweg zu. »Es war Falier, nicht wahr?«

Er marschierte einfach weiter, ohne sich auch nur umzudrehen. Seine langen Beine trugen ihn beim Campanile um die Ecke und außer Sicht. Ich hörte seine Schritte noch lange auf dem Pflaster knallen. Vielleicht war es auch bloß mein Herzschlag, der in meinen Ohren dröhnte.

DRITTER TAG

1

Michael Manfridus saß in der Schankstube seiner Herberge, eine unbewegliche Gestalt hinter der Flamme einer Öllampe, die über sein Gesicht schien. Seine dichten Haare waren zerrauft, seine Wangen unrasiert. Das kleine Licht glättete das Alter aus seinem Gesicht und warf umso härtere Schatten auf die Sorgenfalten, die seine Stirn verfinsterten. Um ihn herum lagen unzählige Nussschalen. Er konnte seine Hände nicht still halten; er hatte einen gebogenen Kienspan an die Flamme gehalten, gewartet, bis die Spitze Feuer fing, und dann das Flämmchen ausgeblasen. Als ich eintrat, vergaß er, das gerade brennende Flämmchen zu löschen, und sah auf. Seine Augen weiteten sich. Ich bemerkte eine weitere dunkle, bewegungslose Gestalt im Hintergrund der finsteren Schankstube: Moro.

»Da sind Sie ja«, seufzte Manfridus. »Wir haben Sie schon überall gesucht.«

Ich blieb am Ende der drei flachen Stufen stehen, die von der Gasse auf das Niveau der Schankstube hinunterführten. Das Flämmchen an Manfridus' Kienspan flackerte hell auf, und er wedelte rasch mit der Hand, bis es erlosch und eine dünne Rauchfahne in die Luft sandte. Er sah auf die Tischplatte und wieder zu mir und heftete seinen Blick schließlich auf den glimmenden roten Punkt am Ende des Kienspans.

»Ich bin in Ordnung«, sagte ich. »Man hatte mich verhaftet, aber es war ein Missverständnis …«

»Setzen Sie sich«, sagte Manfridus und deutete auf die Bank ihm gegenüber. Ich trat verwirrt auf den Tisch zu, an dem er saß. Moro bewegte sich und schlurfte nach vorn. Er trug einen Krug und einen Becher; ich sah erst jetzt, dass auch vor

Manfridus ein Becher stand. Die feuchten Ringe auf der polierten Tischplatte um den Becher herum und die roten Tropfen sagten mir, dass Moro schon einige Male Wein nachgefüllt hatte. Ich sah in sein Gesicht. Seine Züge wirkten wie versteinert. Er stellte den Becher vor mir ab und machte sich daran, ihn voll zu gießen.

»Was ist denn los?«, hörte ich mich fragen. Meine Stimme klang plötzlich gequetscht.

Moro schenkte seinem Herrn nach und trat wieder zurück in den Schatten. Ich hatte noch nicht erlebt, dass er etwas getan hätte, ohne seinen Kommentar dazu abzugeben. Manfridus seufzte wieder und hob den Becher zum Mund. Ich sah, dass seine Hand zitterte.

»Setzen Sie sich doch bitte endlich«, sagte er.

Ich starrte auf ihn hinunter und dann zu Moro, dessen Augen im schwachen Widerschein der Öllampe funkelten. Seine schwarze Haut machte ihn beinahe unsichtbar in den Schatten der Schankstube. Nur seine Augen leuchteten, zwei schimmernde Punkte, die scheinbar körperlos in der Dunkelheit schwebten. Nach einem Moment erkannte ich, dass sie voller Tränen standen.

Ich wich vor Manfridus zurück und spürte, wie mir das Blut aus dem Gesicht schoss.

»Was ist ... Ist etwas mit Jana ... ist etwas ... passiert?«

Manfridus presste mit einer unglücklichen Miene die Lippen zusammen und schob die Oberlippe vor. Er räusperte sich.

»Es begann gegen Mitternacht«, sagte er dann tonlos. Den Rest hörte ich schon nicht mehr. Ich wirbelte herum und rannte zum Treppenhaus hinüber. Manfridus hatte auf der letzten Stufe jedes Stockwerks ein kleines Talglicht aufgestellt, das die Treppe kläglich erhellte. Ich flog über die Stufen hinauf, stieß ein Talglicht dabei um, die heiße Flüssigkeit spritzte bis in mein Gesicht. Auf der Treppe, die zum Dachgeschoss und zu unserer Kammer hinaufführte, saß Clara Manfridus, eines der kleinen Talglichter neben sich. Sie hatte die Arme um die angezogenen Knie geschlungen und ihren Kopf darauf gebettet. Sie fuhr hoch, als sie mich heraufstürmen hörte. Ihr Haar war aufgelöst und wirr und ihr Gesicht geschwollen vom Weinen. Ich blieb wie vom Donner gerührt stehen. Sie streckte eine Hand nach mir aus und begann erneut zu weinen.

»*Madonna Santa, Madonna Santa*«, flüsterte sie.

Meine Beine fühlten sich kraftlos an. Ihr Flüstern dröhnte im stillen Haus, dröhnte in meinem Kopf. Übelkeit überkam mich. Ich überwand die restlichen Stufen in ein paar Sätzen, drückte mich an ihr und ihrer ausgestreckten Hand vorbei, als wäre sie aussätzig, und stolperte auf Janas und meine Kammer zu.

Die Tür sah nicht aus, wie ich sie in Erinnerung hatte. Ich kannte sie dennoch. Sie gehörte zu meinem Haus in Landshut und führte in das Schlafzimmer, das Maria und ich bewohnt hatten, vor zehn Jahren, vor tausend Jahren. Ich erinnerte mich an den Moment, an dem sich diese Tür unauslöschlich in mein Gedächtnis eingebrannt hatte; das dunkle Eichenholz, die beiden fein gearbeiteten Kassetten aus hellerem Wurzelholz, die darin eingelassen waren, das schwarz-eiserne Kästchen des Schließmechanismus, die matt schimmernde Klinke. Eine weinende Hebamme hatte mich dorthin geführt und die Tür für mich geöffnet.

Ich hatte das Gefühl, meine Eingeweide seien aus Eis und meine Beine aus Wasser. Ich konnte das Blut riechen

– das Blut, das viele Blut

und die Kräuter und den Dampf des heißen Wassers und den Schweiß und mein eigenes Entsetzen.

Der Bettkasten schwamm förmlich im Blut, ebenso der Holzboden davor. Leintücher waren zu nassen roten Klumpen geschlagen, aber es war zu viel, und den Hebammen war keine Zeit geblieben, die Stätte besser zu säubern. Die Hitze war erstickend. Im Inneren des Bettkastens war es dunkel. Ich konnte ein totenblasses Gesicht ausmachen, das inmitten der zerwühlten Betten lag, ein eingewickeltes Bündel neben sich, durch dessen Tuch ebenfalls das Blut gesickert war.

Die Hebammen lagen auf den Knien und flüsterten Gebete, die Hände noch blutverschmiert und die Gesichter rot aufgedunsen vor Anstrengung. Meine Füße schlurften über den Boden und trugen mich näher an den Bettkasten heran. Gedämpft hörte ich die gemurmelten Gebete durch das panische Schreien in meinem Kopf. Ich sah in das leblose, schweißnasse Gesicht in den Kissen, dessen Lippen zerbissen und dessen Wangen zerkratzt waren. Das Haar klebte daran wie feuchte Farbe. Die Züge waren bereits gezeichnet vom Tod, den ich auf der anderen Seite des Bettkastens zu sehen glaubte, sein ernstes, bleiches Gesicht auf die Frau zwischen uns gerichtet. Er wartete darauf, dass die fahrigen Atemzüge mit einem letzten Seufzer verloschen. Mir war, als packte mich etwas an der Kehle, und ich hörte ein schmerzvolles Ächzen, das sich meiner Brust entrang. Tränen schossen mir in die Augen.

»O Gott, o nein«, schluchzte ich, »nein, bitte nicht!«

Ich stand vor der Tür im Dachgeschoss der Herberge von Michael Manfridus. Maria war gestorben. Das Kind war gestorben. Ich war gestorben. Die Zeit ist ein Heiler. Der Schmerz ist ein Wolf. Zehn Jahre sind nichts für ihn; ein kleiner Sprung nur.

Ich drückte die Klinke hinunter und trat ein.

Mindestens ein Dutzend Kerzen brannte und fast ebenso viele Talglichter. Sie machten den Raum kaum heller, aber heißer. Es roch wie in einer Kirche, nachdem die Besucher des Trauergottesdienstes alle Lichter entzündet haben. Jana lag auf dem breiten Bett, unter einer leichten, sauberen Decke. Das Bett wirkte riesig, Jana darin wie ein Kind. Die Decke war bis zu ihrer Brust hochgeschlagen und schmiegte sich eng an ihren schlanken Körper. Ihre Arme lagen gerade ausgestreckt an ihren Seiten, die Handflächen nach oben gedreht, die Finger leicht gekrümmt. Es war dieses Zeichen der Hilflosigkeit, die offenen Handflächen, das mir die Tränen in die Augen treten ließ. Ich spürte etwas in meinem Inneren erbeben, das schlimmer war als jeder andere Schmerz. Ihr Gesicht war wächsern, die Augenlider bläulich verfärbt, die Augen eingesunken und die Schatten darunter aschgrau. Ihr Haar war geöffnet und lag ausgebreitet auf dem Kissen. Es schimmerte nicht wie sonst im Kerzenlicht. Die kleinen Falten um ihre Mundwinkel waren fast geglättet. Es war nicht Janas Gesicht, sondern vielmehr eines, das ein Künstler beinahe perfekt dem ihren nachgebildet hatte, geknetet aus totem Lehm, gehauen aus totem Stein, gemalt auf tote Leinwand. Das Bild verschwamm vor meinen Augen.

Auf der einen Seite des Bettes kniete Julia, die gefalteten Hände zu einem Gebet erhoben, das Gesicht in die Arme vergraben und von unablässigem Schluchzen erschüttert. Auf der anderen Seite sah ich die zusammengekauerte Gestalt der alten Hebamme. Auch sie betete leise vor sich hin. Fiuzetta kniete neben ihr, die Augen gerötet und die Arme um ihren Bauch geschlungen. Sie starrte ins Leere. Als sie meiner gewahr wurde, wandte sie sich um.

Mühsam richtete sie sich auf und straffte sich. Ihr blondes Haar hing in feuchten Strähnen in ihr Gesicht, ihre Wangen waren fiebrig rot. Sie strich sich das Haar aus der Stirn und trat auf mich zu. Ich wandte den Blick von Janas Körper ab und sah sie an. Fiuzetta nahm meinen Arm und führte mich zur Tür, und ich war erstaunt, wie weit der Weg dorthin war. Nachdem sie sie geöffnet hatte, schlüpfte Clara Manfridus mit abgewandtem Gesicht herein und schlurfte zum Bett hinüber. Fiuzetta führte mich hinaus auf den kurzen Gang, der von der Treppe zur Kammertür lief. Nach der Hitze im Inneren der Kammer fror ich auf dem kühleren Gang. Ich erschauerte.

»Ich kann deine Sprache ein wenig«, sagte Fiuzetta unbeholfen und mit einem so schweren Akzent, dass ich in meinem Zustand Mühe hatte, den Sinn ihrer Worte zu verstehen.

»Ich weiß, die deutschen Kaufleute spenden viel und reichlich«, erwiderte ich dann tonlos. Fiuzetta hob überrascht die Augenbrauen.

»Ich war bei Rara«, erklärte ich erschöpft.

»Haben sie dir gesagt, was passiert ist?«, fragte sie und deutete nach unten zur Schankstube, wo Michael Manfridus wahrscheinlich immer noch hockte und sich schlecht fühlte und kleine Stückchen von seinem Kienspan abbrannte, während Moro hinter ihm in der Dunkelheit stand wie sein eigener Schatten.

»Nein.«

»*Messère* Bernward, es kann sein, dass sie sterben muss.«

Ich nickte stumm und kämpfte die Tränen nieder. Ich war sicher, wenn ich ihnen nachgab, würde ich auf den Boden sinken und stundenlang heulen wie ein Wolf.

»Es war … sie hatte ein Kind.« Fiuzetta strich sich über die Augen und legte zugleich mit einer unbewusst schützenden Geste die Hand auf ihren Bauch. »Das Kind ist tot.«

– Mein Kind ist tot. Es hat einen Atemzug gehabt. Es wird nie wieder atmen.

Ich wusste nicht, wie das Kind ausgesehen hatte, das in Jana herangewachsen war. Ich wusste, dass ein Kind von Anbeginn aussah wie später bei der Geburt, nur winzig klein; ich hatte Zeichnungen gesehen. Ich wusste nicht, ob es geatmet hatte. Ich wusste, dass Marias und mein viertes Kind einen Atemzug getan hatte, bevor es starb. Ich fühlte die Tränen über mein Gesicht laufen.

»Weine nicht wegen dem Kind. Es hatte noch keine *anima. Die Anima* ist noch beim Herrn im Himmel.«

»Was sagst du da?«, schluchzte ich.

Fiuzetta breitete hilflos die Arme aus. »War noch so klein.« Sie deutete eine Spanne zwischen Daumen und Zeigefinger an.

Plötzlich schob sich eine Hand in meine, und ich sah überrascht auf. Clara Manfridus stand neben mir. Ich hatte nicht gemerkt, dass sie aus der Kammer gekommen war. Fiuzetta trat erleichtert einen Schritt zurück.

»Janas Schwangerschaft war erst zwei Monate alt«, sagte Clara mit rauer Stimme. »Was Fiuzetta Ihnen sagen will, ist, dass ein Kind zu diesem Zeitpunkt nicht mehr ist als … als … es ist jedenfalls nicht so, wie in diesen idiotischen medizinischen Traktaten, in denen ungeborene Kinder dargestellt werden wie winzige Erwachsene. Keiner dieser Bader hat jemals eine Frau gefragt, als er seine Ergüsse auf Pergament bannte. Kinder … entstehen. Wie eine Blume … zuerst ein Samenkorn, dann ein Schössling, dann erst die Pflanze. Besser kann ich es nicht beschreiben.« Sie wischte sich die Augen. »Es ist ein größeres Wunder als all der Schwachsinn, mit dem die Besserwisser Gottes Werk verunglimpfen.«

»Ein Wunder, das nur Schmerz für mich bereithält«, stieß ich mühsam hervor.

Clara nickte und sah Hilfe suchend zu Fiuzetta hinüber. »Man sagt, dass die Kinder erst im Moment der Geburt ihre Seele erhalten. Das wollte Fiuzetta Ihnen erklären. Ich bin mir da nicht sicher. Tatsache ist aber, dass die Seele Ihres Kindes jetzt da ist, wo sie hingehört: bei Gott.«

Ich starrte sie an und versuchte, mich getröstet zu fühlen. Stattdessen würgte mich eine neue Woge des Schmerzes. Ich schüttelte den Kopf und merkte, dass ich nicht mehr damit aufhören konnte. Wenn es ein Junge würde, bekäme er meine Statur; wenn es ein Mädchen würde, Janas dunkle Augen. Auf dem Weg vom Dogenpalast zurück zur Herberge hatte ich bereits über einen Namen nachgesonnen.

»Ich will es sehen.«

»Nein«, sagte Clara.

»Ich will von ihm Abschied nehmen.«

Claras Blick sagte mir deutlicher als alle Worte, dass da nichts war, von dem ich Abschied nehmen konnte. Das Samenkorn, der Schössling, im Heranreifen war es unterbrochen worden und abgestorben, ein Etwas, in ein kleines, blutiges

Tuch eingeschlagen. Es riss mir das Herz entzwei. »Was ist mit Jana?«, brachte ich hervor.

Clara Manfridus trat an mich heran und nahm mich wortlos in die Arme. Fiuzetta stand neben uns und hatte eine Hand vor die Augen geschlagen. Ich ließ den Kopf auf Claras Schulter sinken und weinte.

Kurz vor Mitternacht war Jana aufgewacht von einem Schmerz, der durch ihren Leib schnitt wie ein Messer. Sie wusste, dass etwas nicht stimmte; und vielleicht hatte sie es die ganze Zeit über schon geahnt. Sie versuchte sich zusammenzunehmen und befahl der aufgeschreckten Julia, Clara Manfridus zu alarmieren. Als Clara in die Kammer stürzte, wand Jana sich bereits vor Schmerzen. Wenige Augenblicke später rannte Moro aus dem Haus, ohne sich um die Nachtpatrouillen zu kümmern, traf eine Viertelstunde später keuchend vor dem Haus der Hebamme ein und trommelte Fiuzetta und ihre Arbeitgeberin aus dem Schlaf. Die Hebamme blieb ruhig, sandte Moro zum Hospital hinüber, wo sich immer eine Nachtwache befand, und sorgte für eine offizielle Begleitung durch die nachtdunklen Gassen. Als sie endlich in Manfridus' Herberge eintrafen, war Jana fast besinnungslos. Die Hebamme fettete sich die Hände ein und holte etwas aus Jana hervor

– ein Samenkorn, einen Schössling

und versuchte, die Blutung zu stillen. Jana verlor während der Prozedur endgültig das Bewusstsein. Die Hebamme massierte und bearbeitete Janas Unterleib und verrieb eine Kräuterpaste darauf und drückte und schlug; jeder Arzt, der sie dabei gesehen hätte, hätte sie der Hexerei angezeigt, und jeder Richter, dem der Arzt die Prozedur beschrieben hätte, hätte sie auf den Scheiterhaufen geschickt. Die Hebamme keuchte, dass noch etwas in Jana sei und heraus müsse, wenn sie nicht sterben solle – ein Klumpen wie ein Organ, der das Kind in ihrem Leib hätte ernähren sollen wie der Dotter das Küken im Ei. Die Hebamme und Fiuzetta wechselten sich ab, während

Clara die Treppen auf- und abrannte und Julia vor Angst weinend in der Küche Hühnerknochen auskochte, um eine Suppe zu gewinnen. Manfridus bestach die Wachen, die Moro und die beiden Frauen herbegleitet hatten, und sie halfen Moro, der alle Plätze nach mir absuchte, von denen er sich erinnern konnte, dass wir darüber gesprochen hatten,

– *einen* campo *nach dem anderen, immer schön der Reihe nach*

ohne mich zu finden. Nach zwei oder drei Stunden kam heraus, was herauskommen musste, und die Hebamme war erleichtert. Doch Jana erwachte nicht aus ihrer Bewusstlosigkeit, und die lebenswichtige Suppe konnte ihr ebenso wenig eingeflößt werden wie auch nur der kleinste Schluck Wasser. Auf diese Weise aller ihrer Hilfsmittel beraubt, befahl die Hebamme den anderen Frauen, zu beten. Unten in der Schankstube saß Michael Manfridus und wand sich bei dem Gedanken, mir die Nachricht überbringen zu müssen, und Moro war zum ersten Mal seit langen Jahren wieder sprachlos.

Ich saß in der Schankstube gegenüber von Michael Manfridus. Sein Gesicht wirkte erschöpft und grau. Ich war froh, mein eigenes nicht sehen zu müssen. Der Becher Wein vor mir war unangetastet; Manfridus' verschwommener Blick verriet, dass er versucht hatte, in seinem Becher Stärkung zu finden. Moro hatte sich, ohne um Erlaubnis zu fragen, neben Manfridus auf der Bank niedergelassen und sich ebenfalls einen Becher Wein eingeschenkt. Manfridus hatte ihn gewähren lassen, als sei er nicht der Sklave, sondern der Freund des Hausherrn, und womöglich traf das auch zu. Die beiden sprachen nicht, und auch ich verspürte nicht die geringste Lust dazu. Sie saßen mir gegenüber und versuchten meinen Schmerz und meine Angst zu teilen. Ich war ihnen dankbar, aber außerstande, sie das wissen zu lassen.

Als ich nach Marias Tod in der Stube gesessen hatte, nicht mehr als die leere Hülle eines Menschen, während drüben im Schlafzimmer zwei Körper lagen, deren erloschene Seelen auch die meine mitgenommen hatten, als ich zusammengesunken auf der Bank hockte und für den Moment keine Tränen mehr in mir waren, hatte sich die Tür geöffnet. Mein Freund Hanns Altdorfer, damals einer der Stadtschreiber, war hereingekommen. Wortlos setzte er sich neben mich. Er hatte das Gesinde benachrichtigt. Die Männer und Frauen traten nach ihm ein, zögernd und scheu. Später erinnerte ich mich, dass es Brauch war, jedem vom Gesinde aus dem Nachlass der verstorbenen Herrin etwas zu schenken. Damals war es umgekehrt; jeder von ihnen brachte etwas herein und legte es vor mir auf den Tisch: eine gepresste Blume, eine naiv bemalte Tonfigur, einen polierten Stein, einen Armreif aus glatten Holzkugeln. Es waren ihre Schätze, und doch war ich unfähig, ihnen zu danken. Hanns Altdorfer nickte ihnen an meiner Stelle zu und drückte jedem eine Münze aus seiner eigenen Börse in die Hand. Mein Gesinde war groß; der Tag kostete ihn ein kleines Vermögen. Auch ihm blieb ich meinen Dank schuldig. Ich wünschte ihn mir jetzt an meiner Seite, aber als ich zu Manfridus und Moro hinüberblickte, wusste ich, dass ich mich auch hier unter Freunden befand. Die Schätze unseres Gesindes waren zusammen mit Maria begraben worden.

Die Gäste, die Manfridus außer uns beherbergte, stolperten mit verschlafenen Gesichtern herein und sandten ihre Dienstboten in die Küche, um etwas zu essen zuzubereiten. Sie warfen uns nur kurze Blicke zu; wir sahen aus wie drei Zecher, die über Nacht an ihrem Weinkrug kleben geblieben waren. Wenn einer von den anderen Gästen die Unruhe der Nacht mitbekommen hatte, verlor er kein Wort darüber. Die Sonne fiel durch die kleinen Fenster und malte strahlende Vierecke auf den Boden und die Tische und Bänke, die entlang der Außenwand standen. Der Tag wurde so schön, wie es das Morgengrauen versprochen hatte, im Hof des Dogenpalastes, vor unendlich langer Zeit.

Als Clara Manfridus an unseren Tisch trat, sah ich auf. Sie

hatte sich einigermaßen hergerichtet, um keine erstaunten Blicke unter den Gästen zu provozieren. Ich spürte, wie meine Furcht stieg, als sie seufzte und auf mich heruntersah.

»Gehen Sie hinauf«, sagte sie sanft.

»Wird sie … ist sie …?«

»Nein, die Lage ist unverändert. Die Hebamme sagt, wir können weiterhin nichts tun, als zu beten. Sie wird wieder in ihr Haus zurückkehren. Fiuzetta bat darum, hier bleiben zu dürfen. Ich lasse ihr ein Lager in Ihrer Kammer richten.« Sie drückte die Hände ins Kreuz und ächzte. »Gehen Sie hinauf. Vielleicht hilft es etwas, wenn Sie da sind.«

»Clara«, sagte ich und sagte es gleichzeitig zu Moro und Michael Manfridus, »ich habe einen schrecklichen Fehler begangen. Als Jana es mir sagte … als sie mir mitteilte, dass sie schwanger sei …«

»Gehen Sie zu ihr hinauf. Sie steht auf der Schwelle zwischen Tod und Leben. Da gibt es keine Fehler. Da gibt es nur die Liebe.«

Ich ging, bevor ich vor den anderen Gästen erneut in Tränen ausbrach.

Jana lag noch immer so da wie zuvor. Fiuzetta saß neben ihr auf dem Bett und knetete eine ihrer Hände, Julia, voll hilfloser Beflissenheit, versuchte Janas Haar zu kämmen und aufzustecken. Ich setzte mich auf die andere Seite des Bettes und sah meiner Geliebten ins Gesicht. Es hatte sich kaum verändert, und wenn doch, dann zum Schlechteren. Ihre Wangenknochen schienen ausgeprägter als vorher, ihre Lippen dünner, und ich hatte das Gefühl, die Zähne zeichneten sich dahinter ab. Ich wagte nicht, mir einzugestehen, wie sie wirklich aussah. Ich griff nach ihrer anderen Hand. Die Finger waren eiskalt. Ich begann sie ebenfalls zu kneten. Die kleinen Knochen und Sehnen verschoben sich in meiner Hand und täuschten Bewegung vor, wo keine war.

Fiuzetta sah so müde und grau aus wie alle anderen. Auf

ihrer linken Wange war ein verheilender Schnitt, der ihre ätherische Schönheit unter normalen Umständen noch hervorgehoben hätte. Ich fragte mich, warum sie geblieben war, da ihre Arbeitgeberin sich geschlagen zurückgezogen hatte. Vielleicht lag es daran, dass sie sich in einer ähnlichen Lage wie Jana fühlte. Vielleicht versuchte sie im Stillen ein Abkommen mit Gott zu treffen: Herr, ich helfe dieser Frau, und dafür verschonst du mich mit ihrem Schicksal. Ich dachte wie ein Kaufmann. Ich sah ihr zu, wie sie Julia vorsichtig dabei half, eine verfilzte Haarsträhne glatt zu kämmen, ohne dabei Janas Hand loszulassen.

»Danke, dass du da bist«, sagte ich zu ihr.

»Warum warst du bei Rara?«, fragte sie.

»Ich habe jemanden gesucht.«

Sie arbeitete an dem nächsten Wort. Sie hatte von den Kaufleuten des Fondaco nur das Nötigste gelernt, um sich zu verständigen. Ich fragte mich, wie sie überhaupt mit den Männern ins Gespräch gekommen war, die Raras Rettungsaktionen auf dem Sklavenmarkt unterstützten. Wie viele davon gingen wohl bei Rara ein und aus, damit einer ihrer Schützlinge überhaupt so etwas wie Sprachkenntnisse hatte aufschnappen können? Ich kannte meine Landsleute – sie waren durchaus auch bereit, Gutes zu tun, wenn die Gelegenheit dazu an ihre Haustür klopfte und sie sich nicht anzustrengen brauchten, um zu helfen.

»Wozu?«, fragte Fiuzetta.

»Ich suche einen von den Gassenjungen«, erklärte ich wahrheitsgemäß. Ich wollte über Jana hinweg keine Lügen austauschen. »Ich fürchte um sein Leben. Seine Schwester lebt bei Rara. Ich wollte ihm über sie eine Botschaft zukommen lassen.«

Fiuzetta nickte. »Ich habe auch bei Rara gelebt.«

»Ich weiß.«

Julia hatte die Arbeit an Janas Haar beendet. Sie ließ die Hände in den Schoß sinken und begann wieder zu weinen.

Das Mädchen hatte keine gute Zeit als Janas Zofe zugebracht. Plötzlich fand ich mich in der absurden Lage wieder, die junge Frau trösten zu müssen.

»Suppe«, sagte Fiuzetta. Julia sah tränenblind auf. »Hol Suppe, bitte. Sie muss essen.«

Julia verließ schniefend das Zimmer. Fiuzetta legte Janas schlaffe Hand auf ihre Brust, diese hob und senkte sich leicht unter Janas flachen Atemzügen. Ich fuhr unermüdlich fort, ihre andere Hand zu massieren. Mich verzweifelt an jedes Zeichen klammernd, dass es Jana etwas besser ging, meinte ich zu spüren, wie ihre Hand ein wenig wärmer wurde.

Julia kam mit einer Schüssel dampfender Suppe zurück. Fiuzetta stellte das Gefäß vor sich auf das Bett und tauchte einen Finger in die dickliche Flüssigkeit. Dann strich sie mit dem benetzten Finger über Janas Lippen. Als sie es ein zweites Mal tat, formte sich ein Tropfen in Janas Mundwinkel und lief über ihre Wange. Fiuzetta wischte ihn fort und strich ein drittes Mal Suppe über Janas unbewegliche Lippen. Ich beobachtete sie dabei und hörte in meinem Inneren etwas voller Entsetzen aufheulen. Julia hatte bereits das Zimmer verlassen, da sie es anscheinend nicht mehr mit ansehen konnte.

»Wozu willst du den Jungen retten?«, fragte Fiuzetta leise.

2

Ich zögerte, Fiuzettas Frage zu beantworten, und drückte stattdessen Janas Hand. Sie fühlte sich noch zarter an als das Handgelenk des Burschen, der mich hatte bestehlen wollen.

»Weil es sonst niemand tut«, sagte ich schließlich.

Sie nickte langsam, als gebe sie sich damit zufrieden.

»Ich bin schwanger«, erklärte Fiuzetta, ohne weiter auf meine Antwort einzugehen. Sie wischte einen weiteren Tropfen von Janas Wange. Mit einer zitternden Hand fasste ich nach oben und strich über Janas Lippen. Sie öffneten sich ein wenig. Ich war erschrocken, wie kalt sie sich anfühlten. Fiuzetta warf mir einen Blick zu und strich eine weitere Spur Suppe auf Janas halb geöffnete Lippen.

»Und ich bin eine Nutte.«

»Jana hat mir beides mitgeteilt.«

Das Geständnis kostete Fiuzetta sichtlich Mühe, und das Sprachhindernis machte es nicht leichter. »Ich kenne den Vater des Kindes.«

»Fiuzetta, es ist nicht von Belang, wie du dir dein Brot verdienst«, erwiderte ich ruhig.

Fiuzetta schüttelte den Kopf. Sie schloss sanft Janas Lippen und hielt ihre Hand über deren Mund und Nase. Janas Kehle machte eine schwache Schluckbewegung. Fiuzetta nahm die Hand weg, öffnete Janas Mund wieder und strich erneut Suppe über ihre Lippen.

»Du scheinst zu wissen, was du tun musst«, sagte ich.

»Meine Mutter lag so ein paar Wochen, bevor sie starb. Ich habe sie auf diese Art ernährt.«

»Wird Jana wieder gesund?«

Ich wusste, wie dumm die Frage klang, und musste sie dennoch stellen.

Fiuzetta warf mir erneut einen scharfen Blick zu. »Was willst du hören?«

Ich antwortete nicht. Jana schluckte erneut etwas von der Suppe hinunter, was mir wie ein Wunder erschien. Ich beobachtete ihre Wangen, ob vielleicht etwas Leben in sie zurückkehrte, aber meine Hoffnung war eitel.

»Hast du es ihm gesagt?«

Fiuzetta nahm den Gesprächsfaden ohne Schwierigkeiten wieder auf. *»Si, certo.«*

»Was hat er erwidert?«

»Er ist ein großer Kaufherr. Er kann sich keinen Skandal leisten. Das Kind könnte von jedem sein. Sein Name darf nicht mit Dreck beworfen werden. Mit Dreck, so wie mir und dem Kind.« Fiuzetta seufzte und betastete den kleinen Schnitt auf ihrer Wange mit der freien Hand. »Das Kind kann nur von ihm sein. Ich hatte keinen anderen als ihn. Er weiß es. Ist ihm aber egal. Der Narr geht auf das Seil, bis er abstürzt. Die Worte meiner Mutter. Ich bin der Narr.«

»Es tut mir Leid.«

»Bist du auch ein großer Kaufherr?«

Ich schüttelte den Kopf und versuchte ein Lächeln. »Jana ist der Kaufmann von uns beiden.«

»Du bist nicht mehr jung. Sie ist auch kein Mädchen mehr. Es war aber das erste Kind.«

»Wir kennen uns seit drei Jahren.«

»Du hattest vorher eine andere Frau? Gestorben?«

Ich nickte. Fiuzetta senkte den Blick. »Ich dachte es mir.« Sie befühlte wieder den Schnitt auf ihrer Wange.

»Er hat dich geschlagen, nicht wahr?«

»*Si*. Er trägt einen großen Ring am Finger. War ihm egal. Er war voller Wut. Ich bin zu dumm fürs Ficken, hat er gesagt.«

Ich ließ den Kopf hängen und dachte daran, was ich über

Fiuzetta zu Jana gesagt hatte. Die eigenen Worte klingen noch schlimmer, wenn man sie aus fremdem Mund hört.

»Wie lange wart ihr… wie lange warst du…?« Ich brach ab.

»Seine Matratze?«, stieß sie hervor. »Zwei Jahre.«

»Es tut mir Leid.«

»Es brauchte dir schon vorhin nicht Leid zu tun. Er sagte, er will keinen Bastard. Seine Frau macht ihm die Hölle heiß. Er kann das nicht brauchen fürs Geschäft. Er hat außerdem schon genug Ärger mit seinen echten Kindern.«

»Ein verheirateter Mann mit Familie.«

»Er sagte, er hat den Wolf in den Schafspelz gesteckt und dem Trottel die Arbeit des Wolfs gegeben, und er kann es nicht wieder gutmachen, weil er sonst das Gesicht verliert. Er kann nicht auch noch Schwierigkeiten mit mir und dem Balg gebrauchen.«

»Wie hat er das gemeint?«

Fiuzetta lächelte bitter. »Er hat einen Sohn in ein Geschäft gesteckt, aber der Junge kann es nicht richtig machen. Er sagt, er ist ein Holzkopf und taugt nicht zum Kaufherrn°– speit schon seine Gedärme aus, wenn das Schiff noch im Hafen liegt.«

Ich riss die Augen auf. »Wie heißt der Mann, der dich ausgehalten hat?«

»Ich mag den Namen nicht sagen.«

»Fabio Dandolo.«

Jetzt weiteten sich ihre Augen. Einer weiteren Bestätigung bedurfte es nicht.

»Dieser Bastard!«, sagte ich. »Es war ihm klar, dass Pegno nicht für seine Pläne taugte. Er hätte Andrea an seiner Stelle zu Enrico schicken sollen, um diesem das Geschäft unterm Hintern wegzuorganisieren. Aber Pegno war da, wo Andrea sein sollte, und Andrea saß im Kloster fest. Wahrscheinlich hat er noch Geld bezahlt, damit die Mönche Andrea aufnahmen.« Ich bemerkte, dass ich Janas Finger so fest drückte, dass sie aufgeschrien hätte, wenn sie bei Bewusstsein gewesen wäre. Ich legte ihre Hand vorsichtig zurück auf das Laken.

»Du kennst *messère* Dandolo?«, fragte Fiuzetta ängstlich. Sie hatte ihn wahrscheinlich niemals Fabio genannt, nicht einmal in den intimen Momenten ihres Zusammenseins.

– Ich besorg es dir, du Miststück, pass bloß auf. O ja, messère *Dandolo, Sie sind der Beste, nehmen Sie mich, ich gehöre Ihnen.*

»Nein«, stieß ich hervor. »Es gibt Bekanntschaften, auf die ich im Vorhinein verzichten kann.«

»Woher weißt du es dann?«

»Ich hätte etwas für die Familie tun sollen. Ich habe mich über sie erkundigt.«

»Er droht, ich muss ins Gefängnis, wenn ich angebe, dass ich seine Geliebte bin. Er wird zu allem lügen, was ich sage. Wem wird die Quarantia glauben, einem guten Kaufherrn oder einer Nutte? Er sagt, ich werde mit Schlägen aus der Stadt gejagt und muss das Kind auf der Straße zur Welt bringen. Es wird verrecken und ich mit ihm.«

»Ich werde nichts verraten.«

Sie sah mich an. Ich versuchte erneut zu lächeln und ihre Zweifel zu zerstreuen. »Kann dir niemand helfen?«

»Wer sollte das?«

»Warum nicht Rara?«

Sie schüttelte den Kopf so vehement, dass ich die Idee sofort verwarf.

»Vielleicht könnte ein anderer … war Fabio Dandolo dein erster Mann, nachdem du von Rara weggegangen bist?« Die Frage war mir noch peinlicher, als sie sich anhörte. Aber im nächsten Moment rechnete ich nach und wusste, es konnte nicht so sein. Fiuzetta schüttelte den Kopf kaum merklich.

»Es gab einen Mann vor ihm. Es ging nicht lange. Ich war froh darüber.«

»Fiuzetta, wie alt warst du, als du Raras Haus verlassen hast?«

»*Sedici.*«

»Sechzehn. Wie alle. Wohin hat Rara dich vermittelt?«

»*Consigliere* Leonardo Falier«, flüsterte Fiuzetta.

»Was? Aber das ist doch der mächtigste Mann in der Stadt. Warum bist du aus seinem Haushalt weggegangen, um … nun, um eine Kurtisane zu werden?«

»Ich bin nicht weggegangen.«

»Er hat dich aus dem Haus gewiesen? Aber warum?«

»Er wollte mich nicht mehr.«

»Was soll das heißen?«, fragte ich ungeduldig. »Er wollte dich nicht mehr? Er hat dich doch gar nicht gekannt, wenn du irgendwo in der Küche gearbeitet hast oder als Dienstmädchen seiner Frau. Er hat dich vermutlich nie …« Ich stutzte. Fiuzetta lächelte unglücklich. Sie hatte die Suppenschüssel beiseite gestellt und streichelte jetzt Janas Stirn mit mechanischen Bewegungen.

»Falier war der Vorgänger von Fabio Dandolo«, sagte ich.

Über Fiuzettas Wange lief eine Träne. Sie ließ sie auf das Laken tropfen. »*Si*«, sagte sie erstickt.

»Jana hat gesagt, du seist neunzehn Jahre alt.«

»Ich glaube, das stimmt; ich weiß es nicht genau.«

»Wenn du zwei Jahre lang mit Fabio Dandolo zusammen warst, warst du siebzehn, als Falier dich weggeschickt hat. Wie lange warst du denn in seinem Haus? Nur ein Jahr?«

»*Si.*«

»Warum um alles in der Welt hat er dich hinausgeworfen? Du warst ihm doch zu Willen. Hast du gedroht, es seiner Frau zu verraten?«

Fiuzetta schüttelte den Kopf. »Ich bin ein Narr, aber nicht so ein großer.«

»Warum dann?«

Ihr Gesicht verschloss sich. »Ich weiß nicht«, log sie. Sie wandte ihre Aufmerksamkeit Jana zu. »Du kannst gehen«, sagte sie zu mir, ohne mich anzusehen. »Ich bleibe hier und passe auf.«

»Ich löse dich ab.«

Sie sah mich erstaunt an.

»Du hast dir die halbe Nacht um die Ohren geschlagen. Du musst müde sein.«

»Wenn ich müde werde, sage ich es Giulia. Sie löst mich ab. Monna Clara kann nicht; sie hat das Geschäft mit dem Haus.«

»Nein, ich werde dich ablösen.«

»Das ist keine Sache für Männer.«

Das hatte ich damals auch gedacht, in meiner Stube über meinen Bilanzen sitzend, während zwei Türen weiter meine Familie in einer Woge von Blut davongeschwemmt wurde: Es ist eine Geburt; keine Sache für einen Mann. Erst der Tod war wieder meine Sache gewesen. Ich sah auf Janas starres Gesicht hinunter. Wenn ich mich nicht täuschte, hatte die warme Suppe wenigstens etwas Farbe in ihre Lippen gebracht. Sie schienen jetzt nicht mehr so dünn wie Pergament zu sein. Fiuzetta stellte die Suppenschüssel auf den Boden und fuhr sich über das Gesicht.

»Ich darf nicht vergessen, sie umzudrehen«, sagte sie mehr zu sich selbst. »Sie kriegt totes Fleisch, wenn sie zu lange auf derselben Stelle liegt.«

Wir betteten Jana auf eine Seite. Ich stützte ihren Kopf. Es war kein Widerstand zu fühlen, als wir sie drehten. Sie war so schlaff wie in einer tiefen Ohnmacht. Ich wagte nicht darüber nachzudenken, in welchem Zustand sich ein Körper ebenso widerstandslos und schwer anfühlte.

– Tote fühlen sich so an.

Ich blickte zu der Matratze hinüber, die in einer Ecke lag und bis jetzt Julias Schlaflager gewesen war. Vielleicht sollte ich mich auf die Matratze legen und schlafen. Doch ich wusste, dass ich kein Auge zutun würde.

»Du weißt viel«, sagte ich zu Fiuzetta.

»Ich muss alles lernen. Wenn Mariana nicht mit mir zufrieden ist, bin ich am Arsch.«

»Mariana?«

»La levatrice.«

Ich setzte mich probehalber auf die Matratze. Meine langen Beine waren mir im Weg. Ich versuchte mich an die Wand zu lehnen und merkte, dass die Unterlage sofort unter meinem Hintern ins Rutschen geriet. Fiuzettas Sprachschatz glich bestürzend den Brocken, die ich von Maladente gehört hatte. Aus ihrem engelsgleichen Gesicht mit aller Arglosigkeit geäußert, waren die groben Worte wie Schläge ins Gesicht. Während ich darüber nachdachte und die Augen schloss, bemächtigten sich meiner andere Gedanken. Ich vernahm die raschelnden Geräusche von Fiuzettas Kleid, als sie sich über Jana beugte, und es hörte sich an, als würde ein Engel die Schwingen zusammenfalten, auf Jana hinunterblicken und sich bereitmachen, ihre Seele mit sich zu nehmen.

– Wie die Kutte des Sensenmannes, während er den Arm zum Streich erhob.

Ich stand wieder auf und trat zum Fenster. Fiuzetta warf mir einen Blick zu, sagte aber nichts. Sie schien nicht begreifen zu können, warum ich ihrer Aufforderung nicht folgte, die Kammer zu verlassen. Sie war jetzt das Krankenlager einer Frau, und ich hatte meinen Höflichkeitsbesuch mehr als ausreichend ausgedehnt. Venedigs Dächer schimmerten tiefrot im frühen Sonnenschein, das Wasser der Kanäle dazwischen, breite Straßen aus unruhig glitzerndem Gold. Es war ein fantastischer Anblick, so wunderschön wie in einem Märchen. Undenkbar, dass hier, in diesem Raum, meine Gefährtin mit dem Tod rang und den Kampf vielleicht verlieren würde. Ich bemühte mich, ein Schluchzen zu unterdrücken. Stattdessen starrte ich krampfhaft zum Fenster hinaus und sah nichts mehr als das bunte Schimmern, und selbst das verschwamm mir vor den Augen und ließ mich den tiefen, finsteren Brunnen erkennen, der dahinter auf mich wartete. Ich hätte am liebsten laut geschrien und den Fensterrahmen mit meinen Fäusten bearbeitet. Fiuzetta murmelte etwas. Ich nahm an, dass sie wieder betete. Mir wurde bewusst, dass auch ich bereits die ganze Zeit über betete, ein stummes Flehen, das meine Angst nur noch vergrößerte. Wenn nun meine bösen

Worte von gestern Abend die letzten waren, die Jana je von mir hören würde? Wenn unser Streit schuld daran war, dass ... geschah, was geschehen war?

– Herr, lass sie am Leben!

Ich war dankbar, dass bald darauf jemand vor der Tür hustete und eintrat. Es war Manfridus. Er warf einen Blick auf das Bett hinüber und wandte sich gleich wieder ab. Er wirkte ungehalten, und auch mir wollte er nicht in die Augen sehen.

»Ein Bote für Sie ist unten«, sagte er.

Ich fuhr mir mit der Hand über das Gesicht. »Was will er?«

»Er soll Sie zu Enrico Dandolo bringen.«

»Und was will *er*?«

Manfridus schüttelte den Kopf und schob die Oberlippe vor. »Das müssen Sie ihn schon selbst fragen«, erwiderte er.

»Dandolo kann mir gestohlen bleiben. Ich will hier nicht weg.«

Fiuzetta murmelte etwas und sah dabei von mir zu Manfridus.

»Sie sagt, Sie können hier nichts ausrichten. Es tut Ihnen gut, wenn Sie die Kammer für einige Zeit verlassen.«

»Ich mache sie nervös.«

Manfridus zuckte mit den Schultern.

»Geh«, sagte Fiuzetta und versuchte zu lächeln. »Komm bis zum Mittag zurück, das ist genug.«

»Und wenn ... ich möchte ...«

»Es wird nichts geschehen in der nächsten Zeit, weder gut noch schlecht. Der Kampf dauert noch. Sie kann ihn nur allein ausfechten. Allein und hiermit.« Sie hob die Suppenschüssel hoch und lächelte nochmals.

Manfridus legte mir eine Hand auf die Schulter. »Messèr Dandolos Haus liegt in der Nähe des Campo San Stae. Über den Canàl Grande ist es einfach zu erreichen. Wenn sich etwas an Janas Zustand ändert, kann Moro Sie schnellstens benachrichtigen. Kommen Sie. Wenn man bei einer Sache nichts ausrichten kann, ist es besser, man kümmert sich um eine andere.«

3

Dandolos Bote führte mich schweigend von der Herberge zur Rialto-Brücke, wo ein flaches Boot auf uns wartete. Wir ruderten unter der mächtigen Holzbrücke hindurch, deren Mittelteil sich längst wieder geschlossen hatte, vorbei an der wuchtigen Fassade des Fondaco dei Tedeschi und weiter durch die nördliche Krümmung des Kanals in nordwestlicher Richtung. Die Sonne beschien die bunten Gondeln vor den Anlegestellen des südwestlichen Kanalufers, ließ Palastfassaden und die Fronten von Lagerhäusern gleichermaßen aufleuchten. So früh am Tag war das gegenüberliegende Ufer noch in die Schatten der Häuserfronten getaucht. Der Bootsverkehr auf dem Kanal war immens, doch die meisten Wasserfahrzeuge waren einfach gebaute Fischer- und Transportboote. Die prunkvollen Gondeln der reichen Patrizier ließen noch auf sich warten. Dennoch zweifelte ich nicht daran, dass in den herrlichen Palästen das Geschäftsleben bereits in vollem Gange war und die Kaufleute sowie deren Schreiber seit dem Morgengrauen danach trachteten, ihren und den Reichtum Venedigs weiter zu mehren. Trotzdem schien die Zeit für geschäftliche Verabredungen und Besuche mir noch etwas verfrüht. Ich fragte mich, was Enrico Dandolo von mir wollte, und bedauerte, seiner Aufforderung gefolgt zu sein. Ich wollte wieder zurück zu Jana. Doch als ich an ihren Anblick in dem breiten Bett dachte und wie Fiuzetta versuchte, die nährende Suppe tröpfchenweise in sie hineinzubekommen, war ich gleichzeitig erleichtert darüber, nicht dort zu sein.

Nach einer Weile bogen wir in einen engen *rio* ein, unterquerten eine Brücke und legten keine fünfzig Schritte weiter bei einer zweiten an. Links drückte sich eine enge *fondamenta* an den Hauswänden entlang. Zu unserer Rechten erhob sich ein dunkles Haus aus dem Wasser, dessen dem *rio* zugewandte Seite dringend der Überholung bedurft hätte. Die Wand neigte sich leicht über den engen Kanal und machte ihn noch finsterer, als er ohnehin schon war. Das Gebäude war unverputzt, sein Baustoff blutfarbener Ziegel, an vielen Stellen schwarz verfärbt. Es verfügte über eine kleine Anlegestelle, ein hölzernes Trittbrett, von dem Stufen zur Brücke hinaufführten. Dandolos Bote half mir aus dem Boot. Die Brücke führte geradewegs zum Eingangstor des Hauses; die davor liegende Gasse machte einen kleinen Versatz nach links und lief dann weiter, so eng, dass zwei Menschen nicht aneinander vorbeigekommen wären, ohne sich gegen die Mauern zu pressen. Jenseits der Gasse, gegenüber der Wand, die die Schmalseite von Dandolos Haus darstellen musste, lag hinter einer brüchigen Mauer eine offene Wiese, ein Grundstück, auf dem sich da und dort noch Reste von Gemäuer aus dem Gras erhoben. Jemand schien dort ein altes Haus eingerissen, den Neubau aber dann nicht mehr begonnen zu haben. Einzig durch diese Lücke konnten einige Sonnenstrahlen den Boden der Gasse erreichen. An sonnenlosen Tagen musste es hier so dunkel sein wie nach dem Einbruch der Dämmerung in einem großzügigeren Teil der Stadt.

Entweder hatte Enrico Dandolo das alte Haus des Pechvogels gekauft, der es nicht mehr vermocht hatte, den geplanten Neubau gegenüber zu beginnen; oder er selbst war derjenige, der vergeblich versucht hatte, sein Heim zu erneuern. Die unbebaute Fläche sah ebenso vernachlässigt aus wie Dandolos Palast. Ein kurzes Stück nordwestlich davon, zum Canàl Grande hin, ragte eine bedeutend prunkvollere Fassade über die Dächer auf, die mir bekannt erschien. Plötzlich wusste ich, dass ich dort schon zu Gast gewesen war, bei unserem ersten Aufenthalt in Venedig vor einigen Monaten. Es war das Haus von Giovanni Mocenigo, dem Kaufmann, der versucht hatte, Jana zu übervorteilen und von ihr ausmanövriert worden war; der Kaufmann, der jetzt der Doge war und sicherlich erfreut wäre, zu erfahren, wie schlecht es der Frau ging, die ihm die Stirn geboten hatte. Enrico Dandolos Haus lag in einer guten Nachbarschaft. Fraglich, ob seine Nachbarn ebenso dachten.

Ich wurde in eine Vorhalle geführt, die sich über die ganze Tiefe des Hauses zu erstrecken schien. Entlang der Wände standen einige Kisten und waren Säcke und Fässer gestapelt. Die Halle diente als Lade- und Entladeplatz für die Güter, mit denen Dandolo handelte. Die Fässer sahen einigermaßen neu aus; die Kisten waren verstaubt und die Säcke so in sich zusammengesunken, dass man sie schon lange nicht mehr bewegt haben konnte. Wo ich das geschäftige Treiben eines Lagermeisters und seiner Gehilfen oder wenigstens des Hausherrn erwartet hatte, der seine Waren in Empfang nahm und auf den Weg brachte, herrschte Stille. Ein Schreibpult stand in der Nähe des Treppenaufgangs, der die linke Wand der Vorhalle in zwei annähernd gleiche Hälften teilte. Auch die Platte des Schreibpults war verstaubt. Die Türen zu den Lagerräumen waren verschlossen; ich war sicher, dass sich dahinter nichts weiter als gähnende Leere befand.

Die Treppe war eng und abgenutzt. Auch hier sah man dem Haus sein Alter an. Es gab kaum Licht, das Fenster auf dem Treppenabsatz, das nach Nordwesten hinausführte, war klein. Als ich einen Blick hinauswarf, konnte ich rechterhand eine Kirchenfassade erkennen, vermutlich die Kirche von San Stae, links schob sich eine Ecke des Palazzo Mocenigo ins Blickfeld.

Wir traten im Obergeschoss in einen Saal, der die gleichen Ausmaße wie die Vorhalle darunter hatte. Er war prächtiger als der in Raras Haus, aber nicht viel. Gegenüber führten drei geschlossene Türen in die Wohnräume des Hausherrn. Ich sah mich um und entdeckte auf dieser Seite des Saals zwei weitere Türen. Der Bote verschwand mit einem Kopfnicken in einer der drei Türen gegenüber und schloss sie sofort wieder hinter sich.

Ich lauschte angespannt; in Enrico Dandolos Haus war es so still, als lägen die Bewohner noch in tiefem Schlaf oder hätten es verlassen. Entfernt klang ein Topfscheppern an mein Ohr und noch entfernter das unzufriedene Nörgeln eines kleinen Mädchens. Es konnte ebenso gut aus einem anderen Haus stammen. Die Tür öffnete sich wieder, und der Bote winkte mich herein. Ich trat über die Schwelle und wusste sofort, wer der Frühaufsteher in diesem Haus war.

Er konnte höchstens zwölf Jahre alt sein, aber die betont überlegene Miene ließ ihn älter erscheinen. Unwillkürlich fragte ich mich, welche Ähnlichkeit Pegnos Gesicht mit diesem gehabt haben mochte. Er stand hinter einem mächtigen Tisch, als ich hereinkam, eine schmale Figur mit blasser Gesichtshaut und dunklen Gewändern, die den Rücken den nach Osten gerichteten Fenstern zugewandt hatte und im Sonnenlicht stand. Er hatte vergessen, die Dokumente und Schreibutensilien auf dem Tisch neu zu arrangieren, und so konnte man erkennen, dass er zuvor auf dieser Seite des Tisches gestanden hatte, seine Arbeitsfläche in der Sonne. Ganz bewusst hatte er sich mit dem Rücken zum Fenster postiert, um mich in das helle Gegenlicht blinzeln zu lassen. Mehrere Öllämpchen auf dem Tisch verwiesen darauf, dass er bereits vor Sonnenaufgang mit der Arbeit begonnen hatte. Als ich nichts sagte, faltete er die Hände vor dem Bauch, wie er es sich vermutlich in den letzten Monaten angewöhnt hatte, während derer er die Kutte eines Novizen getragen hatte.

Wenn man mich einschüchtern will, werde ich stur. Wenn es ein zwölfjähriger Knabe versucht, reagiere ich noch sturer. Ich legte die Hände hinter dem Rücken zusammen und starrte ihn an. Es dauerte nur wenige Sekunden, dann wandte er den Blick ab. Mein Sieg schmeckte schal, als ich mir klar machte, dass ich soeben ein Kind mit Blicken niedergerungen hatte.

Andrea Dandolo tat so, als müsse er ein Dokument prüfen, um seine Niederlage zu kaschieren. Er griff nach einem schlanken Dolch mit langer Klinge und protzigem Griff, mit dem er vermutlich die Siegel auf einigen Schreiben geöffnet hatte. Seine Finger begannen damit zu spielen. Ich bemerkte die vielen kleinen Zacken in der Tischplatte, die von der Spitze des Dolchs stammten.

»Ich grüße dich, Peter Bernward«, sagte er schließlich in exzellentem Latein, ohne den Blick zu heben.

Ich erwiderte seinen Gruß. »Wo ist Messèr Enrico?«, fragte ich. »Er hat mich hergebeten.«

Andrea schüttelte den Kopf. »Ich habe dich hergebeten.«

»Wozu?«

Andrea Dandolo verließ seinen Platz hinter dem Tisch und marschierte zu einem Stehpult, das vor dem Fenster stand und offensichtlich genau seiner Größe angepasst worden war. Ich entdeckte ein Pergament auf der schrägen Platte des Pults, das von einem kleinen Säckchen beschwert wurde. Auf der Ablage für die Schreibfeder standen eine brennende Kerze und ein kleines Kästchen. Andrea überflog die wenigen Zeilen, die auf dem Dokument standen, und nickte. Als er das Säckchen mit der Klinge des Dolchs beiseite schob, klirrte es darin.

»Entlohnung«, erklärte er und warf mir einen kurzen Blick über die Schulter zu. Die Aussicht, mich auszuzahlen, schien seinem Hochmut wieder auf die Beine geholfen zu haben.

»Ich habe nichts getan, wofür ich entlohnt werden müsste.«

»Mein Oheim hat dich um Rat wegen meines Bruders gebeten, oder nicht?«

»Ich glaube, ich habe noch gar nicht mein Bedauern wegen dieses Verlusts zum Ausdruck gebracht«, sagte ich, um ihn aus der Fassung zu bringen. Doch mir war, als redete ich gegen eine Wand.

»Gott gibt, Gott nimmt«, erwiderte er regungslos.

»Dein Oheim hatte vor, mich um Rat zu fragen. Ich kam

nicht mehr dazu, ihm zu erklären, dass ich ihm keinen geben könne.«

Andrea dachte ein paar Augenblicke nach. Er stand immer noch halb mir, halb dem Schreibpult zugewandt. Ich hatte mich nicht von der Stelle bewegt. Er musste seinen Oberkörper verrenken, um beides im Blick zu behalten. Er kannte ein paar jener Tricks, wie man einen Gesprächspartner am besten verunsichert; aber er kannte sie nicht gut genug. In ein paar Jahren würde er so weit sein, dass sogar sein freundlichster Gruß seinem Gegenüber mitteilte, wer der Überlegene war. Jetzt jedoch hatte er sich selbst in die schlechtere Position manövriert. Dass er versuchte, die Situation weiterhin mit Herablassung zu meistern, machte ihn nicht sympathischer. Ich fragte mich, ob er bereits begonnen hatte, dem Prior seines Klosters Ratschläge zu erteilen. Ich sah auf seine rechte Hand, die unaufhörlich mit der Messerspitze auf die Platte des Schreibpults pochte. Er folgte meinem Blick und riss seine Hand und den Dolch weg, als hätte ich ihn bei etwas Sündigem ertappt.

»Er hat deine Zeit beansprucht. Zeit ist wertvoll. Hier ist das Geld dafür.«

Er nahm mit einer raschen Bewegung eine Rolle Siegellack aus dem Kästchen und hielt sie an die Kerzenflamme. Als der Lack weich genug war, rieb er mit einer Drehung des Handgelenks einen Batzen davon auf das Dokument. Dann nestelte er einen Ring, den er an einer Kette um den Hals trug, hervor und drückte ihn in den noch weichen Siegellack. Seine Finger waren noch zu dünn, um den Ring an der Hand tragen zu können.

»Du hast deinen Bruder identifiziert?«, fragte ich.

»Ich und mein Oheim Enrico.«

»Wie hat deine Mutter die Botschaft aufgenommen?«

Er stutzte nicht einen Moment. Er trug das gesiegelte Dokument herüber zum Tisch und ließ es auf meine Seite segeln.

»Für dich«, sagte er. »Hast du dein Siegel bei dir?«

Ich lächelte und hob die Hand, an der mein Siegelring glänzte. Er presste verärgert die Lippen zusammen.

»Komm zum Pult, dann kannst du meine Ausfertigung siegeln und den Empfang des Geldes beglaubigen.«

»Wer bezahlt mich hier eigentlich? Du oder dein Oheim?«

Andrea reckte sich unbewusst. »Ich führe die Geschäfte für ihn°– in Vertretung meines verstorbenen Bruders.«

»Dein Bruder hat die Geschäfte nicht geführt. Er war hier, um zu lernen.«

»Ich bin nicht mein Bruder.«

Ich schlenderte zum Schreibpult hinüber und las die zweite Ausfertigung, die ich siegeln sollte.

»Hier steht: ›Für die Hilfe bei der Suche nach meinem Neffen, meinem Bruder Pegno Dandolo …‹«, sagte ich.

Er zuckte mit den Schultern.

»Ich habe keine Hilfe geleistet.«

»Das formuliert man eben so.«

»Wer sagt das? Dein Oheim?«

Er starrte mich an. Ich nahm das Säckchen und wog es; schließlich nestelte ich es auf. Es war voller Silbermünzen, bestimmt im Gegenwert eines Dukaten.

»Ich frage mich, was ein Ratschlag von mir wert gewesen wäre, wenn schon ein nicht gegebener Rat ein kleines Vermögen einbringt.«

»Nimm es und siegle. Ich habe noch zu tun.« Er wies auf den Tisch mit seiner Anhäufung von Dokumenten.

»Zweifellos. Ich hege nur Skrupel, Geld für etwas zu nehmen, das ich nicht geleistet habe. Noch dazu, wenn es aus dem Säckel von jemandem stammt, der am Rand des Bankrotts steht.«

»Das Geld ist nur zum Teil von meinem Oheim. Der Rest stammt aus dem Haus Fabio Dandolo.«

Ich erhitzte den Siegellack und ließ ein paar Tropfen auf das Dokument fallen. Andrea sah mir mit einem neidischen

Gesichtsausdruck zu, als ich meine rechte Hand zur Faust ballte und mein Siegel aufdrückte.

»Weiß dein Oheim, dass du seine Belohnung aufgewertet hast?«

»Es ging immerhin um meinen Bruder.«

»Bist du sicher, dass du genügend Geld hineingetan hast, um sein Konto damit saldieren zu können?«

Er sah mich böse an. »Es gibt kein Konto mehr. Mein Bruder ist tot.«

»Glaubst du, dein Vater wird dich dafür loben, dass du so viel Geld ausgegeben hast? Soviel ich weiß, stand Pegno nicht so hoch im Kurs bei ihm.«

»Mein Vater ist ein glänzender Kaufmann und gerechter Mann.«

Jemand öffnete die Tür, hüstelte und blieb bescheiden dahinter stehen. Es war ein älterer Mann in einfacher Kleidung. Er hatte die gebeugte Haltung des langjährigen Schreibers sowie Tintenflecke an Fingern, Ärmeln und im Gesicht. Andrea wandte sich ihm zu.

Ich hatte das Gefühl, dass er erleichtert war, das Gespräch unterbrechen zu können.

Der Schreiber teilte Andrea halblaut etwas mit. Er nannte ihn respektvoll *messère*. Andreas Antworten waren kurz und bestimmt. Im Gesicht des Schreibers stritten sich erleichterte Zustimmung zu Andreas Anordnungen mit der Ablehnung über die Art, wie er seine Befehle erteilte. Nach wenigen Sätzen verließ der alte Mann das Zimmer. Andrea kam wieder zum Schreibpult herüber.

»Schwierigkeiten?«, fragte ich.

»Ich habe gestern Anordnung gegeben, die Lagerbestände zu überprüfen. Wir haben Wein, Mehl und Stoffe.«

»Nicht gerade das, wodurch man reich wird.«

Andreas Augen funkelten. »Der Wein ist noch in Ordnung; im Mehl sind Würmer, und die Stoffe sind zum Teil verschimmelt. Ich habe Anordnung gegeben, beides auf die Waisenhäuser und die Hospitäler der Stadt aufzuteilen und dafür Messen im Namen meines Oheims lesen zu lassen.«

»Das wird dem Haus Enrico Dandolo einen Anstrich der Großzügigkeit verleihen.«

»Die Lager müssen leer werden; man hätte mit den Waren ohnehin kein Geschäft mehr gemacht.«

»Ich hatte den Eindruck, die Lager *sind* leer.«

»Ich schaffe Platz für neue Güter.« Über Andreas Gesicht huschte ein Lächeln. »Die Serenissima wird nach dem Erfolg der *Aquila* und der *Venator* weitere Expeditionen gegen die Piraten schicken. Das macht den Gewürzhandel für ein paar Monate sicherer, und die Preise werden sinken. Die anderen Kaufleute werden sich reichlich damit eindecken, um den Preisverfall auszunutzen, und sie dann einlagern, bis neue Piraten auftauchen und die Preise wieder anziehen.«

»Was hat das mit der Räumung der Lager deines Onkels zu tun? Wenn du ebenfalls damit anfängst, in großem Stil Gewürze einzukaufen, erreichst du damit keinen Vorteil über die anderen.«

Er sah mich abschätzig an. »Man sieht, dass du kein Kaufmann bist«, erklärte er mit der größten Herablassung, die er bisher hatte aufbringen können. »Glaubst du denn, die anderen haben leere Lager? Nur mein Oheim in seiner ... in seiner Pechsträhne hat das geschafft. Wo sollen sie die Lieferungen unterbringen?«

»Du willst die Speicher dieses Hauses vermieten?«

Jetzt grinste er. »Und zwar teuer. Die Lage ist ideal. Wir können eine Wand des Gebäudes zum Rio della Pergola durchbrechen, damit dort Be- und Entladeverkehr möglich ist. Von hier sind es nur ein paar Ruderschläge hinaus auf den Canàl Grande und zur *Riva* von San Stae, wo auch große Schiffe anlegen können.«

»Weiß dein Oheim, was du vorhast?«

»Er ist gar nicht im Haus; er ist zurzeit sehr beschäftigt.«

»Mit anderen Worten: nein.« Ich nahm das Säckchen mit

der Entlohnung für einen Dienst, den ich nicht vollbracht hatte, vom Pult und steckte es in meine Börse. Es zog mir den Gürtel gehörig nach unten. Dann wies ich auf den überladenen Tisch.

»Du musstest die Kutte überziehen, die eigentlich Pegno hätte tragen sollen. Er war der älteste Sohn und für das Geschäft bestimmt, aber du fühlst dich als der wahre Erbe des Hauses Dandolo. Was für ein Glück im Unglück, dass nun der richtige Sohn am richtigen Platz ist …«

»Gott hat alles so gerichtet, wie es sein sollte.«

»Gott hat nichts damit zu tun, wenn ein Junge in dem am besten bewachten Areal Venedigs ertrinkt.«

»Gott lenkt alle unsere Wege.«

»Wenn du lange genug wieder aus dem Kloster bist«, erwiderte ich bissig, »wirst du in deinen Sprüchen Gott bald durch das Wort ›Geld‹ ersetzt haben.«

Diesmal gab er meinen Blick ungerührt zurück. Er rollte das von mir gesiegelte Dokument zusammen und warf es achtlos auf den Tisch.

»Wurde dein Vater schon vom Tod deines Bruders unterrichtet?«

»Wir haben Nachricht an die Häfen gesandt, die er vermutlich anlaufen wird.«

»Ich vermute, er wird erleichtert sein, wie alles gekommen ist.«

»Sein Sohn ist umgekommen. Wie kannst du da von Erleichterung sprechen?«

Ich überlegte einen Moment, ob ich ihm mitteilen sollte, dass für den toten Pegno schon ein Halbgeschwisterchen auf dem Weg war, das im Leib der ehemaligen Kurtisane seines Vaters heranwuchs. Vielleicht war das der wahre Sinn des Bibelworts: Auge um Auge. Doch Jana hatte es treffender formuliert: Das Leben setzt sich durch.

Schließlich ließ ich den Gedanken fallen. Es war einzig und allein Fiuzettas Angelegenheit.

Ich raffte meine Ausfertigung des gesiegelten Dokuments an mich und verließ das Arbeitszimmer. Andrea machte keine Anstalten, mich aufzuhalten; er beugte sich demonstrativ über den Tisch, um weiterzuarbeiten. Noch bevor ich den Raum verlassen hatte, hörte ich wieder das Pochen der Messerspitze auf der Tischplatte. Ich fand den Boten wieder, der mich hergebracht hatte. Er nickte mir zu und stieg vor mir die Treppe hinab, um mich zurückzubegleiten. Ich achtete kaum auf ihn.

Es gab noch einen zweiten Grund, warum ich Andrea Dandolo nichts von Fiuzettas Kind erzählt hatte: der unmissverständliche Hass, den ich in Andreas Augen hatte aufflackern sehen, als ich ihn auf seinen Vater angesprochen hatte.

In der kurzen Zeit, die ich in der Gegenwart von Pegnos Bruder verbracht hatte, war das Erdgeschoss des Hauses Dandolo zum Leben erwacht. Ich sah den Schreiber, der soeben von Andrea seine Anordnungen entgegengenommen hatte, wie er mit lauter Stimme die Befehle weitergab. Ein halbes Dutzend Männer war damit beschäftigt, Säcke und Ballen in der Gegend herumzuzerren und Fässer in einem Lagerraum in eine Ecke zu rollen. Einer der Säcke war geplatzt und hinterließ eine dicke Mehlspur auf dem Boden, über die achtlos hinweggetrampelt wurde. Alle Türen zu den Speicherräumen waren offen. In einem davon, dessen Außenwand, wie ich mich erinnerte, zum Rio della Pergola führte, standen zwei feiner gekleidete Männer und malten mit Kreiden Zeichen an die Wand; wahrscheinlich ein Baumeister und ein Architekt, die über den Wanddurchbruch berieten. Andrea verlor nicht viel Zeit damit, seine Pläne umzusetzen. Wenn Enrico Dandolo nicht bald zurückkehrte, würde er sein Haus nicht wiedererkennen.

Etwas abseits des ganzen Trubels stand ein Mann. Er hatte die Arme in die Seiten gestützt und betrachtete das Treiben mit erstauntem Kopfschütteln. In der fahlen Düsternis der

Halle wirkte er massiv und geradezu absurd breitschultrig. Dann trat er beiseite, als zwei Männer einen großen Ballen mit dunklen Wasserflecken auf seiner Umhüllung an ihm vorbeischleiften, und seine Gestalt wurde in ihrer richtigen Größe offenbar. Ich winkte dem Boten zu, auf mich zu warten, und trat an den Mann heran.

»Guten Morgen, Herr Chaldenbergen«, sagte ich. »Gehören Sie zu den Geschäftspartnern von Enrico oder von Andrea Dandolo?«

Überrascht sah er auf.

4

»Mit wem habe ich das Vergnügen?«, fragte er misstrauisch, während er versuchte, mein Gesicht einzuordnen. Sein Verhalten war erstaunlich reserviert, wenn man es mit seiner aufgesetzten Jovialität vom Vortag verglich.

»Wir haben uns gestern zufällig im Haus von Rara de Jadra getroffen …«

»Oh, natürlich!« Chaldenbergen schlug sich mit der flachen Hand an die Stirn. »Verzeihung. Das ist mir peinlich. Es ist nur so dunkel hier drin, und ich war so vertieft in die Betrachtung dieses Rummels …« Sein Gesicht zog sich in einem Lächeln plötzlich in die Breite. »Peter Berwand, stimmt's?«

Ich nickte, ohne den kleinen Fehler zu verbessern. Chaldenbergens Lächeln wurde noch breiter. »Sie sind doch der Kerl, der in Florenz war. Tolle Geschichte.«

»Nicht mal die Hälfte davon entspricht der Wahrheit.«

Er grinste amüsiert und zuckte dann zusammen, als einer der Arbeiter in Dandolos Lager einem anderen einen ellenlangen Fluch zukommen ließ, den dieser ausgiebig erwiderte. Kurz darauf widmeten sich beide wieder friedlich ihrer Arbeit. Chaldenbergen deutete auf das hektische Treiben um uns herum. »So etwas habe ich in Enricos Haus noch nie gesehen.«

»Damit haben Sie meine Frage auch schon beantwortet.«

Chaldenbergen sah mich verwirrt an.

»Wessen Geschäftspartner Sie sind. Enrico Dandolo hat nämlich einen neuen Verwalter.«

»Tatsächlich? Davon habe ich noch nichts gehört.«

»Seinen Neffen.«

»Aber sein Neffe ist doch schon seit bald zwei Jahren ...«

»Nicht Pegno. Andrea. Und er regiert mit kundiger Hand.«

»Ich verstehe«, sagte Chaldenbergen, und es war ihm anzusehen, dass er nichts verstand. »Na, wie auch immer, es kann gar nicht schaden, wenn hier mal etwas Leben reinkommt.«

»Wie lange stehen Sie denn schon mit Enrico Dandolo in geschäftlicher Verbindung?«

»Seit ich hier bin, glaube ich. In letzter Zeit allerdings ... na ja, man soll nichts Schlechtes über seine Geschäftspartner sagen, stimmt's? Jeder hat mal eine Pechsträhne.«

»Soviel ich weiß, ist Enrico Dandolo nicht hier.«

»Was? Er hat mir eine Lieferung versprochen.«

»Wovon? Hiervon?« Ich machte eine spöttische Handbewegung, die den Inhalt der Halle umfasste.

Er lachte. »Nein, bewahre. Ich gebe heute Abend ein kleines Fest für einige hohe Herren der Stadt, Sie verstehen.« Er verstummte und sah einer mageren Katze nach, die plötzlich auftauchte, mit nervös zuckendem Schwanz durch das Lager strich und davonstob, als einer von den Arbeitern zu nahe an sie heranstapfte. »Die hätte man fangen sollen«, seufzte Chaldenbergen.

»Wozu denn?«

»Das Haus, in dem ich Logis bezogen habe, ist verseucht mit Mäusen und Ratten. Kennen Sie die Geschichte von den Kanarischen Inseln, die eine Mäuseplage hatten und die Tiere einzeln mit dem Knüppel erschlagen mussten? Dann kam ein kluger Kaufmann und schenkte ihnen eine Katze, und sie priesen seinen Namen. Im nächsten Jahr kam der Kaufmann wieder und hatte einen Kater dabei, und der wurde ihm diesmal mit Gold aufgewogen. Ich habe von einem Bauern ein paar durchtriebene Mäusefresser gekauft, aber sie sind mir zwischen gestern und heute alle weggelaufen. Und jetzt tanzen die Mäuse wieder.«

»Kaufen Sie sich ein Frettchen, das wird Ihnen nicht untreu.«

»Wissen Sie, wo Enrico Dandolo ist?«

»Ich habe keine Ahnung.«

Er verzog unzufrieden den Mund. »Dann hinterlasse ich ihm eine Botschaft. Wenn er sich nicht bis Mittag meldet, muss ich meinen Bedarf im Hafen decken. Das wird ihm sicher nicht gefallen.«

Er winkte mir zum Abschied zu und stolzierte davon, auf den gestikulierenden Schreiber zu, der die Räumung von Dandolos Lager kommandierte. Der Bote, der abseits gewartet hatte, brachte mich endgültig hinaus.

Draußen bat ich den Mann mit Händen und Füßen, mich statt zurück zur Herberge von Michael Manfridus zum Arsenal zu bringen. Er führte meinen Wunsch ohne Widerrede aus; wahrscheinlich ahnte er, dass er bei seiner Rückkehr sofort dem Lagerräumungstrupp zugeteilt würde, und fand es bedeutend angenehmer, stattdessen auf dem Canàl Grande durch die Morgensonne zu rudern. Der Verkehr auf dem Kanal hatte noch weiter zugenommen, und zwischen den einfachen Transportbooten waren mittlerweile die bunten Gondeln zu sehen, die durch die langen Ruder ihrer *barcaiuli* ebenso angetrieben zu werden schienen wie durch deren Gesang. Man hatte das Mittelteil der Rialto-Brücke wieder hochgezogen, und mein Bootsführer reihte sich ohne weitere Anweisung auf der rechten Seite des Kanals ein. Der Verkehr, der in die Gegenrichtung schwamm, hatte das linke Ufer belegt; in der Mitte blieb genügend Platz für das große Schiff, das von einer ganzen Reihe von Ruderbooten langsam vorwärts gezogen wurde. Es war kein Vergleich zu der mühelosen Eleganz, mit der sich die *Aquila* gestern durch den Kanal bewegt hatte.

Als wir in die weite Wasserfläche des Kanals von San Marco hinauskamen, entfernte der Bootsführer sein Fahrzeug vom Ufer. Ich sah, dass er beabsichtigte, die Anlegestellen vor dem Arsenal in einem weiten Bogen anzusteuern. Ich war darüber nicht traurig, denn die Strecke führte uns auf diese Weise in großem Abstand an Barberros Kogge vorbei, die dunkel und hässlich zwischen den anderen Schiffen an der Riva degli Schiavoni lag. Ich glaubte nicht, dass Fulvio, sollte er mich erblicken, am hellen Tag etwas gegen mich unternommen hätte, aber ich wollte das Schicksal auch nicht herausfordern.

Ich hatte erwartet, in der hoffnungslosen Gegend hinter dem Arsenal sogleich wieder auf die Kinder zu stoßen, die das Katzenspiel vorführten, doch ich sah mich getäuscht. Entweder war den Fängern keine Katze in die Hände geraten, oder Calendars und mein gestriges Auftauchen hatten die Spieler nervös gemacht. Ich wagte nicht, allzu tief in die Gassen einzudringen, die zwischen den verfallenden Hütten verliefen. Schließlich fand ich, was mir von gestern als hoffnungsloser Anblick aus dem Augenwinkel in Erinnerung geblieben war: die kleine Kirche, die zwischen den verwahrlosten Häusern stand wie eine abgerissene Mutter zwischen ihren bettelnden Kindern. Sie war aus mattbraunen Ziegeln erbaut, mit rundbogigen Fenstern ohne Glas und einem gedrungenen Turm, der sich kaum über den niedrigen Dachfirst erhob. Die Überreste der alten Brände an ihren Mauern lagen auf den Backsteinen wie Schimmel. Ich trat ein.

Was immer sich an Schmuck darin befunden hatte, war von Dieben entwendet oder vom Priester verkauft worden. Die Wände waren innen so nackt wie außen. Im Altarraum lehnte ein Kreuz an der hinteren Wand. Es sah merkwürdig asymmetrisch aus; dann erkannte ich, dass die beiden Balken aus den gebrochenen Rudern einer Galeere bestanden, deren Ruderblätter diesen schiefen Eindruck verursachten. In einer Ecke befand sich ein Häufchen Lumpen, das sich bei meinem Eintreten zu bewegen begann und das dreckige Gesicht und die verschmutzten Klauenhände eines Menschenwesens offenbarte, aus dem Alter und Verwahrlosung jegliche Geschlechtlichkeit getilgt hatten. Der Kopf sank wieder zurück, sein Besitzer war entweder zu schwach oder zu resigniert zum Betteln. In einer anderen Ecke hatte eine zweite heimatlose Seele aus Stroh und klumpigen Wollfadenbündeln eine Burg gebaut. Keinerlei Bewegung war dort zu sehen, der Bewohner des verwahrlosten Nests war entweder nicht anwesend oder längst unter seiner Decke verhungert.

Der Priester lebte in einer engen Kammer neben dem Altarraum. Der Domherr von Sankt Markus hätte sie vermutlich nicht einmal zur Einlagerung seiner alten Gewänder benutzt. Er kniete vor einem kleineren, etwas kunstfertiger als das in der Kirche gemachte Kreuz, das er vor sich auf den Boden gelegt hatte, und betete. Ein Strohsack in einer Ecke war sein Lager; auf einer niedrigen Truhe standen die Reste seines Morgenmahls: ein abgenutzter Krug mit Wasser sowie ein paar zerbrochene Stücke harten Brotes. Ich dachte an die Zwiebackausgabe beim Arsenal. Wahrscheinlich hatte auch der Priester unter den Almosenempfängern gestanden.

Als ich mich räusperte, blickte er erstaunt auf. Er war noch nicht alt, und wie es aussah, würde er es unter diesen Lebensumständen auch nicht werden. Auf seinem Hinterkopf waren noch die Reste der Tonsur zu sehen: ein Mönch, der gedacht hatte, mit der Annahme einer Gemeinde dem Klosterleben entfliehen zu können. Es sprach für ihn, dass er noch nicht endgültig das Weite gesucht hatte. Seine Hände waren gefaltet und nicht viel weniger schmutzig als die des Wesens, das in seiner Kirche Obdach gesucht hatte; seine formlose Kutte gemahnte an den Strohsack, auf dem er schlief.

Er verstand genügend Latein, dass ich mich mit ihm verständigen konnte. Er versprach, eine Bittmesse für eine Frau zu lesen, deren Name ihm nur schwer über die Lippen ging: *Gianna D'lugosch*; und eine Totenmesse für ein Kind, nach dessen Namen er sich nicht erkundigte. Dann kniete ich selbst vor dem ungewöhnlichen Kruzifix im Kirchenschiff nieder und betete ein Vaterunser für meine verstorbene Frau Maria. Ich glaube, ich bat sie, Jana zu beschützen. Als ich die Kirche verließ, war die Sonne nur wenig weitergewandert. Der Priester stand immer noch in seiner Kammer, wog das Säckchen mit dem Geld Andrea Dandolos in der Hand und versuchte zu verstehen, wie dieses Wunder über ihn gekommen war.

Dandolos Bote hatte nicht auf mich gewartet, und es war weit und breit kein Boot an der Stelle zu sehen, an der ich angelegt hatte. Für den Rückweg hatte ich entweder die Möglichkeit, mich in das Gassengewirr westlich des Arsenals zu schlagen, um Barberros Kogge zu umgehen, oder direkt an ihr auf der Riva degli Schiavoni vorbeizumarschieren. Ich erwog gerade das Erstere, als ich sah, wie auf der dem Kai abgewandten Seite ein Ruderboot an der Kogge anlegte. Ich schlich ein bisschen näher heran, aber meine Vorsicht war unbegründet. Niemand achtete auf mich, und hier, in der Nähe des Arsenals, war der Verkehr wieder so dicht, dass ich wohl nicht einmal zu entdecken gewesen wäre, wenn jemand gezielt nach mir Ausschau gehalten hätte.

Die Besatzung warf eine Strickleiter über die Reling, die zwei Männer in dem Boot hielten sie fest, und wenige Augenblicke danach schwangen sich Fulvio und drei andere Männer auf die Strickleiter und kletterten hinab. Das Boot legte sofort danach ab, wurde mit kräftigen Ruderschlägen über den Canale di San Marco getrieben und überließ sich dann dem Wind, der ein mit wenigen Handgriffen aufgerichtetes Segel blähte. Ich sah ihm nach, bis es um San Giorgio Maggiore verschwand, und dachte daran, dass Calendars entführter Prinz mit einem ähnlichen Schiff und der gleichen Besatzung vielleicht den Weg in die Sklavenarbeit eines Bergwerks angetreten hatte. Danach ging ich nicht unbedingt aufgeheitert, aber doch einigermaßen unbesorgt an Barberros Schiff vorbei.

Ich konnte mich halbwegs an den Weg erinnern, den ich mit Enrico Dandolo und Michael Manfridus benutzt hatte, doch ich riskierte nicht, die Piazza San Marco und den Dogenpalast so zu umgehen, wie es Dandolo getan hatte; ich marschierte zur Piazzetta, um den Markusplatz zu überqueren und dann den Weg zur Herberge zu finden.

Auf der Riva degli Schiavoni war hauptsächlich arbeitendes Volk unterwegs: Dienstboten auf ihren Besorgungsgängen, Lastträger, Matrosen, Arbeiter, die vom oder zum Arsenal strebten. Der hoch gewachsene, prunkvoll gekleidete Mann, der aus einem Palast mit einer prächtigen Fassade unweit des Dogenpalastes trat und sofort in Richtung Piazzetta trabte, wäre in diesem Umfeld ohnehin aufgefallen. Ich wurde jedoch auch deshalb auf ihn aufmerksam, weil ich ihn erkannte.

Enrico Dandolo lief schnellen Schrittes zu der Brücke, die sich über die Mündung des *rio* hinter dem Dogenpalast spannte, und überquerte sie wie jemand, der es eilig hat. Als ich an dem Gebäude vorüberkam, das er kurz zuvor verlassen hatte, kam gerade ein junger Mann mit einem Sack über der Schulter aus der Tür. Ich fragte ihn radebrechend, wessen Haus es sei, und er antwortete mit Stolz: der Palazzo Dandolo.

Enrico hatte dem Haus seines Bruders einen Besuch abgestattet. Was seine Kleidung betraf, hätte er durchaus besser in diesen Palast gepasst als in seine eigene Behausung. Ich fragte mich, ob die Abneigung zwischen dem angesehenen und dem erfolglosen Bruder so stark war, dass sie beinahe die ganze Stadt zwischen ihre beiden Häuser gelegt hatten.

Enrico bog in das Gewimmel und die hölzernen Marktbuden auf der Piazzetta ab. Da er in die Richtung ging, die ich auch zu nehmen hatte, beschloss ich, ihm zu folgen. Ich beschleunigte meine Schritte, aber schon, als ich mich selbst in das Gewühl stürzte, das zwischen den Buden der Bäcker, Fleischer und Fischverkäufer herrschte, hatte ich ihn aus den Augen verloren.

Die *Aquila* lag immer noch an der Piazzetta vor Anker. Während ihr makabrer Mastschmuck nach wie vor vom Krähennest baumelte, war die Beute aus dem Kriegszug gegen die Piraten inzwischen weggeräumt. Die Hoffnungsfrohen, die mit gebeugten Köpfen über der Stelle hin- und herwanderten, an der man sie ausgestellt hatte, um in den Ritzen zwischen den Ziegeln die eine oder andere übersehene Perle oder Münze zu finden, würden sicherlich enttäuscht abziehen. Abgebaut war auch das Zelt, in dem der Kommandant gestern Audienz gehalten hatte. Heute und die kommenden Tage würde er bei verschiedenen Räten und Stadtsechstelvertretern und sicherlich auch einmal beim Dogen Mocenigo Hof halten, die Strapazen der Seereise und des Gefechts bei auserlesenen Speisen und Getränken und angeregten Plaudereien kurierend. Die Eingeladenen würden stets dieselben sein, die Fragen an ihn ebenfalls, und lediglich die Erzählung seiner Heldentaten würde sich, wenn ich die menschliche Natur richtig einschätzte, von Mal zu Mal ändern; und zwar, was deren Dramatik betraf, in aufsteigender Reihenfolge. Im Haus des Kommandanten, sicherlich schlichter als die Paläste, in die man ihn bat, würden derweil zwei junge Mädchen versuchen, mit dem Wechsel von einer Unfreiheit in die nächste zurechtzukommen.

Ich entdeckte Enrico Dandolo unter den Arkaden des Dogenpalastes wieder. Er stand in steifer Haltung vor der Truhe eines Mannes, der seinerseits keine Anstalten machte, die Augen zu heben und Dandolo ins Gesicht zu blicken. Für einen Geldwechsler oder Verleiher schien er erstaunlich geschäftsuntüchtig. Dandolo hielt ein zusammengefaltetes und mit ungesiegeltem Lack verschlossenes Pergament in der Hand. Er kämpfte eine Weile mit sich. Plötzlich legte er das Dokument auf die ansonsten leere Oberfläche der Truhe. Sein Gegenüber ließ es eine Weile darauf liegen, ohne einen Finger zu rühren, dann strich er es mit einer raschen Bewegung ein. Er nickte, ohne Dandolo anzusehen. Der Kaufmann stand da mit halb erhobener Hand, wie jemand, der ahnt, dass er einen Fehler gemacht hat, aber nicht genau weiß, warum, und dennoch keine andere Möglichkeit sieht, als das zu tun, was er getan hat. Ich kannte das Gefühl gut, das ihn zu beschäftigen schien; mich überfiel es auch jedes Mal, wenn ich etwas aus dem Bauch heraus tat.

Enrico Dandolo wandte sich brüsk ab und stapfte wieder hinaus in den Trubel auf dem Platz. Ich wartete einen Moment, dann näherte ich mich dem Mann mit der Truhe, um herauszufinden, welcher Art sein Geschäft war. Wenn Dandolo soeben ein verbotenes Wettgeschäft abgeschlossen hatte, um dem verzweifelten Stand seiner Finanzen aufzuhelfen, konnte ich nichts daran ändern; außerdem war es nicht im Mindesten meine Angelegenheit, und eigentlich hatte ich auch keine Lust, es zu meiner Angelegenheit werden zu lassen. Noch während ich mir das klar machte, schlenderte ich auch schon heran.

Als ich vor der Truhe stehen blieb und ihrem Besitzer einen guten Tag wünschte, ohne dass mir mehr als ein knappes Kopfnicken zuteil geworden wäre, wurde ich gewahr, dass ein Mann mich beobachtete. Ich sah zu ihm hinüber; er verzog das Gesicht, spuckte auf den Boden und ging davon. Der Mann hinter der Truhe machte nicht den Anschein, dass die verächtliche Geste ihn mehr berührt hatte als die kurze Zwischenlandung einer Fliege auf der Säule neben ihm. Ich verließ ihn, ohne ihn angesprochen oder etwas bei ihm hinterlassen zu haben, und auch dies schien ihn nicht zu interessieren. Er blieb sitzen, wie er war, das blasse Gesicht gesenkt, und ich hatte das starke Gefühl, dass selbst die Goldgräber, die allnächtlich die öffentlichen Latrinen leerten, ihre Köpfe stolzer trugen, wenn sie von ihrem Broterwerb sprachen.

Enrico Dandolo stand vor einer der Bäckerbuden und biss mit geistesabwesender Miene in ein Gebäck, das er soeben erstanden hatte. Seine Finger glänzten vor Fett. Er hatte sich weit vornübergebeugt, damit nichts auf sein Brokatwams tropfte. Seiner Miene war nicht zu entnehmen, ob ihm das Gebäck schmeckte, oder ob er überhaupt wusste, was er aß.

Ich trat vor ihn hin und grüßte ihn. Er sah überrascht auf und verschluckte sich fast an dem letzten Bissen. Dann huschte ein Lächeln über sein Gesicht.

»Ah, *messère* Bernward«, sagte er und fügte etwas hinzu, das sich nach der Frage anhörte, wie es mir ginge.

»Bene«, sagte ich, und er nickte mit dem dümmlichen

Grinsen des Mannes, der sich nicht darüber freut, angesprochen worden zu sein, und nun versucht, sich mit Höflichkeit aus der Affäre zu ziehen. Zwischen seinen Zähnen staken noch die Teigreste des letzten Bissens. Nach ein paar Augenblicken würgte er ihn hinunter, deutete plötzlich auf das Gebäck in seinen Händen und dann auf die Bäckerbude. Er machte ein aufforderndes Geräusch und zog fragend die Augenbrauen hoch. Ich nickte. Ich interpretierte seine Pantomime als Einladung.

Er rief dem Besitzer der Bude etwas zu, der schweißüberströmt hinter einer Theke stand und in einem Kessel rührte, aus dem heißer Dampf aufstieg. Der Mann angelte mit einer hölzernen Kelle in seinem Kessel herum und fischte ein knusprig braunes Röllchen heraus, das vor Schmalz troff. Er hieb einem Jungen, der mit hungrigen Augen vor der Bude stand und zusah, auf den Hinterkopf und deutete auf Dandolo, und der Junge packte das Gebäck mit spitzen Fingern und brachte es zu uns herüber. Dandolo nickte in meine Richtung, und der Junge lieferte seine Fracht bei mir ab. Er war nicht so abgerissen wie die Gassenjungen, aber er hatte sichtlich Hunger. Ich nahm das heiße Röllchen und brach es entzwei; die eine Hälfte gab ich dem Jungen, dessen Gesicht aufleuchtete. Er rannte davon, um das unerwartete Geschenk irgendwo zu verzehren. Dandolo nickte mir zu, aber das Lächeln in seinem Gesicht wirkte verzerrt; das war nicht das gewesen, was er mit seiner Einladung beabsichtigt hatte. Er kramte mit der freien Hand in der Börse und schleuderte dem Verkäufer eine Münze zu.

Ich hatte etwas wie die gebackenen Meeresfrüchte erwartet und war überrascht, als ich in etwas Süßes biss. Im Inneren des Röllchens war eine heiße Melasse, die erstickend nach Mandeln schmeckte, aber zusammen mit dem völlig geschmacklosen Teig außen herum gab sie eine ansprechende Mischung ab.

»*Grazie*«, sagte ich artig. Dandolo zuckte mit den Schultern.

Ich versuchte, ihn in ein Gespräch zu ziehen, was sich als äußerst schwierig gestaltete. Dandolos offensichtliche Maulfaulheit war beinahe ein größeres Hindernis als die Sprachbarriere. Was er dem Mann hinter der Truhe gegeben hatte, konnte ich nicht herausfinden, ohne ihn direkt danach zu fragen, hütete mich aber, dies zu tun. Als ich endlich Pegnos Namen nannte und Dandolo bedeutete, dass mir die Begleitumstände seines Todes merkwürdig erschienen, lebte er zusehends auf.

»Diese Geschichte ist schrecklich«, glaubte ich zu verstehen. »Sein Bruder Andrea ist jetzt Herr der Familie, bis Fabio zurückkehrt, und er versucht Pegnos Stelle in meinem Geschäft einzunehmen. Der Junge ist wie erstarrt vor Schreck. Und Laudomia, Pegnos Mutter ... dieses Unglück, dieses Unglück!«

Ich kannte Pegnos Mutter nicht, aber einen vor Schreck erstarrten jüngeren Bruder stellte ich mir anders vor als Andrea Dandolo.

»Pegno ist nicht der einzige Tote«, radebrechte ich, und Enrico starrte mich an, als hätte ich gesagt, ich wolle ihm an die Kehle springen. »Außerdem frage ich mich, was er im Arsenal gesucht hat.«

»Man muss die Sache ruhen lassen«, erklärte Dandolo und machte mit flatternden Händen entsprechende Gesten. »Das Entsetzen ist schon groß genug. Fabio wird gebrochen sein, wenn er zurückkehrt.«

»Fabio hielt nicht *so* viel von seinem Sohn«, sagte ich. Ich deutete eine Spanne zwischen Daumen und Zeigefinger an. »*Poco.*«

Dandolo dachte eine ganze Weile nach. Schließlich ließ er den Kopf hängen, dann nickte er.

»Sie haben Recht. Was soll man machen? Ich mochte den Jungen.«

»Sie wollten doch, dass ich mich um Pegnos Verschwinden kümmere.«

»Das ist alles vorbei. Er ist tot.«

»Dann kümmere ich mich jetzt um die Umstände seines Todes.«

Er riss die Augen auf. »Warum wollen Sie so etwas tun?«

Ich lächelte und machte das Zeichen für Geld. »Ich muss mir doch Ihre Entlohnung verdienen.«

»Aber nein, aber nein«, wehrte er ab. »Bitte, es ist schon so in Ordnung. Sie haben mir zugehört, als ich verzweifelt war.«

Ein Priester hätte dir auch zugehört, dachte ich, sogar in der Anonymität des Beichtstuhls. Und du hättest wesentlich weniger in den Opferstock werfen müssen, als du mir gegeben hast.

»Na gut, wenn Sie es so wollen«, erwiderte ich mit einem Schulterzucken.

Er nickte ausgiebig und klopfte mir schließlich auf den Arm. Ich verabschiedete mich von ihm. Das mühsame Gespräch hatte mir nicht viel Neues erschlossen. Dass er mir meine nicht geleisteten Dienste viel zu teuer vergolten hatte, war mir schon vorher klar gewesen, und dass er keine wirkliche Begründung für das herrschaftliche Honorar hatte, auch. Neu war mir nur, dass er vor Angst über die ganze Angelegenheit beinahe schielte.

5

Es war lange vor Mittag, als ich wieder in Janas Kammer trat. Was sie und Fiuzetta betraf, schien überhaupt keine Zeit vergangen zu sein. Fiuzetta saß immer noch an ihrem Bett, knetete ihre Hand und strich ihr über die Stirn; Jana lag wieder auf dem Rücken und bewegte sich nicht.

Ich hielt die Tür auf für Julia, die eine neue Schüssel Suppe hinter mir die Treppe hochbalanciert hatte und sie neben Fiuzetta auf den Boden stellte. Die alte Schüssel mit der kalt erstarrten Suppe nahm sie mit. Ich konnte nicht erkennen, dass mehr als ein paar Tröpfchen daraus in Janas Magen gelangt wären.

Dann schritt ich um Fiuzetta herum, die mir zunickte, und stellte mit grenzenloser Überraschung fest, dass Janas Augen geöffnet waren. Ich stand wie vom Donner gerührt da und konnte nicht einmal meinen Füßen den Befehl erteilen, mich zu ihr zu tragen.

Ihre Lippen bewegten sich. »Peter«, sagte sie tonlos.

Ich war wie gelähmt, als ich mich fragte, ob sie vielleicht noch nicht wusste, was vorgefallen war. Wie sollte ich ihr beibringen, dass sie das Kind verloren hatte? Doch dann füllten ihre Augen sich mit Tränen, und sie begann zu schluchzen.

Fiuzetta stand auf, strich ihr Kleid glatt und ging hinaus. Als sie die Tür hinter sich schloss, fing ich einen kurzen Blick von ihr auf. Dann klickte das Türschloss zu, und Jana und ich waren allein.

Jana versuchte sich zu beruhigen. Endlich tat ich die erlösenden Schritte auf das Bett zu und setzte mich neben sie. Ich fühlte ein Brennen hinter den Lidern und wusste nicht, ob meine Tränen aus Erleichterung darüber kamen, dass sie aufgewacht war, oder aus Trauer über ihren Verlust, der auch meiner war. Ich nahm sie bei den Schultern und hob ihren Oberkörper sanft aus dem Kissen, und sie schlang die Arme um mich und weinte in meine Halsbeuge hinein.

»Es tut mir so Leid, was ich gestern gesagt habe«, flüsterte ich. »Ich war dumm und selbstgerecht.«

Ich spürte, wie sie den Kopf schüttelte. Auch ich empfand meine Entschuldigung als unzureichend.

»Ich hatte Angst«, begann ich nochmals, »und ich hätte es nicht ertragen ... ich dachte, wenn dir etwas zustößt ... ich dachte, es würde wieder so sein wie mit Maria ...«

Ihre Finger krallten sich in mein Wams. »Ich habe es verloren«, stieß sie undeutlich hervor, »ach, Peter, ich habe es verloren.«

»Damals, als Maria ... starb ... ich wusste es bis heute nicht genau ... ich glaubte felsenfest, dass es wieder so sein würde ... ich habe meine ganze Familie damals vertrieben; ich war überzeugt, dass es mir nicht gestattet sei, eine neue Familie zu haben ...«

Jana nickte nur und vergrub sich an meiner Schulter. Ich drückte sie eng an mich und wusste nicht, ob sie nickte, weil sie meine Gedanken nachvollziehen konnte, oder weil sie der gleichen Überzeugung war wie ich.

»Maria war damals mein Leben. Jetzt bist du mein Leben. Ich hatte solche Furcht ... ich hatte das Gefühl, du spielst mit der Gefahr, vor der ich am meisten Angst hatte ... es darf nicht wieder so enden, wie es mit Maria endete.«

Sie hob den Kopf und sah mich an. Ihr Gesicht war verschwollen und ihre Augen nass, und in der Blässe ihrer Haut leuchteten die roten Flecken auf ihren Wangen wie angemalt.

Ihre Augen liefen erneut über, als sie sagte: »Damals ist nicht nur deine Frau gestorben, sondern auch dein Kind.«

Ihre Worte versetzten mir einen Stich. Natürlich war es so,

und natürlich wusste ich es. Aber wenn ich in eine Kirche gegangen war, um eine Messe zu bestellen, hatte ich dies für Maria getan. Wenn ich eine Kerze aufgestellt hatte, um für die Seele des Kindes zu bitten, hatte ich in Wahrheit für Maria gebeten. Wenn ich an meinen Verlust dachte, dachte ich an Maria. Wenn ich mich an die Gräber hinter meinem Hof in Landshut erinnerte, sah ich Marias Grab vor mir und nicht den traurigen kleinen Erdhügel gleich daneben.

Meine Kehle schmerzte plötzlich zu sehr, als dass ich etwas hätte sagen können. Wenn ich an mein totes viertes Kind dachte, konnte ich nicht einmal an einen Namen denken; ich hatte ihm nie einen gegeben. Es war ein stilles, gewichtsloses Bündel in meinen gefühllosen Händen, ein rotes, zur Seite gefallenes Köpfchen, das mit verkniffenen Augen und einem kleinen offen stehenden Mündchen aus den verschmierten Leintüchern ragte, ein Menschenpüppchen, das nach Blut und Tod roch und gestorben war, kurz bevor es ins Leben kriechen konnte. Es hatte keinen Namen. Es hatte auch kein Geschlecht. Ich hatte nie erfahren, ob mein viertes Kind ein Mädchen oder ein Junge gewesen war.

»Hast du jemals darum geweint?«, fragte Jana.

Ich schüttelte den Kopf. Ich hatte immer nur um Maria geweint. Ich hatte immer nur um mich geweint.

»Es passiert oft, dass man ein Kind während der ersten Wochen verliert«, sagte Jana heiser. »Es hätte wahrscheinlich niemals gelebt. Etwas war von Anfang an falsch.«

»Nenn es beim Namen«, flüsterte ich und sah den Schmerz, den ich ihr mit diesen Worten bereitete. Sie begann erneut zu weinen. Ich konnte nicht anders. »Nenn es beim Namen.«

»Peter, was denn sonst?«, schluchzte sie. »Und wenn es ein Mädchen gewesen wäre: Maria.«

Ich vergrub mein Gesicht in ihrem Haar und begann ebenfalls zu weinen. Janas kraftlose Hände streichelten über meinen Rücken.

»Ich liebe dich«, stieß ich hervor, »und ich bedauere es so

sehr, dass ich dir wehgetan habe. Ich bedaure so sehr, dass du diesen Schmerz ertragen musst.«

»Es ist unser beider Schmerz.«

»Das macht ihn nicht leichter.«

»Es passiert einfach«, sagte sie nach einer Weile. »Es passiert in den ersten Schwangerschaftswochen, während der Geburt, in den ersten Lebensjahren … eine Verletzung, eine Krankheit, eine Seuche, ein Unfall beim Spielen, eine Hungersnot … diese kleinen Leben sind so zart und verletzlich und so kostbar … und Gott blickt auf die Welt hinunter und sieht, wie wenig wir dieses kostbare Geschenk schätzen, und nimmt es uns manchmal weg, weil er es selbst nicht mehr erträgt.«

Sie streichelte weiter meinen Rücken.

»Wir schicken die Kräuterfrauen an den Galgen, wenn sie eine Schwangerschaft beenden helfen, und auf den Scheiterhaufen, wenn sie eine Todgeweihte bei der Geburt retten können; wir verstoßen die Frauen, die ein Kind empfangen, ohne dass ein aufgeblasener Pfaffe seinen Segen dazu gesprochen hätte; wir stecken die elternlosen Waisen in ein Kloster, anstatt ihnen neue Eltern zu suchen; wir geben den verwahrlosten Gassenkindern Rutenhiebe anstatt eines Zuhauses; und wir benutzen unsere eigenen Kinder, um unsere Träume zu erzwingen, statt ihre eigenen Gestalt werden zu lassen. Gott hat Recht, wenn er uns straft.«

»Gott straft uns nicht«, sagte ich leise. »Er lässt es nur zu, dass wir uns selbst strafen.«

Jana richtete sich auf. Sie schwankte in meinem Griff, und ich ließ sie vorsichtig zurücksinken. Als sie auf ihrem Kissen lag, packte ich einen Zipfel der Bettdecke und rieb damit über ihre Wangen. Ein Lächeln huschte über ihre Züge. Sie hob eine eiskalte Hand und wischte mir über die Augen.

»Haben wir uns selbst gestraft?«, flüsterte sie kraftlos.

Ihre Augen schlossen sich, und ihr Kopf sank zur Seite. Ich hielt ihre schlaffe kalte Hand.

»Jeden Tag«, sagte ich, und die Tränen strömten aufs Neue

aus meinen Augen. »Jeden Tag, an dem wir uns nicht liebten.«

Ich saß noch lange an ihrem Bett. Fiuzetta kam herein, zupfte die Decke zurecht und ging wieder, und Julia kam wortlos und blass herein und holte die erkaltete Suppe ab. Ich hielt immer noch Janas Hand, ohne mir dessen bewusst zu sein, und sah auf ihr Gesicht hinunter, dessen Züge mir in den letzten drei Jahren vertrauter geworden waren als meine eigenen: die fein geschwungenen Brauen über den dichten, dunklen Wimpern, ihre kecke Nase, über die sie stets lamentierte, sie sei zu groß; ihre Lippen, die sie spitzte, wenn etwas sie amüsierte, und zu einem weißen Strich zusammenpresste, wenn die Wut sie überkam, und von denen sie fand, sie seien zu schmal. Ihre hoch angesetzten Wangenknochen, über die sie mit ungeduldigen Fingern zu streichen pflegte und sagte, sie gehörten weiter nach unten, damit ihr Gesicht runder würde. Ihr honigfarbenes Haar, das sie zu dunkel fand, um blond, und zu hell, um brünett zu sein. Ihre ganzen vermeintlichen Makel, die sie zu einer Schönheit machten und deren jeder meine Liebe zu ihr vervielfachte.

Ich saß neben ihr in einer Stille, wie sie noch nie zwischen uns geherrscht hatte, und spürte eine Liebe, die noch nie tiefer gewesen war, und trauerte um jeden Tag, an dem ich sie diese Liebe nicht hatte spüren lassen.

Schließlich kam Fiuzetta wieder herein und legte mir die Hand auf die Schulter. Ich sah zu ihr auf und fühlte mich dabei so alt, als sei ich ihr Großvater.

»Sie schläft jetzt«, sagte sie. »Der Kampf ist vorüber. Sie kann nun ausruhen.«

»Ja«, erwiderte ich, »der Kampf ist vorbei.«

»Sie hat tapfer gestritten.«

Ich lächelte matt. »Sie hatte einen treuen Knappen und eine gute Waffe: dich und deine Suppe.«

Ich stand auf und ließ es zu, dass sie mich an der Hand

nahm und aus dem Raum führte. Draußen auf dem Flur vor der Kammer blieb sie stehen und deutete nach unten.

»Du musst essen und trinken. Giulia hat etwas zubereitet. Trink Wein und lache mit dem schwarzen Mann.«

»Ich kann nicht lachen, Fiuzetta. Ich habe zu sehr geglaubt, unser Streit von gestern wäre das Letzte, was Jana und ich zueinander hatten sagen können.«

»Gianna wird gesund«, sagte sie einfach. »Du kannst ihr sagen, dass es dir Leid tut, sooft du willst, wenn sie wieder wach ist. Es macht aber ohnehin keinen Sinn. Wenn sie wieder wach ist, denkt ihr an morgen, nicht an gestern.«

»Ich fürchte, Jana wird glauben, es gäbe kein Morgen mehr.«

Fiuzetta winkte ungeduldig ab. »Das sind Worte eines Mannes mit leerem Magen und leerem Kopf. Es gibt immer einen Morgen, auch nach einer ganz dunklen Nacht.« Sie schob mich an, bis ich von selbst die ersten Treppenstufen hinunterstolperte.

»Und du?«, rief ich über die Schulter. »Hast du keinen Hunger?«

»Ich habe schon gegessen, gerade eben. Giulia kocht gut. Jetzt geht der Knappe zurück zu seiner Herrin.« Sie zwinkerte mir zu.

Schließlich gab ich nach und trottete in die Schankstube hinunter, während Fiuzetta in die Kammer zurückkehrte, um den Schlaf zu bewachen, der Jana von der Schwelle des Todes ins Leben zurückbringen würde. Zweifellos würde sie ihre sanfte Hand auf Janas Stirn legen, wenn ein Traumgesicht ihren Schützling quälte, und so die Schrecken des Schlafes verscheuchen. Ich spürte ihr gegenüber eine Dankbarkeit, die kaum in Worte zu fassen war. Wenn ich noch nicht gewusst hätte, dass Fabio Dandolo ein herzloser Narr war, dann wäre es mir spätestens jetzt klar gewesen.

In der Küche klapperten Töpfe: Julia. Clara und Michael Manfridus hingegen waren nirgends zu sehen. Trotz Fiuzettas

Aufforderung verspürte ich keinerlei Hunger. Die erste Krise war vorüber, und ich betete stumm, dass Janas Genesung weiter voranschreiten möge. Aber auch danach würde das Thema noch nicht erledigt sein. Vieles war gesagt worden in diesen kostbaren Augenblicken, in denen Jana erwacht war und ihr Körper sich dazu entschieden hatte, weiterzuleben; noch mehr war nicht gesagt worden. Mir war klar, dass diese Schwangerschaft, so kurz sie auch gewesen war, keine kurzfristige Leidenschaft darstellte. Jana wünschte sich ein Kind°– und meine Angst flackerte auf, wenn ich nur daran dachte. Doch es stand mir nicht zu, ihr diesen Wunsch auszureden oder gar abzuschlagen. Es war mir ohnehin nicht möglich; wie sollte ich Letzteres bewerkstelligen? Nicht mehr mit Jana das Bett teilen? Ich liebte sie, und diese Liebe war nicht ausschließlich das ferne Sehnen, das die Troubadoure früherer Zeiten besungen hatten (und sich°– bis auf wenige überspannte Ausnahmen°– selbst nicht daran gehalten hatten). Ihre Umarmungen, ihre Küsse, ihre Leidenschaft zu teilen, unsere gemeinsame Erregung, die uns von unsicheren Anfängen in eine heiße gegenseitige Erfüllung geführt hatte, die uns jede falsche Scham vergessen und bei jedem Liebesakt jeden Zentimeter unserer Körper neu entdecken ließ: Es gehörte zu unserer Liebe wie das Wissen, dass der eine die bessere Hälfte des anderen war. Und es gehörte, das gestand ich mir unglücklich ein, auch dazu, dass Gott es so gerichtet hatte, dass aus der Leidenschaft der Liebe neues Leben erwachsen konnte. Jana wünschte es sich, und sollte sie nochmals schwanger werden, dann würde ich jeden Tag bis zur Geburt tausend Tode sterben.

– Und wenn das Kind erst auf der Welt ist, auch.

Jana hatte Recht: Jedes Leben lag in Gottes Hand, und besonders das der Kinder liebte der Herr manchmal wieder zu sich zu rufen. Doch wie sollte ich jeden Tag mit dieser Furcht existieren können? Ich verließ die Schankstube und trat auf die Straße hinaus.

Moro hatte wie üblich seinen Beobachtungsposten neben der Tür bezogen. Als er mich sah, nickte er mir zu, rückte beiseite und ließ mir genügend Platz, um mich neben ihn an die sonnenwarme Wand der Herberge lehnen zu können. Ich nahm seine Einladung an und fragte nicht erst danach, ob es nicht seltsam aussehen würde, wenn ich in schöner Eintracht neben einem Sklaven an der Mauer lehnte und das Treiben auf der Straße beäugte.

Moro warf mir einen Seitenblick zu und wandte sich dann wieder ab.

»Wenn man draußen auf dem Lido steht«, sagte er nach einer Weile, »kann man sehen, wie das Meer sich gegen das Land wirft. Welle um Welle kommt angerollt, bringt Nahrung für die Krebse und kleinen Fische, die im seichten Wasser leben, bringt leere Muschelschalen für die Kinder und Treibholz für die Armen, die es dankbar aufsammeln, bringt die Fischschwärme von weit draußen, von denen die Fischer in ihren Booten leben. Tag für Tag trägt das Meer das heran, was die Menschen an seiner Küste brauchen. Es ernährt sie, beschützt sie und bereitet ihnen Freude. Manchmal bringt es jedoch auch etwas Schreckliches heran, ein Ungeheuer, das irgendwo in den Tiefen des Meeres sein Ende gefunden hat und aufgeschwemmt und stinkend ans Ufer geworfen wird, und manchmal gehen die Wogen so hoch, dass die Fischerboote zerschlagen werden und die Leichen der Fischer für immer auf den Grund sinken. Danach ist es wieder so friedlich wie zuvor.«

Er warf mir abermals einen Seitenblick zu und kratzte sich dann am Kopf. »Wenn mich jemand auffordern würde, das Wesen der menschlichen Existenz zu beschreiben, würde ich es mit dem Meer vergleichen. Die Dünung unseres Lebens trägt immer das an uns heran, was für uns wichtig ist; aber manchmal gerät dieser Rhythmus ein wenig durcheinander und spült uns Geschehnisse entgegen, die wir nicht verstehen können und die uns weh tun. Vielleicht muss das auch so sein und dient einem höheren Zweck, so wie die Aasvögel sich vom Kadaver des Ungeheuers ernähren, und wir verstehen es bloß nicht. Es lässt sich aber auch nicht ändern, genauso wenig wie wir das Meer beeinflussen können, uns nur das zu geben, was wir wünschen.«

»Jana wird leben«, sagte ich.

Er nickte wieder und machte eine ernste Miene. »Ich wusste es noch nicht.«

»Ich danke dir für deine Worte. Sie waren in dieser Lage ebenso angebracht, als wenn sich alles zum Bösen gewendet hätte.«

Er verzog sein Gesicht zu einem Grinsen. Nach einer Weile schlug er mir plötzlich gegen den Arm und lachte lauthals. »Sie wird leben!«, rief er. »Warum ziehen Sie dann ein Gesicht, als hätte die Katze ihre Fische gefressen?«

»Es ist nur ein Aufschub«, seufzte ich.

»Sie will ein Kind, und ich habe noch keine Frau gesehen, die nicht früher oder später diesen Wunsch verspürte. Gott hat die Frauen zum Gefäß für das Leben gemacht. Wir Männer sind bloß der Funke, der den Prozess in Gang setzt. Wir haben gar kein Recht, uns dem zu widersetzen. Und wir sollten uns freuen, dass auch wir Anteil daran haben, neues Leben zu schaffen.«

»Moro, du hast Ansichten, die nicht unbedingt mit den gültigen Erkenntnissen der menschlichen Anatomie übereinstimmen.«

Er lachte so laut, dass ein paar Vorbeigehende sich umdrehten und unwillkürlich grinsen mussten.

»Ich habe mal einem Arzt über die Schulter geblickt, als er ein Buch konsultierte, um sich daraus Rat zu holen. Ich sage Ihnen, was ich da an Zeichnungen der menschlichen Anatomie gesehen habe, könnte Ihnen jeder Landsknecht widerlegen, der gerade seinem Gegner den Bauch aufgeschlitzt hat. Entschuldigen Sie den widerwärtigen Vergleich. Abgesehen davon«, er schüttelte belustigt den Kopf, »braucht es nicht die gültigen Erkenntnisse der menschlichen Anatomie, um zu verstehen, wie Gott das Leben gewollt hat.« Er tippte sich auf die Brust. »Gottes Pläne erfasst man nicht mit dem Kopf, sondern mit dem Herzen.«

»Ich wünschte, ich könnte erfassen, welche Pläne Gott für mein Leben gemacht hatte, ganz egal, mit welchem Körperteil.«

Moro wurde wieder ernst. »Ich weiß. Sie scheuen vor dem Gedanken zurück, dass Ihre Gefährtin erneut schwanger werden könnte. Sie haben Angst, dass es schief gehen wird. Mehr als jetzt. Denken Sie an das Meer. Nach einem Sturm ist es meistens lange Zeit ruhig.«

»Das gilt nicht immer. In meinem Leben wüten besonders viele Stürme.«

»Das glauben Sie bloß. Es gibt Menschen, die sehen in einen strahlend blauen Himmel und sagen: Wahrscheinlich wird es in einer Stunde regnen.«

»Für so einen Menschen hältst du mich?«

Er tat so, als würde er mich abschätzen, mit all der Unverfrorenheit, die sein Dasein als Sklave ihm erlaubte, aber noch mehr mit der Offenheit, von der er wusste, dass er sie sich im Umgang mit mir erlauben konnte. Ich dachte einen Moment belustigt: Ich bringe nicht mal einen Sklaven dazu, einfach »Ja, Herr!« zu mir zu sagen. Doch ich wusste, dass ein Mensch, dem ich nicht mehr zu sagen gestattete, es niemals für wert gehalten hätte, mich zu trösten und zu versuchen, mir die Zukunft wieder schmackhaft zu machen.

»Nein«, verkündete Moro entschieden. »Sie gehören zu denen, die in den blauen Himmel blicken und sagen: Hoffentlich bleibt es so.«

»Und zu welchen Menschen gehörst du?«

»Ich sehe in den blauen Himmel und sage: Danke für diesen Anblick.«

»Und wenn der Himmel grau wäre, würdest du dasselbe sagen.«

»Natürlich.«

Ich sah mich um. Mein Blick fiel auf zwei Gassenjungen, die unweit der Herberge an einer Hausecke lauerten und jeden Menschen, der mit einer Last daherkam, baten, ihm für Geld diese abnehmen und eine Weile tragen zu dürfen. Die meisten schlugen das Angebot aus. Vermutlich sahen sie im Geiste, wie ihre Habe auf zwei mageren Jungenbeinen schneller davonrannte, als sie hinterherhecheln konnten. Ein Kleriker erlaubte ihnen, seine Kutte hochzuheben und über eine Stelle zu tragen, an der ein Lastesel seinen Därmen Erleichterung verschafft hatte; sein Lohn bestand jedoch lediglich aus einem Segen. Die Jungen nahmen ihn knieend an und verbargen ihre ärgerlichen Gesichter unter gesenkten Häuptern.

»Was ist mit denen da?«, fragte ich Moro. »Zu welcher Kategorie, glaubst du, gehören sie? Sie haben keine Zukunft, keine Freunde, keine Hoffnung.«

»Selbstverständlich zur gleichen Kategorie wie ich. Sie sind dankbar für den Augenblick, der ihnen etwas zu essen, einen trockenen Unterschlupf, ein Almosen oder ein freundliches Lächeln bringt. Sie verschwenden keine Zeit, daran zu denken, wie es nachher sein könnte. Und glauben Sie bloß nicht, diese kleinen Kerle leben ohne Hoffnung. Hoffnung ist es, die ihnen über die weniger schönen Augenblicke ihres Lebens hinweghilft.«

Ich verzichtete darauf, ihn zu fragen, wie seiner Meinung nach Gottes Plan für diese Ausgestoßenen lautete. Ich konnte mir die Antwort selbst geben: Gott wollte, dass die Menschen sich ihrer annahmen, aber die Menschen waren zu tief in ihre eigenen Pläne verstrickt, um dies zu erkennen.

Die Jungen erhoben sich und nahmen ihren Lauerposten wieder ein. Der Kleriker ging weiter seiner Wege. Das Rückenteil seiner eleganten schwarzen Kutte war plötzlich über und über mit Eselsdung beschmiert. Ich wusste nicht, wie die Burschen das angestellt hatten. Der Kirchenmann wusste nicht einmal, dass es überhaupt geschehen war. Er würde sich auf seinem Weg die ganze Zeit über wundern, wieso er den Gestank nicht aus der Nase bekam.

Jetzt erst fiel mir auf, dass ich einen der beiden Gassenjungen kannte: Maladente.

»Wie lange treiben sich die beiden schon hier herum?«, fragte ich Moro.

»Sie waren schon da, bevor Sie herauskamen.«

Als Maladente mir einen Blick zuwarf und gleich wieder das Gesicht abwandte, wurde mir klar, dass die Jungen auf etwas warteten. Auf mich? Ich rief Maladentes Namen, und er blickte wieder auf; doch als ich ihn heranwinkte, wandte er sich ab und machte keine Anstalten, meiner Geste zu folgen.

»Sie haben Angst vor dir, Moro«, sagte ich.

Er verzog den Mund. »Das kann schon sein. Ich verjage immer wieder mal ein paar von ihnen vor der Herberge. Sie belästigen die Gäste von Herrn Manfridus.«

»Sie sind arme Kerle; sie betteln nur.«

»Und schneiden die Börse ab, ja. Aber ich gebe Ihnen Recht. Sie *sind* arme Kerle. Wenn ich sie von hier vertrieben habe, bringe ich nachher meistens etwas zu Essen in irgendein leer stehendes oder verfallendes Haus, in dem sie sich verstecken.«

»Dann dürften sie eigentlich keine Furcht vor dir haben.«

»Ich lasse mich dabei natürlich nicht von ihnen sehen. Wenn sie merken, dass ich gar nicht so wild bin, wie ich tue, kann ich sie doch nicht mehr davonjagen. Sie würden mich auslachen.«

Maladente machte einen ungeduldigen Eindruck. Er ballte eine Hand zur Faust und hieb auf den Boden, dann warf er mir wieder einen seiner kurzen Blicke zu. Moro sah von ihm zu mir und seufzte.

»Ich muss mich mal dringend drinnen umsehen«, sagte er und setzte sich in Bewegung. Bevor er die Schankstube betrat, wandte er sich noch einmal um. »Sie wissen vermutlich, was die Burschen bewegt.«

»Ich ahne es.«

»Seien Sie vorsichtig. Es wäre nicht das erste Mal, dass jemand sie zu einer Sache missbraucht, die nachher schlecht ausgeht.«

»Für wen?«

»Für alle außer dem, der sie geschickt hat.«

»Ich glaube, sie wollen mir etwas mitteilen. Ich werde vorsichtig sein.«

»Solange Sie wissen, was Sie tun... Sollten Sie einmal das Gefühl haben, es nicht mehr zu wissen, dann kommen Sie bitte zu mir.«

Ich lächelte und nickte. Er verschwand in der Schankstube. Ich blieb an meinem Standort und winkte Maladente nochmals zu. Er hatte Moros Abgang aus dem Augenwinkel verfolgt und schien erleichtert; aber er zögerte immer noch, näher zu kommen. Ich dachte, dass er und sein Freund den Platz vor der Herberge vielleicht als verbotenes Territorium betrachteten, und ging auf sie zu. Sie sprangen in die Höhe und traten nervös von einem Bein auf das andere. Es war, als wollte man sich an einen streunenden Hund heranmachen, um ihm einen Knochen zu spendieren; sie traten hin und her und wandten die Köpfe und zuckten und machten einen halben Schritt zurück und einen halben vorwärts und spitzten die Ohren und wanden sich und waren von der Angst gleichermaßen beherrscht wie vom Bedürfnis, ihre Botschaft loszuwerden. Schließlich rannte Maladente ein paar Schritte auf mich zu und rief:

»Fratellino!« Er deutete auf mich und machte mit einer Hand Bewegungen wie ein quakender Entenschnabel.

»Fratellino will mit mir sprechen?«

Maladente nickte.

»Wo? *Dove?*«

Er schüttelte den Kopf und dachte nach.

»Caterina«, erklärte er schließlich.

»Er will mich bei Caterina treffen?«

»No, no! Du«, Handbewegung, »Caterina. *Si?* Caterina zu Fratellino. Fratellino«, Handbewegung, »zu Caterina, Caterina zu dir. *Si?*«

»Ich soll Caterina fragen, was ich von Fratellino wissen will. Sie geht zu ihm und teilt es ihm mit. Er antwortet, und sie trägt mir seine Antworten zu. Richtig?«

Es war zu kompliziert für ihn. Er zuckte mit den Schultern. Sein Freund sah dem mühsamen Gespräch gespannt zu. Ich ging davon aus, dass ich ihn richtig verstanden hatte.

»Si«, sagte ich. *»Ho capito.«*

Er grinste und zwinkerte mir zu. »Fick dich.« Ich nahm an, es war als Kompliment gedacht.

Ich warf ihm eine Münze zu, die er im Flug auffing. Dann schleuderte ich seinem Freund eine weitere zu, der sie mit der gleichen Geschicklichkeit schnappte.

Die beiden rannten davon, so schnell ihre Beine sie trugen.

6

Jana schlief noch immer, und ihr Gesicht zeigte ebenso wenig Farbe wie zuvor, aber Fiuzetta lächelte mich an. Jana schien ihrer Gesundung weiter entgegenzuschlummern.

Ich teilte Fiuzetta mit, dass ich nochmals außer Haus müsste, was diese mit einem Schulterzucken quittierte. Ich war sicher, dass sie bei Jana wachen würde, selbst wenn ich erst in der Nacht zurückkehren sollte. Als ich mich zum Gehen wandte, fiel mir noch etwas ein.

»Fiuzetta, wie lange warst du bei Rara de Jadra?«

»Zu lange«, sagte sie prompt.

»Wie meinst du das?«

»Nichts, nichts. Es war nur so dahingesagt.«

»Als ich gestern dort war, fielen mir zwei Dinge auf: Die kleinen Mädchen waren eingeschüchtert, die älteren schienen eine Abneigung gegen mich zu hegen – obwohl ich kein Wort zu ihnen gesagt hatte.«

Wieder zuckte Fiuzetta lediglich mit den Schultern.

»Wenn ich nun sagen würde, Rara bietet den Mädchen zwar ein Dach über dem Kopf und kleidet sie ein, kümmert sich ansonsten aber nicht um sie und versucht, sich mit den Spenden der Reichen das Leben so leicht wie möglich zu machen, träfe diese Vermutung zu?«

Fiuzetta dachte lange nach, ohne mich anzusehen. Schließlich sah sie von Janas Bett zu mir auf. »Nein«, sagte sie, »es könnte nicht falscher sein.«

»Sie hatten kein Glück mit den Mädchen, die aus der Hand der Piraten befreit wurden, habe ich Recht?«, fragte ich Rara, als ich ihr wieder gegenübersaß. Diesmal befanden wir uns allein in ihrem ärmlichen Saal. Die Mädchen waren nicht an der Tür gewesen, und die Hausarbeiten lagen unberührt auf den Truhen, auf denen sie gestern gesessen hatten. Das Haus war so still, als ob außer Rara und mir niemand da gewesen wäre. Rara sprach mit leiser Stimme, und auch ich dämpfte meine Lautstärke. Wie es schien, herrschte im Haus der Rara de Jadra zurzeit Mittagsruhe. Rara dachte eine Weile nach.

»Nein, der Kommandant der *Aquila* wollte sie nicht verkaufen«, sagte sie dann. »Scheinbar haben ihm die ehrbaren Bürger dieser Stadt ihren Dank in so harter Münze gezollt, dass er auf das Geld nicht mehr angewiesen war.«

»Warum haben Sie die beiden Muslime nicht freigekauft?«

Rara sah mich an. »Sie wissen gut darüber Bescheid, was gestern vor sich gegangen ist.« Sie lächelte. »Ich hatte aus Ihren Worten geschlossen, dass Sie dem Verkauf von Menschen nicht beiwohnen wollten. Waren Sie doch noch im Zelt des *provveditore*, ohne dass ich Sie gesehen hätte?«

Ich schüttelte den Kopf. »Nur, was man so hört.«

Sie nickte und lächelte hintergründig, eine Reaktion, die ich nicht einschätzen konnte.

»Wäre es möglich, dass ich nochmals mit Caterina spreche?«

»Wozu das denn? Wenn sie etwas von ihrem Bruder gehört hätte, wäre sie sicherlich auf mich zugekommen.«

»Nun, es ist so, dass ich etwas von ihrem Bruder gehört habe.«

»Tatsächlich?«

»Er ist immer noch sehr misstrauisch, aber wenn ich ihm ein wenig Geld zukommen lasse, taut er vielleicht auf.«

»Caterina soll die Botin sein?«

»So dachte ich es mir.«

»Sie sind sehr hartnäckig, was den Jungen angeht. Jeder andere hätte ihn längst vergessen.«

»Wenn man etwas als Christenpflicht erkannt hat, soll man nicht davon abweichen.«

»Ich kann Ihnen nicht helfen. Caterina ist nicht mehr hier.«

Ich starrte sie ungläubig an.

»Ein gottesfürchtiger Mann hat sie in seinen Haushalt aufgenommen. Er hat sie erst zweimal gesehen, aber war so angetan von ihrer scheuen Art, dass er sogar erwägt, sie wie sein eigenes Kind anzunehmen.«

»Das ist… ich fasse es nicht. Das Mädchen hat unglaubliches Glück.«

»Gott lenkt alles zum Besten.«

»Können Sie mir den Namen des Mannes sagen, der Caterina aufgenommen hat?«

»Natürlich nicht.«

»Es wäre sehr hilfreich für mich und mein Gelübde, ihrem Bruder zu helfen.«

»Ich werde Ihnen den Namen nicht mitteilen. Abgesehen davon hätte es keinen Sinn. Er wird in wenigen Tagen in seine Heimat zurückkehren und das Mädchen mitnehmen.«

»Schade. Ihre Diskretion verhindert eine gute Tat.«

Rara nickte erneut. »Wissen Sie«, sagte sie fast träumerisch, »die Verkaufsverhandlungen für die armen Seelen, die die *Aquila* aus den Händen der Piraten befreit hatte, waren seltsam. Der *provveditore* bot natürlich zuerst die kleinen Jungen an, damit das Geschäft anlief. Die guten Mönche des Humiliatenklosters von Madonna dell'Orto hatten ihren Kämmerer geschickt, und der überredete den *provveditore* schließlich, die Jungen dem Kloster zu übergeben°– so als wären sie Waisen, die man in die Obhut der Mönche gibt: *pueri oblati*, dargebrachte Knaben. Er versprach, den *provveditore* dafür das ganze folgende Jahr in die Gebete einzuschließen.«

»Ich kenne die Regelung so, dass man dem Kloster Geld gibt, damit es die Knaben nimmt.«

Rara ging nicht auf meinen Einwand ein. Sie sah mir mit

ihrem immer noch merkwürdigen Lächeln geradewegs ins Gesicht. »Das Ganze war für die paar Zuschauer, die außer den Kaufinteressenten gekommen waren, eher langweilig, und die meisten verließen das Zelt. Als die zwei Muslimweiber an die Reihe kamen, wurde es noch langweiliger. Niemand wollte sie haben. Alle warteten darauf, welche Preisvorstellungen der *provveditore* für die beiden Mädchen haben würde. Als er endlich damit herausrückte, dass sie nicht zum Verkauf standen, waren nur noch ein paar bekannte Sklavenhändler und ich in seinem Zelt. Er hatte es natürlich ganz geschickt gemacht°– wenn er es gleich zu Anfang zugegeben hätte, wäre niemand gekommen. Er hat die beiden Muslime zwar trotzdem nicht verkauft, aber so hatte er wenigstens eine Chance, dass der eine oder andere sie erstand, weil er den Aufwand nicht umsonst auf sich genommen haben wollte.«

»Der Wert eines Menschen kann also auch auf den Status eines Ladenhüters sinken«, sagte ich grimmig.

»Wie ich schon sagte, war das alles für unbeteiligte Zuschauer vollkommen unergiebig. Ich kann freimütig erzählen, dass die Stunden, die ich in dem Zelt verbrachte, vergebens waren. Keiner der Sklavenhändler, die dabei waren, würde es zugeben°– wenigstens nicht in einer Schankstube oder auf der Gasse, sodass man es sich herumerzählen würde. Für ganz Venedig bis auf vier oder fünf Leute wurden die Gefangenen gestern verkauft.«

Sie schwieg und zeigte mir nach wie vor ihr Lächeln. Langsam dämmerte mir, was sie mir sagen wollte. »Ich kann gar nicht wissen, was ich weiß, habe ich Recht?«

Rara zuckte mit den Schultern. »Sicherlich haben Sie eine gute Erklärung dafür.«

Ich erwiderte ihren Blick, ohne zu antworten. In den Jahren meines Daseins als Kaufmann habe ich nicht viel gelernt, aber eines der wenigen Dinge, die ich mir angeeignet habe, ist, mit einem nichts sagenden Lächeln und festen Auges auf eine Frage zu reagieren, die man nicht beantworten will. Nach einer Weile wich Rara aus. Sie tarnte es, indem sie aufstand und ihr Kleid glatt strich.

»Sie kommen in mein Haus. Sie erzählen mir eine Lüge nach der anderen. Sie wollen, dass ich Ihnen helfe, doch Sie erachten mich nicht einmal der Wahrheit für wert.« Sie wandte sich ab und ging zu einem der Fenster, die auf die Straße hinausführten. Sie hob den Arm und winkte. »Ich möchte, dass Sie gehen.«

In der Stille des Hauses hörte ich, wie jemand über den Innenhof stapfte und die Treppe heraufkam. Ich erhob mich ebenfalls.

»Eine Frau wie Sie braucht keinen Beschützer, der auf der Straße draußen wartet, ob er jemanden am Kragen packen und hinausschleifen muss.«

Ihr Rücken blieb mir zugewandt, als sie leise sagte: »Und ich dachte, ein Mann wie Sie hat es nicht nötig, zu Lügen Zuflucht zu nehmen.«

Die Tür zum Saal öffnete sich, und ein Gebirge von einem Mann trat ein. Seine Haare waren eingeölt und straff zu einem Zopf zusammengebunden, der auf seinem Scheitel saß wie eine fettige Blume auf einer dicken Pflanzenknolle. Sein Gesicht war pockennarbig und seine Zähne schlecht. Er entblößte sie dennoch zu einem Grinsen, das einen ganzen Frauenkonvent kreischend in die Flucht geschlagen hätte. Er trug eine Art Weste, die einem kleineren Mann eng gewesen wäre und mehr eine Dekoration für den Muskelberg darstellte, der sein Oberkörper war, als dass man sie als Bekleidung hätte werten können. Die Hosen waren eng und gestreift und liefen im Schritt in einer ledernen Schamkapsel zusammen, deren Ausmaße die mutigsten des Frauenkonvents vielleicht wieder angelockt hätten. Unterhalb der Knie verschwanden die Hosenbeine in hohen Stiefeln, die aussahen, als würden sie ihrem Besitzer vierundzwanzig Stunden am Tag treu an den Füßen bleiben.

»Ursino«, sagte Rara auf Venezianisch, »er möchte gehen.«

Ursino grunzte etwas zur Antwort und machte eine einladende Geste zur Tür hinaus. Ich marschierte ohne Widerrede vor ihm her die Treppe hinunter. Ich hörte sie unter seinem Gewicht ächzen, als er mir folgte. Ursino brachte mich bis zu der *sottoporthega*, die auf den Campo San Simeòn Propheta hinausführte, dann deutete er in die Richtung, die zum Haus Raras genau entgegengesetzt war, und brummte etwas, dessen Inhalt ich nicht verstand. Die Aussage war dennoch klar: Sollte ich vorhaben, nochmals herzukommen, würde ich einer Darstellung seiner Künste im Gliederausreißen beiwohnen dürfen.

»Ursino«, sagte ich freundlich, »ich wette, du hast sogar noch im Kopf einen Muskel statt des Gehirns.«

Er nickte und schenkte mir wieder sein Raubtierlächeln. Ich drehte mich um und ging in die Richtung, in die er zeigte. Alles andere wäre mir als Spiel mit meinem Leben erschienen. Er beobachtete mich, bis ich auf den *campo* hinaustrat und aus seinem Blickfeld geriet.

Ich hätte Rara die Wahrheit sagen können. Ich hatte es nicht getan. Der Grund dafür war, dass ich mich erneut beobachtet gefühlt hatte. Die Handschuhe, die gestern auf einer der Truhen gelegen hatten, waren verschwunden. Das musste nichts bedeuten, mein Gefühl wurde ich dennoch nicht los. Und falls ich es infrage gestellt hätte, dann waren diese Zweifel spätestens dann verschwunden, als Ursino in den Saal trat. Selbstverständlich hatte ich sein Gesicht nie gesehen, aber seine Kleidung, seine Haartracht und seine Haltung hatten mich an etwas erinnert: an jene Männer, die die Besatzung einer gewissen heruntergekommenen Kogge an der Riva degli Schiavoni bildeten.

Ich machte mich auf den Weg zum Fondaco dei Tedeschi. Ich hatte keinen Zweifel daran, wie der Name des Mannes lautete, der Caterina aufgenommen hatte und den Rara mir nicht verraten wollte: Heinrich Chaldenbergen.

7

Ich stellte fest, dass ich mich langsam daran zu gewöhnen begann, wie man in Venedig am besten vorankam. Ich marschierte über den Campo San Simeòn Propheta bis zu der kleinen Brücke, bog dort links ab und wanderte auf der *fondamenta* weiter, bis ich sicher sein konnte, dass ich aus Ursinos Blickfeld verschwunden war. Dann hielt ich Ausschau nach einem möglichst unbesetzten Boot. Ich fand eines der flachen, schmucklosen Transportboote, dessen *barcaiulo* Heuballen beförderte, und schaffte das Verständigungsproblem sowie den Umstand, dass er eigentlich ganz woanders hinwollte, mit einer generösen Gabe aus meiner Börse aus der Welt. Wir gaben uns die Hände, und ich hatte einen Bootsführer, der mich zum Fondaco dei Tedeschi rudern würde.

Im nördlichen Abschnitt des Canàl Grande drängten sich die Paläste der reichen Familien dicht an dicht. Die Boote, die an den hölzernen Piers vor den schmucken Fassaden festgemacht waren oder an bunten Stangen hingen, die jemand in den Grund des Kanals getrieben hatte, waren so prächtig herausgeputzt wie bei uns zu Lande die Pferde und Kutschen der wohlhabenden Adligen. In manchen von ihnen saßen livrierte Männer auf Warteposten: persönliche Ruderer, die sich auf Abruf bereithielten, um ihre Herren ohne Verzögerung an ihr gewünschtes Ziel zu bringen.

Nach einer Weile tauchte auf dem nördlichen Ufer ein geradezu bestürzend schönes Haus auf, ein zweistöckiger *palazzo*, dessen einzelne architektonische Teile vergoldet waren oder in Rot und Blau erstrahlten. Die korinthischen Säulen der Loggien im Eingangsbereich und im ersten und zweiten Geschoss darüber trugen jeweils unterschiedliche Maßwerke; Spitzbögen im Erdgeschoss, ein durchbrochenes Gitter aus gedrungenen Vierpassöffnungen im ersten und ein strenges, schlankes Kreuzmuster im zweiten Geschoss, die beide die prächtige Arkadenreihe im ersten Stock des Dogenpalastes nachzuahmen schienen. Auf der rechten Seite der Hausfassade befanden sich sechs Fensteröffnungen, Kielbögen mit gezopften Rahmen und kleinen Balkonen davor.

Auf einem dieser Balkone stand ein junges Mädchen und betrachtete den Schiffsverkehr auf dem Kanal. Sein Haar war unnatürlich kurz für sein Geschlecht und sein Gesicht von der Manie des Ausrasierens der Augenbrauen und der Stirnpartie verschont geblieben. In seiner markanten Zartheit wirkte es androgyn. Dann richtete sich das Mädchen aus der vornübergebeugten Position auf und streckte sich, und ich sah, dass es sich um einen Knaben handelte. Vor der bunten Fassade war er wie eine Erscheinung, die in keinen anderen Rahmen gepasst hätte. Über die Distanz hinweg schien es, als fiele sein Blick auf mich, und ich starrte ihn versteinert an, bis das beunruhigende Gefühl verschwand, mit jemandem einen Blick zu wechseln, der mehr als fünfzig Mannslängen entfernt aus dem zweiten Geschoss eines Gebäudes herunterblickt. Er wandte sich ab und verschwand hinter wehenden Vorhängen. Er hatte nicht mehr als ein langes weißes Hemd getragen, wie jemand, der gerade sein Bett verlassen hatte, um auf den Balkon zu treten und frische Luft schnappen zu können.

Schräg gegenüber stand auf einem geräumigen freien Platz eine schlichte Markthalle, deren Arkaden das Geschrei unter ihrem Dach bis hinaus auf den Kanal leiteten. Starker Fischgeruch wehte herüber. Die Boote lagen dort so dicht aneinander, dass es von fern wie ein Bootsfriedhof aussah, auf dem die unnütz gewordenen Fahrzeuge achtlos übereinander geworfen waren. Mein Bootsführer steuerte in die nördliche Kehre des Canàl Grande hinein, änderte die Richtung und glitt leicht an die Anlegestelle am jetzt westlichen Ufer des Kanals, zu Füßen der Rialto-Brücke. Ich stieg aus und sah ihm zu, wie er wieder ablegte und mit eleganten Manövern in die jenseitige Fahrrinne hinüberruderte, um nun der Verpflichtung nachzukommen, von der ihn die lockere Börse seines unverhofften Passagiers kurzfristig abgelenkt hatte. Vor dem imposanten Bau des Fondaco dei Tedeschi am jenseitigen Ufer tauchte er im Gewimmel der anderen Fahrzeuge unter. Zwei Männer näherten sich mit ihrem Boot der Anlegestelle, und ich trat beiseite, damit sie anlanden konnten. Sie nickten mir zu. Dann betrat ich die Brücke und bereitete mich innerlich auf meinen Auftritt in der Zunftniederlassung der deutschen Kaufleute in der Lagunenstadt vor.

Wie bei den Wohnhäusern der reichen Patrizier hatte auch der deutsche Handelshof einen großzügigen Eingang zum Wasser hin. Die Boote wimmelten dort kaum weniger dicht durcheinander als vor dem Fischmarkt. Ich überquerte die Rialto-Brücke, wandte mich nach links und balancierte über die kleinen hölzernen Landungsstege vor der Fassade des Fondaco, bis ich im Haupteingang stand. Um mich herum gaben ankommende Händler ihren Trägern Anweisungen oder schleiften die zum Schutz gegen das Wasser in gewachste Tücher eingeschlagenen Ballen mit ihren Waren eigenhändig nach drinnen. Teuer gekleidete Botschafter reckten sich und gaben sich wie die Vertreter ganzer Herzogtümer. Der Eingang war wie der Torbau einer Festung, tief und dunkel und voller Männer, die jeden Ankommenden in Empfang nahmen, bevor er auf eigene Faust in den Innenhof des Gebäudes eindringen konnte. Auch auf mich bewegte sich einer zu.

»Was kann ich für Sie tun?«, fragte er freundlich.

»Ich benötige nur eine Auskunft.«

Er zog die Augenbrauen hoch. »Das ist nicht üblich.«

»Ich möchte einen Mann namens Heinrich Chaldenbergen sprechen; er stammt aus Lübeck und ist hier im Fondaco angemeldet.«

»Weiß er, dass Sie kommen?«

»Nein.«

»Dann kann ich Ihnen leider nicht helfen.«

»Erklären Sie mir einfach, wo ich sein Logis finde, dann helfe ich mir selbst.«

»Das ist mir nicht gestattet.«

»Dann schicken Sie jemanden zu ihm. Er kennt mich von Enrico Dandolo, einem hiesigen Kaufmann. Lassen Sie ihm das ausrichten.«

»Tut mir Leid, dafür ist im Moment keine Zeit. Wir haben alle Hände voll zu tun.« Er machte eine ungewisse Geste über seine Umgebung hinweg.

»Meine Güte, dann lassen Sie mich selbst gehen. Er wird bestimmt nichts dagegen haben.«

»Ich bedauere.« Er sah sich bereits nach jemandem unter den Ankömmlingen um, der eine lösbare Aufgabe darstellte.

»Ich denke, für einen Mitarbeiter des Fondaco dei Tedeschi gibt es sogar für dieses schwierige Problem eine Lösung«, sagte ich schlau. Er musterte mich von oben bis unten, und ich erkannte, dass ich ins falsche Horn gestoßen hatte. Ihm wurde bewusst, dass er als Mitarbeiter des mächtigen Handelshofes tatsächlich eine Lösung für das Problem parat hatte, das ich darstellte: Er konnte mich schlicht und ergreifend hinauswerfen lassen.

»Sind Sie als Kaufmann beim Fondaco angemeldet?«, fragte er.

Ich gab mich geschlagen. »Nein.«

»Dann entschuldigen Sie mich bitte.« Er wandte sich ab und sprach einen Mann mit einem breiten, turbanähnlichen Hut an, von dessen einer Seite eine gezaddelte Fahne auf seine Schulter herunterhing und sich wie die Kette eines Amtsträgers über seine Brust auf die andere Schulter hinüberwand. Ich kannte meine Landsleute zu gut, um zu hoffen, dass ich an dieser Stelle weitere Unterstützung finden würde. Vor allem kannte ich diesen Ton eisiger Höflichkeit, der noch unverschämter war als eine grobe Beleidigung. Ich ohrfeigte mich in Gedanken für mein plumpes Vorgehen und schlängelte mich durch ankommende Männer und abgeladene Gepäckstücke wieder hinaus.

Ich stieg über die Landungsstege zurück und marschierte in eine kleine Gasse hinein, die an der Südflanke des Fondaco vorbeiführte. Sie mündete in eine breitere *calle*, die nach Norden lief. Hier war sozusagen der Hintereingang zum Fondaco dei Tedeschi, und wenn das Gedränge vorn am Wasser hauptsächlich von Repräsentanten der Zünfte, Kaufleuten und deren kostbarer Handelsware verursacht worden war, dann waren es hier Transportkarren und Lasttiere, die die Dinge ins Fondaco schafften, die es zum täglichen Leben brauchte: Heu und Stroh für die Ställe, Getränke und eingelegte Lebensmittel in Fässern, Öl, Gewürze und Holz. Ich mischte mich unter die Lieferanten und betrat den weiten Innenhof.

Durch den gegenüberliegenden Haupteingang schimmerte das von den unzähligen Rudern aufgewühlte Wasser des Kanals im Licht des späten Vormittags. Bedienstete des Handelshofes dirigierten die ankommenden Handelswaren und wiesen Stapelplätze aus, nahmen Besucher in Empfang und baten sie zu warten oder ließen sie in den ersten Stock passieren. Ich sah meinen unwilligen Mitarbeiter und den Mann mit dem Zaddelhut ins Gespräch vertieft. Letzterer erhielt eine Einweisung in die Örtlichkeit. Das war endlich eine Aufgabe, die bewerkstelligt werden konnte. Im Obergeschoss lief eine Loggia um alle vier Seiten des Innenhofs. Die venezianische Architektur entwarf die Grundrisse aller größeren Gebäude der Stadt mit pragmatischer Gleichheit, ob es sich um den Dogenpalast, den deutschen Handelshof oder das Haus eines Patriziers handelte: Das Erdgeschoss war den Handelswaren, Ställen und Vorratslagern zugewiesen; Wohn- und Geschäftsräume befanden sich in den oberen Stockwerken. Das verlässlich schöne Sommerwetter ließ den ganzen Hof zum Stapelplatz werden, während die Arkaden im Erdgeschoss nur als Schattenspender aufgesucht wurden. Man hatte Tische und Bänke dort aufgestellt und bot den Ankömmlingen Erfrischungen an. Einige hatten sich schon zu Gruppen zusammengefunden und Weinkrüge vor sich stehen; andere saßen still und studierten die Dokumente, die sie zu ihrer Legitimation mitgebracht hatten oder die die Anweisungen ihrer Auftraggeber enthielten. Die Kleider waren nicht bunter, als die seriöse Berufung zum Kaufmann es erlaubte, und nicht teurer, als es die Finanzlage der erhofften Geschäftspartner geraten sein ließ; wer kaufte schon gern von einem Mann, dessen Kleidung die eigene an Wert um ein Vielfaches übertraf?

Zwischen den niedergelegten Waren patrouillierte die Wachmannschaft des Fondaco. Ihre übertrieben zur Schau gestellte Wachsamkeit bewies, dass die Verantwortlichen des Handelshofes ihre eigenen Leute aus dem deutschen Reich mitgenommen hatten. Die venezianischen Wachsoldaten erledigten ihre Pflicht mit deutlich gelassenerem Auftreten. Die Schreiber und Angestellten des Fondaco begegneten den Ankommenden, die nicht wie ich etwas Unlösbares verlangt hatten, höflich und aufmerksam und ließen es an breitem Lächeln, zuversichtlichem Schulterklopfen und gelegentlichem persönlichen Geleit zu einem schattigen Plätzchen nicht fehlen.

Auf meiner Seite, wo der Lieferanteneingang des Fondaco lag, herrschte die knappe Effizienz eines reibungslos funktionierenden Unternehmens. Die Anlieferer wiesen Dokumente vor, die über die Art ihrer Ware und die Rechtmäßigkeit der Lieferung Auskunft gaben, und wurden sofort in verschiedene Lager und Kellerräume weitergeleitet. Es hatte sich bereits eine lange Schlange gebildet, die bis auf die *calle* hinausreichte. Scheinbar waren unverhältnismäßig viele Ankömmlinge an beiden Eingängen gleichzeitig angekommen. Ich drängelte mich an den wartenden Zulieferern vorbei, bis sich mir ein Mann mit einem Holzbrett in der Hand und einem Tintenfass um den Hals entgegenstellte und nach draußen deutete, wo sich soeben ein unrasierter Bauer in abgewetzten Kleidern an das Ende der Schlange stellte. Er war in Begleitung eines Esels, der links und rechts zwei große geflochtene Körbe trug und über dem die Fliegen in Schwärmen tanzten. Hinter ihm stellten sich die beiden Männer an, die nach mir am jenseitigen Ende der Rialto-Brücke gelandet waren. Sie musterten die Umgebung mit verkniffenen Gesichtern, als sei ihnen der Ort nicht recht geheuer.

»Reihen Sie sich in die Wartenden ein«, sagte der Mann mit dem Holzbrett barsch und machte Anstalten weiterzugehen. Als ich keinen Muskel rührte, musterte er mich durchdringend. Seine Augenbrauen zogen sich zusammen. Ich war (in Lorenzo de' Medicis teuren Gewändern) aufwändig gekleidet, trug nichts auf dem Rücken, zog keinen Karren und lenkte auch kein Lasttier; vor allem aber gehorchte ich seinem Befehl nicht.

»Sie sind kein Lieferant?«, fragte er um eine beträchtliche Spur höflicher. Er mochte um die fünfzig sein, wenig älter als ich, ein mittelgroßer Mann mit einem eifrigen Gesicht und ehemals blonden, beinahe vollständig ergrauten Haaren, deren Länge ihn jünger wirken ließ.

»Gut erkannt«, sagte ich.

»Verzeihen Sie. Sie haben sich wohl im Eingang geirrt.«

Ich deutete zum Haupteingang auf der anderen Seite des Innenhofes hinüber. »Ich hatte keine Lust zu warten, bis alle anderen die Ruder ihrer Gondeln entwirrt hatten.«

»Was kann ich für Sie tun?«

»Nichts. Der Zunftrektor kann etwas für mich tun.«

»Ich fürchte, er wird nicht zu sprechen sein und ...«

»Lassen Sie ihm ausrichten, ich bin ein deutscher Kaufmann aus Landshut, der sich auf der Heimreise von Florenz befindet. Ich habe ihm etwas von Ferdinand Boehl auszurichten, dem Zunftrektor des Fondaco in Florenz.«

»Oh, aus Florenz.« Er verzog beeindruckt das Gesicht und lachte nervös. »Haben Sie etwas von dem Aufstand gegen die Familie Medici mitbekommen? Es ist zwar schon eine Weile her, und alles ist wieder ruhig, aber man hat von schlimmen Dingen berichtet …«

»Ich weiß«, sagte ich knapp.

»Den letzten Aufrührer haben sie erst vor ein paar Tagen hingerichtet. Er soll geholfen haben, den Aufstand zu finanzieren. Die *signoria* wollte ihn als Hochverräter zu Tode martern, aber Lorenzo de' Medici hat Gnade walten und ihn nur aufhängen lassen …«

»Der Zunftrektor«, ermahnte ich ihn.

»Gewiss. Wären Sie so freundlich, mir Ihren Namen zu verraten?«

Ich war so freundlich. Er strebte von dannen, nicht ohne mich auf die Sitzgelegenheit unter den Arkaden hingewiesen zu haben. Ich machte es mir auf einer Bank bequem.

Der Zunftrektor stellte sich als Burchart Falkenstein vor. Falkenstein war ein Mitglied der Tuchhändlerzunft aus Augsburg, was mir insofern einen Vorteil bei ihm verschaffte, als dass Augsburg vor meiner Umsiedlung nach Landshut für die längste Zeit meines Lebens meine Heimatstadt gewesen war. Die Tuchhändler waren eine der mächtigsten Zünfte Augsburgs und die Stadt durch die drei erfolgreichen Familien Welser, Hochstetter und Fugger reich genug, um als Hauptfinanzier des Fondaco in Venedig zu gelten.

Der Zunftrektor war ein hoch gewachsener, grauhaariger Mann mit fein geschnittenem, freundlichem Gesicht. Seine Kleidung bestand aus einem indigofarbenen Wams und ebenso gefärbten Hosen; sein Hemd war elfenbeinfarben. Das Wams sah aus, als habe der Schneider auch eine kurze, offene Schaube dazu angefertigt. Wahrscheinlich hing sie an einem Haken in Falkensteins Schreibstube, neben einem einfach gehaltenen Hut, der ebenfalls in Indigo gefärbt war. Bis auf eine Halskette und eine teure Gürtelschnalle trug er keinen Schmuck. Er wirkte eher wie ein Geistlicher als ein Kaufmann, und seine ruhige, höfliche Art tat noch ein Übriges, diesen

Eindruck zu verstärken. Er sah aus, als hätte ich ihn aus einer hochkomplizierten Beschäftigung gerissen oder als sei er seit Monaten unter Zeitdruck und mit der Erledigung seiner Arbeiten immer ein bisschen hinterher; doch als er von meiner Vergangenheit in Augsburg erfuhr, konnte er nicht umhin, mich wie einen alten Freund willkommen zu heißen.

»Ich kenne Ferdinand Boehl«, sagte er, nachdem er mir die Hand geschüttelt hatte. Er lachte kurz. »Wie geht es dem alten Freibeuter?«

»Er lässt Sie schön grüßen und hofft, dass Sie bei bester Gesundheit sind«, log ich.

Falkenstein nickte zufrieden. »Das hoffe ich für ihn auch. Und weiter?«

»Nichts weiter. Das ist alles.«

Falkensteins Lächeln wurde ein wenig angestrengt. In seinen dunklen Augen konnte man lesen, dass er sich fragte, wann exakt er auf den Arm genommen worden war: als ich ihn hatte holen lassen oder gerade eben. Er entschloss sich, meine jüngsten Worte als Scherz aufzufassen, und lachte.

»Das ist gut. Das sieht ihm ähnlich. Sie sagen das auch noch so ernst, genau wie er es tun würde.«

Ich zuckte mit den Schultern. »Es gibt aber weiter nichts von ihm zu bestellen. Ich sagte zu ihm, ich ginge nach Venedig, und er sagte, wenn ich dort ankäme, sollte ich Ihnen schöne Grüße ausrichten. Das habe ich jetzt getan.«

In sein freundliches, verwirrtes Gesicht schlich sich ein Ausdruck, der besagte, dass er noch nie einem derartigen Idioten gegenübergestanden hatte. Er blinzelte und versuchte, die Fassung zu wahren.

»Das ist ja sehr zuvorkommend von Ihnen«, erklärte er schließlich etwas steif. »Vielen Dank, dass Sie sich die Mühe gemacht haben.«

»Bitte.«

Falkenstein suchte nach Worten, trat unschlüssig von einem Bein aufs andere, musterte den Trubel im Hof mit einem schnellen Seitenblick und deutete dann mit dem Daumen über seine Schulter. »Wenn Sie mich entschuldigen … ich … äh … ich muss wieder an die Arbeit, fürchte ich.«

»Oh, lassen Sie sich von mir nicht aufhalten.«

»Sehr freundlich.« Er zögerte, ob er mir nochmals die Hand geben sollte, aber ich packte sie schon und schüttelte sie kräftig. Ich lächelte ihm wohlwollend zu, und er lächelte verzweifelt zurück und machte dann, dass er davonkam. Ich ließ ihn über den halben Hof schreiten, bevor ich ihm nachrief: »Ach, ich habe noch was vergessen.«

Falkenstein wandte sich um und versuchte zu verbergen, dass er die Augen verdreht hatte. Ich eilte auf ihn zu.

»Ich muss noch jemandem etwas von Ferdinand Boehl bestellen.«

»Wenn es lediglich Grüße sind, können Sie sie mir mitgeben.« Falkenstein schaffte es nicht ganz, die Ironie aus seiner Stimme zu verdrängen.

»Nein, nein, es geht um ein ziemlich werterhebliches Geschäft zwischen ihm und einem Kaufmann aus Lübeck. Es ist sehr wichtig, hat er gesagt, und ich solle es möglichst vertraulich behandeln.«

»Zurzeit ist nur ein Kaufmann aus Lübeck hier angemeldet: Heinrich Chaldenbergen.«

»Richtig.« Ich klopfte ihm plumpvertraulich auf die Schulter, um ihn noch ein wenig aus der Fassung zu bringen. »Genau so war der Name. Wo kann ich ihn finden?«

Oft halten sich Untergebene mehr an die ihnen erteilten Anordnungen als diejenigen, die die Anordnungen gegeben haben. Ich vertraute darauf, dass es im Fondaco dei Tedeschi zu Venedig nicht anders war, und lächelte Falkenstein zusätzlich mit meinem dümmlichsten Grinsen an, sodass er befürchten musste, ich würde ihn im nächsten Moment ins Vertrauen ziehen – und ihm damit den halben Tag stehlen.

»Chaldenbergen logiert nicht hier«, sagte er hastig.

»Das ist aber ungewöhnlich, nicht?«

Falkensteins Züge froren ein wenig ein. Zuerst fürchtete ich, er würde es als Kritik gegen seine Politik auffassen und ich hätte damit den Bogen überspannt, doch dann wurde mir klar, dass er versuchte, seinen Unmut über Chaldenbergens Verhalten nicht zu zeigen.

»Herr Chaldenbergen ist ein freier Kaufmann …«, sagte er.

»… der eine Menge Freunde in Venedig hat«, vollendete ich.

Er breitete die Hände aus.

»Ser Genovese zum Beispiel«, riet ich aufs Geratewohl.

Der Zunftrektor lachte freudlos. »Den würde er gern kennen lernen, das können Sie mir glauben. Ganz Venedig buhlt um den Mann.«

»Warum wohl?«

Burchart Falkenstein fasste mich scharf ins Auge. »Wollen Sie mich verspotten?«

Ich tat so, als wäre meine Frage sarkastisch gemeint gewesen. Er schenkte mir einen misstrauischen Blick, dann zuckte er mit den Schultern und wandte sich wieder halb ab. »Ich muss nun wirklich …«

»Ich frage mich«, sagte ich gedehnt, und Falkenstein seufzte, »ob ich die Botschaft, die ich von Herrn Boehl erhalten habe, vielleicht für mich behalten und zu meinem eigenen Vorteil nutzen sollte – wenn Herr Chaldenbergen ohnehin so gut dasteht … oder wir beide tun uns zusammen? Was meinen Sie?«

»Nein, nein«, wehrte er ab, »sehr freundlich von Ihnen, aber danke. Ich bin mit meinen Geschäften schon genügend unter Druck, ohne mir noch eine kleine Intrige aufhalsen zu müssen. Außerdem«, er überlegte, ob ich seiner nächsten Mitteilung wert war, doch dann siegte seine Menschenfreundlichkeit, »halte ich es für unklug, Herrn Chaldenbergen zu übervorteilen. Wenn er es merkt, geraten Sie in die Klemme. Er hat beste Beziehungen zum Consiglio di Dieci, und das sind die Leute, die in Venedig das Gesetz in der Hand haben.«

Ich fragte mich, ob Ser Genovese, dessen Name gestern auch Barberro dazu gebracht hatte, den Schwanz einzuziehen, einer von ihnen war. Leonardo Falier gehörte zum Rat, das wusste ich. Wer noch?

»Und Ser Genovese …«

»Ja, der stellt natürlich ein Machtzentrum für sich dar. Darum ist Herr Chaldenbergen wahrscheinlich auch so erpicht darauf, ihn zu seinen Freunden zählen zu können. Genua ist die einzige Stadt, die Venedig auf See ernsthaft in Bedrängnis bringen könnte, und die Kaufleute dort sind nicht weniger mächtig als hier. Ihren Botschafter zum Freund zu gewinnen heißt die Ernte schon halb in der Scheuer zu haben.«

Ich verbarg meine Überraschung. Ser Genovese war kein Name, sondern eine Art Ehrentitel. Wie man den Prior eines Klosters nicht beim Namen nannte, sondern nur Bruder Prior, oder wie man nicht einfach Friedrich von Habsburg sagte, wenn man vom Herrn des Heiligen Römischen Reichs sprach, sondern ihn respektvoll Kaiserliche Hoheit nannte: Der Bruder Prior lässt dir ausrichten, du sollst beim Morgengebet nicht immer in der Nase bohren; habt ihr schon gehört, dass Seine Kaiserliche Hoheit einen weiteren Alchimisten zu sich geholt hat; wenn ich es nur schaffen würde, eine Audienz bei Ser Genovese zu erhalten. Ser Genovese war der Herr aus Genua, der Botschafter der einzigen Stadt, die es wagen könnte, Venedig ernsthaft die Stirn zu bieten.

»Das ist witzig«, erklärte ich. »Glauben Sie, dass meine Botschaft mit Genua zu tun haben könnte? Herr Boehl hat mir nämlich gesagt – das heißt, direkt gesagt hat er es nicht, aber Sie wissen ja, wie man Andeutungen so machen kann, dass das Gegenüber meint, man habe es tatsächlich gesagt –, also Herr Boehl hat durchaus einige Republiken genannt, als er mich bat, Herrn Chaldenbergen aufzusuchen, und …«

»Wissen Sie, am besten fragen Sie das Herrn Chaldenbergen selbst«, unterbrach mich Falkenstein und streckte mir die Hand hin. »Sie müssen mich jetzt entschuldigen …«

»Aber wo finde ich ihn denn?«

»Er hat ein Haus in Cannareggio gemietet, irgendwo in der Nähe von Madonna dell'Orto«, sagte Falkenstein erschöpft. »Sie müssen ein wenig herumfragen, dann finden Sie es schon.«

»Dann will ich ihn bald aufsuchen. Ich habe gehört, er trage sich mit dem Gedanken an seine Rückkehr nach Lübeck. Nicht dass ich ihn am Ende verpasse und dann …«

»Er hält heute Abend eine Feierlichkeit für seine Geschäftsfreunde ab. Da werden Sie ihn am ehesten zu Hause antreffen.« Falkenstein hielt mir die Hand wieder hin, und ich schüttelte sie. Ich merkte, dass seine Finger schnell erschlafften, weil er sich losmachen wollte, aber ich hielt ihn fest.

»Eine Feier?«, rief ich freudig. »Dann sehen wir uns dort heute Abend?«

»Herrn Chaldenbergens Geschäftsfreunde sind ausschließlich Venezianer«, erklärte Falkenstein steif und entwand mir seine Hand. »Leben Sie wohl.«

»Herr Boehl schien ein wenig ungehalten zu sein, als er mir seine Botschaft mitgab«, sagte ich. Das genügte, um Falkenstein zum Stehenbleiben zu veranlassen.

»Ach?«, erwiderte er und bemühte sich nach Kräften, desinteressiert zu scheinen.

»Ich sollte sie Ihnen ja vermutlich nicht verraten …«

»Natürlich nicht.«

»… aber Herr Boehl hat mir zu bestellen aufgetragen, wenn Herr Chaldenbergen sich unterstehe, in Florenz aufzutauchen, werde er *seine* Beziehungen zur *signoria* spielen lassen, noch bevor Herr Chaldenbergen wisse, wie man Santa Maria del Fiore buchstabiert.«

Falkensteins Gesicht hellte sich auf. »Tatsächlich?«, fragte er und stellte sich noch immer erfolglos als vollkommen desinteressiert dar.

»Wenn Sie Herrn Boehl kennen, wissen Sie ja, dass er noch ganz andere Worte benutzt hat.«

Falkenstein nickte und verzog den Mund zu einem Lächeln.

»Das Haus liegt am Rio della Sensa, zwischen dem Rio dei Muti und dem Campo dei Mori. Wenn Sie morgen noch mal wiederkommen und mir sein Gesicht schildern, nachdem Sie ihm die Botschaft überbracht haben, würde ich mich freuen.«

Ich grinste und nickte. Falkenstein hielt mir nochmals die Hand hin. »Aber passen Sie auf sich auf. Mehr kann ich nicht sagen.«

Er drückte mir die Hand und stapfte eilig in sein Reich aus Konten, Saldi und offenen Wechseln zurück.

Der Bauer mit dem Esel war mittlerweile bis in den Tordurchgang vorgerückt. Der Esel hatte jede Stelle, an der er und sein Herr hatten warten müssen, aus Langeweile markiert. Vielleicht war es auch eine Taktik, um die Fliegen von sich fortzulocken. Die beiden Männer, die sich hinter ihnen eingereiht hatten, waren verschwunden, entweder von der Effizienz des Fondaco oder von den Ausscheidungen des Esels und seinen Fliegen verjagt.

Als ich in der Herberge ankam, teilte mir Michael Manfridus mit, Jana sei aus dem Schlaf erwacht.

»Gehen Sie nur gleich hinauf«, sagte er, ohne aufzublicken, während er in einem dicken Folianten Zahlenreihen addierte und dabei konzentriert mit den Rechenkügelchen in ihren Rinnen hantierte. Im Moment war er für die Welt verloren. Ich war schon die ersten Stufen hinauf, als ihm einfiel, mir hinterherzurufen: »Wir freuen uns alle sehr, dass es ihr besser geht.«

Vor der Tür hörte ich bereits Fiuzettas Stimme und dazwischen, schwach und leise, Jana. Ich wollte die Tür aufstoßen, doch da wurde mir klar, dass Jana weinte, und plötzlich fühlte ich mich beklommen. Mit der Hand auf der Klinke stand ich da, und meine Hand war ebenso kalt wie das gebogene Eisen.

»Es ist tot«, schluchzte Jana, »es wäre unser Kind gewesen, und es ist tot.«

»Du kannst doch nichts dafür ...«, beruhigte sie Fiuzetta.

»Woher willst du das wissen? Vielleicht hätte ich anfangs nicht reiten sollen, als wir Florenz verließen? Oder ich hätte andere Speisen essen sollen; den Wein nicht trinken, den uns Lorenzo mitgab? Vielleicht hätte ich nur Wasser zu mir nehmen sollen?«

»Mit Wasser kriegst du am ehesten eine Vergiftung«, konstatierte Fiuzetta nüchtern.

»Aber ich habe etwas falsch gemacht, und es ist tot!«

»Gianna, jeden Tag geht irgendwo ein Kind ab! Manches Mal liegt es tagelang tot im Bauch der Frau, und die Frau stirbt auch, weil die kleine Leiche sie vergiftet. Oder sie muss es tot auf die Welt bringen, und all der Schmerz war vergebens.«

»Ich wünsche mir von ganzem Herzen ein Kind. Ich möchte Peter die Familie wiedergeben, die er verloren hat.«

Ich spürte einen Stich. Jana begann wieder zu weinen, und Fiuzetta murmelte tröstende Worte.

»Ich möchte auch mit ihm zusammen eine Familie sein! Ich zweifle nicht, dass er mich liebt, und hätte ich jemals gezweifelt, dann hätte mich Florenz eines Besseren belehrt. Aber manchmal sehe ich in seine Augen – wenn wir an einem Haus vorbeikommen, vor dem ein Vater mit seinen Kindern spielt, oder vor einem Paar, das zusieht, wie ihr Sohn die ersten Schritte tut –, und ich sehe, wie verloren er sich dann fühlt und welche Schuld er sich gibt.«

»Was ist mit seiner früheren Familie geschehen?«

»Seine Frau ist bei der Geburt des letzten Kindes gestorben, und er erstarrte in Trauer und vernachlässigte seine anderen Kinder, bis sie ihn alle verließen.«

»Kinder gehen immer, wenn sie groß sind.«

Wie gelähmt hörte ich der Unterhaltung zu. Ich hatte so angestrengt zu verbergen versucht, welche Gedanken mir manchmal durch den Kopf schossen, wenn ich eine intakte Familie sah, und doch hatte Jana in meinen Augen gelesen wie in einem offenen Buch. Warum hatte sie mir niemals mitgeteilt, was sie wusste?

– *Warum hatte ich ihr niemals mitgeteilt, was ich fühlte?*

»Fiuzetta, dieses Kind in deinem Bauch – das Kind von Fabio Dandolo …«

»Nur ein Teil ist von ihm. Ein anderer Teil bin ich. Und der größte Teil ist es selbst.«

»Du liebst es.«

»Es ist in Liebe gemacht worden. Wenigstens ich war voller Liebe; das ist alles, was zählt.«

Daraufhin herrschte eine Zeit lang Schweigen zwischen den beiden Frauen.

»Es hat aber keine Zukunft«, seufzte Fiuzetta nach einer Weile. »Hat nur meine Liebe. Hat nur eine Mama voller Liebe und auch ohne Zukunft.«

»Ich habe so lange nur für das Geschäft gelebt. Ich dachte, ich müsse meinem Vater den Sohn ersetzen und es allen zeigen, dass ich noch besser war als der beste Sohn. Ich habe mit den gewieftesten Kaufleuten verhandelt und die listigsten davon über den Tisch gezogen. Ich habe meinem Haus zu einem Reichtum verholfen, der noch für die Kinder meiner Kinder ausreichen würde. Und was bleibt, wenn keine Kinder kommen? Für wen habe ich das alles getan? Für den König, oder für ein Kloster?«

»Für dich selbst.«

»Ja«, stieß Jana hervor, »das dachte ich auch einmal. Aber jetzt erkenne ich, dass ich bei jedem Handel, bei dem ich Siegerin blieb, bei jeder Finte und bei jedem überragenden Erfolg immer daran dachte, was ich meinen Kindern erzählen würde. Wenn ich ihnen neue Gewänder kaufte, wollte ich sagen: Das Geld dafür stammt aus dem Gewürzhandel mit Ser Mocenigo in Venedig, der mich ausmanövrieren wollte und den ich dann dazu zwang, das Geschäft mit mir zu machen – und denkt euch: Später war Mocenigo sogar der Doge von Venedig. Oder: Der Stoff für diese feinen Wandbehänge kommt aus Ulm, wohin mir euer Vater nachreiste, nachdem wir uns in Landshut kennen lernten, und wo wir beschlossen, zusammen zu bleiben. Wem erzähle ich das jetzt? Für wen habe ich all das geschaffen? Für mein Grab?«

»Gianna, du bist jung …«

»Ich bin nicht mehr jung. Ich bin schon Mitte dreißig! Bauersfrauen sterben in diesem Alter. Und du hast doch gehört, was Mariana gesagt hat – du hast es mir doch selbst übersetzt …«

Ich spürte, wie mir noch kälter wurde. Was hatte die Hebamme gesagt? Und warum hatte mir niemand etwas mitgeteilt? Eine dunkle Ahnung bemächtigte sich meiner. Fiuzetta schwieg.

»Ich wünsche mir so sehnlichst ein Kind«, flüsterte Jana.

»Für ihn?«

»Nein«, sagte Jana kaum hörbar. »Für mich. Für uns. Aber hauptsächlich für das Kind. Ich wünsche mir so sehr, Leben zu schenken und es heranwachsen zu sehen.«

»Gianna, es gibt doch andere schöne Dinge, andere Träume …«

»Nicht für mich. Jetzt nicht mehr.«

Ich schlich die Treppe hinunter, ohne die Kammer betreten zu haben, mit einem galligen Geschmack auf der Zunge. Manfridus hatte die Schankstube wieder verlassen, seine Berechnungen offenbar abgeschlossen. Ich wusste, dass ich mich verhielt wie ein Feigling, aber es ging nicht anders. Moro hockte auf dem Boden der Schankstube vor einer flachen Holzkiste, aus deren geöffnetem Deckel Stroh quoll. Aus dem Inneren der Holzkisten ertönte hektisches Piepen, ein mehrstimmiger Choral. Er sah auf und grinste.

»Wir brauchen Nachschub«, sagte er und deutete auf die Kiste. Ein Rascheln war zu hören, und ein neugieriges gelb geflecktes Köpfchen spähte über den Rand und machte Anstalten, hinauszuspringen. Moro fing das Küken rasch mit beiden Händen und platzierte es wieder im Inneren der Kiste.

Ich setzte mich an einen Tisch, ohne etwas zu sagen. Moro studierte mich einen Augenblick lang, dann nahm er die Kiste und trug sie in die Küche hinaus. Kurze Zeit später kam er wieder zurück, stellte einen gefüllten Becher Wein vor mich hin und zog sich wortlos zurück. Ich hörte das Piepsen aus der Küche, wo er die Küken vermutlich aus der Kiste in den kleinen Verschlag trieb, der unter einer Bank an der Rückwand des Gebäudes angebracht sein würde. In meiner Heimat hatten diese Verschläge ein kleines Schlupfloch nach draußen in den Innenhof, sodass das Federvieh sich seinen Weg suchen konnte, wie es wollte. Es war anzunehmen, dass es sich hier ähnlich verhielt. Abgesehen davon war es mir egal. Ich hörte ganz andere Stimmen als die der Küken.

Eine Erinnerung war plötzlich in mir zum Leben erwacht, eine Erinnerung an eine Szene, die ich scheinbar völlig vergessen hatte; und während sie schlagartig in voller Gänze wieder erstand und jede kleine Nuance ins Gedächtnis zurückkehrte, kamen die Gefühle, die damit verbunden waren, ganz allmählich. Am Ende hatten sie die gleiche Intensität wie damals, sodass ich den Becher anhob und einen großen Schluck hinunterstürzte.

8

Drei Monate nach der Geburt meiner ältesten Tochter Sabina besuchte meine Frau Maria eine befreundete Familie. Die Frau lag in den Geburtswehen, und Maria wollte ihr auf jeden Fall beistehen, gesegnet mit der Überzeugung, dass die Erfahrung ihres eigenen Kindsbetts sie zu einer besseren Geburtshelferin machte als das zweifellos halbe Dutzend Hebammen, das unsere Freunde bestellt hatten. Sie nahm ihre Zofe mit, und mit beiden verschwand das einzige Wissen über den Umgang mit Sabina, das in unserem Haushalt vorhanden war. Wir beschäftigten eine Amme, aber sie war eine mittelältliche Frau mit den Brüsten einer Milchkuh und einem Intelligenzniveau, das mit dem der Kuh zu vergleichen eine Beleidigung für das Tier gewesen wäre. Sie säugte Sabina, wann immer es sein musste, und verschlief ansonsten die meiste Zeit des Tages in einer Ecke der Stube oder hielt sich so lange auf dem Abtritt im hinteren Teil des kleinen Grundstücks auf, dass ich beim ersten Mal nachgesehen hatte, ob sie nicht etwa hineingefallen sei. Es war ihr nichts zugestoßen – sie saß inmitten der Düfte und starrte mit leerem Blick vor sich hin, während ihre geringen geistigen Kräfte sich vermutlich konzentriert sammelten, um den Gliedmaßen die Befehle zum Aufstehen in der richtigen Reihenfolge zu geben. Wir hätten sie wieder nach Hause geschickt, wenn sie uns nicht empfohlen worden wäre; ich hatte mir die Kinder, die sie zuvor gestillt hatte, genau angesehen und an keinem von ihnen irgendwelche Zeichen geistigen Schwachsinns bemerkt, sodass ich mich, wenn auch nur halb beruhigt, auf die gute Frau einließ. Vielleicht war doch nichts an dem Glauben, dass die Kinder dem Menschen nachgeraten würden, dessen Milch sie tranken.

Ich selbst hatte die Geburt und das nachfolgende Kindbett mit vagem Bangen um Maria und ebenso vagem Stolz über meine neue Vaterrolle erlebt und die Monate danach nicht viele Gedanken an das Kind verschwendet. Bischof Peter, in dessen Bischofssitz Augsburg wir lebten und ich arbeitete, hatte stets eine Menge Aufgaben zu bewältigen, und er hielt mich auf Trab mit Ermittlungen über Wirtshausschlägereien, Diebstähle und Landfrevel, die auf dem Besitz der Kurie stattgefunden hatten. Sabina war für mich wie eine seltsam lebende Puppe, die uns mehrmals in der Nacht weckte (die Amme war zudem schwerhörig und erwachte von Sabinas Hungergeschrei erst, wenn Maria sie wachrüttelte°– und das, obwohl sie direkt neben Sabinas Wiege in der Stube schlief) und die mich jedes Mal mit ihrer Zartheit, Leichtheit und Lebendigkeit überraschte, wenn Maria sie mir in die Arme legte und ich keine Ausrede fand, dem auszuweichen. An diesem Abend hatten Maria und ihre Zofe kurz vor der Ausgangssperre das Haus verlassen, die Amme befand sich seit längerem auf einer ihrer Expeditionen in die unbekannten Weiten der menschlichen Verdauung, und Sabina schrie aus Leibeskräften.

Ich schüttelte die Wiege; ich redete auf sie ein; ich kitzelte sie unter ihrem beträchtlichen Doppelkinn; ich drehte einen Zipfel des Lakens in ihrem Bettchen zusammen, so wie ich es Maria hatte tun sehen (das Laken bestand zur einen Hälfte ausschließlich aus solchen Zipfeln, die aussahen wie ungeschlachte Zitzen auf dem weißen Hemd eines Chorknaben) und feuchtete den Zipfel mangels vorhandener Milch mit meinem Speichel an; ich versuchte ihr einen Schluck Wasser einzuflößen; ich dachte an die Amme und begann trotz meiner hilflosen Lage grimmig zu hoffen, dass sie diesmal wirklich in die Kloake gefallen war; ich warf den letzten Rest meiner Würde über Bord und begann, um die Wiege herumzutanzen.

Als ich zur Hälfte herum war, fiel mein Blick auf Bischof Peter, der weiß Gott wie lange schon in der offenen Tür gestanden und mich beobachtet hatte. Ich erstarrte in einem beinahe vollendeten Moriskenschritt und fühlte, wie ich errötete.

Mein Brotgeber war für mich der Vater, der mein eigener Vater nie gewesen war, und manchmal glaubte ich, auch er sah sich in dieser Rolle. Selbstverständlich hätten wir es beide niemals zugegeben. Er war ein fülliger Mann mit ständig geröteten Wangen und einem bärbeißigen Auftreten, mit dem er seine zunehmende Verzweiflung darüber kaschierte, dass die Welt sich geändert hatte und die stolzen Bürger Augsburgs seinen Versuchen, die alte Machtbefugnis des Bischofsamtes wiederherzustellen, unermüdlich Steine in den Weg legten. Wer mit ihm zu tun hatte, fürchtete ihn und seine scharfe Zunge oder hegte eine große Abneigung gegen ihn. Ich tat beides nicht. Manchmal entschlüpfte ihm ein Satz, der wie ein Fenster in seine große Seele war, und wenn ich auch nur winzigste Ausschnitte davon gesehen hatte, so genügten sie mir doch, damit ich ihm meine Zuneigung schenkte.

»Das ist es also, was du dir gewünscht hast«, konstatierte er. Wie üblich hatte er sich selbst Eintritt verschafft und war auf die Suche nach mir gegangen. Er betrachtete unser Haus ebenso als seinen Besitz wie seinen Palast und bewegte sich darin mit der gleichen Ungezwungenheit. Er erwartete in größter Offenheit dasselbe umgekehrt; dass ich trotzdem nie unangemeldet bei ihm erschien oder auf eigene Faust in seinen Räumlichkeiten umhergestreift wäre, hatte mit dem Respekt zu tun, den ich neben meinen freundschaftlichen Gefühlen für ihn empfand. »Du solltest den Fuß wieder auf die Erde setzen, bevor er dir abstirbt.«

»Sie hat wahrscheinlich Hunger«, sagte ich in Sabinas Geschrei hinein.

Bischof Peter trat näher und spähte in die Wiege. Seine Gesichtsfarbe und die Sabinas ähnelten einander in bestürzender Weise. Sie holte einen Moment Luft und brüllte dann umso stärker los. Er verzog den Mund und trat einen Schritt zurück.

»Warum tust du nichts dagegen?«

»Was soll ich denn tun, Exzellenz? Sie säugen?«

»Hast du keine Amme?«

»Natürlich, aber sie ist auf dem Sch … sie ist gerade nicht da!«

»Du lieber Herr Jesus«, brummte er und bekreuzigte sich. »Selig sind die Armen im Geiste.«

»Vielleicht haben Exzellenz einen guten Rat«, sagte ich nur halb im Spott. In meiner Verzweiflung hätte ich den Ratschlag eines Maultiers angenommen.

»Die Exzellenz kannst du dir schenken«, knurrte er. »Ich wollte nur vorbeikommen, um einen Becher Wein mit dir zu trinken. Nichts Dienstliches.« Er machte eine ungeduldige Handbewegung über seine Kleidung: ein dunkler, offener Mantel, unter dem sein schlichter Rock aussah wie ein aus der Mode gekommenes langes Obergewand und nicht wie ein Priesterrock. Das goldene Kreuz, das um seinen Hals hing, war zu dünn, als dass es wirklich aufgefallen wäre, und dass seine kurzen Finger mit Ringen bestückt waren, hätte ihn ebenso gut auch als einen betuchten Kaufmann mit wenig Sinn für modische Kleidung und schlechtem Geschmack bezüglich seines Geschmeides aussehen lassen. Trat er jedoch im offiziellen Bischofsornat auf, schloss die Sonne geblendet die Augen, und Pfauen wandten sich beschämt ab. Ich nickte.

Er näherte sich wieder der Wiege und betrachtete mein schreiendes Kind. Plötzlich seufzte er, schüttelte die weiten Ärmel seines Mantels zurück, fasste hinein und hob sie heraus. Sabina war ein strahlend weißes Bündel mit einem roten Kopf an seinem oberen Ende. Er legte sie so in seine Armbeuge, wie er an Ostern das neugeborene Lamm zu halten pflegte, mit dem er seine Predigt zu untermalen beliebte, und begann sie zu schaukeln. Sabina brüllte unverzagt weiter.

»Ja, ja, so schnell geht das nicht«, sagte er leise und schaukelte sie weiter, »so schnell beruhigen wir uns nicht. Wenn dein Rabenvater dich auch so lange schreien lässt …«

Er machte ein paar Schritte in der Stube auf und ab und redete weiter auf sie ein, in jenem heiseren Bass, mit dem er mir sonst meine Anweisungen erteilte oder mit dem er Verdächtigen erklärte, dass sein Kerkermeister bei ägyptischen Folterknechten in die Lehre gegangen sei und dort Künste gelernt habe, die Steine zum Schreien brachten.

Sabina kreischte und weinte. Bischof Peter erzählte ihr von seinem Palast, seinen Pferden, seinen Dienern, während er auf und ab schritt und sie leise wiegte. Sabina ließ sich nicht beruhigen. Ab und zu schien sie ihm zu lauschen, dann beschloss sie, dass diese Stimme zu fremd war und ihr Klang keinerlei Mahlzeit in Aussicht stellte, und weinte im selben Diskant weiter. Sie konnte mühelos auf dem Heulton ansetzen, mit dem sie ihr Geschrei Sekunden zuvor unterbrochen hatte.

Der Bischof grinste und schüttelte gleichzeitig den Kopf über ihre Hartnäckigkeit und hielt keinen Moment in seinem Auf- und Abschreiten inne. Ebenso stur, wie sie beschlossen hatte zu weinen, hatte er beschlossen, sie auf den Armen zu schaukeln. Ich stand da und beobachtete gebannt den Vorgang. Hätte sich Bischof Peter in diesen Minuten in einen Drachen verwandelt und wäre mit einem Feuerschweif in den Nachthimmel emporgeschossen, hätte ich nicht erstaunter sein können.

Als schwere Schritte über den kurzen Flur polterten und die Amme hereinstürzte, sahen wir sie beide an wie einen Störenfried. Sie eilte auf Bischof Peter zu, warf sich vor ihm auf die Knie, erhielt einen wegen der Last auf seinen Armen ungelenk ausgeführten Segen und nahm das greinende Kind an sich. Unter Gurren und »Meine arme Kleine, meine arme Kleine« zog sie sich in eine Ecke zurück und entblößte eine ihrer unerhört großen und weißen Brüste. Sabinas Weinen verklang schneller als das Zwitschern eines Vogels im Winter. Mit einem zufriedenen Laut machte sie sich über die angebotene Mahlzeit her. Der Bischof betrachtete die beiden noch einen Moment etwas befremdet, schüttelte den Kopf und wandte sich schließlich ab.

Er hielt mich davon ab, in die Vorratskammer zu gehen und den Krug aus dem Weinfass zu füllen, das dort stand. Sein Leibkutscher wartete draußen in dem kleinen hochrädrigen Gefährt, mit dem Bischof Peter in der kalten Jahreszeit unterwegs zu sein pflegte°– oder wenn er sich nach der Ausgangssperre auf die Straße begab und schon von weitem erkannt werden wollte. Die Restriktionen, die für die übrigen Bürger galten, hatten für ihn keine Bedeutung; doch er wünschte nicht, angehalten und von einem naseweisen Wachführer nach seiner Person befragt zu werden. Die Kutsche trug sein Wappen an einem Holzschild, das von einer Stange an ihrer Rückseite herunterhing und von einer Laterne beleuchtet wurde, sobald die Dunkelheit hereinbrach. Bischof Peters Leibkutscher war ein altersloser Mann, der ihn nur dann nicht begleitete, wenn seine Mission gar zu gefährlich war, und sich ansonsten viel darauf zugute hielt, dass er im Auftrag Seiner Exzellenz alles zu erdulden befähigt war. Ich wusste, es war sinnlos, ihn zum Betreten der Stube zu bewegen; ich nahm den Weinschlauch, den Bischof Peter mitgebracht hatte, in Empfang und wünschte ihm eine gute Nacht.

»Wenn ich mich schon bei dir einlade, kann ich wenigstens für den Proviant sorgen«, knurrte der Bischof und angelte zwei Becher von den Haken über der Feuerstelle, »abgesehen davon weiß ich ja nicht, was du für einen Krätzer im Haus hast.«

»Das Fass, das Exzellenz mir letztens geschenkt hat«, erinnerte ich ihn.

»Das heißt gar nichts«, erklärte er. »Und lass endlich die Exzellenz sein. Du hast morgen wieder genug Zeit dafür.«

Ich grinste. »Wahrscheinlich haben Sie's mir nur gegeben, weil Ihnen selbst der Wein nicht geschmeckt hat.«

»Wahrscheinlich.« Er entkorkte den Weinschlauch und goss plätschernd ein. »Versuch diesen hier, danach magst du ohnehin keinen anderen mehr.«

Der Wein war schwer und herb und schmeckte lange nach. Bischof Peter nahm einen tiefen Zug und äugte zu Sabina und der Amme hinüber. Die Amme packte soeben die zweite Brust aus; was den Appetit betraf, stand das Kind dem Vater nicht viel nach. Der Bischof drehte der Szene irritiert den Rücken zu und setzte sich breitbeinig auf den Hausherrnstuhl, der an meinem grob gezimmerten Tisch stand. Ich nahm mit der Bank gegenüber vorlieb. Wir schwiegen eine Weile.

»Die Milchfrau scheint mir nicht die Hellste zu sein«, erklärte er nach eine Weile leise.

Ich schüttelte den Kopf.

»Aber sie liebt das Kind?«

»Abgöttisch.«

Er brummte und schwieg wieder. Ich kannte ihn mittlerweile gut genug, um zu wissen, dass er etwas mitzuteilen wünschte und noch überlegte, ob und wie er es sagen sollte. Ich ließ den Wein auf der Zunge rollen und stellte fest, dass er mir beinahe zu schwer war. Der Bischof stürzte seinen Becher hinunter und schenkte sich sofort nach.

»Und°– ist es nun das, was du dir vorgestellt hast: die Familie, das Kind?«

»Ich würde keines missen wollen.«

»Mhm.« Er legte eine Pause ein. »Ich wäre dafür nicht geboren.«

»Sie sind dafür geboren, sich um die Kinder Ihrer Diözese zu sorgen.«

»Glaubst du?«

»Wären Sie sonst, was Sie sind?«

Er hob die Augenbrauen und dachte über meine Bemerkung nach. »Ich habe auch eins«, sagte er schließlich.

Ich dachte, mich verhört zu haben. Es war so unwahrscheinlich, dass ich nicht einmal nachzufragen wagte, weil ich fürchtete, ihn damit zu beleidigen. Er sah mich an und wartete auf meine Reaktion. Er schien meine Gedanken zu erraten.

»Ich habe auch ein Kind«, wiederholte er deutlich und beugte sich über den Tisch zu mir, damit die Amme nichts von seinen Worten aufschnappte.

»Das wusste ich nicht …!«

»Natürlich nicht. Das wissen nur wenige«, knurrte er ungeduldig. »Glaubst du, ich nagle diese Botschaft an die Kirchentür wie eine neue theologische These?«

Ich schüttelte den Kopf. Bischof Peter goss seinen Becher zum dritten Mal voll. Er lehnte sich halb zurück und starrte an die Zimmerdecke. Er nickte und seufzte schwer.

»Aber so ist es. Ich war ein junger Priester, ebenso heiß im Kopf wie zwischen den Beinen. Ich war in Rom. Ich hatte meinen Bischof auf mich aufmerksam gemacht, und er hatte mich gefördert, bis sich der Kardinal meiner annahm und mich als seine rechte Hand in den Vatikan holte. Sie war die Tochter des Wirts, bei dem ich und einige andere, die nicht dazu verdonnert waren, in den Dormitorien der Klöster zu schlafen, nächtigten. Ich fand sie schön. Tatsächlich weiß ich gar nicht mehr, ob sie es wirklich war°– oder wie sie hieß.«

Er verzog verächtlich den Mund. Ich glaubte ihm die Überheblichkeit nicht. Wenn man in seine Augen sah, wusste man, dass er sie immer noch schön fand, und dass ihr Name ihm ebenso präsent war wie sein eigener. Ich schwieg.

»Du kannst dir ja vorstellen, dass man als Priester nicht so oft die Gelegenheit erhält … und dass man es dann auch nicht so richtig beherrscht … und dass wegen der Seltenheit der Same eine besondere Kraft hat …«, er räusperte sich, »also jedenfalls besaß ich nicht einmal die Schlauheit eines Bauern, der am Sonntag die sieben *coiti interrupti* der vergangenen Woche beichtet, und abgesehen davon war es nach ein paar Momenten ohnehin vorbei. Sie wurde natürlich schwanger°– von diesem einen Mal. Wenn Gott sich einen Scherz erlaubt, ist er meistens gut.«

Er schien einen Kommentar zu erwarten, aber den Gefallen tat ich ihm nicht. Er drehte den Becher in seiner Hand und blickte hinein. »Sie beichtete es mir, ich beichtete dem Kardinal. Davor hatte ich meine Sachen gepackt und mich auf meine schimpfliche Demission vorbereitet. Der Kardinal allerdings nahm es gelassen. Er hielt mit seiner Meinung nicht hinter dem Berg, dass es schlimmere Orte gab, wohin man das Organ stecken konnte, das Gott dem Mann gegeben hat, und dass er froh war, dass sein Assistent sich nicht als Sodomit entpuppt hatte. Er war nicht unvermögend und machte einen jungen Kerl ausfindig, der sein Auge seit langem auf die Tochter des Wirts geworfen hatte, und stattete ihn mit dem Nötigsten aus, damit er vor den Augen seines zukünftigen Schwiegervaters Gnade fand. Er verheiratete die beiden sogar eigenhändig, was auch den Wirt wieder versöhnte; dieser hatte schon geahnt, dass die Schwangerschaft seiner Tochter nicht vom Heiligen Geist verursacht worden war, aber der Kindsvater in derselben Fakultät zu suchen war, und hatte blutige Rache geschworen. Da er nicht wusste, an wem sich zu rächen war, hatte er seiner Tochter erst einmal eine Anzahlung darauf gegeben. Der Kardinal bemühte sich, ihr blaues Auge zu ignorieren, als er die Trauung vornahm. Auf diese Weise kam ich mit Leben, Ruf und Freiheit davon. Eine gute Geschichte, was? Nachher kam ich mir beinahe so vor wie Abaelard. Nur dass es für ihn schlimmer endete.«

»Und das Kind?«

»Nie gesehen. Ich weiß nicht, ob's ein Knabe oder ein Mädchen ist. Es müsste jetzt so alt sein wie die Mutter damals.«

Er zog den Weinschlauch zu sich heran, überlegte es sich dann anders und starrte stattdessen auf die Tischplatte. Seine großen beringten Hände lagen auf dem Tisch, rosig sauber, weil er die längste Zeit des Tages Handschuhe trug. Ich hatte oft gedacht, dass diese Hände eigentlich schmutzig sein müssten von der Erde, die er umstach, oder vom Ruß seiner Schmiede oder vom Pech, mit dem er die Balken eines Dachstuhls einrieb; und dass sie des Nachts um den warmen Leib einer Frau liegen müssten oder ein jauchzendes Kleinkind in die Höhe hoben, anstatt sich über dem leeren Glanz seiner Ringe zu schließen.

»Haben Sie niemals Geld geschickt oder versucht zu erfahren, ob die Mutter die Geburt überlebte?«

»Weshalb sollte ich?«, fragte er, und ich wusste, dass er log.

»Warum haben Sie mir das erzählt?«

»Weiß ich nicht.« Er knallte den Becher auf den Tisch. »Der Wein ist doch nicht so gut, wie ich dachte. Ich verabschiede mich.«

Er stapfte zur Tür hinaus, ohne mich oder Sabina oder gar die Amme noch eines Blickes zu würdigen. Ich fragte mich, ob er seine Vertrauensseligkeit bereits bereute und mich morgen zu sich bestellen würde, um mich ans andere Ende der Welt zu senden. Aber noch mehr beschäftigte mich die Frage, wieso er seinen Lebensweg so gegangen war, wie er es getan hatte. Denn dass er auch damals schon gewusst haben musste, dass er eigentlich die falsche Entscheidung traf, war mir klar.

Ich hatte vor diesem Gespräch und auch nachher genügend Männer getroffen, die glücklich waren, ledig und ohne Familie zu sein und ihre Gelüste in einem Hurenhaus oder mit einer Mätresse befriedigten, ohne irgendwelche Verbindlichkeiten einzugehen. Es waren gute und ehrliche Männer darunter, genauso wie Halunken und Feiglinge, und dass sie nicht der von der Kirche gegebenen Prämisse folgten, sich zu lieben und zu vermehren, hatte außer für einen übereifrigen Priester keine Bedeutung. Sie standen nicht wie die meisten unter dem Zwang, eine Familie zu gründen, und sie besaßen den Mut, nach vorn in ein Alter zu blicken, in dem sich niemand um sie kümmern würde. Sie waren glücklich damit, wie sie sich zu leben entschieden hatten. Der Bischof war es nicht.

Ich sah zu, wie die Amme Sabina in die Wiege bettete. Das

Kind war eingeschlafen. Ich trat an die Wiege heran, nahm ein Unschlittlicht und leuchtete hinein. Sabina hatte die Augen geschlossen und den Mund halb geöffnet. Ein trübweißer Milchtropfen hing noch an ihrem Kinn, und ihre Lippen glänzten rot und nass vom Saugen. Unter den Binden um ihren Leib bewegten sich ihre Ärmchen in einem wohligen Traum. Sie schnarchte leise. Ihre Wimpern warfen einen dichten Schatten auf die runden Wangen.

Als das Bild verschwamm, merkte ich, dass mir Tränen in die Augen getreten waren. Ich fühlte eine plötzliche heiße, erstickende, umfassende Liebe zu diesem kleinen Bündel Mensch in der Wiege, und ich wusste, dass ich diese Liebe zu meinem ersten Kind immer verspüren würde. Dass sein Leben mit einer leidenschaftlichen Umarmung seinen Ursprung genommen hatte, schien mir auf einmal wie das größte Wunder der Welt.

Es war das größte Wunder der Welt.

Manfridus' Wein schmeckte wie der Tropfen, den Bischof Peter damals mitgebracht hatte. Ich saß allein in der Schankstube seiner Herberge und kämpfte darum, dass mich die Erinnerung an die überwältigende Liebe zu meinem Kind wieder verließ.

Fiuzetta stand am Fuß der Treppe und musterte mich. Ich hatte keine Ahnung, wie lang sie dort schon stand. Sie gab sich einen Ruck und kam an meinen Tisch.

»Gianna ist wieder wach«, sagte sie. Ich nickte und wischte mir über die Augen. Fiuzetta betrachtete mich eindringlich, gab jedoch keinen Kommentar ab.

»Wie geht es ihr?«, fragte ich überflüssigerweise. Ich wusste genau, wie es ihr ging.

»Der Schlaf hat gut getan. Aber sie ist sehr traurig.«

»Ich weiß.«

»Du musst mit ihr reden. Es gibt viel zu sagen und zu klären.«

»Ich weiß.«

»Geh hinauf.«

Ich erhob mich und spürte, wie mich die Beklommenheit an meinen Platz fesseln wollte.

»Fiuzetta …«, begann ich.

»Nicht zu mir. Gianna musst du alles sagen.«

»Alles«, murmelte ich und stapfte davon. »Ich habe Angst, auch nur ein Wort zu sagen.«

9

Fiuzetta hatte Jana eine zusammengerollte Decke unter die Schultern gestopft, sodass sie halb aufrecht sitzen konnte. Als ich eintrat, rieb sie sich mit schmerzlich verzogenem Gesicht den Leib. Julia sortierte in ihrer Kleidertruhe herum und hielt gerade ein helles leinenes Untergewand in die Höhe, das bestürzend dem Arbeitskittel glich, den Rara den Mädchen in ihrem Haus aushändigte.

Jana wandte sich um, als ich eintrat. Unter ihren Augen lagen tiefe Schatten, und ihre Wangen waren immer noch eingefallen, aber der Sensenmann hatte das Siegel, das er ihr bereits ins Gesicht gedrückt hatte, wieder fortgenommen. Ich spürte einen schmerzhaften Stich, als ich sie so klein und zart in dem großen Bett liegen sah.

»Hast du Schmerzen?«, fragte ich sie und wies auf die Hand, die über ihren Bauch strich. Sie nickte.

»Als hätte ein Messer in meinen Eingeweiden herumgebohrt.« Ihre Stimme war rau und leise. Sie sprach langsam. »Aber noch mehr stört mich der Geruch. Ich stinke.«

»Ich wollte dich gerade fragen, ob wir nicht die Ziege unter dem Bett verscheuchen können«, scherzte ich.

Sie lächelte schwach. »Hab ich schon getan«, flüsterte sie. »Sie war nicht schuld an dem Gestank.«

»Ich rieche nichts«, sagte ich und setzte mich zu ihr. Ich legte ebenfalls eine Hand auf ihren Bauch und begann ihn sanft zu reiben. Sie führte mich ein wenig weiter nach unten und seufzte dann, als ich meine Hand leicht kreisend bewegte.

»Tut das gut?«

»Jede Berührung von dir tut gut.«

Julia brachte das Untergewand ans Bett. Es duftete nach Lavendel. Jana schloss die Augen und schnupperte. »Das nehme ich«, sagte sie zu Julia. »Ich kann es nicht mehr erwarten, aus diesen verschmutzten Fetzen herauszukommen.«

»Wenn du dich waschen willst, warte ich so lange draußen.«

»Nein«, lächelte sie, »das hat noch ein paar Minuten Zeit. Ich will die Zeit mit dir zusammen genießen. Ich spüre ohnehin, wie ich wieder müde werde.«

Ich sah sie an und entdeckte die Tränen, die hinter ihren Augen standen, allzu bereit, wieder hervorzuquellen. Ich nahm die Hand von ihrem Leib und legte sie an ihre Wange. Sie schmiegte sich hinein.

»Du warst niemals schöner als jetzt«, sagte ich.

Sie schnaubte. »Dann warst du niemals blinder als jetzt.«

»Jana, was geschehen ist, ist geschehen. Wir können es nicht mehr rückgängig machen. Und es hätte noch schlimmer kommen können.«

»Das ist kein Trost.«

»Findest du nicht?«

Sie presste die Lippen zusammen. »Nein.«

»Jana, ich ...« Wie sollte ich ihr sagen, dass ich ihr Gespräch mit Fiuzetta belauscht hatte? Ich suchte nach Worten und stellte fest, dass ich das, was ich fühlte, nicht auszudrücken vermochte. Ich schüttelte den Kopf und sah zu Julia hinüber, die in einer Anzahl kleiner Fläschchen rumorte und eines gegen das Fenster hielt. Sie zog den Korken heraus und roch daran. Dann träufelte sie etwas daraus in eine große Schüssel mit dampfendem Wasser, die in einer Ecke des Raums stand. Nach ein paar Sekunden erfüllte frischer Geruch die Kammer: eines der Parfüms, die Jana aus Florenz mitgebracht hatte.

Jana ließ den Kopf in ihre Rückenstütze sinken. »Wie kommst du mit deinen Ermittlungen voran?«

»Willst du das wirklich wissen?«

Sie nickte heftig und biss sich auf die Lippen. »Erzähl mir, dass es noch etwas anderes gibt als dieses Bett, diese Kammer und diesen Schmerz.«

Meine Kehle schnürte sich zu. »Jana, wenn ich dir nur helfen könnte, ich würde sofort durch alle Kreise der Hölle wandern und den Teufel an seinem Schwanz herauszerren.«

»Was hast du bis jetzt herausgefunden?«

Ich nahm ihre freie Hand und knetete sie vorsichtig. Die Eiseskälte war daraus gewichen. Ihr Gegendruck war dennoch so schwach wie der eines kleinen Kindes.

»Dass es ein paar Leute gibt, die von Pegnos Tod profitieren: Andrea, sein Bruder, weil er dadurch auf die Stelle rückt, die vorher Pegno ausgefüllt hat; so, wie ich ihn erlebt habe, ist die Führung eines Handelshauses seine wahre Berufung, und er weiß das auch. Fabio, weil er damit jemanden hat, in dessen Hände er beruhigt seine Nachfolge legen kann. Enrico, weil er mit Andreas Hilfe vielleicht dem Bankrott entrinnen kann.«

»Du willst doch nicht sagen, Pegnos Familie habe sich verschworen, um ihn umzubringen? Sie hätten ihn doch einfach statt Andrea ins Kloster schicken können.«

»Sicher, aber überleg dir den Skandal. Fabio ist ein Mann, den die Stadt mit diplomatischen Missionen betraut. Wenn sich herausstellt, dass er in seinem eigenen Umfeld nicht einmal so viel Menschenkenntnis besaß, um zu wissen, welcher seiner Söhne sich besser für sein Geschäft eignet ...«

»... dann ist er die längste Zeit für die Serenissima unterwegs gewesen.«

»Richtig.«

»Aber seine Mutter wird doch sicherlich nicht ihre Zustimmung gegeben haben, ihren ältesten Sohn ermorden zu lassen?«

»Man muss sie ja nicht eingeweiht haben.«

Jana schüttelte schwach den Kopf. »Das wäre so ungeheuerlich ...«

»Wenn man das Schlimmste von seinen Mitmenschen annimmt, wird man selten enttäuscht.«

»Was ist mit dem Polizisten?«

»Paolo Calendar? Der hat nur Sorge, ich könnte ihm seine einzige Chance zunichte machen, sich wieder bei seinen Vorgesetzten einzuschmeicheln. Er hat seinen eigenen Fall zu klären, der mich seinen Worten nach nichts angeht, aber manchmal hege ich da so meine Zweifel.«

»Er war immer dort, wo man die Toten gefunden hat, wenn ich mich recht erinnere.«

»Das haben wir uns schon gegenseitig vorgehalten. Ich glaube nicht, dass er mit den Morden etwas zu tun hat. Er sucht nach einem jungen Burschen, dem Sohn eines Thronprätendenten drüben aus dem Schwarzen Meer, der von Piraten entführt und womöglich in die Sklaverei verkauft worden ist.«

»Der arme Junge!«

»Nicht ärmer als die Gassenkinder hier, wenn man es recht bedenkt. Außer, dass er dieses Leben nicht gewöhnt ist.«

»Sie sind alle zu bedauern.«

»Die Gassenjungen haben jedenfalls gelogen«, sagte ich grimmig. »Sie haben gar nichts gesehen; oder etwas anderes als das, was sie ausgesagt haben. Entweder man bedroht sie, oder man hat sie für die falsche Aussage bezahlt. Moro hat mir gegenüber erwähnt, manchmal würden die kleinen Kerle für finstere Machenschaften missbraucht. Vielleicht ist das auch so ein Fall. Dass einer von ihnen bereits auf mysteriöse Weise getötet worden ist, spricht dafür.«

»Und wie willst du das alles beweisen?«

»Ich kann es nur, wenn ich mit Fratellino spreche, dem zweiten Zeugen aus dem Arsenal. Ich bete zu Gott, sein Versteck ist wirklich gut. Sollte sich alles so verhalten, wie ich es dir geschildert habe, dann bin ich nicht der Einzige, der nach ihm sucht. Und die anderen haben alle bessere Möglichkeiten, ihn zu finden, als ich. Ich habe nur seine Schwester, Caterina, die im Waisenhaus von Rara de Jadra lebt.« Ich brummte missmutig. »Wenn ich mich nicht beeile, kommt mir dieser Idiot Chaldenbergen mit seiner wichtigtuerischen guten Tat noch in die Quere und bringt Caterina nach Lübeck.«

»Wer ist Chaldenbergen?«

»Ein Kaufmann aus dem Fondaco. Rara de Jadra, die das Haus führt, in dem Caterina lebte, hat es geschafft, Chaldenbergen so für Caterina einzunehmen, dass er sie mit zu sich nach Hause nehmen will. Er denkt scheinbar sogar daran, sie an Tochters statt aufzunehmen.«

Jana starrte mich mit aufgerissenen Augen an. Ich sah, wie hinter ihrer bleichen Stirn die Gedanken rasten. Ihre Finger bewegten sich unruhig in meiner Hand. »Was ist los?«, fragte ich alarmiert.

Sie seufzte. »Ich glaube, ich sollte dir etwas erzählen, aber wenn ich es tue, breche ich ein Versprechen.«

»Wem hast du es gegeben?«

»Fiuzetta.«

Ich horchte auf. »Sie hat dir etwas erzählt, das mit dieser Geschichte zusammenhängt?«

»Ich erkenne erst jetzt, dass eine Verbindung besteht.«

»Und diese Verbindung ist ...«

»... Caterina.«

»Jana, was weißt du?«

»Du solltest mit Fiuzetta selbst sprechen.«

Ich nickte und schickte Julia, das Mädchen zu holen.

Als Fiuzetta das Zimmer betrat, bat ich sie, sich auf das Bett zu setzen. Sie musterte mich argwöhnisch. Es war ihr nicht entgangen, dass diesmal nicht Jana im Mittelpunkt stand, sondern sie selbst. Sie strich über Janas Stirn, ließ mich dabei aber nicht aus den Augen.

»Ich glaube, du solltest ihm erzählen, was du mir erzählt hast«, sagte Jana.

Fiuzettas Gesicht verschloss sich. Sie schüttelte den Kopf.

»Es ist wichtig«, drängte Jana. »Ich habe dir versprochen,

nichts davon weiterzugeben, deshalb musst du es Peter selbst sagen.«

»Warum?«

»Kannst du dich erinnern, dass ich dir sagte, die Schwester des Gassenjungen, nach dem ich suche, lebt bei Rara de Jadra? Sie heißt Caterina.«

»*Si.*«

»Das stimmt ab heute nicht mehr.«

Fiuzetta hob die Augenbrauen. Eine kleine Veränderung in ihrem Blick teilte mir mit, dass sie bereits ahnte, was ich sagen wollte.

»Ein reicher Kaufmann aus dem Fondaco dei Tedeschi hat sie zu sich genommen. Heinrich Chaldenbergen.«

Sie nickte.

»Warum sagst du nicht, dass sie Glück gehabt hat?«

Fiuzetta senkte den Kopf. Jana drückte meine Hand. Lass es langsam angehen, bedeutete diese Geste. Ich seufzte.

»Fiuzetta, wenn das stimmt, was du mir erzählt hast, kannst du ihr vielleicht helfen«, flüsterte Jana.

Fiuzetta schüttelte den Kopf und verschränkte die Arme vor der Brust. »Niemand kann helfen.«

»Es hat nur noch niemand versucht«, erklärte Jana, und dies entsprach so sehr dem, was auch ich Fiuzetta als Grund für die Suche nach Fratellino angegeben hatte, dass wir beide überrascht zu Jana sahen.

»Chaldenbergen hat ein Haus in Cannareggio gemietet. Er verfügt über so gute Beziehungen zum Rat der Zehn, dass er es nicht einmal nötig hat, im Fondaco zu logieren.«

Fiuzetta ballte die Fäuste.

»*Venezia*«, sagte sie, »ist der beste Ort der Welt. Viel Glauben, viel Mitgefühl. Die Regierung sieht auf alle Menschen und will Gerechtigkeit. Es gibt keinen Herzog, keinen König, keinen *caesar*. Nur die Serenissima und die Räte. Es ist viel Licht in *Venezia*.«

»Viel Licht. Das sagst ausgerechnet du. Ist Fabio Dandolo

nicht ein Vertreter seines Stadtsechstels? Ist er ein gerechter Mann?«

»Viel Licht macht auch viel Schatten. Das ist wie mit der Sonne. Wenn sie auf ein großes Haus scheint, glänzt alles und ist hell. Aber da und dort gibt es kleine Schatten, und weil alles so blendet, kann man nicht erkennen, was in den Schatten ist. Man kann sich verstecken in den Schatten, und niemand sieht es.«

Ich fragte mich, worauf sie hinauswollte. Fiuzetta zerknüllte eine Ecke von Janas Laken mit den Händen. Sie kämpfte mit den Worten.

»Es gibt Menschen, die die Schatten suchen und sich dort verbergen. Sie machen ihre Geschäfte in den Schatten und mit der Dunkelheit.« Sie seufzte. »Männer haben zu Hause ihre Frauen. Sie machen Liebe mit ihnen, haben Kinder und Familie. Die Frau wird älter und mag nicht mehr Liebe machen, weil sie Angst hat zu sterben wegen noch einem Kind. Für den Mann ist das aber gar nicht so schlimm, denn er mag auch nicht mehr Liebe machen mit einer alten Frau. Er erinnert sich, dass sie früher jung war. Er erinnert sich an straffe Haut und ein glattes Gesicht und sieht sich um, ob er wieder so etwas findet.«

»Er nimmt sich eine Kurtisane.«

»Viele. Manche nicht. Manche haben eine falsche Erinnerung an früher, und manche sind einfach böse geworden oder waren es immer schon. Sie sehen eine junge Frau und denken: Oh, sie ist nicht jung genug. Sie sehen ein junges Mädchen und denken: das schon eher.«

»Was willst du mir sagen?«, fragte ich, erfüllt von einer dumpfen Vorahnung.

»Es sind nicht alle so«, rief sie hastig. »Es gibt aber manche, die leben im Schatten ihrer eigenen Lust und suchen in der Dunkelheit nach einem Kitzel, der auf keinem anderen Weg mehr kommt. Und es gibt wieder welche, die verkaufen die Dunkelheit.«

Jana legte eine Hand auf Fiuzettas rastlos knetende Finger.

Fiuzetta packte zu, als hinge sie an einem Abgrund und Janas Hand wäre das Einzige, was sie vor dem Absturz retten könnte.

»Ein Sklavenhändler will einen guten Preis machen für seine Ware. Er hat einen jungen Mann, der gut arbeiten kann, und verkauft ihn für viel Geld. Er hat eine junge Frau, die schön ist und auf die Kinder aufpassen oder gefickt werden kann, und für die kriegt er auch viel Geld. Er hat ein junges Mädchen, und er kann es für gar nichts verkaufen. Das Mädchen ist zu schwach zum Arbeiten und zu dumm, um auf die Kinder aufzupassen ...«

»... und zu jung fürs Bett.«

Sie schüttelte grimmig den Kopf. »Zu *dumm* fürs Bett. Er muss die Ware ...« – sie dachte über das fehlende Wort nach – »verfeinern? Er geht zu einem Wirt in einem Winkelhaus und sagt: Gib der Kleinen eine Ausbildung, sie muss so gut sein im Bett wie eine Nutte. Ich gebe dir dafür Geld.«

Ich sah sie entsetzt an. »Du meinst, die Sklavenhändler bringen ihre jungen Mädchen in ein Bordell und lassen sie dort in den Liebeskünsten ausbilden? Und zahlen dafür?«

»Es dauert ein paar Wochen. Manche Mädchen wollen nicht, verstehst du? Man muss sie hungern lassen. Man kann sie nicht schlagen, denn es schadet der feinen Haut. Die meisten wollen nach ein paar Tagen Hunger. Der Sklavenhändler fragt dann seine Freunde und fragt bei den Nutten herum und ihren Wirten: Hast du einen Kunden mit komischen Wünschen? Eine Nutte hat einen, und sie gibt den Namen gegen Geld preis. Der Sklavenhändler geht zu dem Mann und sagt: Du hast besondere Wünsche, ich habe besondere Ware. Kommen wir ins Geschäft?«

»O Gott«, stieß ich hervor.

»Aber das ist normal«, sagte Fiuzetta rau. »In *Venezia* muss es heimlich passieren wegen der strengen Gesetze der Serenissima. Geh bloß mal nach *Roma*, in der heiligen Stadt gibt es ganze Häuser für die kleinen *angelini*.«

»Was hat das mit Pegnos Tod zu tun?« Ich warf Jana einen Blick zu, aber sie ließ ihre Augen nicht von Fiuzetta.

»Erzähl ihm, was du mir erzählt hast.«

Fiuzetta schüttelte den Kopf. Sie hielt ihre Augen auf ihren Schoß gerichtet und eine Hand wie beschützend vor ihren Leib gelegt.

»Du hast es mir doch auch erzählt.«

»Das ist was anderes. Du bist keine *tedesca.*«

»Ich bin die Frau eines *tedesco.*«

»Es ist trotzdem was anderes.«

»Du brauchst nicht weiter in sie zu dringen«, sagte ich und fühlte, wie sich mein Magen umdrehte. »Die deutschen Kaufleute aus dem Fondaco sind die besten Kunden dieser Sklavenhändler.«

Jana schüttelte den Kopf. »Es ist schlimmer«, sagte sie tonlos.

»*Tedeschi* wollen auch junge Mädchen«, sagte Fiuzetta. »Aber sie sollen nicht ausgebildet sein. *Innocenti*, verstehst du? Ist spannender.«

»Chaldenbergen«, knurrte ich. »Er hat Caterina sicherlich nicht aus Nächstenliebe bei sich aufgenommen.« Ich räusperte mich. »Jedenfalls nicht, was wir darunter verstehen. Und heute Abend nach dem Fest wird er seine neu erworbene Unschuld aufsuchen und in seinem Rausch … Ich könnte kotzen!«

Fiuzetta schüttelte wieder den Kopf und vermied es weiterhin, uns in die Augen zu blicken.

»Habe ich etwas falsch verstanden?«, fragte ich und hoffte, alles falsch verstanden zu haben.

»*No.*«

»Weshalb schüttelst du dann den Kopf.«

»Wenn du wüsstest«, sagte sie, »wenn du wüsstest …«

»Dann lass es mich wissen!«, rief ich. Fiuzetta stand mit den Bewegungen einer alten Frau auf.

»Gianna ist erschöpft«, erklärte sie. »Sie möchte sich

waschen und muss dann wieder schlafen. Du musst jetzt gehen.«

»Fiuzetta, du kannst mir vertrauen. Was habe ich falsch verstanden?«

»Vertrauen ist nicht das Problem. Ich vertraue dir und Gianna.«

»Weshalb erklärst du mir dann nicht …«

»Weil ich vermeiden will, dass du in Dinge verwickelt wirst, die du nicht begreifst. Weil die Gefahr besteht, dass du dabei umkommst.«

Jana machte ein entsetztes Geräusch. Ich biss die Zähne zusammen und knurrte: »So leicht kann mir keiner den Pelz abziehen.« Ich tat sicherer, als ich mich fühlte.

»Peter, bitte pass auf«, sagte Jana. »Du bist alles, was ich habe.«

Ich hätte beinahe gesagt, dass sie sich um mich keine Gedanken machen solle. Wenn etwas Schlimmes passierte, dann passierte es nicht mir. Es stieß immer nur denen zu, die ich liebte. Doch ich nickte nur und streichelte ihr Gesicht.

»Ich werde mit Calendar reden. Er ist ein Polizist. Fiuzetta, ich warte unten auf dich. Wenn du hier fertig bist, bringe ich dich zum Dogenpalast, und du kannst Calendar erzählen, was du Jana und mir …«

»Ich gehe nicht zur *milizia!*«

»Aber Fiuzetta, du hast es in der Hand, Caterina zu helfen.«

»Du verstehst viel zu wenig.«

»Vielleicht versteht die Polizei mehr.«

»Niemals. Keine *milizia.* Kein Paolo Calendar. Tu, was du willst. Du kannst mich hintragen, und ich werde nichts sagen. Und wenn du dort meinen Namen nennst, damit sie zu mir kommen, dann lüge ich. Was *messère* Dandolo kann, kann ich auch.«

»Wer wird mir denn glauben, wenn du die Aussage nicht bestätigst?«

»Ich muss es wissen, denn ich bin eine Nutte und kenne mich mit diesen Dingen aus, stimmt's?«

»O Fiuzetta, so habe ich das doch nicht gemeint.«

Sie legte mir eine Hand auf den Arm und seufzte. »Geh nicht«, sagte sie. »Rede nicht mit Paolo Calendar.«

»Warum denn nicht, zum Teufel noch mal?«

»Wenn du für ein paar verlorene Kinder sterben willst, dann ist das ein schöner christlicher Gedanke«, erklärte sie, »aber noch christlicher ist es, für Gianna am Leben zu bleiben.«

»Peter, bitte«, flüsterte Jana.

Ich stand auf. »Ich werde nicht tatenlos zusehen, wie dieser perverse, aufgeblasene Schweinehund ein junges Mädchen für seine ekelhaften Zwecke aus dem Waisenhaus holt. Wenn sich unter den deutschen Kaufleuten hier solche Schufte befinden, dann muss vielleicht auch ein deutscher Kaufmann versuchen, dem Ganzen einen Riegel vorzuschieben.« Ich schnaubte. »Außerdem brauche ich Caterina, wenn ich an Fratellino herankommen will.«

Ich fing einen kurzen Blick von Fiuzetta auf und verstummte. Ich hatte das Gefühl, dass dieser Blick sagte: Auch du benutzt sie nur. Ich küsste Jana auf die Stirn, drückte ihr die Hand und versprach ihr, auf mich aufzupassen. Sie sah aus, als zweifele sie daran. Noch mehr allerdings machte sie den Eindruck, als hätte dieses Gespräch sie ausgelaugt wie ein zehnstündiger Fußmarsch durch unwegsames Gelände.

Ich machte mich auf den Weg zu Paolo Calendar, nicht ohne daran zu denken, dass ich kein Wort mit Jana über das gesprochen hatte, was eigentlich unser einziges Anliegen sein sollte: unsere Zukunft als Familie. Voller Grimm stellte ich fest, wie sehr ich darüber erleichtert war.

Und ich fragte mich, wie es sein konnte, dass Fiuzetta Calendars Vornamen kannte, obwohl ich ihn nicht genannt hatte.

10

Ich verirrte mich an einer Kreuzung, an der die gepflasterte *salizzada*, der ich gefolgt war, nur noch nach links oder rechts weiterging. Ich folgte instinktiv dem breiteren Weg nach links, gelangte zu einer Kirche und schlug mich nach rechts und landete in einer Gassenflucht, von der in beide Richtungen weitere kleine *calli* wegführten wie das Gerippe eines Fisches. Die Hauptgasse und die Seitengässchen waren wie ausgestorben, bis auf zwei Männer, die sich angeregt unterhielten und nach mir in die Gasse einbogen.

Sie schienen ebenso wie ich unschlüssig zu sein, ob sie hier richtig waren: Sie spähten in eine Seitengasse, blieben stehen und diskutierten, gingen wieder ein paar Schritte und waren dann erneut uneinig über die Richtung, die sie einschlagen sollten.

In einer kleinen *calle*, an deren Ende ein *rio* zu sehen war, aber keine Brücke, die über ihn hinwegführte, hockten drei Gassenkinder auf dem Boden. Sie schienen eine Mahlzeit ergattert zu haben und teilten sie nun untereinander. Sie sahen auf, als ich in die Gasse hineinblickte, und ich erkannte, dass es sich um ein kleines Mädchen und zwei Jungen handelte. Das Mädchen konnte noch keine sechs Jahre alt sein. Es riss einem der beiden Knaben ein Stück Gebäck aus der Hand, als er für eine Sekunde von meinem Anblick abgelenkt wurde. Ich ging schnell weiter, aber schon nach wenigen Metern hatten sie mich eingeholt und bettelten um ein Almosen. Ich seufzte und blieb stehen. Sie lauerten in respektvollem Abstand darauf, was ich tun würde; ich kramte drei kleine Münzen aus der Börse und warf sie ihnen zu. Sie steckten sofort die Köpfe zusammen, berieten über den Wert des erhaltenen Almosens und warteten auf mehr.

»Das reicht«, rief ich, halb belustigt. »Ich muss noch was für eure vielen Freunde aufsparen.«

Das Mädchen hob in einer Geste, die mehr unbewusst als einstudiert wirkte, beide Hände und faltete sie vor dem Gesicht. Sein langes Haar war struppiger als das eines Straßenköters, und seine Arme waren von den Handgelenken bis zu den losen Fäden der zerschundenen Ärmellöcher voll schuppiger Haut. Der Ausschlag hatte das Gesicht bis jetzt noch verschont. Ich sah auf die Füße des Mädchens und erkannte unter dem Schmutz dieselben unregelmäßigen Schuppen wie die Borke eines Baumes. Wo sich einzelne Schuppen gelöst hatten oder weggekratzt worden waren, entblößten sich hellrote, wunde Stellen. Ich verzog das Gesicht. Das Mädchen blieb in seiner flehenden Haltung stehen und versuchte ein scheues Lächeln. Ich fasste nochmals in die Börse, doch ich war ungeschickt und verlor ein paar Münzen. Die Kinder waren schneller heran, als die Geldstücke auf den Boden klingeln konnten. Sie waren zwischen meinen Beinen und sprangen um mich herum, und noch bevor ich das Gefühl haben konnte, in eine Meute aufgeregter Jagdhunde geraten zu sein (ich war der Fuchs), huschten sie schon wieder davon. Ich war sicher, dass keines der heruntergefallenen Geldstücke übersehen worden war. Sie starrten mich an, fluchtbereit, sollte ich meinen Verlust wieder einfordern wollen. Ich winkte ihnen zu, sich zu trollen. Sie riefen etwas, das von einem Dank bis zu einem Fluch alles sein konnte, und stoben davon. Ich schüttelte den Kopf und grinste.

Die zwei Männer, die sich zuvor über den Weg uneinig gewesen waren, schlenderten jetzt in meine Richtung, und einer rief zu mir herüber. Sie kamen mir vage bekannt vor, doch woher sollte ich zwei beliebige Venezianer kennen. Ich breitete die Arme aus, um ihnen zu zeigen, dass ich hier noch fremder war als sie, und dachte kurz daran, auf jede Frage mit *»Sempre dritto!«* zu antworten. Doch im nächsten Moment hatten sie meine Arme gepackt, und ich fühlte, wie mir die Spitze eines Dolches in die linke Seite gedrückt wurde. Bestürzt starrte ich sie an.

Sie waren keine Straßenräuber, und jetzt wusste ich auch, woher ich sie kannte. Bei der Rialto-Brücke heute Mittag hatte ich ihnen Platz gemacht, damit sie aus ihrem Boot aussteigen konnten, und danach hatte ich sie hinter dem Bauern mit seinem Esel beim Lieferanteneingang des Fondaco warten sehen. Sie waren keine Lieferanten. Sie waren mir mindestens seit meinem Besuch bei Rara de Jadra gefolgt.

»*Che cosà?*«, fragte ich rau.

Sie lächelten mich kalt an und nahmen mich in die Mitte. Sie hakten sich links und rechts ein, sodass es für einen Vorbeigehenden aussehen musste, als seien drei gute Freunde zusammen unterwegs. Der Dolch drückte in meine Seite. Es brauchte nur einen kleinen Ruck, um die Klinge zwischen meinen Rippen in mein Herz zu stoßen. Sie machten einen Schritt, und ich stolperte notgedrungen mit.

Sie führten mich bis zum Ende der Hauptgasse und bogen dort nach links ab in ein weiteres Gassengewirr. Ich erkannte, dass sie mich von der Piazza San Marco wegführten, in Richtung zum Arsenal. Wir überquerten einen breiten *rio*; es war der Kanal, in den ich Fulvio gestoßen hatte. Mit wild klopfendem Herzen erwartete ich, dass sie mich hinaus auf die Riva degli Schiavoni zerren und zu Barberros Kogge bringen würden, doch sie marschierten weiter auf das Arsenal zu. Nach einem verstohlenen Seitenblick kam ich zu dem Schluss, dass sie nicht wie Angehörige von Barberros Mannschaft aussahen; dessen Leute wirkten eher exotisch, so wie Ursino. Meine beiden neu erworbenen Freunde wären in keiner Menschenmenge aufgefallen. Sie trugen ihr Haar halblang, ihre Kopfbedeckungen waren einfach, ihre Gewänder schlicht und nicht ungepflegt. Sie hätten jedermann sein können. Sie hätten Polizisten sein können wie Paolo Calendar. Aber sie waren ganz sicher keine Polizisten.

»Wenn ihr mir sagt, wohin ihr mich bringen wollt, gehe ich von ganz allein mit«, erklärte ich. Es war ebenso fruchtlos wie all meine weiteren Versuche, sie zum Reden zu bringen. Mein Venezianisch war zu kläglich, andere Sprachen schienen sie nicht zu verstehen, und es war außerdem zu bezweifeln, dass sie mir geantwortet hätten, selbst wenn ich ihren Dialekt beherrscht hätte. Sobald wir an anderen Leuten vorüberkamen, unterhielten sie sich laut und lachten, sodass es aussah, als stünden wir drei im besten Einvernehmen. Ich schnappte auf, dass sie Unsinn redeten und nur dem Schein genügen wollten. Ganz offensichtlich waren sie trotz aller zur Schau getragenen Gelassenheit viel zu nervös, um sich auch noch sinnvoll unterhalten zu können. Eine Erkenntnis, durch die meine eigene Nervosität nicht gerade geringer wurde. Was immer sie mit mir vorhatten, ihre eigene Aufregung konnte dazu führen, dass der Dolch mehr oder weniger unabsichtlich zwischen meinen Rippen landete. Sie waren keine professionellen Strauchdiebe; jemand hatte sie für diese Aufgabe angeheuert.

»Wer bezahlt euch? Fabio Dandolo? Andrea? Barberro, der Sklavenhändler?«

Sie schwatzten mit aufgesetzter Fröhlichkeit, als wir uns durch eine kleine Menschenansammlung schoben. Der Druck der Klinge verstärkte sich, sodass ich die Zähne zusammenbeißen musste, um nicht auszuweichen. Wir kamen bei den Bäckereien auf die Riva degli Schiavoni heraus und bogen sofort Richtung Osten ein. Barberros Schiff lag hinter uns. Wir passierten das Arsenal. Ich erkannte, dass sie mich in die verwahrloste Gegend des Elendsviertels schleppen wollten. Mein Herz begann noch schneller zu schlagen. Wenn sie mich zu einem Platz bringen wollten, an dem sie mich bequem und ohne Zeugen abstechen konnten, waren sie auf dem richtigen Weg. Vielleicht war eine rasche Flucht möglich, vielleicht konnte ich den Überraschungseffekt nutzen und mich losreißen, aber ich wagte nicht, die Muskeln zu spannen, um zu prüfen, wie fest ihr Griff wirklich war. Ich musste mir etwas einfallen lassen, solange wir uns noch in diesem belebten Teil von Castello befanden; ihrem Verhalten nach zu urteilen, würden sie nichts unternehmen, während wir von Zeugen umgeben waren. Ich versuchte, ruhig zu atmen und meine Furcht zu verdrängen, konnte aber kaum einen klaren Gedanken fassen.

Zu sagen: *Ich habe Geld!*, wäre eine Idee gewesen. Aber wieso sollte ich ihnen anbieten, was sie sich nur zu nehmen brauchten, während ich in der Ecke eines verlassenen Gebäudes mein Leben aushauchte? *Ich habe Freunde, die mich rächen werden!*, war ein weiterer nutzloser Gedanke. An wem sollten mich meine fiktiven Freunde rächen, wenn es vermutlich schon Tage dauern würde, bis sich erst einmal mein Leichnam fand? *Ihr macht einen Fehler, ich arbeite mit der Polizei zusammen!* Wahrscheinlich wussten sie genau, dass das nicht stimmte, denn jemand hatte sie zielgerichtet auf mich angesetzt. *Ich weiß alles über euren Auftraggeber; wenn mir etwas zustößt, werden es die Behörden erfahren!* Der Trick war so alt wie die Welt und ebenso unglaubwürdig.

Abgesehen davon reichten meine Sprachkenntnisse nicht aus, auch nur irgendetwas Zusammenhängendes von mir zu geben.

Das Arsenal hatten wir inzwischen hinter uns gelassen. Wie ich erwartet hatte, führten sie mich tatsächlich zum Elendsviertel. Ich spitzte die Ohren, um etwa das Geschrei der Katzenspieler zu hören, aber ich vernahm nichts außer meinem eigenen Herzschlag, lauter als Kirchenglocken. Vor weniger als einer Stunde hatte ich Jana versprochen, auf mich aufzupassen. Fraglich, ob die Katzenspieler eingreifen würden, wenn sie einen Mordversuch beobachteten; eher würden sie auf die Zeit wetten, die das Opfer brauchte, um den Geist aufzugeben.

Ich kämpfte gegen den Gedanken an, möglicherweise hier zu sterben, und verlor. Meine Beine marschierten von allein weiter, ausschließlich angetrieben vom schmerzhaften Druck der Dolchklinge in meiner Seite. Die Spitze war zu stumpf, als dass sie durch meine Kleidung hätte schneiden können, aber doch spitz genug, dass der Druck einen scharfen Schmerz auslöste. Es würde Kraft brauchen, sie durch den Stoff in mein Herz zu stoßen, und ich bezweifelte nicht, dass die Hand, die den Dolch hielt, über diese Kraft verfügte. Ein seltsamer Schwindel überkam mich, die Gedanken in meinem Kopf rasten wie ein Mahlstrom.

Weiter vorn bogen vier Gassenjungen um die Ecke und stoppten, als sie uns sahen. Es hätten auch vierzig sein können, von ihnen war keine Hilfe zu erwarten. Ich schluckte und fing einen Blick von dem Mann auf, der den Dolch hielt. Er grinste breit. Ich versuchte seinem Blick standzuhalten, aber nach ein paar Momenten fühlte ich mich wie das Kaninchen, das die Schlange fixiert, und gab auf. Er grinste noch breiter und presste den Dolch probehalber ein wenig stärker zwischen meine Rippen. Mein Rücken begann wegen der unnatürlichen Haltung zu protestieren, mit der ich versuchte, dem ärgsten Druck auszuweichen. Der zweite Mann machte den ersten auf die Kinder aufmerksam, die in der staubigen Gasse standen. Sie gingen beide ein wenig langsamer, bis ihnen bewusst wurde, dass es sich nur um Gassenkinder handelte, dann nahmen sie ihren alten Tritt auf.

Die Kinder beobachteten uns aufmerksam, als wir uns ihnen näherten. Wir mochten auf sie wirken wie drei leicht angetrunkene Männer, die auf der Suche nach einem Wettspiel waren oder einem schnellen, billigen Verkehr mit einer verzweifelten Frau oder nach sonst einem finsteren Geschäft hier im Elendsquartier, und mit Letzterem lägen sie gar nicht so falsch. Sie hielten uns nicht für ihresgleichen: Als wir nahe genug heran waren, begann der schrille Diskant, mit dem sie um Almosen bettelten. Sie waren älter als die drei, denen ich vorhin Geld gegeben hatte, aber sie bettelten nicht weniger eindringlich.

Ich verstand, dass einer meiner Entführer zu seinem Kumpan sagte, es würde mir gut anstehen, den Ärmsten ein wenig Geld zu spenden, da dies den Himmel für die Aufnahme meiner Seele günstig stimmen würde, und sie schütteten sich beinahe aus vor Lachen. Als wir mit den Kindern auf gleicher Höhe waren, hielten sie mich an, riefen ihnen etwas zu, und der Mann zu meiner Rechten ließ meinen Arm los, um meine Börse zu öffnen. Er fasste achtlos hinein und kam mit einer ganzen Faust voll Geld heraus. Die Gassenkinder würden mein Leichenbegängnis würdig feiern können.

Als er die Faust ausstreckte, schlug ich ihm die Münzen aus der Hand.

Das Geld klimperte in einem silbernen Regen zu Boden. Die Kinder huschten sofort heran und begannen mit wildem Geschrei um die Münzen zu balgen. Der Mann, dem ich mein Geld aus der Hand geschlagen hatte, kam ins Straucheln und fluchte, als zwei Kinder zwischen seine Beine rollten. Der andere riss die Augen auf, und der Druck des Dolchs ließ für einen Moment nach.

Er hatte sich mit dem rechten Arm bei mir untergehakt und mit der linken Hand die Klinge in meine Seite gedrückt. Ich wirbelte nach links herum; überrascht, wie er war, wurde er mitgezogen, der Dolch rutschte ab, der Druck verschwand. Ich stieß einen Schrei aus und schob ihn vor mir her, bis wir auf der gegenüberliegenden Seite der Gasse an eine Hauswand prallten. Er stieß hustend die Luft aus. Ich hob ein Knie und setzte es mit aller Kraft, die ich aufbringen konnte, dorthin, wo es ihm wirklich wehtat. Seine Augen weiteten sich vor Schmerz. Ich ließ sein Wams los, packte seinen Kopf an beiden Seiten an den Haaren und schlug ihn gegen die Mauer. Sein Blick wurde glasig. Ich zerrte ihn zu mir her und hämmerte ihn wieder gegen die Mauer. Er verdrehte die Augen und ging in die Knie. Ich ließ ihn los und sprang zurück. Langsam rutschte er an der Hauswand nach unten. Wo ich seinen Kopf beim zweiten Mal gegen den Stein geschlagen hatte, war ein kleiner Blutfleck, der sich nach unten fortsetzte, als er zu Boden ging. Der Dolch fiel aus seiner Hand. Ich riss ihn an mich und fuhr herum.

Der zweite Mann stoppte kurz vor mir und wich zurück. Ich streckte ihm den Dolch entgegen und versuchte, die Stellung eines Messerkämpfers einzunehmen. Er blickte finster, als er seinen reglosen Kameraden sah, dann lächelte er böse und zog seinen eigenen Dolch heraus. Er hielt ihn lässig in der Rechten und winkte mir zu. Ich hatte ihn nicht davon überzeugt, ein besserer Messerstecher zu sein als er.

Inzwischen hatten die Kinder die Münzen aufgesammelt. Sie hörten mit dem Gekreische und der Balgerei auf und sahen zu uns herüber. Die Gesichter angespannt, kamen sie ein paar Schritte näher heran und blieben dann stehen. Ich hatte das Gefühl, unversehens in ein Wettspiel geraten zu sein. Mein Gegner machte einen Ausfallschritt und hätte mir beinahe den Dolch aus der Hand geschlagen. Ich wich zur Hauswand zurück. Ich war noch hilfloser als die Katze.

Er versuchte mich mit einer Handbewegung seiner Linken abzulenken und stieß mit der Rechten zu, aber die Finte war zu simpel. Ich sprang zur Seite, und wir hatten die Stellung gewechselt. Ich drang sofort mit dem Dolch auf ihn ein, aber er parierte den Stoß, stieß selbst zu, ich spürte einen brennenden Schmerz am Unterarm, wich aus und stand wieder mit dem Rücken zur Mauer. Mein Gegner richtete sich auf und grinste. Ich wagte nicht, auf meine Verletzung zu sehen. Sie war oberflächlich, aber sie schmerzte höllisch.

»*Cazzo!*«, zischte ich das Schimpfwort, das ich Rossknechten abgelauscht hatte. Er antwortete mit einer Reihe weiterer Beschimpfungen, die die meine sicherlich um einiges übertrafen.

Die Kinder sahen uns mit weit aufgerissenen Augen zu, machten aber keinerlei Anstalten, einem von uns beiden zu Hilfe zu eilen. Sie hatten keine Veranlassung dazu; wir waren ihnen egal. Es gab nur eines, das sie interessierte. Ich riss meine Börse vom Gürtel, dass die Knöpfe davonsprangen, und schleuderte sie meinem Gegenüber vor die Füße. Sie öffnete sich, und die Münzen verteilten sich über den Boden. Er blickte überrascht nach unten und fuhr herum, als die Kinder sich johlend auf diese neue Gabe stürzten, seinen Dolch missachtend. Ich zögerte nicht; ich sprang ihm in den Rücken und brachte ihn zu Fall, ließ meine Klinge los und griff in bewährter Weise in sein Haar, um seinen Kopf gegen den Boden zu hämmern. Die Kinder schrien auf und krochen hastig davon. Er leistete kaum Widerstand. Ich rollte mich von ihm herunter und ergriff meinen Dolch wieder. Er krümmte sich zusammen und stöhnte. Sein Gesicht war bleich, auf der Stirn hatte er eine Platzwunde, wo ich sie gegen den Boden geschlagen hatte. Er schien einen weicheren Schädel als sein Kumpan zu haben. Ich fühlte eine grimmige Befriedigung bei seinem Anblick.

Dann erst sah ich, dass er in seine Klinge gestürzt war. Unser beider Körpergewicht hatte sie tief in seinen Unterleib getrieben. Er umklammerte sie mit beiden Händen und öffnete den Mund, aber kein Schrei kam heraus. Seine Augen waren glasig.

»Nicht rausziehen«, keuchte ich. Er tat es trotzdem und stierte entsetzt auf den Schwall Blut, der der Klinge folgte. Dann entrang sich ein krächzender Schrei seinem Mund.

»Verfluchter Idiot«, stieß ich hervor und schleuderte meinen Dolch weg. Ich stand auf und schob auch seine Klinge mit dem Fuß beiseite. Meine rechte Hand war klebrig von meinem eigenen Blut, das aus dem Schnitt an meinem Unterarm hervorquoll. Er brannte wie Feuer. Er versuchte auf die Knie zu kommen und davonzukriechen. Ich sah zu seinem Kumpan hinüber, aber dieser war immer noch besinnungslos. Von der Platzwunde an seinem Hinterkopf rann ein dünnes Blutrinnsal in seinen Nacken. Ich spürte, wie die Druckstelle zwischen meinen Rippen zu pochen begann, und plötzlich wurden meine Knie weich. Ich taumelte zur Hauswand hinüber und hielt mich daran fest. Die Kinder starrten von mir zu den beiden Männern und zurück. Sie schwiegen.

»Ihr müsst Hilfe holen«, krächzte ich. *»Aiuto.«*

Sie verstanden es falsch. Sie dachten, *ich* bräuchte Hilfe. Sie erinnerten sich daran, dass das Geld aus meiner Börse gekommen war, und vielleicht sagte ihnen auch ein Hauch von Gerechtigkeitsgefühl, dass ich derjenige gewesen war, der das Opfer dargestellt hatte. Einer der Jungen stieß einen rauen Schrei aus, und dann sprangen sie alle zu dem Davonkriechenden hinüber und ließen einen Hagel von Fußtritten auf ihn niederprasseln. Sie tanzten um ihn herum wie die Heiden um das Goldene Kalb, dass der Gassenstaub nur so aufwirbelte.

»Nein!«, schrie ich entsetzt. »Hört sofort auf.«

Sie ließen erst von ihm ab, als er bewegungslos am Boden lag. Sie lächelten befriedigt und wichen zurück. Ich weiß nicht, was sie in dem Mann sahen, während sie auf ihn eintraten: die Sklaventreiber, die beim Katzenspiel das Geld verdienten; die Gewissenlosen, die sich in ihr Viertel schlichen, um für billige Münze ihre Mütter, Schwestern und Freundinnen zu schänden; die kaltherzigen Priester, Kaufherren und Patrizier, die ihnen statt eines Almosens einen Fußtritt versetzten. Sie grinsten mich an, warfen misstrauische Blicke zu dem Besinnungslosen herüber, ob er sich etwa bewegte und nach der gleichen Behandlung wie sein Kumpan verlangte, dann wirbelten sie auf ihren bloßen Fersen herum und flohen.

Ich stieß mich ächzend von der Hausmauer ab und torkelte zu meiner Börse hinüber. Sie war so leer wie ein ausgekochter Markknochen. Ich rollte sie zusammen und stopfte sie unter meinen Gürtel. Mein Körper fühlte sich an, als hätte ich die Tritte der Jungen erhalten. Die beiden Dolche waren verschwunden; die Kinder hatten sie ebenfalls an sich genommen. Das Obergewand des zu Boden Getretenen war zerrissen: Sie hatten ihn nach Wertsachen gefilzt, ohne dass ich es bemerkt hatte. Ich ging neben ihm in die Hocke und betrachtete ihn. Er war über und über mit lehmfarbenem Staub bedeckt, sein Gesicht sah aus wie gepudert. Aus seiner Messerwunde rann langsam das Blut, unmäßig rot auf dem Staub. Doch es pulsierte nicht mehr, er schien keinen Herzschlag mehr zu haben. Ich brachte es nicht über mich, ihn am Hals zu berühren, um mich zu vergewissern.

Alles tat mir weh, als ich mich mühsam aufrichtete. Vergebens versuchte ich, jetzt noch so etwas wie Befriedigung zu empfinden. Er und sein Kumpan hatten mir ans Leder gewollt, doch das Glück war mir zu Hilfe gekommen und hatte den Spieß umgedreht. Wie sie jetzt so regungslos dalagen, empfand ich plötzlich Mitleid. Die Art, wie die Gassenkinder sich auf den Verwundeten gestürzt hatten, erinnerte an eine Meute Ratten, die über einen verletzten Hund herfallen. Irgendwie meinte ich, ich hätte es verhindern müssen. Ich hinkte zu dem Mann an der Hausmauer hinüber und fesselte seine Hände mit einem Stoffstreifen, den ich aus seinem Hemd riss, und seine Füße mit seinem eigenen Gürtel. Er begann zu stöhnen, als ich ihn in ein leer stehendes Haus schleifte, blieb aber besinnungslos. Dann straffte ich mich und marschierte davon.

Im Dogenpalast starrte man mich an wie einen vom Tode Auferstandenen. Ich fühlte mich dementsprechend. In den Gassen hatten mir die Menschen ebenso entgeistert nachgeblickt. Ich war langsam gegangen – nicht aus dem Gefühl der Sicherheit heraus, denn mir war klar, dass keine weiteren Totschläger auf mich warteten, solange der Auftraggeber meiner bisherigen Verfolger nicht erfahren hatte, wie es ihnen ergangen war, sondern weil ich mich nicht schneller bewegen konnte. Mir war übel von der überstandenen Angst, aber mehr noch von der Gewissheit, dass ein Mensch durch meine Hand gestorben war.

Ich wiederholte meine Frage nach Paolo Calendar so lange, bis mich jemand in den ersten Stock des Gebäudes wies und etwas von *avogardi* murmelte – Staatsanwälte. Ein Wachsoldat nahm sich meiner an und trottete hinter mir her, vermutlich weniger zu meinem Schutz als zu dem der *avogardi*. Vage wurde mir bewusst, dass ich mit meinen verschmutzten Kleidern und der blutigen Wunde an meinem Unterarm aussah wie ein verrückt gewordener Rächer. Die Türen der Zimmerflucht standen alle offen. Ich hinkte an ihnen vorbei und spähte in jeden Raum hinein. Die Gesichter, die sich mir zuwandten, bestanden ausnahmslos aus großen, erstaunten Augen und runden Mündern. Die Männer in den schwarzen Roben, die hinter ihren Schreibpulten oder am Fenster standen, wirkten wie in einen Käfig gesperrte Raben, die jemand durch unsanftes Klopfen aus dem Schlaf gerissen hat. Ich merkte, dass mein Verstand sich auf Abwege begab, und hoffte, bald auf Paolo Calendar zu stoßen, bevor ich tatsächlich große Raben sah oder kichernd auf den Fußboden sank.

Calendar diskutierte mit einem der *avogardi* im vorletzten Arbeitszimmer des langen Ganges. Ich stolperte hinein, und beide sahen mich fassungslos an. Der Wachsoldat stürzte mir nach und streckte die Hände aus, um mich zu ergreifen. Calendar erkannte mich und eilte mir entgegen. Er winkte dem Wachsoldaten und schickte ihn mit ein paar Worten hinaus. Die Miene des Staatsanwalts, mit dem er gesprochen hatte, wechselte von Überraschung zu ärgerlichem Argwohn. Calendar entschuldigte sich bei ihm und führte mich aus dem Raum.

»Was ist Ihnen denn zugestoßen?«, fragte er und musterte mich. Seine Augen verengten sich, als er die blutige Wunde entdeckte.

»Ich war wieder mal an der falschen Stelle«, brummte ich und lehnte mich an die Wand. »Kann ich mich irgendwo hinsetzen?«

Calendar führte mich zurück ins Treppenhaus zu einer Art Antichambre, wo an den Wänden Bänke befestigt waren. Ich ließ mich auf eine niederfallen, während Calendar an der gegenüberliegenden Wand Platz nahm. Wir waren allein in dem

Warteraum. Er lehnte sich zurück und betrachtete mich. Ich legte den verletzten Arm vorsichtig auf meinen Oberschenkel. Die Wunde begann zu verkrusten.

»Brauchen Sie etwas?«

»Einen Schluck Wasser und ein feuchtes Tuch würde ich nicht ablehnen.«

Er nickte, ohne sich zu bewegen oder jemanden zu rufen. »Erzählen Sie.«

»Im Viertel hinter dem Arsenal können Ihre Leute zwei Kerle aufsammeln. Einer ist wahrscheinlich tot, der andere hat einen Brummschädel und ist an Händen und Füßen gefesselt.« Ich berichtete ihm, was vorgefallen war. Er regte sich kaum. Als ich ihm erzählte, dass die Gassenjungen über den Verletzten hergefallen waren, schloss er kurz die Augen und machte eine Kopfbewegung, die sowohl ein Nicken als auch ein Kopfschütteln sein konnte.

»Sie wissen nicht, wie lange Ihnen die beiden schon gefolgt waren?«

»Mindestens seit heute Mittag. Sie könnten aber auch schon seit Tagen hinter mir her sein und erst heute den Befehl erhalten haben, mich zu greifen. Ich habe nicht aufgepasst.«

»Warum sollte jemand sich die Mühe machen, Sie verfolgen zu lassen?«

»Fragen Sie lieber, wer.«

»Die eine Frage beantwortet die andere.«

Ich nickte und betastete meine Wunde. Als hätte er darauf gewartet, betrat der Wachsoldat mit einem kleinen Mann im Schlepptau die Kammer. Er trug ein Becken, in dem Wasser schwappte. Der kleine Mann blickte erstaunt in mein Gesicht. Ich war nicht minder überrascht: Es war der Arzt, den ich zu Clara Manfridus' Ärger für Jana engagiert hatte. Sein kleines Mündchen verzog sich vor Missbilligung. Calendar machte eine einladende Handbewegung. Ich zog meinen Arm fester an mich.

»Ich kann nachher gern in die Schüssel pinkeln und ihn

meinen Urin beschauen lassen«, sagte ich unfreundlich. »Ansonsten würde ich es vorziehen, wenn er mir nicht zu nahe kommt.«

Calendar zuckte mit den Schultern. Er wechselte ein paar halblaute Worte mit dem Wachsoldaten und schickte die beiden wieder hinaus. Der Arzt warf mir einen Blick über die Schulter zu, der sämtliche alten und neuen Narben an meinem Körper hätte aufbrechen lassen müssen, und stolzierte hinaus. Ich knüllte das Tuch zusammen, das der Wachsoldat hier gelassen hatte, und betupfte den Schnitt. Das Wasser brannte in der Wunde. Calendar beobachtete mein Tun ohne sichtbares Mitleid.

»Der Kerl, der überlebt hat, wird sicherlich aussagen, wer ihn und seinen Freund beauftragt hat.«

»Wo haben die beiden Sie abgefangen?«

»Irgendwo hinter dem Dogenpalast. Ich war unterwegs zu Ihnen und hatte mich verlaufen.«

»Ich erinnere mich, Sie gebeten zu haben, sich ruhig zu verhalten.«

»Ich habe etwas für Sie. Eine Information.«

Die Ränder der Wunde waren schon leicht zusammengezogen. Das Blut war gestockt. Ich zog vorsichtig an den Wundrändern, um festzustellen, wie tief der Schnitt war und ob er genäht werden musste. Mein Arm schmerzte mittlerweile bis in die Schulter hinauf. Ich dachte an Fiuzetta und dass sie oder Mariana bestimmt ein Kraut haben würden, um ein Fieber zu verhindern. Die Wunde war verschmutzt vom Straßenstaub und den Fäden aus meiner Kleidung. Ich pickte einen auf und zog ihn heraus. Es war kein angenehmes Gefühl. Ich fragte mich, welcher Dreck an der Klinge des Dolchs gewesen sein mochte. Wo der Faden gesteckt hatte, quoll ein Tröpfchen Blut heraus. Ich presste einen Daumen darauf.

»Sie hätten den Arzt nicht so leichtfertig wegschicken sollen.«

»Heute Abend findet im Haus eines deutschen Kaufmanns ein Gelage statt. Er feiert seinen Abschied von Venedig und eine erfolgreiche Akquisition.«

»Haben Sie das von einem der Köche, die das Festmahl bereiten sollen?«

»Sie haben nicht gefragt, welcher Art seine Akquisition ist.«

Er hob die Augenbrauen und lächelte uninteressiert.

»Es handelt sich um ein junges Mädchen namens Caterina. Er hat sie aus Rara de Jadras Waisenhaus zu sich genommen und will sie mit zurücknehmen.«

»Ich bin sicher, das ist ebenso selten wie edel.«

»Das hat nichts mit Edelmut zu tun. Er hat das Mädchen nicht bei sich aufgenommen, um ihr Gutes zu erweisen.«

»Nicht?«

»Nein, Herrgott noch mal«, stieß ich hervor. »Er braucht sie als seine Schlafmatte. Soll ich noch deutlicher werden?«

Er atmete ein und legte den Kopf zur Seite. »Das hat er Ihnen so gesagt.«

»Ich habe es schriftlich, mit Siegel und Unterschrift und allen obszönen Worten, die man dafür finden kann«, sagte ich beißend. »Natürlich hat er es nicht gesagt.«

»Ich bin erstaunt, was Sie wissen, obwohl es Ihnen niemand mitgeteilt hat.«

»Ich habe nicht gesagt, dass es mir *niemand* mitgeteilt hätte. Wollen Sie Wortspiele mit mir treiben, Calendar?«

»Bringen Sie den Mann, der es Ihnen gesagt hat, dann werden wir feststellen, woher er es weiß, und so der Quelle näher kommen.«

»Es geht nicht darum, der Quelle näher zu kommen, sondern das Mädchen zu retten.«

Er lächelte wieder sein kurzes, freudloses Lächeln. »Wovor? Vor einem Leben in Reichtum im Haus eines Kaufmanns?«

Ich stand wütend auf, aber ein Schwindel zwang mich dazu, mich sogleich wieder hinzusetzen. »Ich bin sicher, dass die

Anklage stimmt. Aber ich kann Ihnen den Ankläger nicht bringen.«

»Weshalb nicht?«

»Keine Lust, mit Ihnen zu reden, fürchte ich. So langsam kann ich es nachvollziehen.«

»Keine Lust heißt: Angst davor, habe ich Recht?«

Ich zuckte mit den Schultern. Ich hatte nicht vor, mir von ihm mehr über Fiuzetta entlocken zu lassen, als ich bereits gesagt hatte. Er presste nachdenklich die Lippen zusammen und sah mir starr ins Gesicht.

»Ich möchte, dass Sie mir helfen«, erklärte ich.

»Wobei?«

»Das Mädchen herauszuholen. Ich weiß, wo das Haus steht. Wir können jederzeit dort vorsprechen. Wenn Sie dabei sind und vielleicht noch ein Kontingent Bewaffneter, wird es keine Probleme geben.«

Er seufzte. »Es gibt überall Probleme, wo Sie sich einmischen. Sehen Sie sich bloß an.«

»*Meine* Probleme stehen hier nicht zur Debatte.«

Er zuckte seinerseits mit den Schultern und erhob sich. »Soll ich den Arzt nicht doch zurückrufen?«

»Hören Sie mir doch mal zu. Hier gibt es einen regelrechten Ring von perversen Schweinen, die sich die Hilflosigkeit der Sklaven zunutze machen. Junge Mädchen werden erbarmungslos zu Lustsklavinnen ausgebildet und an die Meistbietenden verschachert. Wer genug Geld hat, kriegt sogar die ganz Unschuldigen. Das widert mich an.«

»Sie legen die Maßstäbe Ihrer eigenen gesetzlosen Städte auf Venedig an«, sagte er heftig.

»Die Menschen sind hier genauso verdorben wie überall.«

»Hier gibt es Gesetze, die das verhindern. Sie jagen einem Hirngespinst nach. Oder haben Sie persönliches Interesse, einen Geschäftskonkurrenten zu verleumden?«

»Sie kaltherziger Klotz«, stieß ich hervor. »Sie sind noch seelenloser als die Fische, die Ihnen und Ihren Schwagern letztes Jahr durchs Netz geschlüpft sind. Welche Gesetze waren es denn, die Ihnen zu einer Erholungsreise in einem Fischerboot verholfen haben?«

Er kniff die Augen zusammen und errötete. Dann schloss er die Lider und atmete durch, und seine Gesichtsfarbe normalisierte sich wieder.

»Wenn Sie wünschen, lasse ich Sie zu Ihrer Herberge bringen«, erklärte er eisig. »Ich möchte nicht, dass Sie einen Schwächeanfall erleiden und in einen Kanal fallen.«

»Haben Sie Angst, ich könnte das saubere Wasser dieser Stadt der Engel verschmutzen?«

»Nein«, sagte er ruhig, »ich habe nur Angst, dass Sie ertrinken.«

»Calendar, zum Teufel noch mal, wollen Sie wissen, wer das Mädchen ist? Sie ist die Schwester von Fratellino, dem einen der beiden Gassenjungen, die Pegnos Tod bezeugt haben. Er lebt noch. Sein Freund wurde umgebracht. Erzählen Sie mir nicht, Sie halten das für einen dummen Zufall! Die Schwester wird uns den Kontakt ermöglichen.«

»Haben Sie sie etwa schon danach gefragt?«

»Nein, aber die Freunde Fratellinos haben mir diese Nachricht von ihm überbracht.«

»Ihre Geschichte wird immer unglaubwürdiger.« Er wandte sich ab und schritt zum Ausgang der Kammer.

»Wenn alles Unsinn ist, was ich erzähle, warum hat man mir dann zwei Totschläger hinterhergesandt, um mir die Kehle durchzuschneiden?«

»Kümmern Sie sich um Ihre Angelegenheiten. Das ist meine letzte Warnung.«

»Ich denke an die zwei Kerle, die im Elendsviertel liegen, und habe das Gefühl, das alles gehört zu meinen Angelegenheiten!«, brauste ich auf.

»Es gibt Gesetze, und es gibt die Polizei. Sie können diesen beiden alles überlassen.«

»Weshalb man ausgerechnet Sie ausgewählt hat, einen zu

Unrecht versklavten Jungen zu befreien, ist mir schleierhaft. Was machen Sie, wenn Sie ihn finden? Überprüfen, ob der Inhalt der Kaufurkunde den Gepflogenheiten entspricht?«

Er antwortete nicht und drehte sich nicht um, als er durch den offenen Durchgang in den Flur hinaustrat. Nicht einmal, als ich ihm hinterher rief: »Dann hole ich das Mädchen eben selbst raus. Ich habe ja genug Erfahrung damit, am falschen Ort aufzutauchen.«

11

Jana hatte wieder geschlafen, als ich endlich in die Herberge zurückgekehrt war, und so blieb ihr mein Anblick glücklicherweise erspart. Moro und Fiuzetta hatten sich um den Schnitt gekümmert; Fiuzetta hatte ihn ausgewaschen und eine Salbe daraufgepackt, die sie in einem Tiegel mit sich führte. Moro hatte gebrummt, dass man sich den Schnitt spätestens morgen ansehen müsse, um festzustellen, ob er nicht doch genäht werden sollte. Fiuzetta hatte nur stumm die Wunde mit Stoffstreifen umwickelt. Schließlich hatte ich ihnen das Versprechen abgenommen, zu niemandem etwas von der Verletzung zu sagen. Moro hatte mit den Schultern gezuckt, Fiuzetta stumm genickt. Sie hatte den Eindruck gemacht, als bereue sie es zutiefst, mit mir gesprochen zu haben.

Jetzt stand ich vor dem Palast, den Chaldenbergen gemietet hatte, einem terrakottafarbenen Gebäude, dessen Ursprung auf einen Festungsbau zurückging und dies auch nicht verleugnen konnte. An einer Seite ragte eine Art Erker heraus, der früher der Turm gewesen war und durch Anbauten seine Funktion verloren hatte; die Fenster waren von weißem Stuckwerk umrahmt, aber klein, und die Eingangstür war ebenerdig angelegt wie bei einem Lager, wuchtig und mit Eisennägeln beschlagen. Im ersten Stock hatte jemand versucht, mit einer spitzbogigen Loggia den strengen Eindruck zu mildern, aber die Bögen waren plump und das Maßwerk zu einfach. Die Häuser in der unmittelbaren Umgebung waren von ähnlicher Bauart, wenn auch zum Teil die Versuche, etwas Eleganz in die funktionale Schlichtheit zu bringen, etwas mehr geglückt waren. Die gesamte Gegend wirkte wie ein Viertel für hart arbeitende Beamte und Händler, die wohlhabend genug waren, an die Verschönerung ihrer Häuser zu denken, aber noch nicht so reich, als dass sie dem Stadtadel folgen und an den Canàl Grande hätten umsiedeln können. Ihre Heime waren im Vergleich zu den Bauten in den reicheren Vierteln so niedrig, dass der Sonnenschein geradezu grell auf die *fondamente* entlang der kleinen Kanäle fiel; die Kanäle selbst wimmelten von am Kai vertäuten Booten aller Art, zwischen denen die *barcaiuli* ihre Gefährte mühsam hindurchmanövrierten. An den Ecken des Nachbargebäudes standen orientalisch anmutende Gestalten auf hohen Podesten, ihr weißer Marmor altersfleckig, die eisernen Nasen schwarz verfärbt.

Neben der Eingangstür zu Chaldenbergens Haus war eine weitere, ebenso abweisend aussehende Tür in die Mauer eingelassen. Als ich näher kam, sah ich, dass beide einen Spalt offen standen. Ein erstaunlich breiter Fußweg trennte das Haus vom *rio*, der davor verlief. Die kleine Treppe von der *fondamenta* zum Wasser hinunter war umgeben von mindestens einem Dutzend Booten, die in dem leicht bewegten Wasser unruhig vor sich hin schaukelten; in der beginnenden Abenddämmerung wirkten die bunten Farben der Wasserfahrzeuge dunkel gegen die schillernden Töne, mit denen die Wellen des Kanals den Himmel widerspiegelten. Die Bootsführer saßen an der Kante der Uferpromenade, ließen die Beine baumeln und einen Krug Wein kreisen. In einem Strohkorb vor ihnen türmten sich mehlig-weiße Brotfladen; als sich die Nebentür öffnete und ein verächtlich grinsender Lakai ihnen einen weiteren Brotkorb brachte, ließen sie ihn johlend hochleben. Sie richteten sich darauf ein, dass ihre Herren erst spät von der Feier zurückkehren würden, die in dem Haus in ihrem Rücken stattfand. Sie lachten über einen Witz, den einer von ihnen gemacht hatte, und ich fühlte Wut in mir aufsteigen, als ob die Männer wüssten, welche geheimen Lüste der Gastgeber ihrer Herren pflegte, und sich darüber amüsierten. Sie würdigten mich keines Blickes.

Ich sah kurz zu dem marmornen Turbanträger, der die Nebentür bewachte und mit leerem Gesicht die Gruppe der Bootsführer betrachtete, dann drückte ich die Eingangstür auf. Der Gang dahinter war dunkel und lang, unterquerte die Tiefe der zum Kanal hin angeordneten Räumlichkeiten in den beiden Obergeschossen und endete in einem kleinen Innenhof, der ähnlich wie der im Haus Rara de Jadras mit Terrakottafliesen im Fischgrätmuster gepflastert war. Aus dem Obergeschoss ertönte der Lärm einer Feierlichkeit, die gerade begonnen hat und bei der die Anwesenden sich noch nach Kräften bemühen, ihren Platz in der abendfüllenden Hackordnung zu bestimmen. Wie in Raras Haus führte eine Treppe an einer Seite des Innenhofs nach oben. Ich schritt hinauf, hörte das Knarren des Holzes und das Gelächter aus dem großen Saal, vor allem aber das Pochen meines Herzens. Mein Plan, an Caterina heranzukommen, war kaum durchdacht und endete bereits bei dem Inkognito, das ich mir zurechtgelegt hatte. Ob ich es benötigte, um als Nichteingeladener an der Feierlichkeit teilnehmen zu dürfen, wusste ich nicht. Sicherlich würde Chaldenbergen trotz aller Gemeinheit, die ich ihm zubilligte, keinen Skandal verursachen und mich von seinen Dienstboten zum Fenster hinauswerfen lassen; ebenso sicher würde ich aber keinen Schritt in seinem Haus tun können, ohne von einem Dutzend Augen überwacht zu werden, wenn ich nur als Peter Bernward bei ihm vorsprach.

Das Knarzen der Stufen schien ein Signal gewesen zu sein. Ein junger Mann in einfachen Gewändern tauchte am oberen Ende der Treppe auf. Er trug ein Tuch über einem Arm und eine Schüssel mit heißem Wasser in beiden Händen. Er lächelte mich an und hielt mir die Schüssel entgegen. Ich wusch mir ausgiebig die Hände, bevor ich sie mit dem dargebotenen Tuch trocknete. Als er mich nach meinem Namen fragte, holte ich tief Atem und sagte: »Ich bin der Abgesandte von Ser Genovese.«

Er wich zurück, riss die Augen auf und machte eine Verbeugung. Dann stellte er die Schüssel hastig auf den Boden und verschwand durch eine Tür, die er rasch hinter sich zuzog. Als sie sich wieder öffnete, stand ich dem Hausherrn gegenüber. Chaldenbergens Blick fiel auf mich, und sein eifriges Gesicht nahm einen verblüfften Ausdruck an. Er wandte sich zu seinem Dienstboten, als wollte er ihn dafür rügen, ihm eine falsche Botschaft überbracht zu haben, dann besann er sich jedoch und setzte ein Lächeln auf.

»Mein Diener hier sagte mir, der Abgesandte des genuesischen Botschafters sei angekommen. Sind Sie …?«

»Ich wäre Ihnen dankbar, wenn Sie es nicht erwähnten. Mein Auftraggeber liebt es, zum derzeitigen Moment im Hintergrund zu bleiben.«

»Aber ich … aber … natürlich, das ist ja selbstverständlich. Also … verzeihen Sie, dass ich so überrascht bin …«

»Worüber denn?«, fragte ich mit falscher Freundlichkeit.

»Dass Sie der Abgesandte … dass Sie in seinem Auftrag … das hätte ich nicht gedacht, als ich Sie zuvor getroffen habe …«, plötzlich leuchtete sein Gesicht auf, und er begann zu lächeln, »… in diesem Waisenhaus. Und Sie sind noch nicht einmal Genueser!«

»Mein Herr sucht sich seine Beauftragten nach der Wichtigkeit der Dinge, die er erledigen will.«

»Mit dem Fondaco, was? Na, es wird ein bisschen zu weltfremd geführt, wenn Sie mich verstehen, aber man kann dort durchaus die richtigen Leute treffen.«

»Sie werden bald abreisen?«

»Es ist bereits alles verladen. Das meiste geht per Schiff nach Lübeck. Die Reise dauert zwar länger als über Land, aber bei der Menge an Waren, Möbeln und allem°– das können Sie sich ja denken.« Er zeigte plötzlich mit dem Finger auf mich. »Ich hab es Ihnen selbst gesagt, nicht wahr? Als wir uns das erste Mal trafen.«

Ich zuckte mit den Schultern. Er strahlte.

»Wenn Sie sich früher zu erkennen gegeben hätten, dann hätte ich Sie doch höchstpersönlich zu dieser Festlichkeit eingeladen.«

»Ich will mich nicht aufdrängen ...«

»Na, jetzt hören Sie aber!« Er nahm mich vertraulich am Arm und begann, mich zum Eingang seines Saals zu ziehen. Es sah aus, als würde ein Kind einen Erwachsenen zum Platz seines Lieblingsspielzeugs zerren wollen. Seine Berührung war mir so unangenehm, als käme sie von einem Aussätzigen. Ich steigerte mich in einen Zorn hinein, der mir selbst gefährlich werden konnte. »Darf man vielleicht auch noch auf den Besuch Ihres ... Herrn und Meisters hoffen?«

»Der Botschafter bedauert«, sagte ich kühl.

Chaldenbergen wurde tatsächlich rot. »Selbstverständlich«, murmelte er betroffen. »Er hat doch Sie gebeten, an seiner Stelle meiner Einladung Folge zu leisten. Ich wollte Sie nicht kränken.«

Ich griff seine Bemerkung auf und bemühte mich, mir nichts von meiner Überraschung anmerken zu lassen. »Wäre es ihm möglich gewesen, wäre er persönlich erschienen. In den Kreisen, in denen Ser Genovese sich bewegt, wird viel von Ihnen gesprochen.«

»Ehrlich? Na ja, ich habe auch schon viel Geld investiert – und nur die beste Ware erstanden, wo immer ich verhandelt habe. Ich bin sicher, selbst Ihr Herr hätte Gefallen daran gefunden, trotz der Konsequenz, die man ihm allgemein bescheinigt.« Er lachte aufgekratzt.

»Sie haben also gute Geschäfte in Venedig gemacht?«

»Meine Truhen sind voll, das kann ich bestätigen.«

»Und nehmen ein gutes Andenken mit nach Hause.«

»Nicht nur das, nicht nur das.« Chaldenbergen kicherte aufgeregt. Ich unterdrückte den Drang, den kleinen Mann mit einem Hieb auf den Kopf noch ein wenig mehr zusammenzustauchen.

»Ihre Schiffsladung und ...?«, fragte ich.

»Na ja, unwichtig«, winkte er ab. »Kaum etwas, das Sie oder Ihren Herrn interessieren würde, in Ihrer Stellung.«

»Sie glauben gar nicht, wofür Ser Genovese sich interessiert.«

»Ich bin nur ein kleiner Kaufmann mit bescheidenen Vorstellungen.«

Ja, dachte ich wütend, nur ein bisschen Gewalt und Misshandlung gegen die wenigen, die noch kleiner sind als du. »Vielleicht ließe sich sogar noch ein kurzes Treffen arrangieren, bevor Sie morgen abreisen. Ich bin nicht umsonst beauftragt worden, bei Ihnen vorzusprechen. Ser Genovese hat nur Gutes über Sie gehört.«

»Sie schmeicheln mir. Ein so einflussreicher Mann wie Ihr Herr …!« Er schüttelte den Kopf. Dann erwischte er mich auf dem falschen Fuß. »Mir ist aufgefallen, dass selbst Sie ihn Ser Genovese nennen, als hätte er keinen wirklichen Namen.«

»Das ist ein Ausdruck meiner Bewunderung«, sagte ich und begann leise zu schwitzen. »Man nennt ja den Dogen auch kaum bei seinem bürgerlichen Namen.«

»Oder den Papst!« Er kicherte und stieß mich in die Seite. Ich hätte den Stoß gern zurückgegeben°– mit einer Kraft, die ihn die Treppe hinuntergeschleudert hätte. »Der sucht sich sogar einen ganz neuen Namen aus. Na, da sind wir°– willkommen bei meiner bescheidenen Abschiedsfeier.«

Chaldenbergens großer Saal war bunt geschmückt: Tücher hingen an den Wänden und verdeckten die kahlen Stellen, von denen er die Wandteppiche hatte abnehmen und für seine Abreise verpacken lassen. Die Ordnung seiner Bänke und Tische hatte etwas Theatralisches: Auf einem erhöhten Podest, vor der jenseitigen Schmalseite des Saals und parallel zu ihr, befand sich die Tafel des Gastgebers und der Ehrengäste. Die Sitzgelegenheiten der restlichen Gäste standen in lockeren Reihen davor, der Längsseite des Saals nach angeordnet. Ich schluckte die Bemerkung hinunter, dass Chaldenbergen offenbar zu viel Tristan und Isolde gelesen hatte°– seine Sitzordnung entsprach dem antiquierten Ideal, das außer ihm nur noch der auf Äußerlichkeiten erpichte Adel verwendete und das schon damals, zu den Zeiten der Staufer auf dem Kaiserthron, hauptsächlich dazu verwendet worden war, diejenigen zu demütigen, die man hatte einladen müssen, aber nicht leiden konnte. Die Plätze, die am weitesten von der Ehrentafel entfernt lagen, waren nicht nur demonstrativ am weitesten von der Gnade des Hausherrn entfernt, sondern hatten auch die Tür zum zugigen Innenhof zunächst und das zweifelhafte Vergnügen, die lange Promenade der hereingetragenen Speisen zwar als Erste erblicken, aber als Letzte kosten zu dürfen.

Hätte es noch weiterer Indizien bedurft, dass Chaldenbergen einen längst verblassten Glanz von ritterlichen Banketten einzufangen versucht hatte, hätte ich nur den mit frischem Heu und Kräutern bestreuten Fußboden oder die kleine Gruppe Musikanten in einer Ecke des Saals betrachten müssen. Die Bodenstreu war eine Beleidigung des kunstvoll gelegten Parketts, und wer Sinn und Verstand hatte, verzichtete auf die jaulende Darbietung von Musikern, die von ihrem Metier so wenig verstanden, als habe man sie von der Straße weg gemietet. Chaldenbergen sah sich um mit der Miene eines Mannes, der einem anderen die auserlesensten Stücke seiner Schatzkammer zeigt.

Die Sitzgelegenheiten mochten – die Ehrentafel mitgerechnet – für zwanzig bis dreißig Personen Platz bieten. Die meisten der Gäste waren bereits eingetroffen und standen in kleinen Grüppchen zusammen. Fast alle wandten sich bei unserem Eintreten um und starrten uns an. Chaldenbergen blähte sich auf und strahlte in die Runde.

»Denken Sie daran, dass mein Herr die Diskretion schätzt«, flüsterte ich ihm zu. Er lächelte mich enttäuscht an, verzichtete aber dann darauf, mich pompös vorzustellen. Ein Bediensteter hastete auf uns zu, empfing eine halblaute Anweisung Chaldenbergens und brachte mich zu einem Platz an der Ehrentafel. Ich – oder besser Ser Genovese – hatte einen besonderen Stein im Brett bei Heinrich Chaldenbergen. Chaldenbergen eilte zu zwei jungen Männern, die in einer entfernten Ecke auf einer Truhe saßen und das Treiben im Saal gelangweilt musterten. Ab und zu warf der eine den Musikanten einen verzweifelten Blick zu, wenn sie der Laute oder der Drehleier einen besonders schrägen Ton entlockten. Chaldenbergen redete kurz auf sie ein, und ihre Blicke richteten sich auf mich. Ich wandte mich ab und tat so, als würde ich die Stoffbahnen an den Wänden mustern. Aus dem Augenwinkel sah ich, dass sie mit den Schultern zuckten und sitzen blieben. Sie waren zu jung, um unter den Geladenen zu sein, und dass sie nicht zu den Musikanten gehörten, war aus ihrem Verhalten ersichtlich. Vielleicht waren sie Komödianten, wenngleich ihre Erscheinung dafür zu gepflegt erschien. Der eine der beiden steckte in strahlend weißen Gewändern mit schimmernden Verzierungen aus Goldbrokat: ein steifes weißes Wams, das von der Hüfte weggewölbt war wie die untere Brünne eines Harnischs, enge Kniehosen, darunter eine lange Bruoche mit angenähten Füßen, die in Sandalen aus weißem Leder mit Goldschnallen steckten. Er sah aus wie ein vollkommen übergeschnappter römischer Imperator. Die beiden unterhielten sich miteinander, als Chaldenbergen sie verließ, und warfen mir noch ein paar verstohlene Blicke zu, die ich ignorierte.

Einige der anderen Gäste hatten meine bevorzugte Behandlung beobachtet und schlichen heran, kaum dass Chaldenbergens Lakai mich allein gelassen hatte. Der Mutigste von ihnen stellte sich mir schließlich mit einem venezianischen Namen vor, den ich sofort wieder vergaß, und bahnte damit einigen weiteren Männern den Weg, sich anzubiedern. Es handelte sich hauptsächlich um Einheimische, aber auch ein paar deutsch klingende Namen waren darunter, deren Träger sich meistens durch einen so schweren Akzent in ihrer venezianisch gemurmelten Begrüßung verrieten, dass es sogar mir auffiel. Mein stiller Zorn half mir, eine so arrogante Vorstellung zu geben, dass danach sofort über mich geflüstert wurde.

Mein Verhalten im Verbund mit Chaldenbergens Bevorzugung schien allen zu suggerieren, dass sich ein einflussreicher Mann unter sie gemischt hatte. Ich wäre lieber unauffällig geblieben, aber dazu hatte ich die falsche Taktik gewählt. Ich seufzte ärgerlich und winkte Chaldenbergen zu, der von der anderen Seite des Saales herüberspähte, ob alles zu meiner Zufriedenheit sei.

Eine Unkorrektheit war Chaldenbergen bei seiner Feierlichkeit allerdings unterlaufen: Es waren keinerlei Frauen zu sehen. Der Saal summte vor Gesprächen und Gelächter, aber es handelte sich ausnahmslos um Männerstimmen. Ich hatte Manfridus' Aussage im Ohr, dass die Frauen der venezianischen Patrizier die Öffentlichkeit scheuten, doch ich hatte angenommen, dass sie zu einer Festlichkeit erschienen. Vielleicht stießen sie erst später dazu und befanden sich bis dahin in einem gesonderten Raum, um sich für ihren Auftritt zurechtzumachen. Wenn sie den Saal betraten, würden sie sicherlich Caterina in ihrer Mitte haben. Es hätte mich gewundert, wenn Chaldenbergen nicht die Gelegenheit ergriffen hätte, seinen Geschäftsfreunden demonstrieren zu können, welch gottesfürchtiger Gnadenakte er fähig war. Im Verlauf des Abends würde sich eine Gelegenheit ergeben, an sie heranzukommen. Ich schliff an den wenigen Sätzen, die ich mir auf Venezianisch zurechtgelegt hatte, um sie davon zu überzeugen, welches Schicksal in ihrem neuen Zuhause auf sie wartete, und unterdrückte das Bedürfnis, Chaldenbergens aufdringlich pompösen Wandschmuck herunterzureißen.

Chaldenbergen schlenderte heran, einen Weinbecher in der Hand, und machte eine auffordernde Geste zu dem Becher, den sein Lakai vor mir auf die Tischplatte gestellt hatte. Alle Trinkgefäße waren aus Glas. Es war nicht das reingeblasene, bunt verzierte Glas, aus dem Kaiser Friedrich seinen Wein zu trinken pflegte, aber es war auch nicht der Tonbecher, den ich zu Hause der Einfachheit halber verwendete. Ich hob meinen Becher und musste mit ihm anstoßen. Sein Wein war herb und gut, wenngleich ich mich bemühte, auch an ihm einen Makel zu finden. Chaldenbergen stupste eine der dicken Brotscheiben, die bereits als Unterlage für das Fleisch auf den Tischen ausgeteilt worden waren, beiseite und stellte seinen Becher ab.

»Das Essen wird gleich beginnen. Ich möchte Ihnen noch einmal sagen, wie geehrt ich mich fühle, dass Sie den Weg hierher gefunden haben.«

»Ich nehme an, Sie warten nur noch darauf, dass die holde Weiblichkeit erscheint und den Saal erhellt«, erwiderte ich.

Er sah mich an, als hätte ich in einer fremden Zunge geredet. »Vor dem Essen?«, fragte er.

Ich versuchte mich eilends daran zu erinnern, ob Manfridus etwas erwähnt hatte, dass die venezianischen Frauen getrennt von ihren Männern die Mahlzeiten einnahmen. Die Stadt orientierte sich in ihrem Baustil an Byzanz; vielleicht hielten sie sich bei ihren sozialen Gepflogenheiten an das antike Griechenland. »Nicht?«, hörte ich mich fragen.

Er sah mich noch befremdeter an.

»Ich kenne wahrscheinlich nicht alle Sitten«, sagte ich und merkte, wie ich mich noch tiefer hineinritt. »Oder haben Sie ein *symposion* geplant?«

»Wie lange kennen Sie den Botschafter eigentlich schon?«

»Ich habe ihn von Genua hierher begleitet. Ich bin von Florenz aus dorthin gereist und bei ein paar Geschäften mit ihm bekannt geworden«, behauptete ich kühn.

Er nickte. »Wenig Zeit für eine lange Reisestrecke. Und viel Arbeit seitdem, nehme ich an? Keine Zeit zum Feiern?«

»So ist es.« Ich fragte mich, worauf er hinauswollte. Er musterte seinen Saal.

»Wissen Sie, ich habe natürlich die Hoffnung gehegt, Ser Genovese möge doch kommen«, erklärte er. »Bitte fassen Sie das nicht als Zurücksetzung auf. Aber ich habe alles so organisiert, wie ich gehört habe, dass er selbst zu feiern beliebt.«

Ich konnte mich eben noch zurückhalten, ein empörtes

»Wie bitte?« hervorzustoßen. Bei Rara de Jadra war ich mit meiner Vorwitzigkeit ebenso in die Falle getappt; wobei es°– die Begegnung mit Ursino ausgenommen°– nicht so gravierend gewesen war, denn Rara war wohl als ehrenwerte Frau einzuschätzen, die in ihrem Misstrauen die Hilfe eines finsteren Kerls in Anspruch genommen hatte, den sie vermutlich wegen ihrer Verbindungen zu den Sklavenhändlern der Stadt kannte. Chaldenbergen hingegen schätzte ich als weniger ehrenwert ein; und als weniger zimperlich, wenn es darum ging, einen unerwünschten Besucher aus seinem Haus zu entfernen. Ich nahm Zuflucht zu meiner Arroganz, wohl wissend, dass ich damit wenig glaubwürdig erschien, wenn man mein früheres Verhalten ihm gegenüber in Betracht zog.

»Ganz richtig haben Sie es leider nicht hinbekommen«, sagte ich von oben herab. Er riss die Augen auf.

»Die Musik. Ser Genovese liebt Harfenklänge.«

»Tatsächlich?« Chaldenbergen schien ehrlich überrascht.

»Nicht so schlimm«, sagte ich. »Ich werde es ihm nicht verraten.«

»Na, da habe ich ja wohl noch mal Glück gehabt.« Er nahm seinen Becher wieder auf. »Es ist kein *symposion.* Auf einem *symposion* nimmt man nur Getränke zu sich.«

Chaldenbergen nickte mir zu und mischte sich wieder unter seine anderen Gäste. Ich hatte das deutliche Gefühl, ihn nicht überzeugt zu haben. Mir ging durch den Kopf, dass ich Moro beauftragt hatte, Calendar zu alarmieren, sollte ich morgen Früh nicht wieder in der Herberge sein. Chaldenbergen wirkte nichts weniger als furchterregend, aber vielleicht hätte ich hinzufügen sollen, dass meine Aussage auch galt, wenn ich nicht in *einem* Stück zurückkehrte. Ich beobachtete ihn verstohlen, während er von Gespräch zu Gespräch driftete. Ich begann zu argwöhnen, dass danach mehr Augen als zuvor zu mir herüberblickten.

Der Musikant mit der Drehleier stellte sein jaulendes Instrument zu Boden. Die Dankbarkeit des Publikums währte nicht lange; er nahm stattdessen ein paar metallisch glänzende Rohre vom Boden auf und steckte sie zu einer langen Trompete zusammen, die in einer verbeulten Stürze endete. Er erhob sich, blähte seinen Brustkasten und blies dann in sein Instrument. Die meisten hielten sich die Ohren zu. So musste es für die römischen Soldaten geklungen haben, als Hannibal mit seinen Kriegselefanten über sie herfiel. Chaldenbergen lachte, klatschte in die Hände und rief: »Das Mahl beginnt.«

12

Der kleine Kaufmann ließ sich nicht lumpen. Chaldenbergens Bedienstete schleppten in rascher Folge dampfende Platten herein, beladen mit zahlreichen Köstlichkeiten: zwei riesige gebratene Schweine, die sich in ihren Dekorationen aus Äpfeln, Birnen, Erbsen und Hirsebrei erhoben wie Schiffe aus unruhigen Wogen; ein Diorama aus Hähnchen, deren braun gerösteten Körpern man die Köpfe wieder aufgesetzt und die Schwanzfedern eingesteckt hatte und die man sich gegeneinander verneigen ließ wie Bischöfe, die sich bei einer Kongregation treffen; ein Pfau in vollem Federschmuck; zwei Gänse, deren aufgeschnittene Bäuche von Füllteig überquollen; eine Pyramide aus Eiern, deren Schalen in den Farben der Wandbehänge gefärbt waren; zwei Platten mit Fischen und den gebackenen Meeresfrüchten, die ich bereits auf dem Markt genossen hatte; und eine endlose Reihe von Tellern mit Speckseiten, Käse und Zwiebeln sowie Töpfe von Schmalz, heißen Getreidebreien und Gewürzen. Es hätten hundert Menschen davon satt werden können und noch einiges übrig gelassen.

Das Essen verlief in ungewöhnlicher Stille, wenn man den Katzenjammer der Musikanten vernachlässigte. Die Männer aßen schnell, viel und konzentriert, ohne sich um etwas anderes zu kümmern, als dass die Brotscheiben auf den Plätzen vor ihnen voll gepackt und ihre Becher stets gefüllt waren. Es fehlte das fröhliche Gezwitscher der Frauen. Ich saß zwei Plätze von Heinrich Chaldenbergen entfernt an seiner Ehrentafel, und obwohl er es an Aufmerksamkeit mir gegenüber nicht mangeln ließ, bemerkte ich, dass sich in sein Verhalten eine gewisse Reserviertheit eingeschlichen hatte. Er hatte Verdacht geschöpft; auch meine Tischnachbarn hatten jede Unterhaltungsversuche mit mir eingestellt und warfen mir verstohlene Blicke zu in der Annahme, ich bemerke es nicht. Ich sehnte das Ende des Essens herbei, nach dem sich die Versammlung sicherlich auflösen und in die Räume des Hauses verteilen würde, sodass ich nicht mehr im Zentrum der Aufmerksamkeit stand; noch mehr jedoch, weil danach sicherlich die Frauen erscheinen und ich die Gelegenheit finden würde, Caterina anzusprechen.

Ich aß wenig und gab die Speisen lieber weiter, als mir selbst aufzupacken. Chaldenbergens Köche hatten gute Arbeit geleistet, aber mein Appetit war nicht sonderlich ausgeprägt. Noch jemand außer mir pickte in den angebotenen Platten mehr herum, als dass er sich davon bediente: der Gastgeber. Heinrich Chaldenbergen saß zwischen zwei Männern, deren Kleidung auffällig schlichter war als die der anderen Gäste, wenn auch nicht unbedingt billiger. Sie trugen gedeckte Farben, aber die Stoffe schimmerten und fielen elegant und waren von feinster Webart. Das Auffälligste an ihnen waren jedoch ihre Gesichtsmasken, die aus steifem schwarzem Stoff waren und von ihren Stirnen bis auf ihre Oberlippen reichten. Niemand nahm Anstoß daran, am wenigsten die beiden Männer selbst, die sich so ungezwungen bewegten, als würden sie nicht überdeutlich zeigen, dass sie nicht erkannt zu werden wünschten. Vielleicht wusste ohnehin jeder, wer sie waren, und die beiden wussten es auch und genügten nur ihrem persönlichen Ritual. Sie erinnerten mich in Haltung und knapper Gestik an Leonardo Falier, den Zehnerrat, ohne dass sie dessen erdrückende physische Präsenz besaßen. Verspätet kam mir der Gedanke, dass die Masken nur dazu dienen mochten, dass alle Anwesenden guten Herzens schwören konnten, sie hätten die beiden niemals gesehen. Chaldenbergen bediente sie mit ausgesuchter Höflichkeit, und sie schienen es nicht als außergewöhnlich zu empfinden, dass der Hausherr sich selbst um sie bemühte.

Es dauerte eine lange Weile, während derer sich der Himmel, der durch die plumpen Spitzbögen der Loggia zu sehen war, verdunkelte, bevor das Essen sich dem Ende zuneigte. Die ersten wohligen Rülpser waren schon lange zuvor zu hören gewesen, und der eine oder andere war bereits hinausmarschiert, um nach wenigen Minuten wiederzukommen, etwas verschwitzt und blasser im Gesicht als zuvor, aber wieder bereit, neues Essen in seinen Magen zu schaufeln. Brennende Fackeln wurden in die Halterungen entlang der Wände des Saals gesteckt und verbreiteten eine diffuse Helligkeit. Einer der Bediensteten, der eine Platte voller Schmalztöpfe hinaustrug, stolperte und verlor einen Teil seiner Fracht, und einer der Gäste, der eben von einem Erleichterungsgang auf den Abtritt wieder hereinkam, rutschte auf dem plötzlich fettig gewordenen Boden aus und legte sich in einer Explosion aus bunten Zaddeln, aufgewirbeltem Heu und erfreutem Gelächter der Zuschauer auf den Rücken. Er nahm es mit Humor, bis er den großen Fettfleck auf seinem Wams sah und sich bemüßigt fühlte, dem gestolperten Lakaien einen wütenden Fußtritt zu versetzen. Die anderen Dienstboten schwärmten mit Platten aus Konfekt herein, um die wunden Mägen zu beruhigen, und ich bemerkte auf einmal, dass da und dort unter den Sitzenden Lücken aufgetaucht waren. Der eine oder andere schien nicht mehr vom Abort zurückgekommen zu sein. Die auffälligste Lücke gab es am Ehrentisch: Heinrich Chaldenbergen fehlte.

Die Dienstboten begannen, die Tischplatten abzunehmen und die Böcke zur Seite zu räumen. Die Gäste machten ihnen bereitwillig Platz. Die Bänke wurden an die Wände geschoben, einer der Tische in einer Ecke wieder aufgestellt und das Konfekt dort abgeladen. Stapel von bunten Sitzkissen wurden hereingeschleppt. Ich sah dem Treiben erstaunt zu. Während fast alle anderen mittlerweile aufgestanden waren und sich die

Beine vertraten oder aus den Fensteröffnungen hinausspähten, war ich als Einziger am Ehrentisch sitzen geblieben. Um mich herum hatte sich eine deutliche Leere gebildet. Ich legte keinen Wert darauf, mit Chaldenbergens Gästen zu sprechen, aber ich wusste, dass ich in der Zwischenzeit vom Ehrengast zu einer suspekten Person herabgesunken war und dass die Zeit gegen mich arbeitete.

Ich war erleichtert, als die Männer im Saal sich plötzlich zu einer der Türen umwandten und zu klatschen begannen: Ihr Applaus galt dem Eintritt der Frauen. Ich war bestürzt darüber, wie wenig Geschmack sie auf ihre Kleidung und ihr Aussehen verwendet hatten: Bunte rote und gelbe Schleifen und Bänder herrschten vor, die blonden Haare waren zu auffällig, um nicht Perücken zu sein, und ihre Gesichter waren so stark geschminkt, dass sie wie die Masken von Komödianten wirkten. Ich hielt nach Caterina Ausschau, konnte sie aber nicht entdecken. Die Männer setzten sich auf die Kissen, sodass in der Mitte des Saals ein freier Platz blieb. Die Frauen schritten herein.

Ich war wie so oft viel zu naiv. Erst als die Musikanten eine unbeholfene Tanzmelodie begannen und die Frauen sich zu einem Reigen zusammenstellten, die Gesichter nach außen gewandt, wurde mir klar, dass sie nicht die Gattinnen der Eingeladenen waren, sondern bezahlte Tänzerinnen. Die Kissen waren nicht deshalb verteilt worden, weil sich auf ihnen der Tanzdarbietung besser folgen ließ als auf den Bänken, sondern weil sie nachher als Unterlage dienen würden. Chaldenbergen hatte doch ein *symposion* geplant. Es gab Speisen zum Wein, was falsch war, aber für die Zerstreuung durch die Dirnen hatte er gesorgt.

Die beiden maskierten Männer hatten es sich auf den Kissen bequem gemacht und betrachteten grinsend den Tanz; einige der anderen Gäste aber fehlten nach wie vor, ebenso wie Chaldenbergen. Ich sah zu den jungen Burschen hinüber, die ihren Platz in der Ecke des Saals verlassen und ihr Essen am hinteren Ende der Tafeln eingenommen hatten. Sie waren noch da; der eine erwiderte meinen Blick, stand plötzlich auf, ließ seinen Freund mit der weißen Kleidung sitzen und kam zu meinem Missvergnügen auf mich zugeschlendert. Er gönnte den Tänzerinnen, die sich mit gezierten Schritten in ihrem Reigen bewegten, keinen Blick.

Als er neben mir stand, deutete er auf den freien Platz neben mir und zog fragend die Augenbrauen hoch. Ich nickte und bat ihn mit einer Handbewegung, sich zu setzen. Er musterte mich von der Seite und bemerkte mein Desinteresse an der Tanzdarbietung.

»Fühlen Sie sich wohl?«, fragte er höflich und mit starkem Akzent.

Vielleicht hatte Chaldenbergen ihn gebeten, mich auszuhorchen. Ich war mir nicht sicher, welche Stellung er und sein Freund hier innehatten. Sie sahen nicht aus wie die Leibwächter des kleinen Kaufmanns. Mein Gesprächspartner roch nach Parfüm, sein Haar war aufwändig frisiert und seine Wangen gepudert.

»Das Essen war köstlich.«

»Und der Tanz?«

Ich zuckte mit den Schultern. Er lächelte mich an.

»Sie sind der Mann von *ambasciatore*, richtig?«

»Das hat sich wohl schon herumgesprochen.«

»Ist er ein guter Herr?«

»Ich nehme es an.«

Er lachte herzlich über meine Antwort. »Wissen Sie es nicht?«

Ich zwang mich zu einer höflichen Antwort. Wer immer er war, er bemühte sich, freundlich zu mir sein. »Ich habe keinen Vergleich.«

»Ah so.« Er dachte nach. »Wollen Sie nicht unten sitzen, bei *le donne*?«

»*Le donne* tanzen ja noch.«

»Nicht mehr so lange.«

»Nein, danke«, wehrte ich ab. »Kein Interesse.«

Er strahlte mich wieder an. Ich begann mich zu fragen, was ihn an meiner Gegenwart so besonders erfreute.

»Gehören Sie zu Chaldenbergens Haushalt?«

»Ich? Nein!« Er schüttelte den Kopf. »Ich bin Gast, wie alle anderen.«

»Schade, ich hatte gehofft, Sie könnten mir das Haus zeigen.«

Er lehnte sich zurück und musterte mich. Das Lächeln verließ sein Gesicht nicht, aber in seine Augen trat jetzt eine Spur erhöhter Aufmerksamkeit. Oder war es Berechnung?

»Was wollen Sie sehen?«

»Vielleicht die anderen Räume? Es ist ja ein großes Gebäude.«

– Vielleicht die Kammer der baldigen Adoptivtocher des Hausherrn?

Er spitzte die Lippen. »Das lässt sich machen, da bin ich sicher«, erklärte er. Er zögerte einen Moment, dann legte er mir eine Hand aufs Knie. »Wir können aber auch hier bleiben, ist kein Problem.« Er blickte mir tief in die Augen.

Ich starrte die Hand auf meinem Knie an und fragte mich, wo ich die ganze Zeit über meinen Verstand gelassen hatte. Wenn man die Mädchen gefragt hätte, die sich in der Mitte des Saals immer schneller umeinander drehten und die ersten Bänder aus ihren Haaren und Kleidern flattern ließen, hätten sie sich sicher ebenfalls als Gäste des Hausherrn bezeichnet. Der junge Mann mir gegenüber war eine männliche Dirne, und dass er sich so zielgerichtet meine Person ausgesucht hatte, sagte mir, dass er und sein Kamerad für den genuesischen Botschafter bestellt worden waren – Chaldenbergen hatte wirklich gehofft, Ser Genovese werde seiner Einladung Folge leisten. Und er wusste über seine Vorlieben glänzend Bescheid. Er wusste vermutlich über alles, was den Genueser betraf, besser Bescheid als ich. Jedes andere Inkognito wäre erfolgreicher gewesen als das, das ich in meiner ach so großen Schlauheit gewählt hatte. Ich hätte als ich selbst kommen sollen, der flüchtige Bekannte aus dem Waisenhaus, und wäre von Chaldenbergen in seinem Bemühen, mit seinem Einfluss aufzuschneiden, trotzdem zu Tisch gebeten worden. Ich sah dem jungen Mann in die Augen und sagte höflich: »Ich bin nur der Beauftragte des Botschafters; rein geschäftlich. Wir haben sonst nichts gemeinsam.«

Seine Augen verengten sich ein wenig, aber er schien nicht ärgerlich zu werden. Ich war froh, dass ich höflich geblieben war. Er war ebenso arm dran wie die Frauen, die für ihre Dienste bezahlt wurden und ebenfalls keine Schmähung verdient hatten. Er seufzte und gab nach einem weiteren Zögern mein Knie frei. Etwas verlegen stand er auf. Ich erhob mich mit ihm und reichte ihm die Hand. Er ergriff sie überrascht.

»Viel Glück noch«, sagte ich. Er zuckte mit den Schultern und wandte sich unentschlossen zum Gehen. Ich beobachtete ihn, wie er sich wieder zu seinem Kameraden gesellte und den Kopf schüttelte.

Einer der maskierten Männer stand auf, stieß einen gellenden Pfiff aus und streckte dann die Arme nach den Tänzerinnen aus. Eine von ihnen löste sich aus dem Reigen, tänzelte auf ihn zu und sank in seine Arme. Der Maskierte war von zarter Gestalt; die Tänzerin riss ihn um und fiel mit ihm in die Kissen. Großes Gelächter erhob sich. Sie zupfte vorsichtig an seiner Maske, aber er schlug ihre Hand weg, und sie zupfte ihn sogleich am Hosenlatz, was die anderen Männer zu erneutem Gelächter bewegte.

Niemand achtete mehr auf mich. Ich erhob mich und verließ den Saal, ohne mich umzudrehen.

Die Anordnung der Räume entsprach in etwa derjenigen von Enrico Dandolos Haus. Der Saal zog sich nicht über die gesamte Tiefe des Gebäudes hin; ein Bereich, der die Größe des im hintersten Teil des Baus liegenden Innenhofs einnahm, war abgetrennt. Eine seitlich an der Stirnwand des Saals angebrachte Tür führte hinein. Ich betrat ein großes, leeres Zimmer, das scheinbar Chaldenbergens Wohn- und Arbeitsraum gewesen war. Es gab nur auf einer Seite Fenster, die in den Innenhof hinausführten, und es war so dunkel, dass ich eine Weile benötigte, um festzustellen, ob es weitere Türen gab, was jedoch nicht der Fall war. Eine Fackel wäre hilfreich gewesen, aber eine von der Wand zu nehmen hätte garantiert alle Aufmerksamkeit auf mich gelenkt.

Ich ging zurück in den Saal, wo nun schon mehrere Tänzerinnen den Weg auf die Kissen gefunden und die verbliebenen einen neuen Tanz begonnen hatten, dessen Ziel im Wesentlichen daraus bestand, sich gegenseitig die Verschnürungen der Obergewänder aufzuzupfen. Die Tür, die in den Innenhof führte, konnte ich außer Acht lassen, sie würde mich nur aus dem Gebäude führen. Ich war noch nicht auf dem Abtritt gewesen und schlug den Weg dorthin ein. Ein bleicher, schwitzender Mann kam mir entgegen, und ich trat beiseite, um ihn in den Saal zu lassen. Er dankte mir mit einem Kopfnicken und verdrehte zugleich die Augen, während er die Pfauenfeder, mit der er sich in der Kehle gekitzelt hatte, wieder in sein steifes Barett nestelte. Ich nickte zurück und drückte mich an ihm vorbei.

Zu meinem Erstaunen stand ich in einem weiteren Treppenhaus. Die Treppe war schmal und hätte auch in einen Wachturm führen können, was vielleicht früher auch einmal der Fall gewesen war. Eine Reihe Fackeln an den Wänden erhellte sie zur Genüge. Chaldenbergen würde das Mädchen wohl kaum im Erdgeschoss in den Gesindekammern untergebracht haben, und da im ersten Geschoss keine Schlafzimmer zu finden gewesen waren, nahm ich an, diese und damit auch Caterinas Aufenthaltsort unter dem Dach zu finden. Ich stieg zum Dachgeschoss hinauf. Auf halber Höhe gab es einen Treppenabsatz und eine schmucklose Holztür darin: der Abtritt. Jemand taumelte heraus und mir fast in die Arme. Er murmelte etwas, machte sich hastig los und stolperte die

Treppe hinunter. Er schien lange darauf gewartet zu haben, dass der Mann mit der Pfauenfeder ihm Platz machte; zu lange. Als er die Hose nach unten gerollt hatte und sich eben setzen wollte, waren seine Därme explodiert, und er hatte außer dem dafür vorgesehenen Loch alles andere getroffen. Der Gestank war bestialisch und der Abtritt vor einer gründlichen Reinigung durch einen unglücklichen Dienstboten vollkommen unbenutzbar. Der Verursacher der Schweinerei drängte sich unten zur Saaltür hinein, um sich wieder ins Getümmel zu stürzen und jede Spur zu seiner Person zu verwischen. Ich hörte das Plätschern der Zisterne viele Fuß tief unten, die die Abfälle normalerweise aufnahm und in den benachbarten *rio* transportierte. Im vorliegenden Fall war die kluge Architektur völlig nutzlos. Ich ließ die Tür zufallen und machte, dass ich aus dem Dunstkreis des Aborts kam.

Außerhalb des kleinen Kämmerchens mischte sich°– nicht viel angenehmer in dieser Umgebung°– Bratenduft in den Gestank. Die Küche schien im Erdgeschoss direkt darunter zu liegen, auch sie mit einem direkten Zugang zur Zisterne, um die Abfälle bequem entsorgen zu können. Ich stieg weiter die Treppe hinauf. Von nun an würde ich nicht mehr angeben können, ich sei auf der Suche nach dem Abtritt, wenn mich jemand ertappte. Das Lärmen und das Gekreisch aus dem Saal wurde lauter, als sich die Tür öffnete, und gedämpfter, als sie sich wieder schloss. Ich schlich hastig die restlichen Stufen nach oben, damit ich außer Sicht kam, und verharrte am Ende des Treppenhauses vor einer Tür. Niemand schien mir zu folgen; wer immer den Saal verlassen hatte, war auf der Suche nach frischer Luft. Ich versuchte, lautlos die Tür zu öffnen, und betrat den Dachboden.

Die Räume waren hier niedriger und die Luft so stickig wie im Inneren eines Sacks. Der Grundriss des Gebäudes fand sich auch im Dachgeschoss wieder: ein geräumiger Saal, von dem links und rechts Räume abgingen. Die Dunkelheit war vollkommen; das Licht der Fackeln aus dem Treppenhaus erhellte kaum eine halbe Mannslänge vor mir. Ich horchte, ob der Mann vor der Saaltür es sich anders überlegt hatte und die Treppe hochstieg, aber alles blieb still. Ich beschloss, es zu riskieren; ich huschte die Stufen hinunter und nahm eine Fackel aus ihrer Halterung. Als ich in das Dachgeschoss eindrang, musste ich mich fast bücken.

Leere Bettgestelle, gähnende Kamine, ein paar Truhen, Unschlittkerzen in tönernen Haltern waren zu sehen, doch nichts davon schien im Lauf der letzten Jahre in Gebrauch gewesen zu sein. Eine dicke Staubschicht lag über allem. Chaldenbergen hatte vermutlich nur den Saal und den großen Raum dahinter bewohnt, und das spärliche Mobiliar gehörte zum Haus. Ich stolperte in eine kleine Schlinge, die in Fußhöhe an einem Balken befestigt war, und befreite mich mühsam davon. Offenbar versuchten Chaldenbergens Dienstboten den Verlust der Katzen durch Fallenstellerei auszugleichen.

In einer der Kammern, die von der Treppe am weitesten entfernt lagen, fand ich schließlich etwas zu essen: Brot, kaltes Fleisch, einen Krug mit stark verdünntem Wein und einen Becher, in dem ein Rest klebriger, stark nach orientalischen Gewürzen riechender Flüssigkeit war. Calendars entführter junger Prinz kam mir in den Sinn, womöglich wegen des fremdländischen Duftes. Auf dem Boden waren nasse Flecken, an denen meine Schuhsohlen hängen blieben. Wer immer die klebrige Flüssigkeit zu trinken versucht hatte, hatte einiges davon verschüttet. Der Geruch der Gewürze hing in dem kleinen, heißen Raum und machte meinen Kopf leicht. Die Schlafstelle war zerwühlt und die Truhen so unordentlich im Raum verteilt, dass es wirkte, als habe man sie von der Tür her hineingeworfen und sich nicht mehr darum gekümmert. Es war nicht ganz der richtige Vergleich, aber etwas Besseres fiel mir nicht ein. Aus einer der Truhen schaute sogar ein Zipfel Leinen heraus. Ich schüttelte den Kopf und schloss die Tür wieder.

Draußen auf dem saalartigen Flur merkte ich erst, wie erstickend der Duft der Gewürze gewesen war. Ich hielt die Fackel tief, um die hölzerne Decke nicht zu verkohlen, und suchte weiter. Ich überlegte, das Risiko einzugehen und Caterinas Namen zu rufen. Dann blieb ich plötzlich stehen, als sei ich gegen eine Wand gelaufen, und schlug mich an die Stirn.

Die Truhen in jenem Zimmer waren nicht hineingeworfen worden. Es hatte eine Auseinandersetzung gegeben. Der Bewohner des kleinen Raums hatte versucht, einem Häscher zu entkommen, und die Truhen herumgeschleudert; das zerwühlte Bett zeugte nicht von unruhigem Schlaf, sondern vom verzweifelten Bemühen eines Menschen, sich irgendwo festzuhalten, während jemand anderer versuchte, ihn aus dem Raum zu schleifen. Der junge Prinz war mir nicht nur wegen des Gewürzgeruchs in den Sinn gekommen, sondern weil die Kammer ein Gefängnis dargestellt hatte. Ich kehrte zurück, schlug den Deckel der Truhe auf, aus der das Stück Leinen schaute, und leuchtete mit der Fackel hinein.

Alle Mädchen aus Raras Haus trugen das helle, schmucklose Gewand; selbst Fiuzetta besaß ihres noch. Caterina war hier untergebracht gewesen, und so wie der Raum aussah, hatte sie ihn nicht freiwillig verlassen. Ich fluchte leise vor mich hin und machte, dass ich wieder hinauskam.

Als ich die Tür zum Treppenhaus öffnete, huschte gerade der Nächste in den Abtritt. Er schlug die Tür zu und schob den Riegel vor. Ich beneidete ihn nicht um das, was er dort vorfand. Ich steckte die Fackel zurück und nutzte die Gelegenheit, zum ersten Geschoss hinunterzulaufen.

Das Gelächter der Männer und das Geschrei der Frauen hallte im Treppenhaus seltsam wider. Es machte den Anschein, als käme es nicht nur aus dem Saal, sondern auch über die Stufen herauf, die weiter ins Erdgeschoss führten. Ich zögerte einen kleinen Augenblick. Dann ging die Saaltür auf, und ich stand auf der Treppe wie das personifizierte schlechte Gewissen. Ich tat so, als würde ich ebenfalls den Abtritt zum Ziel haben. Dessen Tür sprang mir förmlich entgegen, als ich die Hand danach ausstreckte, und ich sah einen kurzen Schimmer blütenweißen Gewandes, bevor sein Besitzer bei meinem plötzlichen Auftauchen erschreckt zurückprallte und sich hart auf das Holzbrett mit dem Loch darin setzte. Er riss entsetzt die Augen auf. Diesen Teil des Bretts würde nun niemand mehr putzen müssen. Er griff nach dem Riegel und schlug die Tür wieder zu. Vielleicht zog er es vor, angesichts der Besudelung seiner Kleidung lieber im Abtritt zu ersticken, als den Saal wieder zu betreten.

Einer von Chaldenbergens Gästen stand am Fuß der Treppe und spähte zu mir herauf, und ich zuckte mit den Schultern und machte eine Geste: Besetzt. Er rollte die Augen nach oben und breitete die Arme aus, und ich lachte pflichtschuldigst. Er wartete ein paar Augenblicke, aber dann entschied er sich, dass das Warten im Inneren des Saals angenehmer war, und zog sich zurück. Ich verließ meinen Posten. Aus dem Abtritt hörte ich das gedämpfte Husten des nun nicht mehr makellos weiß gekleideten Burschen, der nach Luft rang.

Weiter unten gab es ebenfalls einen Treppenabsatz und eine Tür. Diese führte nicht wie die zum Abtritt geradeaus weiter, sondern war auf der linken Seite eingelassen. Ich spähte weiter hinunter; ganz am Ende der Treppe befand sich die Küche, die sich sicherlich über das gesamte hintere Viertel des Erdgeschosses ziehen und direkten Zugang zum Innenhof und den Lagerräumen haben würde. Wohin die Tür hier im Treppenabsatz führte, konnte ich nur raten. Ich stand davor, als ich erneut das Gelächter vernahm. Es kam eindeutig aus einem Raum dahinter.

Ich probierte die Klinke. Sie war nicht verschlossen. Ich drückte die Tür auf und erwartete jeden Moment, dass ein Knüppel auf meinen Kopf herabsausen würde, aber nichts geschah. Ich konnte einen langen, schmalen Gang erkennen, an dessen Ende eine weitere Treppe liegen musste, die ins Erdgeschoss hinunterführte. Das Haus war einmal zur Verteidigung gedacht gewesen, und wie jede vernünftige Festung verfügte es über einen versteckten Fluchtweg. Lichtschimmer drang über die Stufen hinauf, das Gelächter und ein Laut, den ich lieber nicht gehört hätte: ein leises, flehendes Wimmern. Meine Nackenhaare stellten sich auf.

»Was suchen Sie hier?«, fragte hinter mir eine Stimme.

13

Ich fuhr herum. Mein abgewiesener Liebhaber aus dem Saal und sein Gefährte mit dem weißen Gewand sahen mich misstrauisch an. Den Weißgekleideten umgab eine feine Wolke aus Gestank. Er legte die Hand auf die Tür und drückte sie zu. Ich atmete tief ein.

»Was werde ich wohl suchen?«, erwiderte ich herablassend. Ich rieb meinen Bauch.

»Der Abort ist oben.«

»Da war die ganze Zeit besetzt.«

»Ich bringe Sie rauf.«

»Vielen Dank«, wehrte ich ab, »jetzt finde ich ihn allein.«

Der Mann, mit dem ich mich unterhalten hatte, nickte mit schmalen Augen. Sie traten beide zurück, sodass ich an ihnen vorbeikonnte. Als ich die Stufen hochschritt, gingen sie hinter mir her; am Eingang des Saals blieben beide stehen und sahen mir nach, bis ich den Abort betrat.

Ich blieb mit Todesverachtung lange genug auf dem stinkigen Örtchen, sodass es glaubhaft wirkte, doch als ich endlich wieder nach draußen ging, waren sie verschwunden. Ich stieg die Treppe langsam hinunter und riskierte ein Auge zum unteren Absatz des Treppenhauses. Ein Bediensteter Chaldenbergens stand jetzt vor der Tür, die zu dem versteckten Fluchtweg führte; und zu einem Raum, in dem etwas vorging, worüber ich mir lieber keine Vorstellungen machte. Er hörte mich und schaute nach oben, und ich winkte ihm zu und lächelte blöd, als sei ich besoffen. Er wandte sich ab und starrte wieder ins Leere.

Es gab nichts, was ich tun konnte. Ich dachte darüber nach,

ob ich nicht einfach das Haus verlassen und Calendar alarmieren sollte. Er würde nicht mitkommen. Ich hatte keinerlei Möglichkeit, irgendetwas für Caterina zu tun, solange ich hier war, aber ich brachte es einfach nicht übers Herz zu gehen. Manchmal unterliegt man der idiotischen Vorstellung, es sei besser, in der Nähe zu bleiben, auch wenn es keinen Unterschied macht. Ich biss die Zähne zusammen und betrat den Saal aufs Neue.

Chaldenbergen war wieder da, umgeben von einem kleinen Zirkel Männer, auf die er hastig einredete. Sein Gesicht war gerötet. Ich konnte es nicht beschwören, aber ich glaubte in den Männern, die um ihn herumstanden, diejenigen zu erkennen, die mit ihm verschwunden gewesen waren. Er sah auf, als ich hereinkam, und sein Gesicht verzog sich zu einem falschen Lächeln. Er winkte mir zu. Ich machte gute Miene zum bösen Spiel. Solange er sich hier befand, war er nicht bei Caterina. Ich sagte mir, dass es keinerlei Beweise gab für meinen Verdacht und dass die Geräusche, die aus dem versteckten Raum gedrungen waren, auch eine Täuschung sein konnten, ein verzerrtes Echo des Gekreisches im Saal.

– Und dass es Chaldenbergen einfach unangenehm war, wenn jemand den uralten Fluchtweg entdeckte, den er nicht brauchte, in einem Haus, das er spätestens morgen für immer verlassen würde, und er deshalb einen Wachposten aufgestellt hatte.

Nur noch wenige Tänzerinnen befanden sich in der Mitte des Saals, und sie hatten nur noch wenig an. Die Kissen beherbergten jetzt eine Verschlingung von Gliedmaßen in unterschiedlichen Graden der Nacktheit. Chaldenbergen nahm einen der Männer um ihn herum am Arm und führte ihn mir entgegen.

»Ich weiß, dass Sie es eigentlich nicht wollen«, sagte er zuvorkommend, »aber mein Geschäftsfreund hier hat mich gebeten, Ihnen vorgestellt zu werden.«

Chaldenbergens Geschäftsfreund reichte mir die Hand und

redete mit einem Schwall auf mich ein. Ich verstand kein Wort von dem, was er sagte, nickte aber hochmütig. Ich wusste bereits, dass meine Tarnung erledigt war, aber ich wollte wenigstens so lange wie möglich den Anschein wahren. Chaldenbergen betrachtete mich lächelnd. Sein Geschäftsfreund beendete seine Ansprache und trat zurück. Jemand legte mir eine Hand auf die Schulter, ich drehte mich herum und sah in die Gesichter der beiden männlichen Prostituierten. Sie nahmen mich in die Mitte.

»Es hätte beinahe funktioniert«, sagte ich zu Chaldenbergen.

Er nickte. Sein Lächeln war jetzt verschwunden. »Was wollen Sie?«

Ich wies mit dem Kopf auf das fröhliche Treiben hinter seinem Rücken. »Glauben Sie, dass Ihre Freunde gern aus Ihrem Tun gerissen werden?«

»Von wem? Von Ihnen?«

Ich zuckte mit den Schultern und versuchte, mir den Anschein von Überlegenheit zu geben. *Draußen warten zwei Söldnerheere, die das Haus in seine Einzelteile zerlegen, wenn mir etwas zustößt.*

»Wenn ich Sie kaltmache, wird es nicht einmal so laut.« Er schnippte mit den Fingern. »Also – was wollen Sie von mir?«

»Ich brauche nur zu schreien …«

Ich fühlte plötzlich eine kalte Klinge an meiner Kehle.

»… der Schrei würde Ihnen abgeschnitten werden, bevor Sie noch genug Luft geholt haben, und das im wahrsten Sinn des Wortes«, erklärte Chaldenbergen. »Abgesehen davon dürften Sie hier brüllen, so viel Sie wollen, es würde kaum jemanden stören.«

»Dann ist das Messer ja unnötig«, erwiderte ich rau. Heute Nachmittag hatte ein Dolch an meinen Rippen gesessen; jetzt einer an meinem Hals. Ich fühlte mein Herz schlagen und zugleich mit jedem Schlag die Wut in mir emporsteigen, die ich immer dann fühlte, wenn es brenzlig wurde, und die in der Gegenwart Chaldenbergens nur umso schneller aufloderte.

»Wir gehen jetzt ganz vernünftig durch den Saal in das leere Zimmer dahinter«, sagte Chaldenbergen. »Wir sind die besten Freunde.«

Das Messer verschwand von meinem Hals und bohrte sich stattdessen dort hinein, wo noch die wunde Stelle von heute Nachmittag war. Ich folgte Chaldenbergen und seinen Schergen, und das Theater wäre nicht einmal nötig gewesen. Chaldenbergens Gäste waren mit den Tänzerinnen beschäftigt und würdigten uns keines Blickes. Der Essensgeruch im Saal, der sich über den Duft der Bodenstreu durchgesetzt hatte, begann von den nicht weniger würzigen Gerüchen erhitzter Körper abgelöst zu werden. Chaldenbergen schnupperte, warf dem Kerl mit dem weißen Gewand einen vorwurfsvollen Blick zu und hielt ein wenig mehr Abstand zu ihm. Ich wandte den Kopf, bis ich demjenigen der beiden Lustknaben ins Gesicht sehen konnte, mit dem ich gesprochen hatte. Er trottete neben mir her und hielt mich am Ellbogen fest; sein Kamerad presste mir die Klinge in die Seite.

»Als ich Ihnen viel Glück wünschte, habe ich nicht das hier gemeint«, erklärte ich. In seine Augen schlich sich ein betroffener Ausdruck. Er verzog das Gesicht und biss die Zähne zusammen.

»Gehen Sie!«, sagte er.

»Ich könnte bei der Polizei ein gutes Wort für Sie einlegen.«

»Ist keine Polizei in der Nähe.«

»Das glaubt er«, sagte ich leichthin und wies mit dem Kinn auf Chaldenbergen, der vorausging. »Wir beide wissen es besser, oder?«

Chaldenbergen war an der Tür angekommen und öffnete sie für uns. Mein Gesprächspartner ließ mich los; sein Freund schob mich in das dahinter liegende Zimmer. Ich hörte, wie mein Gesprächspartner hastig auf Chaldenbergen einredete;

er erhielt eine barsche Antwort. Chaldenbergen blieb lange genug zurück, um eine Fackel aus ihrer Halterung zu nehmen. Er winkte jemandem zu, der offensichtlich von seiner Beschäftigung aufgesehen hatte, und lachte. Dann kam er herein, schlug die Tür hinter sich zu und leuchtete mir mit der Fackel ins Gesicht.

»Spielen Sie Würfel?«, fragte er.

»Warum, haben Sie Geld zu verlieren?«

Er grinste und schüttelte den Kopf. »Ich habe nichts zu verlieren. Sie schon.« Er sah nachdenklich von der Fackel zu mir und zurück. Sein Gesicht war immer noch gerötet, und seine Augen glänzten. Von welcher Tätigkeit auch immer ihn mein Herumspionieren weggelockt hatte, er hatte sie genossen, und es sah aus, als suchte er jetzt nach einem Ersatz dafür. Die Flammen schienen ihn auf einen Gedanken zu bringen. Er fuhr mit der Hand langsam hindurch und schüttelte dann seine Finger aus. »Ganz schön heiß«, murmelte er lächelnd.

Ich versuchte meinen Mund zu befeuchten. »Sie machen einen Fehler«, sagte ich und wusste selbst, wie abgedroschen das klang.

Chaldenbergen wandte sich an die männliche Dirne, mit der ich geredet hatte. »Siehst du«, erklärte er langsam, »ich drohe ihm an, ihm die Augen auszubrennen, und es kommt immer noch keine Polizei.«

Der Mann nickte unglücklich. Er vermied es, mich anzusehen. Er mochte meinen Bluff geglaubt haben oder nicht, jedenfalls hatte er einen schwachen Versuch unternommen, mich zu retten.

»Wenn er wirklich die Polizei mitgebracht hätte, dann würde sie doch jetzt eingreifen, meinst du nicht auch?«

Die Tür öffnete sich, und einer der Bediensteten kam herein. Er flüsterte Chaldenbergen aufgeregt ins Ohr. Chaldenbergen riss die Augen auf. Ein zweiter Mann schlenderte zur Tür herein und sah sich mit interessierter Miene um. Auch er trug eine Fackel. Er schenkte mir ein kaltes Lächeln. Ich spürte, wie meine Knie weich wurden.

»Sie haben sich aber Zeit gelassen«, stieß ich hervor.

»Ich platze nicht gern in eine so fromme Festlichkeit«, erklärte Calendar.

»Nennen Sie mir Ihren Namen«, befahl Chaldenbergen. Calendar drehte sich zu ihm um. Chaldenbergen musterte den Polizisten hochmütig, dann wandte er sich dem Bediensteten zu, der eben zur Tür hereingekommen war, und flüsterte ihm einen Befehl ins Ohr. Der Dienstbote schlich seitwärts zur Tür, ohne den Polizisten aus den Augen zu lassen. Calendars Blick huschte zu ihm hinüber, und er schüttelte den Kopf und machte ein tadelndes Geräusch mit der Zunge. Der Diener blieb stehen und senkte die Augen. Chaldenbergen erbleichte vor Wut. »Ihren Namen!«, stieß er hervor.

Calendar schloss in aller Seelenruhe die Tür. Es wurde wieder dunkel in dem leeren Raum; die zusätzliche Fackel in der Hand des Polizisten warf nicht mehr als ein schwaches Licht. Mir wurde bewusst, dass die beiden männlichen Dirnen mich noch immer festhielten. Mit einem Ruck machte ich mich los.

»Wir wollen doch Ihre Freunde da draußen nicht stören«, sagte Calendar liebenswürdig. »Wenn man aus so einer Beschäftigung plötzlich aufgeschreckt wird, kann es sein, dass die Männlichkeit unwiderruflich zu Schaden kommt.«

Etwas passierte in Chaldenbergens Blick, die Machtverhältnisse schienen sich zu verschieben. Auch Calendar registrierte die Veränderung. Offensichtlich war dem Kaufmann ein Trumpf eingefallen, den er noch in der Hinterhand hielt.

»Meinen Namen können Sie dem Anklageprotokoll entnehmen«, erklärte Calendar. »Es wird Ihnen vorgelesen, während Ihnen der Gefängnisaufseher die Ketten anlegt.«

Chaldenbergen lachte. Calendar winkte mir zu. Ich trat die paar Schritte an seine Seite und fühlte mich bedeutend wohler. Chaldenbergen hörte auf zu lachen und grinste. Er erinnerte mich dabei an eine Katze, wenn sie die Maus so weit entkommen lässt, dass diese sich trügerischerweise in Sicherheit wähnt. Calendar sah mir kurz in die Augen; ich zuckte mit den Schultern.

Er deutete auf die zwei Männer, die mich festgehalten hatten. Ihre Mienen wurden finster.

»Euch kenne ich«, sagte er.

»Wir arbeiten hier«, erwiderte der eine von ihnen trotzig. »Sonst nichts.« Er machte eine Pantomime, als hätte er am Tisch bedient.

Calendar nickte. »Der Lohn für diese Arbeit sind ein paar Längen Schiffstau, das sich um deinen Hals zuzieht, während du aus einem Fenster im Palazzo Ducale hängst und einen wunderschönen letzten Blick auf Santa Maria Maggiore hast.« Er legte einen Finger an die Nase und machte die Geste des Aufschlitzens. »Vorher wird euch jedoch noch die Strafe für diejenigen zuteil, die ihren Hintern für Geld verkauft haben.«

Die beiden ballten die Fäuste und verständigten sich mit einem Blick, der Calendar nicht entging. »Mir fällt jedoch ein, dass ich zwei Spitzel bezahlt habe, sich auf diese Feier einzuschleichen und mich im richtigen Moment zu benachrichtigen.«

Ich musterte Chaldenbergen, während die zwei Prostituierten einen Moment lang nachdachten und dann Calendars Brücke mit einem heftigen Kopfnicken betraten. Er sah keineswegs beunruhigt aus. Den Abfall seiner beiden Verbündeten beobachtete er amüsiert, ohne etwas zu sagen.

»Dieser Mann hier ist mein Mitarbeiter«, erklärte Calendar und deutete auf mich. »Und diesen da«, er wies auf Chaldenbergen, »werden wir jetzt mit in den Dogenpalast nehmen.«

Calendars neu ernannte Spitzel traten seufzend zu Chaldenbergen und stellten sich links und rechts von ihm auf. Obwohl sie zierlich und schlank gebaut waren, überragten sie ihn. Mir fiel auf, dass die Schultern des kleinen Kaufmanns nicht mehr ausgepolstert waren. Es sah aus, als habe er sich nur hastig etwas übergestreift, bevor er vorhin den Saal betreten hatte. Chaldenbergen sah sie lächelnd an. Sie wichen seinen Blicken aus.

»Gehen wir«, sagte Calendar und warf Chaldenbergens übrig gebliebenem Dienstboten einen Blick zu, der diesen zur Seite weichen ließ. »Ganz schnell durch den Saal und hinaus.«

»Lassen Sie das Haus von Ihren Männern durchsuchen«, sagte ich rasch zu Calendar. »Es gibt einen versteckten Gang und einen Raum ...«

»Wir gehen jetzt hinaus«, erklärte er fest und ohne mich eines Blickes zu würdigen.

»Was soll das? Sie wissen doch, weshalb ich hierher gekommen bin. Ich glaube, ich habe herausgefunden, wo das Mädchen steckt und wo ...«

Er sah mich mit einem mörderischen Blick an, der mich innehalten ließ. »Bewegen Sie sich«, zischte er. »Sofort.«

Er ließ Chaldenbergen und seine Begleiter vorgehen. Der Kaufmann reichte seine Fackel seinem Dienstboten, als wäre nichts. Calendar und ich kamen hinterdrein. Als ich in den Saal hinaustrat, fröstelte ich plötzlich. Der Anblick im Saal ähnelte dem Bild, das man sich gemeinhin von einem Fest in einem dekadenten römischen Palast macht, vor fünfzehnhundert Jahren, während der verrückte Kaiser Nero die Stadt verbrannte. Ich zweifelte nicht, dass auch an mir die Flammen einer Fackel erprobt worden wären, bevor eine Klinge durch meine Kehle fuhr, und vielleicht wäre das Letzte, was ich auf Erden gehört hätte, das reptilische Grunzen eines von Chaldenbergens Gästen gewesen, der eine der Tänzerinnen bestrampelte und seine Lust nicht mehr zurückhalten konnte. Ich räusperte mich.

Calendar schob Chaldenbergens Bewacher vor sich her, als diese ihm zu langsam gingen. Er sah sich mit schmalen Augen überall um, doch niemand achtete auf uns. Ich hatte gedacht, er hätte seine Männer an allen Ausgangstüren verteilt, aber ich sah keinen von ihnen. Soeben taumelte ein Betrunkener in Richtung Abtritt hinaus. Niemand hielt ihn auf.

Chaldenbergen begann plötzlich mit lauter Stimme zu klagen, und Calendar fuhr herum und starrte ihn überrascht an. Chaldenbergen rief in das Getümmel auf den Kissen hinein und machte eine Szene, als würden ihm die Arme bei lebendigem Leib ausgerissen. Seine beiden Bewacher zuckten zurück. Ich machte einen Schritt auf ihn zu, aber ich fühlte eine harte Hand auf meinem Arm, die mich festhielt. Ich sah in Calendars grimmiges Gesicht.

»Warum haben Sie mir das nicht gesagt, Sie verdammter Narr?«, stieß er hervor.

»Was denn?«

Mehrere Dutzend Augenpaare starrten uns von den Kissen her an; zwischen den erhitzten Gesichtern sah ich die ausdruckslosen schwarzen Larven der beiden Masken. Aus dem Kissengewühl bellte jemand einen Befehl. Ich konnte nicht erkennen, wer es gewesen war, aber dann erhob sich einer der Maskenträger, brachte sein Gewand in Ordnung und stolperte auf uns zu. In Calendars Gesicht spiegelten sich Schreck, Erstaunen und vor allem unmäßige Wut.

Chaldenbergen streckte die Hände nach dem Maskenträger aus und jammerte, dass es kein Fra Lippi und auch kein Donatello theatralischer hätte darstellen können. Er deutete auf Calendar und umarmte den Maskenträger, als dieser nahe genug heran war. Funkelnde Augen richteten sich auf den Polizisten. Dieser gab den Blick mit zuckenden Wangenmuskeln zurück und senkte dann zu meiner Überraschung den Kopf.

»Was ist los?«, rief ich, doch ich erhielt keine Antwort. Der Mann mit der Maske beruhigte Chaldenbergen und klopfte ihm auf die Schulter. Dann winkte er Calendar mit einer Kopfbewegung zu sich und stapfte mit ihm in eine Ecke des Saales davon. Die Blicke der beiden Lustknaben folgten ihm sorgenvoll. Ich wandte mich zu dem kleinen Kaufmann um, der seine

Klagen mittlerweile eingestellt hatte und überlegen grinste. Dann wurde ihm bewusst, dass die gesamte Gesellschaft in den Kissen noch immer zu uns herübersah, und er breitete die Arme aus und lächelte wie ein Priester am Ende der Messe: *Ite, missa est*, meine Kinder, amüsiert euch wieder.

Er machte sich die Mühe, auch mich anzulächeln, dann sah er zu den beiden Knaben nach oben und fuhr sich mit dem gleichen Lächeln im Gesicht mit dem Finger über die Kehle. Die beiden Prostituierten erbleichten und sahen aus, als würde ihnen im nächsten Moment schlecht werden. Ich musste etwas tun, bevor sie bereuen und sich wieder auf seine Seite schlagen würden. Ich musste etwas tun, obwohl ich nicht wusste, was überhaupt passiert war. Calendar stand mit hängenden Schultern in der Ecke und ließ eine geflüsterte Predigt des Maskenträgers über sich ergehen. Chaldenbergen winkte einem seiner Bediensteten, und dieser hastete herüber und brachte ihm ein Glas Wein.

Die Machtverhältnisse *hatten* sich geändert.

Ich eilte zu den beiden Männern in der Ecke des Saals hinüber.

»Verschwinden Sie«, fauchte Calendar. Der Mann mit der Maske unterbrach seine aufgebrachte Rede und starrte mich an. Ich straffte mich, stemmte die Arme in die Seiten und erwiderte den Blick.

»Ich bin der Beauftragte des genuesischen Botschafters«, sagte ich mit aller Arroganz, die mir zu Gebote stand. »Ich begehre zu wissen, was hier vorgeht.«

Die Augen hinter der Maske blieben auf mich gerichtet, während der Mund darunter etwas hervorstieß, das sich wie eine Anklage gegen Calendar anhörte. Ich setzte einen hochmütigen Blick auf und sagte zu Calendar: »Er soll in meiner Sprache reden, wenn er mir etwas mitzuteilen hat. Sagen Sie ihm das.«

Der Maskenträger zuckte zurück. Er schien zumindest die Bedeutung der Worte erfasst zu haben. Er feuerte etwas auf Venezianisch ab und gestikulierte Calendar zu, er solle es übersetzen. Ich ließ ihn nicht zu Wort kommen.

»Das ist einer Ihrer Vorgesetzten, habe ich Recht?«, sagte ich in demselben Tonfall wie zuvor. »Spielen Sie mit, sonst sind wir erledigt. Der Botschafter ist die Tarnung, unter der ich mich hier eingeschlichen habe.«

Calendar knurrte etwas, das ich nicht verstand. Dann wandte er sich mit einer ehrerbietigen Geste an den Maskenträger und übersetzte. Ich konnte das Gesicht hinter dem schwarzen Stoff nicht erkennen, aber die Augen blinzelten. Der Mann gab eine kurze, wütende Erklärung ab und zeigte erst auf Calendar, dann auf mich.

»Chaldenbergen hat mich angeklagt, von einem seiner Konkurrenten bestochen worden zu sein, ihn auf dieser Feier unter falschem Vorwand zu verhaften«, sagte Calendar. »In diesem Kreis hier kennt man Chaldenbergen nur als ehrenwerten Mann. Ich hingegen gelte als Verräter, dem man nur aus Gnade noch eine zweite Chance gewährt hat. Man glaubt Chaldenbergens Worten, nicht den meinen.«

Ich griff nach der Maske und tat so, als wollte ich sie abziehen. Eine Hand klammerte sich um mein Handgelenk, aber ich ließ nicht los. Die Augen hinter der Maske waren aufgerissen vor Schreck.

»Sagen Sie ihm«, knurrte ich, ohne von der Maske zu lassen, »dass ich genau weiß, wer er ist. Ich bin der Beauftragte des genuesischen Botschafters. Ich habe Sie angefordert, mich nach Hause zu begleiten, weil Sie Ser Genovese als der einzige zuverlässige Mann im gesamten Polizeiapparat der Republik geschildert worden sind und er große Stücke auf Sie hält.« Ich sah mich um und bemerkte, dass Chaldenbergens Grinsen verschwunden war und er sich zögernd in Bewegung setzte, um zu uns herüberzukommen. Ich hielt eine Ecke der Maske weiterhin umklammert. »Sagen Sie ihm, dass Chaldenbergen mir zwei völlig unzulängliche Liebesdiener angeboten hat und wir deshalb in Streit geraten sind. Sagen Sie ihm, wenn er riskieren will, dass der genuesische Botschafter wegen eines knauserigen *tedesco* verärgert abreist und die Beziehungen zwischen beiden Städten wieder militärischer Natur sein werden, dann kann er es so haben. Andernfalls soll er Sie und mich gehen lassen, und ich werde vergessen, dass er den Lügen eines Ausländers mehr geglaubt hat als dem Wort des Beauftragten von Ser Genovese.«

14

Calendar war nicht dumm; er hatte zu übersetzen begonnen, kaum dass ihm klar geworden war, worauf ich hinauswollte. Der Griff um mein Handgelenk lockerte sich; ich ließ die Maske los. Als Calendar geendet hatte, deutete mein Gegenüber eine knappe Verneigung an. Ich revanchierte mich mit einem höfischen Kratzfuß fast bis zum Boden. Als ich aufblickte, stapfte der Mann mit der Maske bereits davon, stieß den herbeieilenden Chaldenbergen aus dem Weg und ließ sich auch nicht aufhalten, als dieser hastig auf ihn einredete. Er pfiff, und aus dem Liebesgetümmel auf dem Boden löste sich der zweite Maskenträger und eilte bestürzt auf ihn zu. Sie steckten die Köpfe zusammen, während sie den Saal verließen. Chaldenbergens Blicke folgten ihnen fassungslos. Ich wartete, bis er sich zu mir umwandte, dann lächelte ich und machte meinerseits die Geste des Halsabschneidens. Sein Gesicht schwoll an.

»Treiben Sie es nicht auf die Spitze«, zischte Calendar und fasste meinen Arm. »Machen wir, dass wir hier rauskommen.«

Er zerrte mich zu der Tür, durch die auch die Maskenträger verschwunden waren. Chaldenbergen starrte uns hinterher. Ich machte meinen Arm los.

»Holen Sie endlich Ihre Männer rein«, forderte ich ungeduldig. »Ich führe sie zu der Kammer, wo Caterina gefangen gehalten wird.«

Calendar eilte vor mir die Treppe hinunter. Ich folgte ihm notgedrungen. Hinter uns öffnete sich die Tür zum Saal erneut, und Chaldenbergen kam zum Treppenabsatz und sah uns nach. In seinem Gesicht arbeitete es. Er sagte kein Wort.

»Calendar«, rief ich, während ich dem Polizisten in den dunklen Durchgang nach draußen hinterherlief, »warten Sie doch, zum Teufel.«

Calendar stieß die Tür auf und stapfte nach draußen. Auf dem *rio* schwamm bereits eine der Gondeln. Ich war sicher, dass unter dem kleinen gebogenen Baldachin zwei Männer saßen, die jetzt ihre Masken abnahmen und sich grimmig darüber unterhielten, welchen Streich ihnen dieser verfluchte *tedesco*-Kaufmann gespielt hatte.

»Wo haben Sie denn Ihre Leute postiert?«

Calendar schritt weiter, ohne anzuhalten.

»Es gibt keine Leute«, sagte er über die Schulter. »Ich bin allein hierher gekommen.«

Wir bogen in den *campo* ein, der bei Chaldenbergens Haus lag. Ich sprang Calendar hinterher und hielt ihn am Arm fest. Er riss sich los, aber ich packte ihn erneut, und schließlich blieb er stehen. Er wandte sich zu mir um und machte eine resignierte Miene.

»Sind Sie verrückt?«, fragte ich. »Allein herzukommen.«

»Sie sind ja ebenfalls allein hier.«

»Ich habe auch nicht den Polizeiapparat der ganzen Stadt im Rücken.«

»Ich glaube, Sie überschätzen meine Kompetenzen.«

»Wer war der Mann mit der Maske? Leonardo Falier, habe ich Recht?«

»Nein, aber nahe dran. Es war Zehnerrat Marco Barbarigo. Der zweitmächtigste Mann im *consiglio*.«

»Verflucht«, sagte ich.

»Ja.«

»Warum sind Sie hier?«

»Nicht Ihrer treuen Augen wegen, das können Sie mir glauben.«

»Ihre Männer haben die zwei Kerle gefunden, die mich überfallen haben.«

»Sie haben nichts gefunden.«

»Einen hatte ich gefesselt, und einer war … er war also doch noch nicht tot. Er ist zu sich gekommen, hat seinen Kumpan befreit, und sie sind gemeinsam geflohen.«

Calendar zuckte mit den Achseln. Er machte Anstalten weiterzugehen, aber ich ließ seinen Ärmel nicht los.

»Also gut, Sie glauben mir nicht. Dann sagen Sie mir doch den wahren Grund, warum Sie hier sind.«

»Ich habe Barberros Liegepapiere überprüfen lassen, weil ich ihm nicht glaubte, dass er den Jungen, den ich suche, in Ancona verkauft hat. Den Papieren nach könnte es jedoch möglich sein. Ich habe eine Botschaft zu unseren Verbindungsleuten nach Rom geschickt, um die Geschichte mit dem Kardinal nachzuprüfen und den Jungen gegebenenfalls freizukaufen. Ich habe bis jetzt noch keine Antwort erhalten. Die Zeit ist zu kurz.«

»Lassen Sie ihn verhaften.«

»Ich habe nichts gegen ihn in der Hand.«

»Sie haben einen Verdacht, Sie sind Polizist, und Sie suchen nach einem Kind, das für die Serenissima wichtig ist. Man sollte glauben, das genügt.«

»Ich nehme an, es ist nicht von ungefähr, dass man mich mit der Suche beauftragt hat.«

»Sie glauben, jemand will Sie reinlegen?«

Er lachte. »Ich bin zu klein, als dass es jemandem nützen würde, mich reinzulegen. Man hätte mich bloß auf dem Fischerboot verkommen lassen müssen, wenn es darum ginge.«

»Dann nehmen Sie an, dass der Junge gar nicht gefunden werden soll. Man hat Sie beauftragt, weil man Sie ohne weiteres als Sündenbock verwenden kann, wenn das dem Herrn von Sinope nicht gefällt.«

Calendar zuckte mit den Schultern. »Ich weiß nicht, was ich glauben soll.«

»Und Caterina? Was haben Sie sich von ihr erhofft?«

»Ich bin selbst in das Viertel hinter dem Arsenal gegangen,

als meine Männer zurückkamen und meldeten, niemanden gefunden zu haben. Ich habe in das Haus gesehen, das sie mir bezeichnet haben. Ich habe sogar nach Stofffetzen gesucht, die von einer zerschnittenen Fessel stammen könnten. Nichts.«

»Ich habe nicht gelogen. Sie haben doch selbst gesehen, dass ich verletzt wurde.« Ich hob meinen Arm.

Er winkte ab. »Sie haben alles sauber aufgeräumt. Sollten noch Münzen übrig gewesen sein, die aus Ihrer Börse stammten, haben die Gassenjungen sie gefunden. Aber eines wurde übersehen.«

Ich sah ihn verständnislos an.

»Der Blutfleck an der Hausmauer. Wo Ihr Gegner mit dem Kopf angeschlagen ist. Er war noch da. Nicht sehr groß und in der Hitze schon eingetrocknet. Wenn man nicht wusste, dass es ihn gab, hätte man ihn übersehen. Deswegen haben sie ihn auch nicht entfernt. Aber ich wusste aus Ihrer Schilderung, wo ich nachsehen musste.«

»Dann glauben Sie mir also?«

»Irgendwie sind Sie in diese ganze Geschichte verwickelt. Und irgendwie hat dieser tote Junge, Pegno Dandolo, etwas damit zu tun. Vielleicht hat er etwas gesehen und musste mundtot gemacht werden. Ich weiß es nicht.«

»Es gibt nur eine Möglichkeit, das herauszufinden.«

»Der zweite ›Zeuge‹ aus dem Arsenal. Jener Fratellino.«

»So ist es.«

Er seufzte und sah sich um. Wenn wir weiter zur *fondamenta* hin stehen geblieben wären, hätten wir den kleinen Kanal gesehen, der an Chaldenbergens Haus vorbeilief.

»Wir können nicht noch mal in das Haus eindringen. Da könnten wir gleich vom Campanile auf der Piazzetta springen.«

»Hören Sie, Calendar, dort drin gibt es einen Raum, in dem Caterina gefangen gehalten wird. Ich habe Geräusche gehört, und ich brauche Ihnen nicht zu beschreiben, welcher Art diese Geräusche waren. Sie haben gesehen, was in Chaldenbergens Saal vor sich geht. Er ist mit ein paar weiteren Männern zu Caterina geschlichen. Die anderen – Barbarigo eingeschlossen – glauben, sie haben nur an einer Orgie mit bezahlten Huren teilgenommen. Sie und ich wissen, dass in Wahrheit eine ganz andere Orgie in diesem Haus geschieht.«

»Wir können nichts tun.«

»Alarmieren Sie Ihre Leute, verdammt noch mal.«

»Es wird niemand kommen. Barbarigo kann es sich nicht leisten, dass Chaldenbergen verhaftet wird und über ihn plaudert. Er ist kein unrechter Mann. Wenn man ihn überzeugen könnte, dass Chaldenbergen ein junges Mädchen in seinem Haus versteckt hält und quält, dann vielleicht. Aber das wird uns nicht gelingen. Und wenn doch, dann ist es zu spät.«

»Was können wir dann tun?«

»Wir warten«, sagte er grimmig. »Irgendwann ist das Fest zu Ende.«

»Worauf warten wir?«

»Ich weiß es nicht.« Ich hatte den Eindruck, dass er log. Er wusste genau, worauf wir warteten. Ich stolperte ihm hinterher, als er sich wieder in Bewegung setzte. Wir marschierten auf eine kleine, brüstungslose Brücke zu, die uns über den Kanal bringen würde, der vor Chaldenbergens Haus verlief.

»Bis dahin kann Caterina …« Ich verzichtete darauf, weiterzusprechen.

»Haben Sie eine bessere Idee? Vielleicht, Ihre Landsleute im Fondaco zu wecken?«

Ich winkte ab.

»Wir sind allein«, sagte er. »Diese Republik hat das beste Rechtssystem der Welt, und deshalb schützt es auch manchmal die falschen Männer. Und deshalb sind wir ganz allein.«

Wir überquerten die Brücke. Hier gab es keine *fondamenta*, auf der wir zurück vor Chaldenbergens Haus hätten gehen können. Calendar führte mich in eine enge *calle* hinein, die uns zu einem Kanal weiter südlich brachte.

»Das ist der Rio della Misericórdia«, sagte er, ohne anzuhalten. Wir eilten auf der *fondamenta*, die auch hier am nördlichen Ufer des Kanals lag, weiter. »Er verläuft parallel zum Rio della Sensa; das ist der vor dem Haus Ihres Freundes.«

Er zögerte kurz vor einer Gassenmündung, dann betrat er sie. Wir kehrten zurück zum Rio della Sensa. Die *calle* endete direkt am Wasser. Calendar ließ mich hinausspähen. Ein paar Schritte weit rechts schwang sich die kleine Brücke, die fast direkt vor Chaldenbergens Haus lag, über den *rio*. Dahinter sah ich das Grüpplein der Bootsführer, die sich halblaut unterhielten. Calendar setzte sich ein wenig abseits von der Gassenmündung auf den Boden. In der Gasse selbst gab es keinerlei Licht; es war so dunkel wie im Inneren eines Sacks. Wir konnten zu der *fondamenta* auf der anderen Seite hinübersehen, deren heller Stein im Sternenlicht ungewiss schimmerte. Die Gespräche der Bootsführer waren bis hierher als leises Murmeln vernehmbar. Ich setzte mich neben Calendar nieder. Wenn die Gäste Chaldenbergens aufbrachen, würden uns die Bootsführer unfreiwillig alarmieren.

»Sie haben mir den Pelz gerettet«, sagte ich nach einer langen Pause.

Er machte eine ebenso lange Pause. »Kann sein.«

»Vielen Dank.«

»Sie haben mir bei Barbarigo aus der Patsche geholfen.«

»Was hat er zu Ihnen gesagt?«

»Das wollen Sie nicht wirklich wissen.«

»Sie können die Schimpfworte ja weglassen.«

Ich sah sein Gesicht nicht in der Dunkelheit, aber ich hatte den Eindruck, dass er vage lächelte. Er antwortete nicht.

»Wieso hat der eine der beiden Knaben gerochen, als hätte er im Abtritt gebadet?«, fragte er.

Ich grinste unwillkürlich. »Er hatte den Auftrag, mich zu bewachen. Als ich zu früh aus dem Dachgeschoss zurückkam, schlüpfte er hastig in den Abtritt und versteckte sich dort. Leider war vorher jemand drauf gewesen, der seine Darmbewegungen nicht unter Kontrolle hatte und das Loch um Haaresbreite nicht mehr erreichte. Als er es nicht mehr aushielt, kam er raus'– und ich stand direkt vor der Tür.«

Calendar grunzte überrascht. »Er ist in einen Haufen getreten?«

»Schlimmer. Er setzte sich vor Schreck auf das Brett. Nicht gerade auf die sauberste Stelle.«

Ich hörte, wie Calendar versuchte, sein Lachen zu unterdrücken. »Du lieber Himmel«, stieß er hervor.

»Wollen Sie wissen, was er gesagt hat? ›Oh Scheiße, das ist ja Scheiße!‹«

Calendar prustete los und hielt sich die Hand vor den Mund. Ich lachte mit. Calendar schüttelte den Kopf.

»Was für ein Ausspruch«, kicherte er. »Dante ist zu früh gestorben, sonst hätte er ihn verewigt.«

Ich wartete, bis sein Lachen wieder abgeklungen war.

»Barbarigo hat Ihnen angedroht, Sie endgültig aus dem Polizeidienst zu entfernen, oder?«, fragte ich dann.

Sein Schweigen war Antwort genug.

»Bevor Sie sich dieser unglücklichen Affäre widmeten, was waren Sie da? Auch nur ein einfacher *milite*?«

Er atmete lange aus. »Ich war *avogardo*.«

»Staatsanwalt!?«

»Je höher man steht, desto tiefer fällt man.«

»Barbarigo hat Ihnen angekündigt, dass Sie auf den Fischerbooten Ihrer Verwandten versauern werden.«

Er sagte wieder nichts. Ich kannte die Arbeit auf einem Fischerboot nicht, aber ich hatte etliche Fischer gesehen, seit ich hier war, und sie hatten nicht den Eindruck gemacht, dass ihr Leben die Hölle war. Es mochte hart sein für jemanden, der bisher als Staatsanwalt gearbeitet hatte, aber er war im Familienbetrieb seiner Schwager untergekommen und sicherlich nicht wie ein Sklave behandelt worden. Es hatte mit dem zu tun, was er mir schon bei unserem Gespräch im Keller des Dogenpalastes nicht hatte anvertrauen wollen.

»Was ist passiert im letzten Jahr?«, fragte ich sanft.

Steine und Mauerwerk der Häuser waren aufgewärmt, wo die Sonne sie tagsüber beschienen hatte. Selbst jetzt, zur späten Nachtstunde, fühlten sie sich ungewohnt warm an. In unserer Gasse schien die Sonne nur ein kurzes Gastspiel gegeben zu haben; es war etwas kühler als in der restlichen Stadt, doch auch hier atmeten die Mauern die Wärme des Tages aus. Ab und zu trieb von der Gassenmündung ein warmer Hauch heran, den eine unmerkliche Brise mit sich trug. Das Murmeln der Bootsführer vor Chaldenbergens Haus war auf die Entfernung wie das sanfte, heimelige Gespräch von Freunden, deren Kreis man kurz verlassen hat, um mit sich und seinen Gedanken allein zu sein. Ich hörte das Plätschern des *rio*, das vom Sprung eines Fisches oder von einer Wellenbewegung stammte, die irgendwo weit draußen in der Lagune ihren Anfang genommen hatte und hier, an der steinigen Uferpromenade vor dem Haus des Kaufmanns, endete. Uns umgab eine Szenerie, der zur Vollendung nur noch der Becher teuren Weins in der Hand fehlte. Eine Szenerie, die die Schreie im Inneren des Hauses verbarg, das wir überwachten.

15

»Was ist das Schlimmste, das Sie jemals getan haben?«, fragte Calendar, nachdem wir eine Weile schweigend nebeneinander gesessen hatten.

Ich sah verblüfft auf. »Ich kann Ihnen das Schlimmste erzählen, das mir je passiert ist.«

»Was mich betrifft, sind beide Dinge ein und dasselbe.«

Ich fand keine Antwort darauf, die mehr als eine bloße Floskel gewesen wäre. Ich wartete und hörte, wie er seine Stellung änderte. Wir saßen so nahe beisammen, dass unsere Schultern sich beinahe berührten.

»Im Herbst liegt der Nebel oft tagelang über Venedig. In den Gassen glänzen die Pflastersteine vor Nässe, doch das Wasser in den Kanälen und draußen in der Lagune ist stumpf. In der Stadt orientiert man sich an den Öllichtern, die an den öffentlichen Gebäuden oder an den Palästen der reichen Patrizier flackern; auf dem Kanal sind die Lämpchen der Boote trübe Lichtpunkte, die wie losgelöst durch das graue Zwielicht schwimmen. Die Menschen stehen spät auf und gehen früh zu Bett, und wenn man sich tagsüber in den Gassen begegnet, grüßt man sich, als träfen sich zwei verlorene Seelen auf dem Weg in die Unterwelt. In der Lagune draußen, auf einem Fischerboot, ist man so allein wie ein Verdammter in der Wüste. Es gibt die Welt nur, soweit sie um das Boot herum sichtbar ist, und um das Boot herum sichtbar ist nur das graue, matte Wasser der See und die weit entfernten Feuer, die an den Stränden brennen, damit die Fischer wieder nach Hause finden. Der Nebel trägt die Geräusche aus der Stadt heran, ein Glockenläuten, ein plötzliches Rufen von einer Uferpromenade, aber man weiß nicht, wo es herkommt, und es ist so leise, so weit weg, dass es von einer Stelle außerhalb der Erdscheibe stammen könnte.«

Calendar schwieg. Ich fühlte mich angesichts seiner Schilderung an meine Heimatstadt Landshut erinnert, wenn die spätherbstlichen Nebel in das enge Isartal glitten und alles darin verhüllten. Mein Hof, eine gute Strecke außerhalb der Mauern gelegen, schien dann plötzlich die einzige menschliche Behausung auf der Welt zu sein, eine steinerne Arche, unbeweglich gestrandet in den vor Nässe dampfenden Feldern. Anfangs hatte ich diese Witterung geliebt und die Wärme, die von den Kerzen, dem seiner Arbeit nachgehenden Gesinde und von meiner Familie kam. Später war ich ein einsamer Noah gewesen, der durch die dicken Butzenscheiben seiner Stube an seinem Spiegelbild vorbei in die graue Düsternis starrte und das Leben hasste.

»Oft ist der Nebel nur das Vorspiel zu tagelangem Regen. Er fällt stetig, wie ein Vorhang aus Kälte und Feuchtigkeit. In den Gassen der Stadt beginnen die Kanäle, über ihre Fundamente zu steigen und sich die Wege zurückzuerobern, die man ihnen abgetrotzt hat. Auf dem Markusplatz steht das Wasser knöcheltief; die Behörden lassen hölzerne Stege aufschlagen, doch wer ein Gebäude erreichen muss, zu dem die Stege nicht führen, der steigt in das eiskalte Wasser hinab und watet hindurch. Die Patrizier sehnen sich nach dem Feuer in ihrem Kamin, die Bürger nach dem Feuer in der Esse ihrer Küche und die Armen nach dem Bett in ihrer Stube, in dem sie sich nackt aneinander kauern, um die Kälte aus den Gliedern zu vertreiben. Auf einem Fischerboot gibt es kein Feuer und kein Bett. Es gibt nur die Nässe und die Kälte, und kein Gewand der Welt hält diesen andauernden Regen ab, der sich in jede Faser saugt und auch während der Nacht nicht austrocknet. Am Morgen fährt man in klamme Kleidung, die nach dem Rauch des Feuers riecht, das sie nicht trocknen konnte; am Abend zieht man sie noch klammer aus, diesmal nach Fisch stinkend. Die Hände sind starr, weil man sie zu oft in das kalte Meerwasser getaucht hat und die Handschuhe zu klobig sind, als dass man sie zum Arbeiten tragen könnte, und die Knochen schmerzen, wenn man zu Bett geht, als hätte man fettes Fleisch gegessen, das man in Wirklichkeit seit Monaten nicht zu Gesicht bekommen hat. Das große Boot, die *caorlìna* mit ihrem Segel und der kleinen Schutzkabine, fährt nicht mehr hinaus; es ist wirtschaftlicher, wenn die Fischer einzeln mit ihren kleinen *sàndole* hinausrudern und sich über die Lagune verteilen. Die *caorlìna* trägt vier Männer; der *sàndolo* höchstens einen und ein Kind. Man sitzt darin, ungeschützt vor dem Wetter, wie auf einem Brett, so flach sind die Seitenwände, und wenn man sich zu ungeschickt bewegt, läuft man Gefahr zu kentern. Und man ist allein. Man ist völlig allein, mit sich und den wenigen Fischen, die man gefangen hat und die mit glasigen Augen und nach Luft schnappenden Mündern vor einem sterben.«

»Ich kann verstehen, wenn Sie nicht mehr in dieses Leben zurückkehren wollen.«

»Es hat mich zum Trinker gemacht. Schon nach ein paar Monaten. Meine Schwager führen stets einen Krug mit gewürztem Wein mit sich und trinken ab und zu, wenn ihnen kalt ist oder wenn es etwas zu feiern gibt. Sie boten mir freizügig davon an. Sie bemerkten nicht, dass ich öfter trank als sie. Nicht dass es viel zu feiern gegeben hätte bei meinen ersten Versuchen, die Netze einzuholen. Aber kalt war mir, kalt genug für zwei Tonkrüge am Tag. ›He, Bruder, gib mir einen Schluck, ich bin wie erstarrt.‹ ›Gebt ihm nur, bevor er uns über Bord fällt, vielleicht wird sein Griff auch sicherer, wenn er besoffen ist.‹ Kennen Sie das Gefühl, vor Demütigung schreien zu wollen, selbst wenn der Spott gutmütig gemeint ist? Dann trinken Sie noch einen Schluck, damit Sie nicht wirklich zu schreien beginnen.«

Er schnippte mit den Fingern. »Ich habe meine Kollegen immer verachtet, wenn ich in einem Arbeitszimmer mein Domizil aufschlug und auf dem Tisch noch die klebrigen Ringe von den Weinkrügen des *avogardo* fand, der vor mir dort gearbeitet hatte. Aber ich bin in kürzester Zeit schlimmer geworden als sie.«

»Sie haben wieder damit aufgehört, wie mir scheint. Das beweist, dass Sie über die nötige Kraft verfügen.«

»Ich habe damit aufgehört, ja. Aber es hat nichts mit meiner Kraft zu tun. Ich bin nicht so vermessen zu sagen, Gott habe sich meines Verhaltens empört und einen warnenden Finger auf mich gerichtet. Was passiert ist, ist eben einfach passiert, so wie man an der Pest erkrankt und stirbt.«

Auch ich schwieg, als er erneut innehielt; doch offenbar war er nicht in der Lage, von sich aus seine Geschichte weiterzuerzählen.

»Ich weiß, wie es sich anfühlt, wenn diese besondere Art von Pest in das Leben eines Mannes tritt«, sagte ich rau.

»Als die Familie meiner Frau so viel Vertrauen zu mir gefasst hatte, dass sie mich mit einem *sàndolo* allein auf die Lagune hinausschickten°– vielleicht hofften sie insgeheim, dass ich kentern und ersaufen würde und ihre Schwester dann einen ordentlichen Mann heiraten konnte, einen Fischer zum Beispiel°–, hing ich schon am Wein wie ein Kind an der Mutterbrust. Es stand jedem frei, sich aus dem Fass zu bedienen, das sich im Schlafzimmer des ältesten Bruders befand, und ich füllte einen großen Becher, bevor ich den Haferbrei zu mir nahm, mit dem sie den Tag begannen, und einen Schlauch, den ich unter meinem Wams versteckte, bevor ich hinausruderte. Ich war schon bei Anbruch der Dämmerung betrunken. Es wurde mit jedem Morgen schlimmer. Schließlich kam der Tag, an dem der Boden des Hauses, in dem wir alle lebten, ärger schwankte als das Boot draußen in den Wellen und ich meine Verwandten nur durch einen blutunterlaufenen Schleier sah. Das soll keine Entschuldigung dafür sein, dass ich an jenem Tag auf den Gedanken kam, meinen Sohn mit hinauszunehmen.«

»O mein Gott«, sagte ich unwillkürlich und ahnte, wie seine Geschichte enden würde. Ich fühlte, wie mir kalt wurde.

»Er ist nicht ertrunken, wenn Sie das meinen«, murmelte er. »Aber: Ja, ich brachte das Boot zum Kentern. Weit draußen in der Lagune, weit ab von jedem Ufer. Ich lehnte mich zu weit hinaus oder was auch immer. Ich möchte nicht einmal ausschließen, dass ich seine Anwesenheit vergaß und das Boot absichtlich umkippte, um zu sterben.«

»Das Wasser war kalt genug, um Sie wieder nüchtern werden zu lassen?«

»Es war so kalt, dass einem sofort der Atem bei lebendigem Leib gefror. Mich nüchtern werden zu lassen dauerte ein paar Augenblicke länger. Er ging unter wie ein Stein. Er hatte sich alle Kleidungsstücke übergezogen, die er besaß, um nicht zu frieren, und sie zogen ihn augenblicklich in die Tiefe. Er konnte nicht schwimmen. Warum hätte ich es ihn lehren sollen? Ich kann es selbst nicht richtig. Ich sah ihn vor meinen Augen absacken und in der stumpfen grauen Tiefe verschwinden; er konnte nicht einmal mehr nach mir rufen.«

»Wie wurde er gerettet?«

Ich hatte das Gefühl, dass Calendar mich lange ansah. Ich erwiderte seinen Blick nicht. Schließlich seufzte er.

»Als ich endlich zu mir kam, befand ich mich unter Wasser. Ich konnte nicht atmen. Meine Brust wollte zerreißen und mein Schädel zerspringen. In meinen Armen hing eine Last, die so schwer war, als versuchte ich, sämtliche Ertrunkenen der Lagune auf einmal nach oben zu zerren. Ich trat das Wasser mit den Füßen und schrie innerlich vor Atemnot. Ich spürte, wie sich mein Denken verwirrte und es plötzlich nicht mehr so wichtig war, ob ich jemals wieder atmen würde oder nicht. Die Kälte des Wassers verschwand. Meine Arme wurden leicht. Dann schoss ich durch die Wasseroberfläche und brüllte und weinte und rang gleichzeitig nach Atem. Das Boot war ein wenig abgetrieben, aber ich konnte es mit wenigen Schwimmzügen erreichen. Meinen Sohn zog ich hinter mir her. Ich muss ihm nachgetaucht sein, ohne dass es mir bewusst wurde.«

»Und dann?«

»Er war besinnungslos. Ich schaffte es, ihn mit dem Oberkörper auf den Bauch des gekenterten Bootes zu schieben, damit er so weit aus dem Wasser war wie möglich. Dann begann ich zu rufen.«

»Man hat Sie gehört.«

»Sehr bald. Sonst wären wir beide am Ende doch noch umgekommen. Ein Boot schob sich aus dem Nebel, und der Mann darin zerrte meinen Sohn zu sich herein und gab mir Anweisungen, wie ich mithilfe seines Bootes mein eigenes wieder flottmachen konnte. Wir schoben es umgekehrt über seines, damit es auslaufen konnte, dann drehte er es auf den Kiel zurück und ließ es wieder ins Wasser gleiten. Er bugsierte es längsseits neben seines, lehnte sich hinaus und hielt es fest, und ich kämpfte mich, erstarrt von der Kälte und kraftlos wie ein altes Weib, zwischen den beiden Booten aus dem Wasser, bis ich mich in meines hineinwälzen konnte. Ich werde nie vergessen, wie man einen gekenterten *sàndolo* wiederaufrichtet. Er fragte mich, ob ich den Weg nach Hause fände, und als ich bejahte, ließ er mich fahren. Ich habe nie nach seinem Namen gefragt und weiß nicht mehr, wie sein Gesicht aussah. Er hat mir und meinem Jungen das Leben gerettet, und ich kann ihm nicht einmal dafür danken.«

»Sie haben Ihren Sohn selbst gerettet.«

Er antwortete nicht darauf. Ich überlegte eine Weile.

»Wie heißt Ihr Sohn?«, fragte ich ihn schließlich.

»Paolo, wie ich.«

»Wie alt ist er?«

»Zwölf Jahre.«

»Hat er eine Erinnerung an dieses Ereignis?«

Er lachte bitter. »Ich glaube nicht«, sagte er heiser.

»Dann sollten Sie auch nicht mehr davon sprechen.«

»Sie wissen nichts.«

»Ich habe auch einen Sohn«, sagte ich. »Er heißt Daniel. Er ist jetzt dreiundzwanzig. Ich habe ihn seit drei Jahren nicht mehr gesehen und davor nicht oft. Als er etwa so alt war wie Ihr Sohn, starb meine Frau, und ich habe meine Familie zerbrechen lassen. Ich konnte nicht sehen, dass auch meine Kinder voller Trauer waren. Ich dachte, ich sei allein in meinem Elend. Ich habe sie aus meinem Haus getrieben, und seither ist jede Begegnung mit ihnen mit Schmerzen verbunden.«

»Es gibt viele Gelegenheiten, sich zu versündigen, und die meisten davon stehen nicht in den Büchern der Pfaffen.«

Ich zuckte zusammen, als plötzlich Kirchenglocken zu läuten begannen.

»Mitternacht«, brummte Calendar. »Wachablösung im Dogenpalast.«

Die meisten Glocken verstummten nach kurzer Zeit mit einem kläglichen letzten Ton. Als die letzte verklungen war, konnte man hören, dass eine einzige Glocke, weit entfernt im Osten der Stadt, noch nicht zur Ruhe gekommen war. Sie klang hektisch und dünn und misstönend über die Entfernung. Nach wenigen Sekunden fiel eine der zuvor verstummten Glocken wieder ein. Ihr Klang kam aus dem Süden und war volltönend, ruhig und selbstsicher. Wir hörten ihr zu, bis auch sie wieder schwieg. Von der ersten Glocke war nichts mehr zu hören; vielleicht hatte der Glöckner angesichts seines Gegners resigniert aufgegeben.

»Was war das für ein Zweikampf?«, fragte ich.

»Die Glocken von San Pietro in Castello und von San Polo. San Pietro ist der Sitz des Bischofs von Venedig. Er gilt nicht viel in der Stadt. Seine Kirche hat nicht einmal einen richtigen Turm und liegt weit außerhalb, auf der Ìsola di San Pietro hinter dem Arsenal. Er hat es sich natürlich nicht nehmen lassen, den Tag des heiligen Petrus einzuläuten, aber der Glöckner von San Polo hat ihn daran erinnert, dass heute auch der Tag des heiligen Paulus gefeiert wird.«

»Dann haben wir beide heute den Tag unseres Namenspatrons. Mein Vorname lautet Peter.«

»Wenn das ein gutes Zeichen sein sollte, können wir es brauchen.«

Er sagte nichts mehr. Irgendwann in den letzten Minuten war die vorsichtige Vertrautheit, die sich zwischen uns gebildet hatte, wieder vergangen, und ich fragte mich, wann. Die Schilderung des Unfalls und seiner unglücklichen Zeit als Fischer hatte ihn aufgewühlt, aber ich hatte versucht ihm zu erklären, dass auch andere Fehler machten und die am meisten verletzten, die sie am stärksten liebten°– wie zum Beispiel ich.

Zu spät fiel mir auf, dass ich in meinem Bemühen, ihn zu trösten, dem Gespräch die falsche Wendung gegeben hatte. Ich hatte versäumt zu fragen, warum sein Sohn sich nicht an das Unglück erinnerte.

Drüben bei den wartenden Bootsführern erhoben sich mit einem Mal Stimmen. Calendar schlich zur Gassenmündung, um nachzusehen. Ich folgte ihm und spähte ebenfalls um die Ecke. Ein kleines Kontingent Bewaffneter war bei den Bootsführern eingetroffen und schien sie zu befragen.

»Nachtpatrouille?«, fragte ich flüsternd.

Calendar schüttelte den Kopf. »Keine Stadtwachen. Das ist die Mannschaft aus dem Fondaco, die Eskorte für die Besucher, die zu Fuß heimkehren. Chaldenbergen ist ein fürsorglicher Gastgeber.«

Scheinbar hatte der Kaufmann sie für Mitternacht zu seinem Haus bestellt. Der größere Teil der Bewaffneten betrat das Haus, während die Übrigen sich unter die Bootsführer mischten, Handschläge austauschten und die Abwesenheit ihres Truppführers nutzten, um sich hastig aus dem Weinvorrat der Venezianer zu bedienen. Chaldenbergen schien nach unserem Weggang Läden in die spitzbogigen Fensteröffnungen des Saals gestellt zu haben; jetzt nahm jemand sie beiseite, und goldenes Licht sickerte heraus. Ein Gesicht wurde in einem der

Bogen sichtbar, und sein Besitzer atmete geräuschvoll die frische Luft ein. Calendar wich zurück und drängte mich in die *calle* hinein.

Seine Vorsicht war unnötig. Keiner der Gäste, die in Begleitung der deutschen Wachmannschaft aus der Tür quollen, war in der Lage, sich auf etwas anderes zu konzentrieren als darauf, nicht der Länge nach hinzufallen. Die Wachen verteilten die Betrunkenen auf die Zurufe der Ruderer hin in die Boote und nahmen dann die wenigen, die nicht auf dem Wasserweg angereist waren, in die Mitte. Es gab ziemlich viel Lärm, am meisten von den Gästen, die sich gegenseitig zuzischten, leise zu sein, und sich dann selbst vor Lachen darüber ausschütteten. Die frische Nachtluft schien auf den einen oder anderen zu wirken wie ein Hammerschlag: Ich sah sie auf den Stufen kauern, die zum Wasser hinabführten, und den Fischen opfern.

Ich wartete, dass in den umgebenden Häusern die Läden aufflogen und die ersten Flüche laut wurden; es hörte sich an, als würde eine Kompanie Landsknechte marodierend durch die Gasse ziehen. Alles blieb jedoch still; Chaldenbergen hatte seine Nachbarn wohl vorgewarnt und mit entsprechenden Geschenken gewogen gemacht. Die ersten Boote schwangen sich in die Mitte des *rio* und wurden mit geübten Ruderschlägen vorangetrieben. Die Wachen warteten auf die Schar der Frauen, die kichernd und wieder halbwegs züchtig bekleidet aus der Tür sprangen und sich sofort in die Mitte des lockeren Kreises drängten, um sich ihren Freiern wieder an den Hals zu werfen und ihnen vielleicht noch ein Schmuckstück oder Ähnliches zu entlocken. Der Wachführer betrachtete die Szene mit der für meine Landsleute typischen Humorlosigkeit, sah nach oben, wo Chaldenbergen kurz in einem der Fensterrahmen auftauchte und ihm zunickte, und das Trüppchen setzte sich lärmend in Bewegung.

»*Buona notte*«, brummte Calendar verächtlich.

Ich richtete mich auf. Calendar legte mir eine Hand auf den Arm.

»Wir warten, bis die Bediensteten weg sind«, sagte er ruhig. »Chaldenbergen hat noch genügend Freunde da oben, um uns in Stücke zu reißen.«

»Die zwei jungen Kerle sind auch noch drin.«

Calendar nickte. Wir drückten uns gegen die Hausmauer und spähten weiterhin um die Ecke. Die Geräusche der abziehenden Gäste wurden allmählich leiser; nur ab und zu hallte aus dem Gassengeflecht, in das sie marschiert waren, schrilles Frauenkreischen oder lautes betrunkenes Lachen. Aus den Fensteröffnungen des Hauses drang Scheppern und das Geräusch vom Verschieben schwerer Möbel. Nach einer Weile stolperten Chaldenbergens Dienstboten aus der Tür. Sie trugen die Tischplatten und die dazugehörigen Böcke zwischen sich. Andere folgten ihnen mit Säcken, die schwer zu sein schienen und deren Inhalt schepperte. Hinter ihnen bückten sich die letzten zwei Wachen aus dem Fondaco durch die Türöffnung. Sie formierten sich alle zu einer Trägerkolonne und stapften davon, von den beiden Bewaffneten eskortiert. Nun nicht mehr mit Lichtern, Brotscheiben und Lebensmitteln beladen, erkannte ich die Tische wieder: Sie sahen aus wie die, an denen im Innenhof des Fondaco die Gäste bewirtet wurden.

»Er hat sich die Möbel und das Geschirr aus dem Fondaco ausgeliehen«, sagte Calendar.

»Von den Reichen kann man das Sparen lernen.«

Drei weitere Bedienstete schwankten unter einem zusammengerollten Teppich auf die *fondamenta* hinaus. Sie folgten ihren Kameraden langsam nach und schienen zu hoffen, dass sie sie noch einholen konnten. Calendar schüttelte den Kopf. »Hoffentlich tragen sie nicht noch den Inhalt des Abtritts ins Fondaco.«

Es dauerte eine Weile, während der mir das Warten schwer wurde. Nur Calendars Hand auf meinem Unterarm hielt mich davon zurück, aufzuspringen und zu versuchen, zu dem Haus auf der anderen Seite des Kanals zu gelangen. Schließlich wurden die Fensterläden wieder vor die Öffnungen in der Loggia gestellt und festgebunden, und wenig später traten die zwei männlichen Dirnen unten aus dem Eingang und schlugen sich mit schnellen Schritten in eine der Gassen. Chaldenbergen folgte ihnen auf dem Fuß. Er ging in Richtung Fondaco dei Tedeschi und schien sich keinerlei Gedanken darüber zu machen, ohne Eskorte unterwegs zu sein.

»Haben Sie das Mädchen irgendwo gesehen?«, flüsterte Calendar. Ich schüttelte den Kopf.

Die Eingangstür zu Chaldenbergens Haus öffnete sich langsam. Ein Mann trat heraus und sah sich suchend um. Als er die *fondamenta* leer fand, winkte er ins Innere des Hauses hinein; zwei weitere Männer schleppten eine große Truhe heraus. Der erste Mann packte mit an, und sie marschierten, so schnell sie konnten, davon.

Calendar wandte sich um und sah mich an. Im Licht, das von Chaldenbergens Fenstern her zu uns drang, sah ich seine Augen glitzern. Sein Gesicht nahm einen beunruhigten Ausdruck an. Er sah zum Haus hinüber und dann in die Richtung, die die Männer mit der Truhe eingeschlagen hatten. Ich spürte plötzlich einen Kloß im Hals.

»Hinterher«, sagte er und lehnte sich an die Mauer. Er zog sich hastig die Stiefel aus und nahm sie in die Hand.

»Und Chaldenbergen?«, fragte ich.

»Wollen Sie helfen oder rächen?«

Ich starrte ihn an, dann folgte ich seinem Beispiel. Mit bloßen Füßen huschten wir lautlos die Gasse zurück bis zum Rio della Misericórdia, in die nächste *calle* wieder hinein, durch sie hindurch und über die Brücke vor Chaldenbergens Haus. Ich spürte die kühlen, buckligen Pflastersteine unter meinen Füßen, die sich mit den wärmeren Terrakottafliesen abwechselten, die da und dort gelegt waren. Als wir Chaldenbergens verschlossenes Haus passierten, hielt ich den Atem an, aber niemand trat mehr aus der Tür. Die drei Männer mit der Truhe waren nirgends zu sehen. Wir liefen die *fondamenta* entlang, bis sie an einem weiteren Kanal endete und nur nach links oder rechts weiterging. Linker Hand sah ich das Glitzern einer weiten Wasserfläche; der Canale delle Sacce. Rechts führte eine Brücke über den Rio della Sensa weiter nach Süden in die verwinkelten Gassen hinein.

»Rechts«, sagte ich. »Wenn sie links abgebogen wären, müssten wir sie noch sehen.«

Calendar nickte und lief in leichtem Trab weiter. Ich bemühte mich, mit ihm Schritt zu halten. Das ungewohnte Laufen mit bloßen Füßen auf dem Pflaster machte mich langsam; als wir an eine Stelle kamen, wo fest getretenes Erdreich das Pflaster abwechselte, begann auch Calendar zu humpeln. Kleine Steinchen bohrten sich schmerzhaft in meine Sohlen. Calendar blieb stehen.

»Wir sollten sie längst eingeholt haben«, keuchte er. »Sie müssen irgendwo abgebogen sein.« Er sah sich suchend um.

»Wir sind gerade an einer Brücke vorbeigelaufen. Sie führte in die Dunkelheit einer dieser verteufelt engen *calli.*«

»Ich dachte, sie würden zum Canàl Grande laufen und dort ein Boot besteigen«, sagte Calendar. »Aber scheinbar planen sie, die Strecke zu Fuß zurückzulegen.«

»Das ist unlogisch.«

»Nein, ist es nicht. Auf dem Kanal kreuzen in der Nacht viele Boote der Behörden. Es ist immer schon leichter gewesen, sich im Schutz der Dunkelheit auf dem Wasserweg nach Venedig hereinzuschleichen, als auf dem Landweg, und davor fürchtet sich die Serenissima. Wenn sich die Kerle hier einigermaßen auskennen, können sie allen Landpatrouillen mühelos ausweichen.«

Calendar führte mich über die Brücke, die ich ihm genannt hatte. Diesmal hatten wir Glück. Nach ein paar Biegungen prallte Calendar zurück. Ich sah die drei Männer mit der Truhe zwischen sich undeutlich durch das matte Licht taumeln, das ein paar Öllampen an der Fassade einer kleinen Kirche verbreiteten. Ihr Keuchen und ihre Flüche waren bis hierher hörbar.

»Das ist Santa Sofia«, flüsterte Calendar.

Ich deutete auf den matten Lichtreflex, der an der Hüfte des letzten der drei Männer aufblinkte. Ein Dolch baumelte dem Mann vom Gürtel. Calendar hatte ihn ebenfalls bemerkt.

»Wir wären dumm, sie anzugreifen«, murmelte Calendar.

»Also, was tun wir?«

»Ihnen weiter hinterdreinlaufen, was sonst?«

Ich hielt ihn zurück, als er sich wieder in Bewegung setzen wollte.

»Calendar«, sagte ich, »was glauben Sie eigentlich, was sich in dieser Truhe befindet?«

16

Calendar sah mich mit verschlossener Miene an, ohne auf meine Frage zu antworten.

»Warum werfen sie sie nicht einfach ins Wasser?« Ich fühlte einen Stich, als ich es aussprach. Mein Magen krampfte sich zusammen.

»Weil sie nicht tot ist. Sie können es sich nicht leisten, dass sie vielleicht zu sich kommt und sich irgendwo ans Ufer retten kann.«

»Sie könnten sie doch einfach …«

»Sie wollen sich die Finger nicht schmutziger als nötig machen. Sie haben andere, die das für sie erledigen.«

»Das heißt, Sie wissen jetzt, wohin die Kerle wollen?«

»Ja«, sagte er dumpf. »In das Viertel hinter dem Arsenal. Die Elenden dort geben ihr den Rest.«

Den Männern die gesamte Strecke nachzuschleichen war unmöglich; trotz unseres lautlosen Vorankommens hätten sie uns irgendwann bemerkt. Calendar, der sich vollkommen darauf verließ, dass sein Verdacht richtig war, führte mich auf verschlungenen, nicht nachvollziehbaren Wegen durch die *calli* in Richtung zum Arsenal. Ich vermutete, er war genauso stark wie die Verfolgten daran interessiert, eventuellen Patrouillen auszuweichen; kraft seines Amtes hätten wir uns sicherlich herausreden können, aber die Auseinandersetzung hätte Zeit gekostet°– Zeit, in der wir die Männer und ihre Fracht verloren hätten.

Ich war froh, dass ich mich nur auf Calendar konzentrieren musste statt auf den Weg; der Aufruhr an Gefühlen, der in mir wütete, war schwierig genug zu beherrschen. Caterina aus den Händen Chaldenbergens zu befreien war längst zu einer persönlichen Sache geworden, und mein ursprüngliches Motiv, durch sie an Fratellino heranzukommen, rückte in den Hintergrund. Calendars Unterstützung war mir willkommen, und nachdem er mir von seinem Sohn erzählt hatte, glaubte ich nun auch zu verstehen, warum er mir helfen wollte. Und weshalb seine Grobheit gegenüber dem Gassenjungen, der mich zu bestehlen versucht hatte und irgendwo in einem Massengrab verscharrt lag, lediglich gespielt gewesen war. Jede dieser elenden kleinen Gestalten erinnerte ihn vielleicht an seinen Sohn, wie er im regengepeitschten Wasser der Lagune vor seinen Augen versank.

Die drei Männer waren bereits auf dem Rückweg aus den Gassen des heruntergekommenen Viertels heraus. Die Truhe war verschwunden. Sie machten halblaute Scherze. Die Gassen waren wie ausgestorben in der Stunde nach Mitternacht, in der sich kaum eine Seele aus ihrer Behausung wagte. Der einzige Mensch, auf den sie stießen, war ein Betrunkener, der zusammengerollt an einer niedrigen Mauerbrüstung schlief. Er schien halbwegs wohlhabend zu sein, seiner Kleidung nach zu schließen; sie war zerknittert und staubig, aber unversehrt, der Stoff fein und die Farben kräftig: ein Kerl, den die Lust auf etwas hierher getrieben hatte, das ihm die Huren in der Stadt nicht geben wollten oder das er sich dort nicht leisten konnte, und der jetzt im Weinrausch selig das nacherlebte, was er sich bei einer Schlampe im Elendsviertel geholt hatte. Irgendjemand schien ihm die Stiefel gestohlen zu haben°– er war barfuß. Die drei Männer scherzten, ob wohl noch etwas Stehlenswertes an ihm zu finden sei, ließen ihn jedoch in Frieden. Sie bogen in den langen ungepflasterten Weg zwischen den Mauern ein und traten ihren Schleichweg um das bewachte Arsenal herum an. Ihre leisen Stimmen verloren sich zwischen den Hauswänden.

»Sie sind weg!«, zischte ich Calendar zu und richtete mich

aus meiner zusammengerollten Haltung am Fuß der Mauer auf. Ich klopfte mir den Staub aus den Kleidern und fragte mich, was wir getan hätten, wenn die drei Kerle tatsächlich anstellig geworden wären, mich zu durchsuchen. Ich schlüpfte in die Stiefel, auf die ich mich gelegt hatte, froh, meine Füße wieder in Sicherheit zu bringen. Calendar sah nachdenklich die Gasse hinauf, aus der die drei Männer gekommen waren.

»Sie haben Caterina irgendwo abgeladen«, drängte ich, als er keine Anstalten machte, über die Mauer zu klettern. »Wir haben keine Zeit zu verlieren; wir müssen nach ihr suchen.«

»Ich suche bereits«, erklärte er. Ich folgte seinem Blick. Nicht weit von uns entfernt sah ich eines der gemauerten Rechtecke im Mondlicht; zu klein für ein Haus, zu groß für eine Zisterne. Der Schein des Mondes warf einen hellen Rahmen auf den oberen Kranz der Mauer. Plötzlich huschte etwas in das helle Licht und verhielt auf dem Mauerkranz, eine struppige, geduckte Gestalt.

»Eine Ratte«, sagte ich. Calendar nickte.

»Was ist das für ein Bauwerk?«

Calendar schwang sich über die Mauer. Er hatte sich dahinter zusammengekauert, weil er der Ansicht gewesen war, ein Mann, der einen Betrunkenen gab, wirkte überzeugender als zwei. Er hatte mir aufgetragen, still zu liegen und mich nicht zu bewegen, und mir versichert, im Notfall würde es uns zugute kommen, wenn er sich überraschend aus seiner Deckung erhob. Er putzte Staub von seinen Ärmeln; er sah aus, als hätte er seine Kleidung eben aus der Truhe geholt und angezogen. Er starrte zu der Ratte hinüber, die von der Mauer sprang und verschwand, als wäre sie nie da gewesen.

»*Scoazza*«, erklärte Calendar. »Abfall. Diese *scoazzere* fanden sich früher überall in der Stadt, aber die meisten sind wieder abgerissen worden.«

»Ich kann mir nicht vorstellen, dass die Menschen, die hier leben, viel wegzuwerfen haben.«

Er zog die Augenbrauen hoch und sah mich an. »Sie missverstehen«, sagte er kühl. »Die Behörden lassen den Abfall herbringen, dessen Gestank sonst die Gassen verpesten würde. Die Leute hier ernähren sich davon.«

Er betrachtete das Mauergeviert weiterhin unverwandt. Schließlich gab er sich einen Ruck und marschierte darauf zu. Er bewegte sich so ungezwungen, als wäre es heller Tag und wir würden über den Markusplatz schlendern. Ich eilte ihm nach und öffnete den Mund, um ihn zu fragen, was zum Teufel es mit dieser Abladestelle auf sich hatte und ob er es nicht für besser halte, endlich auf die Suche nach Caterina zu gehen, ließ es dann aber sein.

Die Mauer war etwa mannshoch. Calendar legte die Hände um den Mauerkranz und zog sich so weit nach oben, dass er hineinspähen konnte. Ich hörte das hastige Scharren, als die Ratten in die dunklen Ecken flohen. Um die Abfallsammelstelle lag ein schwacher Geruch nach Fäulnis und gärendem Gemüse; sie war entweder fast leer oder schon lange nicht mehr gefüllt worden. Calendar ließ sich wieder auf den Boden zurücksinken. Er schüttelte den Kopf.

»Wäre auch zu schön gewesen«, sagte er.

Erst jetzt begann ich zu verstehen: Wir suchten bereits nach dem Mädchen. Welche Stelle würde sich wohl am besten bezeichnen lassen, wenn man hier etwas abladen und von einigen verrohten Bewohnern dieser Gassen verschwinden lassen wollte? Welche Stelle würden sie alle kennen?

Calendar ging davon aus, dass Chaldenbergens Männer Caterina einfach zum Abfall geworfen hatten°– verletzt, bewusstlos oder sterbend. Der leidige, mir nur allzu vertraute Zorn kochte hoch und sprudelte aus mir heraus.

»Zu *schön*?«, stieß ich hervor. »Wie können Sie so ein Wort auch nur in den Mund nehmen angesichts der Tatsache, dass … dass …«

»Ich bin nicht der, der sie dort deponiert hat«, erwiderte er ruhig. »Also reißen Sie sich zusammen.«

Ich trat mit dem Fuß gegen die Mauer, dass ich es bis in die

Zähne hinauf spürte. Vertrockneter Putz wolkte auf; die Ratten jenseits der Mauer quiekten. Ich versetzte dem Bauwerk einen weiteren Tritt und wünschte, ich könnte es zum Einsturz bringen wie Samson den Tempel. Calendar betrachtete mich mit ausdruckslosen Augen. Mein Fuß tat weh. Ich seufzte.

»Schon gut, schon gut«, sagte ich. Calendar nickte.

Danach führte er mich in einem gewundenen Kurs durch die Gassen, auf der Suche nach weiteren Abladestellen. Er kannte ihre Standorte nicht, aber er war in dieser Stadt aufgewachsen und hatte ein Gefühl dafür, wo sie sich befinden konnten. Er sah sich kaum um, ob uns jemand beobachtete oder gar verfolgte. Die scheinbare Leblosigkeit des Viertels begann nach einiger Zeit an meinen Nerven zu zerren. Ich war sicher, dass sich hinter den zerbröckelnden Mauern verstecktes Leben drängte und uns das eine oder andere Augenpaar aus der Dunkelheit eines Fensterlochs verfolgte. Die Menschen waren zu verängstigt, um zwei Männer aufzuhalten, die sich mit scheinbarer Dreistigkeit durch ihre Gassen bewegten. Vielleicht gab es auch hier Patrouillen°– selbst in den verkommensten Gegenden bildet sich eine Art Ordnung und eine Hierarchie heraus, und sei es nur die der Gewissenlosigkeit, in der die größten Schurken ganz oben anzutreffen sind. Ich verzichtete darauf, mich zu erkundigen, was Calendar zu tun gedachte, wenn wir einer solchen Patrouille in die Hände fielen.

Wir fanden drei weitere Sammelstellen, wo wir nicht mehr als zahlreiche Ratten aufscheuchten. Calendars Miene wurde zunehmend zweifelnder. Er sagte nichts, aber ich sah ihm an, dass er allmählich befürchtete, die falsche Taktik eingeschlagen zu haben. Die von Chaldenbergen gedungenen Burschen hier im Elendsviertel mochten Caterina längst verschleppt haben. Wir stapften weiter, und ich fühlte, dass meine Wut von vorhin nicht verflogen war, sondern lediglich Atem geholt hatte und jetzt auf der Suche nach einem neuen Ziel war. Calendars demonstrative Ruhe begann mich zu reizen; er stolzierte durch das Viertel, als hätte er alles, was geschah, geplant; und dabei hatten wir sowohl die drei Männer, die uns zu Caterina hätten führen können, entkommen lassen als auch keine Ahnung, wo wir das Mädchen suchen sollten.

Ich war mit meinen eigenen schwarzen Gedanken beschäftigt und achtete nicht auf ihn oder auf die Umgebung, und so erschrak ich, als er mich plötzlich packte und gegen eine Wand drückte. Ich holte Atem, um zu protestieren, aber er presste mir die Hand auf den Mund. Wir waren mittlerweile so tief in die elenden Gassen eingedrungen, dass ich völlig die Orientierung verloren hatte. Wer sich hier bewegte, gehörte ausschließlich zu den Unseligen, deren Schicksal es war, hier zu leben. Nicht einmal die Katzenspieler drangen so weit vor.

Ich starrte Calendar an. Alles war ein abgekartetes Spiel: Chaldenbergen hatte nicht gewagt, mich in seinem Haus zu erledigen, deshalb hatte er Calendar holen lassen, den Polizisten, der merkwürdigerweise in der Nähe jedes Mordes gewesen war und für dessen Worte über seine Vergangenheit und den Fall, den er zu klären hatte, ich keine Gewissheit besaß außer seinem ernsthaften Auftreten. In diesem Moment war ich mir sicher, dass ich bald wissen würde, wo Caterina war – wenn ich tot oder sterbend neben ihr lag. Calendar, der alles tun würde, um nicht wieder auf dem Fischerboot zu landen, war so korrupt geworden wie die Männer, die er vor einem Jahr verfolgt hatte. Wenn nicht sogar Calendar von vornherein der Korrupteste von allen war und mich die ganze Zeit über an der Nase herumgeführt hatte, bis seine Auftraggeber entschieden, dass ich verschwinden musste. Ich hob entsetzt den Arm, um seine Hand beiseite zu drücken.

Er nahm sie freiwillig weg und starrte mir ins Gesicht. Mit einem Kopfnicken wies er zur Seite. »Dort drüben«, zischte er mit funkelnden Augen. Er schob mich halb zur Mauerecke und deutete um sie herum. Ich folgte seinem Fingerzeig mit zitternden Knien.

Das Geviert stand mitten auf einem freien Platz, der wie eine Art *campo* wirkte. Die Häuser ringsumher waren niedrige, großteils hölzerne Schuppen. Wenn der Platz jemals nach einem Heiligen benannt gewesen war, dann hatte sich dessen guter Geist längst verflüchtigt. Auf dem Mauerkranz stand, vom Mondlicht beleuchtet und angestrengt in die Gassen jenseits des Platzes starrend, eine zerlumpte Gestalt. Calendar zerrte mich zurück.

»Das ist entweder ein Wachposten oder einer, der auf seine Freunde wartet, um sich um eine Aufgabe zu kümmern«, erklärte er.

Ich nickte, noch immer mit zittrigen Beinen. Als er selbst noch einmal um die Ecke spähte, betrachtete ich seine Miene, als sähe ich ihn zum ersten Mal. Er bemerkte es und wandte sich zu mir um.

»Was ist?«

Ich schüttelte den Kopf. »Nichts«, sagte ich. Plötzlich hatte ich das Bedürfnis, seine Hand zu drücken. Ich verdrängte den Impuls. Er hätte ihn sicher nicht verstanden, und ich würde ihm niemals erklären, welche Gedanken mir durch den Kopf gegangen waren. »Was schlagen Sie vor?«

»Die Entscheidung wird mir gerade abgenommen«, murmelte er. Ich lugte um die Ecke.

Es waren fünf, und sie näherten sich ihrem Freund auf der Mauer so lautlos und umsichtig, als hätten die Ratten Menschengestalt angenommen und würden über den Platz schleichen, um sich zu unsäglichen Dingen zu versammeln. Sie blieben vor der Abfallstelle stehen und sahen zu dem einsamen Wächter hinauf. Dieser breitete die Arme aus wie der Ansager einer abgerissenen Schauspielertruppe, der sein neuestes Stück ankündigt. Drei der Neuankömmlinge schwangen sich ebenfalls auf die Mauer. Ihr Anführer tauschte mit dem Wächter einen komplizierten Gruß, der von Ferne aussah, als würden sie miteinander ringen, und in seiner Lautlosigkeit so gespenstisch wirkte wie das Ritual von Teufelsanbetern. Die anderen beiden Hinzugekommenen bezogen vor dem Mauergeviert Posten.

Wir wichen wieder hinter die Hausecke zurück. Ich hatte die Szene atemlos beobachtet und mich wie der Zeuge eines gespenstischen Treffens gefühlt; der letzte Messgänger, der nach der Christmette aus der Kirche tritt und sich noch einmal umwendet und im Kirchhof die Toten wandeln sieht.

»Wir müssen etwas tun«, flüsterte ich.

»Ich hatte gehofft, noch vor denen hier anzukommen.« Calendar zuckte verärgert mit den Schultern.

»Was werden sie mit ihr anstellen?«

Calendar schlug mit der Faust gegen die Mauer. »Was werden sie nicht mit ihr anstellen?«

»Mein Gott, sie gehört doch eigentlich zu ihnen!«

»Ich glaube nicht, dass Chaldenbergen ihnen das hat ausrichten lassen.«

Ich starrte ihn an. »Sagen wir es ihnen.«

»Und wie wollen wir das tun? Die hohle Geisterstimme, die aus den Mauern tönt, während wir uns irgendwo verstecken und hoffen, dass sie uns nicht aufspüren?«

»Nein, wir gehen auf den Platz hinaus und teilen es ihnen mit.«

Jetzt starrte Calendar mich an. »Hegen Sie so großes Verlangen, sich zu Ihren toten Vorfahren zu gesellen?«

»Ich hege das Verlangen, meine Gefährtin in den Arm zu nehmen und sagen zu können: Morgen brechen wir von hier auf.«

Calendar schloss die Augen und schüttelte leicht den Kopf. »Tun Sie es doch«, murmelte er. »Warum sind Sie überhaupt hier?«

– Weil sich sonst keiner darum kümmert.

»Weil ich genauso ein Idiot bin wie Sie.«

Er nickte langsam. »Ein guter Grund.« Er schob sich vorsichtig zur Ecke und spähte hinüber. Ich sah ihn kaum merklich den Kopf schütteln, wie jemand, der resigniert. Er wandte sich wieder ab und blickte mir in die Augen.

»Wenn wir beide uns plötzlich vor einem großen Tor wiederfinden und ringsumher ein Chor ertönt, dann wundern Sie sich nicht. Wir sind dann nämlich tot und klopfen an die Himmelspforte.«

»Sie mit Ihrem Sündenregister wird man gar nicht reinlassen«, sagte ich.

»Da oben würde ich ohnehin niemanden kennen.« Er straffte sich. »Halten Sie sich dicht bei mir. Wenn sie über uns herfallen, dann scheuen Sie sich nicht, Zähne und Fingernägel einzusetzen. Die anderen werden es auch tun.« Er musterte mich und nickte dann mit einem schiefen Lächeln. »Wer weiß, welche Überraschung noch in Ihnen steckt.« Wäre er nicht Paolo Calendar gewesen, hätte er mir wahrscheinlich auf die Schulter geklopft.

Ich wollte etwas entgegnen und merkte, wie trocken mein Mund war. Calendar trat um die Ecke und wartete, bis ich neben ihm stand. Die zwei Aufpasser hatten ihre Aufmerksamkeit in eine andere Richtung gewandt und sahen uns nicht. Drei der Kerle auf dem Mauerkranz waren bereits verschwunden; der vierte sprang eben hinab. Calendar steckte zwei Finger in den Mund und stieß einen gellenden Pfiff aus.

Die Wachposten fuhren herum; einer wäre vor Schreck fast hingefallen. In Sekundenschnelle schwangen sich zwei der Kerle aus der Abfallgrube wieder hinaus. Ich erkannte, dass sie dieselbe Taktik anwandten wie Calendar und ich kurze Zeit zuvor: Eine Eingreifreserve hielt sich versteckt und hoffte auf das Überraschungsmoment. Calendar zögerte keinen Augenblick. Er eilte mit weit ausgreifenden Schritten auf die Burschen zu. Ich wich nicht von seiner Seite. Sie sahen uns mit weit aufgerissenen Augen entgegen. Mit jedem Schritt, den wir näher herankamen, verwandelten sie sich von erschreckenden Nachtgespenstern zu zerlumpten Männern und von den Männern zu mageren, abgerissenen Halbwüchsigen mit den eingefallenen Gesichtern jahrelanger Vernachlässigung. Calendar begann mit lauter Stimme zu sprechen, nein, zu schreien, und als er vor den Wachposten ankam – Burschen, die zu klein waren für ihr Alter und zu ihm aufsehen mussten°–, marschierte er einfach weiter und drängte sie vor sich her, bis sie mit den Rücken an die Mauer stießen und nicht mehr ausweichen konnten. Er beendete seine Rede, holte aus und gab dem ihm zunächst Stehenden eine schallende Ohrfeige.

Ich schielte zu den beiden Jungen hoch, die auf dem Mauerkranz kauerten. Calendar trat einen Schritt zurück, gestikulierte zu ihnen hoch und bellte sie an. Ich verstand, was er ihnen zurief: »Ihr da, sofort herunter! Und eure Freunde dort drin, sofort raus!«

Der Junge, dem Calendar die Ohrfeige verpasst hatte, duckte sich und rieb sich die Wange. Ich versuchte zu erkennen, ob seine abgewandten Augen heimtückisch blinzelten, aber er schien lediglich eingeschüchtert zu sein. Die beiden auf der Mauer sahen sich unschlüssig an, aber als Calendar laut zu fluchen begann, zuckten sie zusammen. Einer winkte seinen versteckten Kameraden zu. Sie sprangen zu uns herab, während die anderen drei sich aufrichteten und herüberkletterten. Fast alle trugen die Narben der Katzenspiele in den Gesichtern.

Calendar begann mit einer leidenschaftlichen Rede, kaum dass die Burschen sich vor uns aufgestellt hatten. Ich verstand kein Wort davon. Er schien den Dialekt der Elendsviertel zu beherrschen, und was immer ich an venezianischen Vokabeln vielleicht verstand, nützte mir hier vollends nichts mehr. Dennoch war mir, als könnte ich seinen Worten folgen:

Die dort drin liegt, ist eine von euch, die Schwester von Fratellino. Das reiche Gesindel, das euch zwingt, wie die Ratten zu leben, hat sie zu seinem eigenen Vergnügen missbraucht und jetzt weggeworfen wie eine zerbrochene Puppe. Jetzt wollen sie sich die Finger nicht mehr schmutzig machen an ihr, deshalb haben sie euch was gegeben, um die Drecksarbeit für sie zu erledigen. Das kriegen diese Bastarde wunderbar hin, nicht wahr? Sie holen sich eine von euch und schänden sie, und dann lassen sie euch auch noch die Arbeit, sie zu erschlagen und die Leiche verschwinden zu lassen. Auf diese Weise üben sie die Macht über euch aus°– weil sie euch mit jeder Gemeinheit, die ihr für sie erledigt, tiefer in den Schmutz stoßen, bis ihr euch gegenseitig auffresst. Das Mädchen dort in der Grube stammt aus diesem Viertel, es ist so alt wie ihr. Sie haben es zum Abfall geworfen, weil sie denken, dass ihr den Abfall am ehesten findet. Die Seelenlosen, die eure kleinen Brüder für das Katzenspiel verkaufen; die Schweine, die eure kleinen Schwestern festhalten, während sie ihnen beibringen, wie man die perversen Kaufleute aus den feinen Häusern befriedigt; die Bastarde, die euch zu Arbeiten wie dieser verpflichten, damit ihr ebenso schnell verroht wie sie; die lebenden Toten, deren Gewissen verfault und deren Seele verkauft ist. Sie alle haben es geschafft, dass sie euch nur zu bezahlen brauchen, damit ihr euch gegenseitig totschlagt, und sie freuen sich darüber, weil es ihnen vor euch ekelt, weil sie sich vor euch fürchten. Das Mädchen da drin heißt Caterina; ihre Mutter hat gehofft, dass sie ein Leben in Reinheit führen könnte, als sie ihr diesen Namen gab. Die Geldsäcke drüben in der Stadt haben ihr die Reinheit genommen; wollt ihr ihr jetzt das Leben nehmen?

Das wären meine Worte an sie gewesen. Was auch immer Calendar den verwahrlosten Jungen erzählte, sie hörten ihm jedenfalls zu, ohne zu widersprechen. Als Calendar endete, scharrten sie mit den Füßen auf dem Boden und warfen sich Blicke zu. Ich hatte Scham oder Trotz erwartet; ihre Mienen allerdings zeugten von absoluter Verständnislosigkeit.

Calendar stieß einen von ihnen vor die Brust, dass er gegen einen seiner Freunde taumelte. Sie wichen ihm aus, als er gegen die Mauer trat, die Hände auf den Mauerkranz legte und sich hochzog. Er blickte in die Abfallgrube hinein. Sein Gesicht erstarrte.

»Was ist?«, zischte ich angstvoll.

Wir waren zu spät.

17

Calendar blieb, wo er war, seine Augen unverwandt ins Innere des Gevierts gerichtet. Ich hielt es nicht mehr aus; ich stellte mich neben ihn (die Burschen wichen auch vor mir zur Seite) und zog mich hoch, um ebenfalls in die Abfallgrube sehen zu können. Ich machte mich auf einen schrecklichen Anblick gefasst.

Es waren sechs oder sieben. Ihre Beine waren gefesselt und die Köpfe mit Tuchfetzen umwickelt, damit sie nicht schreien konnten. Anders als ihre Leidensgenossinnen, die ich hier hatte herumstreunen sehen, waren sie nicht abgemagert und struppig, sondern gut im Fleisch. Ich wusste jetzt, wo Chaldenbergens Katzen abgeblieben waren und wofür die Schlinge in seinem Dachboden verwendet worden war.

Ich spürte Calendars Blick und wandte mich zu ihm. Sein Gesicht war weiß.

»*Scheiße*«, sagte er mit Nachdruck.

»Der Teppich«, erwiderte ich dumpf. »Er gehörte nicht zum Fondaco. Chaldenbergen hatte nirgendwo einen Teppich aufgehängt.«

Drei von Chaldenbergens hier in Venedig angemieteten Dienern hatten sich ein zusätzliches Geschäft versprochen – und ihre Mittelsmänner im Elendsviertel waren interessiert an den gut genährten Katzen, die einen harten Kampf liefern würden. Die Dienstboten hatten Schlingen ausgelegt, die Tiere gefangen und am letzten Tag von Chaldenbergens Aufenthalt in seinem Haus hierher gebracht, hoffend, dass Chaldenbergen den Verlust seiner Katzen zwar bemerken, aber wegen seines kurzen restlichen Aufenthalts in Venedig nicht mehr nach ihrem Verbleib forschen würde. Sie hatten dem Geschäft ein kleines Fass Wein hinzugefügt, um ihre Käufer freundlich zu stimmen; das Fass hatte die Truhe schwer gemacht. Wir hatten die falschen Entführer verfolgt und die falschen Opfer zu retten versucht.

Ich stand vor Manfridus' Herberge und starrte auf das Gebäude. Es mochte die dritte Stunde nach Mitternacht sein. Kurz bevor die Dämmerung beginnt, ist die Nacht am dunkelsten. Ich versuchte, meine Beine dazu zu bewegen, weiterzugehen, aber die abgrundtiefe Enttäuschung, die ich beim Anblick der Katzen empfunden hatte, machte sie schwer wie Mühlsteine. Ich sah keine Hoffnung mehr für Caterina. Vielleicht hatte Chaldenbergen sie an das niedrigste Lumpenpack weiterverkauft, das sich in Venedig herumtrieb, vielleicht plante er, sie auf die Reise mitzunehmen und zu benutzen, solange sie ihm Vergnügen bereitete – ihr Schicksal war in beiden Fällen das gleiche.

Ich dachte an Calendar, der mich wortlos bis zum Anfang der Gasse gebracht hatte, die zur Herberge führte, um sich dann ebenso wortlos zu verabschieden. Sein Gesicht war immer noch blass gewesen. Er hatte mir keine Vorwürfe gemacht, weil mir die Sache mit dem Teppich nicht eher aufgefallen war, wohl wissend, dass ich mir selbst genügend Vorwürfe machte. Ich hoffte, dass er jetzt zu Hause bei seiner Familie war und aus der Gegenwart seiner Frau, seiner anderen Kinder, vor allem aber seines Sohnes Trost schöpfte.

Ich hätte selbst ein wenig Trost gebrauchen können. Als ich an Jana dachte, die in unserer Kammer lag und in ihre Trauer um den Verlust ihrer Leibesfrucht hineinhorchte, wurde mir bewusst, dass ich eher Trost würde geben müssen als empfangen können. Es gab tausend Gründe, noch ein wenig hier zu verweilen und in der Schwärze meiner Gedanken zu rühren.

Ich schlurfte um die Hausecke der Herberge herum.

Manfridus' Stallungen lagen im rückwärtigen Teil des Gebäudes, einer kleinen Sackgasse zugewandt, als wollte die Herberge die Gepflogenheiten der großen Stadtpaläste nachahmen. Moro hatte mir eine Fensteröffnung gezeigt, eine Klappe, die er offen lassen wollte und in die ich hineinrufen sollte, um ihn zu wecken. Sie lag ziemlich weit oben. Ich zischte, weil ich nicht wagte, laut zu rufen. Moro schien den Schlaf des Gerechten zu schlafen und reagierte nicht. Ich sah mich um: Vor dem verschlossenen Tor, das zum Innenhof der Herberge führte, stand ein Fass; der Deckel lag darauf und war mit einer Kette am obersten Ring des Fasses befestigt. Das Fass war zu einem Drittel mit Wasser gefüllt; wahrscheinlich, um die Pferde der ankommenden Gäste zu tränken oder Schmutz vom Pflaster zu waschen. Ich wuchtete es mühsam unter die Fensteröffnung, ohne allzu viel Lärm dabei zu machen, kletterte hinauf und spähte in den Stall.

Zu meinem Erstaunen brannte eine kleine Öllampe darin. Manfridus' andere Gäste schienen ihre Pferde zum Großteil in Ställen außerhalb der Stadt untergebracht zu haben und waren mit Booten und menschlichen Trägern eingetroffen; die Pferche waren leer. Weit hinten in einer Ecke hörte ich das sanfte Schnauben der Esel, die Janas Sänfte hierher transportiert hatten. Die Öllampe hing an einem Haken, der in einer der hölzernen Trennwände steckte, welche die Pferche bildeten. Ihr schwaches Licht schimmerte auf einer goldenen Haarflut.

Ich war so verblüfft, dass ich erst nach einigen Augenblicken erkannte, dass das Haar Fiuzetta gehörte. Ich hatte angenommen, sie würde bei Jana in der Kammer schlafen. Erst dann fiel mir auf, dass sie nackt war. Mittlerweile war ich so an Janas Nacktheit im Schlaf gewöhnt, dass es mich kaum noch erstaunte, jemand anderen unbekleidet schlafen zu sehen. Und schließlich erfasste ich die ganze Situation: Fiuzetta schlief nicht, und sie war nicht allein.

Moros dunkle Haut ließ ihn im Halblicht des Öllämpchens eins werden mit den Schatten. Er lag neben Fiuzetta, ebenso nackt wie sie. Seine Schattenhand ruhte auf ihrem von der Schwangerschaft leicht vorgewölbten Bauch. Ich starrte hinunter auf die beiden, die ich offensichtlich beim Liebesspiel überrascht hatte.

Fiuzetta war eine Schönheit; die Schwangerschaft erhöhte noch ihren Glanz. Ihre Haut war weiß, das kleine Flämmchen warf einen warmen Schimmer darüber und ließ sie aussehen wie aus Bernstein modelliert. Sie hatte kleine Brüste; als Moro seine große Pranke bewegte und eine davon berührte, verschwand sie vollständig darunter. Fiuzetta seufzte leise. Moro ließ seine Hand auf ihrer Brust ruhen, dann bewegte er sie und veranlasste Fiuzetta dazu, lauter zu seufzen. Ihre Lippen öffneten sich. Moro beugte sich vor, um sie lange zu küssen. Als er sich zurücklehnte, lag seine Hand noch immer auf ihrer Brust, aber Fiuzetta hatte ihre eigene Hand über die seine gelegt, als wollte sie verhindern, dass er sie zu früh zurückzog. Sie hatte sich dicht an ihn geschmiegt. Moro hob ihre Hand auf und küsste ihre Finger, dann legte er sie zurück auf ihren Busen und strich seinerseits darüber. Er schien sie animieren zu wollen, sich selbst zu streicheln, und nach ein paar Momenten bewegten sich ihre Finger und liebkosten ihre eigene Haut. Moros Hand glitt wieder hinunter zu ihrem Bauch. Mein erster Gedanke war gewesen, die erfahrene Kurtisane habe den attraktiven Sklaven verführt, aber es wirkte anders: Die Rollen waren vertauscht, Fiuzetta die Verführte und Moro der zärtliche, vorsichtige Verführer, dem am Vergnügen seiner Partnerin mehr zu liegen schien als an seinem eigenen. Wenn Fiuzetta sich bei Falier und Dandolo, ihren Freiern, anders gegeben hatte, dann hatte sie eine Maske übergestreift. Einzig die Unbefangenheit, mit der sie splitternackt neben Moro lag, wies darauf hin, dass das Liebesspiel mit einem Mann ihr nichts Fremdes war. Sie hatte die Augen geschlossen und öffnete sie auch nicht, nachdem Moro ihre Lider geküsst hatte. Ich hörte Moro leise lachen; es war ein Laut der reinen Wonne, und er steckte sie an und ließ sie ebenfalls lachen.

Er beugte sich erneut über sie, ein athletischer Körper wie schwarz glänzende Kohle über der schimmernden Helligkeit von Fiuzettas Haut. Er küsste ihre Brüste, aber was ihn am meisten zu faszinieren schien, war ihr schwangerer Bauch. Er fuhr mit der Hand vorsichtig darüber, schien ihn mit der Handfläche ausmessen zu wollen, trommelte sanft mit seinen langen Fingern und legte schließlich ein Ohr darauf, um daran zu horchen. Fiuzetta lachte hell auf. Sie fuhr mit der Hand über seinen kurz geschorenen Schädel und flüsterte etwas. Moro begann mit rauer, leiser Stimme zu singen, direkt an Fiuzettas Leib gerichtet, und horchte dann wieder. Er brummte etwas. Fiuzetta schüttelte belustigt den Kopf, hielt ihn aber nicht in seinem Tun auf. Er versuchte, mit dem Kind in ihrem Bauch Kontakt aufzunehmen. Es war noch zu klein, als dass er die Tritte hätte spüren können, mit denen ein ungeborenes Kind manchmal auf die suchende Hand des Vaters reagiert, der über den Leib der Mutter streicht. Ich fühlte das überraschend kräftige Pochen dafür in meiner eigenen Hand, zusammen mit der Erinnerung an Marias Haut und ihr halb schmerzvolles, halb amüsiertes Ächzen, wenn die Antwort meiner ungeborenen Kinder auf die Tastversuche ihres Vaters zu ungestüm ausfiel.

Moro grinste und küsste Fiuzettas Bauch. Er sah sie an und wartete, bis sie endlich doch die Augen aufschlug und zu ihm hinuntersah. Was er sagte, ließ sie auflachen. Er nahm ihre Hand, die sie wieder neben ihren Leib gelegt hatte, und führte sie zurück auf ihre Brüste, knetete ihre Finger, bis seine Bewegungen sich durch ihre Hand auf ihren Busen fortsetzten und sie erneut die Augen schloss und auch mit dem zärtlichen Spiel nicht aufhörte, als er seine Hand wegnahm. Er schien sie dabei zu beobachten und es zu genießen. Dann strich er vorsichtig über die Wölbung ihres Bauches hinunter in ihren Schoß, und mir wurde plötzlich bewusst, dass ich wie ein neugieriger Knabe auf einem Fass balancierte und zu einem Fenster hineinspähte, um zwei Menschen dabei zu beobachten, wie sie miteinander intim wurden.

Ich prallte zurück und starrte bestürzt auf die Wand des Gebäudes. Mir war, als hätte ich meine Geschwister beim Liebesspiel beobachtet, und mir wurde bewusst, wie sehr mir die beiden in der kurzen Zeit, in der ich sie kannte, ans Herz gewachsen waren. Für mich war völlig unerheblich, dass eine empfindliche Strafe darauf stand, wenn eine christliche Frau und ein schwarzer Sklave das Bett miteinander teilten.

Als ich vorsichtig von meinem Ausguck hinunterzuklettern begann, hörte ich Fiuzettas Stöhnen und wusste, dass Moros suchende Finger an ihrem Ziel angekommen waren. Ich setzte mich auf den steingepflasterten Boden und lehnte mich mit dem Rücken gegen das Fass. Die beiden jetzt zu stören wäre mir wie Blasphemie vorgekommen. Ich versuchte meine Ohren von den Geräuschen abzuwenden, die nach und nach stärker wurden und aus der kleinen Fensteröffnung drangen. Ganz tief in meinem Bewusstsein, ohne dass ich es richtig wahrnahm, regte sich ein kleiner Funke Dankbarkeit dafür, nach den Erlebnissen des heutigen Abends erfahren zu dürfen, dass zwei Menschen miteinander Lust empfinden konnten, ohne dass einer von ihnen dabei gedemütigt, gequält, missbraucht und vergewaltigt wurde.

In diesem Moment fühlte ich eine so starke Sehnsucht nach Jana, dass ich am liebsten aufgesprungen und einfach über das Dach in die Kammer geklettert wäre.

VIERTER TAG

1

»Erfolg gehabt?«, fragte Moro, als er mich schließlich durch die Eingangstür in die Herberge einließ. Ich hatte lange genug damit gewartet, mich bemerkbar zu machen, um Fiuzetta die Chance zu geben, sich unentdeckt in unsere Kammer zurückzuschleichen.

»Wenn man es als Erfolg werten will, dass ich noch am Leben bin: ja«, brummte ich.

»Was ist passiert?«

»Das Mädchen ist verschwunden.«

Moro sah zu Boden, während er die Tür wieder hinter sich verriegelte. »Kann ich was für Sie tun? Haben Sie Hunger oder Durst?«

»Kannst du mir das Gefühl ausreden, dass die wenigen Anständigen dieser Welt in einem Meer aus Schlechtigkeit schwimmen?«

»Gegen die Wahrheit zu argumentieren ist immer schwierig.«

»Ich gehe zu Bett«, sagte ich.

Moro nickte. Er schien mit sich zu kämpfen. »Gut«, sagte er schließlich. »Vielleicht ist mir bis morgen etwas eingefallen.«

»Es würde mich nicht wundern, wenn du tatsächlich herausfinden würdest, wo man das Mädchen hingebracht haben könnte.«

Er lächelte nicht wie sonst mit dieser Mischung aus Grandezza und Bescheidenheit, wenn man ihm ein Kompliment machte. Sein Gesicht blieb ernst.

»Gute Nacht«, sagte er und drückte mir das Öllämpchen

in die Hand, das er entzündet hatte. Ich leuchtete mir mit seiner Hilfe den Weg durch das stockdunkle Treppenhaus hinauf und hatte das ungute Gefühl, dass Moro mehr wusste, als er zugab.

Clara Manfridus hatte eine zweite Matratze in die Ecke der Kammer schaffen lassen. Julia und Fiuzetta waren zwei nebeneinander liegende Formen unter einer leichten Decke. Julia fuhr hoch und richtete einen verschlafenen Blick auf mich, und ich lächelte sie an und legte den Finger auf die Lippen. Sie sank wieder zurück, noch immer so verschlafen, dass sie sich am nächsten Morgen garantiert nicht an diese kurze Begegnung erinnern würde. Fiuzetta regte sich nicht. Ich war sicher, dass sie noch hellwach war.

Jana hingegen schlief wie ein Stein. Als ich aus meinen Kleidern schlüpfte und neben sie unter die Decke kroch, keuchte sie kurz auf, drehte sich auf den Rücken, legte mir im Tiefschlaf einen Arm auf die Kehle und begann dann leise zu schnarchen. Ich nahm ihren Arm fort, bevor sie mich ersticken konnte, hielt aber ihre Hand fest. Sie war heiß vom Schlaf. Ich hätte sie gern an mich gezogen und ihren Körper an den meinen gedrückt, aber ich fürchtete sie aufzuwecken, und so ließ ich es sein. Ich suchte mir eine bequeme Stellung, zog die Decke um mich herum fest, horchte auf Janas leises Schnarchen und auf das Rascheln, mit dem Julia sich tiefer in ihre Matratze grub. Von Fiuzetta war nach wie vor kein Laut zu hören. Kurz spielte ich mit dem Gedanken, leise ihren Namen zu flüstern. Die Balken an der Decke über mir waren undeutlich im schwachen Sternenlicht zu erkennen, das durch das Fenster hereinfiel. Es war mir noch nie aufgefallen, wie sehr ein Deckenbalken, der quer über das Bett verläuft, der Klinge des Scharfrichters ähnelt, die drohend über einem hängt. Ich starrte auf den schweren Schatten über mir und war überzeugt, dass auch ich für den Rest der Nacht keinen Schlaf finden würde.

Irgendwann spürte ich, wie eine Gestalt an meine Seite des Bettes trat. Ihr weißes Leinengewand schimmerte in der Dunkelheit. Ich dachte zuerst, es sei Fiuzetta, aber dann wusste ich, dass es sich um Caterina handelte. Sie war triefend nass. Der Boden der Kammer glänzte überall vor Nässe, als hätte sie die ganze Herberge unter Wasser gesetzt. Dann erkannte ich, dass ich nicht in unserem Bett in der Kammer lag, sondern in einem kleinen, flachen Boot, das reglos auf der Oberfläche eines Meeres dümpelte. Caterina stand auf dem Wasser, als ruhten ihre bloßen Füße auf zuverlässigem Stein. Sie sah mich an und streckte die Hände nach mir aus.

Ich kann dir nicht helfen, sagte ich.

Ihre Füße sanken bis zu den Knöcheln ein, und dann begann ein langsamer, unaufhaltsamer Abstieg in das stumpfgraue Wasser. Ihr Gesichtsausdruck veränderte sich nicht, ihre Arme blieben nach mir ausgestreckt, doch schon waren ihre Knie unter Wasser, dann ihre Beine, ihre Hüften. Ihr Gewand wölbte sich nicht im Wasser auf, wie es üblich ist, sondern versank mit ihr wie die steinernen Falten in der Toga einer Marmorstatue.

Mir sind die Hände gebunden, erklärte Calendar, der mir gegenüber in dem Boot saß. Ich sah, dass er sich auf der anderen Seite hinauslehnte und mit beiden Händen die Arme eines schwarzhaarigen Jungen umklammerte, der sich am Bootsrand festhielt.

Ich drehte mich wieder zu Caterina um, aber sie war bereits verschwunden. Weit unter der Wasseroberfläche sah ich den vagen Schimmer ihres Gewandes. Ich beugte mich hinaus in der Hoffnung, eines ihrer Handgelenke fassen und sie wieder nach oben ziehen zu können, doch ich zerstörte das empfindliche Gleichgewicht des flachen Bootes. Es kippte mit unaufhaltsamer Langsamkeit und warf mich in das Wasser, das mir mit Eiseskälte in die Lungen schoss und mir die Luft abschnürte und mich hinter der versinkenden Caterina her in die Tiefe zerrte, bis das letzte Licht um mich herum verschwand.

Ich schlug die Augen auf und sah den Deckenbalken über mir. Die Kälte des Wassers war immer noch überall, doch sie begann zu weichen. Jana hatte sich wieder auf die Seite gedreht und schlief lautlos. Ich atmete aus, dann schwang ich vorsichtig die Beine aus dem Bett. Ich bildete mir ein, draußen am östlichen Himmel das ganz leichte Grau einer Dämmerung zu sehen, ich konnte kaum länger als eine Stunde geschlafen haben. Aus der Wärme des Bettes heraus fühlte sich die Kammer überraschend kühl auf der nackten Haut an. Ich warf einen Blick zu der dunklen Ecke mit der Matratze hinüber, aber dort bewegte sich nichts. Dann erkannte ich, dass nur noch Julia dort lag. Meine Beinkleider fand ich dort, wo ich sie hatte fallen lassen. Ich tastete mich mehr, als dass ich sehen konnte, in sie hinein, warf meinen kurzen Mantel über meinen bloßen Oberkörper und schlich aus der Kammer.

Ich hätte die Öllampe nicht löschen sollen, die Moro mir gegeben hatte. Doch nach dem Treppenabsatz im ersten Geschoss der Herberge sah ich ein trübes Licht heraufleuchten, und ich folgte ihm über die Stufen hinunter, ohne meinen Weg mit den bloßen Zehen ertasten zu müssen. Das Licht kam von einer weiteren Öllampe, die auf einem der Tische in der Schankstube stand. Ich erkannte Moros ebenholzschwarzes Gesicht in der Dämmerung und das helle Hemd Fiuzettas, die auf einer der letzten Stufen saß. Beide drehten sich um, als sie mich kommen hörten. Moro wirkte wie jemand, der sich sicher gewesen war, alles zu kennen und durch nichts erschüttert werden zu können, doch gerade etwas gehört hat, das ihn dieser Überzeugung beraubte.

»Sag es ihm«, drängte er Fiuzetta.

»Was soll sie mir sagen?«

Fiuzetta schüttelte den Kopf, ohne mich anzusehen. Moro seufzte und starrte verdrossen in das kleine Flämmchen der Öllampe. Ich sah von einem zum anderen, dann kletterte ich vorsichtig die letzten Treppenstufen herab, drückte mich an Fiuzetta vorbei und setzte mich an einen leeren Tisch.

»*Was* soll sie mir sagen?«

Schlagartig fiel mir ein, dass es um Janas Gesundheitszustand gehen konnte, und mein Mund wurde trocken.

»Fiuzetta.« Moro sprach langsam in meiner Sprache, damit ich jedes Wort verstand. »Er hat damit überhaupt nichts zu tun, und trotzdem will er helfen. Wie viel mehr geht es dich an?«

»Keiner darf es wissen!«, stieß Fiuzetta nach ein paar Sekunden hervor.

»Du hast es mir doch auch erzählt.«

»Das ist etwas anderes. Du bist... du bist...«

»Ich bin ein Sklave. Ein genauso armes Schwein wie du.«

»Richtig!«, fuhr sie auf. »Es ist egal, was du weißt, weil keiner dir zuhören wird. Ihm wird man zuhören.«

»Ich dachte, Vertrauen sei kein Problem«, sagte ich. Fiuzetta sah zu mir herüber und wandte den Blick gleich wieder ab.

»Du brauchst dich doch nicht zu schämen«, erklärte Moro. »Du trägst an nichts die Schuld.«

Fiuzetta schüttelte den Kopf, den Blick noch immer gesenkt. »Du redest dich leicht«, murmelte sie.

»Fiuzetta, das Mädchen wird sterben. Entweder lassen sie Caterina jetzt an ihren Verletzungen zugrunde gehen, oder sie päppeln sie wieder auf, um sie erneut zu verkaufen. Du hast Recht, ich rede mich leicht. Ich weiß nicht genau, was vorgeht. Aber du weißt es. Und deshalb verstehe ich nicht, warum du dich raushalten willst.«

»Weiß sie, wo Caterina ist?«, rief ich überrascht. »Weißt du es, Moro?«

Moro gab der Öllampe einen unzufriedenen Schubs. Das Flämmchen flackerte kurz auf und erlosch beinahe. Moro erhob sich so abrupt, dass die Bank, auf der er saß, über den Boden scharrte. Fiuzetta zuckte zusammen.

»Ich darf es Ihnen nicht sagen«, knurrte Moro. »Sie hat es mir als Geheimnis anvertraut.«

»Und du hast schon viel zu viel gesagt!«, klagte Fiuzetta.

»Hier geht es um mehr als um das Geflüster zweier Menschen nach dem Liebesakt!«, sagte Moro heftig, ohne sich darum zu kümmern, wie ich auf diese Eröffnung reagierte. »Manchmal haben Geheimnisse kein Recht, weiterhin Geheimnisse zu bleiben.«

»Wovor fürchtest du dich, Fiuzetta?«, fragte ich. »Dass ich das, was du weißt, sofort aufschreiben und dem Rat der Zehn melden werde?«

Fiuzetta schüttelte mit grimmigem Gesicht den Kopf, ohne mir zu antworten. Moro wartete ein paar Augenblicke, dann trat er hinter dem Tisch hervor und stapfte in Richtung Küche davon.

»Sie fürchtet sich davor, sich ihrem Leben zu stellen«, zischte er wütend und verschwand um die Ecke.

Fiuzetta blickte ihm nach. Ich konnte die Tränen sehen, die in ihren Augen schimmerten.

»Erinnerst du dich an unser Gespräch? Was du mir über die Männer erzählt hast, deren Lust sie böse gemacht hat und die auf der Jagd nach jungen Mädchen sind?«, fragte ich. Fiuzetta nickte mit verschlossener Miene. »Heinrich Chaldenbergen ist einer davon. Caterina ist ihm in die Hände gefallen.«

Sie nickte erneut.

»Aber das ist noch nicht alles.«

Sie schüttelte den Kopf. Sie öffnete den Mund und schloss ihn wieder. Ihre Finger zerknüllten den Saum ihres Untergewandes. Plötzlich sprang sie auf, warf sich herum und rannte über die Stufen nach oben, dass das Treppenhaus laut von ihren Schritten widerhallte.

»Er soll es sagen!«, rief sie schluchzend. Ich hörte, wie sie weiter ins Dachgeschoss stürzte, wo die Geräusche schließlich verstummten. Ich drehte mich um. Moro stand im Eingang zur Küche. Er sah nachdenklich zum Treppenhaus, dann fasste er einen Entschluss. Er winkte mir mit dem Kopf, und ich folgte ihm in den großen, dunklen Raum hinein.

Moro hatte eine Öllampe entzündet, die an Ketten von der

Decke hing. Die große offene Feuerstelle roch nach Asche, die noch nicht so kalt ist, dass sich ganz in ihrem Kern nicht noch ein Fünkchen roter Glut finden ließe. Der Duft von gebratenem Fleisch klebte an den gemauerten Wänden und der hölzernen Decke. Er erinnerte mich an die Gerüche der Feierlichkeit in Chaldenbergens Haus. In einem kniehohen Verschlag an der Rückseite der Küche piepte und raschelte es. Moro holte die Lampe aus der Schankstube und stellte sie neben den Verschlag auf den Boden. Dann setzte er sich umständlich hin und öffnete den Deckel des Verschlags. Das Piepen wurde lauter und hektischer. Er holte eines der frisch gekauften Küken heraus. Es blinzelte in die Flamme der Lampe, pickte nach seinen Fingern und ergab sich schließlich in Moros sanften Griff. Nach wenigen Augenblicken begann es, das Gefieder aufzuplustern und es sich in der Höhle der beiden starken, schwarzen Hände bequem zu machen. Ich setzte mich Moro gegenüber auf den terrakottagefliesten Küchenboden, und er reichte mir das Küken. Das letzte Mal hatte ich als kleiner Junge ein Küken in der Hand gehalten, aber manche Dinge vergisst man nicht. Das Tier erschauerte kurz und hielt sich dann wieder still. Die Unterseiten seiner Krallenfüße waren erstaunlich heiß.

Moro angelte ein zweites Küken heraus und streichelte sein Köpfchen, bis es wie sein Vorgänger vom Schlaf übermannt wurde.

»Ein Freund von mir fing einmal einen verletzten Vogel«, sagte er. »Wir alle hielten und streichelten ihn. Der Älteste von uns sagte schließlich, dass die Schwinge des Vogels gebrochen sei und wir ihm nicht würden helfen können. Wir sollten ihm einen gnädigen Tod gönnen. Niemand wollte es tun. Schließlich blieb es an ihm hängen. Ich erinnere mich an sein Gesicht, als er das Tier in die Faust nahm. Er wollte es ebenso wenig tun wie wir anderen, aber er war derjenige gewesen, der es gesagt hatte. Als er die Faust öffnete, fiel ein lebloser Federbalg heraus. Wir wussten alle, dass er das Vernünftige getan hatte; dennoch mieden wir ihn ein paar Tage lang, als sei er ein Mörder. Während dieser Tage fragte ich mich ständig, wie es sich wohl angefühlt haben mochte, das Leben aus dem Vögelchen herauszudrücken. Ich bin froh, dass ich bis heute keine Mühe hatte, der Versuchung zu widerstehen und es auszuprobieren.«

»Wo ist Caterina?«, fragte ich ihn.

»Als Sie mich das letzte Mal um eine Auskunft baten, konnte ich nur vage Angaben machen. Sie haben mich deswegen sogar ein wenig auf den Arm genommen. Erinnern Sie sich?«

Ich nickte.

»Nun, um ehrlich zu sein, fühlte ich mich erheblich in meiner Ehre gekränkt, etwas nur oberflächlich weiterplaudern zu können, was ich vom Hörensagen wusste. Ich habe daher auf eigene Faust nachgeforscht.«

»Es ging um Rara de Jadra und ihr Waisenhaus.«

»So ist es.«

»Und was hast du herausgefunden?«

»Nichts Neues. Die Frau unterhält ein Waisenhaus für junge Mädchen, die sie – unterstützt von wohlhabenden Geldgebern – aus der Sklaverei freikauft. Jeden Abend geht sie in die Vespermette in San Simeòn Propheta, und an jedem Feiertag spendet sie ein paar Münzen für die Bedürftigen des Sprengels. Der Priester würde ihr Porträt auf eine Ikone der Gottesmutter malen lassen, wenn er sich einen Maler leisten könnte.«

»Warum bringst du dann die Sprache auf sie?«

Moro seufzte. Er öffnete vorsichtig seine Hände und spähte hinein. Das Küken darin hatte den Schnabel auf einen seiner Finger gebettet und schlief. Die Augen waren geschlossen. Sie hatten die gleichen gelben Ränder wie die Winkel des Schnabels. Der flaumige gelbe Körper erzitterte leicht, und Moro deckte die Hand wieder darüber. Ich spürte den Herzschlag des kleinen Dings, das in meinen Händen ruhte.

»Weil die wenigen Anständigen wirklich in einem Meer aus Schlechtigkeit schwimmen. Und weil sie darin sogar um ihr Leben paddeln müssen.«

»Du glaubst, Rara ist in Gefahr?«

»Ich habe Fiuzetta heute Nacht gefragt, ob sie mir Näheres über Rara mitteilen könnte. Ich war einfach neugierig, und immerhin hat Fiuzetta auch in diesem Haus gelebt.« Er schüttelte den Kopf. »Ich glaube, im Grunde war sie froh, es jemandem erzählen zu können. Auch wenn sie die Kraft nicht aufbrachte, Ihnen ihr Herz auszuschütten.«

»Und was hat sie gesagt?«

»Sie sagte, dass Rara de Jadra das übelste Stück Dreck sei, das in dieser Stadt herumläuft.«

Moros Stimme hatte so beiläufig geklungen, als habe er mir geraten, in den Mittagsstunden nicht in die Sonne zu gehen. Ich starrte ihn an, zu überrascht, um irgendetwas entgegnen zu können.

»Das Waisenhaus ist keines«, sagte Moro.

»Die Mädchen …«

»Rara bildet sie aus. Fiuzetta hat mir erzählt, wie das funktioniert. Sie lassen die Mädchen, die sich weigern, mitzumachen, hungern und …«

»Ich weiß, wie ›das‹ funktioniert.«

Wir schwiegen eine Weile. Moro hielt seine Hände beschützend um das kleine, schlafende Leben darin gekrümmt und blickte in die Flamme der Öllampe.

»Fiuzetta hat das alles durchgemacht«, sagte ich schließlich.

Moro nickte. »Sie hat sich lange gewehrt. Sie haben sie lange hungern lassen.« Er wies mit einem Kopfnicken auf seine und meine Hände, in denen die Küken schliefen. »Sie haben die Leben der jungen Mädchen genauso im Griff wie wir beide diese Vögelchen. Und es fällt ihnen leicht, zuzudrücken.« Seine Augen waren jetzt schmale Schlitze, die im Schein des Öllämpchens glitzerten.

»Und Rara ist eine Bordellwirtin.«

»Rara ist eine Kreatur der Sklavenhändler und der perversen Patrizier. Messèr Porcospino kommt zu Rara und sagt: Diesmal möchte ich eine zarte, dunkelhäutige Elfe, kleine Titten und schmale Hüften und im Bett so gut, dass selbst meine Mätresse erröten würde, verstehst du? Und Rara sagt: Das kostet aber, verehrter *messère*. Geld spielt keine Rolle, du dalmatinische Hure, besorg nur die Ware, dann bekommst du schon deinen Schnitt.«

Moro schnaubte. »Und während Messèr Porcospino nach Hause humpeln muss, weil der dicke kleine Kerl zwischen seinen Beinen schon vor lauter Vorfreude gegen die Schamkapsel seiner Beinlinge drängelt, läuft Rara zu ihrem Verbündeten unter den Sklavenhändlern und gibt die Wünsche ihres Kunden weiter. Sie kennt ihn schon lange und vertraut ihm; nicht jeder von ihnen würde sich für ihre Geschäfte hergeben. Es gibt selbst unter den Schlechtesten noch Abstufungen. Hab ich zurzeit nicht da, Rara-Täubchen, sagt er und kratzt sich am Kopf, ich hab nur Bauernmädchen aus Ungarn, aber die sind zu stramm, die wird dein Kunde nicht wollen. Ich könnte meinen Freunden draußen auf See Bescheid geben, sie sollen sich mal die Küstenstädte am Schwarzen Meer vornehmen, irgendeine verwöhnte Prinzessin wird sich schon finden, die sich beim Spielen mit ihren Zofen zu weit von der Stadt wegbegeben hat und deren Wache nur unzureichend bewaffnet ist. Kostet aber, Rara-Täubchen. Und was sagt sie?«

»Geld spielt keine Rolle«, knurrte ich. »Und die Idee mit der Prinzessin ist nicht schlecht, so eine lässt sich durch Hunger leichter brechen als eine, die damit aufgewachsen ist.«

Moro nickte wieder. »Messèr Porcospino wartet gern, wenn er weiß, dass die Ware es wert ist. Mittlerweile kennt er Rara und ihre Zuverlässigkeit. Es kann vier Wochen oder vier Monate dauern. Irgendwann finden die Piraten, die mit dem Sklavenhändler in Verbindung stehen, die richtige Beute. Sie wird zu Rara gebracht und ausgebildet, und Messèr Porcospino vergnügt sich mir ihr, so lange es ihm gefällt. Gefällt es ihm nicht mehr, wird sie durch Rara in einen Haushalt vermittelt. Sie weiß, dass das Mädchen niemals über das reden wird, was es getan hat.«

»Was es mit sich tun lassen musste.«

»Es kommt immer darauf an, wie man es ihnen eingebläut hat.«

»Mir wird schlecht«, sagte ich.

»Mir ist schon schlecht.«

»Aber Raras Käufe auf dem Sklavenmarkt...«

»Es gibt auch Laufkundschaft. Solche, die ihre Lüste nur verschämt gestehen und denen es egal ist, was sie in ihr Bett bekommen, wenn es nur zart genug ist. Zahlung im Voraus, und Rara de Jadra ist Ihre eifrigste Dienerin, *messère*. Keine Ahnung, wie Sie Ihrer Frau erklären sollen, warum eine blutjunge Sklavin in Ihrem Haushalt noch fehlt? Sparen Sie sich die Erklärung, *messère*, ich nehme sie zu mir, und Sie zahlen mir Kost und Logis. Und ich versichere Ihnen, ich werde ihr alles beibringen, was Sie wünschen.«

»Hör auf«, sagte ich. Moro verstummte.

»Fiuzetta?«, flüsterte ich.

»Ich bin sicher, dass niemand je erfahren wird, welche Hölle Rara ihr bereitet hat, bevor sie zu *consigliere* Falier kam.«

»Wo die Hölle kein Ende fand.«

»Es gibt zu viele Menschen. Gott hat den Überblick verloren. Das eine oder andere Schicksal rutscht ihm durch die Finger.«

»Kennst du die Namen von Raras ›Verbündetem‹ und ihren Kunden? Dem Sklavenhändler und den reichen Patriziern?«

Moro schüttelte den Kopf und lachte bitter. »Sie dürfen nicht glauben, dass Fiuzetta Einblick in diese Teufelsmechanik hatte. Sie hat nur an mich weitergegeben, was sie erfuhr, während sie ein Teil davon war. Das hier sind lediglich ihre und meine Vermutungen. Genauso gut könnte Raras Verbündeter einer der Hafenpolizisten sein oder der *provveditore* des Arsenals°– jeder, der über die Händel auf See und die eintreffenden Schiffe Bescheid weiß. Letztlich läuft es aber immer auf das Gleiche hinaus.«

Moro rutschte zu dem Verschlag hinüber und öffnete mit dem Ellbogen den Deckel. Er setzte das Küken vorsichtig zurück zu seinen Artgenossen. Dann streckte er die Hand nach mir aus, und ich übergab ihm meinen Schützling, bei dem er die gleiche Vorsicht walten ließ. Das Küken taumelte ein paar Schritte aus seinen geöffneten Händen, ruderte verschlafen mit den Flügeln und drängelte sich unter seine Geschwister, die in einer Ecke des Verschlags zusammengekauert schliefen. Sekunden später war es nur noch ein von den anderen nicht mehr zu unterscheidender Federball. Moro schloss den Deckel. Ich sah auf meine leeren Handflächen hinunter, in denen ich noch immer die Wärme des Kükens spürte.

»Was nun Caterina betrifft …«, sagte Moro.

»So glaubst du, man hat sie wieder zu Rara zurückgebracht. Wenn sie sterben sollte, hat Rara das Problem, die Leiche loszuwerden.«

»Ein Risiko, das sicherlich im Preis enthalten ist. Und kein allzu großes, um ehrlich zu sein. So wie es zu viele Menschen auf der Welt gibt, gibt es auch zu viele in dieser Stadt. Die Stadtväter können nicht auf jeden Einzelnen aufpassen.«

»Die Stadtväter sind wahrscheinlich die Hauptkunden Raras.«

Moro schüttelte den Kopf. »Unwahrscheinlich. Es mögen kaltherzige Kerle darunter sein wie Leonardo Falier, aber in der Mehrzahl sind sie aufrechte Männer.«

Ich verzichtete darauf, ihm mitzuteilen, was Paolo Calendar über den maskierten Marco Barbarigo auf Chaldenbergens Feier erzählt hatte. Ich erhob mich mit schmerzenden Gliedern. Moro richtete sich geschmeidig auf und drückte mir das Öllämpchen in die Hand.

»Fallen Sie nicht auf der Treppe«, sagte er ruhig.

»Ich hoffe, Fiuzetta trägt es dir nicht nach, dass du ihre Geschichte erzählt hast …«

Moro stellte sich auf die Zehenspitzen, um das Öllicht, das von der Decke hing, auszublasen. »Sie fürchten, dass aus ihr und mir kein Liebespaar wird?« Er sah über die Schulter zu mir und lächelte dünn. »Aus ihr und mir wird kein Liebespaar. Ich habe ihr nur in einer Nacht, die ihr besonders kalt und dunkel vorkam, ein wenig Wärme gegeben, das ist alles.«

»Moro, du belügst dich selbst.«

Er blies das Flämmchen aus. Sein Gesicht war plötzlich ein undurchdringlicher Schatten in der Dunkelheit der Küche. Ich sah einen tanzenden grellen Abdruck der Flamme vor Augen; ich hatte zu lange in sie hineingesehen.

Moros Stimme kam hinter dem Geisterbild hervor. »Schlafen Sie gut«, sagte er.

Fiuzetta lag neben der Tür zu unserer Kammer, lediglich in eine dünne Decke gehüllt. Ich stellte das Öllämpchen ab und kauerte mich neben sie.

»Es ist doch Unsinn, sich hier draußen auf den harten Boden zu legen«, sagte ich leise. »Es gibt keinen Grund, sich zu schämen. Fiuzetta?«

Sie zog die Decke über ihren Kopf und wandte sich ab. Ich stand seufzend auf. Dann wand ich mich aus meinem Mantel und breitete ihn über sie. Ich blies das Licht aus und trat leise an ihr vorbei in die Kammer.

Als ich nur wenig später im Morgengrauen die Kammer wieder verließ, um Paolo Calendar aufzusuchen, lag mein Mantel leer vor der Tür. Fiuzetta war verschwunden.

2

Die Stadt war an diesem Morgen hektisch und voller Leben. Geschäfte dulden keine längere Pause; es waren ebenso viele eilig dahinstrebende Patrizier wie Arbeiter unterwegs, und der Verkehr auf dem Canàl Grande war sicherlich nicht weniger dicht als zur Mittagszeit. Irgendwo zurrten ein paar *barcaiuli* mehrere Gondeln aneinander, um über ihnen das Banner mit Leonardo Faliers Familienwappen zu entrollen und in der Lagune spazieren zu fahren: auch Faliers Wahlkampf duldete keinen Aufschub. Die Luft war frisch und klar, und selbst das stillstehende Wasser der kleinen *rii* hatte noch nicht begonnen, seinen brackigen Duft zu verströmen. Die Fassaden der Häuser, die Kirchturmspitzen und der dichte Wald an Kaminen auf den Dächern glänzten in der Morgensonne, die Schatten in den Gassen waren rauchblau und die sonnenbeschienenen Gebäudeflanken rosenrot. Wären die vielen Menschen nicht gewesen, hätte man sich wie Parzival wähnen können, der zum ersten Mal die Gralsburg betritt und dem vom Glanz geblendet die Augen tränen. Der Vergleich kam mir nicht von ungefähr in den Sinn: Ich fühlte mich wie der sprichwörtliche Narr, der sich einer Aufgabe stellt, die er nicht einmal halb versteht; und wie der Berg Montsalvatsch, so war auch Venedig ein herrliches Traumgebilde, in dessen Innerem versteckt die Krankheit lauerte.

»Wohin gehst du denn schon wieder, Peter?«, hatte Jana im Halbschlaf gemurmelt, als ich aus dem Bett kroch. Ich hatte sie mit einem Kuss auf die Stirn beruhigt, und sie war zu meiner Erleichterung wieder eingeschlafen. Ich war aus der Herberge geschlichen wie ein Dieb, froh, dass ich dabei niemandem über den Weg lief. Aus der Küche hatte ich Rumoren gehört – Moro oder Clara Manfridus. Ich hatte mich beeilt, aus der Eingangstür zu kommen, bevor er oder sie auf mich aufmerksam wurden.

Der Zinnenkranz des Dogenpalastes leuchtete wie eine Krone aus Feuer über der beschatteten Westfassade; die Goldbeschläge auf den Kuppeln und Bögen des Markusdoms warfen Lichtblitze über den Platz. Der Markuslöwe und der heilige Theodor auf der Piazzetta standen in der Sonne, ihre Säulen warfen Schlagschatten über das rote Pflaster und über das wirre Schattennetz, das die Masten der Schiffe am Kai über den Boden malten. Niemand hielt mich auf, als ich durch das protzige Tor zwischen dem Dom und dem Dogenpalast schritt und in das Obergeschoss des Gebäudeflügels vordrang, in dem die Arbeitszimmer der Staatsanwälte lagen.

Paolo Calendar war nirgends zu finden. Schließlich fasste ich mir ein Herz und sprach einen der *avogardi* an, der in seiner schwarzen Robe an einem schweren Tisch hockte und versuchte, genügend wach zu werden, um seiner Arbeit nachzukommen. Ich glaubte aus seiner Antwort herauszuhören, dass Calendar schon vor Tagesanbruch hier gewesen, dann aber wieder nach Hause gegangen sei. Ich zögerte, ihn zu fragen, wo dieses zu Hause sei, zum einen, weil ich fürchtete, als Antwort *»Sempre dritto!«* zu bekommen, zum anderen, weil ich dachte, er würde misstrauisch werden und zu erfahren wünschen, was ich von dem Polizisten wollte. Am meisten jedoch zögerte ich, weil es mir wie ein ungehöriger Schritt erschien, Calendar in seinem Heim aufzusuchen. Es blieb jedoch kein anderer Ausweg, wenn ich nicht warten wollte, bis er zufällig wieder hier auftauchte.

Der Staatsanwalt war entweder noch zu verschlafen, um argwöhnisch zu werden, oder er dachte sich nichts dabei. Er beschrieb mir einen Weg, den ich nur halb verstand, doch der Name San Giovanni in Brágora kam darin vor und, auf meine Nachfrage, ein *campo* gleichen Namens. Schließlich bekam ich mit, dass Calendar im *sestiere* Castello wohnte, und ich fühlte mich genügend gerüstet, den Weg dorthin anzutreten.

Ich war nicht überrascht, festzustellen, dass Paolo Calendar und seine Familie in einer Gegend der kleinen Leute lebten. Als ich von weitem die Kogge Barberros erblickte, bog ich von der Riva degli Schiavoni in eine Gasse ab; erst nachdem ich sie betreten hatte, stellte ich fest, dass es diejenige war, in die ich vor Fulvio und seinen Kumpanen geflohen war. Die Brücke über den *rio*, in dem ich Fulvio zu einem unfreiwilligen Bad verholfen hatte, führte direkt auf den Campo in Brágora, und ich empfand es als Ironie, dass Barberros Männer mich nur wenige Schritte von der Wohnung des einzigen Polizisten, den ich in Venedig näher kannte, beinahe erledigt hätten. Ich fragte mich, ob Barberro wusste, wie nahe sein Schiff am Haus seines Feindes lag, und hoffte für Calendar und seine Familie, dass dem nicht so war.

Die Kirche San Giovanni in Brágora war schmucklos; eine dreiteilige, aus Backsteinen gemauerte Front mit geschwungenem Staffelgiebel, einer runden Fensterrose über einer mit weißem Marmor gefassten Eingangspforte und zwei hohen, spitzbögigen Fenstern links und rechts davon. Die Lisenen, die die Front dreiteilten, waren der einzige Schmuck, den der Baumeister der Fassade verliehen hatte. Sie erhob sich nahtlos aus den umgebenden Häuserfronten, und auch ihr Turm, ein breiter, flacher *campanile* mit drei Glocken und einem strengen Architrav, ragte kaum über die Hausdächer empor. Das untere Drittel der Kirchenfassade lag im Schlagschatten der Häuser, nur der obere Abschnitt des Mittelgiebels mit dem Tabernakel und der Turm dahinter lagen im Sonnenlicht. An der Nordseite des *campo* stand der Palast eines begüterten Patriziers, aber die anderen Gebäude waren niedrig, ohne jede Verzierung und vom Zahn der Zeit bereits weitgehend angenagt. Der Putz war nur in Höhe der Obergeschosse noch intakt, ansonsten entblößte er die leichten Ziegel darunter. Es wirkte nicht schmutzig oder vernachlässigt; doch nach der Pracht im morgendlichen Licht, die ich auf dem Weg hierher durchschritten hatte, drängte sich der Eindruck auf, dass die Menschen hier bei allem Rackern und Arbeiten doch stets auf der Verliererseite stehen würden.

Ich war ratlos, welches Haus das von Calendar sein konnte, doch als ich einer breiteren Gasse in Richtung Osten folgte, sah ich ein Gebäude und wusste, dass ich hier richtig war.

Es wirkte wie eine niedrige, lang gezogene Festung. Von der Gasse weg führten alle paar Mannslängen breite, hohe Bogenöffnungen in einen Innenhof. Diese konnten durch Tore verschlossen werden, doch jetzt hatte man sie geöffnet. Die lang gestreckte Fassade zeigte als einzige Abwechslung symmetrisch angebrachte kleine Fenster mit bunt bemalten Flügeln. Selbst auf dem flach geneigten Dach erhoben sich noch Mansardenfenster. Der Raum, den das Bauwerk bot, war bis auf den letzten Meter ausgenutzt. Als ich durch eines der Tore trat, sah ich, dass der Vergleich mit einer Festung nicht unangebracht war: Der Durchgang war tief und finster wie im Torbau einer Burg, und die Wohneinheiten dahinter waren vom äußeren Bau umschlossen wie von einer Mauer. Die Wohnungen bildeten wiederum ein einziges Gebäude aus hellbraunen Ziegeln, an jeder Flanke ein halbes Dutzend Eingänge und drei Stockwerke hoch. Hätte man mit dem Blick eines Vogels nach unten geschaut, würde man erkannt haben, dass das gesamte Bauwerk aus zwei scheinbar voneinander unabhängigen Einheiten bestand°– dem äußeren Ring mit seinen wuchtigen Toren und den Mansardenfenstern im Dach sowie dem zentralen Wohnbau, der mitten darin stand, vom Außenring nur durch einen engen, gepflasterten Rundweg getrennt. Ich war an einer der Ecken des Innenbaus durch den Torgang gekommen: Am jenseitigen Ende des Rundwegs sah ich einen gleich gebautenTorgang, der wieder nach draußen in die dort liegende *calle* führte.

Das Innere des Bauwerks lag im Schatten; ich richtete den Blick nach oben und gewahrte ein wirres Spinnennetz aus Wäscheleinen, an denen dicht gereiht Wäschestücke zum Bleichen und Trocknen hingen. Wo ein Stück Himmel dazwischen zu sehen war, ragte ein wuchtiger, fleckig weiß gestrichener Kamin davor auf. Auf dem engen Rundweg hielt sich bis auf zwei Frauen, die aus einer Zisterne Wasser schöpften und mich anstarrten, niemand auf. Wer hier wohnte, hatte sich in der Mehrzahl bereits zur Arbeit begeben oder lag krank in seinem Bett. Von dem üblichen Müll, der aus den Fenstern gekippt wurde, abgesehen, war das Pflaster sauber und die Anlage gut in Schuss.

Ich drehte mich einmal um mich selbst. Wenn ich mich nicht verschätzt hatte, lebten hier mehr als siebzig Familien. Die Zugänge zu den Wohnungen im ersten und zweiten Geschoss schienen über Treppenhäuser zu führen, die hinter den Eingangstüren in die Höhe strebten und den engen Wohnraum hinter den Mauern noch verkleinerten. Ich schritt zu den beiden Frauen hinüber, die ihre Bottiche am Brunnenrand abgestellt hatten und mich musterten. Ihre Blicke waren neugierig und frei von Argwohn. Ich lächelte sie an, und sie nickten mir zu.

»Ich suche nach Paolo Calendar, dem Polizisten«, sagte ich holprig auf Venezianisch.

Sie ließen ihre Blicke über mich wandern. In meinen teuren florentinischen Stoffen mochte ich wirken wie ein reicher Mann, der die Dienste des Polizisten suchte, oder wie ein Behördenvertreter, der einen Auftrag überbrachte. Eine von ihnen zeigte schließlich auf ein Fenster im zweiten Obergeschoss. Ich bedankte mich und war für einen kurzen Moment unschlüssig, ob ich ihnen Geld geben sollte, aber sie hatten sich bereits abgewandt und ihre Bottiche aufgenommen. Sie mochten in ärmlichen Verhältnissen leben, aber auf Almosen waren sie nicht angewiesen. Ich ging zur Eingangstür hinüber und fühlte mich plötzlich unwohl in meiner Haut.

Aus Calendars Wohnung war kein Laut zu hören. Ich hob die Faust und klopfte an die Tür, und als ich keine Antwort vernahm, trat ich mit der üblichen Verrenkung ein. Es schien, als seien die Türöffnungen hier noch schmaler als anderswo.

Die Wohnung bestand aus einem großen Raum, dessen Licht von dem kleinen Fenster in der Außenfassade kam. In der hintersten Ecke, neben dem Fenster, fand sich ein Herd mit einem Rauchabzug darüber. Calendar hatte einen mächtigen Tisch mit Stühlen davor platziert, eines der wenigen Zeichen, dass er, bevor er in Ungnade gefallen war, besser gelebt hatte. Zwei Kinder saßen an dem Tisch und blickten mich überrascht an. Die rechte Wand des Raumes war von drei Betten belegt, die nebeneinander standen: ein sehr breites, dessen typische Verkleidung aus Truhen und Rahmenwerk man abgebaut hatte, damit es Platz fand, und zwei kleinere, die so aussahen, als seien sie aus der Verkleidung des großen Bettes gezimmert worden. Eines der Betten war belegt: Ein Junge lag darin und wurde von einer Frau aus einer Schüssel gefüttert, während ein Mann daneben saß und dem Jungen das Haar aus der Stirn strich.

Die beiden Erwachsenen sahen auf. Calendars Gattin war eine blonde, erschöpft aussehende Frau mit tiefen Falten um die Mundwinkel und einem grauen Gesicht, das ansprechend gewesen sein musste, bevor die Verbitterung sich darin breit gemacht hatte. Calendar stand auf und trat auf mich zu. Sein Gesicht zeigte keine Überraschung, aber auch kein Willkommen.

»Tut mir Leid, dass ich Sie in Ihrem Zuhause aufsuche«, sagte ich. »Aber ich habe etwas erfahren, das Sie unbedingt wissen müssen.«

»Und das keine Zeit hatte zu warten, bis ich im Dogenpalast bin.«

»Sie waren heute schon dort.«

Seine Augen verengten sich kurz, dann zuckte er mit den Schultern. Er winkte mir zu, einzutreten. Die Kinder am Tisch sahen mich scheu an und pickten verlegen in den Schüsseln herum, die vor ihnen standen. Ich roch frisch gekochten Haferbrei. Ich zwinkerte ihnen zu, doch sie reagierten nicht.

»Setzen Sie sich«, sagte Calendar. Ich nahm auf einem der Stühle Platz. »Kann ich Ihnen etwas anbieten?«

»Mein Vater war Kanzleischreiber beim Bischof von Augsburg«, sagte ich. »Er hatte es immer eilig, in die Kanzlei zu kommen, deshalb fand das erste Essen unseres Tages stets schon im Morgengrauen statt. Es war mir immer zu früh für das kalte Fleisch oder die Suppe, ich konnte es nicht hinunterbringen. Deshalb bereitete mir meine Mutter Haferbrei zu. Unsere Küche duftete wie bei Ihnen nach dem heißen Brei.«

»Es ist noch was übrig«, erklärte Calendar verblüfft.

»Wenn es Ihnen keine Umstände macht ...«

Calendar stand auf und holte eine hölzerne Schüssel. Über dem niedrig brennenden Feuer auf dem Herd hing ein kleiner Kessel. Calendar schöpfte Brei heraus und klatschte ihn in das Behältnis. Ich sah zu seiner Frau hinüber, die dem Jungen auf dem Bett einen Löffel in den Mund führte. Einiges lief daneben und über sein Kinn. Sie nahm einen Lappen, den sie bereitgelegt hatte, und wischte ihn sauber. Der Junge begann zu husten. Sie stellte die Schüssel ab und richtete ihn auf, um ihm auf den Rücken zu klopfen. Calendar beobachtete die Szene besorgt und stellte die Schale vor mir ab, ohne Acht zu geben. Er hatte den Löffel vergessen. Der Junge ließ sich wieder auf das Bett zurücksinken, und Calendars Frau nahm die Fütterung wieder auf. Calendar setzte sich mir gegenüber, sodass er das Bett im Blickfeld hatte. Eines der beiden Kinder am Tisch, ein Mädchen mit den dunklen Augen ihres Vaters und dem hellen Haar ihrer Mutter, betrachtete gespannt, wie ich es anstellen würde, ohne Löffel zu essen. Ich legte beide Hände neben die Schüssel.

»Ich weiß jetzt, wo Caterina ist«, sagte ich zu Calendar.

Er drehte den Kopf, um mich anzublicken. Ich hörte, wie seine Frau vom Bett aufstand und zum Herd trat, um den Rest des Breis aus der Schüssel in den Kessel zurückzuschütten. Sie sah mich über die Schulter an. Ich stand auf und verneigte mich kurz in ihre Richtung. Calendar murmelte etwas, das eine Vorstellung sein konnte. Sie wischte sich die Hände an ihrem Kittel ab und streckte mir eine entgegen, aber ihr Händedruck war flüchtig und geistesabwesend. Als ich mich wieder setzte, fing ich den Blick des kleinen Mädchens auf. Es machte eine drängende Kopfbewegung zu meiner Schüssel hin und hielt seinen eigenen Löffel hoch. Ich zuckte mit den Schultern und lächelte. Auf seinen Lippen erschien ein schwacher Widerhall davon.

»Und wo sollte das sein?«, fragte Calendar.

»Sie ist wieder dort, wo sie hergekommen ist. Bei Rara de Jadra.«

»Unmöglich. Das kann Chaldenbergen nicht riskieren. Wenn das Mädchen erzählt, was ihm zugestoßen ist …«

Calendars Tochter fasste plötzlich einen Entschluss. Sie steckte ihren Löffel in den Mund, leckte den Brei säuberlich ab und hielt ihn mir dann über die Tischplatte entgegen. Calendars Augen weiteten sich. Bevor er oder seine Frau reagieren konnten, nahm ich den Löffel, sagte *»Tante grazie!«* und tauchte ihn in meine Schüssel. Das Mädchen lächelte über das ganze Gesicht und zeigte vergnügt in meine Richtung.

Calendars Frau hob die Hand, um dem Mädchen auf den Scheitel zu klopfen. Ich schüttelte heftig den Kopf und begann, den Brei zu essen. Sie ließ die Hand wieder sinken und starrte mich verwirrt an. Von der Seite fing ich Calendars Blick auf. Das Mädchen beugte sich zu seinem Bruder hinüber, der mich ebenso unverwandt musterte wie sein Vater, und flüsterte ihm etwas ins Ohr. Sie begannen zu kichern. Ich hielt den Löffel in die Höhe und kicherte mit.

»Was haben Sie heute Morgen schon im Dogenpalast getan?«, erkundigte ich mich bei Calendar. »Es kann kaum jemand dort gewesen sein, und von denen, die dort waren, kaum jemand wach.«

»Wach genug«, knurrte er.

»Sie haben versucht, Chaldenbergen verhaften zu lassen.«

»Es gibt nichts, wofür man ihn verhaften könnte.«

»Sie meinen, weil er unter dem Schutz des Fondaco steht? Letztlich ist es eine Entscheidung des Zunftrektors, wem er Asyl gewährt und wem nicht. Ich habe mit Falkenstein gesprochen, und er scheint anständig genug zu sein, um ...«

»Es geht nicht um das Fondaco.«

Ich starrte Calendar an. »Dann hat *consigliere* Barbarigo ...?«

Er beugte sich zu mir herüber, und ich konnte die mühsam unterdrückte Wut in seinem Gesicht sehen. Ich fragte mich plötzlich, ob sie mir und meinem unwillkommenen Eindringen galt und er bisher nur zu verblüfft gewesen war, um sie zu äußern.

»Ihr Landsmann hat nichts getan, wofür man ihn verhaften könnte. Haben Sie das jetzt verstanden?« Er lehnte sich zurück und schloss für einen Moment die Augen. »Wenn das Mädchen Eltern hätte, könnte man ihn belangen, sobald diese Anzeige wegen Notzucht erstatten würden. Sofern sie nicht lieber den Weg in die Verschwiegenheit als den in die öffentliche Schande suchen, was oft genug vorkommt. Aber da Caterina keine Eltern hat, ist das ohnehin nicht von Belang. Wäre das Mädchen ein Junge, wäre er wegen Sodomie dran°– aber so ...«

Seine Wut schien so plötzlich verraucht, wie sie gekommen war. Er war ein müder Mann, der zu viel gesehen hatte und wusste, dass der Kelch noch lange nicht leer war.

»Die beiden jungen Männer auf dem Fest ...«

»Geben Sie's auf«, sagte er.

»War es das, was man Ihnen heute Morgen im Dogenpalast mitgeteilt hat?«

»Das braucht man mir nicht mitzuteilen. Ich kenne die Gesetze. Und Sie kennen sie auch, also tun Sie nicht so überrascht. Das ist in Ihren freien Reichsstädten nicht anders als hier in den Republiken.«

»Ich frage mich, wieso Sie mir dann gestern geholfen haben«, erwiderte ich aufgebracht.

Calendar antwortete nicht sofort. »Wenn das Mädchen bei Rara ist, ist sie ja wieder in Sicherheit. Ich weiß nicht, was Sie noch wollen. Sollten Sie sich an Chaldenbergen rächen wollen, vergessen Sie's!«

Ich legte den Löffel nieder und sah ihm in die Augen. »Paolo, sie ist alles andere als in Sicherheit.«

Er brummte etwas und sah mich missmutig an.

Ich stand auf. »Kommen Sie mit nach draußen. Was ich zu erzählen habe, soll nicht Ihre Wohnung beschmutzen.«

Er wirkte aufrichtig verblüfft. Schließlich richtete er sich auf und kam hinter dem Tisch hervor. Er strich den beiden Kindern über die Haare, dann murmelte er seiner Frau etwas zu. Während ich mit viel Augenzwinkern und Gegrinse meinen Löffel seiner ursprünglichen Besitzerin zurückgab, trat Calendar an das Bett, in dem der Junge lag.

Er mochte etwa dreizehn Jahre alt sein und war ein Ebenbild seines Vaters. Doch seinen Zügen fehlte etwas, und es war nicht das Alter oder der lauernde Argwohn, den das Erwachsenwerden in Paolo Calendars Gesicht gezeichnet hatten. Die Züge des Jungen waren vollkommen leer. Calendar strich ihm sanft über die Stirn, beugte sich zu ihm herab und küsste ihn. Der Junge blinzelte träge. Er reagierte weder auf die Berührung noch auf den Kuss. An seinem Kinn klebte noch immer ein antrocknender Breifleck. Calendar wischte ihn mit der Hand ab.

Ich wusste jetzt, warum der Junge sich nicht an den Unfall draußen in der Lagune erinnerte. Er würde sich nicht einmal an das erinnern, was vor fünf Minuten geschehen war. Calendar hatte seinen Sohn aus dem Wasser gezogen und ihm das Leben gerettet. Aber der Luftmangel und die Kälte des Wasser hatten ihren Tribut verlangt. Calendar hatte einen Körper zurückbekommen; die Seele des Kindes war unter Wasser geblieben.

»Gehen wir«, sagte der Polizist und trat vor die Tür, ohne mich anzusehen.

Die beiden Frauen waren verschwunden. Die Sonne hatte es mittlerweile über die Dächer geschafft und leuchtete den Rundweg aus. Der Tag versprach so heiß zu werden wie alle anderen.

»Sie mussten sich heute Morgen für Ihren Auftritt bei Chaldenbergen verantworten, habe ich Recht?«, fragte ich.

Calendar trat an den Brunnen und spähte hinunter.

»Barbarigo hat herausgefunden, dass Sie nicht der Abgesandte des genuesischen Botschafters sind.«

»Das muss ja nicht heißen, dass Sie sich dessen auch bewusst waren.«

»Halten Sie die Vertreter der venezianischen Republik für so beschränkt?«

»Hat er Ihnen gedroht?«

»Wenn er etwas Offizielles gegen mich unternimmt, dann gibt er zu, auf der Feier gewesen zu sein.« Calendar wandte sich von der Brunnenöffnung ab und sah mir ins Gesicht. »Wir haben uns gegenseitig in der Hand. Momentan. Sobald genug Zeit vergangen und Heinrich Chaldenbergen nur noch eine Zeile im Kontor des Fondaco dei Tedeschi ist, wird er mich erledigen.«

»Das tut mir Leid.«

Er zuckte mit den Schultern.

»Wenn Sie wussten, dass Chaldenbergen nicht würde belangt werden können, warum sind Sie mir dann bis zu ihm gefolgt?«

»Sie wussten es doch im Grunde Ihres Herzens auch. Warum sind *Sie* dorthin gegangen?«

Ich schwieg. Er wandte sich ab und starrte wieder in den Brunnen hinunter. Ich dachte an das Kind, das in seiner Wohnung lag und nicht mehr Leben in sich zu haben schien als eine Pflanze. Vielleicht sah er in dem Brunnen die finstere Tiefe, in die er gefallen war, seit er seinem Sohn hinterhergetaucht und einen Fremden mit sich nach oben gebracht hatte.

»Sie müssen sich einen mächtigeren Mann als Barbarigo gewogen machen. Was ist mit Leonardo Falier?«

Calendar grunzte und schüttelte den Kopf.

»Warum nicht? Sie müssen es Falier nur ermöglichen, an den Erfolg des Kommandanten der *Aquila* anzuknüpfen. Sorgen Sie dafür, dass er Ihnen zu Dank verpflichtet ist.«

»Die Piraten sind gefasst.«

»Es bleibt noch Ihre Mission: die Suche nach dem jungen Prinzen aus Sinope.«

»Ich habe bis jetzt keine Meldung aus Rom.«

»Sie werden nie eine erhalten.«

Er nickte, ohne aufzusehen.

»Rara ist nichts anderes als eine Bordellwirtin, die ihre Schützlinge in den Künsten der Liebe ausbilden lässt«, sagte ich schließlich. »Sie können Chaldenbergen nicht dafür belangen, dass er ein junges, elternloses Mädchen vergewaltigt hat. Aber Sie können Rara vor Gericht zerren, weil sie ohne behördliche Genehmigung ein Bordell führt. Und nach allem, was ich gehört habe, wird ein Schlangennest an Niedertracht und geheimer Perversion offenbar, wenn sie beim Verhör zu plaudern beginnt. Bekannte Namen werden fallen; geben Sie sie an Falier weiter, und Sie geben ihm das Mittel in die Hand, sich als der Initiator einer moralischen Erneuerung in der Stadt zu gebärden. Er wird sich auf diese Möglichkeit stürzen wie der Teufel auf die arme Seele.«

»Sie glauben doch nicht im Ernst, dass er mir zuhören wird, wenn ich ihm diese Idee unterbreite.«

»Er wird Ihnen zuhören, wenn Rara Ihre Aussagen bestätigt. Und er wird die Gelegenheit beim Schopf packen. Ich habe ihn nur kurz gesehen, aber wenn es je einen Mann gab, der sich als Volkstribun versteht, dann er.«

»Sie wissen doch, was ich über ihn herausgefunden habe – damals.«

»Dass er korrupte Methoden angewandt hat, um seine Stellung zu verbessern? Nutzen Sie doch seine korrupte Ader, damit er sie mal für etwas Gutes einsetzt.«

Calendar wandte sich endgültig von dem Brunnen ab. Er

kam langsam zu mir herüber und blieb so dicht vor mir stehen, dass ich den leisen Hauch seines Atems auf meinem Gesicht spüren konnte.

»Wozu tun Sie das?«

»Wenn wir Rara anklagen wollen, müssen wir Caterina finden, die gegen sie aussagt. Wenn wir Caterina finden, wird sie uns zu ihrem Bruder Fratellino führen. Und ich werde herausfinden, warum drei Kinder sterben mussten°– Pegno und die beiden Gassenjungen in dem Kanal hinter San Polo.«

»So wie Sie es darstellen, lassen sich alle Schlechtigkeiten, die hier geschehen sind, in einem Punkt zusammenführen.«

»Die ganze Schlechtigkeit der Welt lässt sich in einem Punkt zusammenführen: die Gier der Menschen.«

Calendar versuchte ein schwaches Lächeln. »Sparen Sie sich Ihre philosophischen Kommentare«, sagte er. »Wir haben noch Arbeit vor uns.«

3

Beinahe hatte ich erwartet, die Tür von Raras Haus versperrt vorzufinden. Sie war es nicht; Rara fühlte sich absolut sicher. Während wir die Treppe hinaufstiegen, fragte ich mich, ob alles, was sie mir erzählt hatte, eine Lüge gewesen war, oder ob es wenigstens stimmte, dass Leonardo Falier ihr das Haus überlassen hatte. Hätte er es getan, wenn er geahnt hätte, zu welchen Zwecken sie es missbrauchen würde?

Calendar machte sich nicht die Mühe, vor seinem Eintreten in den Saal zu husten oder gar anzuklopfen. Er stieß die Tür auf und trat mit der ganzen im Lauf der Jahre erlernten Selbstsicherheit ein.

Auf den Truhen in der Ecke saßen wieder einige Mädchen und beschäftigten sich mit Handarbeit. Sie sahen auf, als wir eintraten, und widmeten sich dann wieder ihrer Arbeit. Ich verstand plötzlich die kalten Blicke, die sie oder ihre Leidensgenossinnen mir bei meinem ersten Besuch zugeworfen hatten: Sie hatten mich für einen Kunden gehalten und abzuschätzen versucht, welche von ihnen ich mir aussuchen und wie grob ich wohl sein würde. Mir drehte sich der Magen um.

Calendar hatte den Saal vor mir betreten. Ich wandte mich ab, um die Tür zu schließen, und in diesem Moment trat Rara de Jadra durch einen anderen Eingang in den Saal. Sie richtete ihren Blick auf Calendar und lächelte ihn freundlich an. Dann fasste sie mich ins Auge, und ihre Brauen hoben sich erstaunt. Sie faltete die Hände vor dem Leib; eine Geste der Nervosität, wie mir schien.

»Meine Herren?«, sagte sie unschlüssig in meiner Sprache. Ihre Blicke wanderten von Calendar zu mir und blieben schließlich an mir hängen. »Kommen Sie nun zu zweit, um mich zu beleidigen?« Ihre Stimme klang bitter. Ich öffnete den Mund, um etwas zu sagen, aber der Polizist kam mir zuvor.

»Schicken Sie die Mädchen raus«, knurrte er.

Raras Augen verengten sich, und ihr Blick tanzte wieder zwischen Calendar und mir hin und her. Sie straffte sich und trat einige Schritte auf uns zu.

»Ich lasse mir in meinem Haus nichts befehlen.«

»Schicken Sie sie raus, wenn Sie nicht noch mehr Zeugen haben wollen, die gegen Sie aussagen.«

»Ihren *tedesco*-Freund kenne ich. Wer sind Sie?«

Calendar sah sie unverwandt an. Er hatte sich auf seine übliche Taktik verlegt, auf Fragen mit einem starren Blick zu antworten. Ihre Wangenmuskeln spielten, aber sie war zu stolz, um die Frage nochmals zu wiederholen. Schließlich drehte sie sich zu den Mädchen um, die den unerwartet scharfen Wortwechsel heimlich verfolgt hatten, und klatschte in die Hände. Sie rafften mit erleichterten Gesichtern ihre Stick- und Näharbeiten zusammen. Wie es schien, hatten die Kanäle der Stadt diesmal keinen ungewollten Freier zur Tür hereingespült. Sie rannten aus dem Saal; es war ratsam, sich nicht zu widersetzen, wenn das Schicksal sich ausnahmsweise einmal günstig zeigte.

»Also, was wünschen Sie?«

Calendar drehte sich zu mir um und sah mich auffordernd an. Raras Brauen zogen sich noch enger zusammen.

»Caterina«, sagte ich und versuchte so überheblich zu klingen wie Calendar, wenn er den Polizisten herauskehrte. »Führen Sie uns zu ihr.«

»Ist Ihnen das Klima hier zu heiß?«, spottete sie böse. »Haben Sie schon vergessen, was ich Ihnen gestern mitgeteilt habe?«

»Durchaus nicht. Ich habe sogar noch einige Informationen hinzugewonnen.«

»Ach ja?«

Ich ging langsam zu den Handarbeiten auf den Truhen hinüber und nahm einen der Stickrahmen auf. Die Arbeit war ordentlich ausgeführt; ich war überzeugt, dass die Mädchen alles, was Rara von ihnen verlangte, ordentlich lernten. Ich ließ den Rahmen fallen; er klapperte auf die Truhe und fiel von dort zu Boden. Das Bild darauf war das obere Drittel eines Kruzifix, das von naiven hellen Sonnenstrahlen erleuchtet wird. Ich fühlte Wut in mir emporsteigen, als ich daran dachte, dass die Besitzerin dieser Stickarbeit vermutlich bei jedem Stich zum Herrn flehte, sie aus diesem Haus herauszuholen oder sterben zu lassen. Wenn sie mit der Stickerei fertig war, wurde die Arbeit der Kirche von San Simeòn Propheta vermacht, und der Priester entzündete eine Kerze für Raras Heil.

»Manche Menschen überleben alles Leid, das ihnen zugefügt wird«, sagte ich. »Manche Mädchen vermitteln Sie tatsächlich in einen Haushalt, wenn sie ein Alter erreicht haben, das sie für Ihre Klientel uninteressant macht. Manche behalten nicht für alle Ewigkeit für sich, was sie bei Ihnen erdulden mussten.«

Rara senkte den Kopf und dachte nach; als sie ihn wieder hob, war ihr Gesicht dunkel vor Zorn.

»Und manche alternden Idioten«, zischte sie heiser, »überschätzen ihre Lage, bloß weil sie einen Helfer mitgenommen haben, den sie in der Trinkstube kennen gelernt haben.« Sie hob die Stimme. *»Ursino!«*

Calendar sah mich über den Raum hinweg fragend an.

»Vielleicht hätte ich Ihnen von Ursino erzählen sollen«, räumte ich ein.

Ursino folgte dem Ruf seiner Herrin und stapfte durch die Tür. Rara wies auf mich, und er fasste mich ins Auge, kaum dass er den Saal betreten hatte. Sie sagte etwas auf Venezianisch zu ihm, und sein Gesicht zog sich grinsend in die Breite. Er spreizte die Arme vom Körper ab und kam auf mich zu.

»Ma sei proprio tu Matteo?«, sagte Calendar gelassen. *»Non mi sarei mai aspettato di trovarti qui.«*

Ursino fuhr herum, als er seinen wirklichen Namen und vor allem den Klang der Stimme hörte. Er hatte Calendar, der durch den halben Saal von mir entfernt stand, nicht beachtet, als er durch die Tür gepoltert war. Seine Miene wandelte sich von siegessicherem Grinsen zu einem Ausdruck der Verblüffung. Seine Arme sanken herab, und er blieb wie gebannt am Platz stehen. Die Verblüffung in Raras Miene war nicht weniger groß. »Das ist Matteo der Bär. Ich habe ihm erklärt, dass ich nicht erwartet hätte, ihn hier zu finden«, übersetzte Calendar.

»Ich habe vergessen zu erwähnen, dass mein Helfer aus der Trinkstube Mitglied der Polizei des Zehnerrats ist«, erklärte ich.

Raras Mund verzerrte sich. Ursino sah zwischen ihr, Calendar und mir hin und her. In seine Augen schlich sich ein verschlagenes Funkeln. Als er Calendars Blick abermals begegnete, schüttelte der Polizist kaum merklich den Kopf. Ursino schlug die Augen nieder.

»Na und? Ein Polizist?«, stieß Rara hervor. Sie ballte eine Faust und schüttelte sie gegen Calendar. »Von deinesgleichen lasse ich mir keine Angst einjagen. Du hast nichts gegen mich in der Hand, Inquisitor! Was der verblödete Pfeffersack da drüben glaubt, ist seine Sache. Was zählt, ist, was die Behörden glauben. Und sie werden niemals einer dieser kleinen Nutten Glauben schenken, die nur deshalb nicht längst schon in der Gosse verfault sind, weil ich ihnen ein Dach über dem Kopf gegeben habe.«

»Ich bin sicher«, erwiderte Calendar, und seine Höflichkeit hörte sich drohender an als Raras Ausfälligkeiten, »dass jede Menge Zeugen zur Hand sind, um zu Ihren Gunsten auszusagen.«

»Darauf kannst du Gift nehmen«, lachte sie. »Und jede Menge Freunde in der *signoria*!«

»Freunde oder Kunden?«, rief ich. »Wenn das nicht das Gleiche ist!«

Calendar gab mir durch einen Blick zu verstehen, dass ich den Mund halten sollte. »Was haben Sie also dagegen, wenn wir Caterina mitnehmen?«, fragte er.

»Um was mit ihr anzustellen?«

»Ich glaube nicht wirklich«, erklärte Calendar sanft, »dass Ihnen das weitere Schicksal des Mädchens ein Anliegen ist.«

»Des Mädchens nicht, aber meines Geldes«, knurrte sie. »Meinetwegen verleiht dein Freund da drüben es an das nächste Landsknechtsheer. Obwohl«, sie lächelte boshaft, »er ist ja da, um das Mädchen zu retten und es zu Gott zurückzuführen, dieser Heuchler.«

Ich erinnerte mich daran, welchen Eindruck ich von Rara gehabt hatte, als ich mich nach unserem ersten Treffen von ihr verabschiedete. Ich ballte die Hände zu Fäusten und öffnete sie wieder, um meinen Zorn unter Kontrolle zu halten. Sie war eine vollendete Schauspielerin; am erschreckendsten fand ich den Gedanken, dass auch ihre vulgäre Wut nur gespielt war. Rara mit sich allein und vor dem Spiegel war vermutlich eine leere Hülle, die den seelenlosen Blick ihres Spiegelbilds erwiderte, die Augen so gefühlvoll wie die schwarzen Murmeln in der Rechenrinne. Ursino, oder Matteo, wie er eigentlich hieß, beobachtete meine Hände und wandte dann den Kopf ab, als er sah, dass ich seinen Blick bemerkt hatte. Er heckte etwas aus.

»Rara, wenn Sie glauben, dass Sie Geld dafür erhalten, dass wir Caterina aus ihren Fängen befreien, haben Sie sich getäuscht.«

Rara und Calendar maßen sich gegenseitig mit Blicken. Rara schien zu erkennen, dass sie dabei war, den Bogen zu überspannen. Sie streifte Ursino und mich mit einem Blick, und ich bemühte mich vergeblich, festzustellen, ob sie sich dabei miteinander verständigt hatten. Ich überlegte, einen Schritt weiter aus der Reichweite von Ursinos muskulösen Armen zu gelangen, zögerte aber, um nicht das Gleichgewicht zu zerstören, das sich im Saal eingestellt hatte. Rara streckte eine Hand einladend zu der Tür aus, durch die sie und Ursino gekommen waren.

»Hol sie und schmeiß einem Quacksalber noch ein paar Soldi in den Rachen, damit er ihren Urin anschauen kann. Aus der wird ohnehin nichts mehr.«

Calendar nickte knapp und schritt dann langsam an Rara vorbei. Sie wich ihm aus und beobachtete lauernd jeden seiner Schritte. Ursino stand wie aus Stein gemeißelt und rührte sich nicht. Ich machte mich bereit, Calendar auf seinen Wink hin zu folgen. Ich spürte auf einmal, wie mir die Kehle eng wurde. Meine Hände juckten, wie immer, wenn etwas Entscheidendes geschah.

Calendar begann zu sprechen, während er mit gemessenen Schritten auf Ursino, mich und die Tür zukam. »Matteo nennen sie schon seit frühester Kindheit Ursino. Stimmt's, Matteo? Du warst schon immer ein wenig größer als die anderen, und deine Mutter wusste nicht, wie sie dich füttern sollte, ohne dass deine Brüder und Schwestern hungern mussten. Großer Matteo, großer Ursino, schon als Kind bist du zu kurz gekommen.« Er benutzte meine Sprache, teils wohl, damit ich ihn verstand, teils um den Riesen zu verunsichern; er erwähnte Matteos Namen so oft, dass dieser jedes Mal zusammenzuckte und nicht anders konnte, als dem Strom fremdländischer Worte zu lauschen, die aus dem Mund des Polizisten drangen. »Unsittliches Betragen, Trinkgelage, Schlägereien im Wirtshaus, ab und zu mal eine Nutte mit eingeschlagenen Zähnen oder ein zu vertrauensseliges Mädchen mit einem schwangeren Bauch und blau geschlagenen Augen°– das ist der persönliche Stempel, den du Venedig bis jetzt aufgedrückt hast, nicht wahr, Matteo? Weswegen habe ich dich zuletzt ins Loch gebracht? Hast du nicht versucht, einen *barcaiulo* zu ertränken, weil er es sich nicht gefallen lassen wollte, dass du von der Uferpromenade hinab in seine Gondel gepinkelt hast?«

Calendar war bei Matteo-Ursino angekommen und musterte ihn. Der Riese ließ den Kopf hängen und scharrte mit den Füßen über den Parkettboden. Ich versuchte, ihn und Rara gleichzeitig im Auge zu behalten.

»Während du eingesessen hast, Matteo, ist deine alte Mutter gestorben, wenn ich mich recht erinnere. Du konntest nicht mal bei der Beerdigung dabei sein. Armer Matteo, armer Ursino, arme alte Mutter – sie hat dir einen Bissen mehr zugesteckt, wann immer sie konnte, und du gabst ihr nicht mal das letzte Geleit. Die Gefängniswärter haben mir verraten, du hast geheult wie ein Wolf, als sie es dir erzählten. Und ich dachte, du hättest es nun verstanden – als du die Arbeit im Arsenal fandest und man überall hörte, wie fleißig du seist und dass das Misstrauen, das man dir anfangs entgegenbrachte, völlig ungerechtfertigt gewesen sei.«

Ich horchte auf. Man hatte den aus dem Gefängnis entlassenen Ursino als Hilfsarbeiter im Arsenal eingestellt; vermutlich einer von den sozialen Gnadenakten, die die Einflussreichen dann und wann zu vollbringen versucht waren. War er noch im Arsenal angestellt gewesen, als Pegno dort ertrank?

»Und jetzt finde ich dich hier wieder, Matteo. Was hat deine Mutter dir anstatt der Muttermilch eingeflößt, dass das Verbrechen so tief in dir sitzt?«

Calendar schüttelte den Kopf, wandte sich ab und ließ Ursino stehen.

In genau jenem Moment explodierte Ursino in einer lang eingeübten Bewegung und packte Calendar an der Kehle.

Der Polizist keuchte erstickt und versuchte sich zu befreien. Ursino hatte einen Arm um Calendars Hals geschlungen und presste den anderen Arm gegen seinen Nacken. Calendar würde entweder ersticken, oder der bullige Mann würde ihm das Genick brechen. Rara stieß einen triumphierenden Schrei aus. Ursino wirbelte Calendar herum, und ich konnte in das rot anlaufende Gesicht des Polizisten sehen und die funkelnden Augen Ursinos, der mit aller Macht presste. Ursino hatte über seine Chancen nachgedacht und dann den Gefährlicheren seiner beiden Widersacher angegriffen: Calendar. Ich war nur ein alter Kaufmann, der vermutlich um Gnade winselnd zu Boden sank, sobald der Polizist erledigt war. Ursino schien meine Gedanken zu lesen, denn er blickte auf und sandte mir über den Scheitel des verzweifelt kämpfenden Calendar hinweg ein verächtliches Grinsen zu.

Ich schlug ihm mit einem raschen Faustschlag die Nase ein.

Während meiner Tätigkeit als Untersuchungsbeamter für Bischof Peter hatte ich zwar nicht gelernt zu kämpfen. Aber ich hatte gelernt, dass man schnell sein muss, wenn es doch zum Kampf kommt, und wo es besonders schmerzt, wenn man mit der Faust trifft. Außerdem hatte ich gelernt, dass man einem getroffenen Gegner keine Besinnungspause lassen darf. Ursino heulte auf; ich schlug mit der anderen Faust auf dieselbe Stelle. Ursinos Gesicht war auf einmal voller Blut, und er ließ Calendar los und warf sich nach hinten. Mein dritter Schlag ging ins Leere und riss mich halb in Calendars Arme. Calendar würgte und hustete und stieß mich zurück. Er wirbelte herum, das Gesicht noch immer hochrot, und hob beide Fäuste. Ursino krümmte sich, die Hände vor das Gesicht geschlagen.

»Passen Sie auf!«, rief ich Calendar zu, doch er sprang zu Ursino hinüber und gab ihm einen weit ausholenden Faustschlag auf den Hinterkopf. Ursino sank auf ein Knie. Calendar keuchte vor Wut und holte erneut aus.

Ursino kam wieder in die Höhe. Ein Messer schimmerte matt in seiner blutverschmierten Faust. Sein Gesicht sah schrecklich aus. Er stieß nach Calendar und verfehlte ihn nur um Haaresbreite. Der Polizist sprang beiseite, Ursino folgte ihm, stieß ein zweites Mal daneben und stolperte zwischen die Truhen. Ich machte einen Schritt auf ihn zu, und er hieb mit dem Messer nach meinem Gesicht, dass ich glaubte, den Luftzug zu spüren. Ich wich zurück und fiel ebenfalls über eine der Truhen.

»Lass ihn!«, krächzte Calendar. Ursino wandte sich wieder

ihm zu und kam auf die Füße. Er stand in gebückter Haltung da und ließ das Messer kreisen. Sein Atem röchelte durch das gebrochene Nasenbein; grellrotes Blut tropfte auf den dunklen Parkettboden von Raras Saal. Calendar ahmte seine Haltung unwillkürlich nach, mit abgespreizten Armen und jederzeit sprungbereit. Ich sah, dass er unbewaffnet war. Ich griff nach dem kleinen Dolch in meinem Gürtel, doch abgesehen davon, dass er nicht einmal einem Stück gebratenen Fleisch sonderlich gefährlich war, stand Ursino zwischen Calendar und mir. Ich konnte ihm das kleine Ding hinüberwerfen, doch den Moment der Unachtsamkeit Calendars würde Ursino nutzen. Ich klammerte die Hand um den Griff des Dolchs und versuchte, die beiden zu umrunden.

Calendar keuchte etwas auf Venezianisch. Ursino antwortete ihm mit einem Sprühregen aus Blutstropfen. Calendars Gesicht nahm einen Ausdruck an, der mir sagte, dass nur einer den Kampfplatz lebend verlassen würde.

»Paolo, nein«, rief ich, »ich bin sicher, er weiß etwas über ...«

Calendars Blick irrte ab, und wie ich befürchtet hatte, nutzte Ursino seine Chance. Das Messer zuckte nach vorn. Calendar stieß einen Schrei aus und versuchte, auszuweichen. Das Messer fuhr unter seiner Achsel durch und zerfetzte seinen Ärmel. Ursino taumelte seinem Stoß hinterher. Calendar drehte sich zur Seite und umklammerte Ursinos rechten Arm. Ihre beiden Gesichter waren sich plötzlich sehr nahe. Unter der blutverschmierten Maske, die Ursinos Züge bedeckte, sah ich, dass der große, bullige Mann Calendar in die Augen blickte und erkannte, dass er einen Fehler begangen hatte. Dann bewegte Calendar seine Arme mit einem harten Ruck gegeneinander, und ich hörte das Krachen, mit dem Ursinos Ellbogengelenk brach.

Der Riese brüllte auf und machte sich frei. Das Messer fiel klirrend zu Boden. Calendar bückte sich danach, aber Ursino stieß ihn mit dem ganzen Körper beiseite und griff es mit der linken Hand. Sein rechter Arm hing in einem unnatürlichen

Winkel vom Ellbogen herab. Ursino fuchtelte mit dem Messer in Calendars Richtung; dieser bückte sich und versetzte ihm einen Faustschlag in den Magen. Ursino wandte sich zur Flucht. Rara wich ihm kreischend aus. Calendar setzte hinterher und hatte keine große Mühe, den ungeschickt mit der linken Hand geführten Messerstichen zu entkommen. Ursino sprang auf das Fenstersims und schwang einen Fuß, um Calendar gegen den Kopf zu treten, doch Calendar fing den Fuß ab.

»Nein!«, schrie ich auf.

4

Calendar stieß den ausgestreckten Fuß seines Gegners mit aller Kraft zurück. Ursino fiel gegen die Fensterscheibe. Der Bleirahmen konnte sein Gewicht nicht halten und gab nach, und Ursino stürzte in einem Regen aus splitternden Butzenscheiben rücklings aus dem Fenster. Calendar fasste nach, aber es war zu spät. Ich hörte den dumpfen Aufprall draußen auf dem Pflaster und eilte zu Calendar hinüber.

»Sind Sie verletzt?«, keuchte ich. Er schüttelte den Kopf. Wir beugten uns beide hinaus. Ursino lag ein Stockwerk tiefer auf dem Gesicht. Das Messer hatte er verloren; es funkelte eine ganze Strecke entfernt auf dem Pflaster. Ursino stöhnte leise. Unter seinem Kopf bildete sich eine träge größer werdende Blutlache.

Calendar drehte sich um und ließ sich gegen das Fenstersims sinken. Rara stand kreidebleich noch immer dort, wo sie Ursinos Flucht ausgewichen war. Ihre Hand war um ihren Hals gekrallt. Calendar stieß sich vom Fenstersims ab und stapfte steifbeinig zu ihr hinüber. Seine Stiefel knirschten auf ein paar Glasscherben, die Ursinos um Halt rudernde Hände in den Saal geschleudert hatten. Er packte sie am Arm. Sie leistete keine Gegenwehr. Ich konnte hören, wie draußen ein paar Leute zusammenliefen und angesichts des besinnungslosen Mannes draußen in seinem Blut erregt zu rufen begannen. Im Haus blieb alles still. Die Mädchen mussten die Geräusche der Auseinandersetzung gehört haben; sie kauerten sich vermutlich auf ihren Lagern zusammen und waren stumm vor Angst.

»Ohne Matteos Dummheit hätte ich tatsächlich nichts

gegen Sie in der Hand gehabt«, sagte Calendar schwer atmend. »Aber da gerade ich es war, der ihn beim letzten Mal verhaftet hat, konnte er wohl nicht klar denken. Nun, Pech für Sie. Einer Ihrer Dienstboten hat einen Polizisten angegriffen, und ich habe dafür einen Zeugen.«

Sie sah ihn höhnisch an, machte aber keine Anstalten, sich loszureißen. »Woher sollte ich denn wissen, dass mein Diener gewalttätig wird?«, rief sie. »Ich habe ihn doch erst vor ein paar Tagen eingestellt. Daraus kannst du mir keinen Strick drehen, wenigstens keinen, der lang genug hält.«

»Wahrscheinlich wird gleich eine Wache hier auftauchen«, sagte ich und deutete zum Fenster hinaus. »Ich hoffe, er überlebt den Sturz. Ich bin sicher, dass er etwas über Pegnos Tod weiß. Es kann kein Zufall sein, dass er seine Arbeit im Arsenal genau um die Zeit herum aufgegeben und sich Rara und ihren Kumpanen zugesellt hat, als Pegno starb.«

»Sie hätten gern an meiner Stelle mit ihm kämpfen dürfen«, erwiderte Calendar, aber es klang weniger sarkastisch, als er es gemeint hatte.

»Ich habe immerhin dafür gesorgt, dass Sie überhaupt die Gelegenheit zu einem Kampf bekamen.«

»Das stimmt. Diesmal haben Sie mir den Pelz gerettet. Ich hätte nicht gedacht, dass so eine Brutalität in einem Kaufmann steckt.« Er lächelte schwach.

»Ich war nicht immer Kaufmann«, erwiderte ich. »Eine Zeit lang war ich so etwas Ähnliches wie Sie. Ich habe Ihnen doch erzählt, dass ich für den Bischof von Augsburg gearbeitet habe.«

»Aber was Sie da gemacht haben, haben Sie mir nicht erzählt.«

»Sie haben nie danach gefragt.«

Er schüttelte den Kopf. Rara straffte sich plötzlich und nahm ihre stolze Haltung wieder ein, und sein Blick irrte ab. Er verstärkte seinen Griff um ihren Oberarm. Sie verzog keine Miene.

»Wir gehen jetzt zu Caterina«, befahl er.

»Die arme Kleine«, sagte Rara höhnisch. »Ich war überzeugt, der *tedesco* würde sie gut behandeln. Stattdessen legt er mir sie in diesem Zustand vor die Tür. Der Schreck, den ich heute Morgen bekommen habe! Wenn ich sie nicht von der Türschwelle aufgelesen hätte, wäre sie schon längst tot.«

»Wen wollen Sie damit überzeugen?«, fragte ich wütend.

»Ohne meine Hilfe findet ihr sie nicht mal.«

Calendar sagte ruhig: »Wir brauchen bloß das Haus auseinander zu nehmen. Stein um Stein.«

Rara presste die Lippen zusammen, dann lachte sie heiser. »Wenn du deine Herren dazu überreden kannst ... oder bist du in Wahrheit der Vorsitzende des Zehnerrats, dass du nur zu befehlen brauchst?«

»Sie kann sie nicht so gut versteckt haben, dass wir sie nicht irgendwann finden«, stieß ich hervor.

»Dann kann es zu spät sein. Wir wissen nicht, wie es ihr geht.«

»Nicht so gut«, erklärte Rara ungerührt.

»Also gut«, seufzte Calendar. »Vielleicht kann ich Ihnen die peinliche Befragung ersparen.«

»Das reicht mir nicht.«

Calendar zog sie zu sich heran und legte seine Stirn an ihr Ohr, damit er ihr zuflüstern konnte. Sein Blick traf mich. »Wenn du erst mittendrin bist«, raunte er Rara zu, »wirst du dir wünschen, auf mein Angebot eingegangen zu sein.« Er nahm den Kopf zurück, sah ihr in die Augen und nickte ihr lächelnd zu, als hätte er ihr einen gut gemeinten Rat unter Freunden gegeben. Rara wurde bleich vor Wut.

»Ihr Schweine!«, zischte sie. Calendar starrte sie unverwandt an. »Na gut. Ich führe euch hin.«

Sie versuchte sich loszumachen, doch der Polizist hielt sie fest. »Wir warten auf das Eintreffen der Wache und lassen einen von ihnen mitgehen. Wer weiß, ob sich nicht noch ein Freund von Matteo dem Bären hier im Haus herumtreibt.«

Rara zuckte mit den Schultern.

»Sieht man schon was?«

Ich trat zum Fenster hinüber. Unten hatte sich inzwischen eine ansehnliche Menschenmenge versammelt. Als ich mich hinausbeugte, wurde das Stimmengewirr größer, und ein paar Finger deuteten auf mich. Ursino lag noch so da, wie er gefallen war. Ich hörte keinen Laut mehr von ihm. Die Gaffer standen mit den Schuhspitzen hart am Rand der Blutlache, die bestürzend groß geworden war.

»Kann nicht mehr lange dauern«, erwiderte ich und wandte mich zu Rara um. »Wenn Sie bereitwillig die Namen Ihrer Verbündeten nennen, werden die Behörden vielleicht noch nachsichtiger sein.«

»Verbündete?«

»Tun Sie nicht so unwissend. Nicht mal Sie hätten dieses Geschäft völlig allein aufbauen können.«

Sie verzog abschätzig den Mund. »Welches Geschäft? Dass ich mich um die elternlosen Dinger kümmere, deren Fleisch auf dem Sklavenmarkt feilgeboten wird?«

»Erzählen Sie Ihre Märchen dem Priester um die Ecke. Der glaubt Sie Ihnen vielleicht.«

Rara lächelte verächtlich. Calendar zuckte mit den Schultern. »Sie wird nicht selbst Zeugnis gegen sich ablegen, wenn Sie das hoffen.«

Plötzlich kam mir eine Idee. Ich wartete einen Augenblick um der Wirkung willen. »Wir kriegen Barbarigo auch so«, zischte ich dann.

Rara warf den Kopf in den Nacken und lachte. Es hörte sich nach echter Belustigung an. Calendar, der erstaunt aufgesehen hatte, runzelte die Stirn.

»So sieht es also aus«, keuchte sie. »Wer bezahlt euch denn, um *consigliere* Barbarigo was anzuhängen?« Sie lachte noch lauter. »Da kommen zwei edle Ritter, um die Jungfrau zu retten, und wenn man sie näher anschaut, haben sie selbst ganz kleine, hässliche eigennützige Motive.«

Calendar ließ sie los. Sie schritt mit hoch erhobenem Kopf zu einer Truhe und setzte sich hin. Ich machte keinen Versuch, ihr die Vorstellung auszureden, die sie von uns hatte. Es konnte mir egal sein, ob sie uns für ebenso korrupt hielt, wie sie es selbst war.

»Ich musste es versuchen«, sagte ich zu Calendar. Er antwortete mir nicht.

Die Wache kam schließlich zu viert. Sie stürmten Hals über Kopf in den Saal und versuchten sich zu orientieren. Es musste für sie so aussehen, als wären wir die kleinen Buben, die von Rara beim Äpfelstehlen erwischt worden waren. Calendar zog das Siegel, das ich schon an einem anderen Polizisten gesehen hatte, aus dem Wams und hielt es in die Höhe. Der Wachführer nahm Haltung an und ließ sich erklären, was passiert war.

Rara führte uns schweigsam die Treppe zum Dachboden hinauf, mit einer Haltung wie eine Königin, die man dazu zwingt, einen Besucher zur Latrine zu geleiten. Ich dachte daran, dass Caterina auch bei Heinrich Chaldenbergen im Trockenspeicher festgehalten worden war. Womöglich hatte Rara ihn auf die Idee gebracht. Der Speicher war zu meiner Überraschung völlig leer, ein weiter Raum, der sich über die Länge des Gebäudes erstreckte und in dem die Luft, flimmernd in den Lichtbahnen einzelner kleiner Fensteröffnungen, erstickend heiß zwischen den Tragbalken stand. Es roch, wie es in Trockenspeichern immer riecht, selbst wenn das Haus gerade eben erbaut worden ist: nach jahrzehntealtem Staub, nach in der Sonne trocknendem Holz, Mäusekötteln und Mörtel, Dachziegeln und dem verfallenden Leintuch von Vorratssäcken. Der Boden bestand aus knarrenden, grau gewordenen Holzdielen, die der Hobel des Zimmermanns nur oberflächlich gestreift hatte und in deren rauer Oberfläche sich zwar der Staub festgesetzt hatte, aber keine Spuren zurückgeblieben waren. Es waren nirgends die Trennwände einer Kammer zu sehen oder das gemauerte Viereck eines gesonderten Raumes. Ich sah Rara auffordernd an, und sie machte eine verächtliche Kopfbewegung und ging voraus.

Wir hätten das klug angelegte Versteck höchstens durch Zufall gefunden. Vermutlich handelte es sich um dieselbe Räumlichkeit, in der die Mädchen festgehalten wurden, deren Widerstand gebrochen werden sollte, und es war anzunehmen, dass man sie mit verbundenen Augen hinführte, damit sie nicht irgendwann einmal – so unwahrscheinlich das auch anmutete – auf den Einfall kamen, eine ihrer Leidensgenossinnen zu befreien. An der Basis zweier Dachbalken im hinteren Drittel des Raumes waren zwei handspannenbreite Hölzer angenagelt. Sie waren absolut unauffällig; sie hätten alles Mögliche bedeuten können. Die Nägel waren locker, Rara zog sie heraus und trat dann ein paar kleine Schritte davon entfernt auf ein Bodenbrett, das ziemlich genau in der Mitte zwischen den Holzbalken lag. Es schien mit einem Gegengewicht zu arbeiten, denn es versank mit je drei weiteren Bodenbrettern zu seinen Seiten im Boden, während ihr anderes Ende in die Höhe stieg, um eine Mittelachse rotierend. Die Hölzer an den Balken hatten die Konstruktion fixiert, sodass sie nicht aufklappen konnte, wenn man zufällig auf das hintere Ende trat. Als der Klappmechanismus zur Ruhe kam, öffnete der angehobene Teil einen engen, niedrigen Zugang zu einer versenkten Kammer, die wenig größer als der Pferch in einem Pferdestall war und um vieles niedriger. Nur ein kleines Kind hätte aufrecht darin stehen können. Die Kammer wirkte wie ein Sarg, und wer konnte sagen, in wie vielen Fällen sie schon zu einem solchen geworden war. Faule Luft schlug mir entgegen.

Calendar drängte sich mit betroffenem Gesicht nach vorn, doch ich hatte mich schon am Rand der Öffnung hingesetzt und die Beine hinabgeschwungen. Ich kroch hinein, während Calendar sich dort niederkauerte, wo ich gesessen hatte, und hineinspähte.

Ich konnte nicht einmal aufrecht knien. Die Kammer war

in Wirklichkeit nichts als der Luftraum zwischen der Decke des darunter liegenden Raumes und dem Boden des Trockenspeichers. Vielleicht hatte man den Kniestock irgendwann einmal erhöht, oder der Architekt war sein Geld nicht wert gewesen; die überflüssige Mauerhöhe war kaum hüfthoch und zu nichts zu gebrauchen als einem zusätzlichen engen, niedrigen Lagerraum, der angesichts des geräumigen Trockenspeichers höchst unsinnig war. Rara hatte dem Zwischenraum einen bei weitem wirkungsvolleren Zweck verliehen. Meine Haare stellten sich auf, als ich daran dachte, hier mehr als nur eine Stunde verbringen zu müssen. Die Hitze war erdrückend; im Winter würde die Kälte beißen, im Frühjahr und Herbst die Feuchtigkeit in alle Glieder dringen.

Sie hatten Caterina einfach hineingleiten lassen und sich nicht mehr um sie gekümmert. Es lagen zerrissene Decken und verschimmelte Kissen als Unterlage hier, und sie hatte noch so viel Kraft besessen, sich hineinzurollen. Der Geruch war unbeschreiblich, das schale Aroma angetrockneten Blutes mehr als durchdringend. Ich berührte vorsichtig ihre Schulter und drehte sie herum. Sie atmete so flach, dass ich die hohle Hand vor ihren Mund halten musste, um den Lufthauch zu spüren. Sie war am Leben. Ich zog sie nach vorn und hievte sie nach oben in Calendars Arme. Er richtete sich mit dem schlaffen Körper in seinen Armen auf, und ich kroch schweißgebadet heraus. Erst als mir schwarz vor Augen wurde, merkte ich, dass ich seit geraumer Zeit die Luft angehalten hatte. Calendar presste Caterinas Körper an sich.

»Ich konnte sie nicht gut zu den anderen Mädchen legen«, hörte ich Rara süßlich sagen. »Die naiven Seelen. Es wäre Panik ausgebrochen.«

Ich warf ihr einen Blick zu, und sie schloss den Mund und zog sich ein paar Schritte zurück. Calendar erklärte den Wachmännern etwas mit halblauter Stimme. Einer von ihnen rannte los, während die restlichen drei Rara in die Mitte nahmen. Ich streckte die Arme aus, und Calendar übergab mir das Mädchen wieder. Einer der Wachmänner schluckte, als er in Caterinas Gesicht sah. Calendar nahm einen herabhängenden Fetzen ihres Leinenkleides und verhüllte es notdürftig. Ich trug sie die Treppe hinunter und in den Saal und versuchte, nichts zu fühlen. Ich machte keine Anstalten, sie zu Bewusstsein zu bringen. Vielleicht würde dies niemals mehr jemandem gelingen. Die physischen Verletzungen sahen schlimm aus, aber sie waren oberflächlicher Natur; was ihrer Seele geschehen war, ließ sich nicht einmal erahnen. Sie war durch die Hölle gegangen. Sie war noch immer dort. Mein Versuch, mir jegliche Gefühle zu versagen, blieb erfolglos. Der Wächter, der den Trockenspeicher verlassen hatte, kauerte mit einem zweiten, den er von der Gasse hereingeholt haben musste, neben einer aufgebrochenen Truhe, und sie wühlten einige Kleidungsstücke heraus.

Ich hörte mein Herz im Takt meiner Schritte schlagen. Ich hatte mich auf einen schlimmen Anblick vorbereitet, aber sich etwas vorzustellen und etwas wirklich vor sich zu sehen sind zweierlei Dinge. Ich meinte ein leises Wimmern zu hören und wusste im selben Moment, dass es nur die Erinnerung daran war, was ich aus dem verborgenen Gang in Chaldenbergens Haus vernommen hatte.

Calendar drückte die Tür zum Treppenhaus auf, und ich stieg ebenfalls hinunter, während er neben mir herging, sein Gesicht noch verschlossener als sonst. Die Menschen draußen auf der Straße wichen zuerst zurück und drängelten dann näher heran, als ich aus der Tür trat. Jemand langte herüber und versuchte, den Fetzen von Caterinas Gesicht zu nehmen. Calendar schlug ihn vor die Brust, dass er zwischen die Umstehenden flog und sich auf den Hosenboden setzte. Ich stieß mit den Füßen gegen etwas und blickte hinab und sah, dass ich gegen eine Schulter des leblosen Ursino getreten war und mit beiden Sohlen in seinem Blut stand. Ich hatte das Gefühl, dass ich mich im nächsten Moment würde übergeben müssen, doch dann waren die atemlosen Wachen aus dem Saal heran, die ihre Spieße durch zwei von Raras Kleidern gesteckt und daraus eine behelfsmäßige Trage gebaut hatten, und mit ihrer und Calendars Hilfe legte ich Caterina hinein. Sie trugen sie ohne Verzug fort und stiegen dabei achtlos über Ursinos Körper. Die Menge starrte uns an. Ich schaute auf meine Hände und war erstaunt, Caterinas Blut nicht daran zu finden. Ich fühlte mich, als wäre ich über und über damit bedeckt. Ich spürte eine vage Erleichterung, Raras Gesicht nicht sehen zu müssen; ich war sicher, ich hätte darauf eingeschlagen, bis man mich von ihr weggezerrt oder bis meine Fäuste nur noch in totes Fleisch getroffen hätten.

Nachdem sich die Menge zerstreut hatte, nachdem Ursino fortgeschafft worden war, nachdem die drei Wachen Rara abgeführt und andere Bewaffnete die Mädchen befreit hatten, die sich ängstlich in den Zimmern verkrochen hatten; nachdem ganz zum Schluss jemand aus einem Sack ein paar Hand voll Sand über das Blut auf dem Pflaster geschaufelt hatte, saßen Calendar und ich noch immer auf dem niedrigen steinernen Sockel, der zu Raras Eingangstür hineinführte. Ab und zu kam jemand, um Wasser aus dem Brunnen zu schöpfen, und warf uns scheue Blicke zu. Die Vormittagssonne hatte die Schatten bis fast zu den Füßen der Häuser verdrängt, und ich spürte die Wärme, die über das Pflaster zu uns herankroch. Mir war, als wäre bereits ein ganzer Tag vergangen, an dem ich mit Steinen in den Armen einen Berg hinaufgestiegen war.

»Werden sie in dem Klosterhospital, in das Sie Caterina haben bringen lassen, Fragen stellen?«, erkundigte ich mich.

Calendar schüttelte den Kopf. »Es sieht nicht so aus, als würde das Mädchen in absehbarer Zeit in der Lage sein, mit seinem Bruder zu sprechen«, sagte er dann.

»Es sieht auch nicht so aus, als würde es so leicht sein, Falier mit den nötigen Informationen zu versorgen, um sich hier als moralischer Erneuerer aufzuspielen«, erwiderte ich.

Calendar rieb sich über den Nasenrücken.

»Wenigstens haben wir diesem Ungeheuer das Handwerk gelegt«, seufzte er. »Man könnte sagen, das war es wert.«

»Was tun wir jetzt?«

Calendar richtete sich auf. Er streckte die Beine durch, ließ den Kopf kreisen und blinzelte dann langsam.

»Es gibt nichts zu tun, und es gibt kein Wir«, sagte er und schaute die leere Gasse hinab. »Sie kehren zu Ihrer Gefährtin zurück und nehmen sie mit nach Hause.«

»Sie wollen aufgeben?«

»Ich habe mich von Anfang an nicht mit der Idee anfreunden können, mit einem Mann wie Falier zu fraternisieren. Und jetzt haben wir nicht einmal etwas in der Hand, das ihn interessieren könnte.«

»Rara wird irgendwann reden°– schlimmstenfalls bei der peinlichen Befragung.«

»Wann wird die stattfinden? Wenn ich nicht plausibel machen kann, dass es in ihrem Fall um das Interesse der Republik geht und nicht nur um verbotene Zuhälterei, kann es Monate dauern. Bis dahin hat Barbarigo mich zehnmal fertig gemacht.«

»Dann versuchen wir einen anderen Weg...«

»Für Sie gibt es nur den Weg nach Hause.«

»Paolo, da ist immer noch die Verbindung zu Ursino. Es ist doch kein Zufall, dass er bis zu dem Zeitpunkt im Arsenal gearbeitet hat, als Pegno...«

Er trat auf das Pflaster der Gasse hinab und drehte sich um, sodass er mich ansehen konnte.

»Hören Sie auf, mich Paolo zu nennen«, knurrte er. »Und hören Sie endlich auf, einen Fall zu konstruieren, wo keiner ist.«

»Hören Sie auf, sich selbst Leid zu tun«, entfuhr es mir.

Seine Augen weiteten sich. Er beugte sich plötzlich nach vorn und packte mich an meinem Wams, doch er brauchte mich gar nicht in die Höhe zu zerren. Ich sprang auf und umklammerte seine Handgelenke. Wir waren fast gleich groß.

»Alles, was wir brauchen, ist das Verbindungsglied!«, rief ich. »Alles, was wir brauchen, ist Fratellino, der uns sagt, was er wirklich gesehen hat. Wir sind so nahe dran!«

»Ich bin so nahe dran, meine Existenz endgültig zu verlieren!«, schrie er. »Was riskieren Sie?«

»Ich habe meine Haut riskiert in einem Fall, der mich überhaupt nichts angeht!«

»Warum haben Sie das nur nicht schon eher bemerkt?«

»Wenn ich mich rausgehalten hätte, würde Caterina dort oben verrecken wie ein Tier in der Falle!«

»Was glauben Sie, wie viel Schlechtigkeit in diesem Moment auf der Welt passiert, und Sie können nicht eingreifen? Und die Menschheit überlebt es doch?«

»Paolo, ich kann nicht glauben, dass Sie das gesagt haben.«

»Hören Sie endlich auf, mich Paolo zu nennen!«

»Wie soll ich Sie denn sonst nennen?«, schrie ich mit noch größerer Lautstärke als er. »Bornierter Idiot?«

Er starrte mir in die Augen. Sein Gesicht war gerötet. Ich wusste, wie ich selbst aussah: die Augen funkelnd und die Haare gesträubt. Calendar presste die Lippen zusammen und fletschte dann die Zähne. Sein Blick irrte ab und fand wieder zu meinem zurück. Ich sah, wie er sich mühsam beruhigte. Er atmete tief durch, und sein Griff an meinem Wams lockerte sich. Er räusperte sich.

»Hinter Ihnen steht ein kleiner Junge«, sagte er mit ruhigem Ton.

»Was?«

»Eine von diesen Gassenratten.«

»Was will er?«

»Wir sollten ihn fragen.«

Ich ließ seine Handgelenke los, und er löste seinen Griff von meinem Wams. Einen Augenblick sahen wir uns an, jederzeit bereit, den anderen wieder am Kragen zu packen, aber die Aufwallung war bereits vorüber. Calendar strich mein Wams glatt und ließ die Hände dann sinken. Ich drehte mich um.

Maladente grinste mit seinen schwarz verfärbten Zähnen, als hätte er eine gelungene Vorstellung zweier Gaukler erlebt. Er zeigte auf mich und nuschelte etwas, das keinerlei Ähnlichkeit mit einer Sprache hatte, die ich verstand.

»Was hat er gesagt?«, fragte ich Calendar.

Calendar schaute mich mit offenem Mund an. »Fratellino will mit Ihnen sprechen.«

5

Maladente führte uns in das Elendsviertel zurück. Ich war nicht erstaunt, dass Fratellino sich dort versteckt gehalten hatte; wir wussten nichts über ihn, und es mochte sein, dass er sogar eine Art Familie besaß. Maladente tanzte vor uns her, sein Gebaren eine Mischung aus kindlichem Übermut und nervöser Fahrigkeit. Ich hatte ihn bisher jeweils nur kurz zu Gesicht bekommen. Auf dem langen Weg von Raras Haus hinter das Arsenal kam ich nicht umhin, seine zwanghaften Bewegungen zu bemerken. Er ging einige Zeit gerade, hüpfte dann plötzlich mit Wechselschritten, drehte sich um und schlenkerte mit den Armen, stolperte rückwärts und verfiel wieder in eine normale Gangart, bevor die vom Mangel ausgelösten Fehlfunktionen seines Körpers die dürren Gliedmaßen in einen anderen Tanzrhythmus zwangen. Es war nervtötend, ihm zuzusehen; und es war beklemmend, weil man wusste, dass dieser Junge verloren war, wenn sich seine Situation nicht bald drastisch verbesserte. In wenigen Jahren würde er ein nervöses Wrack sein, über seine Jahre hinaus vergreist und nur noch zu Kraftakten fähig, wenn er plötzlich überschnappte – dann würde er wie ein Berserker jeden in Stücke reißen, der ihm vermeintlich oder tatsächlich in die Quere kam. Noch steckte der Irrsinn lediglich in seinen Gliedern, doch er war schon seit langem auf dem Weg in seinen Verstand.

Ich warf einen Seitenblick zu Calendar hinüber, dessen versteinerte Miene mit den halb geschlossenen Augen wirkte, als hege er keinerlei Interesse an dem kaputten kleinen Kerl, der uns führte. Ich glaubte, ihn mittlerweile besser zu kennen; vor allem, nachdem ich gesehen hatte, was aus seinem ältesten Sohn geworden war.

Maladente brachte uns zu der Kirche, deren Priester ich das Honorar von Enrico Dandolo gespendet hatte. Wenn man den verwahrlosten Zustand der Kirche ignorierte, wirkte sie, als stünde sie in einer ganz normalen Umgebung und es wäre Messe: Der enge Innenraum war voller Menschen. Beim zweiten Blick stellte sich heraus, dass es sich um lauter Kinder handelte, viele Jungen und einige Mädchen, die sich zusammendrängten und jemanden in ihrer Mitte zu decken schienen. Der junge Priester stand vorn bei seinem Galeerenruder-Kruzifix und schien nicht zu wissen, was er von der Versammlung halten sollte. Als sein Blick auf mich fiel, weiteten sich seine Augen, und er faltete die Hände und segnete mich dann über die Köpfe der Kinder hinweg mit inbrünstiger Geste. Ich nickte ihm zu, peinlich berührt. Das Wesen, das sich bei meinem ersten Besuch hier halb aus seiner Decke geschält hatte, war verschwunden und seine Lumpen mit ihm; das Nest aus Stroh und Wollklumpen in der anderen Ecke befand sich nach wie vor an seinem Platz.

Maladente tänzelte zu seinen Kameraden, wirbelte herum und grinste. Er machte eine ausholende Geste, die er einem gezierten Stutzer oder einem Schauspieler abgesehen und bis zur Lächerlichkeit übertrieben hatte, und wies auf die Versammelten. Zwei Dutzend Augenpaare blickten uns schweigend an.

Calendar wies mit dem Kopf auf die Gruppe und beugte sich zu mir herüber. »In ihrer Mitte befindet sich der Junge«, knurrte er leise.

»Anzunehmen.«

Der Polizist betrachtete die Kinder mit schmalen Augen. Ich dachte daran, was er gesagt hatte, als ich ihn nach dem Katzenspiel hier getroffen hatte. Ich dachte an Maladente, der vor ihm ausgespuckt und ihn in die Hölle gewünscht hatte. Maladente hatte genau gewusst, welchem Beruf Calendar nachging, und ihn dafür gehasst.

»Wenn wir nicht tun, was sie von uns verlangen, werden wir ihn nie zu Gesicht bekommen. Und uns den Weg zu ihm hindurch freizukämpfen würde uns schlecht bekommen. Sie sehen aus wie Kinder, aber sie sind es nicht.«

»Sie *sind* Kinder«, entgegnete ich heftig.

Calendar blieb ruhig. »Sie haben mich nicht ausreden lassen. Sie sind keine Kinder, weil sie gezwungen sind, zu kleinen Bestien zu werden, um zu überleben.«

»Es geht nicht darum, uns zu ihm durchzukämpfen. Er wäre nicht hier, wenn er nicht die Notwendigkeit dazu einsähe. Wir wären nicht hier.«

Calendar neigte den Kopf. Die Kinder schwiegen noch immer. »Was nun?«

»Sie beherrschen die Sprache. Sagen Sie was.«

Eines der Mädchen schob plötzlich den vor ihm stehenden Jungen beiseite und kam zögernd auf uns zu. Seine nackten Füße schlurften über den Kirchenboden. Auf Armlänge entfernt, blieb es vor uns stehen und starrte Calendar in die Augen. Als er nickte, tat das Mädchen es ihm gleich. Ich hatte erneut das Gefühl, dass eine Art von Verständigung stattfand wie vorgestern zwischen Maladente und dem Polizisten; nur dass das Mädchen nicht ausspuckte. Was immer die Kinder bewogen hatte, mit uns zu reden, es war auch der Grund, ihren Hass auf einen Vertreter der Behörden zu vergessen. Das Mädchen wandte sich mir zu und schenkte mir den gleichen forschenden Blick. Seine Augen waren dunkel im Inneren der Kirche und spiegelten die helle Öffnung des Portals in meinem Rücken wider; sein Haar war lockig und dicht, in Schulterhöhe ungeschickt und wahrscheinlich mit einem stumpfen Messer abgeschnitten und vor Schmutz struppig wie das Fell einer toten Katze; in den Fältchen seines Gesichts klebte lang eingeriebener Dreck; der schlaksige Körper des Mädchens steckte in einer Art Sackkleid, aus dem unten zu dünne Beine mit dunkel-knotigen Knien schauten. Es war das, was aus Caterina geworden wäre, wenn Rara sie nicht entdeckt hätte; im

Nachhinein betrachtet schien das Mädchen vor mir das bessere Los gezogen zu haben. Dann sah ich genauer in seine Augen und war nicht so sicher, dass es Caterinas Schicksal nicht trotzdem schon lang geteilt hatte.

Das Mädchen trat einen schnellen Schritt auf mich zu, beugte sich nach vorn und fasste nach meiner Hand. Zu meiner Überraschung kniete es sich hastig nieder und drückte meinen Handrücken gegen seine Stirn, bevor es aufsprang und wieder zurückwich. Ich starrte es sprachlos an. Das Mädchen holte tief Atem, wandte sich Calendar zu und vollführte die gleiche Geste. Er ließ es ebenso verblüfft über sich ergehen wie ich. Es schlurfte rückwärts, bis es wieder seinen Platz in der Gruppe eingenommen hatte. Dann senkte es den Blick.

»Was soll das?«, flüsterte Calendar rau.

Ich zuckte mit den Schultern. Noch immer hatten die Kinder kein Wort geäußert. Sie rückten ein wenig auseinander, und wen immer sie in ihrer Mitte vor uns und unseren Blicken beschützt hatten, erhob sich jetzt langsam.

»Das ist ein Dank von allen, *milite*«, sagte die Gestalt, die zwischen den Kindern stand und sich und ihr goldblondes Haar in Lumpen gehüllt hatte, »ein Dank für Caterina.«

»Fiuzetta«, stieß ich hervor. »Ich habe mir Sorgen um dich gemacht.«

Calendar versuchte etwas zu sagen und ließ es dann. Er rieb nachdenklich mit den Fingern über seinen Handrücken, wo er die Stirn des Mädchens berührt hatte, ganz so, als wolle er sich vergewissern, dass diese Geste wirklich stattgefunden hatte.

Fiuzetta trat nach vorn. Die Kinder ließen sie unwillig gehen. Sie kam auf uns zu, und ich sah, dass auch sie barfuß war und schmutzige Füße hatte. Als sie das graue Tuch vom Kopf nahm, schimmerte ihr Haar im Dämmerlicht, das durch das Kirchenportal hereinsickerte.

»Ist das Caterinas Schwester?«, fragte ich und nickte zu dem Mädchen mit dem struppigen Haar hinüber.

»Nur so, wie alle hier Schwester und Bruder sind. Sie teilen das gleiche Leid, verstehst du?«

»Ich wünsche, ich würde es nicht.«

»Es ist nicht mein Verdienst, dass Caterina gerettet wurde«, erklärte Calendar heiser. »Ich habe den Dank nicht verdient.«

»Ich bin sicher, du hast ihn doch verdient«, sagte Fiuzetta und lächelte ihm zu. »Ein Kampf gegen sich selbst ist genauso hart wie jeder andere Kampf.«

»Fiuzetta, was hat die Kinder hierher gebracht? Was hat Fratellino dazu gebracht, meinen Worten zu vertrauen? Er kann mit seiner Schwester nicht gesprochen haben.«

»Ich habe mit ihnen gesprochen.«

Ich schüttelte überrascht den Kopf. »Warum?«

Sie senkte den Blick und nestelte an dem Gewand, das sie sich übergeworfen hatte. Ich nahm eine ihrer Hände und hielt sie fest. In dem formlosen Gewand war ihre Schwangerschaft nicht zu sehen. Sie wirkte noch jünger als sonst.

»Ist es wegen deiner Geschichte? Was Moro mir erzählt hat?«

Sie nickte stumm. Plötzlich hob sie den Kopf. Ich hatte erwartet, Tränen in ihren Augen zu sehen, aber stattdessen funkelten sie entschlossen.

»Ich habe erkannt, dass es mich noch mehr angeht als dich. Du bist zu Caterina gegangen. Ich bin zu den Gassenkindern gegangen und habe erklärt, was du und der *milite* getan haben.«

»Sein Name ist Paolo«, sagte ich und konnte einen Seitenblick auf Calendar nicht unterdrücken. Er reagierte mit einem resignierten Lächeln darauf. »Haben sie dir denn geglaubt?«

»Sie haben Raras Haus beobachtet. Was glauben Sie, woher der kleine Kerl dort so schnell gekommen ist?« Calendar wies auf Maladente, der mit den Armen schlenkerte und hechelnd grinste.

»*Si*«, sagte Fiuzetta.

»Caterina ist gerettet«, erklärte ich. »Paolo hat Raras Helfer erledigt und sie selbst verhaften lassen.«

»*Grazie a Dio*«, stieß Fiuzetta hervor. »Was wird mit ihr geschehen?«

»Wenn wir genügend Beweise haben, wird sie hingerichtet«, meinte Calendar grimmig.

Fiuzetta nickte ebenso grimmig. »*Bene.*«

Ich konnte ihren Hass verstehen; mehr noch, als ich wirklich nachvollziehen konnte, was sie hierher getrieben hatte. Es war nicht auszuschließen, dass Moro auf sie eingeredet hatte. Aber sie war in der kurzen Zeitspanne zwischen Moros Erzählung und meinem Aufstehen aus der Herberge verschwunden, und so war eine erneute Einmischung von Manfridus' Haussklaven eher unwahrscheinlich. Vielmehr schien sie von einem Verantwortungsgefühl für Caterina getrieben worden zu sein; von der Gewissheit, dass sie es ihr und vor allem den Gassenkindern schuldig war, ihren eigenen Beitrag dazu zu leisten, die Morde aufzuklären°– nachdem sie es schon nicht vermocht hatte, Caterina vor den Händen Chaldenbergens zu schützen. Sie wusste so gut wie ich, dass sie es in der Hand gehabt hatte. Sie hätte sich Moro°– oder mir°– nur einen einzigen Tag eher anvertrauen müssen.

»Wo ist Fratellino?«, erkundigte sich Calendar.

Fiuzetta wies zu dem schmutzigen Nest in der Ecke hinüber. Unter der Decke regte sich etwas, dann erhob sich die Gestalt eines Jungen. Als ich ihn zum ersten und letzten Mal gesehen hatte, war er voll aufgesetzter Wichtigkeit neben seinem Freund herstolziert und von einer Wache zu Paolo Calendar geleitet worden. Sein Freund hatte den viel zu großen ledernen Brustharnisch eines längst zu Staub zerfallenen *condottiere* getragen. An diesem Brustharnisch hatten Calendar und ich ihn einen Tag später tot aus dem Rio di San Polo gezogen. Fratellino warf die Decke ab und sah mit einer Mischung aus Ängstlichkeit und verlegenem Zutrauen zu uns herüber. Er musste genau in dem Alter von Calendars ältestem Sohn sein. Keine Ähnlichkeiten verbanden sie, außer dass auch er ein Kind war, das die Sünden der Erwachsenen zu tragen hatte.

»Wie lange versteckt er sich schon hier?«, fragte ich Fiuzetta.

»Von Anfang an.«

»Ich war ihm schon einmal so nahe wie jetzt«, sagte ich fassungslos zu Calendar. »Und ich dachte, unter der Decke läge die vertrocknende Leiche eines verhungerten Bettlers.«

Fiuzetta zog das Tuch wieder über den Kopf und straffte sich. Ohne die Kinder oder uns noch eines weiteren Blickes zu würdigen, schritt sie auf das Kirchenportal zu.

»Wo willst du hin?«, rief ich.

»Wo ich hingehöre.«

»Und wo ist das?«

Sie blieb stehen, drehte sich um und lächelte. »Zu Gianna«, sagte sie und zuckte mit den Schultern. »Sie braucht neue Suppe.«

»Sag ihr, dass …« Ich brach ab und fühlte mich plötzlich idiotisch.

»Ich muss es nicht wissen«, erwiderte sie. »Aber sie.«

Calendar kniete sich auf den Boden und streckte eine Hand zu Fratellino aus.

»Komm her, mein Junge«, sagte er sanft. »Erzähl uns, was passiert ist.«

An einem späten Abend, so begann Fratellino seine Geschichte, zwei Tage, bevor Enrico Dandolo seinen Sorgen Luft gemacht und mich in der Herberge angesprochen hatte, lungerten Fratellino und sein Freund Ventrecuoio in dem Viertel gegenüber dem Bischofspalast herum. Sie hofften, die Rückkehr des Bischofs abzupassen, der einem Gerücht zufolge tagsüber auf der Ísola di San Michele gewesen war. Der Bischof würde von Norden her in den Canale di Castello steuern lassen, der die Insel mit dem Bischofspalast vom Arsenal und seinen umgebenden Flächen trennte; und die beiden Jungen hatten sich auf dem nicht befestigten Uferstreifen von Chiostro le Vergine gegenüber dem Bischofspalast postiert, sodass sie das sicherlich mit Kerzen und Fackeln hell erleuchtete Boot des Patriarchen sehen mussten°– und er sie, worauf sie in Klagen und Jammern auszubrechen und den Bischof so zu einem Almosen zu nötigen gedachten. Es war bekannt, dass die Verachtung, die die Venezianer für den von Rom aufgezwungenen Bischof hegten, durchaus von diesem erwidert wurde; vielleicht würde er die beiden Jungen sogar, um sie über die schlechten Zustände in der Lagunenstadt auszuhorchen, in den Palast befehlen, wo sie sicherlich zu essen und trinken bekommen und möglicherweise etwas zu stehlen finden würden.

Doch es war nicht der Bischof, der sie entdeckte, sondern einer der Arbeiter des Arsenals, ein großer, muskulöser Mann mit dem Gesicht eines rohen Stücks Fleisch. Er hätte ebenso wenig hier draußen sein dürfen wie sie, doch anstatt sich mit ihnen zu verbünden, packte er sie und erklärte ihnen in unmissverständlichen Worten, dass er ihnen die Hälse umdrehen würde, wenn sie nicht auf der Stelle verschwänden.

»Matteo der Bär«, sagte Calendar. »Auch bekannt als Ursino.«

Nachdem Matteo seine Drohung ausgesprochen hatte, trat ein weiterer Mann auf sie zu und schüttelte missbilligend den Kopf. Er tat zuerst freundlich mit Fratellino und Ventrecuoio: Die Drohung würde nicht stimmen, und sie brauchten sich Ursinos wegen keine Sorgen zu machen. Tatsächlich sei er es, dessentwegen sie sich zu sorgen hätten, und die Hälse würden ihnen nicht umgedreht, wenn sie versäumten, sich aus dem Staub zu machen, sondern wenn sie nicht genau täten, was ihnen befohlen würde. Die beiden Jungen hatten den Mann niemals zuvor gesehen, zweifelten jedoch nicht daran, dass er es ernst meinte.

Eine Weile später näherte sich auf dem Canale di Castello ein Boot, das entweder aus dem Rio di Sant'Anna ein paar hundert Fuß weiter südlich oder direkt aus der Lagune gekommen sein musste. Das Boot trug keine Lichter, und es war eine kleine, flache *batèla*, wie man sie für Transporte auf den Kanälen verwendete. Es glitt lautlos heran, ein noch dunklerer Schatten auf dem schwarzen Wasser des Kanals, und es schien außer dem Bootsführer in seinem Heck und einem zweiten Mann, der im Bug kauerte, keine Besatzung zu haben. Es schob sich finster an der fackelbeleuchteten Anlegestelle des Bischofspalastes vorbei, glitt unter der hölzernen Brücke südlich des Rio della Vergine hindurch und stieß an einer staubigen Stelle am hiesigen Ufer an Land, wo Ursino und sein Gefährte es an Bug und Heck an passendem Gesträuch vertäuten.

Das Boot hatte eine Fracht, etwas in ein geöltes Tuch Gewickeltes, Unbewegliches, Schlaffes, das die vier Männer – Ursino und sein Freund und die beiden Kerle in der *batèla* – mit unterdrücktem Fluchen an Land zerrten. Fratellino und Ventrecuoio hatten zu oft gesehen, wie ein in ein Tuch geschlagener Leichnam weggetragen wurde, um nicht zu ahnen, welche Fracht das Boot mit sich führte: einen menschlichen Körper, entweder tot oder ohne Bewusstsein.

Als die Neuankömmlinge die beiden Jungen erblickten, entspann sich eine hitzige Diskussion zwischen dem, der sie bedroht, und dem, der im Bug gesessen hatte. Die Jungen wussten genau, dass diese Diskussion über ihr Leben entschied, und drängten sich ängstlich aneinander. Hätten nicht Ursinos schwere Pranken auf ihren Schultern gelegen, hätten sie ihr Glück versucht und wären geflohen. Schließlich gab der Mann aus der *batèla* nach. Er schenkte den Jungen ein widerwilliges Grinsen und setzte sich neben seinem Boot auf den Boden. Es schien, dass sich die Jungen ihr Leben mit einer Arbeit erkauft hatten, einer Arbeit, die Ursinos Freund für sie ersonnen hatte, als er ihrer ansichtig wurde.

Wenig später schleppten drei Gestalten den in das Öltuch eingeschlagenen Körper an den Mauern des Klosters entlang des Rio della Vergine in Richtung Arsenal: Ursino, Fratellino und Ventrecuoio. Die Ostseite des Arsenals war befestigt und von Türmen bewacht, und wenn es auch keinem Schiff und keiner Truppe, die zu einer Eroberung mächtig genug wäre, hätte gelingen können, unbemerkt bis hierher vorzudringen, so fielen doch drei einsame Gestalten, die sich im Schatten der Klostermauern hielten und gebückt auf dem schmalen Uferstreifen entlangschlichen, nicht weiter auf. Das wenige Licht, das von den Sternen kam, verwandelte das Gebiet in ein unübersichtliches Muster aus hellen Dachflächen und schwarzen Schlagschatten; die Augen der Turmwachen, die zwischen Fackeln und Ölfeuern auf und ab schritten, waren vom Licht um sie herum geblendet, und sowohl Ursino als auch die Jungen bewegten sich mit der lautlosen Sicherheit, die sie sich im Lauf ihres Lebens angeeignet hatten. Ursinos Freund, der sie als Einziger begleitete°– die Männer aus dem Boot waren bei der Anlegestelle geblieben°–, fiel zuweilen zurück, obwohl er nichts zu tragen hatte.

Dann begann der vermeintliche Leichnam, den sie schleppten, zu husten und zu stöhnen und sich schwach zu bewegen. Ursino und die Jungen erstarrten.

Ursino begann mit seinem Freund zu schimpfen: »Zum Teufel, du hast mir doch gesagt, dass er tot ist!«, oder etwas Ähnliches. Sein Freund blieb gelassen: »So gut wie tot, habe ich gesagt, wenn es dir so nicht gefällt, dann erledige doch du den Rest.«

Ursinos Freund sah sich um. Der Rio della Vergine hatte einen schmalen Nebenarm, der direkt zwischen der Westmauer des Klosterbaus und dem östlichen Damm des Arsenals nach Norden hinausführte, ein Wasserlauf, der nicht breiter war als manche Gasse im Herzen der Stadt und nicht viel mehr als ein schwarzes Maul, das sich zu ihrer Rechten öffnete. Er trieb sie dort hinein. Sie wateten ins Wasser, das kaum hüfthoch war, dessen Grund aber aus verfaulten Pflanzen und Schlick bestand und an ihren Füßen zerrte. Ursino und die Jungen waren barfuß. Ursinos Freund trug Stiefel und schimpfte leise vor sich hin, während er seinem eigenen Einfall folgte. Das Wasser gurgelte unter ihren Schritten, doch die Wachtürme waren zu weit entfernt, als dass man es bis zu ihnen hätte hören können. Sie drangen ein paar Mannslängen in diesen Seitenkanal ein, dann ließ Ursinos Freund sie anhalten. Fratellino und Ventrecuoio hatten die ganze Zeit über unter dem Gewicht des in das Öltuch geschlagenen, sich schwach bewegenden Körpers geschwitzt, weil sie ihn auf ihren Schultern getragen hatten, um ihn aus dem Wasser heraus zu halten. Jetzt erwies sich, dass ihre Rücksicht geradezu lächerlich gewesen war. Ursino und sein Freund nahmen ihnen die Last ab und tauchten sie unter die Wasseroberfläche, und sie wurden zu entsetzten Zeugen, wie das bisschen Leben, das in den verhüllten Körper zurückgekehrt war, endgültig daraus vertrieben wurde.

Nach einer langen Weile schienen die beiden Männer sicher zu sein, dass der Mord getan war; sie hievten das nun noch schwerer gewordene Bündel auf die Schultern der Jungen, und nach einer kurzen Diskussion setzten sie ihren Weg durch den Seitenarm des *rio* fort.

Ursino kannte das Gelände gut. Sie transportierten die Leiche weiter, bis sich plötzlich eine Niederung im Damm des Arsenals auftat: entweder ein Erdrutsch, den noch niemand repariert hatte, oder eine Stelle, die noch nicht genügend aufgeschüttet und befestigt war. Von den beiden Wachtürmen auf dem Norddamm des Arsenals war sie hervorragend einzusehen. Ursino schien sich jedoch darauf zu verlassen, dass die Wachen ihre Aufmerksamkeit nicht auf diese Stelle richteten. Sie krochen auf allen vieren hinüber und zerrten den eingewickelten Leichnam hinter sich her. Drüben angelangt, ließen sie sich auf Ursinos Geheiß ins Wasser der Darsena gleiten, des großen nördlichen Sees auf dem Gelände des Arsenals. Das Wasser war tief, sodass sie sich am Ufer festkrallen mussten, um nicht zu versinken. Sie halfen Ursino, das Öltuch aufzuschnüren. Die Leiche eines Jungen befand sich darin, nicht viel älter als sie.

»Pegno!«, stieß ich hervor. »Diese Dreckskerle!«

Der Rest von Fratellinos Geschichte war schnell erzählt. Ursino zückte ein Messer und machte sich mit zusammengebissenen Zähnen daran, dem Gesicht des Toten Schnitte zuzufügen, damit sich die Fische schneller dafür interessierten. Fratellino und Ventrecuoio wandten sich schaudernd ab. Ursino stieß den Leichnam so weit hinaus, wie er konnte, und beobachtete, wie er unter die Wasseroberfläche glitt und versank. Danach kehrten sie mit Ursinos Freund zurück zu den beiden Männern, die das Boot hergerudert hatten.

Fratellino hatte keinen der Männer jemals zuvor gesehen; es war sinnlos, ihn nach ihren Namen zu fragen.

»Sie brauchten Ursino, um den Toten in das Arsenal zu schmuggeln; wahrscheinlich bezahlten sie ihm einen Batzen Geld, da er nach seinem unerlaubten Verschwinden nicht mehr dorthin zurückkehren konnte.«

»Ursino suchte sich eine neue Anstellung, die seinen kriminellen Fähigkeiten entsprach: als Raras Mann fürs Grobe«, vollendete ich.

»Ich frage mich nur, wieso sie sich so viel Mühe gegeben haben, Pegnos Gesicht unkenntlich zu machen«, knurrte Calendar, während ich bei dem Gedanken an Ursino grimmige Befriedigung über die Erinnerung verspürte, wie der muskulöse Mann auf dem Pflaster vor Raras Haus in seinem Blut gelegen hatte. »Wenn sie fürchteten, dass jemand die Leiche entdecken und erkennen würde, warum um alles in der Welt haben sie sie ins Arsenal geschmuggelt? Sie hätten den Toten lediglich beim Bischofspalast ins Wasser gleiten lassen müssen, und die Ebbe hätte ihn hinausgezogen. Das Meer hätte Pegno nie wieder hergegeben.«

»Fragen Sie Fratellino, weshalb er und Ventrecuoio sich als Zeugen gemeldet haben.«

Calendar blickte von dem Jungen zu mir. »Glauben Sie etwa …?«

»Fragen Sie.«

Es war, wie ich vermutet hatte: Ursino und seine Spießgesellen hatten sie dazu gezwungen. Der Auftrag der beiden Jungen lautete, sich so lange in der Umgebung des Arsenals herumzutreiben, bis der Leichnam wieder an die Wasseroberfläche kam und entdeckt wurde. Dann hatten sie die Geschichte aufzutischen, dass ihnen ein Junge, auf den die Beschreibung Pegnos passte, in der letzten Zeit beim Arsenal aufgefallen sei. Ursinos Freund hatte ihnen damit gedroht, dass sie das Schicksal des ertränkten Jungen teilen würden, wenn sie nicht gehorchten, und sie zusätzlich mit einem Geschenk dazu motiviert, ihre Aussage recht glaubwürdig zu gestalten. Calendars Augen weiteten sich, als Fratellino seine falsche Zeugenaussage beichtete.

»Das ergibt doch keinen Sinn!«, erklärte Calendar ungeduldig. »Zuerst machen sie das Gesicht der Leiche unkenntlich, dann heuern sie zwei Zeugen an, die die Identität des Toten preisgeben sollen.«

»Sie haben nicht die Identität des Toten preisgegeben«, sagte ich. »Sie haben ihm lediglich einen Namen verliehen.«

6

Calendar brauchte keine Sekunde, um zu begreifen, wovon ich sprach. »Der Tote ist nicht Pegno gewesen.«

Ich schüttelte den Kopf. Er schnaubte wütend. »Aber Dandolo hat ihn doch identifiziert.«

»Dandolo hätte eine tote Katze als seinen Neffen identifiziert«, erwiderte ich. »Sie haben ihn doch gesehen: Er war ein nervöses Wrack. Und wenn ich mich recht erinnere, haben Sie seine Aussage ohnehin angezweifelt.«

»Wie lautet dann der wirkliche Name des Toten aus dem Arsenal?«

»Ich fürchte, das wissen Sie besser als ich.«

Calendar ließ den Arm Fratellinos, den er die ganze Zeit über festgehalten hatte, los. Er fasste sich an die Stirn. Sein Gesicht war bleich geworden.

»Ihre Suche hat ein Ende. Der Prinz aus Sinope, jener Handelsstadt an der Küste des Schwarzen Meers, arbeitet nicht als Sklave irgendwo in Rom oder in einem Bergwerk. Er liegt in einem Familiengrab drüben auf San Michele und wird als der älteste Sohn des Hauses Dandolo beweint.«

»Aber wo ist dann Pegno?«

»Das ist die Frage, die ich von Anfang an hätte lösen sollen und längst beantwortet geglaubt habe. Fragen Sie den kleinen Kerl, ob er weiß, warum Ursinos Kumpane ihm und seinem Freund Ventrecuoio nach dem Leben trachteten°– denn als die Mörder Ventrecuoios und des anderen Gassenjungen kommen ja wohl nur sie infrage.«

»Es war falsch, an einen misslungenen Diebstahl zu glauben.«

»Sie haben nie daran geglaubt.«

Calendar zuckte mit den Schultern und wandte sich Fratellino zu. Dieser machte ein unglückliches Gesicht und sprach stockend.

»Ventrecuoio hat sich immer viel in Venedig herumgetrieben, während Fratellino vorsichtiger war und die Gegend seines Viertels nicht oft verließ«, übersetzte Calendar. »Ventrecuoio hatte wohl einen Verdacht bezüglich eines der Männer.« Calendar seufzte. »Er forschte nach und fand seinen Verdacht bestätigt. Aber er war wohl zu unvorsichtig.«

»Und brachte den Tod über sich und seinen zufälligen Begleiter. Der Mörder war auf dem Campo San Polo, wie Sie und ich.«

»Und ein paar Hundert andere.«

»Gut für Fratellino, dass er weniger neugierig war.«

»Verdammt«, stieß Calendar in einem für ihn untypischen Temperamentsausbruch hervor. »Verdammt! Der Mörder Ventrecuoios und seines Kameraden ist auch der Mörder des jungen Prinzen. Wenn ich ihn hätte ... und ich war so nahe dran vor drei Tagen auf dem Campo San Polo und wusste es nicht.« Er schloss die Augen und schüttelte kurz den Kopf. »Ich ahnte es, aber dafür gibt mir niemand auch nur einen Soldo Kredit.«

Fratellino stellte eine schüchterne Frage. Calendar blickte ihn an, und der Junge wiederholte seine Worte.

»Was sagt er?«

»Er hat das Bestechungsgeschenk noch, das Ursinos Freunde ihm und Ventrecuoio überreichten. Ventrecuoio hat es ihm anvertraut, um es zu Geld zu machen, aber Fratellino konnte sich nicht davon trennen, und nach Ventrecuoios Tod wagte er sich nicht mehr aus seinem Versteck.«

»Was ist es?«

Fratellino huschte zu seinem Lager hinüber, grub etwas aus der tiefsten Lage Schmutz und Filz hervor und brachte es zu Calendar und mir herüber: Es war etwas Längliches, in einen schmutzigen Lappen eingerollt. Calendar nahm es an sich und wickelte es aus.

»So was habe ich schon mal gesehen«, sagte ich. »Nur war es da neuer.«

Wir beide starrten auf ein Messer, dessen Klinge vom vielen Schleifen dünn geworden war wie das Messer eines Schlachters. Vermutlich war es kaum weniger scharf. Der Griff war mit Lederbändern umwickelt; der Knauf ein knolliges, gelblich braunes und unregelmäßiges Gebilde: ein Stück Oberarmknochen, von der Stelle, wo der Oberarm in der Gelenkpfanne der Schulter ruht. Es bestand kein Zweifel, dass der Knochen menschlichen Ursprungs war.

Ein beunruhigendes Lächeln huschte über Calendars Gesicht, während er das Messer wieder einwickelte. Dann kramte er in seiner Börse und gab Fratellino eine Hand voll Münzen für das Messer, ohne sie abzuzählen. Fratellinos Gesicht hellte sich überrascht auf.

»Und ich«, sagte Calendar, »habe in meinen Jahren als Staatsanwalt bestimmt ein halbes Dutzend Leichen gesehen, deren Körper Einstiche aufwiesen, in die diese Klinge gepasst hätte. Sie sind es, die Fulvio zu dem Beinamen ›der Meuchelmörder‹ verholfen haben.«

Er erhob sich und klopfte dem Jungen auf die Schultern. Fratellino ließ sich beim Sortieren der Münzen nicht stören. »Der Kleine soll sich weiterhin hier verstecken, bis die Geschichte vorbei ist«, knurrte er.

»Und was tun wir?«

»*Wir*«, sagte er gedehnt, »gehen Barberro einen Besuch abstatten und erkundigen uns, ob nicht er es war, der in einer gewissen Nacht im Bug einer *batèla* saß und darauf wartete, dass sein Leutnant Fulvio einen halbwüchsigen Knaben ertränkte und die Leiche im Arsenal verschwinden ließ. Und ob er nicht die Freundlichkeit besäße, uns einige der Fragen zu beantworten, die wir uns bisher vergeblich gestellt haben.«

Ich nickte. Ich erwähnte nicht, dass es noch jemanden gab, dem zumindest ich einen Besuch schuldig war.

Enrico Dandolo hatte einen toten Jungen gesehen und in

seinem Schrecken angenommen, es handle sich um seinen Neffen.

Andrea Dandolo hatte ebenfalls einen toten Jungen gesehen und ihn als den verschwundenen Pegno identifiziert. Und ich konnte mir beim besten Willen nicht vorstellen, dass er einer Sinnestäuschung erlegen war oder nicht wenigstens einen Fleck am Körper seines älteren Bruders kannte, der den Leichnam als den seinen auswies. Mit anderen Worten: Ich glaubte, Andrea hatte gelogen.

Als wir aus dem Ruinenfeld des Elendsviertels zu der breiten Gasse hinüberschritten, die zur Riva dei Sette Martiri führte, sah ich weit entfernt Masten über die niedrigen Häuser ragen. Ein großes Schiff bewegte sich vorsichtig in den Canal di Castello hinein. Vielleicht brachte es Vorräte für den Bischof in seinem unfreiwilligen Exil, vielleicht einen Boten aus dem Vatikan, dem er seine Empörung über die fortdauernde Ignoranz der venezianischen Republik schildern konnte. Hinter den Masten lag die weite Fläche des nördlichen Teils der Lagune. Ich fragte mich, ob irgendwo dort auf dem schlickigen Grund eine Jungenleiche lag, die man tatsächlich dem alles verbergenden Wasser übergeben hatte.

»Halten Sie es für klug, ohne Verstärkung zu Barberro zu gehen?«, fragte ich Calendar wenig später. »Der Mann hegt weder für Sie noch für mich besondere Sympathie, und was wir ihm vorwerfen wollen, wird seine Liebe nicht gerade steigern.«

»Wer sagt, dass ich das vorhabe?«

»Wollen Sie erst ein Kontingent Wachen aus dem Dogenpalast holen?«

Calendar bog vor der hölzernen Zugbrücke, die über den Rio dell'Arsenale führte, nach rechts ab. »Ich nutze einen der Vorteile, die man als Polizist in dieser Stadt genießt«, erklärte er. Er führte mich bis zu den Türmen, die die Einfahrt in das Arsenal überwachten, und begann eine kurze Diskussion mit den Wachmännern, die auf dem Verbindungssteg zwischen den Türmen hoch über dem Wasser des Kanals standen. Einer von ihnen verschwand kurz und holte seinen Offizier, und dieser kam nach einem ebenso kurzen Wortwechsel mit vier Bewaffneten zu uns herunter. Es schien, dass er die Männer Calendars Befehl unterstellte; Calendar kratzte eine Signatur in ein Wachstäfelchen und presste das Siegel, das er um den Hals trug, darunter.

Nach dieser schlichten Formalität bildeten wir einen kleinen Trupp, der sich zu Barberros Kogge auf den Weg machte. Die vier Wachen waren mit Spießen bewaffnet und trugen die gelangweilten Gesichter von Kampferprobten zur Schau, die erwarten, ihr Können mit Anfängern messen zu müssen. Calendar nickte mir zu, und ich nickte zurück. Ich hoffte, dass die Zuversicht der Wachen nicht unangebracht war. Zumindest Fulvio war kein Unerfahrener, was den Einsatz von körperlicher Gewalt anging, und dass er keinerlei Skrupel besaß, wusste ich nicht erst seit Fratellinos Geschichte. Ich dachte daran, dass er, ohne zu zögern, ein hilfloses Kind ertränkt und zwei weitere Jungen zu Komplizen seiner Tat gemacht hatte. Ich spürte das Bedürfnis, ihm seine Verdorbenheit heimzuzahlen, doch noch mehr als das hoffte ich, dass er, sein Kapitän und seine Spießgesellen angesichts der Staatsmacht klein beigeben und sich ohne Widerstand verhaften lassen würden. Ich kann nicht verhehlen, dass ich Fulvio und Barberro tot sehen wollte; aber ich war nicht erpicht darauf, mich selbst auf einen Kampf mit ihnen einzulassen.

»Es war Barberro selbst, der Ventrecuoio und den anderen Gassenjungen ermordete«, sagte ich zu Calendar. »Er war auf dem Campo San Polo; Sie haben ihn ja selbst dort gesehen. Er wollte einen der Jungen aus dem Schauspielertrupp bewegen, mit ihm zu kommen. Dabei muss ihn Ventrecuoio angesprochen haben. Vermutlich wollte er ihn erpressen. Barberro führte ihn und seinen Freund in die kleine Gasse und tötete beide.«

»Um darauf zu kommen, braucht es nicht viel Nachdenken«, erklärte Calendar grob. Ich sah ihn überrascht an, und er schüttelte den Kopf und wich meinem Blick aus. »Entschuldigen Sie. Meine Laune ist miserabel. Wenn ich könnte, würde ich die Schurken mit bloßen Händen …«

»Da vorn ist Barberros Kogge. Sie kennen ja den Weg hinein.«

»Wieso hat Barberro versucht, einen der Jungen von den Schauspielern loszueisen?«, sagte Calendar, als würde er meine Gedanken von vorhin aufgreifen. »Weil einer seiner Kunden einen jungen, männlichen Sklaven brauchte?«

»Und wenn es so war, warum hat er dann den Sklaven, den er hatte, umbringen lassen?«

Barberros heruntergekommenes Schiff lag längsseits an der Uferpromenade, nur noch durch ein weiteres Schiff von uns getrennt. Ich konnte die Öltuchplane sehen, unter der ich mich versteckt gehalten hatte. Die Sonne schien aus einem tiefblauen Himmel auf die Szene herab, als gäbe es keine Schlechtigkeit in der Welt. Mir fiel auf, dass die Schiffe, die vor und hinter Barberros Kogge lagen, zu ihr einen großen Abstand hielten, als wäre ihnen die Nachbarschaft unangenehm. Vermutlich lag es lediglich an der Anordnung der steinernen Poller, an denen man die Schiffe vertäute; und vermutlich hatte Barberro seinen Liegeplatz mit Bedacht so gewählt. Calendar schritt weiter, ohne auch nur im Mindesten zu zögern.

Wir marschierten vor dem bauchigen Rumpf der Kogge auf, ohne dass uns irgendwelche Wachen auf Deck zur Kenntnis nahmen. Calendar kniff die Augen zusammen und spähte gegen die Sonne hinauf. Dann legte er die Hände an den Mund und schrie etwas Richtung Deck. Vom Schiff kam keine Antwort außer dem leichten Knarren des Holzes und der Taue. Ansonsten blieb alles still.

»Die Wachen sind weg«, sagte ich überflüssigerweise.

»Vielleicht hat Barberro seine Leute zu einem Mittagsmahl in der Stadt eingeladen«, brummte Calendar sarkastisch.

Ich schüttelte den Kopf. »Das glaube ich nicht. Sehen Sie mal dort hinab.«

Ich wies auf den schmalen Streifen Wasser zwischen dem gemauerten Uferrand und der Bordwand, der sich ein wenig verbreiterte, als das Schiff seine Haltetaue straffte. Ein langes Stück Holz lag darin und tanzte im tiefen Schatten des Schiffsbauchs auf und ab. »Da unten ist die Hühnerleiter«, erklärte ich.

»So etwas nennt man ein Fallreep«, sagte Calendar und grinste angespannt. »Bis jetzt haben Sie sich wacker geschlagen, aber einmal kommt die Landratte doch durch.«

»Ich werde Sie mal in meine Geschäftsbücher blicken und dann den Saldo suchen lassen«, brummte ich. »Mal sehen, wie wacker *Sie* sich dann schlagen.«

Zwei der Wachen legten ihre Spieße ab und knieten sich nieder, um das Fallreep aus dem Wasser zu fischen. Calendar und ich halfen ihnen, es herauszubugsieren. Schließlich lag es vor Nässe glänzend zwischen uns. Calendars Blick sprang zwischen dem langen Brett und der Reling von Barberros Schiff hin und her. Ein Tau hing am gewölbten Schiffsrumpf herunter und endete eineinhalb Mannslängen über dem Pflaster. Mit einigem Geschick hätte man daran hochklettern können, doch ich bezweifelte, dass einer von uns über die nötige Gewandtheit verfügte. Calendar seufzte und wies auf das Fallreep.

»Also gut, legen wir es an und gehen hinauf.« Er wandte sich an mich. »Ich gehe nicht davon aus, dass uns schwer bewaffnete Männer an Deck empfangen und nach einem Geleitbrief fragen. Was meinen Sie?«

Ich zuckte mit den Schultern. Es brauchte die acht Arme der zwei Wachen sowie Calendars und meiner, um das ungefüge Stück in der Reling oben einzuhängen. Ich deutete auf die Taue, an denen das Fallreep vorher aufgehängt gewesen war und deren Enden nun abgeschnitten in der leichten Brise schwangen. Calendar grunzte. Das Fallreep rastete mit seiner

Halteleiste klappernd an der Reling ein. Calendar trat kräftig dagegen, aber es schien zu halten. Nichts hatte irgendeine Reaktion der Besatzung hervorgerufen.

Die beiden Wachen nahmen ihre Spieße wieder auf und schritten vorsichtig nach oben. Calendar folgte ihnen. Das Fallreep bog sich durch und knarrte und wackelte bedenklich. Die zwei Männer vorn sprangen vom Ende des Fallreeps auf Deck. Calendar drehte sich zu mir um, und ich kletterte zu ihm hinauf, während er sich ebenfalls auf das Deck des Schiffs hinunterschwang. Die beiden anderen Wachen kamen hinter mir nach.

Das Schiff wirkte klein, wenn man erst an Bord war; sobald die geschwungene Bordwand nicht mehr vor einem in die Höhe ragte, verlor es an Mächtigkeit. Man konnte sich kaum vorstellen, dass es Barberro und seiner Mannschaft als Behausung diente. Um den Mast herum hing eine Vielzahl von Tauen in schlaffem oder gespanntem Zustand wie eine Ansammlung von neuen und alten Spinnennetzen. Das Deck schwankte träge unter unseren Füßen. Die Planken waren grau und silbern vor Alter; wo man auf der Innenseite der Reling noch Farbe erkennen konnte, blätterte sie in großen Flecken ab. Es roch nach altem, in der Sonne dörrendem Holz. Die Hitze war erstaunlich. Der Heckaufbau schien die Seebrise abzufangen, und das erwärmte Holz, auf das die Sonne jeden Tag viele Stunden ungehindert prallte, strömte seine Wärme aus. Vom Bug her klopfte etwas in regelmäßigem Rhythmus: ein Fass, das auf der Seite lag und vom Schlingern des Decks immer wieder gegen die Reling geschlagen wurde. Das Klopfen wirkte laut. Ich hörte von fern die Geräusche von den Marktbuden auf dem Markusplatz, keine halbe Meile vor uns, doch diese Laute kamen aus einer anderen Welt.

Calendar und die Wachen blickten sich ratlos um. Keine Menschenseele war zu sehen. Die zwei großen Ladeluken, die vor und hinter dem Mast in der Deckbeplankung eingelassen waren, schienen seit Ewigkeiten nicht mehr geöffnet worden zu sein; die Scharniere waren verrostet. Zwei Wachen versuchten probeweise, eine von ihnen anzuheben, aber sie war entweder von innen versperrt oder verklemmt. Trocknende Kleckse von Vogelkot sprenkelten die Luke sowie die Deckplanken unter dem Quermast. Ich spähte nach oben, konnte aber keine Vögel erblicken. Das Segel war gerefft, grau und stockfleckig. Barberros Schiff war sicher noch seetüchtig; sich ihm für eine Reise anzuvertrauen, die aufs offene Meer hinausführte, wäre in meinen Augen dennoch ein unwägbares Risiko gewesen. Wenn er die Anker lichtete, dann schlich er sich mit seinem Seelenverkäufer sicherlich an der Küste entlang und verließ das rettende Festland nicht weiter, als die Besatzung zur Not mit dem wie ein gestrandeter Fisch auf der Seeseite des Decks liegenden Beiboot überbrücken konnte. Ich bückte mich und spähte unter das umgedrehte Boot hinein. Außer dass die Deckplanken dort dunkler wirkten, weil der Schatten des Bootes sie vor dem Ausbleichen bewahrt hatte, entdeckte ich nichts, was sich vom Rest des Decks unterschieden hätte.

Einer der Bewaffneten zischte plötzlich verächtlich und deutete auf eine Stelle vor dem Heckaufbau. Drei Ratten kauerten sich dort zusammen und starrten zu uns herüber. Der Mann trat einen Schritt auf sie zu und stampfte heftig mit dem Fuß auf; die Tiere stoben lautlos auseinander und verschwanden im Schatten unter dem Heck. Der Wächter sah erstaunt auf den stumpfen Fleck, den die Ratten zurückgelassen hatten. Calendar schritt an ihm vorbei und nahm die Stelle genauer in Augenschein. Ich trat neben ihn. Calendar stippte mit der Fußspitze gegen den dunkelbraunen Fleck.

»Ich glaube nicht, dass hier eine Ratte verblutet ist«, sagte er rau. Er spähte unter den Heckaufbau hinein. Das Licht hier draußen auf Deck war zu gleißend. Vor meinen Augen tanzten nur helle Punkte, als ich versuchte, mehr als eine schwarze Höhle zu erkennen.

Calendar zog den Kopf ein und trat unter die niedrige Brüstung, die sich zwischen dem Heckaufbau und dem Deck befand. Ich folgte ihm in die Dunkelheit hinein. Einmal drin, gewöhnten sich meine Augen rasch an die Dämmrigkeit. Ich sah eine Holzwand, die den hinteren Teil des Schiffs abtrennte: Barberros Kabine. Davor lagen, geschützt vor der Witterung durch das niedrige Dach des Deckaufbaus, zusammengerollte Taue, weitere gefüllte Säcke und°– zusammengebunden wie gefesselte Verbrecher°– drei Fässer. Eine weitere Bodenluke schien zu den Quartieren der restlichen Mannschaft im Schiffsbauch zu führen. Es roch schwach nach Pökelfleisch und nach feucht gewordenem Getreide. Wir schlichen zu den Fässern hinüber. Bei allen dreien waren die Deckel eingeschlagen worden. Calendar beugte sich über eines, das den Fleischgeruch ausströmte, und prallte zurück. Ich wusste, warum, denn ich bekam in dem Fass, in das ich hineinspähte, etwas Ähnliches zu sehen°– ein Rudel von Ratten, das sich an dem dargebotenen Inhalt gütlich tat und raschelnd herumfuhr, als sie meiner ansichtig wurden. Ich sprang zurück; die Ratten strömten hastig aus den Fässern heraus und verschwanden im Dunkel des hinteren Deckbereichs, ein blitzschneller, grauer Strom aus Pelz, der sich über die bauchigen Formen und zwischen unsere Füße ergoss und davongehuscht war, noch bevor wir weiter zurückweichen konnten. Aus dem dritten Fass flohen keine Ratten. Es war ein Wasserfass, zur Hälfte gefüllt. Die fehlende Hälfte hatte jemand in das Getreidefass gegossen, in das ich hineingesehen hatte, und den Inhalt ruiniert. Es war nicht so, dass die Ratten sich nicht auch für Süßwasser interessiert hätten°– nur, die Ratten im Wasserfass trieben als nasse Klumpen auf der schattigen Oberfläche und waren tot.

»Das dauert eine Weile, bis eine Ratte in einem Wasserfass ersäuft«, sagte ich.

»Das Fass mit dem Pökelfleisch enthält auch tote Ratten«, knurrte Calendar. »Jemand hat sie erschlagen und hineingeworfen, um das Fleisch und den Rest des Wassers ungenießbar zu machen.«

Wir wandten uns von den Fässern ab. Was wir von Barberros Schiff noch nicht gesehen hatten, lag hinter der Tür zu seiner Kabine. Wir tauschten einen Blick. Calendar winkte zwei der Wachen zu uns herein und befahl den anderen, draußen Posten zu beziehen. Die Männer gaben uns ihre Spieße, stellten sich vor der Tür auf, verschränkten die Arme, dann hob jeder einen Fuß, um gemeinsam die Kabinentür einzutreten. Sie flog krachend auf, schmetterte gegen die Seitenwand und prallte mit einem ebenso lauten Knall zurück. Sie war nicht abgeschlossen gewesen. Nach dem Tritt hing sie schief in den Angeln. Wir hörten das Rascheln und Quieken, mit dem erschrockene Ratten in ihre Verstecke flüchteten.

Calendar und ich gaben die Spieße zurück. Die Wachen drückten die Tür mit den Spitzen der Spieße wieder auf und traten vorsichtig ein. Wir folgten ihnen auf dem Fuß. In Barberros Kabine war es so düster wie überall unter dem Deckaufbau. Die kleinen Fenster, durch die ich ihn und Calendar zwei Nächte zuvor hatte streiten hören, waren mit Läden verschlossen. Lediglich durch die Ritzen sickerten ein paar Sonnenstrahlen herein, dünne Lanzen aus Licht, in denen Staubpartikel wirbelten und funkelten. Was immer wir erwartet hatten, die Wirklichkeit übertraf es bei weitem.

Der Geruch war gemein, wie im Hinterhof eines Schlachters, wo die Eingeweide zu lange in der Sonne gelegen haben. Die beiden Bewaffneten vor uns drehten sich um und sahen auf eine Stelle an der Wand rechts neben der Tür. Ihre Augen weiteten sich. Sie stolperten zurück und bekreuzigten sich beinahe gleichzeitig.

7

Fulvio Sicarius hatte mindestens ein halbes Dutzend Menschen auf dem Gewissen und vor kurzem einen wehrlosen Jungen in einem hüfttiefen Kanal ertränkt. Als ich ihn vor mir an der Wand von Barberros Kabine hängen sah, konnte ich jedoch keine Befriedigung über sein Ende empfinden; was ich fühlte, war Abscheu und Mitleid. Wer immer Barberros Schiff geentert und seine Vorräte unbrauchbar gemacht hatte, war auch nicht davor zurückgeschreckt, Barberros Leutnant unschädlich zu machen. Auf einem Schiff gibt es viele lange eiserne Spiere und Haken, zu welchen geheimnisvollen Zwecken die Seeleute sie auch immer verwenden. In diesem Fall hatte man Fulvio mit ihnen an die Kabinenwand genagelt.

»*Madonna santa*«, keuchte eine der Wachen.

»Heilige Verena, bitte für ihn«, sagte ich rau – was immer die Schutzheilige der Mörder und Diebe für Fulvio an guten Worten dort einlegen konnte, wo er jetzt war. Dann wurde mir der Geruch und der Anblick der dunkel glänzenden Lache zu viel, die sich um Fulvios Füße gesammelt hatte, und mehr noch die unmissverständlichen nassen Spuren der kleinen Pfoten, die von der Blutlache aus in allen Richtungen davonführten. Ich wirbelte herum, blieb polternd im Türrahmen hängen, krallte meinen Weg blindlings hindurch und floh auf das Deck hinaus, wo die beiden verbliebenen Wachen mich erstaunt ansahen. Das Wasser der Lagune nahm die Reste des Haferbreis von heute Morgen auf. Als ich mich stöhnend umdrehte, waren die zwei Männer bereits zu Calendar und ihren Kameraden in Barberros Kabine geeilt. Ich setzte mich zu dem umgedrehten Beiboot auf die Planken und starrte angestrengt auf die Maserung im altersgrauen Holz, um den Anblick von Fulvios gekreuzigtem Leichnam zu verdrängen.

»Jemand hat ganz offensichtlich ein Exempel statuiert«, sagte Calendar eine Weile später, als er sich neben mich setzte. »Unter Deck ist die restliche Mannschaft. Man hat sie zusammengetrieben, gefesselt, geknebelt und ihnen die Kehlen durchgeschnitten. Fulvio scheint als Einziger gekämpft zu haben. Vielleicht haben die anderen ihre Gegenwehr aufgegeben, als sie sahen, was man mit ihm anstellte.«

»Barberro?«, fragte ich heiser.

»Ist nirgends zu finden. Wir haben die Mannschaftsquartiere und die Laderäume abgesucht. Entweder haben sie ihn mit einem Gewicht an den Füßen über Bord geworfen, oder sie haben ihn mitgenommen.«

»Was glauben Sie, wann das passiert ist?«

»Heute im Morgengrauen, dem Zustand des Blutes nach zu schließen. Die beste Zeit für so etwas. Es ist bereits hell genug, um an Bord zu gelangen; andererseits schlafen die meisten Leute noch oder sind bei der Essenszubereitung, sodass der eine oder andere Krach unbeachtet bleibt.«

»Erinnern Sie sich, dass ich Ihnen bereits von den beiden Männern erzählt habe, die in jener Nacht, nachdem Sie gegangen waren, Barberro einen Besuch abgestattet haben. Wie gesagt, sie sprangen ziemlich rücksichtslos mit ihm um; ohrfeigten ihn vor den Augen seiner Besatzung. Sie wirkten auf mich wie die Leibwächter eines Patriziers.«

Calendar nickte und warf einen Blick zum Deckaufbau hin. »Das hier sieht aber eher wie eine Abrechnung unter Piraten aus«, erklärte er. »Eine gnädige, die schnell gehen muss. Normalerweise lassen sie sich mehr einfallen, als der Mannschaft die Hälse durchzuschneiden.«

»Es soll nur wie eine aussehen.«

»Ich weiß.«

Aus Barberros Kabine ertönte Gepolter. Ich schüttelte den Kopf, um die aufsteigenden Bilder zu vertreiben.

»Die Männer nehmen Fulvio ab. Einer von ihnen ist bereits unterwegs zum Dogenpalast, um weitere Polizei und einen der Staatsanwälte zu alarmieren.«

Einer der Wachmänner tauchte aus dem Schatten unter dem Deckaufbau hervor und wedelte mit einem Pergament. Er rief etwas herüber. Calendar sprang auf. »Er hat eine Botschaft gefunden«, sagte er überrascht.

Der Bogen war zusammengeknüllt gewesen; sein Finder hatte versucht, ihn glatt zu streifen. Er hielt ihn uns verkehrt herum entgegen, offenbar des Lesens nicht mächtig. Calendar drehte das Pergament richtig herum. In seinem oberen Drittel war ein kantiges Loch zwischen den wenigen hastig hingekritzelten Zeilen. Ein brauner Blutfleck drückte sich durch, der auf der Rückseite des Blattes prangte. Ich brauchte nicht zu fragen, woran dieses Pergament ursprünglich festgenagelt gewesen war.

»Irgendjemand war vor uns hier. Er hat den Zettel von Fulvios Leiche abgerissen, gelesen, vor Wut zusammengeknüllt und in die Ecke geworfen, bevor er das Schiff wieder verließ. Er hat das Tau benutzt, das außen am Schiff herunterhängt.«

Calendar kniff die Augen zusammen und las den Text. Seine Miene wurde eisig. Er ließ die Hand sinken und starrte mich an. »Wenn ein Verbrecher öffentlich hingerichtet und der Leichnam ausgestellt wird, hängt ihm ein Dokument der Behörden an«, erklärte er tonlos. »Darauf stehen seine Verbrechen verzeichnet, und wenn es die Leistung eines einzigen Polizisten war, ihn zur Strecke zu bringen, wird dessen Name lobend erwähnt. Dieser Wisch hier versucht ein derartiges Dokument nachzuahmen°– nicht gut, aber doch für einen Laien halbwegs glaubhaft.«

Er hielt mir das Pergament hin. Es wies kein Siegel auf, wie es ein offizielles Dokument der Behörden getragen hätte. Er deutete mit dem Finger der anderen Hand auf die letzte Zeile. Ich sah überrascht, dass sein Finger zitterte. Ich überflog den mit den entschlossenen Unterlängen der venezianischen Schriftzeichen verfassten Text. Ihn zu verstehen war nicht nötig. Viel wichtiger war der Name, auf den Calendars Finger zeigte und der dort stand, wo in einem offiziellen Dokument der Name des erfolgreichen Polizisten zu lesen gewesen wäre.

Ich hörte, wie Calendar die drei verbliebenen Wachen zusammenrief und ihnen auftrug, sofort das Schiff zu verlassen und unten auf uns zu warten.

Ich kannte den Namen.

Es war mein eigener.

Calendar versuchte mich zu überreden, dass ich mit ihm zum Dogenpalast gehen und abwarten sollte, bis die Miliz alarmiert sei. Er meinte, dass Barberro noch nicht wissen konnte, wo ich zu finden war. Doch ich hörte nicht auf ihn, überzeugt davon, dass der Sklavenhändler seine eigenen Quellen besaß und sie bereits genutzt hatte. Die Eile, mit der Calendar einen der Wächter aus dem Arsenal damit beauftragte, niemanden auf das Schiff zu lassen, und die anderen zurücksandte, sagte mir, dass auch er nicht an seine Worte glaubte. Ich dachte an Jana, die arglos in ihrem Bett lag und versuchte, gesund zu werden; ich stellte mir vor, wie Barberro in die Herberge platzte und durch das Treppenhaus nach oben polterte, Rache für seine Leute im Sinn. Ich ließ Calendar stehen, noch während er den Männern die letzten Anweisungen erteilte, und lief los.

Als ich schwer atmend in Manfridus' Herberge eintraf, schien dort auf den ersten Blick nichts anders zu sein als sonst. Es war kurz vor Mittag; in der Schankstube saßen eine Hand voll Männer zusammen und warteten darauf, was ihre Bediensteten in der Küche zustande brachten. Clara Manfridus befehligte deren kleines Heer und wachte mit Argusaugen darüber, dass sie nichts aus ihrer Küche stahlen. Julia stand in einer Ecke, wandte mir den Rücken zu und war damit beschäftigt, einen Berg von Gemüse zu putzen und zu schneiden – wie es schien, ein weiteres Suppenrezept. Der Herbergsbesitzer selbst sowie Moro waren nicht zu sehen. Clara Manfridus nickte mir kurz zu und richtete ihr Augenmerk dann wieder auf die Dienstboten ihrer Gäste. Ich wischte mir den Schweiß aus dem Gesicht und stieg die Treppe etwas langsamer hinauf. Über welche Quellen Barberro auch immer verfügte, er schien noch nicht erfahren zu haben, wer ich war und wo er mich finden konnte. Ich gestattete mir ein paar Momente, in denen ich darüber nachdachte, wer um alles in der Welt versucht haben konnte, Barberro, der offensichtlich nicht auf dem Schiff gewesen war, als seine Leute überfallen wurden, auf mich zu hetzen. Ich öffnete die Tür zu unserer Kammer und sah, dass meine Erleichterung verfrüht gewesen war.

Manfridus und Moro standen gleich neben der Tür. Moros Gesicht war starr und finster. Auf Julias Decke kauerte jemand, der Julias Haube trug und den Kopf gesenkt hielt. Zu meiner Überraschung erkannte ich Jana. Sie blickte auf, als ich hereinplatzte, und schüttelte schnell und entsetzt den Kopf. Manfridus unterbrach eine in langsamen, beschwörenden Worten geführte Rede und drehte sich um. Er war blass.

»Ist er das?«, fragte eine raue Stimme.

Manfridus nickte resigniert und ließ die halb erhobenen Hände sinken.

»Soll reinkommen.«

Ich öffnete die Tür ganz, damit ich in die Kammer schlüpfen konnte. Jetzt fiel mein Blick auf das Bett. Zwei Menschen saßen darauf und starrten mich an. Mein Atem ging noch immer rasch von meinem Lauf hierher und von den schnellen Schritten die Treppe hinauf. Mein Herz pochte, und im Nacken tröpfelte mir der Schweiß in den Kragen. Meine Knie wurden weich, aber nicht vor Erschöpfung.

Barberro war einige Zeit vor dem Mittag in die Herberge gekommen. Er war auf Moro gestoßen, der sich in der leeren Schankstube mit dem Füttern der Küken beschäftigte, und hatte dessen Misstrauen überwunden, indem er sich als Kapitän eines Schiffes ausgegeben hatte, das ich zu mieten gedachte und dessenthalben ich ihn in die Herberge bestellt habe. Moro begleitete ihn zu unserer Kammer hinauf, wo beide auf ein scheinbar vertrautes Bild stießen: Eine Zofe wurde soeben fertig, ihrer Herrin beim Ankleiden zu helfen. Die Zofe schnürte den Ärmel einer Tunika an der Schulter fest, und die Herrin strich mit einem Ausdruck der Bewunderung über den feinen Stoff ihres Gewandes.

Die Zofe war allerdings Jana, die Fiuzetta bei ihrer Rückkehr vermutlich aufgefordert hatte, ihre Lumpen mit einem der in Florenz erhaltenen Kleider zu tauschen, und ihr dabei half, es ordentlich anzulegen. Barberro stieß Moro beiseite, machte einen Satz in die Kammer hinein und packte Fiuzetta, zerrte sie auf das Bett, und noch bevor Jana Zeit hatte aufzuschreien und Moro sich vom Boden hochrappeln konnte, saß Barberro hinter Fiuzetta, hielt sie mit einem Arm an sich gepresst und drückte ihr mit der Hand des anderen Arms ein gemein aussehendes Messer an die Kehle. Fulvio war tot, aber sein Dolch mit dem Knochengriff hatte einen neuen Benutzer gefunden.

»Moro konnte nichts dagegen tun«, erklärte Manfridus. Er sah beschwörend zu Jana in die Ecke hinüber. »Und die *Zofe* Ihrer Frau ebenfalls nicht. Moro erhielt den Befehl, mich zu holen; Ihr Freund da drüben wollte alle Männer dieses Haushalts in seiner Nähe haben. Meine Frau und die *andere Zofe* wissen nicht, was hier oben passiert ist. Seitdem verhandle ich mit ihm, damit er Ihrer *Frau*«, ein weiterer beschwörender Blick zu Fiuzetta, »nichts antut.«

Manfridus hatte die vielleicht einzige Chance erkannt: Barberros Unkenntnis der Personen. Der Sklavenhändler war überzeugt, die Frau des Mannes in seiner Gewalt zu haben, der seine Leute ermordet und sein Geschäft zum Erliegen gebracht hatte. Manfridus hatte seit seinem unfreiwilligen Eintreffen auf den Sklavenhändler eingeredet, und wenn er es auch nicht geschafft hatte, ihn zum Aufgeben zu bewegen, so war es ihm doch gelungen, Barberro zu beruhigen. Ich fing einen drängenden Blick von Jana auf und dankte dem Herbergswirt; dann wandte ich mich dem Bett zu, in dem Fiuzetta die Geisel des Mannes war, der nicht davor zurückgescheut hatte, den Mord an einem hilflosen Kind zu befehlen und zwei Gassenjungen umzubringen, während hundert Schritte weiter eine riesige Menschenmenge einem Schauspiel zusah. Mein Atem war etwas ruhiger geworden, doch mein Herz schlug mir noch immer bis zum Hals.

»Geht's dir gut?«, krächzte ich und sah Fiuzetta an. Sie nickte mit weit aufgerissenen Augen. Ihr Atem ging flach vor Angst. Barberros Hand fasste grob an ihren Bauch. Moros Augen funkelten und ließen nicht einen Moment von dem Sklavenhändler ab. Barberro musste klar sein, dass er eine Schwangere in der Gewalt hatte; dass es ihm einen weiteren Vorteil über mich verschaffte, erkannte er ebenfalls. Und dass Barberros Geisel nicht wirklich die Person war, für die er sie hielt, bedeutete vorläufig keinerlei Vorteil für uns. Ich würde Fiuzettas Leben ebenso wenig riskieren wie das Janas.

Barberro winkte mich mit einer Hand näher, ohne die Klinge des Messers von Fiuzettas Kehle zu nehmen. Er grinste mich mit seinen schlechten Zähnen an. Sein kahl geschorener Kopf war von Schweißperlen übersät. Als ich näher trat, roch ich seine scharfe Ausdünstung.

»Scheiße, was?«, rollte er mit schwerem Akzent. »Das hättest du nicht gedacht, dass es so kommt, du Spitzel.«

Er drückte die Klinge fester gegen Fiuzettas Hals, als ich noch einen Schritt näher trat. »Das reicht!«, stieß er hervor. Ich hob beschwichtigend die Hände. Sie fühlten sich schwer an. Barberro entspannte sich wieder.

»Ich kenne diesen Dolch«, sagte ich vorsichtig. »Ich habe ihn in einen Kanal gestoßen. Ich hoffte, dass Fulvio ihn nicht wieder finden würde.«

»Dachte mir schon, dass das auch du warst.«

»Ich habe mit dem, was auf Ihrem Schiff passiert ist, nichts zu tun.«

»Ach nein!«, höhnte er. »Woher weißt du's dann?«

»Weil ich mit einem Polizisten und ein paar Bewaffneten dort war, um Sie und Ihre Leute zu verhaften.«

»Hab ich zu wenig Liegegebühren bezahlt?«

»Barberro«, sagte ich und bemühte mich, überlegen zu klingen, »jemandem ist es gelungen, Ihr Schiff zu entern und allen Ihren Männern den Garaus zu machen. Glauben Sie nicht, dass es unter diesen Umständen auch möglich ist, dass ich von dem Mord an dem jungen Prinzen weiß, den Sie den Piraten abgekauft haben?«

Barberros Gesicht verzerrte sich. Er packte Fiuzetta fester, und sie keuchte auf. »Bist noch stolz auf die Sauerei, he?«, schrie er.

Wieder hob ich beschwichtigend die Hände. »Beruhigen Sie sich. Ich war es nicht. Und wenn Sie lange genug darüber nachdenken, wird Ihnen klar werden, dass man Sie zweimal hereingelegt hat. Irgendjemand hat ihnen ein paar Kerle auf den Hals gehetzt, die mindestens so skrupellos sind wie Sie und Ihresgleichen; oder glauben Sie etwa, die Behörden hätten Ihre Leute ermordet? Man hätte sie aufgehängt, ganz sicher, aber im vollen Tageslicht und für alle sichtbar, statt sie in der Finsternis eines Schiffsbauchs abzuschlachten. Und dann hat man Ihnen weiszumachen versucht, dass ich dahinter stecke.«

»Wie käme dein verfluchter Name wohl sonst auf das Dokument?«

»Das Dokument hat nicht mal ein Siegel. Es ist gefälscht.«

»Wer macht sich solche Mühe, um einen verdammten Pfeffersack anzuschwärzen?«

»Das ist die Frage, die uns beschäftigen sollte. Was denken Sie denn, wer es war?«

Er stierte mich verblüfft an. Ich merkte, dass er den Griff um Fiuzettas Mitte etwas lockerte. Es war bei weitem nicht genug, als dass ich es riskieren und ihn hätte angreifen können, noch dazu wäre ich viel zu langsam. Moro hätte vielleicht eine Chance gehabt, aber er stand drüben bei der Tür und war außerdem weit davon entfernt, einen kühlen Kopf zu bewahren. In meinen Achselhöhlen bildete sich der Schweiß. Barberro würde nicht ewig hier sitzen bleiben und reden; er würde nicht abwarten, bis er müde und nachlässig wurde. Vorher würde er in einem Furor aus Blut und Gewalt versuchen, Vergeltung zu üben. Wir waren drei Männer gegen einen. Wir würden ihn überwältigen. Aber Fiuzetta würde es nicht überleben.

Barberro stieß ein hässliches Lachen hervor.

»Was soll der Mist mit den Behörden?«, rief er. »Natürlich hat es nichts mit ihnen zu tun. Hältst du mich für blöde?«

»Es waren die Leute, die sie vorgestern Nacht vor Ihrem Schiff ohrfeigten.«

Er riss die Augen noch weiter auf, bevor sie sich zu schmalen Schlitzen verengten. »Das weißt du also. Und dann willst du mir erzählen, der beschissene Brief wäre nicht von dir?«

»Welcher Brief?«

Barberro spuckte aus. Er nahm die Hand von Fiuzettas Leib und kramte in seinem Lederwams herum, und ich spürte förmlich, wie Moro sich spannte. Ich wagte nicht, mich zu ihm umzudrehen. Dann schleuderte Barberro mir ein zusammengeknülltes Pergament vor die Füße und packte Fiuzetta wieder, und der Moment war vorüber. Fiuzetta schluckte, Tränen traten ihr in die Augen. Ich bückte mich, ohne den Blick von ihr und Barberro zu wenden, und hob das Papier auf.

Die Schrift war mir unbekannt. Der Text war unverständlich.

»Ich verstehe die Sprache nicht.«

»Wem willst du das erzählen?«, brüllte Barberro so laut, dass Fiuzetta zusammenzuckte. »Du hast ihn doch geschrieben! Was ist das für eine Scheißkomödie, die du mir vorspielen willst?«

Ich deutete über die Schulter auf Moro.

»Ich habe es Ihnen bereits erklärt«, sagte ich ruhig. »Er muss mir übersetzen.«

Barberro kochte vor Wut, aber er schien einzusehen, dass ich die Komödie tatsächlich zu Ende spielen wollte oder wirklich nicht für den Brief verantwortlich war. Er spie aus.

»Der schwarze Bulle bleibt, wo er ist. Hältst du mich für verblödet?« Barberro deutete mit einem rüden Kopfnicken auf Manfridus. »Er sieht so aus, als würde er im Dunkeln über seine eigenen Füße fallen. Er soll dir den Brief vorlesen.«

Manfridus räusperte sich verärgert und trat dann wie auf rohen Eiern heran. Ich sah, dass ihm eine Antwort auf Barberros Beleidigung auf der Zunge lag; er brauchte mein leises Kopfschütteln nicht, um zu wissen, dass jetzt nicht die Zeit dafür war.

»Es ist eine anonyme Anschuldigung«, erklärte er, nachdem er den Text überflogen hatte. »Es heißt, Barberro habe niemals vorgehabt, die Ware auszuliefern, sondern schon längst einen anderen Kunden gefunden°– einen Kaufmann aus dem Fondaco, der mittlerweile abgereist sei.«

»An wen war das Schreiben adressiert?«

»Das geht aus dem Text nicht hervor.«

»Und der Name des Kaufmanns?«

»Ein gewisser Claas Overstolzen aus Berlin.«

Ich schnaubte. »Ein kleines Handelshaus°– bürgerlich gewordener Adel. Ich habe keinen Zweifel, dass Claas Overstolzen tatsächlich vor kurzem aus Venedig abgereist ist. Die oberflächlichen Details werden einer Überprüfung standhalten. Overstolzen weiß nur nichts von einer Warenlieferung Barberros an ihn.«

»Sie meinen, die Anschuldigung ist erfunden?«

»Natürlich, du Holzkopf!«, brüllte Barberro.

»Mein Name passt ins Konzept. Es muss so aussehen, als hätte mich ein privater Zwist mit Overstolzen, der mir als deutschem Kaufmann natürlich aus dem Fondaco bekannt sein muss, dazu verleitet, ihn und seinen Lieferanten anzuzeigen.«

»Ich selbst hätte es nicht schöner sagen können«, höhnte Barberro.

»Vielleicht ist es Ihrer Aufmerksamkeit entgangen, dass ich nicht im Fondaco logiere, sondern hier in der Herberge«, sagte ich mit mildem Sarkasmus. »Woher sollte ich Overstolzen kennen?«

»Davon, was ein Pfeffersack den ganzen Tag macht: Handel treiben.«

Ich seufzte und reichte Barberro das zerknitterte Pergament zurück. Er machte mir mit einer Kopfbewegung klar, dass ich es auf das Bett werfen sollte. Ich fing einen Blick aus Fiuzettas Augen auf und wusste, dass sie nicht mehr lange durchhalten würde. Barberro angelte nach dem Pergament und stopfte es in sein Wams zurück.

»Wo haben Sie diese Nachricht gefunden?«

»Auf dem Tisch in meiner Kajüte.«

»Ich weiß, wo Sie die andere Botschaft gefunden haben°– die mit meinem Namen darauf.«

Barberro verzog das Gesicht und knurrte.

»Wenn ich genügend viele Helfer hätte, um Ihre Leute umzubringen und einen Mann wie Fulvio an der Wand Ihrer Kajüte zu kreuzigen, wäre ich dann allein hier aufgetaucht?«

»Vielleicht hast du nicht gewusst, dass ich hier auf dich warten würde, um dir und deiner Schlampe die Gurgel durchzuschneiden.« Seine Stimme klang so grob wie zuvor, aber nicht mehr so selbstsicher. Der Sklavenhändler dachte nach. Das Messer an Fiuzettas Hals bewegte sich dabei nicht.

»An wen war der anonyme Brief adressiert?«, fragte ich.

Barberro kniff die Augen zusammen. »Sag du's mir!«

»Ich weiß es nicht.«

»An jemanden im Zehnerrat«, sagte Manfridus dumpf. Ich sah ihn überrascht an. »Man kann eine anonyme Beschuldigung abgeben, wenn man einen Verrat oder einen Betrug an der Republik anzeigen, dabei aber ungenannt bleiben will. Im Dogenpalast gibt es einen Schreiber, der diese Botschaften entgegennimmt und weitergibt.«

Ich sah zu Barberro hinüber, aber dessen Gesicht verriet

kein Erstaunen. Er wusste, woran er war, und blickte mich lauernd an. Fiuzetta schluchzte plötzlich, und sein Blick irrte für einen kurzen Moment ab. Ich erwartete, dass er sie anfahren oder sie an den Haaren reißen würde, aber nichts dergleichen geschah. Ihre Angst war so unbedeutend für ihn, dass sie ihn nicht einmal in Wut versetzte. Ich spürte den Schweiß, der mir aus den Achselhöhlen über die Rippen tropfte, und meine feuchten Handflächen, als ich die Fäuste ballte.

»Die Burschen, die Sie geohrfeigt haben, waren die Leibwächter eines Zehnerrats.«

Barberros Hand auf Fiuzettas Bauch krampfte sich zusammen. »Die Leibwächter von Scheiß-ich-bin-der-Schönste-weit-und-breit-Leonardo-Falier!«, schäumte er voller Zorn. Er hob die Hand, und ich wusste, dass er in seinem Jähzorn Fiuzetta schlagen würde, und ich machte einen unwillkürlichen Schritt nach vorn. Barberro erwachte schlagartig aus seiner Wut und riss Fiuzettas Kopf nach hinten, sodass die Haut ihrer Kehle sich gegen die Klinge spannte. Ich hörte, wie Jana leise »Nein!« rief und Fiuzetta aufschrie. Manfridus packte mich am Arm und hielt mich fest. Barberro starrte mich mit weit aufgerissenem Mund und speichelglänzenden Lippen an.

»Immer mit der Ruhe«, knurrte er gereizt.

»Schon gut, schon gut!« Ich wich zurück. Er atmete pfeifend aus und ließ Fiuzettas Haare los. Ihr Kopf sank nach vorn, und ihre Schultern begannen zu zucken.

»Falier hätte niemals offen mit Ihnen ein Geschäft gemacht«, sagte ich.

»Natürlich nicht. Bei so einem feinen Herrn ist der Dreck nur an der Innenseite.«

»Worum ging es?«

Barberro lachte krächzend. Er hob die Hand wieder und ließ sie durch Fiuzettas Haar gleiten. Es sollte wirken, als sei ein lüsterner Gedanke in ihm erwacht, doch ich konnte ihm ansehen, dass er mich nur zu ängstigen versuchte. Welche Situation den Sklavenhändler auch immer erregte, diese war es nicht. Seine Augen blieben wachsam auf mich gerichtet.

»*Consigliere* Leonardo Falier liebt es zuweilen *a tergo*«, sagte er dann süßlich.

Manfridus riss erstaunt den Kopf herum. »Du lieber Himmel«, murmelte er.

»Sie sollten ihm einen Knaben verschaffen.«

»Ihm nicht. Wie man hört, liebt er Austern geradeso wie Schnecken; wenn es aber Schnecken sind, dann solche, die in harte Muskeln verpackt sind.«

»Das wird man wohl kaum zu hören bekommen, sonst wäre Falier nicht in der Position, in der er sich befindet.«

»Oh, man muss sein Ohr nur an die richtigen Stellen legen, dann hört man alles, was man will.« Er grinste und zwinkerte mir zu. Etwas zog sich in mir zusammen; er ekelte mich an. Ich bemühte mich, ein ruhiges Gesicht beizubehalten. Es gab keine Möglichkeit, ihn hier von Fiuzetta zu trennen, ohne dass sie dabei zu Schaden kam. Ich musste ihn zur Aufgabe überreden. Er würde es nicht tun, solange *wir* seine Gegner waren. Er musste sich jemandem gegenübersehen, den er fürchtete. Ich hoffte, dass dieser Mann gerade an der Spitze eines Dutzend Bewaffneter vom Dogenpalast her in Richtung Herberge marschierte.

»Falier würde sich nicht für jemanden aus Venedig dem Risiko aussetzen, mit Sodomie in Verbindung gebracht zu werden. Hier gibt es niemand, der ihm so nützlich sein könnte, dass es die Gefahr wert wäre.«

»So ist es.«

Viel brauchte es nicht, um darauf zu kommen. »Der genuesische Botschafter«, meinte ich ruhig.

»Zu Gast seit einem guten halben Jahr im Hause des ehrenwerten *consigliere*° – und die männlichen Dirnen und Sklavenburschen gründlich leid.«

Ich hatte einen schlechten Geschmack im Mund, als ich weitersprach. »Falier will die Gelüste seines einflussreichen Gastes befriedigen – und ihm beweisen, dass er das Unmögliche möglich machen kann. Dem Botschafter ist nach unverdorbener Haut zumute. Sie geben den Auftrag an Ihre Verbündeten unter den Piraten weiter, und diese kapern das Vergnügungsschiff eines jungen Prinzen im Schwarzen Meer. Ein perfektes Opfer für die perversen Wünsche von Faliers Gast.«

»Wäre ein gutes Geschäft gewesen.«

»Er hätte sich bestimmt nicht gefügt.«

»Der hätte schon Gehorsam beigebracht bekommen«, lachte Barberro dreckig.

»Bei Rara de Jadra?«

Barberro zuckte zurück. Seine Augen weiteten sich. »Woher zum Teufel ...«

»Rara ist heute Morgen verhaftet worden.«

»Die alte Schlampe. Ich hoffe, sie schlagen ihr den Kopf in Scheiben ab – bei den Füßen angefangen. Auf das Geld war sie scharf, aber mit *mir* wollte sie nicht reden. Hält sich für nichts Geringeres wie Falier. Ich kam mir schon vor wie ein Aussätziger bei dieser Sache.«

Ich schloss die Augen und kämpfte den Schwindel nieder, der in meinem Inneren hochstieg. »Ein verwöhnter junger Prinz, der zeit seines Lebens nichts zu entbehren hatte: Rara hätte seinen Widerstand schnell gebrochen. Doch dem Jungen bekam die lange Seereise hierher nicht. Vielleicht hatte er sich auch zur Wehr gesetzt und war verletzt worden. Als er endlich in Ihre Hände kam, war er zu krank, um zu Rara gebracht, geschweige denn Falier präsentiert zu werden. Sie mussten sich nach Ersatz umsehen. Deshalb haben Sie so verzweifelt die Sklavenmärkte abgesucht und sogar versucht, einen der Komödianten zu überreden. Den entführten Jungen ...«

Ich brauchte nicht weiterzusprechen. Es war Barberros Augen anzusehen, dass er nicht die geringsten Gewissensbisse hatte, seinen Gefangenen zum Arsenal gebracht und dort ertränkt zu haben. Wenn eine Katze auf seinem Schiff keine Mäuse fing, erschlug er sie auch.

»Ich habe sogar noch in den Hospitälern herumgesucht – gestern Nacht«, sagte er mit einem Unterton von echtem Selbstmitleid. »Darum war ich nicht auf dem Schiff, als Falier und seine Totschläger kamen.«

»Warum haben Sie Falier nichts von dieser Geschichte erzählt? Vielleicht hätte er es verstanden.«

Barberro schüttelte den Kopf. »Der Junge hat ein Vermögen gekostet.«

»Und Falier zahlte im Voraus. Sein Geld war verloren, und Sie hatten es auch nicht mehr, denn Sie hatten ja die Piraten und Rara bezahlen müssen. Als das anonyme Schreiben bei ihm eintraf, musste er glauben, Sie hätten ihn betrogen. Deshalb hat Falier auch dieses grausame Exempel auf Ihrem Schiff statuieren lassen. Es wird als Signal bei denjenigen Kreisen, die über seine dunklen Machenschaften Bescheid wissen, ankommen und die Botschaft nicht verfehlen: Mit Leonardo Falier ist nicht zu spaßen.«

»Wenn dieser Idiot nicht zugelassen hätte, dass ihm der Braten aus dem Feuer hüpft, wäre das alles nicht passiert«, knirschte Barberro.

»Von welchem Idioten sprechen Sie? Ihrem Mittelsmann, den Sie brauchten, weil Falier und Rara sich nicht die Finger an Ihnen schmutzig machen wollten?«

Er sah mich durchdringend an. Ich hatte versucht, meine Verachtung für Raras und Faliers Verhalten ihm gegenüber spüren zu lassen. Was mir ohne große Mühe gelang, auch wenn meine Verachtung gerade einem anderen galt.

»Glaubst du, ich rede von mir selbst?«, brummte Barberro schließlich.

»Sicherlich nicht auf diese Weise. Wer ist Ihr Geschäftspartner?«

»Warum sollte ich dir das wohl erzählen?«

»Weil es mich interessieren würde, wer Sie bei Falier verleumdet hat.«

8

Barberros Gesicht wurde starr. Man konnte förmlich sehen, wie die Gedanken hinter seiner zerfurchten Stirn einander jagten. Er war ungeschliffen und ein Ungeheuer, doch er war nicht dumm. Seine Augen wurden schmal.

»Dieses verdammte Schwein!«, spie er aus.

»Ihr Partner wollte nicht mit Ihnen in den Untergang gezogen werden. Er plante, Sie zu beseitigen, bevor Falier seine Aufmerksamkeit auf ihn richten konnte. Da er es selbst nicht mit Ihnen und Ihren Männern aufnehmen konnte, bediente er sich des anonymen Schreibens, um Falier und seine bezahlten Totschläger arbeiten zu lassen.«

Manfridus schüttelte plötzlich den Kopf. »Anonyme Verleumdungen werden immer im Rat der Zehn diskutiert und überprüft, bevor man sich ihrer annimmt. So einfach ist es nicht, hier jemanden gewollt ins Unglück zu stürzen, wie immer behauptet wird.«

»Falier ist ein einflussreiches Mitglied des Rates. Er brauchte das an ihn persönlich adressierte Schreiben nur nicht an seine Ratskollegen weiterzuleiten.«

»Ich mach ihn kalt«, murmelte Barberro düster. »Ich reiß ihm die Augen raus und spucke in seinen Schädel. Ich zünde sein Haus an und röste ihn auf dem Feuer.«

»Wer ist es?«, fragte ich beinahe sanft.

Barberro sah auf und grinste kalt. Er begann zur Bettkante zu rutschen. Als Fiuzetta seine Bewegung spürte und sich die Klinge gegen ihre Haut presste, folgte sie ihm. Sie hob die Augen und starrte mich flehentlich an. Barberro stand auf und zerrte Fiuzetta mit sich in die Höhe. Sie keuchte und griff nach dem Gelenk der Hand, mit dem er das Messer hielt. Er lockerte seinen Griff etwas, und sie hustete.

»Wozu willst du das wissen, Pfeffersack?«

»Weil derjenige, der Sie bei Falier anschwärzte, auch mich verleumdet hat. Bei Ihnen.«

Spöttisch ahmte er meinen bemüht ruhigen Tonfall nach. »Das könnte schon im Bereich der Wahrscheinlichkeit liegen.«

»Niemand wird Sie aufhalten, wenn Sie dieses Zimmer verlassen. Wenn Sie wissen, dass ich nichts mit dem Tod Ihrer Besatzung zu tun habe, können Sie uns einfach in Ruhe lassen.«

»Oh, so unschuldig bist du nicht. Hast du nicht gesagt, du hättest einen Polizisten auf mein Schiff geführt, um mich verhaften zu lassen?«

Ich biss die Zähne zusammen und schwieg. Ich hatte offenbar schon zu viel gesagt. Barberro gab Fiuzetta einen Stoß, und sie machte einen Schritt vorwärts. Ich wich zurück, bis ich beiseite treten konnte. Barberro schob sich mit seiner Geisel an mir vorbei.

»Der Schwarze legt sich auf den Boden, Gesicht nach unten, Arme und Beine gespreizt«, befahl er. »Die anderen setzen sich auf das Bett.«

Moro gehorchte nach einem langen Blickwechsel mit Manfridus. Er schien sich kaum bewegen zu können vor unterdrückter Wut. Manfridus zog Jana in die Höhe und setzte sich auf das zerwühlte Laken. Ich blieb stehen. Barberro wies auffordernd mit dem Kinn auf mich und dann auf das Bett.

»Was haben Sie vor?«, fragte ich rau.

»Dein Püppchen kommt mit mir. Als Versicherung, dass du mir nicht hinterherläufst oder deinen Polizistenfreund zu Hilfe holst.«

»Wann lassen Sie sie gehen?«

Er legte den Kopf schief und genoss seine Überlegenheit. »Hab ich gerade ›gehen lassen‹ gehört?«

»Sie nützt Ihnen nichts.«

»So was sagt nur einer, der vom Geschäft nichts versteht. Du hast einen guten Geschmack bewiesen, als du dir deine Schlafmatte ausgesucht hast°– Pech für dich.« Er klopfte Fiuzetta mit genau berechneter Grobheit auf den Leib. »Und ein Geschenk hast du mir auch gleich eingewickelt. Ich glaube, ich werde das Balg zur Welt kommen lassen und die beiden dann zusammen verkaufen. Du ahnst nicht, wofür es Kunden gibt. Das hilft mir, ein neues Unternehmen auf die Beine zu stellen. Ein gerechter Ausgleich, findest du nicht?«

Ich hörte ein ersticktes Geräusch von Jana und dachte erschrocken: Gleich verrät sie sich!, aber Manfridus packte sie und hielt sie zurück. Barberro warf ihr einen misstrauischen Blick zu. Ich drehte mich zu ihr um. Ihre Augen waren dunkle Höhlen in ihrem bleichen Gesicht. Manfridus hatte ihr ganz unstandesgemäß eine Hand auf den Mund gepresst.

»Halt bloß die alte Kuh zurück«, knurrte Barberro, »sonst nehm ich die auch noch mit. Sie hat sich ganz gut gehalten.«

»Wohin wollen Sie jetzt gehen?«

»Ich habe noch ein Konto zu saldieren.« Noch einmal ahmte seine Stimme spöttisch die Sprache eines gelangweilten Kaufmanns nach.

»Sie kommen nicht weit mit ihr.«

»Ich kenne jede Gasse hier, du Idiot«, stieß er hervor. »Selbst die, die es noch gar nicht gibt. Und ich habe noch genügend Freunde, wo ich eine Ware einlagern kann, bis ich mit einem Geschäft fertig bin.«

»Sie werden nicht aus diesem Gebäude gehen mit ihr als Gefangene«, sagte ich kalt. Ich hatte das Gefühl, dass ich nun jeden Augenblick die Beherrschung verlieren würde. Moro, der ausgestreckt auf dem Boden lag, keuchte laut, bewegte sich aber nicht.

»Und wer will mich daran hindern?«

Barberro schob sich zur Tür hinüber, drückte die Klinke

mit dem Ellbogen hinunter und angelte mit dem Fuß nach dem Türblatt. Er schob sie auf. Ich folgte ihm.

»Setz dich endlich aufs Bett, zum Teufel noch mal!«

Ich bewegte mich nicht. »Sie machen einen Fehler.«

»Auf Wiedersehen beim Kürschner, sagte der Fuchs.« Barberro schlüpfte zur Tür hinaus. Ich hielt sie auf und trat nach ihm in das düstere Treppenhaus hinaus. Ich spürte Janas verzweifelte Blicke im Nacken.

Barberro zerrte Fiuzetta zur Treppe und begann, rückwärts hinunterzugehen. Er zischte mich an.

»Ich schneid ihr die Gurgel durch, wenn du nicht endlich verschwindest.«

»Sie werden Ihrer Ware nichts antun.«

Er machte ein hässliches Geräusch und schleifte Fiuzetta hinter sich her. Sie taumelte rücklings und bemühte sich verzweifelt, nicht zu fallen. Die Haut an ihrem Hals war bereits wund, wo die Klinge gegen sie gedrückt wurde.

»Die Schankstube ist voller Leute«, sagte ich.

»Na und?« Barberro und Fiuzetta kamen auf dem ersten Treppenabsatz an. »Sind entweder besoffen oder verfluchte Pfeffersäcke.«

Der Sklavenhändler sah sich um und steuerte auf die nächste Flucht von Stufen zu. Ich hielt genügend Abstand, dass er sich nicht bedroht fühlte und sich zu einer übereilten Handlung hinreißen ließ. Langsam gewannen die Gedanken, die mir durch den Kopf wirbelten, eine gewisse Ordnung zurück. Ich hatte auf Zeit gespielt und hoffte, genügend davon herausgeschunden zu haben. Ich hatte den Ansatz eines Plans, dessen Gelingen von Paolo Calendar und seinen Männern abhing.

»Man wird versuchen, Sie aufzuhalten.«

»Sie werden alle schön brav sitzen bleiben, wenn sie sehen, dass ich dem Täubchen sonst den Hals durchschneide.«

Barberro grinste und rutschte auf einer Treppenstufe aus. Er trat einen raschen Schritt zurück und fing sich wieder. Fiuzetta gurgelte entsetzt und geriet ins Stolpern, doch Barberro hielt sie fest gepackt; an Kraft schien er dem seligen Ursino nicht sonderlich unterlegen zu sein. Er bleckte die Zähne und knurrte mich an. »Versuchst du mich aus dem Konzept zu bringen? Wenn ich hier runterfalle, nehm ich den Kopf deiner Schlampe mit, darauf kannst du Gift nehmen.«

Etwas langsamer tastete er sich seinen Weg weiter durch das dunkle Treppenhaus, ohne die Augen von mir zu lassen. Er hatte nachgegeben, als er sah, dass ich mich nicht von ihm zurückschicken ließ; er wusste, dass er es sich leisten konnte. Er hatte immer noch alle Vorteile auf seiner Seite. Ich hörte schwere Schritte von oben und das Schlagen einer Tür: Jana, Moro und Manfridus hatten sich ein Herz gefasst und eilten aus der Kammer. Ich spürte, wie sie die Stufen hinter mir herunterkamen.

»Bleibt oben«, rief ich über die Schulter zurück. »Barberro und ich, wir werden uns auch allein einig.« Ich sah Janas Gesicht in der Finsternis des Treppenhauses, eine totenbleiche Maske kaum verhüllter Panik.

»Ja«, schrie Barberro hinterher, »wir handeln gerade einen Kompromiss aus: Es wird getan, was ich sage.«

Die letzte Treppenflucht führte hinunter in den Schankraum. Ich roch den Essensduft, der sich verstärkte, als wir um die Ecke bogen und die Stufen in Angriff nahmen. Es war seltsam still in der Stube. Ich hatte erwartet, das Raunen der Gäste zu vernehmen, die sich über die Anwesenheit von bewaffneten Wachen die Mäuler zerrissen. Stattdessen war nichts zu hören als das Knarren der Stufen, die unter unseren Tritten nachgaben. Ein kalter Schauer lief mir über den Rücken. Ich hatte Calendar nicht genügend Zeit verschafft. Fiuzetta hatte leise zu weinen begonnen, ohne den Kopf zu senken. Ihre Augen sahen ins Leere und schwammen in Tränen. Ich nahm mir vor, Barberro für jede einzelne davon büßen zu lassen.

»Niemand ist da«, höhnte Barberro, während er die letzte

Stufe verließ und in den Schankraum hinaustrat. »Nicht ein verfluchter Pfeffersack.«

»Ganz richtig, Barberro«, sagte eine Stimme. »Nicht ein verfluchter Pfeffersack.«

Paolo Calendar saß an einem der langen Tische. Vor ihm befanden sich ein Teller mit einer halb aufgegessenen Mahlzeit und ein Becher Wein. Es sah aus, als hätten wir ihn beim Essen gestört. Ich starrte ihn an wie eine Erscheinung. Auch auf den anderen Tischen standen hölzerne Teller oder lagen Brotscheiben. Die Schankstube sah aus, als wären ihre Gäste während des Essens aufgestanden und davongelaufen. Ich sah unwillkürlich zum Eingang der Küche hinüber, aber auch dort regte sich nichts. Irgendwann zwischen meinem Eintreffen und jetzt waren die Gäste, Clara Manfridus und Julia spurlos verschwunden, als habe die Hölle sie verschluckt.

Barberro drehte sich langsam um, Fiuzetta mit sich zerrend. Er hatte die Stimme erkannt, noch bevor er des Mannes ansichtig wurde.

»Calendar«, sagte er, noch während er sich umwandte. »Bist du der Polizistenfreund?«

»Ich bin hier, um dich zu verhaften, Barberro.«

»Du und welche Armee?«

Calendar lachte leise. Ich hätte ihm gern dieselbe Frage gestellt. Er erhob sich von seinem Tisch und trat hinter der Bank hervor. Barberro griff wieder nach Fiuzettas Haar und riss ihren Kopf nach hinten.

»Bleib sitzen, sonst ist dein Freund bald Witwer.«

»Das ist nicht seine Frau.«

Barberro begann heiser zu lachen. Calendar beobachtete ihn mit dem Ausdruck kalter Höflichkeit, den ich mittlerweile an ihm kannte. Barberros Lachen wurde leiser. Ein weiterer Beweis, dass er nicht so dumm war, wie man seiner Erscheinung nach vermuten konnte. Sein Lachen endete in einem Knurren. Sein Kopf ruckte zu mir herum.

Ich zuckte mit den Schultern. »Er hat Recht.«

»Wer zum Teufel ist das?«, brüllte Barberro mit sich überschlagender Stimme. Er ließ Fiuzettas Haar los und packte sie dafür am Kinn, um ihr Gesicht so weit zu ihm herumzudrehen, wie es ihr Genick zuließ. Sie schrie auf.

»Sie ist nur eine Dirne«, sagte Calendar ruhig.

»Sie hatte die schönen Kleider an ...«

»Es gibt viele Arten der Bezahlung.«

»Aber der dreimal verfluchte Wirt hat mir gesagt ...«

»Er hat Sie reingelegt, Barberro«, erklärte ich. »Und das ist nicht der einzige Fehler, den Sie gemacht haben. Ich sage Ihnen noch mal: Lassen Sie das Mädchen los. Sie haben sich schon weit genug hineingeritten.«

Barberros Gesicht färbte sich so dunkel, dass seine Lippen blutleer wirkten. An seinen Schläfen traten die Adern hervor. Die Hand mit dem Messer begann zu zittern. Fiuzetta wimmerte.

»Ich werde sie ... ich werde sie ...«, stammelte er halb erstickt.

»Sie hatten schon Recht, als Sie sagten, ich habe Geschmack. Das ist nicht nur irgendeine Dirne. In Wahrheit ist sie Leonardo Faliers Dirne, und er hätte sie sicher gern wieder.«

Das war der eine Teil des Planes, den ich mir zurechtgelegt hatte. Der andere hatte mit einer Schankstube voller bis an die Zähne bewaffneter Stadtwachen zu tun, die ihre Spieße Barberro entgegenreckten. Doch außer Paolo Calendar schien niemand da zu sein – und der Polizist war offenbar unbewaffnet. Ich spielte meinen Trumpf trotzdem aus. Ich bin kein guter Spieler, aber manchmal gibt es einfach keinen anderen geeigneten Augenblick, um die Würfel aufzudecken.

Barberro zuckte zurück und stieß Fiuzetta instinktiv von sich.

Calendar nahm zwei Bänke und einen Tisch auf einmal, aber ich hatte den kürzeren Weg. Ich packte mit einer Faust

Barberros Handgelenk mit dem Messer und mit der anderen seinen Ellbogen und wand ihm den Arm auf den Rücken. Er drehte sich unwillkürlich mit, aber er konnte meinem Griff nicht mehr entkommen. Ich presste ihn gegen die Wand. Er ließ das Messer nicht los. Ich bog seinen Arm nach oben. Er keuchte. Ich drückte noch ein wenig. Er schrie auf und ließ Fulvios Messer fallen. Ich konnte nicht aufhören zu drücken. Barberro begann zu heulen. Jeden Moment würde etwas in seiner Schulter nachgeben.

»Diesmal sollten wir den Zeugen am Leben lassen, meinen Sie nicht?«, sagte Calendars Stimme scheinbar unbeteiligt an meinem Ohr.

Ich lockerte meinen Griff, und dies kostete mich mehr Kraft, als Barberro in Schach zu halten. Ich versuchte zu sprechen und stellte fest, wie verkrampft mein Kiefer war.

»Wo ist Fiuzetta?«, fragte ich schließlich.

Calendar deutete über die Schulter. Er hatte sie zu einem der Tische gebracht und sie auf eine Bank gesetzt. Sie starrte uns mit kalkweißem Gesicht an.

»Wenn ich gewusst hätte, worauf Sie hinauswollen…«, sagte Calendar.

»Halten Sie das Schwein fest«, murmelte ich. Calendar löste meinen Griff ab. Barberro hatte aufgehört zu schreien und stöhnte nun vor Schmerz und Wut gleichermaßen. Calendar machte keine Anstalten, den Griff zu lockern. Er lehnte sich gegen den Sklavenhändler, drückte dessen Hand unbarmherzig zwischen seine Schulterblätter und sah mir zu, wie ich zu Fiuzetta hinüberging.

»Ich musste es sagen. Es war die einzige Chance, ihn zu erschrecken. Vor Falier hat er eine Heidenangst.«

Fiuzetta sah zu mir auf. Ihre Lippen zitterten, und über ihr bleiches Gesicht zogen sich Tränenspuren.

»Ich konnte nicht sagen, dass ich nicht Gianna bin«, flüsterte sie tonlos. »Sonst wäre alles kaputtgegangen. Aber als Barberro das von meinem Kind sagte…«

»Ich weiß, da hättest du am liebsten alles verraten.«

Sie begann zu schluchzen. »Aber ich habe es nicht getan. Ist das ein Beispiel, wie eine Nutte denkt?«

»Fiuzetta, ich weiß nicht, wie eine Nutte denkt; aber ich nehme an, nicht anders als du und ich und jeder andere Mensch. Dass man seinen Körper verkauft, um essen zu können, heißt nicht, dass man auch seine Seele verkauft hat.«

»Warum höre ich dann immer wieder: Fiuzetta ist nur eine Nutte?«

»Ich habe dir doch erklärt, dass Barberro sonst ...«

Sie wandte sich ab und versuchte erbittert, gegen ihr Schluchzen anzukämpfen. »Lass mich!«, stieß sie hervor.

Ich hatte mich von ihrem Schmerz einschüchtern lassen, als sie gestern Nacht vor der Tür unserer Kammer gelegen hatte. Diesmal tat ich es nicht. Ich setzte mich neben sie und nahm sie in die Arme. Sie sträubte sich, aber ich ließ sie nicht los. Ich erinnerte mich, was Maria einmal gesagt hatte: Manchmal sehnen sich Kinder so sehr nach einer Umarmung, dass sie jede Nähe zurückweisen, weil sie den Gedanken nicht ertragen können, dass die Umarmung irgendwann einmal aufhören wird. Dann muss man sie festhalten, bis ihr Widerstand geschmolzen ist.

Ich hielt Fiuzetta fest, bis ihre Kraft erlahmte und sie sich gegen mich sinken ließ. Vermutlich war ich der erste Mann, der sie umarmte, ohne ihr dabei das Mieder aufzuschnüren. Ich sah in Janas Augen, die zusammen mit Moro und Michael Manfridus die Treppe heruntergestürzt gekommen war, als ich Fiuzetta an mich zog. Jana zitterte am ganzen Körper und war in Tränen aufgelöst.

Moro und Calendar führten Barberro zu einer benachbarten Bank, drückten ihn darauf nieder und banden ihm Hände und Füße mit einem Strick, den Moro aus der Küche geholt hatte. Manfridus, der sich beunruhigt nach seiner Frau und den Gästen umsah, fand alle in seinem kleinen Hinterhof, wohin sie die Autorität und das Polizeisiegel Calendars verfrachtet hatten. Er öffnete den Riegel, ließ sie ein und erklärte seiner empörten Gattin die Sachlage. Clara Manfridus starrte von Jana zu Fiuzetta zu Barberro und wirbelte danach brüsk herum, um in der Küche neue Suppe zu kochen. Die Herbergsgäste bildeten einen weiten Kreis um uns und ließen sich wieder an ihren Plätzen nieder; diejenigen, deren Plätze jetzt von uns eingenommen wurden, holten scheu ihr Essen und ihre Getränke, ohne uns anzusprechen.

Kurz darauf kauerte sich Jana neben Fiuzetta und legte ebenfalls die Arme um sie. Sie klammerten sich aneinander und weinten; dann sah ich, dass es in Wahrheit Jana war, die sich an Fiuzetta festhielt, und dass sie die Fassungslosere von beiden zu sein schien. Ich gewahrte Calendar, der neben mich getreten war und die beiden Frauen betrachtete. Seine Miene wirkte beinahe so unbewegt wie sonst, nur zwischen seinen Brauen stand eine feine Falte, als sähe er etwas, das ihn mit einer kaum zu greifenden Ahnung erfüllte.

»Warum sind Sie schon wieder allein?«, fragte ich.

Er blinzelte. Ich hatte ihn aus seinen Gedanken gerissen.

»Alle Stadtwachen sind auf der Suche nach Flüchtlingen aus dem Pestschiff draußen auf dem Kanal. Wie es scheint, haben sich ein paar davon im Schutz der Dunkelheit auf und davon gemacht. Die Behörden wollen verhindern, dass sie sich in der Stadt verstecken und die Seuche ausbricht.«

Ich trat ein paar Schritte zur Seite, und er folgte mir.

»Woher wussten Sie, dass Fiuzetta eine Prostituierte ist? Ich habe es Ihnen nicht gesagt. Kennen Sie jeden Menschen hier in der Stadt?«, fragte ich ihn.

Calendar schüttelte den Kopf. »Ich kenne sie von früher.«

»Deshalb wusste sie auch Ihren Vornamen.«

Calendar zuckte mit den Schultern und sah zu Moro hinüber, der sich Barberro gegenüber gesetzt hatte und diesen musterte wie ein Mann, der einen ekelhaften Wurm in seinem Essen entdeckt hat und nun darauf wartet, dass ihn jemand anders fortschafft. Barberro hielt dem Blick eine Weile stand, dann senkte er mit mahlenden Kiefern die Augen. Er zerrte vergeblich an seinen Handfesseln.

»Sie haben diesmal gar nicht widersprochen, als Barberro Sie meinen Freund nannte«, sagte ich zu Calendar.

»Es gab Wichtigeres zu sagen.«

»Es gibt etwas Wichtiges, das ich Ihnen über Leonardo Falier zu sagen habe.«

Calendar schüttelte leicht den Kopf und lächelte. »Glauben Sie mir, Sie können mir kaum etwas über diesen Mann sagen, das ich nicht schon weiß.«

Ich zögerte einen Moment. »Jetzt verstehe ich, Sie hatten Fiuzetta auf ihn angesetzt, als sie noch seine Kurtisane war. Sie sollte ihn aushorchen. Daher kennen Sie beide sich also.«

Er nickte. »Ich überredete sie dazu. Sie hatte schon früh gemerkt, dass auch in ihrem neuen Heim nicht alles so war, wie es sein sollte. Die Jahre bei Rara hatten wahrscheinlich ihren Blick geschärft. Falier war allerdings schlauer als ich. Er merkte sofort, dass Fiuzetta Fragen stellte, die ihr nicht von selbst eingefallen sein konnten. Er setzte sie umgehend auf die Straße.«

»Also hat sie ihr Elend Ihnen zu verdanken.«

Calendar hob den Kopf und sah mich erstaunt an. In seiner Stimme war keine Schärfe, als er sagte: »Aus diesem Haus gewiesen zu werden war das größte Glück, das ihr widerfahren konnte.«

»Dass Falier eine Geschäftsverbindung zu Barberro aufrechterhielt, dürfte Ihnen aber neu sein.«

»Tatsächlich? Das muss aber über einen Mittelsmann gelaufen sein.«

»So ist es. Und der Name des Mittelsmannes ist eine der beiden Informationen, die uns Barberro noch geben muss.«

»Was ist die andere?«

»Weshalb sein Leutnant Fulvio die Gassenjungen bestochen hat, den toten jungen Prinzen als Pegno Dandolo auszugeben.«

Plötzlich weiteten sich Calendars Augen. Ich holte Atem, um ihm meine These zu erläutern, doch er stieß mich beiseite und machte einen Satz auf den Tisch zu, an dem Barberro saß. Ich wirbelte herum.

Im ersten Moment glaubte ich, der Sklavenhändler habe sich von seinen Fesseln befreit und Jana in seine Gewalt gebracht. Ich spürte das Blut wie Eis durch meine Adern schießen und hechtete los, noch bevor ich einen klaren Gedanken gefasst hatte. Doch Barberros Hände waren immer noch gefesselt, und Jana war es, die die Fäuste ausgestreckt und um seinen Hals gekrallt hatte. Sie begann auf Polnisch auf ihn einzuschreien, dass die Menschen im Raum entsetzt herumfuhren und mit geweiteten Augen die Furie anstarrten, die meine Gefährtin war.

Calendar versuchte, ihre Hände von Barberros Kehle zu lösen, aber sie war wie rasend. Ich umklammerte sie von hinten und riss an ihren Armen, und ihre immer noch verkrampften Finger gruben mit den Nägeln tiefe Rillen in den Hals des Sklavenhändlers, der entsetzt aufschrie. Janas Stimme gellte, als ich sie wegzerrte.

»Dreckiges Miststück!«, kreischte Barberro und versuchte, mit dem Kopf nach ihr zu stoßen, sank gleich danach hustend zusammen und legte stöhnend die Stirn auf den Tisch. Ich konnte nicht erkennen, ob es Calendar oder Moro gewesen war, der zugetreten hatte. Ich hielt Jana fest, bis ihr die Flüche ausgingen und ihr Zorn sich in heiseres Weinen verwandelte.

Ich spürte die Blicke aller Menschen im Raum auf uns; selbst Clara Manfridus war aus der Küche geeilt und starrte uns entsetzt an. Jana begann zu zittern wie jemand, der jetzt erst bemerkt, dass er nur noch einen Schritt von einem gähnenden Abgrund entfernt steht. Ich drückte sie an mich. Abgesehen von Barberros schmerzvollem Keuchen und Janas Schluchzen war es so still in der Schankstube, dass man eine Feder zu Boden hätte fallen hören. Von draußen klang das feine Piepen der Küken herein. Mit Jana in meinen Armen stolperte ich in den Hinterhof hinaus.

Die Küken wimmelten um unsere Beine herum, während Jana sich langsam beruhigte. Sie stand noch eine ganz Weile an mich gelehnt da, das Gesicht an meiner Schulter vergraben, und überließ mich meinen eigenen erschrockenen Gedanken, taub gegen alle Versuche, ihr ein Wort zu entlocken. Dann sah sie zu mir auf und blinzelte die Tränen aus ihren Augen.

»Ich hätte ihn umgebracht«, murmelte sie heiser, und ich konnte nicht erkennen, ob sie über diese Feststellung entsetzt war oder ob sie es bedauerte, daran gehindert worden zu sein.

»Warum? Weil er Fiuzetta … weil er sie beinahe …?« Hilflos brach ich ab.

»Nicht nur ihretwegen.«

»Ich verstehe dich nicht.« Sie entwand sich meinem Griff und trat einen Schritt zurück. Mein Herz klopfte so laut, dass ich unwillkürlich nach Luft schnappte. Janas unerwartete Attacke gegen Barberro hatte mich beinahe mehr erschreckt als dessen Überfall.

Jana schloss die Augen und atmete zitternd ein. Sie schwankte, dann straffte sie sich. Sie sah zum Kücheneingang hinüber, in dem ein paar neugierige Gesichter hingen, zu scheu, in den Garten zu treten, dann wandte sie sich ab und betrachtete den Hof. Er besaß ein durch ein dichtes Lorbeergebüsch abgegrenztes Stück Garten, in dem Kräuter und Blumen wuchsen; der Rest war festgetretene Erde, auf der die Küken herumwimmelten. An einer Seite ragten die Stallungen in die Höhe, ihnen gegenüber die fensterlose Rückwand des Nachbargebäudes. Sie bückte sich und griff nach einem Küken, das versuchte, über ihre bloßen Füße zu laufen. Es wehrte sich, erstarrte aber, als sie es hochhob, nicht anders als bei Moro und mir in der Nacht, als ich Fiuzettas Geschichte erfahren hatte. Auch jetzt kauerte das Küken sich in Janas Hand und wurde innerhalb von Sekunden schläfrig.

»Monna Mariana war noch einmal da, um nach mir zu sehen«, sagte Jana schließlich.

»Es tut mir Leid, dass ich nicht da war, aber Caterina … die Jungen … die Morde …«

Sie schüttelte den Kopf, und ich wusste nicht, ob es bedeutete, dass es nicht der Rede wert war oder dass sie mir im Augenblick nicht verzeihen konnte.

»Peter«, hauchte sie und begann wieder zu weinen, »sie hat gesagt, sollte ich noch einmal schwanger werden, wäre es wahrscheinlich mein Tod.«

Ich rang nach Atem, obwohl ich es bereits dunkel geahnt hatte. Mein Herz begann zu pochen, als ich darauf wartete, was sie als Nächstes sagen würde.

– Ich will das Risiko trotzdem eingehen.

Ich tat einen Schritt vor, um sie in die Arme zu nehmen, doch der Augenblick war vertan. Jana hatte sich umgedreht und gab vor, den Kräutergarten zu mustern. Das Küken kam verwirrt auf die Füße und hastete dann davon.

»Jana …«

Sie drehte sich um. Ihre Augen waren groß und schwammen in Tränen.

»Ich will leben!«, rief sie laut. »Verstehst du? Ich will nicht sterben. Es gibt noch so viel, was ich sehen will. Es gibt noch so viel, was ich dir sagen muss. Es gibt noch so unendlich viel, was ich noch tun möchte.« Sie schüttelte heftig den Kopf. »Am meisten aber will ich ein Kind im Arm halten und auf dich zeigen und sagen: Dieser große ungeschlachte Kerl, dessen Herz für viel zu viele Dinge schlägt und der viel weniger zynisch ist, als er selbst hofft, ist dein Vater.«

Ich senkte den Kopf. Sie atmete ein und versuchte, sich zu beruhigen. »Was soll ich tun, Peter, was soll ich tun?«, flüsterte sie. »Ich zerbreche daran.«

»Das darfst du nicht sagen.«

»Es ist aber so. Es ist nicht nur ein toter Klumpen Fleisch, der da aus mir herausgekommen ist. Es ist meine ganze Seele.«

Ich konnte nichts dazu sagen. Ich wusste, wie es sich anfühlte, wenn man glaubte, ein Verlust habe einem die Seele aus dem Leib gerissen.

»Ich kann es nicht«, gestand ich. »Ich kann nicht sagen: Zünden wir eine Kerze für die Jungfrau an, und dann lass es uns riskieren. Wenn dir etwas zustößt, sterbe ich.«

Sie schnaubte. Ihr Mund verzog sich zu einem wehmütigen Lächeln. »Glaubst du, wir könnten uns mit diesen Gedanken im Kopf überhaupt zusammen in ein Bett legen?«

Ich starrte sie betroffen an.

– Glaubst du, wir können uns jemals wieder zusammen in ein Bett legen und dort tun, was Liebende tun?

»O mein Gott, Jana«, krächzte ich. Sie nickte. Ihre Augen quollen von neuem über. Ich streckte die Arme nach ihr aus, und sie kam heran und drückte sich an mich. Ich strich ihr über den Rücken und spürte, wie das Schluchzen ihren Körper erschütterte. Jeder einzelne Laut schnitt mir tief ins Herz.

Und dann wusste ich plötzlich, warum sie auf Barberro losgegangen war mit einer so besinnungslosen Wut, dass sie ihm mit bloßen Händen die Kehle zugedrückt hätte.

»Fiuzettas Kind«, sagte ich.

»Sie will nicht zusammen mit ihrem Kind in der Gosse sterben«, stieß Jana hervor. »Sie will ihm die Zukunft geben, die sie verloren zu haben glaubt. Und für sich will sie eine letzte Chance, sich die Zukunft doch noch zu erkämpfen. Mit dem unehelichen Kind eines selbstsüchtigen Bastards, der sie vor Gericht zerren wird, wenn sie über seine Vaterschaft redet, kann sie das nicht.«

Ich fühlte mich wie vor den Kopf gestoßen. »Du bist nicht bloß wegen Fiuzetta über Barberro hergefallen. Wäre ihr etwas zugestoßen, wäre auch ... du willst ihr Kind annehmen.«

»*Wir* wollen es«, sagte sie bestimmt. »Nur so oder gar nicht.«

»Aber Jana ...«

Jana schwieg für einen Moment, dann sprach sie, ohne mich anzusehen. »Du weißt doch, dass es nichts Außergewöhnliches ist. Wie viele Bastarde, die ein reicher Patrizier mit seinen Sklavinnen und Dienstmägden zeugt, werden in die Familie aufgenommen und erzogen wie ein eigenes Kind? Tausende! Die meisten erfahren nicht einmal, welcher Herkunft sie sind. Sie leben ihr Leben als fünfter Sohn oder als sechste Tochter, und allerhöchstens kommt es ihnen irgendwann einmal komisch vor, dass der Abstand zu ihrem nächstjüngeren oder nächstälteren Geschwister zu kurz ist.«

»Und das ist es, was du dir wünschst?«

»Ja«, erklärte sie einfach. »Das wünsche ich mir. Nicht genau so, denn ich werde das Kind niemals darüber im Zweifel lassen, wer seine leibliche Mutter ist und dass es allen Grund hat, auf sie stolz zu sein. Aber ansonsten ist es das, was ich will.«

»Was sagt Fiuzetta dazu?«

»Sie hat mich auf die Idee gebracht.«

Ich schüttelte abermals den Kopf. Mir war, als könnte ich kaum einen klaren Gedanken fassen.

»Es kommt nur noch auf dich an«, sagte Jana.

»Wie soll denn das gehen? Willst du hier bleiben, bis Fiuzetta entbunden hat?«

»Nein, so eine weite Reise wäre für ein Neugeborenes zu beschwerlich. Fiuzetta wird mit uns nach Krakau kommen. Ich werde die besten Hebammen und Ärzte bezahlen, die das Königreich Polen aufzuweisen hat.«

»Wenn, dann kommt das Kind in Landshut zur Welt«, hörte ich mich sagen.

Jana zog die Augenbrauen hoch. »Auf die Welt kommt es auf jeden Fall«, erklärte sie dann mit einem halben Lächeln.

Ich breitete die Arme aus. »Ich muss mir das erst durch den Kopf gehen lassen.«

»Sicher. Es tut mir Leid. Ich hatte mehr Zeit als du, darüber nachzudenken.«

»Mir tut es Leid. Ich hätte die letzten Tage bei dir verbringen sollen, anstatt auf die Jagd nach Verbrechern zu gehen.«

»Du hast das getan, was du für richtig gehalten hast. Ich möchte dich nicht anders, als du bist.«

»Ich schäme mich. Ich habe dich im Stich gelassen.«

»Du hättest mich im Stich gelassen, wenn du geglaubt hättest, den Tod dreier Kinder aufklären zu können, und dann nichts unternommen hättest.«

Sie konnte mich immer noch in Erstaunen versetzen. »Ich habe dich nicht verdient.«

»Unsinn. Ich bin nicht wie die Frauen der venezianischen Patrizier, die den ganzen Tag zu Hause verbringen und darauf warten, dass ein Feiertag kommt und ihr Gatte sie aus der Truhe nimmt, abstaubt und auf dem *campo* zur Schau stellt. Ich fühle mich eher Clara Manfridus verbunden. Ich tue, was ich für richtig halte, und du tust das Deine. Dass wir oft darin übereinstimmen, beweist, dass wir zueinander gehören.«

»Und dass dies oft genug nicht der Fall ist und wir trotzdem noch miteinander auskommen, beweist es auch«, erklärte ich lächelnd.

Jana lehnte sich an mich und seufzte.

»Ich bin zu Tode erschöpft«, sagte sie leise. »Bring mich bitte nach oben. Ich muss von diesem Ungeheuer dort drin wegkommen, sonst greife ich mir doch noch ein Messer und stoße es diesem Mistkerl in den Rücken. Und außerdem hast du noch Arbeit vor dir.«

»Vor allem Denkarbeit.«

Sie hob den Kopf, und ich küsste sie. Sie erwiderte den Kuss. »Wir werden Mariana fragen, ob sie etwas hat, das Ehepaare einnehmen können, die keine Kinder bekommen wollen«, flüsterte sie.

»Wenn sie etwas hat, das funktioniert«, flüsterte ich zurück, »werde ich alle schlechten Gedanken, die ich jemals gegenüber Hexen hegte, zurücknehmen und für jeden einzelnen davon eine Kerze anzünden. Doch jetzt musst du erst einmal eine Suppe von Clara Manfridus zu dir nehmen und dann schlafen.«

»Ich werde mir das schlimmste Rezept von Clara aufschreiben lassen und es dir dann jeden Tag vorsetzen.«

Ich lächelte zurück. Unnötig zu sagen, dass ich mit Freude die übelste Suppe schlürfen würde, die sie mir vorsetzen konnte, wenn unsere Liebe nur bestehen blieb. Ich hoffte, sie wusste es auch so.

9

In der Schankstube hatten sich Michael Manfridus und Paolo Calendar inzwischen zu Moro gesetzt. Calendar sprach mit leiser Stimme; an Manfridus' und Moros Gesichtern erkannte ich, dass der Polizist ihnen gerade schilderte, welche Ereignisse dazu geführt hatten, dass Barberro in die Herberge gekommen war. Erstaunt stellte ich fest, dass Calendar es geschafft hatte, über seinen Schatten zu springen und mehr zu sagen als unbedingt nötig.

Ich brauchte Fiuzetta nicht aufzufordern, Jana und mich zu begleiten; sie rappelte sich auf und stapfte hinter uns her die Treppe hinauf. Ich fühlte die Blicke, die die Herbergsgäste uns verstohlen zuwarfen, bis wir um die erste Kehre im Treppenhaus gebogen waren. Erst dann konnte ich etwas aufatmen. Jana, die so müde war, dass ihre Zunge schwer wurde, forderte Fiuzetta auf, sich zu ihr auf das Bett zu legen, dann rollte sie sich neben ihr zusammen und schloss die Augen. Fiuzetta sah mich mit hoffnungsloser Miene an. Sie schien wie innerlich erstarrt, was sich durch Janas Ausbruch wohl noch verstärkt hatte. Ich hob die Decken vom Boden auf und breitete sie über die beiden Frauen. Jana öffnete kurz die Augen und lächelte. Fiuzetta sah mich unverwandt an.

»Alles wird gut«, flüsterte ich. Sie schüttelte den Kopf, aber wenigstens schloss sie die Augen. Als ich hinausging, kamen Clara Manfridus und Julia die Treppe hoch; Letztere trug eine Schüssel mit dampfender Suppe. Clara Manfridus warf mir einen undeutbaren Blick zu und betrat dann die Kammer. Ich stieg zur Schankstube hinunter und setzte mich zu den Männern. Die Tischplatte war dort, wo Manfridus saß, von Nussschalen förmlich übersät. Die anderen Gäste hatten zaghaft wieder begonnen, sich zu unterhalten; zu den verstohlenen Blicken gesellten sich jetzt Finger und Daumen, die zu uns und besonders zu mir herüberdeuteten, als die Augenzeugen einander die Geschehnisse beschrieben.

Der Wirt schüttelte betroffen den Kopf. »Das ist die übelste Geschichte, die ich je gehört habe.« Selbst Moro nickte lediglich, ohne einen Kommentar abzugeben.

Calendar lehnte sich zurück und nahm die Hände von der Tischplatte, als sei er im Begriff, sich zu erheben. Er warf mir einen Blick zu. »Ich bringe den Gefangenen jetzt in den Dogenpalast. Ich brauche Sie als Zeugen.«

Ich nickte. »Jederzeit.«

»Ich möchte was trinken«, krächzte Barberro plötzlich und sah Manfridus herausfordernd an. Der Wirt zögerte. Moro sagte: »Halt's Maul!«, und Barberros Züge verzerrten sich vor Wut. Manfridus stand seufzend auf.

»Er ist ein Vieh«, rief Moro ärgerlich.

»Er ist ein Mensch, der andere Menschen wie Vieh behandelt hat«, korrigierte ihn Manfridus. »Das muss ja nicht heißen, dass wir uns auf seine Stufe stellen.«

Moro senkte den Kopf, keinesfalls überzeugt von Manfridus' Worten, doch er hatte keine Lust, seinem Herrn in diesem Moment zu widersprechen. Kurz sah ich etwas in seinen Zügen, das mich an den Jungen erinnerte, der seine verlauste Pferdedecke mit dem Messer verteidigte und für sie ohne zu zögern getötet hätte. Vermutlich war er der Einzige, der Janas Empfindungen wirklich nachvollziehen konnte.

Der Wirt kam mit einem Becher Wein wieder und hielt ihn Barberro an den Mund. Der Sklavenhändler trank und sah dann mit vollem Mund zu Manfridus hoch. Einen Augenblick lang erwartete ich, er würde ihm den Wein ins Gesicht spucken, dann schluckte er ihn hinunter und bedankte sich mit einem Kopfnicken und einem falschen Grinsen. Manfridus stellte den Becher ab, ohne darauf einzugehen.

»Jemand muss die Familie von Pegno benachrichtigen, dass der Tote aus dem Arsenal ein anderer Junge war«, sagte er dann in meine und Calendars Richtung. »Monna Laudomia und Andrea.«

Calendar machte ein betroffenes Gesicht. »Daran habe ich gar nicht gedacht«, gestand er überrascht.

»Und Enrico Dandolo«, warf ich ein. »Er muss es auch wissen.«

Wir wandten uns alle erstaunt zu Barberro um, als der Sklavenhändler zu lachen begann.

»Was ist so lustig?«, knurrte Calendar.

»Enrico Dandolo!«, keuchte Barberro. »Das ist gut! Benachrichtigt ihn nur, den armen Mann. Der Verlust seines Neffen hat ihm bestimmt die Sinne geraubt.« Er lachte erneut.

Moro riss der Geduldsfaden. Er sprang auf und holte mit der Faust aus. Barberro verstummte und sah ihn voller Hass an. »Wag es nicht, mich zu schlagen, du schwarzes Schwein!«, stieß er hervor.

Ich hob eine Hand, um Moro zurückzuhalten. Der Sklave sank schwer atmend auf seinen Platz zurück. Seine Hände zitterten.

»Spielen Sie sich nicht auf, Barberro«, sagte ich kalt. »Jeder in dieser Stadt, der will, kann sie schlagen. Ich habe es selbst zweimal beobachtet.«

Der Sklavenhändler gab einen erstickten Laut von sich. Seine Augen traten hervor. »Geht nur hin und sagt es allen!«, knirschte er. Von seinen Lippen flog der Speichel. »Sagt Enrico, er soll auch in meinem Namen eine Messe lesen lassen für seinen beschissenen Neffen.«

Ich sah zu Calendar hinüber, der Barberro nachdenklich musterte. Er bemerkte meinen Blick, sagte jedoch nichts. Offenbar war es jetzt an mir, die Fragen zu stellen.

»Wollen Sie uns damit zu verstehen geben«, fragte ich langsam, »dass ... *Enrico Dandolo* ... Ihr Geschäftspartner ist?«

»Na bravo«, höhnte Barberro.

Manfridus saß da wie vom Donner gerührt. Ich wusste, wie er sich fühlte. Ich dachte an ein paar elegante, dunkle Männerhandschuhe auf einer Truhe in Raras Haus und das Gefühl, beobachtet zu werden, und wusste, dass ich die Geschichte schon vor zwei Tagen hätte auflösen können, wenn ich durch sämtliche Räume in Raras Schreckenshaus gestürmt wäre.

»Erzähl.« Calendars Stimme klang eisig.

»Warum sollte ich?«

Calendar antwortete nicht. Er sah Barberro ruhig an, und es war nicht nötig, den Sklavenhändler mit der gleichen Drohung einzuschüchtern, die bei Rara de Jadra ihre Wirkung getan hatte. Barberro wusste, dass die peinliche Befragung auf ihn wartete und dass alles, was er jetzt sagte, den Grad der Unannehmlichkeit heruntersetzen konnte. »Ihr werdet ihn sicher auch befragen?«, krächzte er. Calendar zuckte mit den Schultern. »Ich hoffe, er weigert sich zu reden«, stöhnte Barberro heiser vor Wut. »Ich hoffe, ich kann dann zusehen, wie er mit einem Gewicht an den Füßen aufgezogen wird, bis ihm die Gelenke rausspringen.«

»Du wirst den besten Platz haben, wenn du nicht sofort zu reden anfängst. Direkt neben ihm, mit deinem eigenen Gewicht.«

Barberro spuckte aus.

»Der Mann ist seit Jahren pleite«, sagte er dann grob. »Sein feiner Bruder hat ihm was geliehen, aber damit konnte er sich auch nicht aus der Affäre ziehen. Das Geld zerrann ihm zwischen den Fingern.«

»Er hat viele Ausgaben«, erklärte ich leise und dachte an Dandolos makellose Kleidung.

»Pah. Das ist das Einzige, das er kann: auftreten wie ein Kardinal und dabei mit den Augen rollen, dass ihm die abgebrühteste Klosterschwester noch vertrauen würde.«

»Wann hat er entdeckt, dass er diese Fähigkeit gewinnbringend einsetzen könnte, wenn er für Sie den Strohmann spielt?«

»Es hat mit Falier angefangen. Enrico wusste, dass er den verdammten genuesischen Botschafter beherbergt. Genua hat den Krieg verloren, aber es ist immer noch mächtig genug, dass demjenigen der Weg in die höchsten Ämter geebnet wird, der dafür verantwortlich ist, wenn wieder Freundschaft zwischen den beiden Städten herrscht. Enrico wusste auch, dass Falier den Botschafter nur deshalb bei sich aufgenommen hat, um ihm den ganzen Tag in den Arsch zu kriechen und so der Mann zu werden, auf dessen Konto eine freundschaftliche Verbindung beider Städte geht. Falier will ja auf Teufel komm raus der oberste Angeber im Zehnerrat werden.«

»Dandolo erkannte, dass Falier nach einem unverbrauchten Jungen für den Botschafter suchte.«

Barberro nickte verächtlich.

»Aber der Junge, den Sie heranschafften, war zu krank...« Ich verstummte. Dunkel ahnte ich, was Barberro sagen würde. Ich sah in Calendars Augen und wusste, dass auch ihm die Wahrheit allmählich dämmerte. Wenn man es recht bedachte, hatte sie die ganze Zeit deutlich vor uns gelegen. Ich hatte es lediglich versäumt, genau hinzusehen.

»Ich sagte: Scheiße, Enrico, wir sind am Arsch«, krächzte Barberro. »Der Junge wird abkratzen, und wenn Falier merkt, dass er ein Vermögen wegen eines todkranken Bengels ausgegeben hat, sind wir genauso erledigt wie der Kleine. Lass dir was einfallen, sagte ich, es war doch von Anfang an deine Idee.«

Er schwieg. Keiner von uns hatte Lust nachzufragen. Nach einer kleinen Pause, in der Barberro auf den Weinbecher schielte, aber dann doch nicht nach ihm verlangte, sprach er weiter.

»Enricos Bruder Fabio hatte ihm seinen ältesten Sohn anvertraut, damit er was vom Geschäft lernt. Ausgerechnet von Enrico! Ich glaube eher, der Junge sollte so was wie ein Spion sein, der sich genauen Einblick in Enricos Geschäfte zu verschaffen hatte. Er sollte wohl herausfinden, ob Fabio noch was von seinem Geld zurückkriegen konnte und ob es sich lohnte, Enrico auszubooten und seine Geschäftsverbindungen selbst zu übernehmen. Aber der Junge war ebenso eine taube Nuss, was das betrifft, wie Enrico selbst. Sogar Enrico merkte das°– nicht den Vergleich mit ihm selbst, versteht sich, aber überhaupt. Wir nehmen Pegno anstelle deines Gefangenen, sagte Enrico. Er ist im selben Alter und vor allem: genauso unverbraucht.«

Ich hatte Enrico Dandolos Gesicht vor mir, wie er mir in dieser Schankstube gegenübersaß und sagte: *Ich bin der Onkel des Jungen. Ich bin wie ein zweiter Vater. Ich bin für ihn verantwortlich. Ich bin verzweifelt.* Ich hatte ihn bedauert. Keine Frage, er konnte jemandes Vertrauen wecken.

»Du bist verrückt, sagte ich zu Enrico. Was glaubst du, was los ist, wenn sein Vater was merkt? Wenn er ihm hinterher alles erzählt. Wir müssen eben dafür sorgen, dass Pegno nicht mehr zurückkommen kann, um alles zu erzählen, sagte Enrico. Wir müssen Pegno für tot erklären. Sein Vater verachtet ihn; wenn er von seiner Reise zurückkommt, wird er nur zwei Fragen nach seinem Sohn stellen, und die zweite wird sein: War das Begräbnis teuer?«

Calendars Stimme klang rau in der eingetretenen Stille. »Deshalb habt ihr den jungen Prinzen ertränkt, und Ursino hat ihm das Gesicht zerschnitten, damit die Fische ihn leichter unkenntlich machen konnten. Die Gassenjungen kamen euch gerade recht: Fulvio zwang sie dazu, auszusagen, sie hätten Pegno in der Nähe des Arsenals herumschleichen sehen. Das und die Aussage Enricos, der Tote sei sein Neffe, überzeugte alle. Aber warum das Arsenal?«

»In einem *rio* wäre die Leiche zu schnell gefunden worden; und im Kanal wäre sie in die Lagune hinausgetrieben und niemals entdeckt worden.«

»Und die Entdeckung der Leiche war wichtig für die ganze Geschichte.«

Barberro nickte erneut. Er sah in die Runde und kräuselte

verächtlich die Lippen, als er unser Entsetzen bemerkte. Ich habe mich manchmal gefragt, wie sich ein Fuchs fühlt, den man im Hühnerhof ertappt hat und mit den Spießen in die Enge treibt. Der Fuchs hat vermutlich nicht wirklich den Eindruck, etwas Schlimmes getan zu haben. Mit Barberro verhielt es sich ähnlich.

»Was ist schief gegangen?«, fragte ich.

»Enrico, dieser Vollidiot. Ich wollte, dass er Pegno am nächsten Morgen unter einem Vorwand zu Rara de Jadra bringen würde, damit sie ihm wenigstens die Grundzüge beibrächte. Der genuesische Botschafter sollte ja was davon haben, oder? Enrico sagte, das sei ihm zu früh, er müsse sich erst nach einem Ersatz umsehen, der Pegnos Arbeit übernehme. Ich sagte, er solle sich damit beeilen; Faliers Leibwächter waren mir bereits auf den Pelz gerückt, und ich wollte sie nicht noch mal auf dem Schiff haben. Enrico sagte, er würde sich in dem Kloster erkundigen, in dem Pegnos jüngerer Bruder untergebracht ist, ob man diesen für einige Zeit beurlauben könne. Er meinte, Andrea sei ohnehin schlauer als Pegno, da würde er keinen schlechten Tausch machen und das Bestechungsgeld für den Prior schon wieder hereinbringen. Enrico hatte vor, irgendwas davon zu faseln, dass Pegno unzuverlässig sei und sich herumtreibe und er gerade ein wichtiges Geschäft am Laufen habe, bei dem er unbedingt die Unterstützung der Familie brauche°– und Andrea sei der Einzige, der greifbar wäre. Der Prior nahm das Geld und fragte Andrea, und als der zustimmte, schien alles in Ordnung. Doch das Ganze hatte uns noch mal einen Tag aufgehalten, und in der Nacht, die darauf folgte, verschwand Pegno spurlos.«

Calendar beugte sich über den Tisch. »Was?«, zischte er.

Barberro zuckte mit den Schultern und spreizte die Finger seiner gefesselten Hände. »Wie ich sage°– weg! Verschwunden! Bis heute ist er noch nicht wieder aufgetaucht.«

»Deshalb kam Enrico Dandolo zu mir, um mich nach meinem Rat zu fragen«, stieß ich fassungslos hervor. »Mein Name war bekannt genug, um sein Hilfegesuch an mich halbwegs logisch erscheinen zu lassen. Letztlich hätte ich mich vielleicht sogar noch auf die Suche nach Pegno gemacht. Hätte ich ihn gefunden, hätte ich Enrico in seinem perversen Plan unterstützt und Pegno dem Verderben direkt in die Arme geliefert. Wenn nicht, war für Enrico zumindest nichts verloren. Und wenn er irgendwann den Toten aus dem Arsenal als seinen Neffen identifizierte, hatte er zugleich noch einen glaubwürdigen Zeugen, der bestätigen würde, er habe alles versucht, den vermissten Pegno wiederzufinden. Die Leiche des jungen Prinzen ist nur zu früh aufgetaucht, das ist alles.«

»Ich habe das auch noch eingefädelt«, erkannte Manfridus entsetzt.

»Wenn Enrico sogar bereit war, seinen Neffen zu opfern, warum hat er Sie dann bei Falier verleumdet?«, fragte ich den Sklavenhändler.

Barberro hob missmutig die Schultern. »Bring mich zu ihm, dann frag ich ihn selber.«

»Als Pegno verschwunden war«, fuhr Calendar fort, »war zugleich die letzte Chance vertan, die Geschichte mit Falier zu einem befriedigenden Abschluss zu bringen. Es ist ganz einfach: Enrico Dandolo lieferte seinen Geschäftspartner ans Messer, damit ihn nicht selbst Faliers Zorn treffen würde. Wahrscheinlich hält er schon nach einem neuen Partner Ausschau, um Faliers Wünsche zu befriedigen.«

»Das Schwein!«, rief Barberro empört, als hätte Enrico einem Unschuldigen gegenüber den übelsten Verrat begangen.

»Was jetzt?«, erkundigte ich mich.

Calendar nestelte das Siegel, das ihm an einer Kette um den Hals hing und ihn als Angehörigen der Polizei auswies, aus seinem Hemd. Er zögerte einen winzigen Augenblick, dann streifte er dem überraschten Moro die Kette über den Kopf.

»Kannst du ihn im Dogenpalast abliefern? Zeig mein Siegel her, dann hast du keine Schwierigkeiten mit den Wachen. Vergewissere dich, dass er in einer Zelle landet und dort angekettet wird.«

Moro strich mit einem Finger über das Siegel und ließ es dann vor seiner muskulösen Brust herunterbaumeln. Er stand auf, als habe er dergleichen schon hundertmal getan. »Schon erledigt«, sagte er und zerrte den protestierenden Barberro auf die Füße. Barberro begann mit einer Reihe von Beleidigungen, sah dann Moro ins Gesicht und wurde schlagartig still. Scheinbar ging ihm auf, dass er mit ihm in den nächsten Minuten allein durch viele dunkle und manchmal menschenleere Gassen marschieren würde. »Was haben Sie vor?«

Calendar sah von Moro zu mir herüber. »Wir besuchen Enrico Dandolo«, erklärte er.

»Und was ist mit Pegno?«

»Eins nach dem anderen«, sagte Calendar ruhig.

10

Das Haus Enrico Dandolos an der kleinen Brücke wirkte von außen nicht anders als bei meinem ersten Besuch, trotzdem schien es mir jetzt noch verkommener als zuvor. Als wir das Erdgeschoss betraten, hätte ich es beinahe nicht wiedererkannt. Der Boden war aufgerissen. An der Seite, wo hinter der Außenwand der Rio della Pergola floss, befand sich ein schräg nach unten führendes Loch wie die eine Hälfte eines Trichters, und der Aushub war dazu verwendet worden, dessen Rand zu erhöhen; prall gefüllte Säcke waren in zwei Reihen darauf gestapelt. Es handelte sich wohl um die Vorbereitungen zum Durchbruch der Mauer nach außen, wie Andrea Dandolo geplant hatte. Der Wall und die Sandsäcke dienten dazu, das restliche Erdgeschoss vor einer Überschwemmung zu bewahren, sollte das Wasser des *rio* bis hier hereingelangen. Dandolos Arbeiter füllten eine weitere Anzahl von Säcken mit Lehm und Sand und stapelten sie neben einer geschlossenen Lagertür. Offenbar hatte Andrea hier die wenigen noch verwertbaren Güter seines Onkels einräumen lassen und angeordnet, das Lager doppelt gegen das Wasser abzusichern. Wir stiegen in den ersten Stock hinauf, wo uns ein Dienstbote empfing.

Calendar übernahm das Reden. Soweit ich verstand, gab er uns als Abgesandte des Zehnerrats aus, woraufhin der Bedienstete uns bat, im Saal zu warten, derweil er nach seinem Herrn Ausschau halten würde.

»Wenn ich unsere richtigen Namen genannt hätte, würden wir auf Dandolo bis in alle Ewigkeit warten«, raunte Calendar. »Hoffentlich glaubt er, wir sind in Wirklichkeit Abgesandte von Leonardo Falier, die sich nur nicht so offen zu erkennen geben wollen. Dann wird er uns kaum abblitzen lassen.«

»Das ist das erste Mal, dass ich höre, wie einer beim Lügen noch lügt«, erklärte ich trocken. Calendar verzog das Gesicht zu einem Lächeln.

Es dauerte nicht lange, bis der Dienstbote zurückkam. Er zog ein bedauerndes Gesicht°– sein Herr habe das Haus heute am späten Vormittag verlassen und sei noch nicht zurückgekehrt.

Ich zog Calendar beiseite. »Sollen wir das glauben?«, flüsterte ich.

Calendar zuckte mit den Schultern. Er sah unzufrieden aus. Dann irrte sein Blick plötzlich ab, und er verneigte sich. In einer halb geöffneten Tür des Saals stand eine elegant gekleidete Frau und spähte zu uns herein. Ich folgte Calendars Beispiel. Halb verborgen hinter der Tür, nickte uns die Frau zu, ohne näher zu treten. Mich überkam plötzlich das Gefühl, in einem Gefängnis zu sein, und einer der Insassen spähte halb neugierig, halb vorsichtig aus seiner Zelle heraus. Enrico Dandolos Gattin verhielt sich den Regeln gemäß, die in der hiesigen Gesellschaft für Frauen galten. Ich fragte mich, ob es Calendar schmerzte, dass er in seinem eigenen Heim nicht einmal einen zweiten Raum besaß, in den seine Frau sich zurückziehen konnte, um wenigstens den Anschein der hier gebräuchlichen sozialen Würde zu wahren. Neben Calendars Gattin hatte ich in Venedig nur mit zwei anderen Frauen der Gesellschaft Kontakt aufnehmen können: Clara Manfridus, die für sich ohnehin nur ihre eigenen Regeln akzeptierte, und Rara de Jadra, die, selbst wenn sie keine Verbrecherin gewesen wäre, auf einer Stufe gestanden hatte, die sie nur knapp über die Dienstboten, Lastträger und Hilfsarbeiter erhob.

Meine Gedanken waren müßig. Calendar formulierte in höflichem, zurückhaltendem Ton eine Frage. Dandolos Frau dachte einen Augenblick nach, dann gab sie dem Dienstboten einen Wink und schloss leise die Tür. Der Dienstbote lieferte die höfliche Antwort auf Calendars Frage.

»Dandolo ist auf Burano«, knurrte Calendar. »Die Familie besitzt dort ein Landhaus. Er müsse eine Erschöpfung auskurieren.«

»Er ist abgehauen, um die Sache auszusitzen«, sagte ich.

Calendar nickte. »Wir werden ihn an den Haaren aus seinem Landhaus ziehen, wenn es sein muss.«

Er gab mir mit dem Kopf ein Zeichen, und wir trabten die Treppe wieder hinunter. Calendar war über die Verzögerung aufgebracht. Er stapfte über den unebenen Boden, ohne die Arbeiten im Lagergeschoss zu beachten. Der Durchmesser des frisch ausgehobenen Trichters war exakt so groß wie die Kreidestriche an der Wand, die den künftigen Durchbruch markierten. Eine kleine Gestalt stand jetzt dort, hielt eine Öllampe in der einen Hand und musterte die Beschaffenheit der Mauer. Ich sah, wie sie mit einem schmalen Messer in der anderen Hand in den Ritzen der Backsteine herumstocherte. Mörtel bröselte heraus. Die Gestalt schien völlig vertieft in ihre Tätigkeit; ein Mensch, der in dem, was er sich vorgenommen hat, vollkommen aufgeht. Das Messer glitzerte im goldenen Schein der Öllampe. Ich stand da wie erstarrt.

»Andrea Dandolo!«, rief ich in scharfem Ton. Die Gestalt zuckte zusammen und drehte sich um. Das Lämpchen beleuchtete eine Hälfte des schmalen Jungengesichts und tauchte die andere ins Dunkel. Andrea zog die Augenbrauen hoch. Er schien einen Moment nachdenken zu müssen, wer ich war. Es war blanke Schauspielerei, und ich fühlte, wie der Ärger wieder in mir aufkochte. Calendar öffnete die Eingangstür und drehte sich um. Er warf Andrea einen flüchtigen Blick zu und sah mich dann erwartungsvoll an.

»Ich komme gleich«, sagte ich leise zu ihm, ohne die Augen von Andreas Gesicht abzuwenden. Ich hörte, wie die Tür zuklappte. Aus der Miene des Jungen wich langsam die künstliche Überlegenheit.

»Ich hätte öfter beten sollen, dann hätte Gott die Blindheit vielleicht eher von meinen Augen genommen«, sagte ich auf Latein. »Wie oft betest du am Tag, *frater* Andrea? Die vorgeschriebene Anzahl – zu jeder Messe?«

»Ich bin kein Bruder, ich bin Novize.«

»Ein kleiner Unterschied, möchte man meinen – es sei denn, das Novizentum erfüllt sich nicht. Zum Beispiel, wenn man das Kloster vorzeitig verlässt.«

Andrea gab sich einen Ruck und schritt um den Trichter herum, bis er auf Armlänge entfernt von mir stand. Ich deutete auf das Messer. »Es wird stumpf, wenn du damit die Standfestigkeit der Mauer überprüfst.«

Er zuckte mit den Schultern.

»Macht nichts?«, fragte ich. »Hat es seine Schuldigkeit bereits getan?«

»Ich habe eine Menge Arbeit, wenn du erlaubst«, erwiderte er mit eisiger Höflichkeit.

»Das kann ich mir vorstellen.« Ich starrte ihn an, bis er den Blick wieder senken musste. Er hätte einfach davongehen können und sich seiner Arbeit widmen, aber er blieb stehen. Ich sah, dass sein Atem schnell ging.

»Dein Oheim Enrico hatte eine Leiche zur Hand, die er als die Pegnos ausgeben konnte – die eines unglücklichen jungen Prinzen aus einer Stadt am Schwarzen Meer. Bei dir war es genau anders herum: Du hattest Pegnos wirkliche Leiche, und die musstest du verschwinden lassen, sonst hätte man den Messerstich gesehen und angefangen nachzuforschen. Bestimmt ist es dir leicht gefallen, mit dem Geld deines Vaters ein paar üble Kerle dazu zu überreden, mit einem großen eingewickelten Paket und ein paar Steinen daran in die Lagune hinauszurudern und den Leichnam über Bord zu werfen. Wie hast du es getan, Andrea? Von vorn? Hinterrücks?«

Andrea blinzelte. Er war sichtlich bleicher geworden. Sein Mund arbeitete an einer Erwiderung, aber sie wollte ihm nicht über die Lippen kommen.

»Es ist schwierig, einen Menschen von hinten zu erstechen, wenn man es nicht gewohnt ist. Man trifft nicht das Herz, oder die Klinge gleitet von den Rippen ab, und alles, was dabei herauskommt, ist ein leicht verletzter Gegner, dem die Todesangst Riesenkräfte verleiht. Nein, ich nehme an, du standest vor ihm und hast mit dem Messer gespielt, wie du es immer tust, wenn du nervös bist. Hat er dich besucht oder du ihn? Haben seine Klagen über die Schwierigkeit des Geschäftslebens dich in Rage versetzt, weil für dich nur Nebensächlichkeiten sind, was für Pegno unlösbare Probleme darstellten? Wie oft musstest du dir sein Lamento schon anhören, bevor es dir zu viel wurde; wie oft hast du ihm Ratschläge erteilt, wie er sich verhalten solle? Ging dir plötzlich auf, wie verkehrt alles eingerichtet war: du im Kloster, während dein Bruder, der Versager, nicht einmal mit den einfachsten Anforderungen des wirklich übersichtlichen Geschäfts deines Onkels zurechtkam?«

»Ich will …« begann Andrea.

Ich schnitt ihm das Wort ab. »Auf einmal lag die Lösung vor dir, nicht wahr? Mit Pegnos Tod wärst du der älteste Sohn von Fabio Dandolo. Dein Vater würde dich aus dem Kloster freikaufen, und du könntest endlich deiner Bestimmung folgen, die dein starrköpfiger Vater nie erkannte. Pegno war mit einem Mal das geeignete Werkzeug dafür°– ein Werkzeug, dessen Zweck einzig und allein darin liegt, zum rechten Moment beseitigt zu werden. Und du nutztest den Augenblick. Wie war sein Gesichtsausdruck, als deine Klinge sein Herz durchbohrte? War er überrascht? Weinte er? Versuchte er sich an dir festzuhalten, während er zu Boden sank und das Leben aus seinem Körper rann? *Was glaubst du, hat er gesehen in den letzten Momenten seines Lebens, das sein jüngerer Bruder ihm genommen hat?*«

Ich schwieg, weil ich merkte, wie meine Stimme überschnappte. Die Männer im Lager drehten sich um und machten sich dann wieder an ihre Arbeit. Unwahrscheinlich, dass sie Latein verstanden; doch dass sich Andreas Gesprächspartner in ein zornerfülltes Schreien hineingeredet hatte, erkannten sie. Sie duckten sich und spitzten gleichzeitig die Ohren, damit ihnen nichts entging. Ich hatte einen Geschmack im Mund, als sei mir die Galle aufgestiegen. Meine Hände schmerzten, so sehr hatte ich sie zu Fäusten geballt. Andrea war einen Schritt zurückgewichen. Er schüttelte mit hastigen kleinen Bewegungen den Kopf.

»Dein Onkel wollte Pegno als Sklaven an einen Sodomiten verkaufen, um ein Geschäft zu Ende zu bringen, in das er sich verwickelt hatte – er ging davon aus, dass niemand ihn vermissen würde. Du wolltest Pegno beseitigen, um seine Stelle einzunehmen und endlich das verhasste Kloster verlassen zu können – du bist sein Bruder, du *weißt*, dass niemand Pegno vermisst. Wie es scheint, warst du schneller als dein Onkel. Ich weiß nicht, wer von euch beiden mir mehr zuwider ist, du oder Enrico. Ich bin sicher, ihr werdet euch in der Hölle wiedersehen.«

Andreas Gesichtszüge zerbrachen, als hätte ich ihn geschlagen, und ich musste mir wieder in Erinnerung rufen, dass er noch ein Kind war. Seine Augen funkelten im Halbdunkel des Lagergeschosses vor Tränen; ich konnte nicht sagen, ob es Tränen der Wut oder der Scham waren.

Ich drehte mich um. »Ich habe keine Beweise gegen dich in der Hand. Die irdische Gerechtigkeit kann dir nichts anhaben. Du musst mit dieser Sache in deinem Gewissen leben, bis deine eigene Stunde gekommen ist. Dein Onkel allerdings kommt so nicht davon. Er hat sich nach Burano geflüchtet, aber wir werden ihn holen. Wenn sie ihm den Prozess gemacht und ihn gehängt haben, kannst du sein Geschäft in das Haus deines Vaters eingliedern. Wer weiß, vielleicht übergibt er dir die ganze Verantwortung? Dann wärst du der jüngste Geschäftsmann, den ich kenne. Freu dich. Das Blut deines Bruders hat dich in diese Position gebracht.«

Ich stapfte zur Tür hinaus und war erleichtert, dem dumpfen Kerkergeruch des Lagergeschosses zu entkommen. Calendar wartete ungeduldig auf mich. Ich blinzelte in den Schaft aus hellem Licht, der in die Lücke zwischen den Dächern fiel, unter der die Brücke über den schmalen *rio* lag.

»Was haben Sie noch herausgefunden?«, fragte Calendar, als ich mich zu ihm gesellte und wir auf die Brücke traten. Das Sonnenlicht lag darauf und riss sie aus dem Dunkel der Gassenkreuzung und der fleckigen Ziegelwände.

»Das wollen Sie gar nicht wissen«, antwortete ich grimmig und spuckte aus. »Kommen Sie endlich. Gehen wir wenigstens einen der Schurken holen.«

Calendar sah mich erstaunt an, zuckte dann nach einigem Zögern mit den Schultern und sah sich mit zusammengekniffenen Augen um. »Marschieren wir zurück zum Dogenpalast. Vielleicht ist die Suche nach den Entkommenen vom Seuchenschiff schon beendet. Wenn nicht, werden wir dort wenigstens ein Boot und einen Bootsführer bekommen, der uns nach Burano übersetzt.« Er deutete die *fondamenta* hinunter, die am Rio della Pergola entlang nach Süden lief. »Hier runter kommen wir am schnellsten zum Rialto.«

Wir waren noch nicht weit gekommen, als ich das Schlagen einer Tür und die hastigen Schritte von Sandalen auf der Brücke klappern hörte. Ich drehte mich um. Andrea Dandolo stützte sich auf das Geländer und starrte uns hinterher. Er war so aschfahl, dass er aussah, als habe er seinen eigenen Tod erblickt. Ich blieb stehen.

»Stimmt das, was du über meinen Onkel gesagt hast?«, flüsterte er kaum hörbar.

»Jedes Wort.«

Unter der Blässe seines Gesichts war der kleine Junge zum Vorschein gekommen, der er wirklich war. Eine Träne rollte ihm über die Wange. Er erbebte.

»Pegno ist auf Burano«, krächzte er. »Ich habe ihn dorthin in Sicherheit gebracht.«

11

Der eine Bruder ein Träumer, der sich am liebsten vor der Welt versteckt hätte und in eine Stellung gezwungen war, in der jeden Tag aufs Neue Reaktionsschnelligkeit, Härte und kühle Taktik gefordert waren; der andere Bruder ein kluger, strategisch denkender Analytiker, der in jedem Geschäft mit offenen Armen aufgenommen worden wäre und stattdessen sein Leben in unverstandener Kontemplation hinter Klostermauern zubringen musste. Man hätte meinen müssen, dass Pegno und Andrea sich hassten. Es war alles andere als tröstlich, dass Enrico Dandolo diesem Trugschluss ebenso erlegen war wie ich. Entgegen allen Erwartungen waren die beiden einander in inniger Zuneigung verbunden.

Als Enrico Andrea benachrichtigen ließ, dass er ihn als Aushilfe für Pegno brauche, dachte Andrea nicht voller Hohn, dass sein Bruder endlich versagt habe und dass nun seine Stunde gekommen sei. Vielmehr ließ er Pegno noch am selben Abend ins Kloster bestellen, um zu erfahren, was passiert war. Pegno, der naturgemäß nicht darüber informiert worden war, was sein Onkel sich ausgedacht hatte, zeigte sich dennoch nicht überrascht: Sein Vater hatte ihn einen Versager geheißen und von Bord seines Schiffes gewiesen, und es konnte nur noch eine Frage der Zeit gewesen sein, bis sich auch sein Onkel diese Ansicht zu Eigen machte. Er gestand Andrea, was auf dem Schiff ihres Vater geschehen war und wie er die Sache sah.

Andrea begriff sofort, dass dies die Chance war, alles zurechtzurücken, was die Hartherzigkeit und die engstirnigen Pläne ihres Vaters angerichtet hatten. Pegnos Bruder war ein schlauer Kopf, aber dennoch ein Kind, und dass Enrico Dandolo doppeltes Spiel trieb, kam ihm nicht ein einziges Mal in den Sinn. Wenn er also, so Andreas Gedanke, das Geschäft, bei dem ihr Onkel Hilfe brauchte, zur Zufriedenheit abwickelte, konnte er beweisen, dass in ihm all das steckte, was man so vergeblich von Pegno erwartet hatte. Fabio Dandolo würde, sobald er von seiner Reise zurückkehrte, erkennen, dass es nur von Vorteil sein konnte, seine Entscheidungen zu revidieren und Andrea wieder aus dem Kloster zu holen. Und mit kindlicher Rachsucht plante er, Pegno einige Zeit untertauchen zu lassen, um die lieblose Familie ein paar Tage Angst und Sorge auszusetzen. Pegno sollte spätestens dann auftauchen, wenn Andrea das Geschäft seines Onkels in trockene Tücher verpackt hatte, und in der Freude über den guten Ausgang des Handels und der Erleichterung über die Rückkehr des totgeglaubten Sohnes würde ihr Vater noch leichter zu überzeugen sein, dass er sich in der Lebensplanung beider Söhne geirrt hatte.

Wir ruderten in einem der Boote in die Lagune hinaus, die Enrico Dandolo gehörten, ein flacher *sàndolo* mit abblätternder Farbe und altem, rissig gewordenem Holz. Der Bootsführer pumpte das Ruder, so schnell er konnte. Als eine leichte Brise aufkam, holten Calendar und der Bootsführer eine Stange hervor, die so lang war wie das Boot, und steckten sie in eine Halterung. Erst als sie aufrecht stand, wurde mir klar, dass es sich um einen niedrigen Mast handelte. Sie zogen ein schimmelig riechendes Segel unter einem Sitz heraus und takelten den Mast auf. Die Brise fuhr in das Segel und blähte es, aber als ich mich umdrehte und sah, wie wenig wir erst zurückgelegt hatten, schwand meine Zuversicht.

Andrea kauerte zusammengesunken im Heck, seine Augen groß und sein Körper verkrampft vor Angst, mit seiner gut gemeinten Idee alles falsch gemacht zu haben. Er schwieg, und auch wir sprachen ihn nicht an. Ich fing einen Blick Paolo Calendars auf, der ansonsten damit beschäftigt war, das Segel in den Wind zu halten: Auch er schien nicht zu wissen, was uns erwartete. Enrico hatte seinen Neffen sicherlich schon gefunden und die Wahrheit aus ihm herausgeholt. Was dann geschehen würde, war nicht vorherzusehen. Es konnte sein, dass Enrico erleichtert war und plante, das Geschäft mit Falier doch noch zu Ende zu bringen – oder dass er Pegno vor Wut etwas antat. Calendars besorgter Miene glaubte ich zu entnehmen, dass er eher das Letztere für wahrscheinlich hielt. Wir spähten angestrengt nach allen Booten, die aus der nördlichen Richtung zur Stadt herunterkamen, ob sich in einem davon vielleicht Enrico und Pegno befanden, aber wir entdeckten ausschließlich Fischerboote, in denen knorrige Männer saßen und versuchten, dem Meer ihren Lebensunterhalt abzuringen.

San Michele glich einer Festung, die im Wasser schwamm: die Grabsteine die Häuser der Bewohner und die Kirche die Burg; Murano hingegen bildete ein Gewirr aus kleineren Inseln, deren verschlungene Kanäle die *rii* und deren bunt gestrichene Fischerhütten die Paläste der großen Stadt nachzuahmen schienen. Sant Erasmo zur Rechten reckte einen dünnen Saum windzerzauster Pinien in den blauen Himmel, zwischen deren Stämmen der Sandstrand hindurchschimmerte. San Francesco del Deserto wiederum bestand nur noch aus Sand, ein bleicher, gewellter Rücken, der sich flach aus der Lagune hob, als habe jemand ein Stück aus der Wüste hierher verpflanzt.

Calendar informierte mich murmelnd über die Geografie des nördlichen Teils der Lagune. Bei Mazzorbo fuhren wir in ein Labyrinth aus gras- und baumbestandenen Inseln hinein, auf denen sich da und dort ein Fischerdorf aus wenigen Häusern zusammendrängte oder der ziegelrote Turm einer Kirche aus dem gelben Gras stach. So musste Venedig gewesen sein, bevor sie die unergründlichste Stadt der Welt geworden war.

Calendar und der Bootsführer holten das Segel ein und legten den Mast in den *sàndolo* zurück. Ich blickte in den Himmel und erkannte an seinem wärmer werdenden Blau, dass der größte Teil des Tages endgültig vorüber war. Hinter Andreas blassem Gesicht funkelte Venedig, die Kirchen und Paläste winzig klein aus der Entfernung, im golden verfärbten Wasser schwebend, das juwelenbesetzte Spielzeug eines Riesen, so schön, dass einem das Herz eng wurde, wenn man zu lange hinsah.

Das Boot tauchte in die gewundenen Kanäle der Inselwelt ein und umrundete Mazzorbo von Nordwesten her, eine flache, nahezu baumlose Insel mit verstreuten Hütten und einem kleinen Friedhof. Burano lag südöstlich davon, nicht weiter davon getrennt als durch einen Kanal, der die Breite des Canàl Grande hatte. Auf dem östlichen Ende der Insel winkten die knallig rot, blau und gelb gestrichenen Hütten eines weiteren Fischerdorfs; nach Süden hin, wo der Blick auf Venedig frei war, erhoben sich Pinien in einzelnen Gruppen und behüteten frei stehende Gebäude, die wenn schon nicht an Größe, so doch an Schmuck mit ihren mächtigeren Schwestern, den Stadtpalästen der Patrizier, konkurrieren konnten.

Andrea gab eine halblaute Anweisung, als Calendar und der Bootsführer ihn fragend ansahen, und wir glitten in einen extrem engen Kanal hinein, dessen Ufer mit hohem Gras bewachsen waren, und bogen gleich darauf wieder rechts in eine ebenso enge Wasserstraße. Tatsächlich bestand auch Burano wiederum aus mehreren kleineren Inselchen. Andrea zeigte auf eine Stelle, an der das hohe Gras gemäht war und ein einfacher hölzerner Landungssteg einen Schritt weit in den Kanal hinausragte.

»Das Landhaus meines Vaters hat ein Grundstück zum offenen Wasser hin«, sagte Andrea endlich. Es war der erste zusammenhängende Satz, seit wir von Enrico Dandolos Haus abgelegt hatten. »Normalerweise landet man dort; es gibt eine kleine, künstlich angelegte Bucht. Hier ist quasi der Hintereingang.« Er hatte Latein gesprochen, damit ich ihn verstehen konnte. Offenbar hatte Calendar auch damit keine Mühe.

»Noch jemand hat den Hintereingang benutzt«, knurrte Calendar und deutete auf das abgenutzte Boot, das halb auf das trockene Land hinaufgezogen worden war. Es war kleiner als unseres und besaß keinen Mast. Unter seinem Kiel war das Gras nass und der Bauch des Bootes selbst noch feucht. »Dandolo hat das nächstbeste Boot genommen. Er hatte es eilig.«

Wir ließen den Bootsführer beim Landungssteg zurück. Jemand hatte sich halbherzig darangemacht, dem wild wuchernden Gras und den Büschen eine dem menschlichen Formempfinden näher liegende Gestalt zu geben, und sich als Gärtner probiert, aber die Versuche waren entweder zum Erliegen gekommen oder noch nicht weit genug gediehen. Ein mit Terrakottafliesen gepflasterter Weg führte zu einer gedrungenen, schlichteren Version eines venezianischen *ca'* und erweiterte sich vor dem Eingang zu einem Rund, in dessen Mitte die übliche Zisterne stand. Die Fliesen waren teils halb im Boden versunken, teils ragten ihre Kanten heraus. Wie es schien, wurde das Landhaus nicht oft benutzt; aus unterschiedlichen Gründen hatten beide Brüder Dandolo, Enrico und Fabio, nicht genügend Zeit zur Muße.

Die Tür war offen und gewährte uns den Zutritt in einen mit Fresken verzierten Saal. Die Architektur wirkte, als habe man die beiden oberen Geschosse eines Stadtpalastes abgeschnitten und hierher auf den Boden gesetzt. Das Erdgeschoss mit seinem Lager und den Wohnräumen des Gesindes fehlte. Das Haus war zur Muße und Zerstreuung gedacht, nicht zur Arbeit. Andrea öffnete den Mund, um zu rufen, aber Calendar winkte knapp mit einem Finger, und der Junge schwieg.

Das Haus war rasch durchsucht. Der Saal erstreckte sich über die ganze Tiefe des Erdgeschosses, wenn auch nicht über die gesamte Breite; Türen führten rechts und links zu den engen, muffigen Kammern des Gesindes. Eine zweiflüglige

Tür öffnete sich in ein enges Treppenhaus, das mit einer Biegung ins Obergeschoss führte. Wir fanden leere Zimmer, die als Schlafräume dienen mochten, wenn das Haus bewohnt war. Es fehlte sowohl an Möbeln wie an sonstigen Einrichtungsgegenständen. Wer hier herausfuhr, um eine Zeit lang abseits der Hektik Venedigs auszuruhen, fuhr mit seinem gesamten Hausstand. Man wollte das täglich Vertraute um sich haben.

Auch sonst war das Haus leer, keine Menschenseele war zu sehen. Andrea zuckte mit den Schultern, sichtlich besorgt. Wir durchquerten den Saal und stießen die Fensterläden auf, die die drei Bogenfenster auf der Rückseite des Hauses verschlossen hatten. Goldenes Sonnenlicht fiel herein und offenbarte den Staub, der sich im Saal abgelagert hatte. Unsere Fußspuren führten kreuz und quer hindurch, und ich konnte Calendar ansehen, dass er sich darüber ärgerte, dass wir alle eventuellen weiteren Spuren zerstört hatten. Das Grundstück der Dandolos zog sich in einem weiten Bogen zum Ufer hinunter. Auch hier waren die Spuren einer halbherzigen gärtnerischen Umgestaltung zu sehen. Hart am Ufer stand eine große, weit ausladende Pinie, leicht schräg, als seien ihre Wurzeln bereits in dem trügerischen Grund abgesackt.

»Das ist die kleine Bucht«, sagte Andrea. Unwillkürlich hatte er geflüstert. Calendar starrte mit zusammengekniffenen Augen hinaus in das Glitzern des Wassers. Er schien etwas zu sehen, das meinen Augen verborgen blieb. Plötzlich stieß er sich vom Fenster ab.

»Was ist los?«

»Jemand ist im Wasser!«, rief er, während er schon zur Vordertür eilte. »Ich habe die Wellen gesehen.«

Ich sah Andrea an und lief dann Calendar wortlos hinterher. Der Junge hielt mit mir Schritt. Calendar machte keine Anstalten, auf uns zu warten. Er rannte mit weit ausgreifenden Schritten um die Hausecke herum und sprang durch das halbhohe Gras des Gartens. Wir pflügten ihm ungeschickt hinterher. Die Bucht war durch fast mannshohe Büsche dem

Einblick vom Haus her verborgen, Büsche, die wahrscheinlich eine reizvolle Torsituation mit Blick auf das in der Ferne glitzernde Venedig ergeben hätten, wenn man sie zurückgeschnitten hätte. Calendar hielt die Arme vor das Gesicht und brach durch das Gehölz, ohne anzuhalten. Ich hörte einen entsetzten Aufschrei und gleich danach das Aufspritzen von Wasser, wenn ein Mann in vollem Lauf hineinstürzt.

Als wir uns durch die Büsche gezwängt hatten, sahen wir zwei Männer, die nebeneinander im hüfthohen Wasser standen: Calendar und Enrico Dandolo. Enrico starrte den Polizisten an, als habe er ein Gespenst gesehen. Calendar hatte ihn am Kragen gepackt und eine Faust erhoben, aber sie hing noch immer in der Luft, ohne auf Dandolos Gesicht niederzusausen. Dandolo hatte ein langes, vor Nässe glänzendes Ruder in beiden Händen und hielt es ausgestreckt in die Lagune hinaus. Er riss seinen Blick von Calendar los und starrte wieder dort hinaus, wohin sein Ruder zeigte. Calendar folgte seinem Blick unwillkürlich. Ich tat es auch. Dann packte ich Andrea im Genick und presste sein Gesicht gegen meine Brust.

Keuchend zogen Calendar und Dandolo den Körper zusammen an Land. Er hatte mindestens ebenso lange im Wasser gelegen wie der, der für ihn ausgegeben worden war, an jenem Mittag vor vier Tagen beim Arsenal. Es hatte keines von skrupellosen Händen geführten Messers bedurft, dass sich die Fische und Krebse für ihn interessiert hatten, doch das bleiche, aufgedunsene Gesicht war noch zu erkennen.

»Ich war es nicht«, ächzte Dandolo, als er und Calendar den toten Pegno endlich an Land gezerrt hatten. Ich hielt Andrea fest, dessen Körper in meinen Armen von einem haltlosen Schluchzen geschüttelt wurde.

»Natürlich nicht«, knurrte Calendar und bleckte die Zähne. »Er war ja Ihre beste Ware.«

Mein Venezianisch reichte nicht für die weiteren Worte, die zwischen ihnen fielen. Schließlich wankte Dandolo beiseite und sank auf die Knie, während Calendar den leichten Mantel des Kaufmanns, den dieser abgelegt hatte, bevor er ins Wasser gewatet war, über den Leichnam breitete. Dann richtete er sich auf, starrte mich mit einem Ausdruck an, der mich samt dem Kind in meinen Armen zurückweichen ließ, und trat zu dem am Boden kauernden Dandolo hinüber. Sein Atem ging schwer.

»Enrico Dandolo«, keuchte er, »hiermit verhafte ich Sie.« Er holte tief Luft, und als er weitersprach, klang seine Stimme rau. »Auch wenn es niemandem mehr nützt.«

Letzter Tag

1

Vier Wochen später reisten wir ab. Jana erholte sich langsam, auch wenn die körperlichen Wunden besser heilten als jene, die der Verlust des Kindes in ihrer Seele hinterlassen hatte. Ich hatte einen überdachten Wagen erstanden, komplett mit zwei Mauleseln und einem kleinen, drahtigen Kerl von Wagenlenker, der ebenso gut in das Heck einer *gondola* gepasst hätte. Jana und Fiuzetta teilten sich das Gefährt, während ich nebenher ritt°– zumeist ausgeschlossen von ihren Gesprächen, ein Mann, der bei Frauendingen nichts verloren hat. So blieb mir genügend Raum zum Nachdenken, und ich war nicht unglücklich darüber.

Ich würde nun doch noch ein letztes Mal zum Vater werden, auch wenn ich nicht der leibliche Vater war und die Frau, die ich liebte, nicht die leibliche Mutter. Ich horchte auf dem langweiligen Weg über die gepflegten Handelsstraßen der Po-Ebene tief in mich hinein und stellte zu meiner eigenen Überraschung fest, wie wenig mich diese Tatsache bekümmerte. Wenn ich Kummer verspürte, dann mehr Fiuzettas wegen, die das Kind in ihrem Leib mehr liebte als ihr eigenes Leben und für die die Reise nach Norden nur der lange schreckliche Weg bis zu jenem Tag war, an dem sie das Kind in Schmerzen gebären und dann für immer fortgeben würde. Ich hatte ihr angeboten, sie in meinem oder in Janas Haus zu beschäftigen, aber sie wollte nichts davon hören. Ihr Zuhause war die Stadt in der Lagune, und sie wusste instinktiv, dass sie an allen anderen Orten der Welt unglücklich sein würde.

Ich glaube, Jana war insgeheim froh über diese Entscheidung: Fiuzetta, die sie ungeachtet dessen liebte wie eine

Schwester, ständig vor Augen zu haben°– niemals hätte es ihr das Gefühl gegeben, die Mutter des angenommenen Kindes zu sein. Ich versuchte nicht, Fiuzetta davon zu überzeugen, dass sie das Kind behalten könne, wenn sie in unserem Gesinde aufgenommen würde und sich nicht um Brot und Unterkunft sorgen musste. Ihr Entschluss, das Kind fortzugeben, stand fest. Außerdem wäre es mir vorgekommen, als zerstörte ich eine zweite Schwangerschaft Janas, sollte ich den Versuch unternehmen, Fiuzettas Entschluss zu ändern. Wenn ich recht darüber nachdachte, wollte ich es selbst nicht. Ich war eigentlich zu alt dafür, noch einmal in der Nacht vom Geschrei eines Kindes zu erwachen und mich tagaus, tagein zu sorgen, ob das Fieber, die kleine Schürfwunde, der Insektenstich, der üble Sonnenbrand oder der verstimmte Magen dazu führen würden, dass ein helles Kinderlachen für immer verstummte und ein weiterer kleiner Sarg hinter der Holunderhecke auf meinem Grund in die Erde gesenkt würde. Ich wusste es und stellte dennoch fest, dass die Freude auf den Anblick, wie ein rundliches Geschöpf auf unsicheren Beinen in meine Arme wankte, vor Stolz glühend, dass es die ersten Schritte allein zurückgelegt hatte, alle Angst vor der Zukunft überwog. Fiuzetta würde dieser Anblick versagt bleiben, zumindest jetzt. Vielleicht würde irgendwann einmal ein zweites Kind diesem ersten folgen, das sie nicht gewollt hatte und das sie niemals vergessen würde.

Ab und zu dachte ich an Pegno und Andrea Dandolo und dass Pegno nicht hätte sterben müssen, wenn ich nur schneller nachgedacht hätte, und dann konnte es geschehen, dass die blühenden, in der Sonne flirrenden Felder und der endlose Himmel darüber plötzlich unscharf wurden und ich mir die Augen wischen musste, weil offenbar Sand hineingeraten war. Ich war nicht schuld an Pegnos Tod, aber derjenige, der eigentlich die Schuld trug, sein Vater, würde die Nachricht von seinem Tod mit einem halbherzigen Fluch aufnehmen und sich sofort mit den Brüdern auf San Giorgio Maggiore in Verbindung setzen, um Andrea freizukaufen und ihn sein Geschäft zu lehren. Vielleicht hatte ich das Gefühl, dass wenigstens *ein* Erwachsener um den Jungen weinen sollte.

Wenn mich all dies zu sehr belastete, lenkte ich meine Gedanken in die jüngste Vergangenheit°– in der eitlen Hoffnung, den Eindruck loszuwerden, wie vergeblich doch meine Bemühungen in Venedig gewesen waren.

Enrico Dandolo hatte bald nach seiner Ankunft auf Burano erkannt, dass jemand das Haus kurz vor ihm benutzt hatte°– Essensreste, um die sich nun Ameisen in hellen Scharen versammelt hatten, Spuren in der Staubschicht auf dem Boden und ein Lager in einem der Gesinderäume, das wir übersehen hatten. Pegnos Meinung von sich selbst war so gering, dass er freiwillig in einer der feuchten kleinen Kammern schlief, selbst wenn seine Familie nicht zugegen war. Enrico suchte vorsichtig das Grundstück ab; zuerst dachte er an Gesetzlose oder entsprungene Sträflinge oder desertierte Söldner, aber er fand niemanden. Er hatte lange gebraucht mit seinem kleinen Boot und war nur kurz vor uns angekommen, und als er schließlich auf den Gedanken kam, sich durch das Gebüsch zu zwängen und in der kleinen Bucht nachzusehen, waren wir bereits in den ersten Kanal Buranos vorgedrungen. Als Erstes sah er den gesunkenen *sàndolo* knietief unter Wasser liegen. Eines der Ruder hatte sich aus dem Boot gelöst und schwamm, mit dem Ruderblatt in verfilztem Gras verfangen, auf der Wasseroberfläche. Dandolo kauerte sich nieder und versuchte es herauszuholen. Das Ufer war schlüpfrig. Schließlich stand er auf und wand sich aus seinem Mantel, damit dieser nicht unnötig beschmutzt wurde.

Dann sah er den matten Fleck im Flirren des Wassers.

Er hatte sein ganzes Leben in der Lagune verbracht, umgeben von Wasser. Er erkannte es, wenn er einen Körper im Wasser treiben sah. Er wusste, dass er dort den Bewohner des Gesinderaums vor sich hatte; und er ahnte, wer es war. Er watete bis zur Hüfte ins Wasser und versuchte mit zusammengebissenen Zähnen und dem Ruder, den Körper zu sich heranzutreiben, bis plötzlich Paolo Calendar durch das Gebüsch geflogen kam.

Andrea hatte in der Sorge um seinen Bruder und in seiner Strategie, das schrecklich schiefe Bild ihrer Lebensplanung wieder in Ordnung zu bringen, das Falscheste getan, was Pegno hatte passieren können. Er hatte ihn allein mit sich und seinen Gedanken gelassen, die alle nur um eines kreisten. Er wusste nicht, dass Andrea ihn vor den Plänen seines Onkels gerettet hatte; er erfasste nicht, dass sich ihm plötzlich die Chance bot, seinem verhassten Leben zu entkommen und das tun zu können, was er sich sehnlichst wünschte: in Kontemplation hinter Klostermauern sein Leben zu verträumen. Pegnos Gedanken waren ausschließlich von der Verachtung seines Vaters für ihn beherrscht; die Verachtung war so groß geworden, dass sie ihn wie eine erstickende schwarze Wolke umgab. Er hasste sein Leben. Wahrscheinlich hatte er stundenlang am Ufer in der kleinen Bucht gestanden und darüber nachgedacht, dass es nur weniger Schritte bedurfte, um auf seine Weise aus diesem Leben zu entkommen.

Dann hatte er den ersten Schritt getan.

Enrico Dandolo, den man wegen der hohen Stellung seiner Familie von der peinlichen Befragung ausgenommen hatte, legte seinen Anteil der Geschichte dennoch schonungslos offen. Man rührte ihn nicht an, aber°– zufällig oder nicht°– fanden seine Verhöre stets in einem Nebenraum der Kammer statt, in dem Barberro seine Sünden schon zu Lebzeiten abbüßte. Die Geräusche von Barberros Befragung waren in Dandolos Verhörraum einwandfrei zu vernehmen. Dandolos Geständnis füllte die Lücken, die Barberro gelassen hatte. Selbstverständlich hatte er die anonyme Mitteilung an Leonardo Falier geschrieben; er hatte sie an jenem Tag abgegeben, als ich auf der Piazzetta auf ihn gestoßen war. Nachdem Faliers Männer ihre

Arbeit getan hatten, schlich er sich auf Barberros Schiff und erkannte mit Entsetzen, dass Barberro selbst nicht unter den Toten war. Er wusste, dass der Verdacht des Sklavenhändlers auf ihn fallen würde, und er beschloss, den Zorn Barberros abzulenken. Schließlich offenbarte er noch, dass die Männer, die mich im Elendsviertel zu ermorden versucht hatten, von ihm gedungen gewesen waren, und der Versuch, die Schuld am Tod von Barberros Männern auf mich zu lenken, war lediglich ein zweiter Anlauf, mich zu beseitigen. Der Kaufmann hatte befürchtet, dass meine Hartnäckigkeit bei der Aufklärung des Todes der Gassenkinder die trüben Wasser aufwühlen würde, in denen er und Barberro fischten. Was aus den beiden Meuchelmördern geworden war, erfuhr ich nie; dass vielleicht einer von ihnen durch mein Zutun zu Tode gekommen war, warf einen nicht allzu schweren Schatten auf mein Gewissen.

Bei Barberro hätte es der Folter genauso wenig bedurft; auch er redete ohne Zögern, sobald die Staatsanwälte den Verhörraum betraten. Dass man ihn dem dritten Grad dennoch unterzog, hatte mit seinen Verbindungen zu den Piraten zu tun, die man noch genauer zu durchdringen hoffte. Dem Sklavenhändler blieb die Genugtuung versagt, seinen Partner wenigstens neben sich schreien zu hören, als man ihm die Arme auf den Rücken band, an der Kette befestigte und diese dann langsam hochzog, bis seine Füße den Boden verließen und der schwere Stein ihn festhielt und der Scharfrichter die Kurbel weiter betätigte, bis die Armgelenke aus den Schultern schnappten und Barberro das erste von vielen Malen wie ein Wolf zu heulen begann und seine Mutter für das Ende der Pein verkauft hätte, wenn diese noch am Leben gewesen wäre.

Ich habe noch niemals in der zivilisierten Welt davon gehört, dass eine Frau bei einem Verhör einem scharfen Grad der peinlichen Befragung unterzogen worden wäre; solche Dinge geschehen nur innerhalb der Kirche, wenn ein paranoider Fanatiker in einem alten Kräuterweiblein eine Hexe zu erkennen glaubt oder wenn ein Inquisitor einen freidenkenden Geist zum Ketzer erklärt. Demnach war Calendars Aussage, er würde Rara der Folter unterziehen lassen, eine leere Drohung gewesen. Die venezianische Justiz benahm sich in diesen Dingen noch zivilisierter als alle anderen. Es war auch nicht nötig; ihre »Schützlinge« wandten sich gegen sie und lieferten alle noch nötigen Beweise, um sie zu überführen. Der Prozess gegen sie sorgte überall in Venedig für Aufruhr, und erstaunte Frauen wohlhabender Kaufleute oder Politiker sahen sich plötzlich der tränenreichen Aussage einer jungen Köchin oder Dienstmagd gegenüber, die zitternd davon berichtete, zu welchen Dingen sie von Rara und ihren Kunden gezwungen worden war, bevor sie das Waisenhaus verlassen hatte. Es gab genügend ehrenhafte Männer, diese Geständnisse, von ihren Ehefrauen abends entsetzt berichtet, bei Gericht vorzubringen; die Zeugenaussage einer Frau hätte nichts gegolten und noch viel weniger die Aussage eines Dienstboten. Die Männer°– und mit ihnen die Staatsanwälte°– waren klug genug, die stadtbekannten Namen, die im Lauf dieser schluchzend vorgebrachten Geständnisse gefallen waren, zu verschweigen. Gerechtigkeit ist eine Sache, Politik eine andere, und Paolo Calendar und ich versicherten uns diese Tatsache ein ums andere Mal gegenseitig, während wir gleichzeitig mit den Füßen gegen die Wände des Dogenpalastes traten vor Wut. Oh, es gab ein paar Amtsniederlegungen, und ein paar Ehefrauen verließen die Stadtpaläste mit ihren Kindern, um sich auf Dauer in einem Landhaus ihrer Familie niederzulassen, sodass man annehmen konnte, dass die Staatsanwälte die übelsten Sünder wenigstens unter Ausschluss der Öffentlichkeit darüber informierten, dass man Bescheid wusste. Die Verantwortung für all das trug letztendlich Rara de Jadra, so wie sie es schon°– sicherlich freiwilliger°– auf sich genommen hatte, für die Erfüllung der finsteren Begierden ihrer Kunden zu sorgen, bevor es jemand anderer für sie tat.

Sie wurde nur wenige Minuten nach Barberros Hinrichtung

zur Piazzetta geführt. Ich hatte mich bemüht, nicht dabei zu sein, aber ich hörte die Berichte der Zuschauer und fühlte zugleich Genugtuung und Mitleid: Raras auferlegte Selbstbeherrschung hatte sie verlassen, als man sie zwischen den heiligen Theodor und den Markuslöwen führte und ihr Blick auf den von einem Sackleinen verhüllten Körper Barberros fiel, der abseits auf dem Pflaster lag und die Terrakottafliesen mit seinem Blut dunkel färbte. Sie wehrte sich mit aller Kraft gegen den Tod. Ein mutiger Helfer des Scharfrichters kauerte sich schließlich neben sie und hielt sie fest, während ein zweiter eine Faust voll ihres schwarzen Haars nahm und mit aller Gewalt daran zog, damit ihr Nacken frei lag. Sie beendete ihr Leben kreischend und spuckend. Der Scharfrichter hätte für den glatten Schlag, mit dem sein Schwert ihren Kopf vom Rumpf trennte, Beifall verdient gehabt; doch die Zuschauermenge schwieg betreten und schockiert angesichts dieser Darstellung heulender Todesangst, und nicht wenige schlichen bedrückt heim, anstatt an den Belustigungen teilzunehmen, die man auf der Piazza San Marco bereitet hatte.

Enrico Dandolo blieb der Tod vor den Augen der schaulustigen Meute erspart. Eines Morgens fand man ihn leblos in seiner Zelle, und sein Zellengenosse schwor, der Kaufmann müsse im Schlaf gestorben sein. Calendar vertraute mir an, dass dem Hörensagen nach ein kleines, scharfes Messer bei Dandolos Tod eine Rolle gespielt hatte, und es blieb offen, wie er zu diesem Messer gekommen war oder wie es einem Mann gelingen konnte, sich aus Versehen im Schlaf zu erdolchen. Dandolos Familie hatte den berühmtesten Dogen in Venedigs Geschichte gestellt, Fabio Dandolo war ein wichtiger und geachteter Mann°– und die Republik bewies, dass sie auch im Stillen vielleicht so etwas wie Gerechtigkeit verüben konnte.

Calendar und ich besuchten mehrfach das Klosterhospital, in dem Caterina untergebracht war. Ihre Abschürfungen, Prellungen, Quetschungen und Blutergüsse heilten langsam; ihr Geist überhaupt nicht. Es brauchte mehrere Besuche, den letzten davon in Begleitung Fiuzettas, bis sie so weit war, die Gegenwart zweier Männer in ihrer Nähe zu ertragen. Danach erfuhren wir bis auf eine erstaunliche Tatsache nichts wesentlich Neues. Sie sprach nicht darüber, was man ihr angetan hatte, und nicht darüber, wer in jener Nacht mit ihrem Peiniger Chaldenbergen zusammen gewesen war. Bei unserem letzten Besuch lag sie auf ihrem Lager und sah aus wie ein halb verhungerter Galeerensträfling, dessen Augen zwei dunkle Höhlen in die Tiefen seiner tödlich verwundeten Seele sind. Sie hatte sich die Haare scheren lassen und stand kurz davor, den Novizenschleier zu nehmen. Die Welt hatte ihr ihre grausamste Seite gezeigt, und ich konnte verstehen, dass sie vor ihr zu fliehen versuchte, indem sie sich im Kloster verbarg. Es brachte mir zu Bewusstsein, wie sehr ihr Schicksal doch mit dem Pegnos verwoben war. Als wir sie verließen, richtete sie sich halb auf und fragte, was aus dem anderen Mädchen geworden sei.

Wir hatten es nie gewusst: Chaldenbergen hatte nicht nur Caterina zu seiner und der Belustigung seiner grausamen Kumpane benutzt. Als sie mit Caterina fertig waren, schafften sie sie hinaus, und in halber Ohnmacht bekam sie mit, dass man statt ihrer ein anderes, vor Angst halb gelähmtes Opfer in den leeren Raum führte, der zu einer Folterkammer geworden war, wie ihn sich selbst der höllischste Inquisitor nicht schlimmer ausdenken konnte. Calendar begann eine Suche, die fruchtlos blieb, bis er unerwartete Hilfe erhielt: von Heinrich Chaldenbergen selbst.

Ich hatte es mir zur Angewohnheit gemacht, ab und zu das Fondaco dei Tedeschi zu besuchen und mit Burchart Falkenstein, dem Zunftrektor, zu plaudern. Er war genügend von den Vorkommnissen unterrichtet, dass das verzerrte Bild von mir, das ich ihm vorgespielt hatte, mittlerweile der Realität gewichen war und er nicht mehr die Flucht antrat, wenn er meiner ansichtig wurde. Seine ruhige Kompetenz und seine trocken-langweilige, zuvorkommende Art waren das richtige

Heilmittel, um mich darüber hinwegzutrösten, dass einer meiner Landsleute ein Ungeheuer war, das vermutlich nicht einmal der Teufel in der Hölle mit der Zange anfassen würde. Als der Zunftrektor bei einem meiner Besuche seltsam aufgeregt wirkte und ich ihn fragte, was geschehen sei, erfuhr ich, dass ein kleiner Treck, der vom Fondaco aus Richtung Norden aufgebrochen war, vor Vicenza festsaß. Ein paar Mitglieder der Reisegruppe waren an der Pest erkrankt; darunter auch Heinrich Chaldenbergen.

Es war Calendar, der die losen Enden zweier Geschichten miteinander verband. Chaldenbergens zweites Opfer stammte von einem Schiff, das vor kurzem in Venedig eingelaufen war. Das Schiff war ursprünglich dazu gemietet worden, mohammedanische Pilger nach Mekka zu bringen, doch der Kapitän entschloss sich zu einer Änderung der Reisepläne und steuerte Venedig an, um seine Fracht als Sklaven zu verkaufen. Alles in allem waren es nur Muslime, die übelsten Feinde der Christenheit, und der Kapitän, selbst ein aufrecht denkender Christ, war von seiner eigenen Idee begeistert, dem lieben Gott ein paar seiner Widersacher vom Hals zu schaffen. Einige Gefangene entkamen jedoch, indem sie sich nachts von Bord stahlen und durch den Canale di San Marco schwammen. Dem Schiff des christlichen Kapitäns war das Anlegen untersagt worden°– es handelte sich um das Pestschiff, und der Kapitän starb als einer der Ersten voller Verwunderung darüber, dass ihm seine gute Tat von den himmlischen Mächten so übel vergolten wurde.

Die Flüchtlinge indes wurden von einem weiteren kühl rechnenden Geschäftsmann verwahrt, einem in halbdunkle Vorgänge verwickelten Besitzer einer kleinen Flotte Transportboote, der Verbindung zu Chaldenbergen hatte und von seinen Vorlieben wusste. Unter den Menschen, die er in der Hoffnung versteckt hatte, aus ihnen auf die eine oder andere Weise Kapital schlagen zu können, war ein junges Mädchen, und mit ihm fuhr er seinen ersten Gewinn ein. Es war jedoch bereits, ebenso wie seine Leidensgenossen, vom Pesthauch berührt. Der Fuhrunternehmer bemerkte diesen unglücklichen kleinen Umstand erst, als er in seinem Versteck nach seiner Ware sah und einen Sterbenden vorfand, während es den anderen voller Entsetzen gelungen war, die Tür aufzubrechen und vor dem schwarzen Tod zu fliehen, der plötzlich in ihre Mitte getreten war.

Der Fuhrunternehmer besaß so viel Gemeinsinn, die Behörden zu warnen, bevor er sich selbst niederlegte und sich seinem Gott empfahl; die Behörden strengten eine hastige Suche nach den Flüchtigen an, deren Auswirkungen wir selbst erlebt hatten. Es gelang der *signoria*, alle Flüchtlinge bis auf einen wiederzufinden; die Pest brach dennoch aus, an mehreren verschiedenen Plätzen in der Stadt.

»Es ist, als habe Gott selbst auf die Kumpane von Heinrich Chaldenbergen gedeutet«, bemerkte Calendar, und es bedurfte dieses Hinweises, damit mein manchmal langsames Hirn verstand, wie es zu dieser seltsamen Form des Pestausbruchs kommen konnte. Nun, Gott oder ein freundliches Schicksal oder die straffe Organisation der Lagunenstadt verhinderten, dass die Krankheit sich weiter ausbreitete. Die Toten blieben im Wesentlichen auf die Häuser beschränkt, in denen es Kontakte zu den Erkrankten gegeben hatte, und wenn auch Chaldenbergens Mittäter ihren gerechten Lohn empfingen, so gab es doch in ihren Familien genügend Unschuldige, die durch ihre Verdorbenheit einen grässlichen, fiebernden Tod starben.

Chaldenbergen und der größte Teil seiner Reisegesellschaft fanden ihr Ende in nachlässig errichteten Zelten vor den Mauern von Vicenza, argwöhnisch beobachtet von den Mauerzinnen der Stadt aus durch schwer bewaffnete Soldaten, die jeden aus der kleinen Zeltstadt niedergeschossen hätten, der sich in die Nähe der Stadttore gewagt hätte, bar jeder ärztlichen Betreuung, ein stöhnender, fluchender Haufen Fiebernder, der in der flimmernden Hitze der Ebene einer um den anderen verging wie Schnee unter den ersten Strahlen der Frühlingssonne. Als es vorüber war, wagten sich ein paar Stadträte dick maskiert in das Zeltlager, um die Verbrennung der Leichen zu organisieren, und entdeckten ein halbes Dutzend Überlebender; unter ihnen ein junges, apathisches, scheinbar stumm gewordenes Mädchen mit dunkler Haut, das vor der Berührung der Männer keuchend zurückzuckte und schließlich in einem Kloster untergebracht wurde.

Ich bin sicher, Allah, der Gott der Muselmanen, verzieh einem seiner Kinder, dass es den Rest seines stummen Lebens in einem Kloster des christlichen Gottes verdämmerte.

2

Vor dem Tag unserer Abreise hatte ich mich noch mit Paolo Calendar auf der Riva degli Schiavoni getroffen, nicht weit von seiner Behausung entfernt. Ich konnte Barberros düstere Kogge im Hintergrund am Kai vertäut sehen, womöglich noch mehr verwahrlost als bisher, ein ungestörtes Heim für die Ratten, bis der Rat der Zehn sich dazu entschließen würde, sie abzuwracken oder umzurüsten, um sie in die Flotte der Lagunenstadt aufzunehmen. Die Morgensonne strahlte auf das Schiff herab, aber auf mich wirkte es so düster wie immer. Zu viel Schlechtes war auf ihm geschehen. Calendar, der um diese Unterredung gebeten hatte, wartete bereits auf mich.

»Ich habe gehört, Sie wollen die Stadt verlassen«, sagte er statt einer Begrüßung. Er wirkte wie immer, elegant und unnahbar in seiner dunklen Kleidung. *Consigliere* Barbarigo hatte ihm seine alte Position als Staatsanwalt zurückgegeben; ich wusste nicht, ob es ausschließlich wegen seiner Verdienste um die Aufklärung des Falls Dandolo geschehen oder auch ein wenig Bestechung war: Calendar war so etwas wie ein Held für den Rat der Zehn geworden, und Barbarigo hätte, selbst wenn er gewollt hätte, nichts gegen Calendar unternehmen können, um den Zeugen seines Ausrutschers auf der Feier Chaldenbergens zu beseitigen. So nahm ich an, dass der Zehnerrat solide kaufmännisch dachte und sich den Zeugen lieber zum Freund machte in der Hoffnung, dass Verbündete die Geheimnisse, die sie voneinander wissen, niemals verraten. Calendar hatte die Beförderung nicht abgelehnt. Er war stolz, aber er hatte auch eine Familie zu ernähren, ganz zu schweigen von den qualvollen Erinnerungen an das Jahr auf dem Fischerboot.

»Morgen«, sagte ich. Er nickte langsam. Eine Mutter mit zwei Kindern stand am Rand des Kais. Sie wandte uns den Rücken zu und schien mit wohlwollender Geduld die Begeisterung der Kinder zu ertragen, die einer ganzen Reihe von Fischern dabei zusahen, wie sie den Fang der letzten Nacht entluden. Der Geruch von eben gefangenem Meeresgetier wehte zu uns herüber. Am Ufer drängten sich die Dienstboten reicher Familien, um die Ware frisch einzukaufen.

»Leonardo Falier ist zurückgetreten«, sagte Calendar. »Und Marco Barbarigo ist zum Vorsitzenden des Zehnerrats gewählt worden. Man sagt ihm gute Chancen nach, einer der nächsten Dogen zu werden.«

»Hat Falier Gründe genannt?«

»Seine Gesundheit.«

»Was wird mit ihm geschehen?«

Calendar zuckte leicht mit den Schultern. »Er hat Besitzungen in den Kolonien. Vielleicht wird er sich dorthin zurückziehen.«

»Sie glauben also, dass er ungestraft davonkommt.«

»Sein Lebensziel ist zerstört. Er ist gestraft.«

»Das ist nichts, wenn man es mit dem Leid vergleicht, das er über Pegno, Fiuzetta und andere gebracht hat.«

»Es kommt auf den Standpunkt an. Wenn Sie lieber seinen Kopf über die Piazzetta hätten rollen sehen, so lassen Sie sich gesagt sein, dass sein letzter Gang zu einem Schauspiel geworden wäre, von dem Venedig noch in hundert Jahren geredet hätte. Wer weiß, ob es nicht einen zweiten Kinderreim gegeben hätte, in dem nicht Baiamonte Tiepolo, sondern Leonardo Falier die Hauptrolle spielt. Sie wissen, wie die Menschen sind. Die meisten Verbrechen werden vergessen, wenn der Schurke ihnen etwas liefert, woraus sie eine Legende stricken können.«

Ich seufzte unzufrieden.

»So aber wird Leonardo Falier in der Versenkung verschwinden. In fünf Jahren können sich nur noch die Wenigsten vage an seinen Namen erinnern. In zehn Jahren ist er vergessen. Was wollen Sie wetten, dass er gar nicht mehr so lange leben wird? Er wird in seinem Exil verlöschen wie ein Docht, dem das Öl ausgegangen ist, und er wird seine Zeit in steinerner Verzweiflung verbringen.«

»Wenn Sie es sagen.«

Er streckte mir die Hand hin. Ich drückte sie und bemerkte, dass es das erste Mal war, dass wir uns die Hand gaben. Ich hielt sie länger fest als nötig, und er erwiderte den Druck.

»Passen Sie auf sich auf, Paolo«, sagte ich.

»Kommen Sie gut nach Hause, Pietro.«

Ich merkte ihm an, dass er gern mehr gesagt hätte. Er ließ meine Hand los, nickte mir zu und wandte sich dann ab. Ich hatte erwartet, dass er in Richtung Dogenpalast davonmarschieren würde, doch stattdessen trat er zu der Familie hinüber, die den Fischern zusah. Das kleine Mädchen, an einer Hand der Mutter, drehte den Kopf und spähte über die Schulter zu mir herüber. Sie zeichnete mit der freien Hand etwas in die Luft, das einem Löffel glich. Ich zwinkerte ihr zu. Sie lächelte. Monna Calendar schenkte mir ein knappes Kopfnicken und zog die Kinder dann von ihrem Schauspiel weg. Paolo Calendar begleitete sie und verschwand mit ihnen in der nächstgelegenen Gassenmündung; auf dem Weg in sein Loch von einer Wohnung, dem er sicherlich bald in ein würdigeres Domizil entfliehen würde, auf dem Weg zu der Hülle, die alles war, was ihm von seinem ältesten Sohn geblieben war und der er niemals würde entfliehen können.

Die Fischer gossen ihren nächtlichen Fang immer noch auf das Pflaster, zappelnde Sturzbäche aus Fischleibern, deren Schuppen in der Morgensonne glitzerten. Die Verhandlungen zwischen Käufern und Verkäufern waren jetzt in vollem Gang, und jedem Nichteingeweihten würde es scheinen, als bräche im nächsten Moment ein Bürgerkrieg aus. Dann sah ich sie sich durch die Menge winden, ihre zerlumpten, schmächtigen Leiber hier einem Tritt und dort einem kantigen Ellbogen ausweichend, in der Hoffnung, eine Börse abschneiden, ein Brot stehlen oder einen wertlosen Krebs erbetteln zu können, der den Fischern aus Versehen ins Netz gegangen war. Sie wussten nicht, dass in ihrem Namen ein Kampf geschlagen und gewonnen worden war; und sie hatten auch nichts von diesem Sieg. Der einzige Kampf, der sie interessierte, war jener um ihr tägliches Brot.

Ich wandte mich ab, um nicht darüber nachdenken zu müssen, wer außer einigen geschickten Politikern aus der elenden Angelegenheit eigentlich als Sieger hervorgegangen war. So viel Schmerz, so viele Tode°– *cui bono*?

Und ich wandte mich ab, um nicht Zeuge zu werden, wie ein Kind mit einem Tritt in die Rippen dafür bezahlte, dass es einen zertretenen Fisch vom Boden kratzte, und am Ende entdecken zu müssen, dass dieses Kind Fratellino war.

Doch dann sah ich, wie ein paar andere Kinder herzueilten und ihren Kameraden aus der Reichweite der Tritte zerrten und in Sicherheit brachten, und ich dachte: Wenn selbst diese Ausgestoßenen, diese Hoffnungslosen den Wert des Lebens eines der ihren erkannt haben, dann können wir es eines Tages vielleicht auch.

NACHWORT

Am 26. August 1500 wurde auf der Piazzetta, zwischen den Statuen des Markuslöwen und des heiligen Theodor, die Dalmatinerin *Rara de Jadra* hingerichtet. Der Scharfrichter hieb ihr vor einer großen Menschenmenge den Kopf ab; ihr Körper wurde zu Asche verbrannt. Rara und zwei ihrer Helferinnen waren für schuldig befunden worden, in ihrem Bordell junge Mädchen zwangsweise in allen Perversionen auszubilden, für die sich zahlende Kunden fanden. Das Todesurteil gegen Rara de Jadra hat diesem Roman seinen Ausgangspunkt gegeben (auch wenn ich es zeitlich in das Jahr 1478 zurückversetzt und die Hintergründe ein wenig verändert habe); notwendig gemacht haben ihn die täglichen Berichte über die Misshandlungen und den Missbrauch, denen unsere Kinder ausgesetzt sind.

Durch alle Zeiten haben wir Menschen unsere Kinder geliebt; durch alle Zeiten haben wir sie für unsere Zwecke benutzt, in unsere Denkweise gepresst, ihnen die Fantasie abgesprochen, ihre Freiheit unterdrückt, ihre eigenen Pläne ignoriert, unsere Bedürfnisse vor ihre gestellt, Zwang mit Erziehung und Vernachlässigung mit Nachgiebigkeit verwechselt; wir haben unsere Kinder zu Haustieren gemacht, sie instrumentalisiert, sie verformt und in Anwandlungen bösartiger, perverser Verirrung missbraucht, gequält und ermordet.

Ich habe das Venedig des ausgehenden fünfzehnten Jahrhunderts als Schauplatz für einen Roman ausgewählt, der diese Handlungsweisen anklagt. Ich hätte jeden anderen Ort und jede andere Zeit wählen können°– die Geschehnisse, in die die Protagonisten verwickelt werden, sind leider universell. Dass ich dennoch auf Venedig verfallen bin, liegt nicht zuletzt daran, dass die venezianische Gesellschaftsform bei aller spätmittelalterlicher Differenz zu heute unserer Demokratie am ähnlichsten ist. Es ist der ganz besondere Fluch der Demokratie, dass sie den freiheitsfeindlichen, kriminellen Umtrieben unter ihrer Oberfläche gegenüber verwundbar und viel zu lange machtlos ist, wie uns ein Blick in die Zeitungen und die Nachrichtensendungen bestätigt. Im Venedig des fünfzehnten Jahrhunderts – und in meinem Roman – endet die verbrecherische Karriere der Bösewichte unter dem Richtschwert. Jede andere Strafe hätte in einem historisch fundierten Buch über diese Zeit nicht den gegebenen Tatsachen entsprochen. Dass diese Art der Justiz nicht die Lösung der Probleme darstellen kann und darf, wissen wir heute. Leider kann auch ich keine Lösung anbieten; aber ich nehme mir die Freiheit, wenigstens auf die Missstände hinzuweisen.

Es gibt noch weitere Gründe, warum mich Venedig als Schauplatz meines Romans fasziniert hat: Da ist zum einen der Zeitpunkt – am Ende des fünfzehnten Jahrhunderts hat die Republik den Zenit ihrer Macht erreicht, und es ist sich niemand in der herrlichen Stadt, die sich aus der Lagune hebt wie ein Stein gewordenes Schiff, gewahr, dass ihr Ende nicht mehr fern ist. Bald wird ein unter spanischer Flagge segelnder Genueser aufgrund eines Rechenfehlers auf neues Land hinter dem Horizont stoßen, dessen Entdeckung die alte Weltordnung unumstößlich verändern wird; bald wird die Eröffnung des Seewegs in den Fernen Osten das Gewürzmonopol der Serenissima ins Wanken bringen; bald wird sich in der Liga von Cambrai fast ganz Europa zusammenfinden, um die vierhundert Jahre währende Herrschaft Venedigs über das Mittelmeer endgültig zu brechen. Wenn sich die Serenissima auch von all diesen Rückschlägen zeitweilig wieder erholen wird, so ist doch der Zeitpunkt nicht mehr fern, an dem die weltgeschichtlichen Ereignisse die Republik auf den Status einer Provinzstadt zwingen, aus dem sie sich nie mehr erheben wird.

Noch hat es Venedig nicht nötig, mithilfe von Spitzeln und Denunziationen (eine in manchen Geschichtsbüchern stark vergröbert dargestellte) Innenpolitik zu betreiben. Die Instrumente sind vorhanden°– der Rat der Zehn, seit dem Aufstand von Baiamonte Tiepolo ins Leben gerufen, und sein Polizeiapparat, dessen in den kommenden Generationen erworbener Ruf als der korrupter Inquisitoren das Ansehen des Berufsstandes durch alle Jahrhunderte hindurch schwärzen wird. Venedig wird erst noch lernen, diese Instrumente zu benutzen, wie jeder Staat, der seine Daseinsberechtigung verloren hat und sich mit aller Macht ans Überleben klammert.

Zum anderen ist es das faszinierende Sozialleben der »eindrucksvollsten Stadt, die ich je gesehen habe« (Philippe de Commynes, 1494), das es für seine Ära einzigartig und in manchen Belangen unserer Zeit so ähnlich macht. Es herrschen gesunder Geschäftssinn sowie der Glaube an die Macht der Flotte und der Diplomatie, und die Kaufleute und Besucher aus aller Welt sind herzlich willkommen und frei in ihren Bewegungen in den Gassen der Stadt. Die Handelshäuser fremder Nationen, darunter der Fondaco dei Tedeschi als das größte und einflussreichste, sind prächtige Paläste und die dort arbeitenden, Handel treibenden Männer gern gesehen. Der Wille, mit dem eigenen Gewinn zur Glorifizierung der Heimatstadt beizutragen, ist stark. Wenn gewisse Triebfedern sozialer Uneigennützigkeit, wie etwa die reichen florentinischen Stiftungen zugunsten von Waisenhäusern und Hospitälern, in Venedig nicht so deutlich ausgeprägt sind, so ist es nicht an uns, darüber zu richten. Die Politik der Lagunenstadt und damit die Denkweise der bestimmenden Kreise ist mehr auf Effizienz denn auf Barmherzigkeit ausgerichtet, und wir sollten eher die extrem aufwändigen Bemühungen anerkennen, mit unbeeinflussbaren Wahlmechanismen eine unbestechliche Regierung aufzustellen und durch alle Krisen hindurch eine dem

Gemeinwohl verpflichtete Republik am Leben zu erhalten, die sich auch in den finstersten Zeiten dem Zugriff tyrannischer Könige, Kaiser und Päpste widersetzt hat.

Es gibt die übliche Angst einer Handelsstadt vor Seuchen, die Besucher hinter die Mauern tragen könnten, aber sie ist nicht stark genug, um die Tore eifersüchtig zu hüten, und abgesehen davon würde die Stadt, verschlösse sie sich der Welt, lediglich einen anderen Tod sterben als den an der Pest. Pestausbrüche wie der von 1478 werden daher hingenommen, bekämpft, besiegt und ohne besonderes Aufhebens in den Annalen verzeichnet.

Eines der Pestopfer von 1478 war der deutsche Kaufmann *Heinrich von den Chaldenbergen*, der durch seinen Briefverkehr anlässlich seines letzten Willens der Nachwelt bekannt geworden ist. Ich habe seinen Namen ein wenig abgeändert und verwendet, um einen der abstoßendsten Charaktere meines Buches damit zu taufen. Hiermit leiste ich dem echten Herrn von den Chaldenbergen Abbitte; ich bin überzeugt, er war ein gottesfürchtiger Mensch und kompetenter Kaufmann der Renaissance, dessen Moralvorstellungen mit jenen seiner Zeit in bestem Einklang standen.

Als Handelsstadt war sich Venedig stets bewusst, dass zu guten Geschäften auch eine entsprechende Stimmung nötig ist. Während die von der Kirche ohne Aufbegehren bis ins sechzehnte Jahrhundert hinein geduldete Sklaverei den reichen Handelsherren genügend Nachschub an vollkommen rechtlosen Frauen lieferte, um ihr Verlangen zu stillen, mussten die meisten Gäste und die weniger Reichen (und diejenigen, denen der Sinn nach ausgefallenen Vergnügungen stand) mit der käuflichen Lust vorlieb nehmen. Schätzungen gehen von einer Anzahl von etwa zwölftausend Prostituierten im Venedig des Jahres 1500 aus° – bei etwa 190 000 Einwohnern.

Die Regierung der Republik war bereit, diese Umstände zu tolerieren. Wie gesagt galt die Mehrung des Reichtums der »höchst erleuchteten Republik« als oberstes Ziel. Deshalb beschränkten sich die Räte darauf, die schlimmsten Auswüchse zu vermeiden. Der Höhepunkt der Versuche, verbrecherische oder als unnatürlich empfundene Sexualpraktiken zu verhindern, war eine Verordnung, die an Ärzte und Bader erging (1496) und sie zur Anzeige verpflichtete, wenn sie Anzeichen »sodomitischen« Verkehrs entdeckten; die erste staatliche Anordnung zur Denunziation, von der Venedig ansonsten Ende des fünfzehnten Jahrhunderts noch viele Jahrzehnte entfernt war.

Ein Höhepunkt war ebenfalls die Hinrichtung von Rara de Jadra. Man muss den venezianischen Gerichten zugute halten, dass sie dem Scharfrichter nicht nur rechtlose Bordellbesitzerinnen zuführten; es gibt°– wenn auch dürftige°– Protokolle über die Hinrichtung eines Mitglieds des Hauses Correr, eine der einflussreichsten Familien, wegen angeblich versuchter Vergewaltigung eines Jünglings. Das Urteil gegen Correr gilt mit seiner Entscheidung ohne Enthaltungen oder Gegenstimmen als eines der härtesten der gesamten venezianischen Kriminalgeschichte. Es ist jedoch auch zu bedenken, dass diese harten Strafen nur bei vielleicht einem Prozent vergleichbarer Delikte verhängt wurden. Erkennen wir die Bemühungen der Justiz an, einer von ihr als richtig empfundenen Moral zur Geltung zu verhelfen, selbst gegen die Widerstände ihrer eigenen Mitglieder, die sich aus eben den Namen rekrutierten, die wir in den Gerichtsprotokollen wiederfinden.

Das Vorbild des Dogen Pietro Mocenigo (1474–1476), der sich für ein kleines Vermögen türkische Zwillingsschwestern als Sklavinnen kaufte, dürfte die Anstrengungen der Staatsanwälte und Richter sicherlich kaum befördert haben. Die beiden jungen Mädchen, mit denen er fortan zusammenlebte, rafften ihn innerhalb von zwölf Monaten ohne jegliche Gewaltanwendung dahin.

Zollen wir unter anderem auch darum einem geradezu modernen Gesetz aus dem Jahr 1522 Respekt, das bestimmt, dass auch gegenüber einer Dirne von Vergewaltigung die Rede sein könne°– sofern das Opfer noch keine sechzehn Jahre alt ist.

Mit Pietro Mocenigo kommen wir zu den historischen Personen, die neben Rara de Jadra und Heinrich von den Chaldenbergen in diesem Buch erwähnt werden.

Der Doge *Giovanni Mocenigo*, dem Jana ein Geschäft abgejagt hat, als er noch nicht zum nominellen Führer der Lagune gewählt war, ist der Nachfolger von Andrea Vendramin, dem eine ebenso kurze Regierungszeit beschieden war wie Pietro Mocenigo vor ihm. Giovanni Mocenigo war ein längerer Aufenthalt im Dogenpalast vergönnt. Ihm folgte im Jahr 1485 der Zehnerrat *Marco Barbarigo*, dem ich in meinem Roman den Besuch der Orgie im Haus des deutschen Kaufmanns angedichtet habe. Ich weiß nichts über seine Moralauffassung; die Szene bei Heinrich Chaldenbergen ist ausschließlich meiner dichterischen Fantasie entsprungen, und ich hoffe auf die Nachsicht des echten Marco Barbarigo, sollte ich in einem anderen Leben einmal auf ihn treffen.

Der Zehnerrat Leonardo Falier, der Nachkomme des usurpatorischen Dogen Marino Falier, ist jedoch erfunden. Die Familie Falier ist in Venedig ausgestorben; aus diesem Grund und wegen des Verhaltens des echten Marino Falier habe ich mir erlaubt, dem Charakter des rücksichtslosen Zehnerrats diesen Namen zu verleihen.

Das Elendsviertel, dessen Lage ich nach dem Studium eines alten Planes von Venedig so gewählt habe (und wegen der poetisch anmutenden Nähe zum Arsenal, dem Herzen der venezianischen Seemacht), hat es so, wie ich es geschildert habe, nicht gegeben. Das dort beschriebene Elend hingegen sicherlich. Hier wie bei den historischen Personen habe ich die Dramaturgie über die geschichtliche Korrektheit gestellt.

Ein Wort noch zur Sprache der handelnden Personen. Ich habe sie bewusst so modern gehalten wie möglich. Peter Bernward und seine Zeitgenossen verwendeten die allerletzte, modernste Version ihrer jeweiligen Sprache. Es wäre sicherlich falsch, sie nur wegen des großen zeitlichen Abstands der Romanhandlung zu heute in einer künstlich geschraubten Diktion sprechen zu lassen, die nicht nur ohnehin der damaligen Zeit nicht entsprechen würde, weil sie doch nichts als eine Übersetzung in unsere Version des Deutschen wäre, sondern uns auch die Personen nicht nahe bringen würde. Tatsächlich sollte man nicht vergessen zu erwähnen, dass die mittelalterliche Umgangssprache viel derber war als die heutige und die feinsinnigen Dichter die Vorzüge der von ihnen gepriesenen Frauen in ihren Sonetten wohl mit edlen Worten beschrieben, ihren wirklichen Geliebten (oder ihren Freunden) gegenüber jedoch bei weitem direkter waren. Peter Bernward oder Paolo Calendar (oder Fiuzetta) Schimpfworte hervorstoßen zu hören sollte uns daher nicht dazu verleiten, den Charakteren sprachliche Authentizität abzuerkennen.

Aus diesen Gründen habe ich mich in der Anrede auch für das heute gebräuchliche »Sie« entschieden, um das zwar damals verwendete, aber für einen heutigen Leser steif und unnatürlich wirkende »Ihr« zu vermeiden. All dies ist im Sinn der besseren Lesbarkeit und größeren Nähe der Figuren zu unserem Fühlen geschehen.

Ich glaube, das ist nun genug an Fakten. Ich habe dieses Buch aus dem Herzen geschrieben und nicht aus den Geschichtsbüchern, wenngleich ich mir wie immer alle Mühe gegeben habe, die tatsächlichen historischen Einzelheiten so getreu wie möglich zu schildern.

http://www.duebell.de

DANKSAGUNG

Danke an meine Frau Michaela, die mich ermuntert, wenn es sein muss, kritisiert, wo es sein muss, mir den Rücken freihält, wann es sein muss, und diese Welt zu einem schöneren Ort gemacht hat.

Danke an meinen Sohn Mario, der mich manchmal in Ruhe schreiben ließ und dessen Dasein ich immer noch als Wunder empfinde.

Danke an Anke Vogel von der Agentur Michael Meller, die mir geholfen hat, auf dem steinigen Weg der Schriftstellerei ein riesiges Stück voranzukommen.

Danke an Anja Rüdiger vom Gustav Lübbe Verlag und an Claudia Alt für ihre Hinweise, die die Geschichte an den vielen Stellen verbessert haben, wo ich den Wald vor lauter Bäumen nicht sah.

Danke an Manfred Michalski, der mir die nötige Zeit verschafft hat, einen Großteil dieses Romans zu schreiben; und danke an meine Kolleginnen und Kollegen, die während dieser Phase einen Teil meiner beruflichen Last mitgetragen haben.

Danke an Michela Montagna und Dorothea Kiessling für die Übersetzungen meines Wörterbuch-Italienisch in die venezianische Sprache und für die Überprüfung all jener Gegebenheiten in Venedig, bei denen meine Recherchekünste versagt haben.

Danke an Sabine Stangl, die wieder einmal als bewährte Probeleserin herhalten musste, und an Thomas Schuster, der sich an der Jagd auf die letzten Tippfehler beteiligte.

Danke an Prof. Pietro Roselli vom Istituto Italiano di Cultura und Dott. Pier Giorgio Biletta von ENIT für ihre Unterstützung.

Danke an meine Freunde: Rudi Heilmeier und seine Familie für ihre unerschütterliche Begeisterung über meine Arbeit, mehr noch aber für ihre ebenso unerschütterliche Freundschaft; Mike Schenker, der meinen geringen Lateinkenntnissen die nötige Tiefe gab und der immer weiß, wann es des Beistands eines Freundes bedarf; und nicht zuletzt Martin Fehrer, dessen Findigkeit und Hilfsbereitschaft meinen Alltag bei vielen Gelegenheiten einfacher gemacht haben.

Danke an meinen Autorenkollegen Georg Brun, der alle Fäden kennt, an denen ein armer Poet ziehen können muss.

Ein nachträgliches Danke an Heike Mayer und Sabine Jaenicke, die mir geholfen haben, meine ersten Bücher aus der Taufe zu heben.

And a special thanks to Joe Lomax of the U. S. Naval Academy for his insights into the task of orienteering in Venice. Dear Joe, I dearly hope you will be able to read this book in your own language one day°– and I also hope the character of Moro turned out the way you wished him to do.

QUELLENANGABEN

»Boats and other crafts in the lagoon«, aus: *www.venetia.it.*

Burckhardt, Jacob: »The Civilization of the Renaissance in Italy (1878)«, aus: *www.idbsu.de.*

Duerr, Hans-Peter: *Der Mythos vom Zivilisationsprozess: Intimität*, Suhrkamp, Frankfurt/M. 1994.

Dünnbier, Anna/Paczensky, Gert von: *Kulturgeschichte des Essens und Trinkens*, Goldmann, München 1997.

Durant, Will u. Ariel: *Kulturgeschichte der Menschheit, Band 8*, Neumann & Göbel, Köln 1985.

Herrmann, Bernd: *Mensch und Umwelt im Mittelalter*, Fourier, Wiesbaden 1986.

Kaminski, Marion: *Kunst und Architektur in Venedig*, Könemann, Köln 1999.

Lomax, Joe: »Orienteering in Venice«, 1997, aus: *www.initaly.com* (mit freundlicher Genehmigung des Verfassers).

Ohler, Norbert: *Reisen im Mittelalter*, Artemis, München 1988.

Roncière, Charles de La: »Gesellschaftliche Eliten an der Schwelle zur Renaissance«, aus: *Die Geschichte des privaten Lebens*, Fischer, Frankfurt/M. 1990.

Schreiber, Hermann: *Das Schiff aus Stein*, List, München 1992.

Zorzi, Alvise: *Venedig 697-1797*, Amber, München 1981.

ABBILDUNGSVERZEICHNIS

»Ein kraftvolles Epos und eine Sternstunde des Historischen Romans.« Newsweek

A.D. 1522: Der 25jährige Suleiman der Prächtige regiert mit eiserner Hand das Osmanischen Reich. Um seine Macht und seinen Einfluss zu steigern, beschließt er, die Insel Rhodos zu erobern – die Heimat des Johanniterordens seit 1310. Fortan belagern 100.000 türkische Krieger das griechische Eiland. Im Innern der bedrängten Stadt bereiten sich 500 Ritter unter der Führung des legendären Großmeisters Philippe de L'Isle Adam darauf vor, der Übermacht zu trotzen. Es wird ein Kampf auf Leben und Tod, ein Kampf, der vor dem Hintergrund des "Kampfs der Kulturen" ungebrochene Aktualität besitzt.

ISBN 3-404-15108-9

»Exzellent geschriebene Unterhaltungsliteratur.«

DIE WELT

Der junge Nikolaus Pirment, geboren in den Wirren des Dreißigjährigen Krieges, besitzt ein einzigartiges Talent: Er ist ein begnadeter Koch. So darf er in der Küche der Klosterschule, die er besucht, sein Latein aus den Kochbüchern der Antike lernen. Nach Kriegsende führt ihn sein Weg aus einem Wirtshaus in die kurfürstliche Küche in München – in eine Welt voller Prunk, Feiern und üppiger Gelage mit wundervollen Dekorationen. Doch erst am Hof Ludwig XIV. in Versailles beschließt Nikolaus Pirment, seinen Lebenstraum zu verwirklichen: Er will ein rauschendes Fest der Sinne veranstalten, das dem seines antiken Vorbilds Trimalchio ebenbürtig ist …

ISBN 3-404-14824-X